国家社会科学基金重大项目『中国近代日记文献叙录、整理与研究』（项目编号：18ZDA259）阶段性研究成果

江苏省『十四五』时期重点出版物出版专项规划项目

中国近现代稀见史料丛刊【第十一辑】

刘孚周日记

（清）刘孚周 著

张剑 徐雁平 彭国忠 主编

封治国 刘国兰 整理

本辑执行主编 徐雁平

凤凰出版社

图书在版编目（CIP）数据

刘孚周日记 /（清）刘孚周著；封治国，刘国兰整理. -- 南京：凤凰出版社，2024. 12. --（中国近现代稀见史料丛刊）. -- ISBN 978-7-5506-4326-0

Ⅰ．I265.2

中国国家版本馆CIP数据核字第2024A0T013号

书　　　　名	刘孚周日记	
著　　　者	（清）刘孚周	
整　理　者	封治国　刘国兰	
责 任 编 辑	王淳航	
装 帧 设 计	姜　嵩	
责 任 监 制	程明娇	
出 版 发 行	凤凰出版社（原江苏古籍出版社）	
	发行部电话025-83223462	
出 版 社 地 址	江苏省南京市中央路165号，邮编：210009	
照　　　排	南京凯建文化发展有限公司	
印　　　刷	江苏凤凰通达印刷有限公司	
	江苏省南京市六合区冶山镇，邮编：211523	
开　　　本	880毫米×1230毫米　1/32	
印　　　张	17.25	
字　　　数	448千字	
版　　　次	2024年12月第1版	
印　　　次	2024年12月第1次印刷	
标 准 书 号	ISBN 978-7-5506-4326-0	
定　　　价	138.00元	

（本书凡印装错误可向承印厂调换，电话：025-57572508）

存史鑒今

袁行霈題

袁行霈先生題辭

「音实难知，知实难逢，逢其知音，千载其一乎！」（《文心雕龙·知音》）今读新编稀见史料丛刊，真有治学知音之感大。

傅璇琮谨书
二〇一三年

傅璇琮先生题辞

殚精竭虑旁搜远绍

重新打造中华文史资

料库

王水照 二〇一三年一月

王水照先生题辞

刘孚周故居（南丰县胜利路转角巷）

第十九本　起丙午六月初一日
　　　　　訖丁未正月十六日

日记（一）

光緒三十二年歲次丙午六月初一日晴　陳伯嚴寄都田江

西鐵路籌款未遂既未就渚道南京予作七律送之

云計批青蓮秉燭游諸君不夜編瓊樓潤餘奇氣當胸

積高空深駕作刧夏海上賢豪多鞏熱詢中世界一囊

收塵裾訖辦郤許付與湖光且莫愁　驛中購日石

印完白山民古篆全人銘八分籀句合冊鈔基司附錄全人

銘原本必釋之　伯嚴裝江西電云（南昌鐵路局鑒項

已借定浙商欵六十萬兩周息六釐半雁音外欵七日內由

日记（二）

《中国近现代稀见史料丛刊》总序

  在世界所有的文明中,中华文明也许可说是"唯一从古代存留至今的文明"(罗素《中国问题》)。她绵延不绝、永葆生机的秘诀何在?袁行霈先生做过很好的总结:"和平、和谐、包容、开明、革新、开放,就是回顾中华文明史所得到的主要启示。凡是大体上处于这种状况的时候,文明就繁荣发展,而当与之背离的时候,文明就会减慢发展的速度甚至停滞不前。"(《中华文明的历史启示》,《北京大学学报》2007年第1期)

  但我们也要清醒看到,数千年的中华文明带给我们的并不全是积极遗产,其长时段积累而成的生活方式与价值观具有强大的稳定性,使她在应对挑战时所做的必要革新与转变,相比他者往往显得迟缓和沉重。即使是面对佛教这种柔性的文化进入,也是历经数百年之久才使之彻底完成中国化,成为中华文明的一部分;更不用说遭逢"数千年来未有之变局""数千年未有之强敌"(李鸿章《筹议海防折》),"数千年未有之巨劫奇变"(陈寅恪《王观堂先生挽词序》)的中国近现代。晚清至今虽历一百六十余年,但是,足以应对当今世界全方位挑战的新型中华文明还没能最终形成,变动和融合仍在进行。1998年6月17日,美国三位前总统(布什、卡特、福特)和二十四位前国务卿、前财政部长、前国防部长、前国家安全顾问致信国会称:"中国注定要在21世纪中成为一个伟大的经济和政治强国。"(徐中约《中国近代史》上册第六版英文版序,香港中文大学出版社2002年版)即便如此,我们也不能盲目乐观,认为中华文明已经转型成功,相反,中华文明今天面对的挑战更为复杂和严峻。新型的中华文明到底会怎样呈现,又怎样具体表现或作用于政治、经济、文化等层面,人们还在不断探索。这个问题,我们这一代恐怕无法给出答案。但我们坚信,在历史上曾经灿烂辉煌的中华文明必将凤凰浴火,涅槃重生。这既是数千年已经存在的中华文明发展史告诉我们的经验事实,也是所有为中国文化所化之人应有的信念和责任。

不过,对于近现代这一涉及当代中国合法性的重要历史阶段,我们了解得还过于粗线条。她所遗存下来的史料范围广阔,内容复杂,且有数量庞大且富有价值的稀见史料未被发掘和利用,这不仅会影响到我们对这段历史的全面了解和规律性认识,也会影响到今天中国新型文明和现代化建设对其的科学借鉴。有一则印度谚语如是说:"骑在树枝上锯树枝的时候,千万不要锯自己骑着的那一根。"那么,就让我们用自己的专业知识与能力,为承载和养育我们的中华文明做一点有益的事情——这是我们编纂这套《中国近现代稀见史料丛刊》的初衷。

书名中的"近现代",主要指 1840—1949 年这一时段,但上限并非以一标志性的事件一刀切割,可以适当向前延展,然与所指较为宽泛的包含整个清朝的"近代中国""晚期中华帝国"又有所区分。将近现代连为一体,并有意淡化起始的界限,是想表达一种历史的整体观。我们观看社会发展变革的波澜,当然要回看波澜如何生,风从何处来;也要看波澜如何扩散,或为涟漪,或为浪涛。个人的生活记录,与大历史相比,更多地显现出生活的连续。变局中的个体,经历的可能是渐变。《丛刊》期望通过整合多种稀见史料,以个体陈述的方式,从生活、文化、风习、人情等多个层面,重现具有连续性的近现代中国社会。

书名中的"稀见",只是相对而言。因为随着时代与科技的进步,越来越多的珍本秘籍经影印或数字化方式处理后,真身虽仍"稀见",化身却成为"可见"。但是,高昂的定价、难辨的字迹、未经标点的文本,仍使其处于专业研究的小众阅读状态。况且尚有大量未被影印或数字化的文献，或流传较少，或未被整合，也造成阅读和利用的不便。因此，《丛刊》侧重选择未被纳入电子数据库的文献，尤欢迎整理那些辨识困难、断句费力、衷合不易或是其他具有难度和挑战性的文献，也欢迎整理那些确有价值但被人们习见思维与眼光所遮蔽的文献，在我们看来，这些文献都可属于"稀见"。

书名中的"史料"，不局限于严格意义上的历史学范畴，举凡日记、书信、奏牍、笔记、诗文集、诗话、词话乃至序跋汇编等，只要是某方面能够反映时代政治、经济、文化特色以及人物生平、思想、性情的文献，都在考虑之列。我们的目的，是想以切实的工作，促进处于秘藏、边缘、零散等状态的史料转化为新型的文献，通过一辑、二辑、三辑……这样的累积性整理，自然地呈现出一种规模与气象，与其他已经整理出版的文献相互关联，形成一个丰茂的文献群，从而揭示在宏大的中国近现代叙事背后，还有很多未被打量过的局部、日常与细节；在主流周边或更远处，还有富于变化的细小溪流；甚至在主流中，还有漩涡，在边缘，还有静止之水。近现代中国是大变革、大痛苦的时代，身处变局中的个体接物处事的伸屈、所思所想的起落，借纸墨得以留存，这是一个时代的个人记录。此中有文学、文化、生活；也时有动乱、战争、革命。我们整理史料，是提供一种俯首细看的方式，或者一种贴近近现代社会和文化的文本。当然，对这些个人印记明显的史料，也要客观地看待其价值，需要与其他史料联系和比照阅读，减少因个人视角、立场或叙述体裁带来的偏差。

知识皆有其价值和魅力，知识分子也应具有价值关怀和理想追求。清人舒位诗云"名士十年无赖贼"（《金谷园故址》），我们警惕袖手空谈，傲慢指点江山；鲁迅先生诗云"我以我血荐轩辕"（《自题小像》），我们愿意埋头苦干，逐步趋近理想。我们没有奢望这套《丛刊》产生宏大的效果，只是盼望所做的一切，能融合于前贤时彦所做的贡献之中，共同为中华文明的成功转型，适当"缩短和减轻分娩的痛苦"（马克思《资本论》第一卷第一版序言）。

《丛刊》的编纂，得到了诸多前辈、时贤和出版社的大力扶植。袁行霈先生、傅璇琮先生、王水照先生题辞勖勉，周勋初先生来信鼓励，凤凰出版社姜小青总编辑赋予信任，刘跃进先生还慷慨同意将其列入"中华文学史史料学会"重大规划项目，学界其他友好也多有不同形式的帮助……这些，都增添了我们做好这套《丛刊》的信心。必须一提的是，《丛刊》原拟主编四人（张剑、张晖、徐雁平、彭国忠），每位主编负责一辑，周而复始，滚动发展，原计划由张晖负责第四辑，但他尚未正式投入工作即于2013年3月15日赍志而殁，令人抱恨终天，我们将以兢兢业业的工作表达对他的怀念。

《丛刊》的基本整理方式为简体横排和标点（鼓励必要的校释），以期更广泛地传播知识、更好地服务社会。希望我们的工作，得到更多朋友的理解和支持。

2013 年 4 月 15 日

目　录

前　言

　　刘孚周(1856—?)①,字三安,又作珊荓,江西省建昌府南丰县(今江西省南丰县)人,光绪十七年(1891)举人,世居县城转角街(今胜利路转角巷),遗址至今犹存。2017年春节,笔者在南丰意外发现其生前日记。

　　日记为稿本,每页8行,字数不等。目前尚存10册,其基本情况如下:光绪十九年癸巳(1893)八月至光绪二十年甲午(1894)八月一册;光绪二十三年丁酉(1897)十月至光绪二十四年戊戌(1898)十月一册;光绪二十四年戊戌十一月至光绪二十五年己亥(1899)十一月一册;光绪二十六年庚子(1900)十月至光绪二十七年辛丑(1901)十一月一册;光绪三十二年丙午(1906)六月至光绪三十三年丁未(1907)正月一册;光绪三十三年丁未正月至四月一册、四月至八月一册、八月至十月一册、十月至十二月一册;光绪三十四年戊申(1908)正月至四月一册。据刘氏后裔刘国兰女史所言,日记系其家传,原有四十余册,惜保管不善,大多散佚。笔者另见《刘三安临苏帖》《三安学书》《三安临北魏李璧碑、赵松雪草书千字文、北魏郑文公碑》等册,品相极佳,触手如新,是研究作者书法艺术的难得史料。

---

　　① 据顾廷龙主编《清代朱卷集成》,刘孚周出生于"咸丰戊午二月初八",即咸丰八年(1858),但据笔者所发现的《南丰刘氏族谱》(同治九年抄本),刘氏生于"咸丰丙辰二月初八",即咸丰六年(1856)。由于清代乡、会试朱卷普遍存在"官年"现象,此从家谱所载。卒年待考。

一

刘孚周家族系南丰望族,其先祖刘元载与曾巩(1019—1083)祖父曾致尧(947—1012)比邻而居,曾致尧《题刘居士江楼》流传至今,可资为证。刘氏家族自明清以来科甲蝉联、硕儒辈出。作为科举门庭,其显赫履历甚至被曾国藩(1811—1872)记录到日记之中,称刘星房其家"可谓簪缨盛族矣"。①

刘氏十三世祖刘埙(1240—1319),字起潜,南宋咸淳六年(1270)举人,著有《隐居通议》《水云村稿》《水云村吟稿》《水云村泯稿》等,均流传于世,为研究宋元文化史的重要文献。刘埙曾主持元大德四年(1300)《南丰州志》的编撰工作,这是南丰历史上的第一部志书,惜今已不存。但从刘埙开始,其家族成员便对历代《南丰县志》修纂多有参与,此传统一直延续到民国。

在日记中,刘孚周所尊称的"循吏公",即刘衡(1775—1841),字蕴声,一字帘舫。② 他是刘孚周的曾祖父,晚清著名数学家,曾官博罗、垫江、梁山、巴县等地,宦辙所至,政声卓著,有"刘青天"之誉,后入《清史稿·循吏》。刘衡的《吏治三书》(即《庸吏庸言》《蜀僚问答》《读律心得》)素为清代法制史学者推崇,其《六九轩算书》亦是晚清数学史的重要著作。刘孚周笔下常常表现出对数学的浓厚兴趣,实为家族熏陶使然。

---

① 曾国藩《曾国藩全集·日记一》,咸丰九年五月十一日条,岳麓书社,1987年,第385页。

② 关于刘衡的生年,《历代人物年里碑传综录表》《清人诗文集总目提要》均称其生于乾隆四十一年丙申,即1776年,此说较为流行。然据刘衡之子所撰《帘舫府君行述》:"府君生于乾隆乙未年十二月二十九日午时",故其生年当作1775年。请参见《中华历史人物别传集》第40册,线装书局,2003年,第381页。此外,文献中对刘衡的表字,另有"廉舫""莲舫"等多种写法,本文以行述"帘舫"为准。

　　刘孚周的祖父刘良驹(1797—1866)，字星舫，又作星房，道光九年(1829)进士，曾官两淮都转盐运使，故刘孚周称其为"都转公"。刘良驹与著名学者龚自珍(1792—1841)不仅为进士同年，亦是姻亲。①在张剑先生整理的《莫友芝日记》中，我们还能看到刘良驹与扬州文汇阁失火一事的重要关联，或许，那也是导致刘良驹被黜的重要原因。同治五年(1866)他去世后，好友曾国藩特为其撰写墓志铭，其中说：

　　　　后二年，国藩以兵部侍郎统湘中子弟复江西郡县，驻兵抚州。君时患目眚，流寓南昌，招至军中，贫窭如未尝为显官者，而高旷恬适，无戚戚之色。诵司马子长、韩退之、柳子厚诸文诗，不遗一字，初若不自知其履忧患而遭困厄也。②

　　更多的细节载于曾氏日记，此不赘。太平天国运动期间，南丰遭受重创，刘良驹双目近乎失明，他在庐舍被焚的极端困顿情况下，依然努力为家乡筹办赈济并投身地方书院的重建工作，尤值钦佩。
　　刘孚周在日记中所提到的"镐仲哥"，则为其堂兄刘孚京(1855—1896)。刘孚京，字镐仲，光绪十二年(1886)进士，《清史稿·文苑》有载。③他在少年时曾师从伯父、著名乾嘉学派学者刘庠(1824—1901)，其存世《南丰刘先生文集》由徐世昌(1855—1939)倡议出版，

　　① 刘良驹等《帘舫府君行述》："(刘衡)孙男八人，良骥子二。长赓，副监生，聘龚氏，仁和己丑科进士、礼部主事讳自珍公长女。"载《中华历史人物别传集》第40册，第384页。据此可知，刘良驹胞兄刘良骥娶龚自珍长女阿辛为妻。
　　② 曾国藩《两淮盐运使刘星房先生墓志》，载《南丰刘氏族谱》，同治九年抄本，私人藏。该墓志亦为《曾国藩全集》所失载。
　　③ 《清史稿》第四十四册"文苑三"，但仅有一句，可知该传记并未完成。中华书局，1977年，第13446页。同册中的贺涛传记亦有关于刘孚京的记载，第13445页。

据《贺葆真日记》载：

> （民国八年）七月九日：……班侯日前来京，偕仲方见访，并
> 以其先人文集为赠。初名《求放心斋集》，呈总统，总统以其校印
> 未精，命重刻焉，乃由上海聚珍印精印。又见吾父文集，遂改名
> 《刘先生集》，复冠以"南丰"，曰《南丰刘先生文集》云。①

初版《求放心斋文集》，江西省图书馆亦有藏。笔者细审之下，二
者仅在局部篇目上有所不同。刘孚京与徐世昌为光绪丙戌科（1886）
同年进士，彼此交情甚笃。民国二年（1913），陈三立（1853—1937）曾
满怀深情地为亡友刘孚京文集作序并回忆道：

> 光绪壬午春夏间，先侍郎方分守河北道，君则依妇翁怀庆知
> 府居河内，慈民先生（笔者按：即刘庠）尝挈君过先侍郎武陟官
> 舍，余适南归留长沙，先侍郎传命及之，曰："刘生所为文，庶几古
> 之能者也。"其秋，与君同列乡试举人，朋聚于南昌。自后七八
> 岁，每计偕，必与君俱留京师数月或逾岁。当是时，海内才俊故
> 旧集辇下，过逢络绎，而日以道义术业相切磨，晨夕昵语，为余所
> 兄事而弟畜之者，独君与丰城毛君实君两人而已。②

光绪十二年三月，他们再次于京师相会。易顺鼎（1858—1920）
《诗钟说梦》留下了生动记载：

---

① 贺葆真著，徐雁平整理《贺葆真日记》，《中国近现代稀见史料丛刊》第
一辑，凤凰出版社，2014年，第505页。这一段源自其《收愚斋日记》卷二十九，
系笔者重新断句并标点，特此说明。
② 陈三立《南丰刘先生文集序》，上海聚珍仿宋印书局，1919年。

　　丙戌，会试入都，四方之士云集。如陈伯严、文芸阁、刘镐仲、杨叔乔、顾印伯、曾重伯、袁叔舆辈，友朋文酒，盛极一时……一日大会于陶然亭，以"楚""檀"雁足命题，佳卷甚多。而刘镐仲以"高闱何人能相楚，长城今日竟悲檀"一联，由余阅卷，哀然举首。①

　　易顺鼎写下这段文字时，刘孚京已谢世多年。他黯然感喟道："镐仲去世久矣，思之曷胜怃然！"②

　　陈三立在本次大考虽中贡士，却因书法不佳而放弃殿试。不过，他却因此与刘孚京结下了更为深厚的友谊。刘孚周历经数次科举失利，后来任职于李有棻（1842—1907）、陈三立所创办的江西省铁路总公司。光绪三十四年（1908）九月，刘孚周还被委任为闽、皖、浙、赣四省铁路公所的调查员兼书记。③ 不过，刘氏缘何进入江西铁路公司，由于日记残缺，尚无从考证。倘若笔者的猜测不错，那很可能是由于堂兄刘孚京的关系。

　　此外，刘孚周的受知师狄学耕（1820—1899）亦特别值得一提。狄学耕，字曼农，江苏溧阳人。他曾两度出任南丰县令，前后历时六年。作为书画鉴藏家，狄氏因收藏有北宋《睢阳五老图》及元代王蒙《青卞隐居图》而声名显赫。刘孚周在日记中详细记录了狄氏的去世时间及晚年活动轨迹，并对其家族情况有所描述，对书画鉴藏史而言，实大有裨益。④ 因为这一层关系，刘孚周在上海工作时与狄学耕

<hr/>

①② 易顺鼎著，陈松清校点《易顺鼎诗文集》卷三十九《诗话联话》，湖南人民出版社，2010 年，第 1878 页。

③ 《申报》1908 年 9 月 30 日第 5 版"官事"，"商办铁路工会第二次会议……钟璞岑、刘三安为调查员兼书记。"

④ 参见拙文《晚清书画收藏家狄学耕生平史迹摭考》，载《新美术》2019 年第 7 期，第 27—44 页。

之子、著名社会活动家兼出版家狄平子(1872—1941)亦时有接触,据日记云,二人曾是青少年时的读书伙伴。[①] 凡此种种,尤其值得读者在阅读中留意。

二

刘孚周的乡试朱卷表明,其生父名刘廉(1835—?),母揭氏。据刘孚京《叔父惠民先生六十寿序》,刘廉"读书于其西斋,经史群书,罗列几席,日夕讽诵不辍,手写《汉书》《列女传》及诗古文词,皆成帙……好读书,终日不倦……而连蹇于有司,未尝获一遇知者。"[②]可知刘廉是一位未能谋得功名的读书人。

数年前,笔者在故乡发现民国十三年(1924)修《南丰市山揭氏家谱》,其中收录有《登侍郎行之公墓志铭》一文,落款"举人拣选知县子婿刘孚周"。清制,举人会试三科不中者,准予铨补知县。若一次不中者,可以州学、县教谕录用,是为"拣选"。在晚清,能得以铨补知县的举人数量极少,等待三十多年亦属常态。作者自中举直到科举废停,都没能获得这一机会。日记表明,刘孚周至少参加了三次会试,时间分别在光绪十八年壬辰(1892)、光绪二十年甲午(1894)和光绪二十四年戊戌(1898)。戊戌科会试时,刘孚周还赶上了九年一遇的"大挑",但未被选中。由于"大挑"重在"以貌取人",据此估计,作者的外表当十分普通。

清人写日记蔚然成风,究其动机,多含持敬修身、自律勤勉之意。刘孚周祖父刘良驹亦留有日记残卷,据云乃是受倭仁(1804—1870)的鼓励,此日记一直被刘孚周所珍藏。因此,作者撰写日记的行为,除去社会的普遍因素之外,也有先人的影响。从书脊的编

---

① 刘孚周《刘孚周日记》光绪二十五年(1899)十月六日条。

② 刘孚京《南丰刘先生文集》卷四《叔父惠民先生六十寿序》,上海聚珍仿宋印书局,1919 年。

号看,刘孚周生前至少留下了一百余册日记,此数量十分可观,它
应该记录了作者几近一生的活动。事实上,哪怕是这残存的十本
日记,亦可看出刘孚周敬而有恒的精神,可谓笔耕不辍。即便在遭
遇丧子之痛的日子里,作者也没有停止写作。本次所整理的日记,
其时间跨度为十六年,通观之下,笔笔不苟,字迹工整端庄、清秀可
人,绝少涂抹与窜改。作者的经济状况虽较为拮据,但他仍然注重
仪容,每隔数天便要规律性地进行"剃发"、更换衣服或洗澡。因
而,刘孚周的日常举止当颇为严谨,自我要求亦比较严格,十分符
合中国传统文人的行为准则。

　　作为举人,刘孚周最为关心的莫过于科举,能像堂兄及先人那样
获得进士功名是其最大的愿望。残存日记表明,他曾经无日不为此
而准备。光绪二十七年(1901),当变通科举的消息传来时,他这样表
示出内心的不满——

　　　　观刘、张两制军奏改科场章程,效法日本折子。此殆欲废科
举也,于国家维系人心之道,未见其便也。窃以为,方今天下急
务,第一在维系人心,而维系人心有两端,制民之产,周知间阎疾
苦,使各有所养,其一也;即以科目虚器鼓励之,亦其一也。
　　　　今"养"之一字,国家力不能及矣,柄国者固已讳言之矣,乃
又并此逼逼虚器,靳勿予人,则四民均失望矣。彼则曰:"凡吾所
云者,为储才地也。"噫! 天下之大,岂真乏才也哉! 特有才不能
用其才,用其才不能尽其才,尽其才或从而忌其才,因而轧其才,
斯明哲有见几之志矣! 夫效法日本,良是也。然亦思日本之民
曾有仰屋而嗟者乎? 日本之士曾有抱璞而泣者乎? 今一切不
问,而惟聚天下之声气于学堂,聚学问之声气于日本,无论率天
下而路。其虚矫奔竞之习气,患先中于人心。即使果有成才,而
被发左衽之性成,则尊周攘夷之志短。下焉者,细崽而已;上焉
者,通事而已;上而又上,则结识洋人以居奇,宁负朝廷,毋失此

终南捷径而已。求其乐操土风不忘本者,百不获一也;求其气慑天骄不误国者,千不获一也。其材虽为洋务熟习之材,其类浸成暮楚朝秦之类,则其人并非国家缓急可恃之人。此虽刻论,具有卓识,然则遵祖宗科目取士之成法,试通今博古之文章,风行草偃,气象一新,又何难焉!安用此纷纷扰扰为哉?①

　　戊戌变法时期,作者便在日记中抄录了有关科举变通的谕旨,但未置一词。庚子事变后,两宫西逃,清政府不得不宣布实施新政。刘孚周所云"奏改科场章程"当出自刘坤一、张之洞的《江楚会奏》第一折,此亦清末新政的重要文献。但显然,作者对之并不认同。

　　"科举一事,为自强求才之首务。时局艰危至此,断不能不酌量变通。"《江楚会奏》的意义不仅在于恢复百日维新时的改革方案,废除八股,改试策论并调整考试的内容与顺序,它更强调以广建学堂的办法,整改书院,发展新式教育,使科举与学堂"并行不悖"。张之洞考虑到科举士子的现实状况,故提出"俟学堂人才渐多,即按科递减科举取士之额为学堂取士之额"的过渡方案。同时,刘、张把大力奖掖海外游学亦作为一条重要措施,其优秀者,则回国后"按其等第,作为进士举贡",②这一点,刘孚周尤其无法接受。

　　此时距真正意义上的废除科举尚有数年时间,刘孚周远在南丰一隅,却已敏锐地嗅到了未来变革的气息。数月之后,身处山西太谷县赤桥村的刘大鹏(1857—1942)也在日记里发出感慨:"国家取士以通洋务、西学者为超特之科,而孔孟之学不闻郑重焉。凡有通洋务、晓西学之人,即破格擢用,天下之士莫不舍孔孟而向洋学,士风日下,

---

　　①　《刘孚周日记》光绪二十七年七月廿二日条。

　　②　上述内容请参见刘坤一、张之洞《江楚会奏变法折》第一折,两湖书院刊本,1901 年。

伊于胡底耶?"①

　　刘孚周虽对所谓"洋务熟悉之材"不满,但对于西学,他倒是远比刘大鹏熟悉。作者的堂兄刘孚翊(1848—1881)曾在光绪初年随郭嵩焘(1818—1891)、刘锡鸿(? —1891)出使英德,惜客死他乡,其诗文稿后由刘孚周保存。因而,作者较早便接触到海外及西学。② 他曾长时间阅读《万国史记》《三洲游记》等书籍,③以此增进对外国历史、地理的了解。他在日记里留下了购买并阅读《格致启蒙》的记录,是书由林乐知(Young J. Allen)、郑昌棪合译,江南制造局翻译馆于光绪元年(1875)出版,分化学、格物、天文、地理四卷。④ 晚清以来西学东渐,作为西方近代科学传入中国的著名启蒙读物,刘孚周自然不会放过。而在很长一段时间,他始终在坚持不懈地阅读《格致书院课艺》。从光绪十一年(1885)起,上海格致书院将其优秀课艺集结出

---

　　① 　刘大鹏著,乔志强标注《退想斋日记》光绪二十七年九月五日条,引文断句略有改动。山西人民出版社,1990年,第102页。

　　② 　刘孚翊,字鹤伯,一字纶阁,刘孚京之兄。刘孚周在日记中多称"鹤伯哥"。关于刘孚翊出使的前后经过,笔者曾有专文讨论,此不赘。读者可参见民国《南丰县志》《郭嵩焘日记》等文献及刘孚京《先兄手札书后》《先兄光禄君行状》,载《南丰刘先生文集》卷二。

　　③ 　《万国史记》,中村正直选、冈本监辅译。刘孚周光绪二十六年(1900)的日记残页曾有"《万国史记》十本"字样。该书约在光绪初年传入我国,共20卷,有8册、10册、6册三种版本,刘氏所读的或为1895年重刊本(10册)。关于《三洲游记》,日记残页有"……廉著"字样,或为"丁廉"。此书为日记体游记,系关于非洲探险的见闻,读者可参见张治《"引小说入游记":〈三洲游记〉的迻译与作伪》,载《中国现代文学研究丛刊》2007年第1期。

　　④ 　《格致启蒙》,共四卷,分别为:《化学》,罗斯古著;《格物》,即物理,司都霍著;《天文》,骆克优著;《地理》,祁觐著,均为英国人。笔者所藏《格致启蒙》未见出版时间,1875年的说法源自熊月之《西学东渐与晚清社会》第十二章"江南制造局翻译馆:译书中心"附表"江南制造局翻译馆译书目录",上海人民出版社,1994年,第540页。

版,这些课艺与传统书院的考察内容迥异,更为侧重科学、经济及时务,但关注面主要集中在特定人群。《格致书院课艺》最早由晚清著名学者、格致书院第二任山长王韬(1828—1897)主持出版,影响颇广。在王氏的生平密友中,有南丰人吴嘉善(1820—1885),刘孚周日记曾有提及,二人亦是姻亲。[①] 作为晚清第一位自学外语的翰林大学士及著名数学家,吴氏拥有驻美公使参赞及留美幼童监督的显赫履历,刘孚周对近代自然科学的兴趣是否也与吴嘉善有关,因日记残缺,暂不可考。

光绪三十三年(1907),作者在上海借阅过《无线电信》,研究过指南针,亦阅读了日本菊池幽芳的科幻小说《电术奇谈》,[②]该书又名《催眠术》,其创作灵感源自法国学者“动物磁气说”。刘孚周在当年二月的日记里,曾饶有兴致地记录了书中的主要内容。另有一次,他在游乐园观海狮影像,因而“悟得电光影戏之理”并以自己的语言予以解释,认为它是利用大量照片“片片递换,而以轮轴转之”的结果。此时距离电影的发明不过二十余年,绝大部分中国人对其一无所知。刘孚周竟能努力阐释其原理,虽不完全正确,亦可见其浸淫“新学”之深。

相比较而言,作者最为爱好的还是天文学、地理学及数学,尤其是后者。刘孚周应该读过陈忠倚编纂的《皇朝经世文三编》,相比较

---

① 吴嘉善的生卒年与流行说法有异,笔者此据上海图书馆藏《南丰东隅吴氏支谱》。刘孚周伯父刘庠娶吴嘉宾(吴嘉善堂兄)之女为妻,家族间其他成员亦多有通婚。吴嘉善,字子登,咸丰二年(1852)进士,为首任驻美公使陈兰彬的随行参赞,后出任清政府出洋肄业局总办,他在任上直接导致了留美幼童的撤回事件,详见容闳《西学东渐记》,吴嘉善与王韬的交往请参见《王韬日记》《弢园尺牍》等文献。笔者另有专文《吴嘉善与晚清留美幼童撤回始末》,此略。

② 刘孚周很可能是从晚清《新小说》中读到了《电术奇谈》。作者在日记中特注明了此书由“东莞方庆周译述、‘我佛山人’(即吴趼人)衍义”,因而,该书并非对原著的忠实翻译,而是有所改编和演绎。

前两部，《三编》更多关注于自然科学。其中，朱正元的《周髀经与西法平弧三角相近说》《西法测量绘图即晋裴秀制图六体解》曾引发作者的兴趣。[①] 在南丰，刘孚周绘制过《地球黄赤道五带图》，他得意地说："而二面绘之以合球式，此予创格也，绘图家从来所未有。"[②]看来，作者对自己的测绘水平，还是颇有几分自负的。

　　光绪二十四年（1898），作者会试失利返回南丰。在重振旗鼓之时，他对曾祖父刘衡的《筹表开诸乘方捷法》[③]发生了浓厚兴趣。那

----

　　① 《刘孚周日记》光绪二十七年五月六日条："阅朱正元《周髀经与西法平弧三角相近说》《西法测量绘图即晋裴秀制图［六］体解》"。笔者曾认为其源于《格致书院课艺》，经多次查证，二者均出自《皇朝经世文三编》卷八、卷九。《三编》亦将"制图六体解"误作"制图体解"。

　　② 同上，光绪二十七年五月十日条。

　　③ 刘衡的《筹表开诸乘方捷法》系《六九轩算书》中的一种，分上、下卷，成书于1870年。刘衡在序中说："衡少读泰西家书，熟筹算。既更得梅氏诸种，喜其立论显豁于泰西氏之学"，"今年（按：指嘉庆十二年）秋，京兆试报罢，旅馆无聊，同人以廉隅字索解者，忽触旧志，乃创立开诸乘方表，以济筹之穷，定为初商用筹，次、三等商第一廉隅共法者，用筹兼用表；二廉以下则专用表，平方无需此；至三乘以上诸方，廉数因乘递增，其间错综复杂，糅动至混淆，以筹并表御之。用筹则易于寻其源，用表则可以理其纷。顺逆次第展表，厘然循是法也，开百乘方如指掌也。"学者金福指出："刘衡的筹算开方是根据西洋算筹开方'廉隅共法'之法和梅文鼎的筹算开方之法发展而成的，而不是中国传统的筹算。"金福进一步指出，"刘衡的筹表开方术已能从理论上解决两个根以上不为零的开方问题，但开 n 乘方表每次只能填写两个方根不为零的情况，所以欲用筹表开方术开得两个根以上不为零的方根，要两次或多次用表才能完成"。金福最后总结说："开 n 乘方根之问题尽管从理论上已由贾宪所解决，但刘衡筹表开方术给出了一个具体、简便、颇为实用的方法，其开方过程简化了很多不必要的程序。可以说刘衡真正掌握了二项式展开规律及其高次方运算代数意义之精髓……筹表开方术从代数意义分析，实际上相当于已解决高次方程 $X^{n+1}=A(A>0$，为正整数$)$ 的一个正根问题。"详见金福《刘衡筹表开方术研究》，载李迪主编《数学史研究文集》第六辑，内蒙古大学出版社、九章出版社，1998年，第65—69页。

些时间,刘孚周几乎没有从事殿试卷的练习,他写道:

　　孚周略知笔算,每欲从事于此,苦无师承。今点读《六九轩
算书》竟,虽其中理趣颇多未达,似亦微有领悟。因就循吏公所
造开十六乘方以下诸乘方表,照原式减横格八层,其廉积行,亦
照原式减半,只存十八行,用朱画于小木板;为开八乘方以下诸
乘方表,并用白木制开方筹,至八乘方筹为限,又添制筹至十六乘
方为限。又制笔算小筹,为廉隅共法用也。从此庶可稍自练习,
以窃守高曾之矩矱,此正如学佛者,闻佛在西方,则出门西向而
笑,而未经慈航接引,终隔重洋几万里也。①

　　此后的几天,刘孚周除了在家中演习开方术,便是去"火巷张祠
对面进贤人辜万波小木店议做各筹及盒子",或者"到翰墨斋界开方
筹"。一时间,几乎完全沉浸于数学。同年四月十一日,刘孚周在日
记中写下:"先曾祖循吏公《六九轩算书》,予向有原印本,为狄绩堂借
去,不可复得矣,惜哉! 兹将旧藏钞本谨装订之。"后来,刘孚周把这
种珍惜之情付诸行动。光绪二十九年(1903),此书在上海石印出版,
刘氏不仅恭敬地题写了书签,还写下一通跋语:

　　……《六九轩算书》曩经先祖都转公刻于扬州,板久遗佚,家
藏但三两部,而张制军之洞载于《书目答问》,与罗茗香征君士琳
《观我生室汇》同列为"兼用中西法"。罗徵君者,即都转公延以
校《六九轩算书》者也。是此书海内收藏家或有之,然而仅矣。
孚周不肖,闲尝仰覆黄赤道南北诸星,俛稽环球千百国幅员,继
又措意于天元借根诸术,虽皆得其大略,苦无所师承,则谨依六
九轩尺算日晷新法、测量勾股尺、开诸乘方捷法表,一一手仿制

————————

　　①　《刘孚周日记》光绪二十五年四月十九日条。

之，回窥循吏公之所用心，庶希其精勤于万一，又凛乎深恐家学之湮坠也。迩来沪上，乃亟石印《六九轩算书》，以罄区区缵述之微忱，以一新当代学者之耳目，以视循吏公令猷在史册。①

不仅是张之洞的《书目答问》，梁启超在《清代学术概论》中也把《六九轩算书》著录其中。② 几年后，刘孚周又把该书捐赠给名噪一时的"国学保存会"。③ 作者为保存并推广先祖的数学成就，可谓不遗余力。

---

① 刘孚周跋《六九轩算书》，1903 年。《六九轩算书》，六种八卷，包括《尺算日晷新义》（上、下卷）、《勾股尺测量新法》（一卷）、《筹表开诸乘方捷法》（上、下卷）、《借根方浅说》（一卷）、《四率浅说》一卷，附《缉古算经补注》（一卷）。刘孚周出版的这部《六九轩算书》乃据道光庚戌年两淮转运局刊本石印而成，前有赵敬襄、杨丕复、梅曾亮及刘良驹序。刘衡此书最早出版于咸丰元年（1851），据刘良驹序云："良驹幼时随侍先君，读书城西之石钟山房，见先君日居所为六九轩者。授经之暇，时时布筹为乘除开方诸法，自制铜尺测量，随地立表或制器，及构室开户牖，悉寓勾股形数，其笃嗜也如此……洎先君服官粤蜀，所著算书数种，恒携以自随，晚岁归里养疴，检昔时手稿……良驹……至于算书孤学，知之者少，虑钞传舛误，非深明其学者不能雠校，故久未刊刻，会奉命转运维扬，乃得罗征君茗香精于算学，遂委之勘定……数月而毕。"落款时间为"咸丰元年辛亥季春之月"。参见刘衡著《六九轩算书》，光绪二十九年（1903）刘孚周石印本。

② 梁启超《清代学术概论》之《水地与算学》："自明徐光启后，士大夫渐好治天文算学……清初则王锡阐、梅文鼎最专精……自而以后，经学家十九兼治天算。尤专门者，李锐……刘衡……衡有《六九轩算书》。"中华书局，2016 年，第83 页。

③ 《刘孚周日记》光绪三十三年二月三十日条。国学保存会成立于光绪三十年（1904），由邓实、黄节、刘师培、章太炎等在上海发起。光绪三十二年（1906）成立了国学保存会藏书楼，旨在保护国粹，"庋藏古今载籍，搜罗秘要图书，分别部目，以供本会会员及会外好学之士观览"，辛亥革命后，保存会及藏书楼停办。刘孚周应该去的是刚成立一年的国学保存会藏书楼，而捐赠的这部《六九轩算书》，应该就是由他本人所出版的石印本。

刘孚周对于时局较为关注。他在日记中时常抄录各类邸报的相关信息,尤其是谕旨。对于一位身处南方小城的举人来说,这是他与外部世界保持联系的重要手段。作者的日常阅读较为广泛,作为南丰人,日记中也留下了他研读曾巩文集及乡贤梁份(1641—1729)著作的痕迹。而除了中国传统典籍,包括《劝学篇》《校邠庐抗议》在内的新思想书籍也会进入其阅读世界。至于林纾(1852—1924)所译的《鲁滨孙漂流记》和《巴黎茶花女遗事》(即《茶花女》)等西方小说,作者更是兴致盎然,读之不忍释手。曾经深深打动过郭沫若的哈葛德(Henry Rider Haggard,1856—1925)《迦茵小传》,亦令刘孚周喜爱,他在阅读后特意将该书卷首的夏曾佑诗句抄录于日记。

在南丰县图书馆古籍部,笔者意外发现了一部刘孚周所藏手抄本《钱谦益诗集》,内有"孚周读""南丰刘孚周所藏经籍金石书画印""种石轩"诸印。钱谦益的诗文在乾隆朝即遭禁毁,朝廷明令"毋任片简遗留"。步入晚清,文网渐弛,钱氏诗文集以抄本的方式逐渐出现在知识界。笔者对这部诗集进行了初步研究,其大半抄自《牧斋初学集》(有钱曾笺注),但缺漏极多,甚至还误收入姚鼐的若干诗作。从书中的刘孚周手迹分析,该书或购买于作者在上海工作期间。

与传统知识分子的书斋生活相似,刘孚周亦长期浸淫于书法,对各类金石碑帖,作者也颇为留意。"尊碑抑帖"是清代书坛的主流观念,但作者相对更注重于帖学一路。然综观之下,其作品秀媚有余而个性不足,总体上仍未脱离馆阁体书风的影响。客观说,刘氏的成就远逊于晚清南丰书法家鲁琪光(约1828—1898)和赵世骏(1861—1927)。

古代交通落后,科举士子赴京应考往往要花费很长的时间。日记中,作者曾严格自我约束,他在光绪二十年(1894)路经上海时曾写下:"碧桃娇小,燕语分明,饶有留髡雅意,悬崖勒马之际,倘稍不自持,则殆矣。"①文字写得颇为含蓄,无非告诫自己要经得起青楼美色

———————

① 《刘孚周日记》光绪二十年二月初三日条。

的诱惑——"君子之所不可及者,其惟人之所不见"。不过,到了光绪
二十四年会试时,刘孚周便已破戒,他在日记中频频留有"物色"的隐
晦记录。这些有意思的真实细节,对我们了解晚清科举士子的行为
种种,实不无裨益,而刘氏在天津偶遇的九十二岁应考举人"湖北荆
门州陈某",更可谓晚清科举的一大奇观。

　　光绪二十九年(1903)、光绪三十年(1904),清廷先后组织了癸卯
科会试和甲辰科会试,这是中国历史上最后的两次会试。刘孚周于
光绪二十九年十二月前后到达上海并为刘衡出版《六九轩算书》,他
是否参加了最后的两科会试,由于日记遗佚,尚无法确定。但笔者认
为,作者很可能已绝意科举。

　　刘孚周毕竟是一位普通知识分子,尽管对西学具有一定的认识
和水平,但就总体而言,其传统封建思想是根深蒂固的。他对康、梁
的变法主张不以为然,对戊戌六君子也缺乏同情,反而称他们的遇害
是"天下臣民实深快抃焉"。光绪三十三年(1907),光复会成员徐锡
麟(1873—1907)刺杀安徽巡抚恩铭,此事引起全国震动。作者同样
密切关注此事的进展及后续对秋瑾(1875—1907)的审讯,他斥责徐
锡麟的供词为"伪言",认为不过自抬身价并为孙中山开脱,其目的是
恫吓政府,虚张声势。尽管刘孚周最后也说徐的见识有过人之处,但
这并不意味着作者有任何意义的革命思想。他在日记中十分得意
的,竟是猜中了清廷为恩铭所赐的谥号为"忠愍"——"果如予之所拟
矣"。[①] 不过话说回来,我们也没有必要以今天的认知,去苛求一位
一百多年前的古人。

三

　　日记大致以光绪三十一年(1905)科举废停为界。作者在时代变
迁中经历了两种完全不同的生活,而这两种不同的生活又紧紧联系

---

　　① 《刘孚周日记》光绪三十三年六月初七日条。

着一些重大历史事件，它使这部看似普通的私人日记具有了相当的文献价值。随着近十余年来国内古籍文献整理事业的繁荣，我们完全可以将这部日记与其他史料相互联系、互为印证，在旁搜远绍的过程中进行卓有成效的比较阅读，让它在丰富广袤的历史文献群中彰显光芒，使微小的细节与局部在宏大历史中产生静水深流的功效。譬如，作者两次进京会试的见闻，若与其他亲历者所留下的文字进行对比（如《徐兆玮日记》《退想斋日记》等），可以挖掘出诸多鲜活的历史信息。作为晚清江西科举史的难得史料，这部日记的价值不言而喻。

　　二十世纪初，全国掀起了回收路权运动。光绪三十年十一月，江西全省铁路总公司在南昌百花洲成立，尝试以商办模式招股筹款建筑南浔铁路。有关南浔铁路的建设情况，日记中占有较大篇幅。由于作者亲身参与了这一艰难的历史进程，故日记对南浔铁路运营初期捉襟见肘、举步维艰的状况有细腻反映。应该说，作者有着较强的史料意识，除了身处事件当中之外，他还勤于抄录各类报纸的新闻报道，同时很注意收集不尽相同的社会观点。有关铁路公司协理陈三立与《中外日报》主编汪诒年关于"卖路"的口诛笔伐，刘氏的记录极为翔实。至于彼时的浙路风潮和日资进入南浔铁路的敏感问题，日记亦有一定程度的体现。作者在筹办三省铁路学堂的记录中，还无意间留下了中国现代物理学泰斗饶毓泰（1891—1968）的原始入学信息，①虽寥寥数语，亦弥足珍贵。值得重视的是，刘孚周在日记中所抄录的各种电报与往来信函，不少在目前尚属仅见。它们对江西铁路史乃至中国铁路史研究而言，均可谓重要的一手史料。

　　从另一个角度讲，该日记又是一部生动的乡邦文献，它极为真实地反映了晚清南丰的地方生活与文化，凡日用起居，里巷琐屑，均有着十分特殊的史料意义，而一些行将淹没的地理名词伴随时过境迁，

---

　　①　参见《刘孚周日记》光绪三十四年二月初八日的相关记载。

已几成鸿雪,它对地方史、区域史研究的价值更显弥足珍贵。作者的交游颇为广泛,日记中不仅出现了南丰县末代进士张履春(1858—1932)、南城县末代进士刘未林(1867—1933)及中国现代著名方志学家吴宗慈(1879—1951)等人的身影,也留下了陈宝琛(1848—1935)、汤寿潜(1856—1917)、郑孝胥(1860—1938)、刘鹗(1857—1909)乃至少年陈寅恪(1890—1969)的履痕。这些形形色色的晚清民国史人物,作者虽着墨不多,但不少细节均丰富了正史的有关记载,值得研究者予以重视。

作者颇热衷于校勘,尝点校《日知录》《春秋三传》及《淳化阁帖》等书籍,其中还包括杨守敬等编绘的《历代舆地沿革险要图》等历史地理学著作。但真正值得一提的,莫过于现藏北京大学图书馆的赵扬谦(1351—1395)著《六书本义》(明正德十五年胡东皋刻本),此书系明代文字学开山之作,名列"第四批国家珍贵古籍名录",曾经刘孚周点校。当笔者查阅该书时,刘氏的笔迹在历经百年后仍清晰可辨,不禁令人顿生感慨。

光绪二十七年(1901),作者多次提及"校勘九叔所编之《翻切指掌》"。他这样记录道:

> 九叔出示所著《反切谱》一大本,于出口、收音诸法及南北音韵不同之处辨之颇详,盖历十余年,稿凡屡易,始能如是,可谓勤而有恒矣。[①]

幸运的是,这部《翻切指掌空谷传声》(以下简称《翻切》)尚存天壤。该书系稿本,有"直方斋"印鉴可辨,原书半叶高 35 厘米,宽 19 厘米。1995 年,香港长城文化公司《罕见韵书丛编》曾将其影印出版。作为一部以官话语音为主要研究对象的音韵学著作,是书系"以

---

① 《刘孚周日记》光绪二十七年九月十日条。

《直图》(笔者按:即《韵法直图》)为蓝本,以反映官话语音为宗旨而编制的带有同音字汇性质的韵图"。① 由于刘孚周在校书时作了不少旁注——他将韵图所列字的地方读音与官话音进行对比,并特别将有差异的声母位加以讨论。刘孚周的这一举动,使得《翻切》从另一个角度"为我们勾勒清末南丰方言语音特征提供了非常难得的材料",②它对观察和理解十九世纪末南丰方言的声调系统,有着特殊的意义。到目前为止,这是唯一一部被发现的与南丰县相关的历史语音学文献。刘孚周在书中的笔迹及见解,更与日记所载形成了可资印证的史料关系。

《翻切》亦被收录于赣方言历史语音及词汇历史文献丛书《近代汉语——客赣方言文献集成》。③ 至于它的作者"九叔",亦非刘孚周伯父刘庠。④ 笔者考证后认为,此"九叔"名为刘序,曾任浙江省湖州府乌程县主簿,后官湖州府安吉县丞。⑤

此外,日记中留下线索的关于刘衡《六九轩算书》的多个版本,如

---

①② 李军《江西赣方言历史文献与历史方音研究·绪论》,商务印书馆,2015年,第19页。

③ 乔全生主编、李军编著《近代汉语——客赣方言文献集成》(全三卷),商务印书馆,2023年。

④ 参见李军《江西赣方言历史文献与历史方音研究》第四章第一节"《翻切指掌》的作者与成书年代"。作者认为,《翻切指掌》的作者很可能是刘衡之孙,清末著名文学家、语言学家刘庠,第174页。事实上,刘庠为刘孚周的伯父,不可能被称为"叔"。

⑤ 在日记里,刘孚周多次谈到"九叔",但都没有留下字号及姓名。据史料分析,"九叔"在浙江为官的时间较长。《刘孚周日记》光绪二十五年十一月八日载:"接九叔十月廿二日杭垣来函云,功班到班,委署湖州府安吉县丞……"。次年十二月十八日,刘孚周在日记中说:"曼卿弟自浙江安吉县梅溪署回,知九叔已留任云。"可知九叔在浙江安吉任职。考刘氏光绪十七年乡试朱卷"嫡堂叔"有名为刘序者,"附贡生,浙江候补县丞,署乌程县主簿"。两相联系,《翻切》的作者"九叔"当即刘序。不过十分遗憾,目前尚未发现更多的信息,俟考。

极为珍贵的刘良驹手定本（现藏辽宁省图书馆）及两淮盐运署本、刘
孚周光绪二十九年石印本，目前均已被发现。刘孚周泉下有知，自当
含笑。

从现有史料看，刘氏大约于清亡后不久即返回江西故里，以遗老
自居。民国九年（1920），《申报》突然刊登了一则来信，系作者写寄直
系军阀首领、时任中央陆军师第三师师长吴佩孚（1874—1939），读来
颇有意趣。事情缘起于吴佩孚的某次征联，其出句是：

北方有东海，南方有西林，看这两个东西，怎样调和南北。①

其中的"东海"指北京政府大总统徐世昌，东海系其郡望；"西林"则指
南方军政府总裁岑春煊（1861—1933），"西林"为其籍贯。因而，"东
海""西林"均是以地名指代相应人物。上联嵌入"东西南北"四个方
位，同时又影射南北两国会所形成的割据局面，所谓"怎样调和南
北"，意指第二次南北和谈。工整之外，虚虚实实，暗合时事，的确是
一个极为精巧的出对。刘孚周因在九江旅馆邂逅两名军官，闻听吴
佩孚悬赏千金以征集下联，于是"夜卧思之，跃然而起，曰：'吾得之
矣！'"他的对句是：

秋季变冬初，春季变夏首，似此四时冬夏，何如一统春秋。

刘孚周对自己的下联颇有几分得意，他进一步解释道：

此亦按切时事以立言也，"冬夏"二字见《战国策》黄歇上秦
始皇书，曰："物至而反，冬夏是也。""一统春秋"即"春秋大一
统"，皆有根据，毫不牵强。因而辄发狂言谓天下士，苟有能于孚

① 《申报》民国九年（1920）9月11日第三版《南丰刘孚周寄吴佩孚信》。

周此对之外，更能属对吴师长之语者，孚周亦愿酬以洋边一千元。①

但刘氏强调，他并非计较于所谓的悬赏，只不过想促成一段文坛佳话。他说："孚周前清遗老，归里八年之久，未与本邑一切团体，未沾民国分文利益。耳顺过半，志学糜他，视疏水若肥甘，岂利财之所敢溺！"②从日记看，刘孚周的性格颇为较真，加上长期拮据的经济状况，他应当也是十分渴望得到这笔赏金的。

刘孚周擅长对联写作，但平心而论，此对尚未达到理想境界，在构思和格局上明显逊色。尤其以"冬初"对"东海"，亦属失对。刘孚周后来是否得到吴佩孚的回音，暂不得而知，但就对联而论，情形恐十分渺茫。

民国十三年（1924）十一月，《时报》又刊出一则消息，程渔舟、刘孚周、秦梦觉三人发起成立"小小电影研究社"，③此为民国电影史的重要事件。由于著名导演曹元恺等曾长期为社员们授课，故而该社亦名噪一时。只不过，刘孚周是否再度重返沪上，目前还缺乏更为坚实的史料依据。倘若此刘孚周即彼刘孚周，那么，研究社的成立，将是日记的主人留给这个世界最重要的贡献之一。

作为江西省近十余年来首部被发现并整理出版的晚清私人日记，希望《刘孚周日记》的面世能引发江西公私收藏对此类历史文献的高度重视，这也恰是《中国近现代稀见史料丛刊》编纂的初衷。十

---

①② 《申报》民国九年 9 月 11 日第三版《南丰刘孚周寄吴佩孚信》。

③ 请参见《时报》民国十三年 11 月 9 日第三版"影戏界消息"。只不过，刘孚周此时已年近七十，加上长期里居，他能否再度前往上海，是否有条件长期关注并研究电影，均存在疑问。笔者怀疑，他们或非同一人。笔者同时检索了"小小电影研究社"的其他资讯，但均未发现刘孚周的更多行踪，有待进一步考证。

分幸运的是,本日记整理接近尾声之时,刘孚周祖父刘良驹的日记被意外发现。未几,南丰县光绪十六年(1890)进士、曾官甘肃都督兼民政长的赵惟熙(1859—1917)日记亦浮出水面。在刘孚周的笔下,赵惟熙屡有提及并被尊称为"芝珊太史"。此等殊胜因缘,实令笔者欣喜万分。我们将尽快投入工作,使这两部新发现的日记能尽早公诸于世。

本日记的整理点校由封治国总负责,刘国兰女士及中国美术学院艺术人文学院博士研究生李文昌、复旦大学古籍所中国古典文献专业博士研究生史梦龙分别承担了分册的整理工作。中国美术学院王霖先生及李文昌博士在通读全文后纠正了不少错误,北京印刷学院龙友先生、宁波大学吕作用先生及中国美院邱子恒等同学对日记的整理亦有贡献。陆毓民先生为日记的搜寻劳心费力,在此谨表谢忱。笔者学殖既浅,水平有限,舛误之处在所难免,敬请广大读者批评指正。

封治国

2023 年 7 月 23 日一稿

2024 年元旦二稿

2024 年 8 月 31 日三稿

2024 年国庆四稿于中国美术学院

凡　例

一、日记原稿多有残缺，凡遇残损严重，无法确定所缺字数时，以"……"标示；能确定处，则以一"□"代表缺一字。属原文省略号者，均出注说明。

二、日期与干支多有破损。凡手稿中留有清晰推算线索处，则将推算日期与干支补充，以便查阅。括号内的日期为转换后的公历日期。

三、凡有必要作补充说明处，则出以脚注。手稿中的明显错讹或笔误，整理时予以改正，不另作说明。少数有伤文意的缺漏字以"【　】"进行补充。

四、原稿中所记同一人物，其字、号常写作同音字和近音字，多与作者的方言习惯有关，如吴宗慈字"霭林"，日记中常作"爱林"；李鸿逵号"小川"，日记中作"小泉"，郑孝胥字"苏盦""苏勘"，日记中时作"苏堪"。凡此种种，整理时尽可能保持原貌，不予改动。特别需要说明之时，则出以脚注。

五、繁体字统一转换为简体字，如"升、陞"皆转为"升"。通假字、异体字亦改写为常用简体，如"薙发"作"剃发"、"薄莫"作"薄暮"、"麪"作"面"、"仝"作"同"、"糜费"作"靡费"等。

六、原稿含有大量小字夹注。人名字号亦常以小字记录，整理时皆以小号字体表示，部分加以括号。此外，原稿页眉处多有文字，整理时以楷体、前后加"〔　〕"标识。

七、原稿中常以苏州码记数，整理时视情况将其转写为中文数字或阿拉伯数字，并以脚注方式说明。

八、文中凡出现"(上略)""(中略)""(下略)""(未录)""(补录)"等字样,均系日记原文,非整理者省略或补录。

九、为方便读者阅读,日记中的部分内容予以分段处理。

十、作者在日记写作过程中,常有摘抄文献的情况。由于年代久远,加之抄录的来源不详,整理时无法一一核对原文,故而标点的处理仅代表整理者个人的理解,读者在使用时须谨慎。

光绪十九年癸巳(1893)

八　月

光绪十九年癸巳八月初一日建庚戌(9月10日)　晴。写殿试卷一开。谭震青、刘济明两同年来,谈良久。晚间,予往揭宅,在吴岳母处饮,夜回。五更,见金星移至昴宿东,相距三度许。

初二日(9月11日)　阴。写殿卷一开。擂墨写大字若干张。

初三日(9月12日)　雨。写殿卷一开,大字若干张。才叔来谈良久。

初四日(9月13日)　晴。剃发。宜仲为其长子设奠,往炷香,即在彼吃饭。饭……偕来书房坐,旋去。写殿卷一开。

初五日(9月14日)　……写殿试卷一开。圈读《易经》。未刻,到济明、琳石书房坐……震青之席,在座者章仰宾老伯、济明、勘旃、曾某……民叔、予及东道共八人,夜后归。

初六日(9月15日)　阴。早间到震青书房,旋与震青、济明及某某等,共在勘旃处饮。饮罢,往揭宅一走。回写殿卷一开。

初七日(9月16日)　阴。写殿试卷两开。为人书"土谷惟修"四大字招牌。往视六姑婆之病,似是痢症,甚可危也。夜,二母舅来坐。

初八日(9月17日)　阴。写殿试卷一开半。为震青同年作印两方,阴文"谭承元"三字,阳文"震青"二字。夜读明文。

初九日(9月18日)　阴。写上伯父安禀,由揭某带省交五弟转寄,并致四弟、五弟信一函。为人书折扇二柄。晚到揭宅交信。夜读文。

初十日(9 月 19 日) 阴。写殿卷一开。剃发。明日伯父七十岁生辰,为张屏及料理烛、爆等件。

十一日(9 月 20 日) 阴。为人书隶字女折扇,又书小条幅。伯父生日,上厅设酒面,为作东。晚间到震青处谈,又到九侍公处一走。

十二日(9 月 21 日) ……小楷女折扇,又为怀祖叔书扇。写殿卷半开。

十三日(9 月 22 日) ……写殿试卷三开。圈读《易经》。云湖叔来坐。夜研墨。

十四日(9 月 23 日) ……写殿试卷两开。为人书折扇。

十五日(9 月 24 日) ……热,剃发。写殿卷半开。午到揭宅各处及廷尉第□□旋回过节。酒阑,将前在上海携来之蟠桃核三枚,令吉福种于尚有西斋廊庑前。读《贾谊传》。

十六日(9 月 25 日) 晴,大热。写殿试卷两开半,圈读《易经》。晚到赵莘野伯处坐,顺往揭宅视吴太岳母之病,步月归。

十七日(9 月 26 日) 晴,大热。写殿试卷五开,为人书折扇,圈读《易经》。翔鹄叔生孙,往贺之。夜读明文。

十八日(9 月 27 日) 晴。写殿试卷两开、白折一开、大字若干张。圈读《易经》。

十九日(9 月 28 日) 阴。李六姑婆于昨日戌时弃世。晨起,往贺终,并为书孝榜,即在伊家早饭。饭罢回,写殿卷一开、白折一开,圈读《易经》。晚间,往视吴太岳母病。

二十日(9 月 29 日) 晴。写殿卷一开。申刻,六姑婆入殓,往视之,即在伊家吃饭。剃发。晚间,到揭宅一走。

廿一日(9 月 30 日) 晴。写殿试卷两开、白折子两开。夜读《董仲舒传》。

廿二日(10 月 1 日) 阴。写殿试卷两开、白折子两开。午间,云湖叔来谈,良久方去。夜到揭宅。

廿三日(10 月 2 日) 阴。写殿试卷两开、白折子两开半。代兴祖作挽李六姑婆联云:"同攸居已廿余载,日用巨细,备荷勤拳,溯我祖我父,罔不赖有规绳,迄藐躬而棘痛方新,又失重姑增一恸;矢烈操者五十年,天语褒扬,足偿苦志,羡若子若孙,亦既克承堂构,昌厥后则兰枝更衍,好传师氏话千秋。"又用伯父、父亲口气挽李六姑婆云:"隔杨数武,忽听虞歌,试计吾尊行有几人哉,此怀胡能遣也;茹蘖终身,克垂壶范,亲见其曾孙生两日矣,彼苍所以报乎。"

廿四日(10月3日)　雨。周砚孙表妹倩来,托言黄府赘亲喜期事。砚孙去后,代兴祖书挽六姑婆联。又为揭昌平表弟书红笺条幅八张。又书送昌平完娶喜联。夜到二母舅处。

廿五日(10月4日)　阴。揭季常为其母设奠,早间往炷香,即在伊家吃饭。午后回看砚孙,并诣春圃表叔言事,未晤。遂往揭宅,至夜方归。黄佛生襟兄午间过访,伊自苏来,将入赘于揭府者。五弟自省乡试回,夜后抵家。用镐仲哥口气挽李六姑婆云:"八年前溯谒鱼轩,大父仰侪行,见说高风媲孟母;千里外惊回鸾驭,微官羁岭表,空凭皓月吊共姜。"

廿六日(10月5日)　大雨。鹤伯哥嫂五十生日,与五弟往贺之。顺至云湖叔、翔鹄表叔处。又往回看黄佛生,晤张柳翁,因与同至揭宅言事。予旋回,写殿试卷一开半。晚在鹤嫂处吃素面,旋与五弟往靖叔公家一坐。又到翔鹄叔处,因明日为六姑婆设奠,位置一切须襄助云。

廿七日(10月6日)　阴。剃发。往六姑婆灵前炷香,竟日在彼知宾。晚间写殿试卷半开。宜仲来,因将建郡转咨文事托伊代办。接许年伯仙屏师回信。四弟自省乡试归。夜与五弟到仙洲、庚春等处一走。

廿八日(10月7日)　阴。写殿试卷两开、白折一开。父亲因受寒气,呕数次,头微晕云云。夜睡甚酣,次日遂愈。读《诒炜集》,作书后一篇。《诒炜集》者,许仙屏河帅侧室梁淑人既没,河帅作诗悼之,并附诸公哀诔之词,都为一集者也。

廿九日(10月8日) 阴。六寿叔、文光弟、储德兴姊丈均来坐。为云湖叔写送人喜联。写殿试卷一开。内子归宁。予晚间到揭宅及六寿叔书房一坐。

三十日(10月9日) 阴。家燕帏、章晓湘、谭震青、李舒士诸君均来坐。为黄佛生书喜帖。

九 月

初一日(10月10日) 写致镐哥信,由饶某带去。回看舒士、晓湘、燕帏。揭十一妹明日招赘,今晚辞堂,往贺之。夜在端甫书房住。

初二日(10月11日) 阴。剃发。午间,予与震青、端甫、端士为揭府陪新姑爷,夜遂在彼观闹房,二更后归。

初三日(10月12日) 阴。早间往捕厅署吊钟梅生少尉,旋至揭宅吃粉。午后访舒士,未晤。赵莘野老伯来坐。

初四日(10月13日) 晴。写殿试卷一开、白折子一开。圈读《易经》。夜到揭宅一走。

初五日(10月14日) 晴。为靖伯叔公绘扇。晓湘来邀予与五弟往济明、舒士处,均未晤。予因至乳泉、宜仲两处一走,旋与晓湘及五弟往邀震青,同至江勚旃书房。盖勚旃从兄焕文之次子新婚,往贺之,即在彼饮新房酒。酒阑,至靖叔公书房一走,日已夕矣。内子回。

初六日(10月15日) 晴。早间,兴祖请予至伊家为正民叔书墓碑三方。午间,为晓湘书座右铭篆屏一幅。为昌平表弟书楷字对子一副、篆字对子一副。舒士来坐。

初七日(10月16日) 晴。写殿试卷两开、白折子一开。张绥伯、宜仲、六寿叔、李琳石先后来访。震青有字来,约赴江宅闹新房。薄暮时往,凤笙、晓湘、六寿叔、顺臣、萧某均在彼。酒阑,回已三更矣。

初八日(10月17日) 晴。写殿试卷三开、白折一开。为琳石书各体斗方四张。夜圈袁子才时文。

初九日(10月18日) 晴。又为琳石写各体书斗方十二张。夜圈子才文。

初十日(10月19日) 晴。剃发。早间到靖叔公家。午为舒士写条幅,又为勘斾写扇。写殿试卷一开。

十一日(10月20日) 阴。写殿试卷两开,为人书折扇。午后偕四弟往揭宅。黄佛生请饮新房酒,赵腾士、端士、仲宣、谭震青、章晓湘、张绥伯、宜仲、尔昌、再曲、储霞舫、仙舫、周砚孙、吴端甫、成甫、揭仙洲、庚春兄弟等均在座,二更后罢。

十二日(10月21日) 晴。写殿试卷两开、白折一开半。写大字十余张。

十三日(10月22日) 晴。写殿试卷两开、白折子两开。又春弟来,嘱书扇。圈读《易经》竟。今年恩科江西乡试题:"子曰:道千乘之国"全章,"衣锦尚䌹,恶其文之著也","守先王之道,以待后之学者";赋得"日照香炉生紫烟"。上灯后,予与诸同人出东门探听捷音,至三更时,方知南丰中陆善元、赵世猷、黄信任三人。

十四日(10月23日) 晴。早间往陆、赵、黄三家道贺,即在黄卓群处饮。午到晓湘书房坐良久回。写殿试卷一开、白折半开。晚与四弟往吊勿轩七叔婆,心伤目惨,真有不忍言者矣!

十五日(10月24日) 晴。写殿试卷一开、白折一开半。圈读《书经》。夜写大字。

十六日(10月25日) 晴。写殿试卷两开、白折一开、大字若干张。晚往视靖叔公之病,并至揭宅。黄卓群来访,未晤。

十七日(10月26日) 晴。为卓群书名片。聘三先生来谈良久。写殿卷一开。夜到五弟房内坐,伊连日患疟,已稍痊矣。旋至揭宅,在彼吃饭,步月归。

十八日(10月27日) 晴。写殿试卷两开、白折一开、大字若干张。晚到靖叔公处一走。夜研墨。

十九日（10月28日）　晴。张砚侯舅公解组归，午间来坐，绥伯、苣叔偕来，予旋往回拜焉。写殿卷两开、大字若干张。内子有寄黄姻伯母针黹等，予为之作书，托十一妹带苏转寄杭州。

二十日（10月29日）　晴。写殿试卷三开。为绅佩叔写寿屏第一张。内子归宁。午后云湖叔、文江叔来坐。夜圈袁子才时文。

廿一日（10月30日）　晴。写殿试卷一开。为绅佩叔写寿屏第二、三、四、五、六张。夜研墨。

廿二日（10月31日）　晴。写殿试卷一开。为绅佩叔写寿屏第七、八、九、十张，写完。夜圈子才时文。

廿三日（11月1日）　晴。为人写红笺大联三幅。又为人作挽联并书。

午后文江叔偕曾美尊来，且持其在广教寺侧所得之古砖见示。砖长尺余，厚三寸，阔四寸有奇。余辨其文曰："延陵唐，当日光，宜子孙，大吉羊，宜侯王，因亭师于此。"共二十字。按曾肇《军山庙碑》云，旧传吴芮攻南越，驻军此山，其将梅铞祭焉。礼成，有士骑麾甲之状，因号"军山"云云。然则此砖文曰"延陵"者，隐吴姓也；"唐"者，或其当时主将之名；"停""亭"字古通用，曰"亭师于此"者，是驻军此山之说，信矣。汉人瓦当文及金石器铭，多用"宜子孙""大吉羊""宜侯王"等语。而此砖文，字法劲古朴，类古缪篆体，非晋唐以后人所能作，的系汉砖无疑。广教寺在六都市山，去军峰甚近，又其得砖之所似古墓，今陷为池塘，其中砖类此者甚多。或范花鸟像，或范他文字，多不可识。有一砖识其"泊桂械于石之高堂"八字，"械""域"字古亦通用。"域"者，茔域也。疑此处盖当时吴芮之别将姓吴名唐者葬所也，且范土为砖，而铭以"吉羊"等语。复申之曰"因亭师于此"，以表其葬此之由，而为子孙绵远发祥之吁祷，非大力者不能。则信乎此砖为汉人坟陇中物，与军峰矗立者，共千古也已。

夜到文江叔处谈，回圈子才时文竟。

廿四日（11月2日）　阴。写殿卷一开。为家凤笙楷书小条幅。

剃发、濯足，甚爽适，修养家云："脚宜常洗，发宜常梳。"诚然。夜到靖叔公处一走。

廿五日（11月3日） 晴。写殿卷两开、白折半开。震青来谈，因邀其同至文江叔处观古砖铭。予旋在绅佩叔处吃饭，饭罢，到揭宅观庚春兄弟课艺。夜后回家，四弟来观写大字，因与讲论各帖。

廿六日（11月4日） 晴。仙洲之次女许字赵伯蕃之子，请予为写全红帖子。午间回看曾美尊，适文江叔亦在彼，与谈西洋人机器等事，甚有条理。回书房装潢《道福碑》。

廿七日（11月5日） 晴。写殿卷两开。恒士表哥因登□室，被板压伤手膀，往视之。午后往祝绅佩叔五十双寿，早晚均在彼处饮，顺往云湖叔处一坐。

廿八日（11月6日） 晴。写殿卷四开。晚在绅佩叔家饮贺寿酒。

廿九日（11月7日） 晴。写殿卷三开、大字若干张。内子回。梳发。

十 月

初一日（11月8日） 晴。写殿卷一开半。为人书折扇。舒士、六寿叔、黄德容均来坐。晚间，予同内子往府官巷观剧，二更后归。

初二日（11月9日） 晴。写殿卷两开。文江叔来观本科《江西闱墨》，因邀予回看震青，未晤。晚间予回舒士看，并送缴为其门人阅课艺两篇。夜往观剧。

初三日（11月10日） 晴。写殿试卷两开。午后往松门祠饮清明酒。夜写大字十数张。

初四日（11月11日） 阴。写殿试卷两开、白折子一开，又为人书扇一柄。震青同年来坐，告知于初六日偕仙舫起程进京。晚间，予即往送震青之行，并偕震青到李铁庵处。铁庵工铁笔，同邑人曾学于季玉堂者也。予旋到仙舫及晓湘两处，夜归，写大字若干张。

初五日(11月12日)　阴。早间回看黄德容,未晤。午写殿卷两开、白折子两开。储仙舫来辞行,谈良久去。夜写大字若干。

初六日(11月13日)　晴。剃发。写殿卷一开半。仿柳体为周砚孙之弟丽卿写小字条幅。到揭宅一走。夜为周晴峰写隶书条幅四张。

初七日(11月14日)　晴。写殿试卷一开半。父亲五十九岁生日,备酒面一桌。双亲、十妹夫妇、八妹夫妇及外甥、甥女并五弟,予司壶焉。四弟因往祖坟祭扫,未与饮。酒阑,予与仙洲、庚春往军山殿观剧。夜写大字二十余张,临柳帖。

初八日(11月15日)　晴。与四弟、五弟在正民叔家为书孝榜及挽联。夜写大字,临柳公权《魏公先庙碑》、欧阳询《九成宫醴泉铭》各若干张。

初九日(11月16日)　晴。写殿试卷两开、白折子两开。晚间到李铁庵处,铁庵为予作印三方,甚佳。予旋至宁师书房一坐。

初十日(11月17日)　晴。赵莘野伯嘱书匾字款。写折子半开,又写寸楷,临《九成宫》。

十一日(11月18日)　晴。写送杨姻伯母祭幛,用父亲、伯父款;又写送杨姻伯母挽联,用予与四弟、五弟款,用洋绿写篆体字。又写殿卷一开。晚到揭宅一走,夜写寸楷两张。

十二日(11月19日)　晴。代伯父、父亲口气挽正民叔云:"皓首正难期,空传禄阁乌台,食旧德之名氏;红尘了如梦,为祝宣妻瑰子,振坠绪于门间。"用隶体写。又发寄春农妹倩信,并附去送杨姻伯母祭幛、挽联,共一总包,由公义和信局寄。写殿试卷半开。

十三日(11月20日)　晴。代赵文奎姑公及吴某作挽正民叔联各一幅,又为正民叔家写祭幛、挽联等件竟日,在彼吃饭。晚间到揭宅一走。夜研墨,与四弟谈家务。

十四日(11月21日)　晴。为聘三先生写匾字款额。早晚均在正民叔家吃起厨饭。午,李铁庵来谈,予出让之先生所作印与观,极深叹赏。铁庵又为予作印六方。夜到揭宅。

十五日（11月22日） 晴。为刘倚云书联。正民叔明日出殡，今午设奠，伊家请父亲为之点主，予竟日在彼。

十六日（11月23日） 晴。父亲送砚侯舅公菜一席，予带吉福送至伊家，晤舅公及绥伯。宜仲交来会试请咨印照一张。午后送正民叔殡，予旋为之祀后土于南门。回至书房，写殿卷半开。二母舅持寿文来嘱予斟酌署款，旋复至正民叔家吃晚饭。

十七日（11月24日） 晴。天降霜，颇寒。写殿卷一开、折子一开。午后在正民婶家饮酬劳酒，旋到揭宅、箓秀叔家及李铁庵处。父亲大解不顺适，睡竟日，遗尿尤多，奈何奈何！

十八日（11月25日） 晴。父亲得大解，已痊愈矣。予午间乘肩舆至包坊，为包云湖姻伯炷香，饭罢即回城。写殿卷一开、白折子一开。夜在柏村叔家饮暖房酒。舒士来访，未晤。

十九日（11月26日） 晴。柏村叔完婚，午后往贺之，即在伊家便饭。回写殿卷半开，又写大字。夜往柏村叔家观闹新房。早间回看舒士。

二十日（11月27日） 晴。早起，与五弟乘肩舆往青塘，祭扫先王父都转公暨先王母周淑人墓。上灯后始回城，即往柏村叔家饮新房酒。顺至揭宅一坐。

廿一日（11月28日） 晴。写殿卷一开半。午后与四弟往冷水坑先母墓前祭扫。回为人书对联。夜间晓湘来坐。

廿二日（11月29日） 晴。早间往张蒲生姻叔家炷香，在彼吃饭。回为人书对联四幅、大小条幅四幅。夜研墨。

廿三日（11月30日） 晴。晨起，与四弟、五弟往贺储苣孙之母八旬生日，吃围碟面。午间为二舅父写寿屏第一、二张。李铁庵来。

廿四日（12月1日） 晴。为二舅父写寿屏第三、四、五、六、七张。

廿五日（12月2日） 晴。为二舅父写寿屏第八、九、十张。上厅举办都转公清明酒,午间行礼,申刻饮酸。① 予又为健生叔公书对联。

廿六日(12月3日)　晴。为二舅父写寿屏第十一、十二张,写完。往上厅吃都转公挂纸饭。午后与庚春、又春至张宅,因柳桥舅公之夫人营斋礼忏,今日为始也。顺到铁庵处一坐。剃发。

廿七日(12月4日)　晴。谢贻清来,代胡绚臣姻伯求书对联。接九叔九月二十六日浙江来函,知事缺已于八月廿日交卸云云。晚间到揭宅两边各处坐。

廿八日(12月5日)　晴。昌平表弟择于十一月初二日完娶,厅堂须位置一切,予与四弟竟日在彼。南城梅甘畬同年来访,未晤。

廿九日(12月6日)　晴。将九叔近状告知国亦老太,至太史第一走。旋往老暄盛药店,答拜梅甘畬同年,顺至十一舅母处晚饭。饭罢,至晓湘书房,晓湘出其落卷见示。三场均极意经营,荐而不售,惜哉!

---

①　"饮酸"在日记中多次出现,一般用于祭祀等场合。民国《南丰县志》卷一"风俗"载:"冬至,行祀先礼,家酿红酒。"这里所讲的红酒,不是指葡萄酒,而是明清时期广泛流行于江西省建昌府各县的红曲酒,一般称"建昌红酒"。明代高濂《遵生八笺》所记甚详,据其云:"用好糯米一石,淘净倾缸内,中留一窝,内倾下水一石二斗。另取糯米二斗煮饭,摊冷作一团,放锅内盖讫,待二十余日,饭浮浆酸,摅去浮饭,沥干浸米……用白曲三斤,槌细,好酵母三碗……将饭分作五处……用红曲一升、白曲半升,取酵亦作五份,每份和前曲饭同拌匀,踏在缸内……十一月,二十日熟;十二月,一月熟;正月,二十日熟。"(《遵生八笺》卷十二"酿造类·建昌红酒",嘉庆十五年弦雪居重定本,叶33b至叶34b)从现代科学的角度看,红曲酒的酿造与红曲霉菌关系密切,红曲霉在代谢过程中产生大量有机酸,故口味香甜带酸。整理者认为,日记中的"饮酸"就是指饮用土法酿造的建昌红酒。本着严谨的原则,整理者曾四处向南丰县文史专家及耆老打听,但均表示未曾与闻。建昌红酒早已退出南丰习俗,存世文献亦较少提及。所谓"饮酸",很可能是刘孚周家族内部流行的一种说法,以区别于日常生活中的"饮酒"。事实是否如此,暂录此备考。

三十日(12月7日)　晴。早晚均在揭宅吃起厨饭。到李铁庵处,铁庵旋来谈,予出所书篆屏与观之,极为叹服。

十一月

初一日己卯(12月8日)　晴。晨起梳发。为谢泰阶写寿屏第一、二、三张。午间到张家为柳桥太太炷香。夜在揭昌平表弟处饮暖房酒。

初二日(12月9日)　晴。早间往贺昌平表弟完婚之喜。旋往贺周春圃表伯之次子完婚。早晚均在揭宅饮。为谢泰阶写寿屏第四张。夜在昌平家观闹房,三更时方归。

初三日(12月10日)　晴。早间往昌平家吃粉。为谢泰阶写寿屏第五张。夜到揭宅一走。

初四日(12月11日)　晴。为谢泰阶写寿屏第六、七、八张,写完又为之写寿联一副。夜与四弟、庚春、又春等在昌平新房饮。

初五日(12月12日)　晴。为五弟之岳母萧姻伯母书寿屏第一、二张。午间到黄德容家,为其尊甫炷香,即在伊家吃饭。夜在昌平表弟处饮新房酒,三更后与四弟同归。

初六日(12月13日)　晴。为萧姻伯母写寿屏第三、四张。剃发。申刻,往张柳桥舅公家饮开斋酒。夜研墨。

初七日(12月14日)　晴。为萧姻伯母写寿屏第五、六、七张,又为写隶字寿联。夜为人书宣纸条幅。

初八日(12月15日)　晴。为彦门书隶字大中堂,为萧姻伯母写寿屏第八张。赵杏园孝廉来,请余为其尊甫莘野先生书泥金寿联。夜与四弟、五弟在黄卫臣亲家处饮。

初九日(12月16日)　晴。署泥金联款。昆山四母舅阴寿,往行礼,即在伊家饮。晚到铁庵处,携来所作印四方,甚佳。

初十日(12月17日)　阴。相甫侍公之庶祖母在水南设奠,与四弟、五弟往炷香,即在彼吃饭,旋回。至王文甫姻伯处领宾兴银,拟不日起程北上也。

十一日（**12 月 18 日**）　晴。式臣叔婆在水南设奠，与四弟、五弟往炷香，即在彼吃饭，旋回。写殿试卷两开，家济明同年来谈。夜赴济明之席，梅甘畲同年亦在座。酒阑，至翔鹄表叔处借定稻谷十担，应明年春夏间之吃。承其慨诺，余时在窘乡，亲属坐视者多矣，得此真令人不胜鲍叔知我之感！

十二日（**12 月 19 日**）　晴。为柏村叔写隶字斗方四纸。又写殿试卷一开，为四弟拟定《四书》题数十道。晚间端甫来，邀往吴岳母处饮，有送余肴菜四色，余转以移赠梅甘畲同年。

十三日（**12 月 20 日**）　晴。剃发。为人书名片数纸。春圃表伯来坐。夜在转角祠习仪。

十四日（**12 月 21 日**）　晴。转角祠冬祭，余派在中堂主祭，四弟、文光弟派在昭穆堂分献。饮酸毕，往廷尉第九侍公处一坐，并到太史第，又到揭宅一走。

十五日（**12 月 22 日**）　晴。李铁庵携所作小印五方缴交，并求余书对联。午后晓湘来坐，邀余同访济明，未晤。余即赴二母舅之席，柳桥、砚侯舅公、宜仲、苣叔、乳涓、黄佛生、永安弟均在座。酒阑，偕宜仲至曾献书家，余因将会试咨文托献书先寄藩署核办，将来过省时即可领取也。

十六日（**12 月 23 日**）　晴。校正印谱，凡己所作者、人所作者，各以类从。申刻往赴张柳桥舅公之席。夜在松门祠习仪。内子往送十一妹之行。

十七日（**12 月 24 日**）　晴。晨起赴松门祠。余派主祭，四弟及文光弟分献，礼毕饮酸。顺往六寿叔处一坐，旋回，校印谱及检点图章。

十八日（**12 月 25 日**）　晴。为心斋写隶字大条幅四张，为张九成写草书条幅四张、隶联一副，为李铁庵写联一副。晓湘、曾岳书、张绥伯、宜仲、九成、云湖叔先后来坐。

十九日(12月26日)　晴。午后得雨一阵,盖两月以来所未有者也。早间回看王松亭、傅少羹,并晤仲宣,旋到揭宅。未刻在五母舅处饮,在座者:春圃表伯、文甫姻伯、二母舅、十母舅、恒士、端甫、父亲及余,共八人。上灯后归。

二十日(12月27日)　阴。收拾字画书籍,午间到仙洲处。渠有所托,已诺之,相时而动可也。晚在二舅父处吃饭,顺到晓湘书房,未晤。

廿一日(12月28日)　阴雨。收拾书籍及行囊各物。九侍公送余肴菜,因沽酒与双亲、四弟食之。夜,雨雪子,严寒。

廿二日(12月29日)　屋上雪已满,随即解化,天寒甚。写殿试卷一开。晚间到仰泉处一坐,伊才自省归也。

廿三日(12月30日)　晴。剃发。写殿试卷两开。黄佛生来辞行,又春偕来坐。夜到揭宅,与端士同回。

廿四日(12月31日)　晴。黄佛生襟兄携眷赴苏,往送行。午后到晓湘书房一坐。内子回。

廿五日(1894年1月1日)　晴。储余方设奠,与四弟、五弟往炷香,在伊家吃饭。余旋往黄宅,为黄观翁之母炷香。午后,因仰泉、仙洲事至县署,拜会德起元大令。回至家,饮循吏公清明酒。

廿六日(1月2日)　晴。午间至鉴园祠一游,祠两旁书房新修葺五间,甚轩爽,可喜也。旋与文江叔到玉田叔家一走。晚到曾石麟兄处,领得狄曼农师寄赠余会试程仪丰平洋银二十两。北上有期,正虑资斧莫措,得此借可成行,曼师之体恤,真令人铭感无已耳!

廿七日(1月3日)　阴。至李铁庵处一坐。旋往视章仰宾老伯之疾,痰喘甚,亟须好为调理也。写殿试卷一开。

廿八日(1月4日)　阴。午后在五母舅处,观整钟,因即辞行,旋至章仰宾伯处,伊病已好七八分,可无虞也。夜写复九叔信一函,由四弟寄。

廿九日(1月5日)　阴雨,大寒。写复狄曼农师信,托曾石麟寄赣。午后到东门外荣茂杂货店,托汤勉吾搭定往抚郡排。排夫系李寿生,排伙韩新子,同伴曾光辉。

三十日(1月6日)　阴。收拾行李。剃发。夜间二母舅来,本日仙洲亦来。

十二月

初一日(1月7日)　晴。端甫、又春来送行。予于午间叩辞双亲及合家人等,往东门外登排,即在排上宿。

初二日(1月8日)　晴。晨起,复进城,到曾岳书处,顺往家中吃早饭,至九侍公处辞行,顺至八姑婆家,默得一响卜,甚佳。八姑婆要七厘散,予回家令内子检出,付鼎来叔与之,旋即上排开行,至九都黄家堡住。

初三日(1月9日)　晴。至汉口住。夜梦奉檄为南丰县知县,不知是何祥也。

初四日(1月10日)　晴。至尚屋住。

初五日(1月11日)　晴。午间过建郡。同伴有铁商进城经纪,予亦登岸至留衣桥,徘徊久之。是晚,排抵塘口住,距郡二十余里。

初六日(1月12日)　晴。距浒湾三四里住。

初七日(1月13日)　晴。早间排过浒湾,停两时许,因登岸一游。是晚至流芳住,该处距抚郡二十里。

初八日(1月14日)　阴。早间抵抚郡,上岸剃发,即搭定张宝发赴省之船,是晚遂在船上宿。本日建丙辰,午间于文昌桥卜得一课:"风山《谦》之水山《蹇》。巳火文书值世,午火文书值应。卯木官爻,化子水才爻,青龙发动。"占者云:"此课求名大利,于甲午科尤宜。"姑记于此。

初九日(1月15日)　晴。午后开船,行四十里至许家渡泊。

初十日(1月16日)　阴。至建江口泊。夜大风雨。

十一日(1月17日)　阴,大风雨。竟日不能解缆。读《三通叙》。

十二日(1月18日) 阴,风稍息。放棹行三十余里,至教化桥泊。

十三日(1月19日) 阴。读《陆宣公奏议》。午后过谢埠,复行十余里泊,地名未详。

十四日(1月20日) 稍霁,午间大晴,旋复阴。舟行至铜钱港泊,该处距省一百廿里。夜雨。

十五日(1月21日) 阴雨。舟行四十里,至鱼坊泊。

十六日(1月22日) 阴。舟行距省二十里泊,地名未详。夜大雨。

十七日(1月23日) 雨竟日不休。午后舟抵省,予即上岸。剃发,旋进章江门,至藩台礼房范兰舫处,询知予会试请咨文及批,藩署虽已妥办,今午始转详抚院,须稍待数天,方能发出。予因将印照先交范兰舫,旋至春农处与商量,拟托伊将来代寄,予即先行。春农以咨文不日可发,不如自己带去为是,予遂决计在省静候矣。是晚在六妹处饮,在育婴堂住。夜雨尤大。

十八日(1月24日) 竟日密雨。午间春农为予看定登瀛别馆翘步街。遂发行李进寓,该处与揭燮臣表妹倩"安诚夏布号"隔壁。同寓黄君柱廷,某部郎中,树斋先生之曾侄孙也,人甚和雅。往候揭燮臣,未晤。

十九日(1月25日) 阴。午后往谒杨子任姻伯。春农体不适,似受风寒,在伊房中吃点心,旋回客栈。

二十日(1月26日) 阴雨。为黄柱廷跋庄僖王书"积善"二字,跋云:"此明宗室庄僖王书,笔意古茂,似李北海《云麾将军碑》。柱廷先生云'积善'妙谛,吃紧在'积'字上,予亦谓然。夫积水成海,积土成山。君子积善,以成其德,而一切果报之说何论焉!《易》曰:'积善之家,必有余庆。'理所可据,如是如是。光绪癸巳十二月,南丰刘孚周题。"

写殿试卷一开。杨姻伯来回拜。夜雨尤大,与柱廷先生谈良久。

廿一日(1月27日)　大雪。写殿试卷一开。到抚台礼房,询知咨文于廿四日准发。予旋往春农处,伊病已愈,留予饮至二更方回寓。

廿二日(1月28日)　大雪。严寒,不能上街,独坐客寓,无聊之极。

廿三日(1月29日)　大雪。为人书名片十数个。午后到春农处坐良久,春农邀予及小润三哥至复新园饮,酒阑已二更。春农、小润送予回栈,坐良久始去。十二月十二日《申报》云:"李傅相奏禀,谕旨着许仙屏河帅专办天津永定河工,本月内可抵津。"

廿四日(1月30日)　阴,微雪。到洗马池震泰。整钟三点钟时,往育婴堂过小年,酒阑时已二更,与春农、小润及其侄季樵到双喜、筱筠等处喝茶。三更后乘轿回寓。

廿五日(1月31日)　午后晴。写上双亲禀并与内子信,由广润门外公义和信局寄丰。到藩司、抚院两衙门催办咨文,顺往毛竹架议定袁先斐赴九江之鸦稍船。春农早晚均来坐。

廿六日(2月1日)　晴。剃发。午后到曾禹堂兄家,禹堂行二,其第四弟伊臣在抚院兵科。旋到鸭子塘张氏怀德试馆曾献书兄处,并晤仲成先生之子允卿。旋到各书铺一游,顺往六妹处坐。夜在育婴堂,春农、小润作东留饮,杨四少铁、杨季樵、余延芝均在座。延芝系豫顺祥钱铺主人,声之之兄也。酒阑,与延芝同回,顺到伊钱铺谈良久,留吃清汤,近四更方回栈。为黄柱廷重题庄僖王所书横批,并书名片。

廿七日(2月2日)　晴。晨起,上袁先斐鸦稍船,旋到藩署领咨文,又到曾惠畴店及子俊叔公家,晤容伯叔。传说九侍公已于初三日仙逝,吾宗岿然灵光,一朝顿失,不胜老成凋谢之感矣。予回船后,春农来送行。

廿八日(2月3日)　晴,南风。清早由省开船,二更后至南康府泊。计行二百七十里,舟行之速为从来所未有,虽轮船不能如此也。

廿九日(2月4日)　阴,转北风。午间抵姑塘。令舟人持名片到关上请速验船，旋即开行，风浪大作，至百福堂泊。是日计行七十余里。夜，风浪尤狂。

三十日(2月5日)　晴，风稍息。午后抵九江，寓余致和客栈，致和幼主人号吉长，予旧识也。

光绪二十年甲午(1894)

一 月

光绪二十年岁次甲午元旦建己卯(1894 年 2 月 6 日) 晴。辰正八点钟,上太古洋行安庆轮船。

初二日(2 月 7 日) 阴。申刻,轮船抵镇江。予与南昌胡艺岩印廷梓同寓三益栈。艺岩,乙酉拔贡,系辛卯副榜胡名廷彬同年之堂兄也。三益栈【主】人王干臣,其第三母舅乃吴子登先生之女婿,镇江人,姓陈;干臣与予叙及如此。占牙牌灵数,得上中、下下、下下。课云:"手持利剑刲犀兕,迎刃而解差可喜。自郐以下无讥焉,其余不足观也已。"

初三日(2 月 8 日) 晴。议定往浦船,系邵伯人朱长泰"南湾子"。早间即上船,须初六方可解缆云。上岸,剃发。

初四日(2 月 9 日) 阴。黎明梦与镐哥同被而卧,其剃头匠持刀杀人,将首级割下,即用刀割其项上血肉置予身上,震跃有生气,予惊而寤。竟日在宝凤茶园观剧。

初五日(2 月 10 日) 阴,大北风。拟挽九侍公联云:"金貂累叶继前徽,既奋庸朝右,复养望乡间,士大夫推戴同声,天下达尊,一身皆备;蕉鹿晚年成大觉,早痛折冢君,又恸摧幼子,去来今适才弹指,人生至此,万事奚论。"

午间在会芳园喝茶,旋到鱼巷文成堂书肆,购得《袁文笺正》及《三才略》。傍晚回船。夜大雨。

初六日(2 月 11 日) 阴。早间到文成堂一游。阻风不能过江。

初七日(2月12日)　阴。早间渡江,舟抵扬州钞关泊。

初八日(2月13日)　晴。清晨,舟过东关,进城一走,旋即放棹至高邮州泊。同伴成海平以《达生编》一本见赠。海平名敬湘,武职,湖南湘乡人,时将之清江营中。船中多暇,与予谈世路崎岖,所得之见闻者,为之喟然。

初九日(2月14日)　晴。至宝应县泊。

初十日(2月15日)　阴。申刻舟抵淮安。予进城至府署,适张小云姑公先已赴苏,只见二姑婆及伊合家人等,因留在署中饮。酒阑时已二更,乘轿回船。九侍公有致张姑公信函,已交讫吾叔手。

十一日(2月16日)　晴。午间抵清江浦,至崇实书院谒见伯父,欣睹精神矍铄,步履如恒,合寓以次均安。伯父命予在西厢房下榻。是日请客,吴竹坞老伯、路礼门先生、王某某等在座,予亦陪焉。夜,夔诗侄以所作制艺嘱阅,颇有意境,较前大进其功,知伯父造就之力深矣。

十二日(2月17日)　晴。午后与夔诗侄至十三姑母处,并至兰阶家一走,旋回剃发。李蕙生来,万氏诸表弟均来。

十三日(2月18日)　晴。早间与夔诗侄、兰妹倩到万家为万老五炷香,又到彭妹停屋烧纸钱。旋赴李蕙生之席,予与夔诗侄、兰妹倩、鲁荫亭、张尧臣、沈岑杉、翁某继枚、屠氏泉孙、昆仲、刘茗生等,共两席。傍晚,过河回书院。

十四日(2月19日)　晴暖。早间,兰阶在书院请客,予与鲁荫亭、沈岑杉、李蕙生、刘茗生、翁继枚、王鉴堂、屠泉孙等;晚间,吴竹坞司马请客,予与鲁荫亭、刘茗生、李蕙生、谢兰阶、屠泉孙、翁继枚、卜仲翁等。二更后回书院。伯父睡后,与夔诗侄谈良久,观其所作文,饶有意境,可喜也。

十五日(2月20日)　晴。写致张姑公信,并致云孙表叔信,由其来人带回淮署交。午后赴沈岑杉之席,席间予与兰阶、翁继枚、屠泉孙、丁庆丞、周慕陶、李蕙生,东道沈岑杉及其叔某、弟某。酒阑,到兰阶家坐良久。

十六日(2月21日)　晴。早饭罢,与兰妹倩、夔诗侄往翁继枚、沈岑杉两处送行。予又往空心街苏荷亭统领宅中回拜胡月川,月川名国荣,湖南人。旋与兰阶、夔诗至复园喝茶。晚间万十三姑母来书院饮。

十七日(2月22日)　晴。午后,刘菪生来,谈竟日。夜在伯父房坐。

十八日(2月23日)　阴。写上双亲安禀,又致四弟、五弟信,又致内子信,又致六妹夫妇信,将家中信共一总函,托春农交公义和寄丰。写殿试卷半开。夜在伯父房坐。

十九日(2月24日)　阴。写殿试卷三开半。为万莞培五表弟书折扇。夜读许仙屏河帅所选《才调集》。

二十日(2月25日)　阴。写殿试卷两开半。夜在伯父房坐,并读《才调集》。

廿一日(2月26日)　晴。剃发。写殿卷三开。胡月川来坐。

廿二日(2月27日)　阴。伯父命为崔老师书挽联,又写殿试卷半开。午间,与兰阶妹倩、夔诗侄、富侄往万姑母家饮。酒阑,进城一行,旋往汪子章家,晤其子到池、先根。夜侍伯父谈。

廿三日(2月28日)　阴。早间与兰妹倩、夔诗侄往赴刘菪生之席,姚石渠、阮耀亭、陈少山、李蕙生均在座。石渠将赴杭州,予因作书上九叔父,托伊带交。酒阑,游觉津寺,薄暮回。议定邵伯人杜七船往镇江。伯父赐卷资十五两,小云姑公赐卷资十二两,前存伯父处之款亦领还。与夔侄谈至夜深方睡。

廿四日(3月1日)　大雪。为兰妹倩书篆联,又为李蕙生书隶联及横批。收拾行李,又为书扇。

廿五日(3月2日)　雨,午后稍霁。乘车至杯渡庵上船,伯父命刘玉送来,予旋令刘玉回。夜大雪。

廿六日(3月3日)　阴。早间舟过淮郡,乘轿进署。小云姑公尚未回,因谒见二姑婆,并晤云孙表叔、让吾叔、子渊叔公。让叔旋邀予至伊房吃点心,并托予到都求同乡官印结,为先买会试卷。闻黄小霁姻伯丁外艰,见《申报》电信云云。行一百五十里,至氾水泊。

廿七日(3月4日)　阴。行一百十三里,至露筋祠泊。

廿八日(3月5日)　阴。行七十三里,至扬州泊。夜雨至天明。

廿九日(3月6日)　微雨,阴晦。午后雨渐大,行至瓜州口,阻风不能过江。读《古文辞类纂·奏议类》。

二　月

初一日(3月7日)　晨起,令舟子持名片往义渡局,要得第八号红船。过江后,遂在船静坐。竟日雨不休。四点钟时,搭坐太古洋行鄱阳轮船,人众,几无容膝地,危坐待旦。

初二日(3月8日)　阴雨。十点钟时抵上海,陈得达招呼行李下船,寓居英租界三洋泾桥西堍大方客栈三层楼上六一号。饭后,往宝善街盆汤处洗澡、换衣服、剃发,扑去俗尘五斗,顿觉爽适之至。旋到棋盘街象牙铺为伯父整牙牌。夜在对门书肆游览。

初三日(3月9日)　阴。早间到新北门内震太祥买眼镜,旋由城隍庙绕至查二妙堂买笔墨。回栈吃饭罢,往大马路鸿文书局观石印工作,并到蜚英馆为兰阶配《后汉书》,竟不可配矣。予买笔墨是也,此处不买,到京亦少不得要买,盖急需也,至买象牙牌则不急之务。然衮衮诸公之至沪者,缠头所掷,不知其几矣。予非鲁男子,虽未敢近于登徒,苟见猎心喜,夫谁知之而谁禁之?况今夕之跻五层也,碧桃娇小,燕语分明,饶有留髡雅意,悬崖勒马之际,倘稍不自持,则殆矣。予以只身跋涉数千里,前在鄱阳轮船有跐其行者,欲得而甘心,几有亡羊之厄,竟幸而免。此二事者,有一于此,皆足破财,而区区羞涩之囊,卒未尝破。则牙牌虽非急务,而予既好之,可以卜课,可以遣愁,买之何害?岂必斤斤自苦,学守财虏耶?有笑予为浪费者,因书此以谢之。

初四日(3月10日)　晴。早间到上海城内喝茶,午后在五层楼喝茶,夜在天仙茶园观剧。"与肩挑贸易,毋占人便宜",朱柏庐先生语也,深可玩味。

初五日(3月11日)　晴。到书肆购得洋板《皇朝五经汇解》、洋板《子史精华》。写上伯父安禀,并各物件(牙牌、牙须篦、闲书二部、洋铜调羹大小共廿柄、翰林楷),又代兰阶购得腰式近光眼镜。以上共一总包,统由二马路全泰盛信局寄。

初六日(3月12日)　晴。早间到五福巷口沈合顺铁铺一走,旋回。饭后往城内城隍庙等处游。夜到四马路华园即华商品玉书馆,曩之华众会也听说书。女先生轮流到者约二十余位,粉白黛绿,杂然前陈,几于目迷五色。然予熟视若无睹,何耶?旋在天来园观搬运法,又往酒肆饮,独酌未免愁闷,而有小蟹下之,风味绝佳。饮微醉,信步回,途遇彼姝,所谓花好还须慧眼看也,何必有花堪折直须折耶?君子之所不可及者,其惟人之所不见。今而后吾知勉矣。

初七日(3月13日)　阴。早饭罢,坐东洋车往高昌庙距四马路约八百里许江南机器制造总局,八字曾文正公题。纵观制炮及整轮船诸处工作。游览良久,回到四马路喝茶,购得《坤舆方图》,回栈。晚饭罢,往品玉楼听说书,十二点钟回。密雨。

初八日(3月14日)　竟日雨。早间到泰和饮,旋回。收拾行李。

初九日(3月15日)　晴。午间往四马路利记响遏行云楼听说书。申刻,上中国开平矿务沪局北平轮船。予坐房舱,甚自在,虽无同伴,而溟渤非遥,指顾乘风破浪,足惬壮怀耳。

初十日(3月16日)　晴。十点钟时驶行,上灯后舟颠播甚。

十一日(3月17日)　阴。十点钟时,舟过黑水洋,以铜洋蚨一枚投之。圣人恶似而非者,恐其乱真也,此铜洋乃永不贻累他人矣。日入时,以远镜窥之,大逾数十倍,如金在镕,光彩夺目。惟海上有此奇观,惟此时有此丽景也。夜,月色尤佳,万顷洪涛,渺兹一粟,真觉此身如寄。所与周旋者,惟白鸥三两,可称盟心知己耳。

十二日(3月18日)　阴,微晴。早间,舟过绿水洋。午后,飓风
陡作,海中浪涌如山,舟簸荡异常。予呕吐一次,坐立俱不适,亦不思
饮食。不得已,惟有侧身蒙被而卧。彻夜风浪不息。"平生仗忠信,
今日任风波",斯言也,岂欺我哉!

十三日(3月19日)　晴。风稍息矣。上灯时,舟抵大沽口,水
浅,待潮始进。

十四日(3月20日)　晴。午间用小划驳行李,至铁路公司搭坐
火轮车。两点钟时开轮,四点钟到津,仍需过河。始抵紫竹林,寓佛
照楼楼房第二号。坐东洋车往海关道署,询知许仙屏年伯现在芦沟
桥办河工。夜往盆汤处洗澡并剃发,议定苏士林双套骡车。

十五日(3月21日)　晴。晨起上车,行六十里至杨村天元店
宿。三更起上车,乘月色行。

十六日(3月22日)　阴,晚密雨。何首乌尖,张家湾天成店宿。
本日计行一百三十里。

十七日(3月23日)　黎明上车,密雨渐大。午间稍霁,进广渠
门,抵北柳巷南丰会馆。予搬寓里上首廊房坐北朝南一间。同人至
者:陆聘三先生、赵杏园、谭震青、储仙舫。谭、储已搬小寓。李铭九
叔原在京。又方鹄叔、赵棠轩司马从苇、周问涛印芳松大令同寓会馆。
赵过同知班,周选浙江桐庐县,皆来京引见者。

十八日(3月24日)　晴。早间乘车拜客,隔壁赵芝珊编修、吴
大公达即芝麓、吴五公定。旋到香炉胡同抚州新馆,拜会李博孙年伯
(并交李蕙生所寄之信)、谦六世叔。旋到华石桥卓宅,晤仲阳行一、兴伯
行六。旋到老墙根黄宅,为霁亭太姻伯炷香。小霁姻伯尚未入都,闻
伊子佛生襟兄患肿病,近稍愈。又闻陈素香已作古,为之惋悼不置。
午后,赵杏园请观玉成班戏,李铭翁、陆聘翁、鲁蕴华、吴公达、公定、
赵棠轩及予皆往。夜后,铭九先生请饮,在座者:予与蕴华、陆聘翁、
赵杏园、吴公达、公定、赵芝珊、周棠轩,均与饮,二更后罢。祝姑母已

辞世。祝二翰臣、祝三颂臣、祝四吉臣,现住打磨厂东板井胡同。

十九日(3月25日) 晴。剃发。午间往谒余寿平师,住兵马司中街。值其出外,未晤。谒陈桂生师,住顺治门大街。亦未晤。因往草厂九条胡同拜沈仲盘,遍询不知;嗣探得沈住西草厂,始会晤,交刘菪生函,领得沈收条一纸。周问涛请饮酒。晚间换银,每两仅得京钱十二竿之谱。

二十日(3月26日) 阴。八点钟谒晤余师,十二点钟谒晤陈师。旋往赵芝珊兄处,托买会试卷。聘三、杏园搬小寓。让吾叔于午间到京,家济明同年亦到。夜写上镐哥信,由方鹄叔带至广东省转寄。

廿一日(3月27日) 晴。赵棠轩、方鹄叔均起程。黄卓群来寓。予写上伯父禀,由淮署转寄。又写上小云姑公一函,均由让叔总封递去。又写双亲安禀,由信局寄丰。是晚,张宜仲弟交来四弟正月初九日信,予当即复四弟一函,仍托宜仲寄丰。

廿二日(3月28日) 晴。早间与让叔、铭九先生往李铁拐斜街回看禹堂及宜仲兄弟,旋回。绥伯、芝珊来坐。剃发。夜与让叔谈。

廿三日(3月29日) 晴。许仙屏年伯现办永定河工,驻芦沟桥龙王庙,芦沟桥在广安门外,距京三十里,东路厅在该处。广安门即彰仪门。乘车往谒。自己丑金陵拜晤后,别来六载,精神意气一如曩时,其勤拳之雅,尤可感也。承送卷资银十两并太仓王涧香夫人《读选楼诗稿》全部,晚间回寓。

廿四日(3月30日) 晴。移住北院,午后到懿文斋一走。

廿五日(3月31日) 晴。写殿试卷一开半。午在周问涛处饮,绥伯、宜仲、济明、卓群、铭九、让叔及予均在座。酒阑,到荷包巷买笔套,又在琉璃厂购得《历代河防统纂》一部。

廿六日(4月1日) 晴。写殿卷两开。云湖叔、赵景潘、慕韩、储霞舫、卢介甫均到,同住会馆。

廿七日(4月2日) 阴。写殿卷二开,折子一开。午后到懿文斋、松竹斋观字。夜与云叔、让叔谈。赵芝珊、吴公达、公定、广西赵某,午间均来坐。

廿八日(4月3日) 阴。写殿卷三开半。震青、仙舫、绥伯均来坐。梳发。到松竹斋观字。

廿九日(4月4日) 阴,大风。写殿卷三开半。午间与景潘、慕韩往广西新馆,回看赵春生。春生名福保,癸巳广西举人,原籍南丰。傍晚到松竹斋观字。

三十日(4月5日) 晴。写殿卷两开半。晚到懿文斋,与让叔、慕韩同去。

三 月

初一日(4月6日) 阴。早起,到骡马市大街菜市口买卫生丸,此药铺外匾额曰"西鹤年",铺内匾额曰"鹤年堂",皆明相国严嵩所书。并往"西鹤年"隔壁义昌号买桂圆肉。写殿卷一开半。日食。夜,赵芝珊、春生、李琳石来坐。

初二日(4月7日) 阴。剃发。写殿卷一开,为绥伯、济明写折扇。午后往谢公祠饮,赵芝珊、周问涛东道,会试诸同人毕集,共二席。酒阑,到老墙根候黄小霁姻伯,并晤余寿平师。夜与仙舫谈。予今午在谢公祠楼上,求得第七十六签,云:"桃花百叶不成春,家有骊珠不复贫。莫道老株芳意少,瑶池沐浴赐衣新。"

初三日(4月8日) 晴。写殿卷三开半。兴伯来坐。填写会试卷,面托芝珊交。

初四日(4月9日) 晴。芝珊送卷票并会馆卷资来。写殿卷两开,折一开。早间绥伯来饮,让吾叔偶不适,想路上感冒所致。

初五日(4月10日) 晴。写白折三开。让叔已愈矣。收拾进寓考具。

初六日(4月11日) 晴。午间与云叔、让叔乘车进小寓,在崇文门内东观音寺福建司营凤岐山宅东屋,旋李铭九叔亦来。

初七日（4月12日）　晴。卢介甫叔亦来同寓。午间李博孙年伯来访，予旋同博翁至伊子所寓处，并至慈云寺一游。今年会试总裁系李协揆鸿藻、徐总宪郙、汪侍郎鸣銮、杨副宪颐；同考官江西得三人：李盛铎、赵惟熙、华辉。

初八日（4月13日）　晴。八点钟进场，大风。予坐西文场"商"字号。三更时题纸来，首题："达巷党人曰：大哉孔子"，次题：子曰："道不远人"至"忠恕违道不远"，三题："庆以地"；赋得"雨洗亭皋千亩绿"，得"皋"字。

初九日（4月14日）　晴。

初十日（4月15日）　阴。未刻出场，知贡举长、唐场规极严。

十一日（4月16日）　晴。八点钟进场，予坐西文场"裳"字号，三更时题纸来。《易经》题："形乃谓之器，制而用之谓之法"，《书经》题："四日星辰"，《诗经》题："以御宾客，且以酌醴"，《春秋》题："取邾田自漷水，季孙宿如晋襄公十九年"，《礼记》："命相布德和令，行庆施惠，下及兆民，庆赐遂行"。

十二日（4月17日）　阴。

十三日（4月18日）　竟日大雨不休。未刻出场，予涉行泥淖中，袜履皆濡，疲惫已极。进寓濯足，收拾场具，即睡。

十四日（4月19日）　阴。八点钟进场，予坐东文场"人"字号，三更时题纸来。第一问：诗之礼制，第二问：天文分野，第三问：制科掌故，第四问：永定河工，第五问：金石文字。题中所引皆切"寿"字，寓颂意。

十五日（4月20日）　晴。

十六日（4月21日）　晴。午后出场。

十七日（4月22日）　晴。午间回会馆。换衣，濯足，剃发。赵仲宣、吴公达来坐。

十八日（4月23日）　晴。早间回仲宣、公达之看。午间与让叔到卓宅，为卓六姆炷香，顺到菜市胡同拜张雁初。回写双亲安禀，托绥伯附寄。陆聘翁、绥伯、宜仲、禹堂、琳石、仙舫、霞幌、震青、杏园诸君均来坐。陈桂生夫子之女三月廿五日于归，同门备喜仪称贺。直年之同年萧敷德、罗延桂、李豫。

十九日(4月24日) 阴。写殿试卷两开，白折一开半。黄小霁姻伯明日为其尊甫霁亭太姻伯设奠，午后与储霞舫往伊家一走。

二十日(4月25日) 阴。早间雨一阵，旋止。写殿试卷一开，白折一开半。午到老墙根黄宅炷香，又与让叔往后铁厂回看吴剑秋伯琴，又往拜郭子钧仪曹印赓莘，旋回。为仙舫书折扇，写上伯父安禀，由让叔寄淮署转呈，附寄场作首艺。

廿一日(4月26日) 晴。午间与云叔、让叔、赵景潘、慕韩、卢介甫、刘济明、黄卓群、储霞舫在黄小霁姻伯家饮。回写殿试卷两开，为罗实甫姻伯书折扇。夜，仲宣来，谈碑帖及论作字诸法。

廿二日(4月27日) 晴。写殿试卷三开半，为仲宣书折扇。午间，兴伯偕明仲来坐。

廿三日(4月28日) 晴，大风。写殿卷两开，白折一开半。郭子钧仪曹、罗实甫姻伯先后来坐。梳发。与杏园到琉璃厂松竹斋，观壬辰科鼎甲卷。

廿四日(4月29日) 晴。写殿试卷全本，计七开半。

廿五日(4月30日) 晴。写白折子两开。午间与济明同车往顺治门大街，贺陈师女公子出阁之喜。往兵马司中街谒余师，未晤，盖明日大考，余师已搬进小寓也。旋往南横街欧阳旭庵宅内会震青，谈片时即回。为人书折扇三柄，又为人写小楷条幅。未刻，与云叔往卓宅，回看明仲、兴伯。

廿六日(5月1日) 晴，晚间大风。午与赵杏园往米市胡同便宜坊，赴李博孙年伯之席，旋回。写殿试课卷登云社课四开，又为人书折扇。

廿七日(5月2日) 阴雨。写殿试课卷三开半，一本写完，又第二本写一开。又为人小楷书条幅。

廿八日(5月3日) 阴。五更时,梦与四弟同扶先王父往雇船,先王父旋登楼梯,予从后掖扶同登,四弟亦在旁也。写殿试课卷两开。剃发。今日会馆团拜,行礼毕,饮,共三席。张雁初来回拜。晚间,与让叔往李铁拐斜街广源栈,回看罗实甫以信、荔生桢、静山之言。

廿九日(5月4日) 晴。写殿试课卷四开半,第二本写完。

四 月

初一日(5月5日) 微晴。写白折子四开。日升昌银号管事乔仰桥送来镐哥三月初二日信,并赠予卷资纹银二十两。午后,到前门关庙求签,旋骑驴往游陶然亭。该处芦苇塘俗称曰"南小洼子",近日纷纷传说有怪物,声如牛鸣瓮中而不见其形。余至该处,亦闻两三声,疑系大蟆或鼋鼍之类,要无足怪,而怪之云者,岂非庸人自扰乎?

初二日(5月6日) 晴。写殿卷一开,写殿试课卷四开,白折子一开。又为人书名片数纸。

初三日(5月7日) 晴。巳初,皇上往天坛郊雩祀。予与李琳石、吴公达黎明即起,往正阳门外恭候。届时,予在某铜铺仰瞻。传筹三唱,即见銮仪卫扈从出正阳门而来,前有曲柄绣龙黄伞,次即黄缎御轿,而扈从诸臣殿焉。千官雷动,万骑云屯,知圣天子自有真也。

午间,接四弟、五弟三月十五日家中来函,知双亲以次均平安,差慰远怀。黄小霁姻伯,次霁、幼霁姻叔来坐,旋奉新凌云卿同年宗雯亦来坐。

初四日(5月8日) 晴。写殿试课卷三开半,第一本写完。为卓群书折扇。未刻,与聘翁、云叔到老墙根黄小霁姻伯处谈。予顺往隔壁候毛实君,未晤。晤其令弟,即怀侄之泰山也。

初五日(5月9日) 阴。写第二本殿试课卷四开,与济明到外一游。

初六日(5月10日) 微晴。写殿试课卷三开半,第二本写完。与济明到长巷三条胡同,南城馆。回看梅甘畬,并晤饶桢庭。又到果子巷奉新馆回凌云卿之拜。夜代李京兆鸿逵致江西德晓峰中丞书，黄小霁姻伯所托。剃发。

初七日(5月11日)　密雨。陈桂生老师设彩觞于虎坊桥湖广会馆，请诸亲友及戊子福建、辛卯江西、癸巳顺天诸门生。围厅座客毕集，酒楼上则陈师母请太太们，予与济明往最早。申刻，回会馆。

初八日(5月12日)　阴。许仙屏年伯将回河督任。晨起，命驾往芦沟桥送行，并呈场作首艺，旋回。至老墙根，为黄霁亭太姻伯题遗像。午间毛实君来回拜。沈岑杉来拜，沈寓虎坊桥浙绍乡祠。

初九日(5月13日)　微雨。回拜沈岑杉。写殿试课卷两开半。江西辛卯科团拜，席设虎坊桥湖广会馆。予于十一点钟时即去，陈、余两老师二点钟时来，同年到者约五六十人。日夜演玉成班，外串加带灯戏，共演二十余出，以《佛门点元》《斗牛宫》两出为最，皆系名旦。"响九霄"出场演《斗牛宫》，即灯戏全角色尽出场，计此出须加戏价五十两银云。丑正两点钟演完，予与济明同回。

初十日(5月14日)　晴。写殿试课卷四开。复镐哥信，由日升昌寄，蕴华信附。

十一日(5月15日)　晴。晨起写殿课卷一开，第一本写完。旋骑驴往崇文门外兴隆街草厂十条胡同，托日升昌代寄镐哥信。午间，杏园请予及铭九、聘三先生，往大栅栏戏园观玉成班演剧。

十二日(5月16日)　晴。今日出榜，南丰只中谭承元八十二名、储英翰一百十五名，皆住会馆外者。于是下第诸公纷纷论说，且姑置之，特是予之处境窘极矣，进退维谷，奈何奈何！拟回南。

十三日(5月17日)　阴。剃发。往香炉营头条胡同白宅，回白大世兄曾荫，号雪涛之看，知伊新遇知县班，来京引见。尊甫海珊世叔升授浙江乐清县副将，而白三、白四世兄去岁兄弟同案入泮，白三号纬之，名曾武；白四号也诗，名曾纶。可谓喜事重重矣。予旋到南横街欧阳宅为震青道贺。予昨夜决计回南，今日辗转思之，毕竟盘缠不敷，只得留京。早间，寄家用京平纹银拾陆两，并致内人信一函，均托黄小霁姻伯带交。夜写上双亲安禀,由李铁拐斜街全昌仁信局寄丰。

十四日(5月18日)　晴。晨起,偕杏园往慈云寺为仙舫道贺。予旋往黄宅,小霁姻伯扶其尊甫之柩明日起程南旋。今午设祭,请予为知宾,即在伊家饮,上灯后回。今日与毛实君互相候,均未晤。接夔侄三月廿七日来函。写致杨妹倩信,托小霁姻伯带交。

十五日(5月19日)　阴。到书肆购得许选原板《才调集》,旋到义昌号为伯父买鹿筋。往送仲宣覆试场,与吴公达、公定论相法。

十六日(5月20日)　晴。午后,往观音寺福隆堂赴白雪涛大世兄之席,在座:予与张子仪观察(郎斋中丞之子,名端本,特旨道员)、周小丹都转、丁郎中、鲍荫亭舍人、白昆甫部郎及东道,共七人。申刻,饮罢回寓。雨一阵。

十七日(5月21日)　晴。往清秘阁,购得石印赵文敏公小楷《大洞经》真迹,又到大栅栏一走。为人书中堂、对联、条幅。

十八日(5月22日)　晴。写致夔诗侄信,并寄鹿筋、《会墨》、摄子、顶针,托让叔带至浦寓交。写四体书条屏百张,寄存懿文斋。又为黄二姻叔书祖先榜。晚间震青、仙舫作东,请予及诸同人在便宜坊饮。

十九日(5月23日)　晴。为黄三姻叔书祖先榜。让叔起程回淮郡。到懿文斋一走。剃发。

二十日(5月24日)　晴。写殿试卷一开。为人书扇一柄。到前门内东头购高丽参、阿胶。张绥伯兄、云湖叔起程南旋。予写复四弟、五弟信,并寄纹银二两二钱、狗皮膏两张、阿胶半斤、高丽参二两、卫生丸两个、号帘一副、铜五更鸡全套、杏脯一斤半、《三通序》一本。托绥伯带交。芝珊、公达来坐。

廿一日(5月25日)　晴。云湖叔、绥伯兄、卢介翁均于早间上车去矣。写殿试卷两开,白折一开。未刻,与韵珊、铭九、杏园往王广福斜街元兴堂回回馆饮,杏园作东。酒阑,到连云孙宅一坐,檀舫在该处课读也。

廿二日(5月26日)　晴。往肆中购得《隋苏孝慈墓志铭》,又购《三通序》。到芝珊宅坐,旋回。写殿试卷一开。震青、欧阳旭庵均来坐。

廿三日(5月27日)　晴。写殿试卷一开。为人书扇。

廿四日(5月28日)　晴。写殿试卷一开。震青来坐。

廿五日(5月29日)　晴。剃发。写殿卷两开。黄次霁姻叔来坐,予因托办事件。

廿六日(5月30日)　晴。赵傲盘、慕韩兄弟回南,托寄《会墨》一本。写殿卷一开。到荣文斋刻润笔格。

廿七日(5月31日)　晴。写殿卷三开。刘伟堂同年来坐。写折子一开。

廿八日(6月1日)　微晴。写殿卷三开,折子一开。黄次霁姻叔来坐。

廿九日(6月2日)　晴。写殿卷两开,白折一开。夜读明文。

三十日(6月3日)　晴。写殿卷两开半,震青来坐。到肆中购得《江汉炳灵集》一部、墨拓董香光《灵飞经》一册。晚间兴伯来坐。

五　月

初一日(6月4日)　晴。写殿卷一开。午间与杏衫、聘三先生到芝珊处坐。予旋往前门一走。夜圈时文。

初二日(6月5日)　晴。聘三先生起程南旋,予睡起稍晏,不及送之矣。写殿卷一开。午后,震青、仙舫、黄次霁、赵芝珊、仲宣均来坐。夜圈时文。

初三日(6月6日)　晴。写殿卷两开。

初四日(6月7日)　大风,微雨。坐车往各处贺节。先到隔壁芝珊处,旋往香炉营头条胡同抚临新馆李博孙年伯处,并到白宅雪涛大世兄处。旋往顺治门大街拜陈师,兵马司中街拜余师;旋到老墙根黄宅、毛宅、华石桥卓宅、南横街欧阳宅;又往潘家河沿拜会熊余波太史；又到珠巢街内阁陈宅隔壁拜丁春农亲家；又到西四牌楼粉子胡同志宅拜文芸阁。申刻回。是日并拜郭仪曹子钧。剃发。

初五日（6月8日）　晴。早饭罢，予与会馆诸君往中和园观剧，傍晚回会馆过节。

初六日（6月9日）　晴。写呈余老师各体条幅四张，又为熊余波太史书各体条幅四张。

初七日（6月10日）　晴。次霁姻叔来坐。午间，予往兵马司中街望江会馆谒余老师，又到潘家河沿熊宅一走。回写殿试课卷一开。夜圈文。

初八日（6月11日）　晴。写殿试课卷三开，白折一开半。李博孙年伯将其祖春湖中丞所藏帖石印数种，杏衫借来，夜与予赏玩之，今存其目于此。石印希世之宝四种：唐拓丁道护《启法寺碑》、褚遂良《孟法师碑》、唐拓《虞世南庙堂碑》、宋拓《魏栖梧善才寺碑》；越州石氏晋唐小楷十一种，皆宋拓也：右军《黄庭经》、右军《东方朔画赞》、右军《乐毅论》、右军《曹娥碑》、大令《洛神赋十三行》、虞世南《破邪论》、欧阳询《多心经》、褚遂良《阴符经》、褚《度人经》、褚《清静经》、褚《玉枕尊胜咒》；又有宋拓《蔡伯喈夏承碑》、宋拓欧阳询《化度寺碑》、宋拓颜鲁公《多宝塔》。

初九日（6月12日）　阴，微雨。剃发。写殿试课卷一开。午后往安徽会馆赴余老师之席，予与济明、震青、萧惠农敷德、程稻村式縠、裴鉴澄汝钦、朱侠平琨、饶桢庭士端、卢仁山懋善、邹乐泉滨、刘茶生宝寿、刘伟堂人俊、罗肖坡延桂、刘好愚景熙、饶砥平廷柱、李小垣豫，共十六人。申刻回。

初十日（6月13日）　晴。写殿试课卷两开半，第一本写完，又写白折子一开，又为家茶生同年书斗方。仙舫点庶常，震青部曹，仲宣补殿试，亦用部曹。

十一日（6月14日）　阴。黎明梦在家，若将出门，父亲有勉勖之语，因记之。午间，往椿树三条胡同长沙邑馆拜谒黄筱麓老师，未晤。回写殿试课卷两开。震青来坐。饶扶九、刘好愚来拜。

十二日(6月15日) 晴。写殿试课卷四开,寸楷一张。

十三日(6月16日) 晴。写殿试课卷一开半,第二本写完。又往长沙邑馆谒拜黄筱麓老师,晤谈片时许。旋到南横街为震青道贺。熊余波来回拜。

十四日(6月17日) 阴。震青、仲宣来谈。竟日写寸楷,临《苏使君碑》。

十五日(6月18日) 晴。写真、草、篆、隶小条幅四张。

十六日(6月19日) 晴热。写上镐哥信,由胡万昌信局寄。丁春农、白雪涛来回拜。夜,仙舫请予与仲宣、震青、琳石、禹堂、杏衫、济明、宜仲在大同居饮。先到玉莲堂一游。

十七日(6月20日) 晴,大热。剃发。同门公请房师黄筱麓先生,席设烂面胡同谢公祠。予于午间往,饶桢庭、裴鉴澂、刘好愚、刘伟堂、程道存毕至,坐良久,黄师始来。酒阑,回寓已薄暮矣。夜雨。

十八日(6月21日) 晴。白雪涛来坐,予因写致尊甫海珊世叔信,托其附寄。又写致许仙屏年伯信,托吴公达寄。为高朴庵书折扇五柄,为人书红宣纸联十副,典试使者所须。

十九日(6月22日) 晴。写红宣联五十副。夜写上双亲安禀,又致内人信,附函中托杏衫寄。

二十日(6月23日) 晴。写红宣联十副。杏衫请予与宜仲、济明、卓群、琳石、禹堂在庆和园观剧。

廿一日(6月24日) 晴,大热。写红宣纸联六十副。黄次雾姻叔、赵芝珊先生、仲宣兄均来坐。

廿二日(6月25日) 阴。写红宣纸联四十副,又为人书扇。

廿三日(6月26日) 阴。写红宣纸联三十副,连前所写共二百副。震青来坐。夜大雨,与杏衫谈。

廿四日(6月27日) 雨。写殿试课卷三开。夜与仙舫、禹堂谈。

廿五日(6月28日) 阴。写殿试课卷四开半,第一本完。

廿六日(**6 月 29 日**)　阴,午后大雨。殿试课卷写一开。为黄筱
麓师书团扇,同房诸君各书一格。为四川副考官张印筠署对联款,又
为甘肃副考官王印以懋署对联款。

廿七日(**6 月 30 日**)　阴。剃发。往黄筱麓师及熊余波太史处,
又到贾家胡同归德馆贺丁春农迁居之喜。回寓为王太史以懋号梦
湘,湖南人,新放甘肃副主考。写泥金画红笺礼对五副,折扇二柄。又写
殿试课卷一开。

廿八日(**7 月 1 日**)　晴。写礼对十副,折扇七柄。

廿九日(**7 月 2 日**)　晴。写礼对十副,折扇六柄。震青偕饶砥
平同年来坐。

六　月

初一日(**7 月 3 日**)　阴雨。写礼对二十五副,折扇五柄。

初二日(**7 月 4 日**)　晴。写礼对五十副,连前共一百幅,皆王太
史以懋托书者,由芝珊处送来。

初三日(**7 月 5 日**)　阴雨。写折扇十五柄。丁春农太史以字来
约明日申刻饮。

初四日(**7 月 6 日**)　晴。写折扇十五柄。申刻,往北半截胡同
广和居赴春农年伯亲家之席,柏云卿太史、蒋艺圃给谏均在座。柏印
锦林,山东人,新放湖南正考官。蒋印式芬,直隶人,新放湖南副考
官。酒阑时已二更矣。回寓,泥淖盈涂,车殆马烦,几有覆辙之厄,险
哉! 本日剃发。

初五日(**7 月 7 日**)　晴,午后大雨。写折扇二十柄。

初六日(**7 月 8 日**)　晴。写折扇二十柄。夜仙舫来谈。

初七日(**7 月 9 日**)　晴。往贺余师母生日。顺往长沙邑馆拜黄
筱麓师,晤谈良久。回写泥金面折扇五柄。夜与禹堂、仙舫谈。

初八日(**7 月 10 日**)　晴。写泥金面折扇五柄,连前共写折扇一
百柄,皆王梦湘太史以懋托书者也。洗澡。震青、仲宣诸君来坐。夜

与芝珊、公达兄弟等在铭九叔处谈。

初九日(7月11日)　阴。写殿试课卷三开。接四弟五月十二日信,并内人五月十三日信。

初十日(7月12日)　阴雨。写殿试课卷四开。为饶砥平同年书小条幅。夜早睡。

十一日(7月13日)　晴。剃发。写殿试课卷一开半。寓中谐同人酾饮。夜到芝衫、公达处坐。春农虞部有字来,求作名号印,此调不弹已久,拟勉为之,聊以应酬云。

十二日(7月14日)　晴,大热。为春农作小印一方。写上镐哥信,附春农所寄一函,由信局递。今日放江西主考:陆润庠、孟庆荣。而江西人之得试差者,才见朱益藩号艾卿,湖北副考官。朱公系江西莲花厅人,庚寅翰林。

写殿卷一开半。后与杏衫、仲宣饮,仙舫作东。夜,芝衫、仲宣、吴公达来谈。

十三日(7月15日)　晴,大热。写殿试课卷一开,一本写完。早饭罢,仲宣请予与禹堂、杏衫往观同春班演戏,回已上灯矣。

十四日(7月16日)　晴,大热。晨起,乘车往老墙根黄次雾姻叔处一坐。旋往潘家河沿吉安馆,贺朱艾卿放差之喜。旋往草厂六条胡同,回拜洪贞一,嘉兴。顺到草厂七条胡同南安馆,回拜刘伟堂印人俊同年。又到西珠市口赣宁馆,回刘皞如印景熙同年之拜,并晤许解元印受衡机楼先生。又往长巷三条胡同,南城东馆。回拜饶桢庭同年、符九叔侄新庶常并道贺,晤梅甘畬、卢仁山两同年,顺往长巷二条胡同,临江馆。回拜裴鉴澂同年印汝钦,新庶常并道贺,并拜晤朱侯平印琨同年。回寓已过午矣。为丁春农作印二方。寓中酾饮。

十五日(7月17日)　阴。为朱艾卿太史写赏对二十四副。大雷雨,彻夜不休。

十六日(7月18日)　阴。写赏对二十六副。

十七日(7月19日)　阴雨。写赏对五十副,连前共写一百副。

十八日(7月20日)　阴雨。复内人信,并复四弟信,由杏衫家信函内附寄。写殿试卷一开。

十九日(7月21日)　晴。剃发,洗澡。写殿卷半开。午间与杏衫、仲宣、公达往粮食店中和园观承庆班新开台演剧,予作东道。观剧罢,又到大同居对门之通聚馆饮,亦予作东,二更后回。严分宜所书"六必居"大字匾额,在粮食店某铺,书法圆健,饶有二王气味,今日得观之,一快!

二十日(7月22日)　晴。储霞舫兄来坐。写殿卷一开半。到懿文斋定红宣条幅,界方格。接四弟四月十八日由武举李某号祥官带来信。

廿一日(7月23日)　晴。早间到一得阁买墨汁。兴伯来告知,镐哥幼女小九于昨日殇逝,惜哉!寓中醵饮,奇热。

廿二日(7月24日)　阴。午后雨数阵,稍觉清爽。到春农寓所,托其写寿屏,此系双亲寿屏,求在京诸公分书,拟合裱成二十余幅,中秋时寄回家中,以应十月初间悬挂也。并转求人写。春农令其长子出见,即镐哥之次女婿也乳名筠子。予旋往绳匠胡同拜晤屠敬山,又到南横街欧阳宅,回拜饶砥平同年,回已上灯时矣。

廿三(7月25日)　晴。早饭罢,到芝衫处,旋到长巷三条胡同南城馆、二条胡同临江馆。又到兵马司中街余师处,顺往羊肉胡同拜李筱沅同年。又到潘家河沿熊余波太史处,其兄印况奇新自广东得信来,述及镐哥已调帘交衔云。

廿四(7月26日)　晴。剃发。晨起到南城东馆,晤梅甘畲及邓焕伯。旋往华石桥卓宅坐,在彼写上镐哥信,托兴伯寄去。予旋与兴伯同出城,回馆时已四点钟。李筱沅来回拜。

廿五(7月27日)　阴雨。为宝源恒银号春山兄书小对子,又写殿卷大半开。圈《江汉炳灵集》。

廿六(7月28日)　阴。震青来谈,屠敬山虞部来回拜。圈《会墨》。夜在下厅与仲宣、宜仲、杏衫等以牙牌为戏。

廿七日(7月29日) 阴。写寸楷五百字。夜读《才调集》。

廿八日(7月30日) 阴。写寸楷六百四十字。夜读《文选》《唐诗》。

廿九日(7月31日) 晴,大热。写寸楷四百余字,大字两张。午后,杏衫、仙舫请予与合寓诸公在福源居饮。酒阑,予与仙舫、宜仲、济明等,到"玉莲""有缘""永和"及"永顺"等处游,三更后回寓。

七 月

初一日(8月1日) 晴。剃发,洗澡,换衣服。写寸楷一百字。圈《会墨》竟。

　　朝鲜为我大清藩属二百余年,岁修职贡,为中外所共知。近十数年来,该国时多内乱,朝廷字小为怀,迭次派兵前往裁定,并派员驻扎该国都城,随时保护。本年四月间,朝鲜又有土匪变乱,该国王请兵援剿,情词迫切,当即谕令李鸿章拨兵赴援,甫抵牙山,匪徒星散。乃倭人无故派兵突入汉城,嗣又增兵万余,迫令朝鲜更改国政,种种要挟,难以理喻。我朝抚绥藩服,其国内政事向令自理,日本与朝鲜立约,系属与国,更无以重兵欺压、强令革政之理。各国公论,皆以日本师出无名,不合情理,劝令撤兵,和平商办;乃竟悍然不顾,迄无成说,反更陆续添兵。朝国百姓及中国商民日加惊扰,是以添兵前往保护。讵行至中途,突有倭船多只,乘我不备,在牙山口外海面开炮轰击,伤我运船。变诈情形,殊非意料所及。该国不遵条约,不守公法,任意鸱张,专行诡计,衅开自彼,公论昭然。用特布告天下,俾晓然于朝廷办理此事,实已仁至义尽,而倭人渝盟肇衅,无理已极,势难再予姑容。着李鸿章严饬派出各军,迅速进剿,厚集雄师,陆续进发,以拯韩民于涂炭。并着沿江、沿海各将军督抚及统兵大臣,整饬戎行,遇有倭人轮船驶入各口,即行迎头痛击,悉数歼除,毋得稍有退缩,致干罪戾。将此通谕知之。钦此。

初二日(8月2日)　早间大雨,竟日不休。写寸楷一百字。圈《江汉炳灵集》。

初三日(8月3日)　晴。写大字数张。为仙舫写白帖子。圈《江汉炳灵集》。上谕:"奉皇太后懿旨,据李鸿章电称,直隶提督叶志超一军在朝鲜牙山一带地方,于六月二十五、六等日与倭人接仗,击毙倭兵二千余人。实属奋勇可嘉,加恩着赏给该军将士银二万两,以示鼓励戎行至意。钦此。"

初四日(8月4日)　晴。写殿试卷一开,大字若干。读《国初文》。

初五日(8月5日)　晴,大热。写殿试卷半开。为惟善小楷书条幅,圈《江汉炳灵集》。吴衍孙姑丈自济南来,应顺天乡试。

初六日(8月6日)　阴。剃发。写殿试卷一开半,又写一开。

初七日(8月7日)　阴。芝珊太太生日,与寓中诸同人往贺,即在彼吃面。饶砥平同年、欧阳老八、毅之及震青均来坐。午后,仙舫请予与诸同人在庆和园观同春班演剧(小桂林银桥会)。夜写上九叔父禀,托黄卓群带杭州交。

初八日(8月8日)　乍晴乍雨,大热。晨起送卓群上车。早饭罢,与杏衫到抚州馆李博孙年伯处坐,杏衫旋请予至同乐园,观宝胜和班演梆子腔,上灯时归。

初九日(8月9日)　阴。写殿卷两开半。兴伯送阅镐仲哥五月廿二日所寄春农之信。

初十日(8月10日)　阴。写殿试卷两开。为仙舫书白帖子。欧阳旭庵来坐。相传叶军门志超于某日又与倭人开仗,全军覆灭,军门亦被俘执。闻之殊深诧骇,令人发指,然尚未见明文,此事或有讹谬,不如是之甚也。

十一日(8月11日)　微晴。写殿试卷两开。临《九成宫》。为仙舫写白帖子。夜与禹堂谈时务。

十二日(**8月12日**) 晴。写殿试卷两开半。临《九成宫》,圈《江汉炳灵集》,全集均圈完。

十三日(**8月13日**) 晴。写殿试卷一开。仲宣请予及吴公定往庆和园观同春班演剧。夜读古文、时文。

十四日(**8月14日**) 微晴。剃发。写殿试卷两开半。

十五日(**8月15日**) 晴。写殿试卷两开,白折一开,又写一开半。

十六日(**8月16日**) 阴。写殿试卷两开,白折两开半。夜与济明、琳石、宜仲到福源居王庆福斜街对门之明远一游。旋到石头胡同之玉莲,会晤仙舫、衍孙,仙舫旋请诸人至国兴饮像姑①酒。酒阑,复至玉莲一游。回时已交三点钟。

十七日(**8月17日**) 阴,微雨。写殿试卷两开,白折子一开。

十八日(**8月18日**) 阴。写殿试卷两开,白折子一开。接九叔六月十六日浙省来信,知楼妹于四月初旬举一子,乳源亦足云。夜与禹堂、杏衫谈时务。

十九日(**8月19日**) 阴雨。写殿试卷两开,白折一开。

二十日(**8月20日**) 晴。写殿试卷一开,白折子两开。夜与禹堂论舆地及谈时务。

廿一日(**8月21日**) 晴。晨起与济明到义昌号,适有抢犯应在菜市口枭示,因得寓目焉。伊固罪无可逃,而为念其何以致此,则恻隐之心怦怦动矣。午后在古香阁党姓肆中,购得《虞恭公碑》、《雁塔圣教序》、赵书《洛神赋》,甚惬甚惬! 旋与济明往庆乐园观玉成班演剧,适仙舫亦在彼,同回寓。

廿二日(**8月22日**) 雨。写上双亲安禀,由杏衫家信内附寄。

---

① 日记原作"相公",复改为"像姑"。"像姑"也叫"相公",即容貌如女性的男妓。所谓"饮像姑酒",就是与男妓们喝茶饮酒。

剃发。写殿试卷一开。竟日雨,夜雨尤大。

廿三日(8月23日)　晴。杏衫请予与禹堂、宜仲往三乐园观小天仙班演剧。夜与诸同人在福隆堂饮,仲宣、仙舫、震青三人作东,两点钟回。

廿四日(8月24日)　晴。到长沙邑馆谒黄师,旋往归德馆,适春农上衙门去矣,晤其令侄仲丹同年及崔鹤筹、梁季云。旋到南横街欧阳旭庵处一坐。旋往西珠市口仁钱会馆拜吴经才(原号贞木),别十年矣,相见各道款曲,即在彼吃饭,并晤范祥士。旋往某肆购得照印折楷,回时日已薄暮。

廿五日(8月25日)　晴。早饭罢,与铭九叔、杏衫往南横街送震青之行。予旋往归德馆一行,顺到朱朝街拜张芝生。傍晚回,接室人六月廿八日信。夜饮。

廿六日(8月26日)　早间雨,午晴。到书肆购得《百子金丹》,并购得王可庄仁堪太守所书《冀君墓志铭》、冯联塘文蔚太史所临《砖塔铭》。

廿七日(8月27日)　阴。写寄四弟信,附寄冰糖;又寄吴岳母信,并复室人信,附寄胭脂;又复九叔信,均托仙舫带浙、带丰分交。

廿八日(8月28日)　晴。早间送仙舫登车南旋。午到肆中购得黄觐虞自元,一字敬舆太史所临《玄秘塔碑》。白二世兄曾麟,号石农来坐,伊与白三号纬之、白四号也诗均由浙来应北闱乡试,现寓杨梅竹斜街蕴和店。

廿九日(8月29日)　晴。剃发。写殿卷一开。到蕴和店回看白氏昆季石农、也诗,皆出外,只晤纬之,盖纬之患泄泻症已旬余,刻稍愈耳。

三十日(8月30日)　阴。写殿卷一开。夜读文。

八　月

初一日(8月31日)　晴。芝珊放陕西学政,与诸同人往贺之。

写殿卷两开。

　　初二日(9月1日)　晴。写殿卷两开。芝珊来谢步。写上伯父安禀,由信局寄。夜圈选《才调集》。

　　初三日(9月2日)　晴。写殿卷一开半。仲宣来为书寿屏。卢仁山同年来回拜。刘发元之弟号立人印裕英,直隶试用巡检,因科场差事到京,午间来坐,亦在会馆住。夜选《才调集》。

　　初四日(9月3日)　晴。白石农曾麟、也诗原名曾纶,改名曾然。来坐。写上狄曼农师信,托刘皞如同年寄赣郡交。剃发。午间至赣宁馆一走,旋往同乐园观小天仙班演剧,宜仲请。夜,圈选《才调集》。

　　初五日(9月4日)　晴。梅甘畬病,晨起往视,并晤饶桢庭扶九。旋到照相馆买折楷。午间,仲宣请在庆和园观同春班演剧。

　　初六日(9月5日)　晴。熊余波得分校乡试差,晨起往贺之。旋到归德馆晤方夑尹(名宾穆,乳名长艾,子可先生长子也。别十四年矣,现来京应北闱试)、丁孟迪仲丹两同年、吴经才,即在春农处早饭。午后到欧阳老七处,晤饶砥平同年,旋到老墙根黄仲鲁姻叔处。傍晚回。

　　初七日(9月6日)　晴。早间到马震青处,与谈照相及电学、光学,颇有头绪。午与铭九叔、杏衫骑驴至八根桅杆,送衍孙、公达、公定等之场。予又至华石桥送兴伯,蕴和店送白石农、也诗,皆已搬进小寓矣。

　　初八日(9月7日)　晴。晨起骑驴至贡院,遍访兴伯及白氏兄弟小寓不得,至十一点钟,始晤也诗于西左门点名处。石农先已进场,纬之病肠癰,移寓顺治门金井儿胡同兵部郎中白昆甫处,未与试。三点钟,始晤兴伯于东右门点名处,并晤衍孙、公达等。予旋至观象台下乘风,良久始回。顺至照相馆一览。夜大雨。

　　初九日(9月8日)　晴。写殿卷半开。圈选《才调集》。

　　初十日(9月9日)　晴。写寸楷。圈《才调集》。钦命北闱《四书》题:子夏曰:"百工居肆"至"小人之过也必文";《诗》曰:"衣锦尚䌹","征者,上伐下也";赋得"五色诏初成"。

十一日(**9月10日**) 晴。为人写团花赏对二十六副。圈读《才调集》。

十二日(**9月11日**) 晴。剃发。写赏对三十副,又为鸣岐书条幅,芝珊代求者。又为人书笺联二副。圈读《才调集》。

十三日(**9月12日**) 晴。为饶砥平同年之太夫人书寿屏一幅,又为公素书条幅,禹堂代求者。

十四日(**9月13日**) 晴。晨起,与济明同车往贺陈桂生师、余寿平师秋节,并至郭子钧、欧阳旭庵、黄次霁等处。余因顺道往贺黄筱麓师秋节,并至归德馆丁寓,晤仲丹同年,谈片时许即回。写赏对二十八副,到抚州馆李博孙年伯处一坐。

十五日(**9月14日**) 晴。晨起,本馆贺节。旋与诸同人到芝珊、仲宣处贺节。吴公节新自河南来,亦晤焉。午后,济明邀予与铭九叔、禹堂、宜仲、琳石、杏衫往庆和园观义顺和班演剧。夜,芝珊请合馆往伊处过节,饮甚畅。回与仲宣在琳石房谈良久,两点钟时睡。本日接展七月廿七日镐哥在粤省来信,并寄来所作父亲六旬寿序一篇,甚佳,拟即请人书之,并知镐哥调帘,携孔侄于七月十八日到粤云云。

十六日(**9月15日**) 晴。吴公节来坐。午间与铭九叔、杏衫至庆乐园。予未观剧,因白也诗及卓兴伯处一坐。旋至懿文斋,为父亲议好寿屏十二幅。廿三日领。

十七日(**9月16日**) 晴。写赏对四十四副。白石农来坐。傍晚,予与铭九叔、济明到芝珊处一坐。予又到秀文斋寄存条幅。芝珊明日谢授陕西学政恩,予与杏衫、仲宣、刘仲辛、吴公达、公节、公定、慕楼、朗如均往送之。丑初一点钟,乘车至东长安门,乃步行至西苑门口之六项公所待漏。与芝珊同召见者,则甘肃学政刘世安也,己丑探花,广东人。

十八日(**9月17日**) 晴。黎明,芝珊偕刘公由西苑门进至南海子便殿陛见,衍圣公某一同召见。朝退,芝珊请予与诸君在酒馆饮。

十二点钟,予与公节乘车回。写赏对二十二副。

十九日(9月18日) 晴,旋阴。写赏对五十副,连前共写二百幅,皆春农嘱书转送人者。恽彦彬。到帖铺,购得苏灵芝书《梦真容碑》,又薛稷拓定武本《兰亭》,印有"秋壑珍藏"四字。又原拓《宝梁经》。第一"如是我闻"至"是谓沙门",第二"尔时佛"至"多知识不住",共一石。计横阔约四尺,高二尺。此石刻经,光绪十八年壬辰于陕西西安府城外八桥出土,考之者云系唐初人所书。以经文第一、第二计之,不知共若干卷,应尚有石刻若干方,未审将来均能出土否也。此石现为陕西赵某以重价购去,原拓□□将□,恐有翻刻,真赝不可不审也。原价每份需银三两,此份得于京城琉璃厂东南某街敬古堂宋子言铺中。

二十日(9月19日) 晴。剃发。白也诗曾然送其场作首艺及诗来阅,均佳,可许必中。予旋与也诗至金井儿胡同白宅候纬之三兄,伊病已渐愈,拟廿五起程南旋云云。接四弟七月十二日信,合家平安,欣慰欣慰。为芝珊太史写赏对十副。到帖铺购得《魏营州刺史高贞碑》《汉武都太守李翕西狭颂碑》,碑头"惠安西表"四篆字并"五瑞图",总共三纸。赵松雪小楷《龙兴寺帝师之碑》。

廿一日(9月20日) 晴,午后雨。白纬之来坐。为芝珊写赏对十副。与禹堂到帖铺各处观帖,予购得旧拓《汉张迁碑》,极佳;又购苏灵芝书《田公德政碑》,亦旧拓之佳者。

廿二日(9月21日) 晴。白石农来坐。到铺购得《汉乙瑛请置百石卒史碑》。接许仙屏河帅信。夜,双钩《西狭颂》。

廿三日(9月22日) 阴。为广东学政恽次远彦彬署赏对款。旋到归德馆,又送镐哥为父亲作寿文与余寿平夫子观之。写上双亲安禀,附寿文及征书启。托仲宣带丰。又写上鲁芝友老伯信,附朱卷。托衍孙姑丈带济南府署交。

廿四日(9月23日) 晴。又为恽次远先生署赏对款,为芝珊写赏对十副。白也诗来辞行,明日起程旋浙,石农、纬之同回去。夜大雨。

廿五日(**9 月 24 日**) 晴。曾文定公生日,芝珊太史及会馆诸公皆上香行礼。旋坐车往王广福斜街聚宝堂饮,该处悬芝友先生所书联:"蟹健两螯能敌虎,芋肥一本可专车。"甚佳。酒阑,至同乐轩观义顺和班演剧。夜,大雷雨。

廿六日(**9 月 25 日**) 晴。早间送仲宣、衍孙行。午后写赏对十幅,双钩《西狭颂》。

廿七日(**9 月 26 日**) 晴。写赏对四十九幅,双钩《西狭颂》。

廿六日上谕:朕钦奉慈禧端佑康颐昭豫庄诚寿恭钦献崇熙皇太后懿旨:"本年十月,予六旬庆辰,率土胪欢,同深忭祝。届时皇帝率中外臣工,诣万寿山行庆贺礼,自大内至颐和园,沿途跸路所经,臣民报效,点缀景物,建设经坛。予因康熙、乾隆年间,历届盛典崇隆,垂为成宪,又值民康物阜,海宇乂安,不欲过为矫情,特允皇帝之请,在颐和园受贺。讵意自六月后,倭人肇衅,变故频繁,两国生灵均罹锋镝。每一思及,悯悼何穷!前因念士卒战阵之苦,特颁内帑三百万金,俾资腾饱。兹者庆辰将届,予亦何心侈耳目之观,受台莱之祝耶?所有庆辰典礼,着仍在宫中举行,其颐和园受贺事宜,即行停办。钦此。"朕仰承懿旨,孺慕实有未安,惟有再三吁请,未荷慈俞,敬维盛德所关,不敢不钦遵,宣示各衙门即遵谕行,钦此。

廿八日(**9 月 27 日**) 晴。晨起衣冠,往谒余寿平师,叩求为双亲书寿屏。旋到懿文斋排好屏格字数。屏十幅,每幅五行,每行连抬头二十二字。回寓写赏对十一幅,饶砥平同年来坐。夜与宜仲、禹堂、济明、琳石往王广福斜街、纱帽胡同等处茶围,二更后归。

廿九日(**9 月 28 日**) 晴。写赏对四十幅。罗文清偕丁辅臣来坐,罗、丁均寓长巷二条临江馆。夜,双钩《西狭颂》。刘立人场差竣,回会馆住。

光绪二十三年丁酉（1897）

（原稿封面手书：第十一本，起丁酉十月初一日，
讫戊戌十月廿九日）

十 月

光绪二十三年丁酉十月初一日丁巳（10 月 26 日） ……圈《百子金丹》。夜阅《格致课艺》，好云……

初二日（10 月 27 日） 阴。写殿试卷两开，室人自揭宅归……弟培桂将完娶，令其妹倩黄云峰送联来求书。□□侯于初六日请予饮开仓酒，谢之。四弟于申时三点钟举第三男。夜阅《格致课艺》。

初三日（10 月 28 日） 晴。四弟请予为其第三男取名号，因命名曰"协"，号"季和"。《尚书·尧典》："协和万邦"；《皋陶谟》："同寅协恭，和衷哉"；《说文》："协，众之同和也"。□从劦从十，与劦侄之"劦"字从力，万声，偏旁相类，乳名曰"联孙"。因劦侄等乳名皆先考所命，是以仍其"联"字排行而系曰"孙"也。写殿试卷两开。宁师来坐，旋文光来会予往松门祠饮耐庵公清明酒，顺往箓秀叔书房一坐。夜阅《时务报》八月廿一日以后者。

初四日（10 月 29 日） 晴。晨起，偕聘民叔各乘轿往下洋，诣太高祖青渠□□妣揭太淑人墓前挂纸。辛山乙向，道光十年庚寅葬。令看山人王……除明堂及路上茅草，打扫洁净，并诣……二年壬子葬。行礼毕，即往周子家吃饭……

初五日（10 月 30 日） 晴。晨起，周子请予与聘民叔往……须加工挖深云云。为兴祖催邹某帮粮……荷田冈，观黄耀祖经手修整

之仓屋。旋到揭大外祖坟……旋路过杨梅坑，见池中跃鲤，高三四尺许。旋在曾幼生处……两年围圈折租钱。上灯时抵家。连日在轿中观《随园诗话》。

初六日（10月31日）　晴。晨起，洗澡、换衣服、剃发。午往揭宅各处坐。旋往松门祠对面谭姓染店，令染茧绸袍料。晚间往宁兰师书房。□往周问涛处一坐。奎师来，未晤。夜阅《时务报》。

初七日（11月1日）　晴。写殿试卷一开。端甫来，言吴岳母嘱予翌午往□处吃饭。周才庆、傅禄林表叔先后来坐。夜阅《时务报》。

初八日（11月2日）　晴。写殿试卷一开。奎师来坐。雨农叔婆七旬寿辰，与四弟往贺之。聘民叔来，托予写"萃丰源"招牌数方。午后往吴岳母处饮，大表哥池春、桂轮、成甫、吴太岳母、熊三□均在座，端甫做东。

初九日（11月3日）　晴。写殿试卷一开。午后，偕四弟往周家，为问涛之老太太炷香。旋往鉴安、兴祖、李慎孙、揭秋阳等处送场，伊等明日均应县试也。仙洲八妹留饮汾酒。到礼房邱某处。即邱益三。

初十日（11月4日）　晴。写殿试卷二开。圈《百子金丹》，到八姑婆处一坐。旋往书院八角亭处，观应县试者出场。夜阅《格致课艺》。

十一日（11月5日）　晴。写殿试卷两开。梳发。到赵莘野老伯处，杏衫示□《江西闱墨》，大抵按切时事，借题发挥，引用子书，务以陆离光怪制胜，题理题神，在所弗顾。五家典型，扫地尽矣。斯为制艺之□末，西学之先声。夜阅《格致课艺》。《江西闱墨》，卷轴纷披，颇多□□，然系作经艺体裁，文风至此□□。

十二日（11月6日）　晴。晨起，偕四弟往肆吃粉。写殿试卷一开。往莘野处贺其女出阁之喜，为室人往揭宅请二母舅开平肝解热剂。阅《格致课艺》。午间，十母舅来谈良久。

十三日（11月7日）　晴。晨起，与四弟乘轿往青塘祭扫祖考都转公暨祖妣周淑人之墓。内圹坐西北亥乾方,向东南巳巽方,廓面坐北朝南,子午正向。都转公葬于同治八年己巳,周淑人葬于光绪五年己卯。礼毕,予顺道往茶亭祭扫二伯祖次渊公暨二伯母谭□人之墓。坐东南巽方,向西北乾方。礼毕,拾级而上,诣九婶谭孺人及其妾吴孺人墓前,亦行礼焉。该处看山人曾添丁告知,明堂前接买曾端俚山场,须立界石,即命添丁按丈尺立界焉。回至枫林吃饭,二更后方进城。接杨春农妹情初三日来函。黄卓群午间来访,以所作危母黄宜人危菊笙之母,菊笙在抚州开店。寿序见示。竟日轿中观《惜抱先生尺牍》。

十四日(11月8日) 晴。早间卓群来坐。午,与四弟步至冷水坑先妣揭孺人及先室闽莹墓前祭扫。坐东南、向西北,光绪五年己卯葬□先妣墓右。近有乾仲房裔炳南公攒葬之坟堆,从他处迁来者,其坟土逼近先妣明堂右边围石上,恐日久水路拦入,因令工人焕文为划开,以分界限焉。炳南名湘,系牧岩叔祖之胞伯也,其长子良进,已故;次子良选,字铨士,号四俚,咸丰丙辰生,已娶妻。大嫂邹孺人、四弟妇饶孺人、龢侄妇张孺人墓前均焚奠焉。旋往八都西山艾家堡先考墓前祭扫。□侧古墓,亦为挂纸。旋往艾祠看山人艾裕辉家一坐,即回城。步行抵家,在母亲处坐良久。阅《格致课艺》。

十五日(11月9日) 晴。午间,与四弟往北门外诣伯母、大哥、五婶、镐仲哥停□祭扫,旋往刘家山祭扫四叔祖、叔婆王亦太、三伯父、伯母、鹤伯哥之墓。寅山申向兼甲庚乙分。礼毕,到看山人王仁俚家略坐,即回城。夜与四弟往章宅,饮仰宾老伯父之次子培桂新房酒。回家在母亲处谈。

十六日(11月10日) 晴。剃发、濯足、换衣服。陈长里、介祖叔来,询知先妣明堂右围石外攒坟,乃介祖叔之十四龄女也,炳南公墓碑只是未葬之寿基。到陈才官家,为其尊甫炷香,即在彼吃饭。阅《格致课艺》。

十七日(11月11日) 晴。写殿试卷两开。到兆祖叔书房看陈长里。张柳桥舅公周年忌日,往行礼,在彼吃素粉。包晖章叔来坐,并请予为书匾额。阅《格致课艺》。

十八日(11月12日) 晴。早间上街一行。午,赵杏衫来谈良久。汤蓉峰来拜。为杏衫作"赵"字印一方。夜到吴岳母处坐。

十九日(11月13日) 晴。早间往肆买冰片。午回看杏衫,路与之遇,即偕往访卓群,未晤。旋往回拜汤蓉峰,亦未晤。顺道至幼璞姨公处坐,承以□拓芝友老伯所书"碧海清风"四大字横幅见赠,原石在山东登州府蓬莱阁。包晖翁送予《江西闱墨》及《题名录》,其子获村初自省写亲供回来拜。书匾额题款。阅《格致课艺》及《江西闱墨》。

二十日(11月14日) 晴。为包琼章斯莹书"富而好礼"四字匾额一方,"椿庭日永"四字寿匾一方,即日昨包晖翁托书者也。黄卓群、汤蓉峰来坐。阅《江西闱墨》。

廿一日(11月15日) 晴。写殿试卷一开、白折子一开半。阅《格致课艺》。

廿二日(11月16日) 阴。大北风颇寒。早间到揭宅一走。旋与兴祖乘轿往兜港,祭扫高祖妣甘太淑人之墓。交柯结子行,午山□向兼丁癸三分,道光十七年丁酉重修。看山人吴春连,已故,其子名狗仔,弱冠业农。今日来山上招呼者,系春连之侄梦生,业屦,梦生之胞弟名峇①俚,俱照看此山者。明堂前大松树五株,坟顶松树一株。礼毕回,薄暮抵家。鲁幼璞姨公午间来访,未晤。夜阅《格致课艺》。

廿三日(11月17日) 竟日密雨。临《砖塔铭》,为揭十二妹书格摹数张。池春、桂轮来谈良久,即邀予同往赵腾士家饮暖房酒,用之明日完婚也。

廿四日(11月18日) 雨。剃发。为十二妹书格摹八张,往贺用之完婚之喜,室人亦往贺之。夜阅《格致课艺》及《闱墨》。迩来细勘江西此科所刻之墨,皆佳构也,盖必读书绩学者方能为之,大抵得

---

① 音"辣"。南丰方言称瘌痢头或秃头者为"峇俚"。

"空"字诀,若徒斤斤以文体相诟病,是皮相之论,所谓老生常谈者也。

廿五日(11月19日) 晴。为十二妹书格摹八张。为汤蓉峰书泥金折扇二面。与四弟到赵家饮用之新房酒,包晖章叔送酒肴全席。转送吴岳母。圈《江西闱墨》。

廿六日(11月20日) 晴。卓群送危姓寿屏来。怀祖叔来求书,因为写隶联。又为介祖叔临《阁帖》横披。为赵宜生书宣纸隶匾,又为四弟书篆联。端士家送菜,谢之。圈《闱墨》。

廿七日(11月21日) 阴。写寸楷数张。接夔诗侄本月初五日由浦来信。回看汤蓉峰,未晤。夜到吴岳母处,并到二母舅处坐。圈《闱墨》竟。

廿八日(11月22日) 阴。写大字五张。幼璞姨公来坐。研墨。阅《格致课艺》。

廿九日(11月23日) 晴。早饭后,与四弟携车夫侄往瑶浦观台阁,俗称为"迎"。路遇端甫,与同在周姓店中观,约三百余座。回遇翔鹄叔,与同至才庆表叔家一走,旋往肆中饮。经崇真寺,顺往西台山观乩仙坛,回家已上灯矣。阅《格致课艺》。

十一月

初一(11月24日) 晴。为危菊笙之母黄宜人写寿屏第一、二、三幅。夜研墨。阅《格致课艺》。督畹芳认字。

初二日(11月25日) 晴。为危菊笙之母写寿屏第四、五、六、七幅,又写寿联一副。门生吴馨仲茂才名树棻,号华生,子骥先生次子也为谭雨春先生女婿,前月尾来丰胶续,今午到此坐。室人自揭宅回。阅《格致课艺》。

初三日(11月26日) 晴。为危菊笙之母写寿屏第八幅竟。室人料理扫舍宇,予即往吴岳母处吃面。往雨春家回看吴馨仲,未晤。池春、桂轮来访,亦值予外出。夜阅《格致课艺》。

初四日(11月27日) 晴。为仰泉书折扇一柄、笺联一副、宣纸条幅四张,并为池春书笺联一副。夜到义合昌一行。阅《格致课艺》。

初五日(11月28日)　晴。章仰宾老伯于昨日戌时辞世,早间与四弟前往行礼,予为章府写孝榜并和头题字。剃发。明日系吴岳母六旬诞辰,予与室人俱往贺,并送烛爆及寿仪四元,即在伊处吃面。为熊桂轮写宣纸条幅四张。吴馨仲来。

初六日(11月29日)　晴。三仙祖师及台阁进城,经过书房门外犁头嘴,合家均往观瞻。总计台阁三百二十余座,红伞千余柄,可谓多矣。肇春来观台阁,晚间予送之归。旋至贻谋书舍,与仰泉、仙洲等谈良久,始回。

初七日(11月30日)　晴。代章二、章三作挽其兄仰宾先生联。午间与翔鹄观台阁。熊芗林新归,顺到其家候之。旋到十母舅处,又到晋吉祥。薄暮归。

初八日(12月1日)　晴。为人书名片五方,吴馨仲代求者也。写殿试卷一开。到揭宅一走。刘家岭本家琨珊受益子、芸敷琨珊子、谨祥淡如弟来坐。予旋往邓祠回看,未晤。遇刘永隆,托致意焉。琨珊、谨祥送予冬笋、鸡蛋糕、龙门酥。夜阅《格致课艺》。

初九日(12月2日)　晴。台阁出西门,经过白塔,前往观之。遂与文江叔、鲁瞻叔登城游眺。汤勉吾之母辞世,往行礼。到晓湘处。旋往访琨珊、谨祥未晤。为劼侄写《说文》部首。阅《格致课艺》。

初十日(12月3日)　阴。起服。剃发。为科侄发笔。到章宅为仰宾老伯炷香,即在彼吃素饭。写《说文》部首,十妹回家去。芗林来坐。阅《格致课艺》。

十一日(12月4日)　阴。与翔鹄叔到汤家,为勉吾之母炷香。写《说文》部首。为鲁瞻叔让称及石逸书笺联各一副,鉴安代求者也。

十二日(12月5日)　阴雨。到复成冬一行。写《说文》部首竟。吴馨仲来请予饮新房酒。予即往六寿叔书房,旋到馨仲丈人谭雨春先生家赴席,荤素各一桌。江勷㕡、熊芗林、储舜及其子占魁、靖叔公、六寿、柏村叔、曾绩卿、谭雨春及其子燕宜、又培俱在座,见新娘子称贺焉。酒阑,到揭宅熊三姊处饮,并到吴岳母、太岳母、十妹等处坐,二更后归。

十三日(12月6日)　阴。楷书注明《说文》部首。张东垣来坐并约予饮,文光亦来坐,东垣长子延庚及勋民叔复来邀予与四弟至同榜第,张西斋、邹青云、张建元、刘某、勋民叔均与饮。

十四日(12月7日)　晴。因事生气,虽情理难容,究竟亦可不必。写送熊桂轮姨甥笺联,又写送池春红宣条屏第一幅。张尔昌回丰,来坐。

十五日(12月8日)　晴。写送池春红宣条屏第二、三、四幅竟。池春来坐。阅《格致课艺》。畹芳不晓事,予与室人同笞之,督责不稍宽,正所以教道之,使自警也。

十六日(12月9日)　晴。发清江浦信。四弟初六日所书。写殿试卷一开,圈《百子金丹》,到翰墨斋裱画店。顺往回看尔昌,芗林适来彼,与予言颇有所许,记以俟明春验之。旋往芗林处,承以登州蓬莱石六枚见赠,步月归。阅《格致课艺》。

十七日(12月10日)　阴。为陈法卿姻兄隶书描金大红笺联,又为其弟荣卿书联一副。写殿试卷一开。述舫大哥来坐。剃发。

十八日(12月11日)　阴,大冷。写殿试卷一开。三仙祖师回山,台阁三百余座,排列三江口,送神爆竹称极盛焉。予既往观,顺到天主堂法国耶稣教一游。回至接龙庵后,敬诣十六世祖清轩府君坟前瞻仰。府君名机,字德泉,浑公之长子也。生于元至大四年,卒于明洪武五年。妣吴夫人合祔葬于是,坐申向寅,地势风形。由北门进城,到晓湘书房坐良久回。勘阅晓湘所作赵艺圃五旬寿序。吴馨仲来访。

十九日(12月12日)　阴,大冷。四弟送其岳母回饶家堡。午间予往李琳石处坐,旋访江勋旃,未晤,晤陈鸿卿致意焉。顺到东关口复隆和钱店。旋至揭宅还簪环等件,并送辫线与池春。又到晓湘书房,晓湘出其为人所作寿序数篇见示,皆笔气纵横,斐然可观。复出北门,敬诣十六世祖清轩府君墓前行礼。墓系"福禄寿松竹梅"六房子孙同立。按谱《源流总传》载,公有四子,《源流总图》则云六子,但二支分出未吊耳,正与碑合。按《松门祠谱》,十五世祖子厚府君浑公暨姚范夫人,先葬六都马腿石,而后清轩公暨姚吴夫人因而祔葬。今该处未睹浑公及范夫人墓,只上层堆阜有旧坟,碑字磨灭不可识,殆即是耶? 因仿古人望祭之意,亦行礼焉。回城闻李继孙作古,殊叹惜,与李翔鹄叔同往其家唁之。夜阅《格致课艺》。

二十日(12月13日) 阴,微雨。到江日成号,并到勘斿书房,将会试咨文托勘斿寄本府,并转由藩司详抚院领批。付重边五元。勘斿托购连大甲十八股之扇及扇面数张,在京代求人书。往揭宅一行。莲湖看山人曾细刘子被勋民叔拘留,为缓颊,释之。顺到容斋少坐。为张东垣之婿宜孙书宣纸条幅四张。阅《格致课艺》。

廿一日(12月14日) 阴。写殿试卷一开。为管硕藩书名片。吴岳母命端甫送来鲦鱼二斤。阅《格致课艺》。

廿二日(12月15日) 阴。昨夜被窃,自四弟书窗而进,窃去米及门帘、锡茶壶、灯檠等件。虽破财有限,然不得不加警戒,从此后门户须勤加检点也。午后与四弟、六寿叔往北门刘遇处饮巡山会酒。夜到揭宅一行。送吴馨仲食物璧还。鲁同斋来访。

廿三日(12月16日) 阴雨。为柏村叔隶书宣纸条屏四张。鲁同斋来告知芝友老伯于腊月初九日葬黄陂嵊之长岗上,予前为作墓志铭,拟即刻石并托予书之。县署、捕厅两处均递禀报被窃,此事须责令快役揭彪交犯到案,庶惩一而儆百。阅《格致课艺》。

廿四日(12月17日) 阴。梳发。为人书名片三方。与四弟到捕厅张菊泉处坐。予旋与文江叔往张家饮执事酒,柳桥舅公于廿九日出殡也。

廿五日(12月18日) 阴雨。到怡盛鞋店李德辉处觅牛皮,复到揭宅,令豆生唤枕匠来家修整皮箱。夜往晓湘书房,谈良久。

廿六日(12月19日) 阴。赵艺圃之长子莲溪从颐请予为其尊甫写寿屏。先于晓湘书房治具招饮,在座者予与晓湘、培桂、吴某光民叔之内侄、周培孙砚孙弟及晓湘之第三子焉,莲溪做东。午间,捕厅张菊泉来坐。鲁幼璞姨公、同斋俱来商量写芝友观察墓碑及志铭。

廿七日(12月20日) 晴。与四弟、翔鹄叔往张柳桥家炷香,即在彼吃饭。鲁守华回丰。接五弟十月十二日信,又接舜仪侄十一月初十日泰州来函。为芝友观察写墓志铭。宁兰亭师来坐。在转角祠晚饭,夜习仪礼毕,吃面。鉴安今早生子,贺之。回看守华。

廿八日(12月21日) 晴。冬至,家中吃糯饭。六寿、柏村两叔,傅鹿林表叔、周才庆表叔均来。转角祠祭祀,予主祭,昭堂分献:彬颜,号三蒲,琴书子。穆堂分献:万藻,号梅生,益书三子。饮酸毕,顺往问玉田叔,疾已愈矣。旋往二母舅处坐,六四癫症发作,在伊处吵闹云。为芝友观察写墓志铭。赵艺圃之子莲溪送寿文来。吴馨仲携眷回广昌,明日启程,馨仲来辞行,予旋往雨春家送之。夜到李家排上观剧,二更后归。晚间在十一叔婆家吃起厨饭,伊次女明日招赘。

廿九日(12月22日) 晴。黄卓群送危姓润笔来。周问涛为沟浚事来坐。幼璞姨公亦来坐。午间,往送张柳桥舅公出殡,顺往江家为立廷之太太炷香。往贺十一叔婆次女招赘之喜。旋复往张家贺木主上堂礼,即在伊处饮。为芝友观察写墓志铭,三更时竟。

三十日(12月23日) 阴。幼璞姨公来领芝友观察墓志铭。赵棣轩乡举做启送,诣莘野老伯处贺。仙洲来坐。文江叔来会予至靖叔公处,邀同赴家益书老伯之席,因与苍佩叔棉花生意镠辖也。曾顺臣、赵培俚、张锡俚、揭轿俚均在坐。酒阑,到顺臣店中,旋到揭宅十妹、吴岳母处坐。

松门祠习仪礼毕,吃面。二更后往同榜第,饮十一叔婆次女新房酒,兴祖、守华、仙洲与饮。壁间悬道光八年包慎伯送钱梅溪寿联云"尽交天下贤豪长者,常作江上烟月主人"。

十二月

初一日(12月24日) 阴。剃发。松门祠祭祀,予主祭。昭堂

分献:昌祁;穆堂分献:戴乾。礼毕饮酸。酒阑,到揭宅五母舅、二母
舅各处。旋到李家排上戏台前一游即回。为捕廷张菊泉书宣纸条幅
四张。张尔昌来托寄夔诗信一函。研墨。

初二日(12月25日)　晴。江勖海之胞叔立廷先生夫妇木主祔
入耀明公祠,早间往伊家吃饭,即送主至祠,行礼毕,复与酒席。夜阅
《格致课艺》。

初三日(12月26日)　晴。检拾衣箱。八都西山看山人艾裕辉
之长子赤米来城,邀至酒店饮。闻有盗砍松柴者,因嘱赤米密查。廿
一日窃案未获,复进禀县正堂及捕廷催之。夜,仙洲请在太史第吃
牛肉。

初四日(12月27日)　晴,大寒。写殿试卷半开,笔砚皆冻。到
容斋书房,复与鉴安、曼卿到登楼前一走。又到纸铺订书。夜阅《格
致课艺》。令畹芳研墨,为赵艺圃作寿联,集《文选》句云:"春秋多佳
日,置酒坐飞阁;子孙还相保,抚翼希天阶。"

初五日(12月28日)　阴。为赵艺圃写寿联,并为写寿屏第一、
第二幅。赵杏衫来,谈良久。捕廷张菊泉有信来云"将缉窃未获之,
快役移县枷号"。夜研墨。

初六日(12月29日)　阴。元酒挂纸,派予与四弟、曼卿三人
往。予晨起,先乘轿往冷水坑先妣墓前行礼,辰山戌向。开通明堂左
右水道,并伐开明堂前松树。旋往西山先严墓前行礼。晤看山人艾
裕辉及其次子红米,踏看界内松树,并无盗砍者,知初三日赤米所传
之说妄也。但是山明堂前以分水为界,分水界内松树,艾姓均不得砍
伐,因与万英公裔斗篷等申明约束焉。顺道至杨梅坑,适四弟、万卿
俱至。敬诣曾祖循吏公、曾祖妣赵太淑人墓前行礼,道光二十三年癸卯
二月葬,内圹乾山巽向兼亥巳,外堋辛山乙向并戌辰。并诣庶曾祖妣林太孺
人祔葬处行礼。光绪八年壬午九月葬,西山卯向。看山人傅细哦之孙龙
喜来山招呼,予旋回城。七母舅之次子奕秋患喉症卒,往其家唁之。

初七日(12月30日)　雨。为赵艺圃写寿屏第三、四、五、六幅。

早间在太史第吃循吏公挂纸饭。晚间博酒、清明酒。夜研墨。

初八日（12月31日） 雨。为赵艺圃写寿屏第七幅。赵莲溪、周培孙来坐。与四弟到圣主巷严家，为玉章先生炷香，即在彼吃饭。旋往赵家为旭之表伯之老太太炷香。予旋往揭宅行礼，大舅母五旬阴寿，在彼吃面。晚到吴八表妹处，四亦舅母因六四颠病，婆媳均在彼，有寄小山信一函，托予带交。六四须服碎琥珀，回家觅得，送之。

初九日（1898年1月1日） 阴。为赵艺圃写寿屏第八、第九幅。严玉章先生木主上堂，往伊新屋行礼，即在彼饮。严启兰又约明日饮，谢之。

初十日（1月2日） 阴。为赵艺圃写寿屏第十幅竟。室人嘱书缎料扇套、笔套、眼镜套等件。为人书名片十余方。为赵莲溪书宣纸条幅。

十一日（1月3日） 阴。剃发。述舫大表哥来，送予卷资八元。刘家岭本家淡如因事来城，托予为转圜，予即倩黄卓群与谢德吾言之。旋卓群来坐，尚未见德吾云。写宣纸斗方数张。

十二日（1月4日） 阴。早间卓群来坐。午至复成冬。接夔侄十一月廿三日浦寓来函。予旋往彭宅会卓群，至慎庐晤高义成卓群亲家、徐芬远徐柏翁之弟、赵亨一谢德吾侄、谢德吾。观县署所出淡如兄弟传票，即倩德吾与张门上言，事已了结，可免余波。旋据回报，门上已遵命也。予即往兴吉号，通知淡如之母舅傅成之。夜间淡如又来坐。午后观邓邑侯宣猷讯教民案，不激不徇，尚属得体。

揭舒之母舅遣介送来循吏公骈体文一篇，真迹在舒之处，予前托录出者也。文系嘉庆十一年丙寅二月既望，循吏公在京就长白某公馆，上雷筼轩水部书，倩向前途催启馆者。计其时，循吏公方以教习留京师，年才三十二岁。仿《宋四六》，运用书卷，极其雅切，予得而藏之，可永以传示子孙矣。

十三日（1月5日） 阴。洗研。四弟存来倪瓒《山水》一轴、旧拓《黄庭经》一册、赵文敏公书《洛神赋》一册。熊三姊值收第九会缴银五两。在揭宅办会酒，与饮者：予与张宜仲、张九成、张毛子、赵腾士、端士、吴端甫、揭大表哥及赵延龄之子。酒阑，予即往都转第赵宅赴鲁同斋之席，在座者：予与周问涛、艾在仁、江勳旃、赵平官、谭方城、家发生叔公，幼璞姨公做东，近二更回。县署送来《农学报》五本，起第九册至十三册。在端甫处观治喉症方，要旨在"养阴忌表"四字。日昨，邓邑侯退堂，神福即往关说，随将曾姓教民释放，噫嘻！

十四日(1月6日) 阴。早间到晋吉祥。午后仙洲来坐。写殿试卷一开。夜阅《农学报》。

十五日(1月7日) 晴。奕秋出殡，往炷香，即在伊家吃饭。回检拾书籍。晓湘送来赵艺圃处润笔十元。晓湘托于京师求书斗方。

十六日(1月8日) 晴。检拾书籍。午后赴江勳旃之席，予与罗绪武先生、赵莘野老伯、谭雨春、黄卓群、汤斐然、陈鸿卿、德卿，共八人，二更时罢。

十七日(1月9日) 晴。为赵燕珊表叔书隶字斗方。往李家为继孙炷香，即在伊处吃饭。看补皮箱完好，即以带出之书装其中。

十八日(1月10日) 阴。检拾行李。

十九日(1月11日) 晴。检拾行李，并登记内室书架上书目。晓湘送橘。兰亭叔婆来言伊家家事。夜圈《翼云阁制艺》。

二十日(1月12日) 晴。剃发。鉴园祠祭祀，予主祭。旋因祠事到玉田叔处谈，意谓无见小利，当思患而豫防也。

廿一日(1月13日) 晴。带焕文到义合昌购杂货。李香谷表叔之子兰孙完娶，往贺之。夜在伊家饮新房酒，二更回。圈《翼云阁制艺》。

廿二日(1月14日) 阴。写殿试卷两开。县署送来戊戌会试水程九三八①，平边银十七两二钱二分正，应扣得边二十三元二角，九三八②平即省平也，九十九两为丰平一百两，是每百两少丰平一两

①② 原稿为苏州码所记，转化为汉字计数即"九三八"，未注明单位。

矣。夜到揭宅,闻六四表弟妇产一五月男胎,因胞衣不下,自以手断其脐带,胞衣乃转逆上,秽血不下,腹遂膨胀作痛,兼之气喘,危在旦夕。急回家,检出《胎产集验良方》,据云此症亟宜服牛膝汤,因为购一剂,并原方与桂轮回送交伊母斟酌。伊母正张皇无措,得方以为可用,亟煎与服之,不知果奏效否也。归近三更,四弟来谈。

廿三日(1月15日) 阴。晨起与四弟洒扫神龛。午间到揭四亦舅母处。复至六四表弟妇之母家,知昨夜所传方只服一剂,尚无效验,又传草麻子敷脚心一方,又传连蓬灰用硝磺水冲服一方。到荣茂店托汤勉吾代搭船或排。醉司命。

廿四日(1月16日) 阴。接班侯侄十一月廿六日泰州来信,云春农欲为子完婚,班侯于明春送妹入都,舜仪则将赴广张罗也。写殿试卷一开半。往书院一游。

廿五日(1月17日) 阴。晨起,偕四弟敬悬先考、先妣遗像。卓群来托书名片。贴箱签。小年酒后,往揭宅各处坐,在彼吃点心,二更后回。

廿六日(1月18日) 阴。饬甘焕文扫治院宇。检拾行李,为十母舅书名片。夜与四弟在母亲处谈良久。

廿七日(1月19日) 晴。到丰泰号。山长罗绪武先生通知诸同人在书院茶点,商量宾兴一事,予与往焉。夜在大柳九店剃发。

廿八日(1月20日) 晴。换衣服、濯足。靖伯叔公来,因以曩该南土账还之。写殿试卷一开半。到太史第,并往汤勉吾家一走。罗山长处送宾兴重边十二元来。李亦太因跌中痰,夜与四弟同往视之,投以回生再造丸,不审奏效否。张捕厅锡銮遣价①来送年。

廿九日(1月21日) 晴。写殿试卷两开。午后,祀祖并诣先考、先妣像前行礼。年酒后与四弟到翔鹄表叔及兴祖家一走。

---

① 原文作"遗价",当为"遣价"之笔误。

光绪二十四年戊戌(1898)

(一月至十月)

一 月

光绪二十四年岁次戊戌元旦乙酉(1月22日) 晴。子初,予与四弟、万弟接天神、门神、灶神。子正,出行至蕃嗣殿,回诣神龛前,并诣先考、先妣像前行礼。礼毕,饮数巡,睡。卯正起,往各处拜年,午间在鉴园祠团拜,到者十三人。发笔写殿试卷。酉初五点半钟,日蚀十之三四。

初二日(1月23日) 阴雨。到张芑叔、肖桥家、陈敬斋、贰尹署,赵勉之亦太处托带仲宣信,旋回。十妹来拜年,与四弟留饮竟日。李亦太于昨日丑时化去,今午往行礼,旋于容斋遇兴祖,传述文江叔云云,颇有挟长之意,予亦箭在弦上,不得不发也。到正民婶处。夜与四弟在母亲处谈良久。陈敬斋有字来。

初三日(1月24日) 晴。宜仲、舒士、述舫表哥来,因留饮。予旋往赵莘野老伯及章晓湘处。顺往北门外,回看舒士,晤其子四孙。旋往马腿石祖坟观兴周叔公葬处,三揖致敬焉。汤勉吾有字来,招呼搭船事,予即议定汪万子船,于初五起程也。到八姑婆处。四弟来谈。

初四日(1月25日) 晴。晨起,往荣茂晤汤勉吾,言及汪万子船一时尚未晋省,改议包吴来龙船。至江勚旆处。靖叔公来坐。十母舅送鲦鱼,受之;香菰,璧还。福亦太送橘子、香肠。

初五日(1月26日) 晴。杏衫、守华、端甫来拜年,留饮。室人携畹芳往揭宅贺年，予亦在彼晚饮。夜在靖叔公处饮新年酒。文江叔、吴老三托带信。福亦太送程仪。见前。代鉴安作李亦太挽联云"自成童以至授室，悉赖维持，庶母恩同慈母；跻大年而兼谦德，惯尝辛苦，古稀人亦今稀"。又作挽六婶联云"享六十载有余，茹苦半生，阡表无忘慈母训；支五大房之重，抚孤成立，九原犹晋抱孙欢"。四弟自外归，言及莘元卧蕃嗣殿前，委顿不堪。此由莘元自暴自弃以至于此，予稍资给之，并赠公膏一罐，送伊往白塔前烟馆住。

初六日（1月27日） 晴。江勋旆、谭雨春来坐。予旋往勋旆家及日成号，因勋旆托带藤匾箱二口、麻布货包一个也。旋到荣茂号。回至家益书处，留饮良久。玉甫叔托寄南城刘蔚林信。揭六四表弟妇申刻物故，四亦舅母家事愈不堪问矣。早晚均在二母舅家饮。池春夫妇上灯后始回丰，予既贺之，即与四弟同归。

初七日（1月28日） 晴。到翔鹄叔处坐。江勋旆来托带邱华祝信。室人携畹芳自揭宅归。

初八日（1月29日） 晴。鲁同斋送鼻烟、龙井茶叶。池春、桂轮来坐。午间至荣茂晤汤勉吾，言及吴来龙船尚未到，仍为议定汪万子船。随放船抵南门，予即回家发行李，即时辞别母亲以次。四弟送予至南门，予命汪万子及其弟木子解缆前行。同舟者，汤介尔先生及其子又铭。至十里铺泊。

初九日（1月30日） 晴。阅《韩慕庐先生稿》。至新丰市泊。

初十日（1月31日） 晴。阅《韩慕庐先生稿》。河水浅极，排沙而行，上灯时始抵建郡，予即进城。诣观察第，将玉甫叔托带让叔咨文一函，面交刘蔚林凤起。[①] 取有回片，并晤蔚林之父柏士先生，维桢。旋即回船。夜梦两手作鼓翼状，腾身而上，直入云表，飘飘乎御风而行，泠然善也。此中人语云：刘仁斋放火烧箱。仁斋名步元，前任南丰知县。

---

① 即刘未林（1867—1933），江西南城人。原文作"起凤"，当为"凤起"之误。

十一日(2月1日)　晴。阅《韩慕庐先生稿》竟。至碗石之窑上泊,距浒湾三十里。

十二日(2月2日)　阴雨。阅《乙未会墨》。至祝家港泊,距抚郡十里。

十三日(2月3日)　雨。阅《乙未会墨》竟。舟至抚郡换篷,耽延半日,复行十里至黄江口泊。

十四日(2月4日)　阴,大北风。立春。阅《甲午会墨》。舟行十里至将军渡,因船夫回家耽延竟日。放龟。船伙木子逸去。

十五日(2月5日)　雨。阅《甲午会墨》。自将军渡十里至李家渡,李家渡又十五里至建江口泊。夜与汤介尔先生谈南丰道咸间旧事,三更后方睡。

十六日(2月6日)　晴。阅《甲午会墨》。在建江口待水半日,不来。乃走大河至杨家渡泊,该处近教化桥。

十七日(2月7日)　阴。阅《甲午会墨》竟。早间过武阳渡,泊良久。复行十里过谢埠,晚至乌石岗泊,距栌林廿五里。

十八日(2月8日)　雨。早间过栌林,又十五里过八字脑,又二十里过白石港,又三十里至梅溪卡泊。此处转口即上水,有东北风,可挂帆行也。圈《翼云阁制艺》。

十九日(2月9日)　晴。西风不便张帆,河路尤极湾曲。船夫汪万子上岸拉纤,予与汤又铭轮班为看柁。行四十里至喻坊泊。

二十日(2月10日)　晴。西北风,河路稍直,渐迤向东南方行,可张帆矣。四十里至徐汉,又十里至毯口渡泊,该处距省三十里。

廿一日(2月11日)　晴。西风,拉纤行二十二里至礁矶口,又行八里抵省,已上灯时矣。昨夜被贼窃履。

廿二日(2月12日)　晴。晨起由桐子树下起车,进广润门,至带子巷日成号晤邱华祝曾仲成先生之外甥,禹堂之妻兄。交纳勋旆托寄之藤匾箱二口、麻布货包一个、信一封,即留予在该号暂寓。剃发,换衣服。晤李芹孙表弟。早饭与号伙南城朱子卿、南城杨梓材、南昌娄松庭华祝之妻弟同桌,华祝做东。由华祝领到会试咨文一封、批一张。往合兴玉器铺修整鼻烟壶,旋往长乐居洗澡。至海棠庙杨宅,惊悉子任姻伯于去腊十三日寅时仙逝。老成凋谢,不禁叹惋! 敬诣灵前行礼,礼毕诣春农房坐,六妹留吃面。二更回日成泰记栈,到华祝房一坐。

廿三日(2月13日) 阴。送杨子任姻伯奠仪重边贰元,并送隶书竹布联,云"陶靖节早岁归来,遗砚概传公目瞑;李元礼士林模楷,西州重过我心凄"。日成泰记晚间治具留饮,在座者予与王庆生新城人、赵舜臣、李芹孙、邱华祝、朱子卿、杨梓材、娄松庭,共八人。酒阑,到六妹处饮,二更回。晋丰晤曾吉士。

廿四日(2月14日) 阴。诣状元桥,晤曾二禹堂、曾三伊臣,即托禹堂代购试卷。旋往荆波宛在,保甲局对面子俊叔公家晤敬叔,与敬叔同至六妹处,知今晚春农昆仲为杨姻伯致祭。予向春农借得《时务丛钞》及《西学书目表》,即回日成号。写致江勷旃函,附寄四弟信,托华祝寄丰。晤刘玉珩凤锵、成九凤来。午间出章江门,陈法卿之堂弟槐卿送予上船。搭坐福康公司头号轮拖坐船,轮船名"利济",五更开轮。其船略仿轮船格式,亦甚熨贴。晤李瑞卿贰尹,河南济源县人,卓友莲姑丈府试首拔士也。印领麒。

廿五日(2月15日) 阴,大北风。至吴城泊。观挖河机器。

廿六日(2月16日) 阴,晚得大雨。至匾担闸泊,该处距九江三十里。

廿七日(2月17日) 阴。早间抵九江,与李瑞卿贰尹、樊韫斯明府杭州人,即恭煦之侄,江西候补县水师堂学生。均托马春和刘伙雇划子运行李,由趸船径上江永轮船。晤江夏徐月槎。印溶。即时驶行,夜过安庆。大雨。

廿八日(2月18日) 雨。早间过芜湖,旋过南京。夜大雨风。抵镇江,与月槎先生同寓六吉园客栈。

廿九日(2月19日) 大风,不能过江。搭定邵伯蒋仁杰行中船往清江浦,晤月槎之大哥晴波。淮北南京一带"安清会"盛行,原名"裕胜营",即淮北之游勇也,又名"蛋匪",专贩私盐闹事。晴波先生邀予与月槎往茶楼喝茶。午后同往街一游,旋诣江汉公所,即湖北会馆,祀夏禹,木帮生意甚旺。晤余少先,因留予同在彼晚饭。旋回客栈。夜大雨,与月槎谈时务。

三十日(2月20日) 阴。北风较昨日尤大,不能渡江,奈何奈何。晴波先生邀予与月槎往迎春楼喝茶。旋往宝丰茶园观戏,演《刘全进瓜》全本。夜晤余瑞堂,两淮盐知事。

二 月

初一日(2月21日) 转西北风,密雨。晨起与月槎均登舟,因候同舟者,尚未解缆。宝应董吉卿亦搭坐此船,又高安刘德辉往袁浦万寿宫者,亦搭坐此船。船夫卜鹤凤、鹤龙兄弟,邵伯人。夜西北风尤大,天气颇寒。

初二日(2月22日) 阴,大西北风。午后介休赵某等四人上船,往清江永隆园糟坊者。待晚潮来,至上灯时始渡江,泊七濠口。

初三日(2月23日) 晴,大霜严寒。迤进瓜洲口,过三汊河,申刻抵扬州,徐月槎起车往仙女庙省其二令兄去矣。舟泊东关即利津门,予进城剃头,顺往运司街一游。夜回船住。

初四日(2月24日) 晴。西风,稍可张帆。早间过邵伯,又三十三里至露筋祠泊。扬州至邵伯四十里。

初五日(2月25日) 晴。西南风,清晨张帆三十三里,过高邮州。午后转大北风,乃拉纤行六十里,至界首泊。

初六日(2月26日) 晴。东南顺风,清晨张帆行二十里,过氾水,又四十里过宝应县,又八十里至淮安府南门外泊。

初七日(2月27日) 阴。晨起,进府署谒见张小云姑公,自己丑南京别后,倏十年矣,今重晤对,足慰阔怀。旋谒见二姑婆,并晤让吾婶及其子、珠浦叔婶及其子女,兼晤仲雅九表叔。姑公留予饭罢,即告辞。颂卿表弟云孙之子托带寄让吾叔信,让叔于初二日已起程入都云。吴衍孙亦于是日起程赴广东,伊家信及文江叔所与信皆交珠浦叔为转寄矣。正东风,张帆行三十里抵浦。进崇实书院谒见伯父,精神矍铄犹如甲午正月晤对时也,忭慰之至。并谒见五叔,而大嫂、亦娘、五弟夫妇、夒侄、富侄、大伭、细伭、大姊皆见焉。小山已赴苏,亦舅母、大表哥信交五弟为转寄,谢兰阶于初二入都云。

初八日(2月28日)　阴。予生辰。伯父命为设酒,面一品锅,虽不克当,然异乡骨肉联聚畅饮,至足乐也。检交家中带来各件,并呈土仪,但橘子完好者不多,气候使然。与五弟、夒侄往谢姻伯母、万姑丈、鲁蕴华处均稍坐。夜侍伯父谈。

初九日(3月1日)　阴大寒。沈岑杉、吴氏雷泉、万甘子兄弟、鲁蕴华均来访。夜侍伯父谈。

初十日(3月2日)　微晴,奇寒,午后雪,夜大雪。五弟午间备肴菜于上房饮,在座者伯父、五叔、万仰侯侄婿乳名小四子、予与夒侄、富侄、五弟共七人。兰阶之妻汪孕仅五六月而产,历两日夜方下一男胎,已死矣,胎之大异乎寻常云。夜侍伯父谈。旋与五弟、夒侄至大嫂房坐。旋往五叔房观所藏诸帖。

十一日(3月3日)　竟日夜大雪。五叔午间备肴菜于上房饮,在座者伯父、五叔、予与五弟、夒侄、富侄、亦娘共七人。为黄景山书宣纸篆联。夜侍伯父谈。又与五弟、夒侄至大嫂房坐。

十二日(3月4日)　竟日大雪。濯足。剃发。万少云太姻长青选仙逝。伯父命代作挽联云:"盈庭兰玉,福命似公稀,况达尊备于一身,忽惊巷哭声凄,淮海循风昭定论;举目关河,交亲留我在,纵意气自堪千古,可奈瓜浮梦断,春秋佳日总伤神。"

十三日(3月5日)　晴。张小云姑公处遣人来问予行期,因函致仲雅表叔,告以十六日赴淮,托为封对炕小划,便于过江也。伯父命代万少云之婿王某挽少云:"勋伴谢傅福偏多,计儿孙蕃衍近百人,忝曾末座追陪,早叨祝莺乔,更深谋燕垒;婿择黔娄贫不厌,念肺腑因依逾卅载,忍见中闺哽咽,既霜凋萱荫,又露陨椿柯。"

十四日(3月6日)　阴。代伯父写送万少云联。写复班侯兄弟信,又写致四弟信、室人信,均托五弟及夒侄汇寄。夜在伯父房中谈,旋在五叔处谈。

十五日(3月7日)　阴。代张姑公口气,挽万少云先生云:"八旬备福迈时流,易箦尚神明,即令绝笔纷传,淮海口碑符自挽;十载同官欣共济,弹冠附姻娅。忍看骑箕长去,山阳邻笛怆予怀。"伯父命书篆联,并为五弟书篆横幅及联。伯父赐卷资银十两。夜侍伯父谈。五弟请予在大嫂处饮,旋与五弟在五叔处吃牛肉。

十六日(3月8日)　阴。晨起,五弟、夒侄引予至魁星楼一游。叩辞伯父,起车至大闸,雇黄划子一号,周贵随行,五弟、夒侄送至该处乃回。解缆行五六里,大南风,换坐矮篷划子抵淮郡西门外。予即进署谒见张小云姑公、二姑婆,并晤仲雅表叔、珠浦叔、让吾婶。姑公、姑婆留予饮,又吃点心,并赐予卷资银二十两,先期为予封定柏惟长对炕划子,预备路菜,关切无微不至,感何如之!予旋登柏惟长船,令周贵回浦,即放棹前进,行四十里至平桥泊。计行七十里。

十七日(3月9日)　阴。北风,可张帆。清晨过宝应。午过界首。晚过高邮州。夜至露筋祠泊。计行一百九十三里。

十八日(3月10日)　晴。南风。早间过邵伯。午后过扬州,薄暮至瓜洲口泊。行计一百十余里。

十九日(3月11日)　晴。清晨过江,往候招商局总办朱煦亭司马鸿寿,乌程人,即招呼搬上趸船。趸船管事汪允升及其姊丈沈品三。五点钟时,江宽轮船来,予即登舟晤钱赓飏,将赴广东,旧曾在广抚署识之,系候补盐大使。轮船人众,无下榻处,予乃坐以待旦。

二十日(3月12日)　阴雨。一点钟时抵上海。黄德春、黄金山叔侄招呼寓棋盘街长春西栈,即老义和客栈。钱赓飏同寓于此。夜往白石浴堂沐浴。剃发。到四马路沪江第一楼等处物色,正如春三、二月随意踏青,初无着意处也。到酒肆饮。独自夜游,能拒色亦算一功。到钱义昌钟表店,托陈某整表。

廿一日(3月13日)　阴。礼拜。到开平矿务沪局五马路,托陈某买票。旋坐东洋车往三马路申昌书画室,购《万国分类时务大成》。途遇沈岑杉,晤刘好愚同年景熙。夜在沪北①第一楼喝茶,对面即天乐窝书馆,隔楼相望,虽觉目迷五色,然名角多聚于此云。回栈与钱赓飏谈。

廿二日(3月14日)　晴。早间,到五马路濒江处开平矿务沪局领船票,并到钱义昌领表。午间乘小划至浦东十余里开平矿务沪局码头,搭坐富平轮船。客人极多,舟中之指可掬,晤刘伟堂同年人俊,商恳得铺位,睡尚酣。

廿三日(3月15日)　晴。晤赵景潘兄,询知伊与其弟同坐此船。船内竟日装货,铁极多,锡次之,自津回头则运煤云。予所次近装货门,彻夜不得睡,辛苦十分。

廿四日(3月16日)　晴。清晨装货毕,船即驶行。予搬居舱盖中心。

廿五日(3月17日)　大北风。大雪。

廿六日(3月18日)　晴。早间过黑水洋。晤丹阳姜石卿孝廉。瑞麟。到京住官菜园上街镇江会馆。

廿七日(3月19日)　晴。晤沈岑杉、吴雷川②同在此船,又晤泰州王俊生烜同年、刘心伯孝廉法曾,据心伯云:班侯侄顷与江月三同往山东福山县黄锡朋大令葆年署中去矣。锡朋,泰州人,癸未进士。夜抵大沽口泊,距塘沽六十里。

廿八日(3月20日)　晴。清晨舟抵塘沽,即起行李上岸。午后坐第二帮火轮车,车中遇湖北荆门州陈某,年九十有二矣,钦赐举人,亦由海道进京会试,可谓老当益壮者矣。又晤贵州李射虎伟孝廉。

———————————

①　原文如此,疑为"沪江"之误。
②　即前"吴氏雷泉","泉"与"川"在南丰方言中发音相同。

申初火车抵天津。塘沽至津九十里。余与丹阳姜石卿、张雁湖同寓紫竹林永和楼。

廿九日（3月21日）　晴。坐火轮车进京。天津至京二百四十里。十一点钟开行，四点钟至永定门外马家埠。另雇骡车进城，至南丰会馆上首大门下车，即向时芝珊所住之屋。予搬进上院正中一间，诸属妥帖。同人住会馆者：赵杏衫、棣轩、檀峰、傲盦、慕韩、黄卓群、汤蓉峰、包荻村、胡冠山、储霞舫、让吾叔，此外曾禹堂、懿卿、张宜仲则寓广元栈。包琼章先生之子金星发庚同住会馆。将咨文托储霞舫转交芝珊、仲宣为买卷。让叔、杏衫来谈。

三　月

初一日（3月22日）　阴。午后雪。往宝泉堂洗澡。剃发。旋与霞舫到泰山店换银。店主姓曲。京平纹银每两换京钱十千〇八百。谢兰阶来。在让叔处观大挑章程。天气大寒，予就火炕内烧煤，房中始暖。

初二日（3月23日）　阴。清晨，雇车往兵马司中街望江会馆谒见余寿平老师，并呈瞻敬及鲦鱼①、豆豉。顺往教场下三条路西，晤赵仲宣；教场六条路北，晤欧阳旭庵；炸子桥路北，晤李博孙年伯；虎坊桥西聚魁店，晤谢兰阶，即在彼写致五弟信，托兰阶附寄清江浦。顺往老墙根，候黄次雾、熊余波；下斜街候丁春农、吴贞木；兵马司后街地名"包头张"候连贻孙；虎坊桥东边路北候毛实君闻毛公住铁门；琉璃厂候赵芝珊，均未晤。许砚农先生文田。河间人来候，为予做录事也，已由杏衫处付入手银二两，砚农即留字给予。砚农寓正阳门外东珠市口半壁街合义店，又寓内城狗尾胡同富盛店。芝珊太史来坐。

初三日（3月24日）　晴。连贻孙来回拜，禹堂、宜仲、兰阶以次

---

①　从上下文分析，此"鲦鱼"当为鲦鱼干。南丰县旴江盛产此鱼，至今犹有油炸制成鱼干之习俗。

来。予旋与禹堂、宜仲往安平公所访芝珊，未晤。到文元斋买笔，并到懿文、松竹、荣宝等斋，观所悬殿试卷。写小字两开。写至四弟信，由前门外打磨厂胡万昌信局寄。许砚农来坐。李琳石到。

初四日（3月25日）　阴。料理墨盒，写小楷，到让叔房中谈。接子美叔二月十六日自山西太谷县来信，托予转求李小垣豫同年为说项。命工人补整院中地。

初五日（3月26日）　晴。填写卷面。余老师来回看，挡。丁春农亲家来回拜，谈良久去。午后霞舫会予，与让叔至大栅阑买场中食物。写小字。广昌罗实甫以信来坐。

初六日（3月27日）　晴。晨起，予与赵杏衫、棣轩、檀峰、黄卓群雇车往八根旗杆，慈云寺后。搬入小寓，寓在汉军蓝旗赵宅。曾禹堂、懿卿、张宜仲、包荻村、汤蓉峰、胡冠山均寓是宅。写字两纸。夜到西表背胡同让叔、赵景潘、慕韩、储霞舫、李琳石小寓一坐。会试总裁吏部尚书孙家鼐、左都御史徐树铭、侍郎徐会沣、某官文治。包金星来小寓送场。

初七日（3月28日）　晴。广昌谢庭玉兰阶、邓师禹素卿，又号光汉、罗以信实甫、罗桢荔生、罗之言静山、刘孔渊石渔均在总布胡同小寓，早间与卓群、宜仲往访之。让叔、霞舫来。写小字，检拾场具。

初八日（3月29日）　晴。九点钟进场，芝珊、仲宣、次雾均来送场。坐东翰肆柒号，避关圣讳，改曰"翰"。夜间十二点钟，题纸来。钦命《四书》诗题：子曰："放于利而行，多怨"；子曰："能以礼让为国乎？何有？不能以礼让为国，如礼何？""不诚无物"；"所以动心忍性，曾益其所不能"；赋得"云补苍山缺处齐"，得"山"字，五言八韵。

初九日（3月30日）　晴。

初十日（3月31日）　晴。申正出场。

十一日（4月1日）　晴。九点钟进场，坐东真捌号。晤刘立人当号官差事。懿卿、宜仲来看场作。夜间十一点钟，题纸来。"君子以除戎器，戒不虞"，"厥贡璆、铁、银、镂、砮、磬、熊、罴、狐、狸、织皮"，

"吉日维戊","叔孙豹会晋赵武、楚屈建、蔡公孙归生、卫石恶、陈孔奂、郑良霄、许人、曹人于宋襄公二十有七年","命大师陈诗以观民风,命市纳贾以观民之所好恶"。

十二日(4月2日) 阴。大风严寒。

十三日(4月3日) 晴。上灯时出场。

十四日(4月4日) 晴。九点钟,坐西冈六十八号。晤同年叶、杨、卓,齐印俊。乙酉拔贡,辛卯举人,湖南宝庆新化县人。夜间十一点钟,题纸来。第一问经学、第二问史学、第三问学校、第四问兵制、第五问钱法。

十五日(4月5日) 晴。上灯时对策毕。睡至二更醒,则见明月当头,星辉云烂,俨然光华复旦之景象,心中殊为快乐。

十六日(4月6日) 晴。未正交卷,观严嵩所书"至公堂"三字。旋回寓,濯足。广昌诸君来回看。

十七日(4月7日) 晴。搬回会馆。长班请酒。郑贵已故,现系其妻接管,而周三、春来、老史等,听候驱使。剃发。到芝珊处谈,顺回候仲宣、次霁。夜至让叔房谈,旋往汤蓉峰、包金星、荻村房谈。

十八日(4月8日) 阴,大风。午间与杏衫、棣轩、檀峰、卓群往观剧,值今日官工,盖黎园子弟聚而祭其始作者唐明皇。故戏园歇台也。予顺往华石桥访卓兴伯,询知兴伯赴河南尚未回京。予因出宣武门回会馆。赵星如贰尹自浙江海运差使入都,来候予。芝珊太史来坐。谢兰阶来告知,寓西河沿斌魁客栈。刘立人来。寓西珠市口泉升店。

十九日(4月9日) 晴。誊场作首艺及诗,附让叔函,寄张小云姑公,兼呈伯父阅。连贻孙来坐。与霞舫、琳士往仲宣处,回看赵二蘧生、赵三星如,顺拜晤黄少霁姻叔。旋往老墙根候黄次霁,未晤。余旋往下斜街候春农亲家,值其患咳嗽及便血之症,亦未晤。旋骑驴往华石桥卓宅,见福亦太太,询知卓十一叔鲁川物故,兴伯往河南扶柩,本月即回京云。旋往西河沿大宛会馆,晤吴仲霖、朗如叔侄。顺到斌魁店,候谢兰阶、邓素卿、刘石渔、罗静山。冠山、禹堂等自小寓搬回,于是此次南丰会试十六人同住会馆。

二十日(4月10日) 晴。往西珠市口泉升店,回看刘立人。顺往赣宁馆,回看刘好愚同年。会馆团拜行礼毕,酒席共三桌。会试者十六人外,又有赵雪岑从炳。道员,来京引见及其子再臣思益,又广西来会试者赵惟铎号振卿、赵福保号春生,又赵芝珊太史、仲宣虞部、蓬生大令、黄次霁驾部、少霁大令,总二十五人。卓仲阳来坐。夜,吴仲霖、朗如来。

廿一日(4月11日) 晴。谢立三学纲同年来坐。往赵春生、赵振卿、赵雪岑、赵再岑①等处回看。写殿试卷半开。与会馆诸公同往肉市广和楼,观宝胜和班演剧。卓亦太送食物来。仲宣来。

廿二日(4月12日) 晴。写殿试卷两开半,白折子一开。罗荔生来。

廿三日(4月13日) 晴,大风。写白折子两开半,殿试卷一开。欧阳旭庵来回拜。

廿四日(4月14日) 阴。早间卓群、檀峰作东,邀予与禹堂、宜仲、琳石、懿卿、杏衫、棣生、冠山在便宜坊饮。酒阑,杏衫昆仲邀予与卓群、冠山往庆乐园,观四喜班演剧。戏台联云:"大千秋色在眉头,看遍翠暖珠香,重游瞻部;五万春花如梦里,记得丁歌甲舞,曾睡昆仑。"相传为吴梅村作。晚间偕卓群、冠山往山海兴隔壁横音行胡同一福堂茶围,并到各处物色。午到广元栈回看罗荔生、实甫。廿九日李博孙年伯翊煌、张冕堂祖笏请同丰堂饮,因是日须往应大挑,谢之。

廿五日(4月15日) 晴。为卓群、冠山写折扇。写殿试卷三开。到让叔处坐。吴经才印贞木,纬炳来回看。饶桢庭士端来拜。夜与宜仲、禹堂、霞舫、隶轩、蓉峰畅谈良久。

廿六日(4月16日) 晴。写殿试卷三开。往宝泉堂洗澡并剃

---

① 即前所谓"再臣"。

发。夜研墨。芝珊、仲宣、次霁来坐。观星象,见中台两星稍离开而又欹斜,因检出予囊所绘天文图,与禹堂校阅之。

廿七日(4月17日)　晴。写殿试卷两开。为赵棣轩书折扇。吏部长班送大挑排单来。罗荔生、静山、刘石渔来坐。同年李豫、朱琨、罗廷桂、饶士端通知,闰三月初六日在湖广馆团拜,公请余寿平老师,彩觞演三庆部,带灯带串,每分京票四十千。到论古斋,与萧勋臣评论字帖,晗翁印若同年。夜与檀峰在禹堂处,谈至一点钟。

廿八日(4月18日)　阴雨。早间到隶古斋,与杜星垣谈字画。写殿试卷一开。谢兰阶来邀予同往便宜坊,赴吴贞木太史之席。徐州祁汉云世倬、王悍三辛卯优贡、宜兴潘冠朝、浙江徐戟门、沈岑杉均在座,吴雷川与作东。二更后回。

廿九日(4月19日)　阴。黎明与让叔、张宜仲、赵慕韩、曾禹堂、李琳石、罗荔生乘车至东华门谒内阁应挑,禹堂一等、慕韩二等。此事亦关命运,未可强求也。至杨梅竹斜街一走。让叔交来吴衍孙在广东三月初七日寄予一函。

三十日(4月20日)　晴。早间到观音寺一走。午间冠山邀予与棣轩、包金声①、谭临川湖南益阳县举人在广德楼观四喜班演剧。晚与冠山、谭临川往王广福斜街等处物色。旋在酒肆遇刘赞臣湖南举人及王某,赞臣因请予与冠山、临川饮。酒阑,又到各处游,并到双泉堂素兰家一走,旋到行胡同冠山友人处喝茶,三更回。

闰三月

初一日(4月21日)　晴。写殿试卷一开半。余老师有帖来,初七日午刻在安徽馆招饮。夜卓群、琳石来坐谈。

初二日(4月22日)　微晴,大风。梳发。芝珊、仲宣、次霁在安徽馆,公请同邑会试诸公,广西赵振卿、赵春生亦与饮。酒阑,予往椿

---

①　即前文之"包金星"。包发鹍(1875—1946),字金声,号星文,又字金坡。

树头条胡同新城馆访兰阶，并回看陈霭卿及万朗亭秉鉴；旋到下斜街与丁春农谈良久，顺道候吴贞木、雷川，未晤；旋往炸子桥路北门楼里候李博孙、张冕堂祖笏，亦未晤；旋往铁门晤毛实君庆蕃，阎王庙街路东晤李筱垣①豫同年，并到包头张访连贻孙培型，南横街全浙会馆访沈岑杉铭昌，均未晤。

初三日(4月23日)　阴。晨起往长巷下三条胡同，回候饶桢庭、扶九。午为包金声书折扇，并为玉林书条幅。李筱垣同年来回拜，予即将子美叔前来函与阅，俾便中为嘘吹也。

初四日(4月24日)　晴。到泰山米店取钱。为人书折扇并书名片。午间与霞舫在让叔房中饮。濯足。换衣服。写殿试卷一开。

初五日(4月25日)　晴。写殿试卷两开。到刘翰臣、刘捷三铺中一走，买得《妙法莲花经·序品第一》。夜到让叔处谈。

初六日(4月26日)　晴。写殿试卷一开。午间往湖广馆团拜，陈老师在浙江学政任只②，余老师到江西。戊子、己丑两科同在该处团拜。夜间杏衫昆季、冠山、卓群、霞舫、蓉峰亦往观剧。三更回。南城、南丰京官公请建郡合府公车，初九日在福隆堂饮，谢。丁春农亲家初九日午刻请予在便宜坊饮，临时酌往。剃发。

初七日(4月27日)　晴。往安徽馆赴余寿平老师之席，同年至者约五六十人，在碧玲珑馆叙茶。在屏石山房设席，该处壁上嵌朱子自书诗句石刻，意态极奇俊可喜。写折子两开。夜与霞舫在让叔处谈。赵景潘、慕韩得家信，丁外艰。

初八日(4月28日)　晴。晨起，往兵马司中街望江会馆谒见余寿平夫子，即将头场首艺呈政，颇蒙称许。写折子一开。陆尧仲来。午后包金声请予及合馆诸公，在通聚馆饮。金声，新□主事，签分刑部。

---

①　前记作"李小垣"。

②　即"任职"。"陈老师"即陈学棻，与余诚格（寿平）为光绪十七年（1891）辛卯科江西乡试主、副考官，刘孚周即此科中举。

酒阑，与蓉峰、冠山等往某处茶围。予旋回寓，至让叔处谈。

初九日（4月29日）　晴。早间，往西河沿吉祥店回看陆尧仲，并晤南城拔贡黄岩孙。为赵雪岑写折扇，又为公莘写斗方。午后往便宜坊赴丁春农之席。余老师处送来评阅予所作文。蔡燕生太史金台来拜。

初十日（4月30日）　晴。晨起，往椿树二条胡同回拜蔡燕生，获观其所藏宋拓《黄庭经》。黄子祥同年为熊与燕生同宅，明日入赘于李小泉府尹鸿逵家，予备京票四千送之。写殿试卷一开。兰阶、荔生来坐。申刻，予往琉璃窑厂孚佑帝君处求签。

十一日（5月1日）　晴。往琉璃厂观红录。黄昏时报，张履春中式第二百零五名。彼固得矣，予奈何！晚世功名，得失诚可不论，然何以遣此情也！彻夜不睡。

十二日（5月2日）　晴。到帖铺，为伯父购《雁塔圣教序》，旋到廊房头条胡同永顺楼首饰店，又到荷包巷一走。宜仲请同邑诸公在便宜坊饮。夜，黄仲鲁来取宋拓《黄庭经》及倪瓒《山水》往示人。

十三日（5月3日）　晴。晨起，往礼部衙门赎落卷，夏孙桐批"清畅有余"四字，此亦通套批语耳。命运如此，夫复何言！到各肆购物件。接五弟三月廿八日来函。

十四日（5月4日）　晴。购得旧拓《无量寿佛经》。开销各账。到荷包巷。晚到论古斋约萧某来看《黄庭经》、倪瓒画山水。

十五日（5月5日）　晴。早间，论古斋主人萧勋臣来观帖及画，午与杏衫到仲宣、次霁、芝珊处辞行。予旋往论古斋成交易五千①，旋到草厂十条胡同一走，即回寓。夜兰阶、荔生、芝珊、仲宣及同寓诸公均来谈。换衣服。

十六日（5月6日）　阴。写复五弟信，并寄呈伯父《雁塔圣教序》一本、葡萄干二斤、磁笔筒一个，均由兰阶带去。寄张小云姑公

———————

　①　原文以苏州码记录，未记单位，现整理为汉字计数。

信,由让叔带去。为兰阶书折扇,旋到新城馆一走,又到王回回店及荷包巷。检拾行李。因候冠山病愈,改于后日起程南旋。陆尧仲托带家信。

十七日(5月7日)　晴。让叔与景潘兄弟结伴南旋,予晨起送之。剃发。洗澡。午后到大栅阑等处戏园流览。夜,芝珊来送行,并为予书名片。

十八日(5月8日)　阴。午后得雨。予与赵杏衫、棣轩、檀峰、包荻村、黄卓群、李琳石、储霞舫、曾懿卿、汤蓉峰十人起程南旋。坐火轮车至塘姑,同寓客栈。

十九日(5月9日)　阴。晨起,予乘划子上通州船,与清江浦人张霭堂同铺。晤弋阳严白庵同年锡圭。杏衫等分处。

二十日(5月10日)　阴。午后开船。

廿一日(5月11日)　阴。午间抵烟台,停轮上货,两时许旋驶行。

廿二日(5月12日)　晴。午过黑水洋,风平浪息。

廿三日(5月13日)　阴。午后抵沪,寓万安楼。晤壬午举人进贤舒鸿荃,号子默。夜到四马路游览。

廿四日(5月14日)　晴。午到小东门内为四弟买眼镜,并到大马路自买丝布。移居三二号。夜到浴堂洗澡并剃发,旋往四马路,遇霞舫、琳石,知伊等坐安平轮船今午始到。因与霞舫、琳石各处物色,旋到泰安栈,晤杏衫、棣轩、檀峰、卓群,旋回万安楼睡。

廿五日(5月15日)　阴。午后雨,夜雨甚密。晨起,往小东门内纯泰钱庄一行。包荻村、赵杏衫来访,旋包晖章叔来,请予于明日六点钟在四马路复新园饮。兰阶今日才到,寓全安栈。午后,兰阶与杏衫来,邀予往青莲阁烟茶,旋往万兴楼宵夜馆饮。夜与兰阶、杏衫在天乐窝听说书。申江色艺之盛,此处实为渊薮。三更后回寓。

廿六日(5月16日)　晴。夜得雨。晨起,往二摆渡信昌隆,回看包晖章,并晤揭辅臣、曾虢卿、赵和、储湘泉,旋往全安栈回看兰阶。

午到陆家浜沪军营访又春,询悉家中平安,即邀又春同往胡家木桥候谭慕文。回遇兰阶,邀来栈一坐,即与同往青莲阁及"长三"等处茶围。六点酒,往复新园赴包晖翁之席。予与杏衫、棣轩、檀峰、琳石、霞舫、卓群、蓉峰、湘泉及东道共十人。酒阑,到大马路回往中和栈候蓉峰、懿卿。旋与蓉峰、卓群、霞舫、琳石到"幺二"①处茶围,三更回寓。

廿七日(5月17日) 早间大雨。兰阶来谈两时许,午后与同至泰安栈,知杏衫昆季已起程矣。予旋与兰阶往四马路游览,晤又春,邀往丹桂茶园,看夜戏。三更回寓。

廿八日(5月18日) 早间大雨,午后又雨。兰阶、又春、谭慕文俱来,因同往张园即味莼园观女儿戏,又名猫儿戏。楚楚有致。晤旧识吴绣琴。慕文旋请予与兰阶、又春往万长春番菜馆饮,侑酒者金湘娥及桂红等四人。夜与兰阶诣升平楼等处游览,旋往四海论交楼听说书。旋与琳石、兰阶至中和栈隔壁茶围。时已三更,予即回。又春托带家信及洋边三十元,颜料一包。印鸿在常熟县城隍庙内总办常昭内河厘局,庚春在常昭海口厘局徐六泾分卡。

廿九日(5月19日) 阴,申刻大雨。揭辅臣、谢兰阶、罗实甫均来,实甫因请予与兰阶往张园便酌。先往愚园一游,其结构曲折有丘壑,仿佛苏州之刘园、怡园也。愚园亦有女儿戏,色艺均不及张园,故士女游者多往张园,其茶亭甚宏敞,衣香鬓影会萃其中,正如右军所云"所以游目骋怀,足以极视听之娱,信可乐也"。

四 月

初一日(5月20日) 阴雨。晨起上划子,搭坐吉和轮船。怡和公司。李琳石旋来同坐此船。夜十二点钟开轮驶行。

---

① 日记中作"幺二",当系笔误。"长三""幺二"是晚清上海的烟花之所,其等级相对较低。

初二日(5月21日)　晴。早过通州。夜过镇江。

初三日(5月22日)　阴雨。早过芜湖。夜过安庆。

初四日(5月23日)　晴。早间抵九江,寓余致和客栈。午后剃发,旋搭坐福康公司火轮拖带之抚船。

初五日(5月24日)　阴雨,大北风。早间开船。夜泊吴城。

初六日(5月25日)　微晴。申刻抵省,即雇划子到桐子树下,搭定磨刀渡人李应东赴丰之洋油船,一千三百①。船伙抚州陈金和。

初七日(5月26日)　晴。午后进城往六妹处坐。旋到包琼章及邱华祝等处一走,即回船住。

初八日(5月27日)　晴。午后得大雨,稍清爽。往肆中备整衣服。

初九日(5月28日)　晴。南昌唐某号余元,西合作坊打箔工人夫妇携幼女及其丈母来附舟往建郡。午后解缆,行六十里至徐汊泊。大热。

初十日(5月29日)　晴。午过五桂寨。晚至柘林泊。计行百余里。

十一日(5月30日)　昨夜得雨,早间颇凉爽,北风尤大,只可张半帆。晨起舟即过谢埠。夜泊教化桥。约行百余里。

十二日(5月31日)　阴,旋晴。午到温家浚临川县属②。船上起货兼阻南风,予即上岸,剃发。旋复解缆。阅《马太传福音书》。近建江口二里许泊。

十三日(6月1日)　晴,南风。近李家渡二里许泊。

十四日(6月2日)　晴,南风。近夜风暴,雷雨不甚。③ 至柴户口泊。

---

①　原文以苏州码记录,整理转写为"一千三百"。

②　即今江西省进贤县温圳镇(俗名"温家圳"),南丰方言读"圳"为"浚"。

③　原文如此。

十五日（6月3日）　微晴。早间得雨，旋复晴，大南风。读《圣叹批西厢记》竟。午后转北风，而前舟搁浅，因之阻滞，仅行十余里，至某处泊。

十六日（6月4日）　晴，北风甚大。午间即抵抚郡，因船夫耽搁，可惜下半天好风，往往如此，最令人恨。

十七日（6月5日）　晴，南风。阅《会墨》竟。行十余里至祝家港泊。

十八日（6月6日）　晴。竟日大南风。船行才数里，至某处泊。

十九日（6月7日）　阴，竟日大南风。仍泊流芳。

二十日（6月8日）　阴，大南风。搭船眷属都起旱。予独自闷坐舟中，无聊之极。午后南风尤狂，河中波浪轩起，舟为之播撼，久之得雨。黄昏后观星象，五星见黄道者有三焉，一在北河之南，五诸侯之间；一在太微垣左右，执法之间；一在房心之间。

廿一日（6月9日）　早间大雨，南风稍息，渐转北风，急挂帆行，午间过浒湾。裱《无量寿佛经》。午后大雨，满江新涨。夜泊黄金窑，该处距浒湾八里。蚊子甚恶，不成寐。

廿二日（6月10日）　晴，南风。裱《无量寿佛经》。夜泊草坪奚家，蚊子亦多。

廿三日（6月11日）　晴，南风。裱《无量寿佛经》竟。行数里耳。夜被蚊扰尤甚，殊不能堪。

廿四日（6月12日）　阴。午后大雨数阵。傍晚得北风，挂帆行至碗石之窑上，泊该处，距建郡八十里。

廿五日（6月13日）　阴，北风。午过蓼芳江，北风顿息，约行十余里至某处泊。距潮音洞四里。

廿六日（6月14日）　阴。午过潮音洞。微有北风，船重水溜，不能驶行，兼之阻雨，才行数里，至某处泊。彻夜雨。

廿七日（6月15日）　雨。午后北风，稍利张帆，行至万年桥南塔前泊。

廿八日(6月16日)　晴。北风甚利,至新丰市对面泊。

廿九日(6月17日)　阴。北风时发时息,舟至鱼梁泊,该处距兜港十二里。

三十日(6月18日)　阴。北风已息,行数里至某处泊。夜半雨。

五　月

初一日(6月19日)　雨。泊杨家港对面之游军,距城二十里。

初二日(6月20日)　阴。雇人挑行李,予即步行回家。自母亲以次,尚属平顺。交还又春寄家银、信。池春旋即来坐。

初三日(6月21日)　晴。由船发来皮箱等件。曼卿、池春、桂轮来。

初四日(6月22日)　阴。大表哥来坐。午后在兴祖家饮,予与四弟、翔鹄叔、赵京卿、江如松、吴二禾尚、鲁守华、吴掌生共八人。酒阑,到翔鹄叔家一走。

初五日(6月23日)　阴。池春、桂轮、守华、陆桐叔先后来坐。过节。未出门。

初六日(6月24日)　阴。梳发。午到延侄女处,其婿黄癸凫春间病故,睹其惨状,殊深悯恻。到陆聘三先生处。赵莘野老伯逝世,顺往伊家唁之,并到晓湘家。旋往揭宅各处坐,旋到柏村叔及张尔昌处,即回。夜雨。

初七日(6月25日)　雨。检拾书籍。尔昌来。督责畹芳。

初八日(6月26日)　雨。琳石、文光来。

初九日(6月27日)　阴。

初十日(6月28日)　晴。午间到八姑婆处,晤文江叔。旋往太史第容斋一走,又到奎师处。旋往江勘斾书房,晤陈鸿春,将勘斾托买扇面属转交。旋往回看琳石,谈片时许归。

十一日(6月29日)　令焕文扫治书房,并糊窗户。

十二日(6月30日)　晴。剃发。同榜第倒坐数间,去年张东垣承典者,今转典与六寿叔,契书刘崇德堂。六寿叔因请予与东垣、靖叔公、养民叔、刘正、刘福清、邱某及某等,在铺中饮,并画押焉。熊芛林叔来坐。吴岳母送予七米粉。

十三日(7月1日)　阴。布置书房。文江叔来坐。夜得雨一阵。

十四日(7月2日)　晴。早间到翔鹄叔处。晚得雨一阵。夜四弟来谈。

十五日(7月3日)　晴。内子归宁。早间到转角祠,并到玉甫、齐吾、文江叔家坐。午后往吴岳母处饮。熊桂轮姨甥新娶妇,见之。在揭宅坐至上灯时,顺道回看熊芛林,步月归。在母亲处谈。

十六日(7月4日)　晴。管鉴园祠事,玉田叔病故,文江叔接管。今午举行祭祀,予举祭。礼毕,谈良久始归。

十七日(7月5日)　晴。卓群来言禁花会一事,将谋控诸府,此举虽有关风化,然人心不同,衮衮诸公或难共事。曾仲成、张砚侯两先生均不与闻,予因是婉辞谢之。锁厨房往园内之门。

十八日(7月6日)　晴。梳发。大表哥与文江叔来,即偕予往端士处,邀同往揭宅,在大表哥处饮,尔昌、桂轮、池春均在座。大表哥告知控府禁花会禀帖,二母舅已将予名列入,姑听之。命周司务为予厨房开水道,并修整住房里间窗户及壁。回看卓群。

十九日(7月7日)　晴。早间晓湘来坐。夜读《宋四六》。

二十日(7月8日)　晴。晒衣服。厨方开光窗。家益书伯来坐。晚间八妹、十一叔婆、鉴安少奶、福亦太太来。夜读《宋四六》。

廿一日(7月9日)　晴。晨起往晓湘处坐,并带阿胶等送之。旋往家益书伯处回看。接春农妹倩本月十四日信,言"六妹患腹痛,托代买香附丸",并寄来五月初五日阁抄:

　　上谕:我朝沿宋明旧制,以四书文取士。康熙年间,曾经停止八股,改试策论,未久旋复旧制。一时文运昌明,儒生稽古穷经,类能推究本原,研穷义理。制科所取,实不乏通经致用之才。乃近来风气日漓,文体日散,试场文艺,大都循题敷衍,于经义罕有发明,而谫陋空略者,每获滥竿充选。若不因时通变,何以兴实学而拔真才?着自下科为始,乡会试及生廪岁科各试,凡用四书文者,一律改试策论。其如何分场命题考试,一切详细章程,该部即妥议具奏。此次特降谕旨,实因虚文积弊太深,不得不改弦更张,以破拘虚之习。至士人为学,自当以四书六经为根柢。策论与制艺,殊流同源,仍不外通经史以达时务,总期体用兼备,人皆勉为通儒,毋得专逞博辩,徒蹈空言,致负朝廷破格求才至意。钦此。

午间复春农妹倩信,并附去香附丸半斤,三百五十二①。由公义和信局寄省。曾岳书来访,未晤。

廿二日(7月10日) 晴。晨起与四弟回看岳书及卓群。

廿三日(7月11日) 晴。里房安窗户。读《苏诗》。

廿四日(7月12日) 晴。令焕文糊正房、里房、对面房三间窗户。

廿五日(7月13日) 晴。令木匠周司务修好檐枧,及扫除楼上各处瓦砾,补好后房壁,并检点屋上各处漏。八妹来。

廿六日(7月14日) 晴。剃发。读《苏诗》。王家塘塍上演夜戏,洋油失慎,伤数人焉,吁!可悯哉!

廿七日(7月15日) 晴。圈《百子金丹》。读《苏诗》。教畹芳念唐五律。

廿八日(7月16日) 晴。章俚叔婆来谈伊家事。读《苏诗》。长年甘龙官上工。

---

① 原稿以苏州码所记,改写为此。

廿九日（7月17日） 晴。山长罗绪武先生因公项事，须与赵傲盘理论，送禀批来阅。畹芳不勤女红，严责之。夜读《苏诗》。

三十日（7月18日） 晴。晨起往绪武先生处，告知公禀不愿列名，盖如今人情多难与共事，不如且自守拙，置是非于勿论也。圈《百子金丹》。督畹芳认字。内子回。

六　月

初一日（7月19日） 晴。早间到晋吉祥一行。读《苏诗》。

初二日（7月20日） 晴。圈《百子金丹》。为畹芳安床于里间。罗家娘来上工，广昌罗家堡人，罗俚所荐者也。读《苏诗》。

初三日（7月21日） 晴。晨起到德全信记一行。午间录七夕诗。圈《百子金丹》。梳发。

初四日（7月22日） 晴。圈《百子金丹》。晚间晓湘来。

初五日（7月23日） 晴。午后大雨，旋止，旋复雨。至夜天气顿凉爽矣。圈《百子金丹》。夜读《苏诗》。

初六日（7月24日） 微晴。罗山长通知合邑绅士调停警盘①管公项一事，予未往。糊窗户。接春农妹倩五月廿九日回函。圈《百子金丹》。

初七日（7月25日） 晴。端士将往苏州，来辞行。八妹来。桂轮、池春来坐，为桂轮隶书扇心。圈《百子金丹》。晚间仙洲来。

初八日（7月26日） 晨起往端士家送行，晤大姨母，谈片时许，即到晋吉祥一走。剃发。十妹来。圈《百子金丹》。六寿叔来坐。

初九日（7月27日） 晴。纳周畹芳为姜，令妆束，诣神龛前行礼毕，即向母亲及予夫妇磕头。备酒二桌，十妹、八妹及家中母亲以次均坐，下厅则大表哥、仙洲、池春、桂轮、兴祖、曼卿、四弟、车夫侄共八人。畹芳于光绪癸未十二月廿三日丑时生，父名霭春。

―――――――――

① 即前所谓"赵傲盘"。

初十日(7月28日)　晴。为揭十二普莹妹取名"传湄"。《诗·齐风①》:"在水之湄。"

十一日(7月29日)　微晴。傅家娘下工。圈《百子金丹》。

十二日(7月30日)　晴。晚间得雨,稍清爽矣。圈《百子金丹》。令畹芳为梳发。

十三日(7月31日)　晴。易堂姊辞世,与四弟往伊家行礼。圈《百子金丹》。

十四日(8月1日)　晴。圈《百子金丹》。十妹、四弟妇、劢侄在上厅睹神光一霎。

十五日(8月2日)　晴。邑绅因管理宾兴一事,将往控府。予既见禀稿,不愿列名,因卓群来访,旋函告之,属致意焉。圈《百子金丹》。

十六日(8月3日)　晴。圈《百子金丹》。

十七日(8月4日)　晴。圈《百子金丹》竟。粮厅陈敬斋之兄同年福荫之父,年八十三岁,在湖南作古。讣来,赙送一元。十妹回去。

十八日(8月5日)　晴。剃发。点读《春秋三传》。

十九日(8月6日)　晴,连日奇热。点读《春秋三传》。

二十日(8月7日)　晴,奇热,晚间得雨一阵。立秋。点《春秋三传》。

廿一日(8月8日)　微晴,晚间得小雨一阵。大表哥、十母舅均来坐。点《春秋三传》。夜读《苏诗》。三更后大雨。

廿二日(8月9日)　阴雨。鲁霭伯之生母孙氏昨日酉时去世,早间仙洲来邀予同往伊家行礼。晤毅臣及幼璞姨公。点《春秋三传》。

廿三日(8月10日)　晴。点《春秋三传》。夜读《苏诗》。

廿四日(8月11日)　晴。点《春秋三传》。夜读《苏诗》。

---

①　此误《秦风》为《齐风》。

廿五日(8月12日)　晴。点《春秋三传》。

廿六日(8月13日)　晴,奇热。早间晓湘来谈时务。二母舅明日六十七岁生辰,午间池春来约予夫妇翌午往伊家饮。点《春秋三传》。

廿七日(8月14日)　晴,奇热。午间予与内子均往二母舅家吃面,顺到吴岳母处坐,予旋回。剃头。

廿八日(8月15日)　晴。罗家娘数日前下工。家常诸事,令畹芳学习,日来内子归宁,遂时时须予督责之。

廿九日(8月16日)　晴。早间与四弟往鲁家为霭伯之生母炷香,即在彼处吃饭。予旋往卢敏家,因敬谨抄录上谕一道:

　　六月初一日,奉上谕:"张之洞、陈宝箴奏请饬妥议科举章程,并酌改考试诗赋、小楷之法一折,乡会试改试策论,前据礼部详拟分场命题各章程,已依议行。前据该督等奏称,宜合科举、经济、学堂为一事,求才不厌多门,而学术仍归一。拟为先博后约,随场去取之法,将三场先后之序互易等语。朕详加披阅,所奏各节,剀切周详,颇中肯綮,着照所拟。乡会试仍定为三场,第一场试中国史事、国朝政治论五道;第二场试时务策五道,专问五洲各国之政、专门之艺;第三场试《四书》义两篇,《五经》义一篇。首场按中额十倍录取,二场三倍录取,取者始准试次场。每场发榜一次,三场完毕,如额取中。其学政岁科两考生童,亦以此例推之。先试经古一场,专以史论、时务策命题,正场试以《四书》义、经义各一篇。礼部即通行各省,一体遵照。朝廷于科举一事,斟酌至再,不厌求详。典使诸臣,务当仰体此意,精心衡校,以期遴选真才。至词章楷法,虽馆阁撰拟应奉文字,未可尽废。如需用此项人员,自当先期特降谕旨考试,偶一举行,不为常例。嗣后一切考试,均以讲求实学实政为主,不得凭楷法之优劣为高下,以励硕学而黜浮华。其未尽事宜,仍着该部随时妥酌具奏。钦此。"

内子归,带来二母舅送予之鸡蛋糕、椒盐饼。

七 月

初一日(8月17日) 晴。为邓竹航书宣纸联。阅《盛世危言续编》竟。点《春秋三传》。借书。明日家旭祖、周某怡轩因事开书院,来通知。

初二日(8月18日) 晴。点《春秋三传》。夜读《苏诗》。

初三日(8月19日) 晴。早间到卢介甫先生处坐。点《春秋三传》。

初四日(8月20日) 早午大雨。顿觉清爽矣。点《春秋三传》。晚间到宝和斋万某钟表铺一走。

初五日(8月21日) 早间大雨,旋霁。往熊竹舫家,为其尊甫枚臣先生炷香,即在彼吃饭。点《春秋三传》。夜半大雨。

初六日(8月22日) 晴。点《春秋三传》。

初七日(8月23日) 早间大雨。耀国叔公之子因家事将请酒,先来坐。

初八日(8月24日) 晴。剃发。大表哥来谈,并将送仁民叔奠分,托予转交福兴昌刘五处。夜得雨。与四弟在母亲处谈。印鸿致大表哥函述及张小云姑公于五月日在淮安府任内病故,呜呼伤哉!哲人云亡,念生平感恩知己,不知涕之所从出也。

初九日(8月25日) 晴。早饭后至东门,旋复往陈家巷口买鞋。读《苏诗》。

初十日(8月26日) 晴。点《春秋三传》。延侄女为桂湖化灵屋。午间与四弟往伊家,晤延侄女,睹其情状,一何可惨!既民七婶来坐,拟张罗云。夜往揭监司第各处坐,二更后归。

十一日(8月27日) 晴。阅《盛世危言外编》。写寸楷。

十二日(8月28日)　晴。写寸楷。点《春秋三传》。

十三日(8月29日)　晴。点《春秋三传》。写寸楷。夜到揭宅，熊妹子姨甥女患痢症，因问之。

十四日(8月30日)　晴。傅鹿林表叔来。写寸楷。夜读《苏诗》。

十五日(8月31日)　晴。晨起往市买三牲及各菜。梳发。十妹来。午间与四弟、劢侄诣上厅祖先前焚化钱纸。礼毕，请母亲、十妹至厨房饮，盖内子督令畹芳所做之菜也。写寸楷。弄箫，此调不弹久矣。

十六日(9月1日)　晴。熊竹舫来求予书，辞之，并示以润笔格。点《春秋三传》。写寸楷。黄耀祖交来荷庄收早租簿，与四弟核之，共得三百十二石。夜读《苏诗》。

十七日(9月2日)　晴。点《春秋三传》。写寸楷。读《苏诗》。吹笛。阅南海何启、三水胡翼南所撰《新政论议》。

十八日(9月3日)　晴。点《春秋三传》。写寸楷。吴成甫来坐。

十九日(9月4日)　晴。晨起上街剃头。吴子佩姻丈之生母龚太孺人谢世，午间往伊家行礼。点《春秋三传》。写寸楷。晚间大雨。

二十日(9月5日)　晴，午后阴。点《春秋三传》。与四弟往桥下为子佩姻丈之生母炷香，即在伊家吃饭。薄暮进城。

廿一日(9月6日)　阴。午后大雨甚暴厉且久。点《春秋三传》。写寸楷。联恩侄女十岁生日，晚间吃面。上灯后，厨房烟楼堕。

廿二日(9月7日)　阴，午后雨甚大。令周司务修整厨房烟楼，加瓦加木，屋瓦须重盖过约十之七八云。

廿三日(9月8日)　晴。盖好烟楼，即令木匠在上房里外间屋上检漏，旋令龙官洁治厨房并洗涤什物。郑媪来上工，系达湾郑家堡郑佛楞之妻。

廿四日(9月9日)　晴。午间往街为四弟修整眼镜。吴太岳母送肉及鸡来。

廿五日(9月10日)　晴。写寸楷。阅《申报》六月十六日至廿七日。重印《二十四史》三百九十二本，五十六元，箱不外加；石印《皇朝经世文编》廿四本,洋□□;□编三十本,洋三元;三编六本,洋一元。均在上海《申报》馆申昌书画室发售。陆清献公《四书议》四本,洋六角,上海扫叶山房出售。

廿六日(9 月 11 日)　晴。内子归宁。与四弟往转角祠饮守谦公清明酒,因文江叔、九俚叔公先后来邀也。酒阑,顺往八姑婆处一坐。

廿七日(9 月 12 日)　晴。点《春秋三传》。曾仲成先生家抄传上谕两道及电传,上因求嗣,李傅相进以德国药水一事,殊骇听闻,时势如此,杞忧何极！

廿八日(9 月 13 日)　晴。剃发。接春农妹倩廿一日信,附来二十日电谕,裁并内外各官。时局如此,正不知变动伊于胡底矣。天下治乱,关头在此一举,拭目俟之。回春农信,并寄还《时务丛钞》八本一套,仍由公义和寄。午往翔鹄叔处坐。张阶符之生母太夫人七十一岁寿辰,往贺之,即在伊家吃面。酒阑,到晓湘书房谈,旋往揭监司第各处坐,在二舅母处夜饭,三更时归。

廿九日(9 月 14 日)　晴。点《春秋三传》。周才庆表叔、赵杏衫先后来坐。

三十日(9 月 15 日)　晴。点《春秋三传》。读《苏诗》。

八　月

初一日(9 月 16 日)　晴,晚间雨。点《春秋三传》。揭述舫表哥、鲁幼璞姨公先后来谈。周岐凤表伯属书联,辞之。

初二日(9 月 17 日)　晴。回看幼璞姨公,旋到揭监司第,顺往十一舅母处坐,因渠新移住思补居也,并至仰泉书房一走,旋往回看赵杏衫。

初三日(9 月 18 日)　晴。点《春秋三传》。检拾书箱所藏书。

初四日(9 月 19 日)　晴。梳发。点《春秋三传》。写寸楷。读《苏诗》。

初五日(9 月 20 日)　晴。点《春秋三传》。谢益升自广昌来。

初六日(9 月 21 日)　晴,夜雨。午到婆俚店结账。旋与四弟往侍郎第饮执事酒,盖易堂姊将出殡也。陈法卿来求予书,辞之。内子归。

初七日(9月22日)　晴。点《春秋三传》。写寸楷。

初八日(9月23日)　晴。早间上街一走。点《春秋三传》。晓湘来谈。

初九日(9月24日)　晴。剃头。四弟为易堂姊写墓志铭,予为题额,在伊家饮。刘成九病故。池春自南城归。予既往熊芗林处贺伊生子,即到监司第吴岳母处坐。池春因留饮,三更时雨,趋回。

初十日(9月25日)　阴。阅《申报》自六月廿八日至七月十三日。早间与四弟往侍郎第为易堂姊炷香,即在彼吃饭。晚与四弟、柏村叔在文光书房坐,即同往祝贺学臣叔公六旬寿辰,在伊家吃面。午间,池春来托代作挽其妻兄刘成九孝廉联,语云:"刘越石起舞着鞭,名下无虚,九万程任展扶摇,只怡堂上衰颜,杏苑奚须争一席;王子安有才无命,魂归何处,百廿里骇传噩耗,忍见闺中咽泪,荆花怆折第三枝。"

十一日(9月26日)　晴。点《春秋三传》。午后往学臣叔公家饮贺寿酒,顺至容斋坐。写小楷。夜读《苏诗》。

十二日(9月27日)　晴。翔鹄、才庆两表叔均来坐。为翔鹄叔作书与储仙舫。写寸楷。吹笛,夜读《苏诗》。

十三日(9月28日)　晴。点《春秋三传》。吹笛。读《苏诗》。

十四日(9月29日)　晴。点《春秋三传》。写寸楷。畹芳连日胃气痛,为买保和丸服之。

十五日(9月30日)　阴。剃发。点《春秋三传》。池春、桂轮来坐。晚间仙洲来。夜到容斋。

十六日(10月1日)　大北风,密雨,颇凉。点《春秋三传》。写寸楷。

十七日(10月2日)　阴雨。点《春秋三传》,写寸楷。夜到监司第坐。

十八日(**10 月 3 日**)　阴雨。点《春秋三传》,写寸楷。

十九日(**10 月 4 日**)　阴。点《春秋三传》。水南胡蓝田来坐。夜读《苏诗》,令畹芳研墨。

二十日(**10 月 5 日**)　晴。点《春秋三传》竟。

廿一日(**10 月 6 日**)　晴。周才庆表叔送来瑶浦曾文辉六旬寿屏,求予书,因为先书寿联一副,书寿屏第一、二、三幅。文江叔、吴爱林①、赵某来生来坐。因代文江叔书联,又为易某、邹某书送人红笺寿联各一副。

廿二日(**10 月 7 日**)　晴。为曾文辉写寿屏第四、五、六幅,又隶书专款宣联。聂培甫、李蕙孙、莲孙、周诒孙因钱债事,与刘幼蒲口角。有天主教民一人,从旁助幼蒲,既而以为培甫、蕙孙等毁谤彼教,诉诸田神、福神,福即致书邑宰邓公,逞其一面之词,欲得而甘心焉。培甫等不得已通知诸同人齐集书院会议焉。早间梳发。

廿三日(**10 月 8 日**)　晴。为曾文辉写寿屏第七、八幅,写竟,才庆叔来领去。文光来谈。晚间与仙洲往衙前一游,旋与同到伊家,八妹留茶点。五舅父、舅母又留饮,并吃面。旋到十舅父、舅母处坐。二更后回。

廿四日(**10 月 9 日**)　晴。午间与四弟往赵俭予家炷香,即在彼吃饭。旋到一品堂,并到晓湘书房坐。早间翔鹄叔来。晚间池春来。

廿五日(**10 月 10 日**)　晴。午后晓湘偕临川杨桂生、冯莲溪来坐,晓湘并示以本月初间电传上谕:"国事艰难,诸务待理,朕宵旰勤劳,日综万几。恭溯同治年间,慈禧皇太后两次垂帘听政,尽美尽善,是以再三恳请慈禧皇太后训政,仰蒙俯如所请,自今日始,在便殿办事。初八日,率同王公大臣,在勤政殿行礼。"晚到揭宅一走。夜在容斋饮。与文江、鲁瞻叔谈良久。三更时偕四弟归。

廿六日(**10 月 11 日**)　晴。点《日知录》。"康有为、梁启超结党

---

①　指吴宗慈(1899—1951),字霭林。日记中多写作"爱林"。

营私一案,于十一日严讯,十四日即将杨深秀、杨锐、林旭、谭嗣同、刘光第、康广仁六名正法。徐致靖永远监禁,其子湖北学政仁铸及御史宋伯鲁均革职,张荫桓充发新疆。在逃之康有为、梁启超应置极刑,已谕令各省督抚严拿云。"谨案,慈禧皇太后训政伊始,朝纲大振,天下臣民实深快抃焉! 晚间到晓湘处回看杨桂生、冯莲溪。夜到监司第,池春以所作《山谷启事论》见示。习画。

廿七日(10 月 12 日) 晴。点《日知录》。接敬叔叔本月廿一日省城来函,述及迩来朝政日异月新,康有为等逆迹昭彰,除康有为漏网,已将为首六人正法,梁启超在内。上谕有遣人行刺,并有"保中国不保大清",语多狂悖,前见上谕所谓情罪重大者是也。又密电严拿文道希,不知何事,闻已逃匿,不知所往云。敬叔函内附廿一日六妹与予之信,在系马桩应天寺对面敬叔家所书者。早间到翔鹄处茶叙。曾文辉家送润笔及寿宴全席来。

廿八日(10 月 13 日) 晴。点《日知录》。午到转角祠访文江叔,旋到雨农叔婆处,又到八姑婆家与对弈一局。剃发。

廿九日(10 月 14 日) 晴。晨起,翔鹄叔来坐,予旋到赵振卿书房一坐。点《日知录》。写白折一开半。习画。接春农廿一日信,附来八月十四日朱谕,即讯明康有为、梁启超一案,将杨锐等六人正法后所谕者也。六人系杨锐、杨深秀、林旭、谭嗣同、刘光第、康广仁,与廿六日记所载者同,敬叔信所开之六人有误。春农信又云,文道希虽已脱逃,而房产已查封矣。晚往访晓湘,未晤。旋与鉴安、曼卿、兴祖到四美祥饮。

九 月

初一日(10 月 15 日) 晴。早间到东门外恒升买贡川纸一百四①。翔鹄叔来谈。旋赵振卿偕裕兴祥土店李东波来坐。点《日知

---

① 原稿以苏州码记录,转录为"一百四",未注明单位。

录》。写白折一开，习画。吹笛。

初二日（10月16日） 晴。点《日知录》。翔鹄叔以明季红叶禅师题《清朝国运诗》十四首见示。写白折两开，习画。阅新会梁启超《西学书目表》，附《读西学书法》。两种定价三角，时务报馆印。

初三日（10月17日） 晴。晨起，到裕兴祥回看李东波，旋往十妹处言事。旋到北门城上回看冯莲溪、杨桂生。陆聘三先生来谈良久。写白折一开，殿试卷半开。阅六月间《申报》所载，文御史悌奏劾康有为一折有云："康有为看天下大事太易，正恐不足以有为。尤堪骇诧者，托词孔子改制，谓孔子作《春秋》'西狩获麟'为受命之符，以春秋变周为孔子当一代王者，明似推崇孔教，实则自申其改制之义。大抵援据《公羊》何休'黜周王鲁、变周从殷'之说，首引董仲舒《春秋繁露》《淮南子》各书以为佐证。不知何休为《公羊》罪人，《春秋繁露》非董子之原书，《淮南子》'殷变夏，周变殷，春秋变周，三代之礼不同'，不过叛王肇乱之辞，尤不可据为典要。其私聚数百人在辇毂之下，立为保国一会，日执途人而号之曰'中国必亡，必亡'！名为保国，势必乱国而后已"云云。今康有为逆谋败露，文公一奏，洵老成之先见哉！

初四日（10月18日） 晴。濯足。熊芗林来，旋与同到聘三处谈良久回。写殿试卷半开。晚间文江叔来谈良久。

初五日（10月19日） 晴。梳发。写殿试卷一开半。池春来坐。阅梁启超所著《读西学书法》。

初六日（10月20日） 阴。到翔鹄叔处。写殿试卷一开半。点《日知录》。读《东莱博议》。

初七日（10月21日） 晴。点《日知录》。写殿试卷一开。储霞舫来坐。读《东莱博议》。

初八日（10月22日） 晴。晨起往储家回看霞舫先生。午点《日知录》。文江叔、吴爱林、曾紫卿来坐。写寸楷，吹笛。读《东莱博议》。

初九日(10月23日) 晴。剃头。点《日知录》。翔鹄叔、黄卓群来坐,谈良久乃去。薄暮与四弟、翔鹄叔至吴凤笙先生书房,即邀同凤笙往北门外新建之吕祖阁一游。门前石匾"简在"二字,系乩坛仙笔,此二字吕祖所书,天心堂直方石牌则东王公所书也。按,东王公即木公。奇古劲拔,诚非世间书家所易几及! 进城复至凤笙书房谈,顺道访晓湘,未晤。步月归。

初十日(10月24日) 晴。晨起上街一走。旋往黄卓群、曾紫卿两处回看。延倳女移居修竹园对门,午间往视之。旋到晓湘书房谈良久,并观揭掌峰信,有陈右铭中丞父子革职,康、梁书籍镵板之说。予旋至揭宅一走,即回。杏衫、聘三、芗林来访,未晤。接春农妹倩九月初二日函,寄来上谕二道,敬录于此:

> 八月廿四日,内阁奉上谕:"朕钦奉慈禧皇太后懿旨,国家以四书文取士,原期儒先传注,阐发圣贤精蕴,二百年来,得人为盛。近日文风日陋,各士子往往剿袭雷同,毫无根柢。此非时文之弊,乃典试诸臣不能厘正文体之弊也。论者不揣其本,辄以所学非所用,归咎于立法之不善。殊不知试场献艺,不过为士子进身之阶。苟其人怀奇抱异,虽沿用唐宋旧制,试以诗赋亦未尝不可得人,设使谈论徒工,心术不正,虽日策以时务,适足长其嚣竞之风。"用特明白宣示:嗣后乡试、会试及岁科考等场,悉照旧制,仍以四书文、经文、试帖、策问等项,分别考试。经济特科,易滋流弊,并着即行停罢。朝廷于抡才大典,斟酌至再,不厌求详。嗣后典试诸臣及应试士子,务当屏斥浮华,力崇正学,用副朝廷作育人材之至意。至富强之术,务当讲求,惟必须地方认真举办,方不至有名无实。所有农工商诸务,亟宜实力整顿。惟总局设在京师,文牍往还,事多隔阂,一切未能灵通,仍应责成各督抚在省设局,分别详切考核,期于实际。着直隶总督选派妥员,督率办理,以为各省之倡。京城现在之局,着即裁撤。钦此。

又有上谕："禁止天津、上海、汉口等处设立报馆，并严拿主笔之人，从重惩治，以息邪说，而正人心云。"

十一日(10月25日) 晴。点《日知录》。写寸楷。幼璞姨公来坐。

十二日(10月26日) 晴。晨起到二舅父处阅《申报》，知广东巡抚裁缺后，许中丞仙屏先生即日请假两月，于八月初七日起程由南雄过白岭回籍焉。点《日知录》。写寸楷。夜读《东莱博议》。黄夯夯①上工。

十三日(10月27日) 晴。点《日知录》。写寸楷。吹笛。

十四日(10月28日) 阴雨。梳发。点《日知录》。写寸楷。晚到揭宅，熊桂轮患疟，请予与同往晓湘处诊视。广西土匪盘据郁林州北流县山中，出没无定，闻现蔓延至湖南地方，甚可虑也。

十五日(10月29日) 阴雨。点《日知录》。吴岳丈子彬先生六旬阴寿，午后与池春同往桥下尚绸庐行礼，即在彼吃素面。顺往子佩姻丈处一谈，即进城。复至揭宅，熊三姊请予邀晓湘复为桂轮诊脉。大表哥留予饮，二更后归。

十六日(10月30日) 阴。内子归宁。点《日知录》。黄拔群送来高义诚五旬寿屏，求予为书者。腾士表哥来，为之书折扇。吹笛。

十七日(10月31日) 阴。为高义诚写寿屏第一、二、三、四幅。张宜仲送礼来，受京花一对，即以一支给联恩侄女。令畹芳研墨。早间到赵大姨母家贺其生曾孙之喜。

十八日(11月1日) 晴。早间往宜仲处，旋到拔群书房坐。曾岳书以四川雨余蛮子讨洋人檄见之。重庆府大足县义民余栋臣是也，闻洋人华山氏已被俘。为高义诚写寿屏第五、六、七幅。

十九日(11月2日) 阴。为高义诚写寿屏第八幅竟。点《日知

---

① 原稿中写作"不明"（叠词），南丰方言读"hǎng"，如"夯俚"，一般指哑巴或讲话含糊且结巴者。这里读作"hǎng hǎng"。

录》。奎师幼女出阁，与翔鹄叔同往贺之。绅佩叔来取高丽参。夜往
二舅父处坐，即在彼吃面。二更时归。

二十日(11月3日)　阴，夜雨。点《日知录》。为高义诚写
寿联。

廿一日(11月4日)　阴，微雨。剃头。点《日知录》。薄暮，到
绅佩叔家一坐，道遇介甫先生父子及赵慕其，谈良久回。兰亭叔婆、
文江叔先后来，均未晤。

廿二日(11月5日)　阴。点《日知录》。文江叔以所作曾紫卿
芷青之父母达夫先生及配严氏寿文见示，紫卿即送寿屏来，求予为书
者。黄拔群送高义诚润笔来，予往拔群、卓群处坐。夜令畹芳研墨。

廿三日(11月6日)　阴。宁兰亭师、菉秀叔来坐。予旋到文江
叔处，并到吴爱林家，因与爱林对弈。旋与文江叔到曾弼兄家回看宁
师，并到军山殿前游览。夜督畹芳背诵诗。

廿四日(11月7日)　晴。为曾达夫写六旬寿屏第一、二、三幅。
文江叔来借颜料，就予书案作画。靖伯叔公来。

廿五日(11月8日)　晴。晨起到揭宅一走。为曾达夫写寿屏
第四、五幅。幼璞姨公、杏衫先后来坐。

廿六日(11月9日)　晴。为曾达夫写寿屏第六、七、八幅竟。
述舫大表哥来坐，谈及广东巡抚缺裁后，许仙屏中丞请假回籍，行至
三水县界，奉电谕，仍回粤办理闹姓事务。抚署门窗已被人毁坏，即
暂寓皇华馆云。

廿七日(11月10日)　晴。为曾达夫写寿联，其子紫卿芷青领屏
联去，并送润笔来。午间在高义诚家饮。宁师、江勘旃来坐。濯足换
衣。广昌饶槐卿大令之子牧樵茂才来坐。

廿八日(11月11日)　晴。剃发。与四弟、曾岳书往吴祠回看
饶牧樵。晓湘、宁师来坐，予旋与岳书同往高义诚家贺寿，即在彼处
饮。酒阑，往鲁幼璞姨公处，旋到六寿叔书房坐。夜到揭宅缴熊三姊
第十会边银五两正。吴岳母留予食蒸鲫鱼，二更回。于二舅父处携

来八月初十至八月尾《申报》，阅之。

廿九日(11 月 12 日)　晴。晨起，送耳挖与二舅父。购《格致启蒙》四本，美国林乐知、海盐郑昌棪同译。到杏衫书楼，棣轩、檀峰均晤谈。晓湘偕冯把总北门城守，名培兰，号子馨来访，未晤。矾纸。

三十日(11 月 13 日)　晴。到曾弼臣处会兰亭师，同往北门城上回看冯子馨。二姊自杨梅来。午后与岳书、阶符、宜仲、菊生、贻清、卓群均在高义诚家饮贺酒，予饮甚醉。夜到文江叔处，旋到八姑婆家与爱林对弈数局。

十 月

初一日(11 月 14 日)　阴。拟四房公禀维持祖业。阅《惜抱轩文集》及《西堂杂俎》。

初二日(11 月 15 日)　阴。到翔鹄叔处。午后揭大表哥请饮，曾顺臣、张某、张粤华、九成、典元、翀若毓元均在座，大表哥及池春作东。

初三日(11 月 16 日)　阴。李舒士在广东于七月初十日有寄予一函，今午由其子四孙交来。张海筹之女嫁储霞舫之子，明日出阁，今晚往伊家吃起厨饭。训责畹芳。

初四日(11 月 17 日)　阴。梳发。往海筹家道贺，旋乘轿往饶家堡为饶辉显先生炷香，即在彼处吃饭，旋回城。广昌门人吴树枏游泮，备帖子请予，意甚殷。晓湘来谈，予以洋磁水盆赠之。

初五日(11 月 18 日)　晴。为北门城守冯把总培兰子馨先生作六旬寿文，用宁兰亭师口气。晓湘来谈，予旋到晓湘处。旋往十一舅母处，为李四孙言完婚事，因留予饮，顺往五舅父、十一舅父、八妹等处坐，并到二舅父处坐。内子回。

初六日(11 月 19 日)　晴。晨起，到谭雨春家问广昌吴姓来使。午往文江叔家问雨农叔婆之病，旋往北门外回看李四孙，未晤，晤其弟六一，将揭府允婚事托致意焉。晚在北门城上冯子馨处饮屏分酒，共三桌。剃头。

初七日(11 月 20 日)　晴。往鲁家为佐平太太炷香,即在彼吃饭。到文江叔处。旋往恒升买大匡纸。

初八日(11 月 21 日)　阴,大北风,颇凉。夜风尤大。军峰顶得雪。与子固叔乘轿往河源浦距城五十里祭扫守谦公之夫人赵太恭人墓申山寅向,乾隆五十五年葬。夜在看山人曾龙官店中宿,与子固叔同榻。晤种民大伯义女李嫂姊。读《韩文》。

初九日(11 月 22 日)　阴。大北风。晨起,顺往礤下堡楼题山,祭扫守谦公墓。寅山申向,乾隆五十五年葬。此山形势颇佳。看山人梅良福。饭罢,李四孙午间来访。予回城,子固叔往他处。到文江叔处一走。

初十日(11 月 23 日)　晴。接五弟九月廿一日胡万昌信局来函。结账。晓湘来谈。雨农叔婆于今早子时去世,往廷尉第行礼。夜回五弟信,并将六妹寄予原信附去,又回春农信,并回敬叔叔信,均由局寄。

十一日(11 月 24 日)　晴。早间到宏隆土栈钟玉桥处。写致吴树枏号良叔信,由储赞转交谭雨春处寄去。李四孙、宁师、晓湘先后来。

十二日(11 月 25 日)　晴。晓湘来邀予至严启兰书房与黄云峰同屋,为赵竺僧之父崇如补书寿屏第一、二、三幅,培桂为研墨。早晚均在该处饮,曾长春亦在座。回遇池春、芗林。

十三日(11 月 26 日)　晴。往严家书房为赵崇如书寿屏第四、五、六、七、八幅,早晚均在该处饮。

十四日(11 月 27 日)　晴。剃头。往严启兰书房,为赵崇如补书寿屏第九、十幅,书竟,并书寿联。竟日在该处饮,早间四弟亦在座。为严启兰书宣纸条幅四张,中堂一张,并为赵竺僧书宣纸中堂两张。

十五日(11 月 28 日)　晴。法生叔公、絜民叔来坐。到廷尉第为雨农叔婆炷香，在彼吃饭。为冯子馨把总排定寿屏款。早间往宜仲家贺喜，晚在彼饮。

十六日（11 月 29 日）　晴。晨起，上街买冬至肉。为冯子馨写寿屏第一、二幅，并写寿联。夜往宜仲家饮贺喜酒，予饮甚醉，步月归。

十七日（11 月 30 日）　晴。刘燕帏在彭泽县儒学任内病故，今晨往益书老伯家唁之。为冯子馨写寿屏第三、四幅。吹笛。

十八日（12 月 1 日）　阴。为冯子馨写寿屏第五、六幅。午间与四弟往鲁霭伯家为其太夫人炷香，即在彼吃饭。池春来坐。接五弟、夔侄五月廿八日来函，当即复信，仍由省城脚子带去转寄。

十九日（12 月 2 日）　微晴。为冯子馨写寿屏第七、八幅，写竟，送至晓湘书房，托黄云峰转交。夜到揭宅坐。

二十日（12 月 3 日）　晴。夏家娘有病，令其子文生送回家。揭六四表弟于昨夜病故，往伊家行礼。晓湘来，请予为其尊甫仰宾先生书墓碑。

廿一日（12 月 4 日）　晴。与四弟为晓湘家书孝榜。料理送冯家、赵家寿仪。严责畹芳。夜，仙洲请在容斋书房饮，在座者：胡绚臣、饶小峰、李小权、臣俚叔公、靖伯叔公、予与四弟及东道，共八人。赵杏衫来坐。

廿二日（12 月 5 日）　晴。剃头。赵竺僧之母六旬寿辰，晓湘来邀予往伊家吃早饭，饭毕即祝寿。与四弟同往，在十一舅母处穿衣服，旋到北门城上为冯子馨祝寿，在彼饮。酒阑，到杏衫处。回为奎师书送焕华入泮联。夜往赵竺僧家饮，酒阑，到揭宅坐。接班侯侄八月廿三日泰州来信，言伊于七月十三日亥时举一男，吾刘"兆"字派，此子居长矣。

廿三日（12 月 6 日）　晴。晨起与四弟到赵竺僧、冯子馨两处吃围碟面，旋往汤勉吾家为其母炷香。左背痛。为赵莘野老伯书墓志碑。

廿四日(12月7日)　晴。陆桐叔来。予旋往储宜孙图章店,定刻书本板。为揭六四表弟炷香,在伊家吃饭,旋到陆聘三先生处谈良久。

廿五日(12月8日)　晴。晨起至锡铺。为莘野老伯书墓志铭。聘三先生来坐,池春亦来。晓湘来邀予至竺僧家饮贺酒。夜到揭宅。

廿六日(12月9日)　晴。为莘野老伯书墓志铭竟。午后即往莘野伯家饮执事酒。薄暮到揭宅。

廿七日(12月10日)　晴。宜仲、翔鹄叔、桂轮、池春均来坐。午后在赵延龄家饮会酒。夜赴江勘斿之席,在座者:予与霞舫、宜仲、问涛、卓群、浚丞、绩卿、霭伯、小峰共九人,酒阑,到问涛处坐。三更回。

廿八日(12月11日)　晴。曾仲成先生为莘野伯题主,予与卓群襄题,早晚均在赵家饮。到慎庐,完闻酒三户米,付七三五①,洋边卅六元,找回钱四百文。接五弟、夒侄九月朔日信,五叔已往镇江云。夜与婆俚结账。

廿九日(12月12日)　阴。熊三姊十一月初一日五旬寿辰,晨起料理、送礼,剃头。往赵莘野伯家炷香,即在彼吃饭。旋到延侄女处交夒侄信。旋到晓湘处领来冯子馨、赵竺僧两处润笔。并到慎庐。夜,仙洲、八妹请予与四弟在太史第饮。

----

①　原稿以苏州码记录,转写为"七三五",未注明单位。

光绪二十四年戊戌(1898)

(十一月至十二月)

(原稿封面手书:第十二本,起戊戌十一月初一日,
讫己亥十一月廿九日)

十一月

光绪二十四年戊戌十一月初一日庚戌(12月13日) 晴。晨起往揭监司第贺熊三姊五旬生辰。旋往赵莘野老伯家送殡。午后往送主,至临远侯祠,行礼毕,在彼与饮。

初二日(12月14日) 晴,严霜颇寒。晨起,乘肩舆偕四弟往青塘祭扫祖父都转公、祖妣周淑人墓。四弟顺道诣二伯祖坟上挂纸,同在枫林吃饭。回经黄陂嵊,诣鲁芝友太守墓前行礼。黄昏时至路口访邹东初亲家,并晤亲母,值其生孙满月汤饼之会,留予与四弟□红蛋。饮罢,张灯,送回城。赵家请谢劳酒,辞。读《扁鹊传》《太仓公传》。

初三日(12月15日) 晴。濯足。早间与四弟往北门外,伯母、大哥、五婶、镐哥停屋内挂纸,旋往刘家山祭扫四叔祖、叔婆、三伯父、伯母、鹤伯哥之墓。回至太史第吃挂纸饭,盖饭后即往杨梅坑,祭扫曾祖循吏公、曾祖母赵太淑人及庶曾祖母林孺人之墓。予与四弟、万弟同往。看山人傅细哦之子、龙喜之弟凤喜在彼招呼。四弟、万弟顺往赵家山祭扫,予先回城,顺至围圈,值年佃人傅桂子又号桂俚家催租。夜在太史第饮循吏公清明酒,因催勋民叔料理祭扫甘太淑人墓,并言及同榜第永远公禁私卖,颇费唇舌。赵杏衫家送予鱼翅全席,以

四碗转送吴岳母生日。

初四日(12月16日) 晴。晨起,为章仰宾老伯书墓志铭。早间在太史第饮博酒、清明酒。午与四弟往冷水坑祭扫先妣揭孺人墓,并在先室闽莹墓前挂纸,旋至西山祭扫先考惠民公墓,回城已上灯矣。在太史第饮中酒、清明酒。

初五日(12月17日) 晴。蒲俚叔来,邀予至秋官第赵柳臣处饮,因柳臣□买租田事也。午后至太史第饮元酒、冬季挂纸酒。为章仰宾老伯书墓志铭竟,培桂领去,即邀予至伊家吃起厨饭。夜到吴岳母处坐。

初六日(12月18日) 晴。梳发。早间往章家为仰宾老伯炷香,并为知宾。在彼处吃饭。为赵莘野老伯书墓碑,并为其夫人书寿基碑石。明日县试,往曼卿、兴祖、鉴安等处送场。李四孙交来重边八十元,并入赘吉期,予即与四弟至十一舅母处,先将吉期告之。因留予与四弟饮,啖以腊肉炒糯饭,甚佳。

初七日(12月19日) 晴。晨起,到杏衫处。旋往送章仰宾老伯出殡,顺到勘旃书房坐,即与勘旃复至章家贺木主上堂之礼,早晚均在章家饮。上灯时至文江叔处,谈良久回。

初八日(12月20日) 晴。为赵莘野老伯篆墓志铭碑额。檀峰来坐。午后,与四弟到章家饮谢劳酒。夜为十一舅母往请绅佩姊。

初九日(12月21日) 晴。为赵莘野老伯隶书墓志铭。李慎孙送场作来阅。柏村叔来。夜,转角祠习仪,菉秀叔代献。

初十日(12月22日) 阴,冬至。转角祠祭祀,予主祭胙钱四百四十文,昌祁、孚泰分献,饮酸毕即回。为赵莘野老伯隶书墓志铭。吴万寿回家,婆俚荐周兆祥来上工。往衙前观头场案,即到慎孙、兴祖处送场。

十一(12月23日) 阴。为赵莘野老伯隶书墓志铭竟。池春、桂轮来托予为二舅父书送李籍青寿联,即留池春、桂轮饮。接杨春农妹倩十月十九日信,并送母亲蓝宁绸女袄料一件,当即写付信局收条，并回春农信，及寄蜜橘一篓，托仙洲带交，盖五舅母及仙洲、小姑、曾某赴省。薄暮，予往南门船上送行。

十二日（**12 月 24 日**） 阴。箭在弦上，有不得不发者。到曾达夫家祝寿，在彼饮。旋到十一舅母处，夜在松门祠习仪。早间剃头。

十三日（**12 月 25 日**） 阴，晚间雨。早间松门祠祭祀，予主祭胙钱二百四十文。花衣之有无，何足轻重，乃有非笑再三者，横逆之来，匪夷所思。午后到李四孙家，旋往十一舅母处为四孙缴入赘之资，重边百元。

十四日（**12 月 26 日**） 晴。曾芷青送席全桌，予以四品碗转送江勘旃，顺往熊芗林家谈。晚间上街为畹芳买香附丸。午刻到延侄女处，知伊于十三日丑时生一遗腹男，为之快慰。

十五日（**12 月 27 日**） 晴。点勘《医学三字经》。杏衫来谈良久。

十六日（**12 月 28 日**） 晴。鲁霭伯之继祖母九十寿终，往行礼。点勘《医学三字经》。

十七日（**12 月 29 日**） 晴。与翔鹄叔同往鲁家为霭伯之继祖母炷香，即在彼吃饭，旋到文江叔处坐。点勘《医学三字经》。

十八日（**12 月 30 日**） 雨，天气严寒。缮校荷庄收租坐簿。三更后大雪。

十九日（**12 月 31 日**） 严寒。雪敷二寸许，午后渐融化矣。与四弟总结酒租各数。

二十日（**1899 年 1 月 1 日**） 严寒，竟日雨。点勘《医学三字经》。

廿一日（**1 月 2 日**） 阴。剃头。鲁守华送《道教碑》来观。午到杏衫处，曾仲成先生亦在彼处，杏衫请予为莘野老伯写山向碑篆书，并留予饮。夜到揭宅坐。

（原稿缺佚数页）……

……

……

……

……

……

……尚往县署,当堂呈递四房公禁私卖房屋禀。邑侯四川邓宣猷,号国光。夜往八妹处饮,回与四弟、十妹在母亲处谈良久。

廿九日(1月10日)　阴。阅《呻吟语》。邓邑侯遣号房请予为奎官调停家事,而不知其中有把持之者,调停谈何容易,姑婉谢之。到翔鹄叔处。十妹回。

三十日(1月11日)　雨。晓湘来邀予同往源懋,赴严启兰即新保饮酒之约,徐福廷、赵竺僧、曾长春、李膺官、饶蓉卿均在座,连东道共八人。张阶符之女出阁,备礼送之。夜与四弟在母亲处谈。

十二月

初一日(1月12日)　天将明闻雷,早间雨。剃发。午往桥下,为吴子佩姻丈之老太太炷香,在彼吃饭。进城至揭宅一坐,知熊桂轮之弟杏村署缅宁巡检。差帖往阶符家道贺。

初二日(1月13日)　晴。点《日知录》。

初三日(1月14日)　阴。阶符之女回门,请各亲戚饮,予谢之。整园门。

初四日(1月15日)　阴。点《日知录》。内子回。韩家妪上工。

初五日(1月16日)　阴。点《日知录》。到衙前一走。夜到揭宅,并往东门扶九公祠一行,旋复至二舅父处,留吃煮饭,三更时回。刘新连上工。

初六日(1月17日)　阴,微雨,寒甚。午间到揭宅,旋到衙前观本月初一日县宪邓牌示,云举人刘孚周批如禀存案。点《日知录》。晓湘送肴菜四簋,予转送宜仲。

初七日(1月18日)　阴。令木匠修补墙壁,督新连扫舍宇。点《日知录》。

初八日(1月19日) 阴。述舫大表哥、赵杏衫来坐。为奎师写郡牌。

初九日(1月20日) 晴。写寄张仲雅表叔唁信一函。赵檀峰送润笔来。玉田婶来谈伊家事,二更后方去。

初十日(1月21日) 阴。剃头。十一舅母之次女明日招赘,早晚在彼吃起厨饭。

十一日(1月22日) 阴。晨起往十一舅母家,与四弟、吴青方、绅佩叔、桂轮、仰泉、秋阳为接新女婿,并与席饮。午间贺喜。晚在张阶符家饮新房酒。夜复揭宅闹房,三更时回。

十二日(1月23日) 阴。往益书老伯家,为燕帏炷香,在彼吃饭。李四孙夫妇回家,备礼送之,即到揭宅一行。夏家娘复来,韩家娘即下工。写复班侯信,附四弟寄五弟函,并附寄张仲雅信。内又附禁卖屋公禀,由信局递去。

十三日(1月24日) 晴。篆书门联。李四孙送菜四碗,因与母亲、四弟、车夫侄并留正民婶、兴祖同饮,四弟颇醉。读《韩文考异》。

十四日(1月25日) 晴。隶书门联两副。往肆买盐、豆豉。接五弟自浦寓十一月廿七日信局、邮政局所寄之函,其词同。

十五日(1月26日) 阴。料理各簿,并结谷数。熊三姊送母亲菜,即以二篮转送延侄女,予导新连送去。李慎孙持伊等六人夜课请予阅,为评定甲乙。读《韩文》,并读《苏诗》。

十六日(1月27日) 雨。呼来龙来,与议定母亲六旬生辰菜单。午与四弟往十一舅母家饮李赐孙新房酒,上灯时始坐席,二更归。

十七日(1月28日) 晴。贴门柱联。文江叔、仪可来坐。粜糯谷与婆俚。带来龙、新连往朱滥旦肉案议定肉。夜带新连往义合昌购杂货,回令先发鹿筋及海参。四弟来谈。

十八日(1月29日) 晴。布置上下厅,张挂寿屏,并上街购各物,至戚有来送礼者矣。午间鉴园祠冬祭,予主祭,胙钱一百八十文。

礼毕即回。晓湘来。

十九日（1月30日） 晴。午间，予与四弟及合家人等在下厅为母亲祝寿，令来龙办寿筵四大四小，戚友及亲房共男女六桌，熊三姊、瑞甫少奶亦至焉，内子留宿。

二十日（1月31日） 晴。二舅父、述舫表哥嫂、张涤元均来补贺。午间请贺寿酒五品碗、四盘，亦男三桌女三桌。连日右颊下齿痛甚。

（原稿缺佚数页）……

……

……

廿六日（2月6日） 晴。到曾芷青、张宜仲、陆聘三、刘冬生等处坐，又到八妹处。

廿七日（2月7日） 晴。濯足，换衣服。点《日知录》。

廿八日（2月8日） 晴。晨起带新连上街买度岁各食物。午间到书院，因饶蓉卿经管账目，请诸同人茶叙核勘也。

廿九日（2月9日） 晴。剃头。接领元酒簿札等件，并与鉴安到黎佛子处，及亿盛水果店换立新札。午间祀祖先，予行礼，并诣先考、先妣遗像前及蕃嗣殿行礼。饮年酒。

光绪二十五年己亥（1899）

一 月

光绪二十五年岁次己亥元旦建己酉（2月10日） 晴。子时，予与四弟、万弟均整肃衣冠恭迓天神，并接灶神、门神，即出行诣蕃嗣殿行礼，回诣祖先神龛及先考、先妣遗像前拜年，予兄弟因即团拜，一点钟睡。晨起，与四弟往各处拜年，午在鉴园祠团拜。

初二日（2月11日） 阴。点《日知录》。文江叔、才庆叔、周砚孙、张宜仲、家星如来拜年。

初三日（2月12日） 阴。午间到揭宅，即在二母舅及吴岳母处饮。旋到八姑婆处饮，因看天九牌，夜复在彼为状元筹掷骰之戏。

初四日（2月13日） 阴雨。往文江叔处吃年糕，旋邀文江叔来象棋。晚间靖伯叔公来请予至太史第饮，吴凤笙、刘福清、邱洪锦、饶某、绅佩叔均在座，予饮甚醉。

初五日（2月14日） 阴。到八姑婆处谈良久。十妹来拜年。

初六日（2月15日） 阴。点《日知录》。八妹来拜年。上灯时吴爱林来，邀予至伊家掷骰，用打围牙筹，三更时回。

初七日（2月16日） 阴雨。早间在四弟处饮。畹芳连日气痛。内子归宁。午与四弟、万弟、吴爱林对弈。

初八日（2月17日） 雨。剃头。畹芳气痛加剧，吐虫三条，予为开消滞利气方，令服二剂，稍愈矣。到十一舅母家饮新年酒，四弟、二舅父、大表哥、桂轮、腾士、黄桃芳、胡薪樵、梅轩（名德修，新捐知县）、汤伯翔均在座，伯翔初自奉新回，据云许仙屏中丞已归冈嘴头云。酒阑,至二舅父处坐。上灯后畹芳气痛愈不能支,饮食即吐,彻夜不睡。

初九日(2月18日)　阴。畹芳气痛,至午刻尚不痊。予忽忆曩在覃怀署中,亦患气痛,后用吸筒乃见效,因如法为畹芳治之,顿觉痛止,能定神略睡矣。到揭述舫表哥家饮新年酒,罗绪翁、张砚侯舅公、黄卓群、李鹤臣、赵平官、曾岳书、予及张粤华为一席;曾仲成老伯、周问涛、江勤旃、饶小峰、吴子佩、二舅父、四弟为一席;卢介甫、刘益书、张宜仲、李小泉、琳石、张莲士、九成为一席。酒阑,顺道访晓湘,未晤。夜,复用吸筒为畹芳治气痛,痛止能睡,睡醒复痛,痛睡相间,以至于明,虽无吐患,亦良愈矣。

初十日(2月19日)　阴雨。往肆中斟酌一方剂,令畹芳服之,午后遂不复气痛,食粥,微汗,安睡,病去十之八九。十妹回。杏衫来谈良久。

十一日(2月20日)　竟日雨。读曾南丰文。畹芳气痛未全愈,用狗皮膏贴之,仍令服昨日方剂,夜半气痛复大发,呻吟之声不绝,不得睡。

十二日(2月21日)　阴。畹芳月经屡积,前夜来亦不多,微带黑色,是为不调,气痛亦职是故也,用益母草煎水冲鸭蛋,令服之。读曾文,点勘《烧饼歌》。到八姑婆处一坐。

十三日(2月22日)　阴。畹芳能起梳头,并至厨房弄菜矣。上灯时气痛复发。读曾南丰文。

十四日(2月23日)　晴。黎明畹芳气痛复发,呻吟不止,煎益母草令服之。剃头。到周砚孙处,旋到赵棣轩处。午与大表哥、腾士哥、子佩姻丈、赵某、吴成甫、桂轮、池春均在吴岳母处饮。请二母舅为畹芳开方,即煎剂令服之。内子回。

十五日(2月24日)　阴。到刘冬生家,旋到陆聘三家,在彼饮,谈良久回。诣先考、先妣遗像前行礼,并诣蕃嗣殿进香,灶神前行礼。饮元宵酒。读曾南丰文。夜密雨。

十六日(2月25日)　晴。与四弟收拾字画。午后与诸同人均在宜仲家饮新年酒,共三桌,酒阑已上灯矣。万弟于申时又举一男。

十七日(2月26日) 竟日雨。文光来请吃饭,谢之。陆聘三来谈。午后赴周问涛大令之席,罗绪武先生、鲁幼璞姨公、吴子佩姻丈、揭述舫表哥、黄拔群、卓群、李琳石、张宜仲、李鹤清、张莲士、饶小峰、刘东山、江勩旃、鲁某叔侄、予及东道,共十七人,分两桌。酒阑,即在中厅观石客班演戏,三点钟回。

十八日(2月27日) 竟日密雨。点《日知录》。午后往赴家益书老伯之席,共两桌,上灯后酒阑,往揭监司第一坐,即回。

十九日(2月28日) 阴。点《日知录》。延侄女来拜年。

二十日(3月1日) 竟日雨。点《日知录》。读《公孙弘兒宽、卜式传》。为兴祖出课题。读曾南丰文。

廿一日(3月2日) 晴。赵棣轩来坐。午后往张芑叔家,为其老太太祝寿,在彼吃面。购左金丸与畹芳服之。读曾南丰文。

廿二日(3月3日) 晴。濯足。换衣服,剃头。点《日知录》。延侄女回去。赵文辉姑公、周兰孙表弟来,持《天心堂志》见示。读王荆公文。

廿三日(3月4日) 阴。到周问涛处,问涛旋亦来坐。

廿四日(3月5日) 阴。回看文辉姑公,旋到八姑婆处,知爱林见访予,旋往爱林书房,盖与文江叔同设砚鉴园祠也。

廿五日(3月6日) 阴。读王荆公文。

廿六日(3月7日) 阴雨。午后在翔鹄叔家饮。吴凤笙、林慎甫、张仰卿、宜仲、炳元、毓元、揭池春、熊桂轮、奎师、鲁守华、赵二狮、赵腾士、予及兴祖,共十四客,翔鹄叔、慎孙作东。今日系慎孙之子满周,予饮甚畅,二更回。

廿七日(3月8日) 晴。兴祖送课文来请予评阅。午在张柳桥亦舅母珍婆家饮,旋往赴江勩旃之席,罗绪武先生、李琳石、予与黄卓群、章晓湘、赵杏衫、鲁宗陆及江某,共八人。酒阑已上灯,至监司第揭宅一走。

廿八日（3月9日）　阴。令木匠伐正石榴树、桂树，乃见桂树上结桂子约十余枚，传示同人，皆以为瑞。晓湘来谈。唐健生姨丈自沙坑来城，今午见访，不晤十年矣，慰甚！慰甚！晚间宜仲、翔鹄叔来邀予同往凤笙书房谈，近二更回。买松树秧十六斤。

廿九日（3月10日）　阴。接班侯、舜仪侄正月十二日自泰州明瓦巷寄予及四弟之信，言全眷拟于三月间回丰，大约四月初即可抵里云云。晚到北门刘祠赴吴凤笙先生之席，在座者：宜仲、靖伯叔公、六寿叔及予、章晓湘、江勖斾、谭雨春、吴绮官、李翔鹄，二更回。为兴祖批课文。畹芳自廿六日以来胃气复痛，廿八日尤痛，今早服宜仲方剂，又吐虫一条，日夜呼痛不绝口，殊令人烦闷。

三十日（3月11日）　晴，大北风。晨起往贺张仰卿之子胶续喜事，旋往仰泉表弟处回看健生姨丈，即请健生姨丈及仰泉至菜鲜馆吃粉。午间，予与四弟往冷水坑先妣墓上后边，令新连为种松秧，顺至刘科生、福生家，探知冷水坑看山者系李尚龙、黄六宝、黄引龙、黄寿龙、封寿龄、黄加丁、江四惹、李禄仍八人住大坪堎后洲等处。族间有令看山人私披松柴者，经予兄弟碰见，扭向刘科生处，大加斥责，并扣留镰刀一把，以昭儆戒。畹芳夜间复气痛，呻吟至四更，用米升印脐上吸治之，痛骤止，始能睡。

二　月

初一日（3月12日）　晴。早饭后，予复带新连往冷水坑加种松秧，并令看山人李尚龙及封寿龄之子诣昭公墓前芟剃榛芜，予即敬谨行礼。又令新连及某，洁除先妣明堂前小松及蔓草。复到刘福生酒店，与科生及看山人李尚龙、黄六宝言及明堂前不准种松云云。畹芳气痛稍可，夜则转甚。

初二日（3月13日）　晴。剃头。文江叔、刘振翁、刘科生、楣孙来言种松披枝委曲，且请掷还镰刀，俾看山人等不生疑畏焉。杏衫亦来坐。到揭宅请二母舅为畹芳开方剂，即煎药令服之。午间与四弟均在六亦舅母处饮,共两桌。酒阑,复到监司第一坐。饶车仂来言,愿往泰州迎接鹤嫂、镐嫂全眷云。

初三日(3月14日)　晴。畹芳昨夜服药后,口中作燥,黎明气痛尤甚。令木匠周姨婆种桂三株于书房院内,又令新连种桂两株于厨房后园。健生姨丈来辞行。午后在五母舅家饮,张炳泰、健生姨丈、二母舅、大表哥、桂轮、秋阳、予与四弟、健生姨丈之孙唐庶明共九人。酒阑,请二母舅来为畹芳诊脉,复开方剂,煎药令服之。夜间痛稍可,能睡矣。

初四日(3月15日)　晴,夜雨。午间与四弟复到冷水坑,与看山人等踏看山场,补种松秧。晓湘来坐。晚到二母舅处,请其为畹芳更正方剂,旋往高少台公祠访晓湘,谈良久,二更回。接仙洲正月廿九日省垣来信,托向县署办册子盖印事。靖【伯】来访。

初五日(3月16日)　阴雨。与四弟会同仰泉往县署,为仙洲办验看起文盖印等事。畹芳夜间复气痛。邓邑侯印宣猷,号国光,四川成都府汉州人帖请十日饮。

初六日(3月17日)　晴。午后往晓湘家赴席,予与徐福廷、赵竺僧、曾长春、谢贻清及某某等。酒阑,到揭宅一走。转角祠习仪,予复吃面。

初七日(3月18日)　晴。转角祠春祭,予主祭胙钱四百四十文。礼毕,饮酸时,靖伯向予强辨。前此判山,伊未得,介而转咎,不应,寄语斥责,老奸欲盖弥彰之诡计耳。予与口角之际,势欲挥拳,予亦不让,经旁人拦阻始罢。午后兰亭叔婆请予与鹤臣叔公、文江叔为理论屋事。二舅母来为畹芳诊脉开方,令服之。夜后气又痛,呻吟不已,二更时至凤笙书房谈良久。十母舅昨日来。

初八日(3月19日)　晴。畹芳早间吐虫。午后气痛稍愈,乃能睡。往杏衫书房及晓湘处谈,旋至监司第,旋回启贤看。旋到宜仲处,宜仲以《劝学篇》及《生育要言》见赠,旋回集贤看。卜牙牌课,得中下、中平、上中。

初九日（3 月 20 日）　阴雨。剃头，濯足，换衣服。蕃嗣殿昨夜被贼窃去门八扇及条桌、香案板、铁锅等件，出赏格访之，而暂将其余什物搬开。到鲁守华处，阅班侯正月十七日来信。松门祠习仪，吃面回。闻靖伯有横箭巧中之计，姑待之，彼以诈，吾以正。

初十日（3 月 21 日）　阴雨。松门祠春祭，予主祭胙价二百四十文，文光、集贤分献。礼毕，饮酸后，靖伯印良炽去矣，果复嗾焕台向予盘诘水村公"敦本社"一款，予诘以尔等毫无字据，何能凭空生波？靖伯虽暗用诡计，究何益哉！且焕台既系乾房族长，纠正祠事，则予尤不能无责焉，何也？今日祭祀告文，分明曰"谨以刚鬣柔毛"云云，乃庭除寥落，并未陈设猪羊而算数，酒一桌，则用之，是悬胙数年，祖宗至莫享馨香，而附和一堂，伊等反畅供铺啜也。司祠责无可逃，族长罪应加等，质诸群从，谁曰不宜！又闻连年悬胙，意在修谱。夫嘉庆、壬申，嵋生公创修松门祠支谱，阅五十年。至同治壬戌，星房公始续修之，作述相因，维曰有德。壬戌迄今未四十年，既非数典之已忘，又非宗枝之紊乱。历时未久，轻议改作，徒欲颠倒矩矱，适以污秽枣梨，吾恐先灵之怨恫耳。瓜绵椒衍，丁册可稽，条贯博综，且待来哲。

夜往县署，赴邓国光邑侯之席，予与罗山长、周韵涛、卢介甫、张宜仲、饶镕经、黄卓群、二母舅、大表哥、陈粮厅敬斋、张捕厅菊泉均在座，国翁及其令侄子良作东，二更后回。阅班侯正月十七日与邹东初信，则恳其妻兄邹元芳在东门、北门一带租房八九间云云。盖鹤嫂之意，且因台使第房屋不够住也。祥福典主人黄大令印禧祖，号修余来拜，且于明日午刻请予饮。

十一日（3 月 22 日）　雨。翔鹄叔来，与谈蕃嗣殿被窃，五毛今日下工，其情可疑。熊芗林自福建来，以茶叶一瓶见赠，且出宣纸求予书。午间往十母舅处饮，旋往祥福典后丰豫义仓，赴黄修余大令之席，其侄当铺管事号翰卿者同在彼作东。

十二日（3 月 23 日）　晴。到赵介子公祠，与赵菊生、赵勿踰印平官谈。旋邀晓湘至凤笙书房，未晤凤笙。顺到福音堂一游，即回，至北门大街,路遇午桥叔公及黄卓群,谈及靖伯主使族长焕台一节。据午桥云,此款曾闻百节虫庆寿言,当日实系相甫支用,但相甫在家时,伊碍情面不便明说耳。访勤姝、曾顺臣均未晤,即往刘益书老伯处谈良久,因留在书房与夏先生饮。酒阑,到森茂访刘福清未晤,即进城回看熊芗林。储宜孙送来日记本板子。夜到容斋与鉴安谈。旋到邱润书房,与鹤臣叔公、绅佩叔、鲁瞻叔谈,邱润留吃糯饭,步月归。

十三日(3月24日)　晴。早饭后到乾和纸店,议印日记板子、花胚纸一百张,每张十二裁,每张四个六毫,共四百六十文;双重绵纸壳包装订,二百四十文。每本八十页,共装订十五本。买得过山龙二尺许,一名海枫藤,此药出深山,穿石鼓而过,或出土微露,叶如蕨菜、牵藤,上并无树。治脚转筋、满身筋骨痛、妇人血崩、男子遗精等症,并能补血补气补腰肾。切片如鹿茸,酒炖加洁白服,或配当归、杜仲等药,用烧酒浸服之。访勤姝、福清、启贤,均未晤。遇刘振兴,谈片时。旋往宜仲处,述舫哥亦在彼谈一会,即往转角祠与仪可谈。与四弟复班侯、舜仪信,附守华处寄去。

十四日(3月25日)　雨。昨午李四孙来托,为十一舅母家书郡牌,今日为书之。接春农二月初七日信,并接敬叔二月朔日信,皆言春农家析产卖屋,拟劝六妹与其妾银凤合居三益巷云云。予即用母亲口气致书六妹,言嫡庶名分,不可不正,银钱不可不蓄也,封由敬叔处转交。夜间先送与十妹一阅,然后送裕通详信局递去。步月归。

十五日(3月26日)　晴。梳发。途遇介祖叔及刘耀,与谈祠事良久。午间聘三、芗林均来坐。晚间与四弟邀同凤笙赴李小泉之席,酒阑,复至凤笙书房谈。步月归。

十六日(3月27日)　晴。为天心堂作《自新录序》。凤笙、翔鹄来坐。到乾和并到储宜孙处,途遇启贤,与谈。夜到森茂与刘福清谈。读王荆公文。

十七日(3月28日)　晴。赵文辉来。书天心堂《自新录序》送文辉处付刊。到揭宅,夜后往晓湘书房谈良久。吴大毛及广昌黄某来访。

十八日(3月29日)　晴。为熊湘舲①书宣纸横批。点《日知录》。写白折半开。晚到乾和纸店。戴妪者南昌人,来上工。读王荆公文。

十九日(3月30日)　雨,大北风,寒甚。写白折子一开。点《日知录》。读《史记·淮南王传》《韩信传》,读王荆公文。读张香涛先生《劝学篇》。

二十日(3月31日)　晴。剃头。写白折两开。点《日知录》。夜到陆聘三先生处谈良久。

廿一日(4月1日)　晴。早间翔鹄叔来言及昨晚景潘、慕韩、希原因公项传讯事,到张砚侯舅公家胡闹,砚翁固以大度处之矣。旋与合邑绅士同往过堂,经邑侯断以七件公事,归县管理,限五日内缴齐云。翔鹄因邀予往候砚翁并晤宜仲。午后在二母舅家饮,黄卓群、李鹤臣、张樾华、宜仲、予与桂轮及东道,共七人,酒阑在上房谈良久,二更回。书院甄别生员题:"海内之地,方千里者九"至"盖亦反其本矣";赋得"农人告予以春及",得"春"字。为四弟改课文及诗。

廿二日(4月2日)　阴。作课艺,属四弟为书,卷署"刘孚中",四弟卷署"刘协"。夜后同送至礼房交。翔鹄叔来坐。

廿三日(4月3日)　阴。点《日知录》。读《严助朱买臣列传》。接夔侄二月二日自浦寓寄予与四弟之信。而永弟另有信致靖伯,因伊旧欠靖债,欲令靖与予同收元酒,此大谬也。但令经手人黄耀祖,将慈房分得元酒之出息还靖可耳。予兄弟并非把持,欲多得元酒出息,因靖既非元酒子孙,若听其插入收酒,则将来总总弊端,不可胜言矣。

廿四日(4月4日)　雨。复永弟、夔侄信,共得七页,言靖伯事甚详。

廿五日(4月5日)　阴雨。翔鹄来言赵禾尚报信,前蕃嗣殿失

_____

① 即"熊芠林"。

去屏风门六扇,经人还出云。午间往揭宅坐良久,顺至城隍庙观剧。晚到集贤书房坐。夜大雨。臂痛一月之久。

廿六日(4月6日) 雨。到公义和交寄浦之信,顺往乾和、复隆和,与饶和卿、曾长春谈良久。旋往候赵端士,端士初自苏回丰也。闻刘济明同年因东乡武生自尽案,与东乡县令均大计撤任云。读张香涛先生《劝学篇》。

廿七日(4月7日) 雨。点《日知录》。晚间聘三先生来谈。夜阅《劝学篇》。

廿八日(4月8日) 雨。午间与四弟、端士、江某号松岩,印三元、张宜仲、仰卿均在翔鸪叔家饮。酒阑,端士来坐,予旋到乾和领日记本。上灯时归。阅《劝学篇》。午后大表哥来予家辞行。周兰孙见访。

廿九日(4月9日) 晴。剃头,换衣服。周兰孙来托予重书《自新录序》送来润笔四元,因邀予至天心堂敬书吕仙纯阳《劝弟文》宣纸条幅八张,其《劝孝文》则陈箓溪茂才之滨书也。予又为饶奉乾书宣纸对联,即在天心堂晚饭,并吃夜面。领回《圣谕六言解》一本,《公门果报录》一本,《资生要术》一本,《不可录》一本。与黄亚梅同进城。宜仲来辞行。聘三、芗林来访。

三 月

初一日(4月10日) 阴。晨起,与四弟往北门外祭扫伯母、五婶、大哥、镐哥停屋。午间,与四弟往冷水坑祭扫先母揭孺人墓,先室揭孺人、先大嫂邹孺人、先四弟妇饶孺人、龚侄先妻张坟前。均挂纸。予又敬诣昭公暨黄太夫人墓前行礼。旋与四弟带同新连往西山祭扫先考之墓。看山人艾老三及其妻带珠上山招呼,而该堡男妇儿童赴山领饼者约三四十人,可谓热闹之至矣。上灯时还家。接阅六妹二月廿三日上母亲禀,予旋用母亲口气致书春农,由公义和寄。述舫大表哥进京,顺游西湖,张宜仲赴汉口,与结伴同行。予先往大哥处送行,与同在吴岳母房内饮,旋往宜仲家送行,近三更归。

初二日(4月11日)　阴。晨起,乘轿与四弟同往青塘祭扫都转公、周淑人墓。四弟顺往茶亭二伯祖坟上挂纸,同在枫林墟吃饭,进城已上灯矣。读《史记》。濯足。

初三日(4月12日)　晴。到翔鹄处贺其生孙之喜。十妹来。池春、桂轮来坐。阅《劝学篇》。与四弟、十妹在母亲房谈至三鼓。

初四日(4月13日)　早晴,晚雨。点《日知录》。五毛带蕃嗣殿窃犯罗坊人魏月初来,云展限三四天,情愿将前所窃之树门、香案板、铁锅、条桌送还,姑纵之去,看伊果送各件来缴否。阅《劝学篇》竟。

初五日(4月14日)　阴。点《日知录》。写白折一开。翔鹄叔来坐。吴细毛来。昨夜四弟妇因新连支钱回家,迁怒于予,语多峣崎。今午,予与四弟剖明委曲,弟妇复出言冲撞,予见不成事体,大加斥责。家中久无是非之心,若再容忍转难安静,所谓箭在弦上,不得不发也。

初六日(4月15日)　晴。点《日知录》。夜读王荆公文。

初七日(4月16日)　晴。梳发。点《日知录》。周兰孙来邀,往天心堂坐,旋到刘舜明家饮,在座者,予与南城吴润农、同邑赵德芬、胡辑五、胡梅轩、黄鸿眉、陈菉溪及某某等,共九人。酒阑,到翔鹄叔处坐。夜读王荆公文。内子以《春日杂咏》诗三首见示,因步韵云:"琐窗尽日醉春醅,驱却闲愁去复来。蜂自无聊蝶无赖,东风底事遣花开。""舣棱回首记前因,肯把浮云幻此身。九十春光等闲度,男儿何处答君亲。""自惭故态垢车茵,岂必桃源学避秦,相对牛衣良不恶,小桃花下雨初匀。"

初八日(4月17日)　雨。点《日知录》。阅林乐知、郑昌棪所译《格致启蒙》。午间邹元芳与王仁俚来言,伊等明日起程,往泰州迎接班侯家全眷也。

初九日(4月18日)　晴。与四弟、万弟各乘轿诣循吏公、赵太淑人、林孺人坟上祭扫。四弟、万弟顺往茶花庙赵家山上挂纸。予即回至傅桂俚家,折得廿四年围圈租钱即回城。访翔鹄叔未晤。与芹孙、昌寿象棋。夜池春来坐。阅《格致启蒙·天文》。

初十日(**4 月 19 日**) 阴。换衣服,剃发。挑牙虫、眼虫。熊芗林来领横披,予并以洋镀金寿星及京料帽珠送其子。晒寿屏。夜阅《格致启蒙·天文》。

十一日(**4 月 20 日**) 大雨。点《日知录》。读《东方朔传》。十妹回去。夜阅《格致启蒙·天文》竟,并阅《地理》。

十二日(**4 月 21 日**) 晴。点《日知录》。读《霍光传》。写白折一开。夜阅《格致启蒙·地理》竟。

十三日(**4 月 22 日**) 晴。点《日知录》。午与四弟往鲁家为霭伯之继祖母炷香,即在彼吃饭。到八姑婆处坐。夜到晓湘书房,为人书折扇二柄。旋到揭宅,在二母舅房坐,并到十妹房坐,并吃饭。刘冬生、周兰孙送《自新录》来。

十四日(**4 月 23 日**) 竟日雨。点《日知录》。内子归宁。阅《格致启蒙·化学》。

十五日(**4 月 24 日**) 阴。点《日知录》。阅《格致启蒙·化学》。

十六日(**4 月 25 日**) 晴。点《日知录》。阅《格致启蒙·化学》竟。

十七日(**4 月 26 日**) 晴。剃发。点《日知录》。晚间与四弟同在兴祖家饮,在座者,予兄弟、翔鹄叔、吴掌生、吴老三、兴祖之妻兄赵贞孙、赵文靖贻孙、兴祖之襟兄江如松,共九人。阅《格致启蒙·格物》。书院出案,得失不足计也。予因悟作文之法,凡作文最忌如题敷衍,所谓挨着城下打仗是也。能手胜人处,只是以我驭题,而不为题所束缚。是故题之散者整之,题之繁者简之,题之幽者显之,题之枯者华之,题之板者活之,题之重者轻之,题之直者曲之,题之小者大之,题之滞者巧之,题之难者易之。相题命意,总贵立异,立异便能生新。场屋中千人角艺,舍"新异"二字,别无制胜之术。凡一题到手,解清题旨,且不要为他所吓,先求此题新异处何在。此时须置身题外,着眼题巅,将题之全神罩住,然后隐以时事,泽以诗书,上下古今,纵横议论,使一枝笔在手,竖住扑倒,横穿巧射,无不如志,斯为神乎技,自能令阅者格外夺目矣。

十八日(4月27日)　晴。点《日知录》。府试吴爱林第一、鲁守华第三、陆季鲁第十,往三家道贺,即与聘三先生畅谈良久。臂痛渐愈。阅《格致启蒙·格物》。

十九日(4月28日)　晴。点《日知录》竟。此书自起手点勘以来,将近十年。中间南北奔走,作辍不常,仅得其半,去腊至今,始竟其事。甚矣,读书之难,以予之鲁钝,乌足言学,亦聊以自遣云尔。阅《格致启蒙·化学》及《格物》。有大星在亢宿间,其色黄,疑是土星。

二十日(4月29日)　阴。濯足,换衣服。吴爱林持扇面来求予书,为写隶书。晚间到监司第坐,睹大表哥新买之妾邓采莲。旋到芎林处坐。五舅母初自省回,往候之。惊闻许中丞仙屏先生在奉新冈嘴头本籍病故,但不审是正、二月某日耳正月初八日。忆自丁酉三月十日,予叩辞先生于粤抚署,赠别勤拳,五中铭泐。嗣闻先生因裁缺请假回里,执意蜕蜓甫撤,箕尾长骑,缅惟学问、政事、人品,为学者所依归,为苍生所系命,不愧耆德名臣。至于区区感恩,知已之私,则又抒笔而不知涕之所从出也!

廿一日(4月30日)　晴。写殿试卷两开。晚间到监司第,顺往十一舅母处坐。四亦舅母及八表妹移居邓家巷新宅,旋往该处一走。阅《格致启蒙·格物》。四弟见仙洲家信,述及春农接初一日母亲口气回伊之函,乃肆口詈予兄弟,此大不近人情,虽然,预人家事,本不易也。前所云疑是土星之大星,今夜十一点三刻观之,行至天心,正在亢宿之中间,如图。

廿二日(5月1日)　晴。午间到八妹处,旋到二母舅处坐良久。写殿试卷一开半。阅《格致启蒙·格物》。

廿三日(5月2日)　晴。剃发。鉴园祠春祭,予主祭昨钱一百八十文,文江叔、仪可通唱,四弟读祝、万弟引赞,兴祖、福孙歌诗,鲁瞻叔拊鼓,鼎来叔鸣金。礼毕,李桂林求予书扇,因邀桂林、文江叔、吴爱林来书房坐,予即为桂林书折扇二柄,团扇一柄。十一叔婆、养民叔夫妻及其幼女,由同榜第移居周家大屋正厅东边,予与四弟往候之。夜,芗林叔、陆聘翁来谈。阅《格致启蒙·格物》竟。

廿四日(5月3日)　晴。吴岳母头痛,往省之。熊三姊因沽酒,留予在二母舅处饮。

廿五日(5月4日)　阴。早间与兴祖往周家为培孙之妻炷香,即在彼吃饭。写殿试卷一开。读《近思录》。

廿六日(5月5日)　阴雨。写殿试卷一开,白折子一开。读《近思录》。阅《格致书院课艺》。

廿七日(5月6日)　雨。写殿试卷一开,白折一开。读《近思录》。阅《格致书院课艺》。

廿八日(5月7日)　阴。写殿试卷一开,白折一开。读《近思录》。兰亭太太、彦生以次来谈伊家事,两造均无悔祸之诚,故不易排解。阅《格致书院课艺》。

廿九日(5月8日)　雨。写殿试卷两开。张阶符之长子再曲续娶云湖叔之长女也,往贺之,即在彼吃饭。到监司第一走。阅《格致书院课艺》。

三十日(5月9日)　晴。做墨盒。杏衫来谈。晚间到张阶符家饮新房酒,回顺道至端士家一坐。读《近思录》。阅《格致书院课艺》。剃发。

四　月

初一日(5月10日)　晴。写殿试卷两开。为鉴安书折扇。接班侯侄三月十五日泰州来信,云已定于三月廿九日动身返里,系坐民船。夜到揭宅,赵腾士为其次侄来要抱龙丸。

初二日(5月11日)　晴。写殿试卷一开。彦生殴其婶,兰亭太太拦舆控官,差拘,赵腾士、檀峰来言之。此事非彦生诚心求了,族众未易调处也。晚间往访翔鹄叔,值其举办生孙汤饼之筵,留予饮。在座者:吴凤笙、赵端士、贞孙、张中元、炳元李婿、李遐昌,予与兴祖,共八人。酒阑回,与四弟在母亲处谈良久。午间延侄女来。

初三日(5月12日)　晴。早间,彦生婶来请予兄弟出身了伊家事,予恐彦生反复,尚未轻许。写殿试卷一开。晓湘来求书折扇。午后彦生婶复来,因今日卯期,恐兰亭太太催官堂讯,则彦生不免吃亏,情愿一切听中人约法。既而卢敏卿、齐吾叔又持彦生致予与靖伯、文江之信,云所有田屋契据,经众交出,现在所住之屋,亦愿书立空屋限字,恳向三婶处急为调和云云。既而赵檀峰、文江叔复来,力邀予为调处。因与四弟、檀峰、靖伯、文江、敏卿、齐吾往衙前同晤兰亭太太,伊诉说彦生殴之伤重,积年欺侮,今日惟凭官作主。同人闻伊言语,俱莫进言。予告以彦生立刻空屋,并缴田屋等契借票销去,听凭奎官之岳丈赵景盘传管;又奎官兼祧兰亭公为孙,于继约上加族众花押。又,今年奎官谷中出息,立即放钱,赶办祖父以次九棺窀穸之事。如此,于大事既可结局,而彦生又觌面负荆请罪,似于情理两得其平。兰亭太太虽未明许,而意似稍回。予因急邀靖伯、文江、檀峰、敏卿、腾士等往见赵景盘之太太,恳其揽承奎官并禀官,交与各产业,景盘太太意似稍允。予等旋到差房与彦生再三约法,亦无异词。予遂归,且看彦生家先空屋出,然后遵行,其余所谓一了百了,非如曩者纸包火故事,倘彦生悔祸未深,或仍任意游移,予则再不稍参末议矣。

初四日(5月13日)　晴。彦生婶复屡次来催,为了结讼事,予因为拟一息讼禀稿。彦生家既已空屋,并将奎官所应得之屋及屋契、田契理清。赵棣轩、文江叔、卢敏卿等均在场。赵景盘旋来书房,予等因劝其领承奎官等事,景盘力辞不允。既而闻兰亭太太催讯,邓邑侯堂谕将彦生管押班房,候处惩之。彦婶情急,复来求援予等,不得已往邀靖伯叔公。齐吾叔等觅兰亭太太而不得,则诣门稿处嘱其转饬班房,勿遽滥用私刑。复到景盘家劝领奎官,景盘诉出不能遽领实情,知不可相强矣。夜与文江到敏卿书房。内子回,带来吴太岳母送予之烙饼五格。

初五日(5月14日) 阴雨。赵芹野伯母、显哉哥嫂、彦生婶同来,托了彦生一案。予既誊正息讼禀稿,即与文江叔、靖叔公、赵腾士、卢敏卿同往兰亭叔婆处,为彦生叔缓颊。兰叔婆因积年被彦生欺凌过甚,又助彦生为恶之人过多,公道是非,全然扫却,触恨方深,不禁和盘托出。物极必反,势所必至,予是以舌敝唇焦,尚无回意。或谋族众联名,权将彦生保出,此非为人息事,适愈酿祸,予不忍昧心出此也,因正言谢之。窃念彦生夫妇及彼党,均无悔祸之诚,第欲借中人肩过此事耳。宜其不能感动,如果真诚悔祸,则彦婶须向兰叔婆苦求,奎官归兰叔婆传管,其房屋、田产契据等项,一并归伊掌领。彦生须寄语如此,并允当堂出结,庶足平兰叔婆之心,然此非中人所能出口,勉强令为之,则何益矣。予察彦婶意颇不愿,是以不敢出口。恐兰叔婆之于彦生,终欲得而甘心也。

初六日(5月15日) 阴。彦生婶又来要禀稿,欲用金蝉脱壳之计,予告以无益,因明言须自己诚心向兰叔婆苦求,诸事唯命云云。而彦婶尚无肯意,吾未如之何也已矣。午到赵杏衫处,旋往晓湘书房晤章老三、黄桂山、刘楠圃。旋往十妹处,吃晚饭即回。彦生婶、杏衫、腾士、卢敏卿约明早邀同刘氏族众,复往兰亭太太处。

初七日(5月16日) 晴。更正族戚调处息讼禀稿,复与杏衫、文江叔、四弟、敏卿往兰叔婆处为彦生缓颊,尚无回意,且言彦生积欠钱粮,应先完纳,免将来奎光受累云云。此等题目,更难了事矣,予等因至赵显哉家回告彦婶,俾知中人之力尽智殚也。

初八日(5月17日) 晴。剃发。为王馨生襟兄书笺联。写寸楷两张。腾士、杏衫、敏卿以次来。晚间与杏衫、四弟到承发房,危炳告知今早彦生由门上递禀,控兰亭太太之内侄,并洗清欠粮云。夜阅《格致书院课艺》。

初九日(5月18日) 雨。腾士、敏卿谋为彦生递公禀,不免袒护,但禀中言予于此事向不与闻,刘江氏既不情愿故未列名,以致引退云云。写殿试卷一开，白折一开。读《赵充国辛庆忌传》。阅《格致书院课艺》。

初十日（5月19日）　雨。写殿试卷一开，白折一开。阅《格致书院课艺》。

十一日（5月20日）　阴。写殿试卷两开。先曾祖循吏公《六九轩算书》，予向有原印本，为狄绩堂借去，不可复得矣，惜哉。兹将旧藏钞本谨装订之，以便点读。阅《格致书院课艺》。吴岳母送炖鸡及猪心来。

十二日（5月21日）　晴。四弟往建郡应科试，令车夫伭来西斋，而予为之课读。写殿试卷一开。点读《六九轩算书》。阅《格致书院课艺》。

十三日（5月22日）　雨。广昌谢益升来访。往鲁家为鲁祝封之父炷香，即在彼处吃早饭。到陈祠回看谢益升。点读《六九轩算书》。阅《格致书院课艺》。

十四日（5月23日）　雨。点读《六九轩算书》。阅《格致书院课艺》。

十五日（5月24日）　雨。点读《六九轩算书》竟。鲁四表姑母七旬寿辰，往贺之，即在彼吃面。阅《格致书院课艺》。

十六日（5月25日）　早晴，夜大雨。点勘《万国舆图》。接六妹初七日来信，并寄母亲及予茶叶各半斤，又寄四弟回饼，均由仙洲处寄来。夜阅《格致书院课艺》。

十七日（5月26日）　早晴晚雨。推勘《万国舆图》英里比例尺。夜因看书口角，甚无味也。剃发，濯足。

十八日（5月27日）　阴。点勘纪慎斋大奎《笔算便览》。接五弟本月朔日袁浦来函，云班侯欲借上厅东边房子，伯父已允之矣。函内并有五叔父于二月内由严归里之说，未审果否。此信另录，由班侯带来，班侯于三月廿九日动身。吴子谷十三婶之女廿日出阁，午间在伊处吃起厨饭。

十九日（5月28日） 阴，颇寒。先曾祖循吏公所撰《筹表开诸乘方捷法》自序小引云："开方之法，古书所载仅及五乘，多不著算例。《同文算指》具七乘，立论苟简，语不达理。《少广拾遗》增为十二乘，所列开方大法稍明括矣，然算例不立标题，学者多致眯目。是编筹表兼用，例必标目，绎例展表，缕析条分，百乘方尽于此矣。以幅隘，表不毕具，具十六乘方得若干例如左，如欲更开多乘方，则但于表之上层增横格，多一横格即多开一乘方。开方之法，至是乃大备，艰深者之自文也。"

孚周略知笔算，每欲从事于此，苦无师承。今点读《六九轩算书》竟，虽其中理趣颇多未达，似亦微有领悟。因就循吏公所造开十六乘方已下诸乘方表，照原式减横格八层，其廉积行亦照原式减半，只存十八行，用朱画于小木板；为开八乘方已下诸乘方表，并用白木制开方筹，至八乘方筹为限，又添制筹至十六乘方为限。又制笔算小筹，为廉隅共法用也。从此庶可稍自练习，以窃守高曾之矩矱，此正如学佛者，闻佛在西方，则出门西向而笑，而未经慈航接引，终隔重洋几万里也。贺吴子谷太太女出阁之喜，早晚均在伊家饮。熊桂轮来。

二十日（5月29日） 竟日雨。画开方表。十妹来。夜读王荆公文。

廿一日（5月30日） 竟日雨。校对开方表。晚到火巷张祠对面进贤人辜万波小木店，议做各筹及盒子。夜与十妹在母亲房谈。

廿二日（5月31日） 早晴，夜雨。制开十六乘方表。

廿三日（6月1日） 竟日雨。读王荆公文。

廿四日（6月2日） 竟日雨。大水至书房门外三层石阶上。十妹回。到翰墨斋界开十六乘方表，自填写之。八妹着人来请予阻水，未往。读王荆公文。夜雨尤大。

廿五日（6月3日） 阴。晚间到八妹处，为致书仙洲，并为写寄仙洲之母舅夏老三良叔信，即在八妹处饮。

廿六日（6月4日） 晴。剃头。内子偕熊三姊、大表嫂、端甫少奶诣西林寺、天心堂、西台山、崇真寺等处朝神。读《王荆公文》。

廿七日(**6 月 5 日**)　晴。芝林来坐。到翰墨斋黄台森界开方筹及笔算小筹。四弟自郡城归。

廿八日(**6 月 6 日**)　晴。到翰墨斋界开方筹。赵杏衫来谈。阅《格致书院课艺》。

廿九日(**6 月 7 日**)　雨。填写笔算筹。装订《辑古算经考注》及图草。万弟、鉴弟来。阅《格致书院课艺》。

五　月

初一日(**6 月 8 日**)　阴。填写开方筹。齐吾叔来。阅《格致书院课艺》。

初二日(**6 月 9 日**)　晴。奎师属为鹤庭书团扇,又为齐吾叔书团扇。所制各筹自油之。阅《格致书院课艺》。

初三日(**6 月 10 日**)　晴。读《周礼》大司徒土圭测日景及保氏教六艺诸注疏。阅《格致书院课艺》。

初四日(**6 月 11 日**)　晴。章晓湘迁居于濠口,往贺之,即在彼饮。酒阑,到揭监司第一行。吴爱林来坐。

初五日(**6 月 12 日**)　晴。剃头。为吴爱林之友人揭步嵩书名片,又为劢侄书折扇。桂轮、池春来。腹泻头晕,略饮数杯即睡。

初六日(**6 月 13 日**)　晴。腹泻稍愈矣。池春来坐。

初七日(**6 月 14 日**)　晴。奎光与其寄母汤婆婆来言伊家事,予不欲与闻之矣。章吉生别八年矣,新自汉口归,今午来访,畅谈良久始去。为内子鉴定挽南城刘九小姐诗。

初八日(**6 月 15 日**)　阴。重界开十六乘方表,及开八乘方表。吴硕侯送揭步嵩名片润笔来。新县令李印澂履任。湖南人,号幼安。

初九日(**6 月 16 日**)　阴。令赵禾尚送予名片,往县署谢步并道喜。陆聘翁来谈。填写开方表。读《冬官·考工记》及《孝经》。

初十日(**6 月 17 日**)　阴。文江叔来邀同理奎光家事,婉谢之矣。接四月廿九日春农寄予与四弟信,内附敬叔叔一函廿八日,言仙洲于四月廿一日三点钟,由夏宅动身赴沪。敬叔为经手之洋土及花衣,被其欺骗而去云云。噫!人之无行,一至此耶?

十一日(6月18日) 晴。晓湘来。芎林来,即与同往陆聘翁处坐。介祖叔来。八妹、十妹来,与同在四弟处饮。

十二日(6月19日) 晴。沐浴。连日油①开方表,殊不易易也。

十三日(6月20日) 晴。剃头。阅《格致书院课艺》。

十四日(6月21日) 晴。写小楷。读王荆公文。

十五日(6月22日) 晴。晨起,往章锡斋葆元生药店回看章吉生,未晤。顺道访晓湘,未晤。写殿卷一开。点勘《笔算便览》。阅《格致书院课艺》。

十六日(6月23日) 晴。写殿试卷一开。阅《格致书院课艺》。

十七日(6月24日) 阴。写殿试卷一开。阅《格致书院课艺》。

十八日(6月25日) 晴。写殿试卷三开。贵溪武进士刘清,将往广东投督标过此,借住转角祠,闻欲张罗,谈何容易,且其行踪诡秘,恐别处遣散游勇,为此假托耳。点勘《笔算便览》。

十九日(6月26日) 晴。写殿试卷两开。严六三姑丈来请予明日往伊家为清理屋业事。夜到翔鹄叔处,又到芎林处,顺道揭宅,二更回。

二十日(6月27日) 阴晴。写殿试卷一开。午后与鉴安同往严六三姑丈家,因六三出典屋业与胡洵臣姻伯,予与鉴安、揭舒之、严翁如、长庚、用康等均在场花押,即在严家晚饭,并代六三向洵臣请益,已诺之矣。回城与四弟、十妹在母亲处谈。

廿一日(6月28日) 晴。写殿试卷两开。闻邹元芳回丰云,镐嫂全眷由省坐抚船,现约至抚郡一带。狄曼农师现在泰州住家云。

廿二日(6月29日) 晴。写殿试卷两开。内子归宁。十妹回。

① 原文如此,疑为"界"。

邹元芳来。予与四弟因同巡看政房屋宇,令周木匠为修理云。阅《格致书院课艺》。

　　廿三日(**6月30日**)　晴。写殿试卷三开。阅《格致书院课艺》。与四弟同收五弟信,由鲁守华带寄。

　　廿四日(**7月1日**)　晴。写殿试卷两开。池春偕刘蔚林凤起,改名凤更,又字未林来坐。蔚林就李幼安大令书启馆,新自南城来也。阅《格致书院课艺》。英以三尺为一码,每一英尺合中尺二尺五寸,每一码合中尺七尺五寸。二百码即中国一里,计英尺六百尺,合中尺一千五百尺。中国三里为英一里,是一英里计英尺一千八百尺,合中尺四千五百尺。若六千码乃中国之三十里,即英十里,计英尺一万八千尺,合中尺四万五千尺也。

　　廿五日(**7月2日**)　晴。写殿卷三开。勋民叔来,谈同榜第典屋事,予力劝其保守祖业,勿为人所算谋,此最要也。

　　廿六日(**7月3日**)　晴。写殿试卷一开。阅《格致书院课艺》。剃发。

　　廿七日(**7月4日**)　晴。写殿试卷一开。张樾华之子游泮,启送。午后,往吃起厨饭,顺往县署回看刘蔚林,未晤。夜到揭监司第,三更后归。刘益书老伯送七旬寿序来,曾仲成所作者。

　　廿八日(**7月5日**)　晴。写殿试卷一开。新县令李公观风题有拟曾文昭公肇《北山庄七律》原韵,池春以字来托,予查新旧县志皆不载,我家无文昭集,遂不可考矣。后查此诗,载新《县志》卷十五"古迹"类。文江叔、陆桐叔来。阅《格致书院课艺》。

　　廿九日(**7月6日**)　晴,午后得大雨一阵,爽甚。芎林来坐。写殿试卷一开。班侯侄、镐仲哥嫂、鹤伯哥嫂、班侯之妻及其子、舜仪之妻均由建郡乘轿回家。舜仪、怀孙坐车,明日方能到。伊处房子尚未修好,均在下厅及万弟处安歇。班侄与予同榻。

　　三十日(**7月7日**)　晴。内子回。午间舜仪、怀孙到。予与四弟请鹤嫂、镐嫂全眷饮。国房房子尚未修好,且不够住,即借伯父向所住房间下榻焉。班侯交来五弟信。

六 月

初一日(7月8日) 晴。吴子谷太太女婿胡芹孙请予在芸园饮新房酒。保彦生,保腾士迭次盗予名具控,殊属可恶。

初二日(7月9日) 晴。剃发。盗名一事,传闻之误。

初三日(7月10日) 晴。剃发。到张宜仲家饮会酒。旋往回看刘益书老伯,仲成先生同在彼谈。夜到揭宅。

初四日(7月11日) 晴。罗拜卿来,求予书团扇,并为拜卿之子纪南书折扇。国老亦太连日来因南城酒租完粮事,与图差构讼,然须鉴安出身,方有把柄,否则讼无益也。

初五日(7月12日) 晴。写殿卷一开。观刘未林之妻孙以繁遗诗。夜与班侯谈。

初六日(7月13日) 晴。写殿卷两开,白折一开。观泰和女士孙以繁填词。

初七日(7月14日) 晴。写殿卷两开,白折一开。江勖旂早间来。文江叔、吴爱林、池春晚间来。

初八日(7月15日) 晴。十一舅母于思补居新设祖先堂,予与四弟往行礼。予旋往监司第交熊三姊会银十一会,即在吴岳母处饮,二母舅处晚饭。农田望泽甚,再不雨恐早收大歉也。

初九日(7月16日) 晴,大热。翔鹄叔、班侯以次来谈。畹芳不晓事,痛责之。

初十日(7月17日) 晴。晨起上街。午间章吉生来坐。农田望雨久矣,午后得雨一阵,无济于事,然天气稍清爽,殊快人意。晚间往荣茂回看吉生,已回杨家港去矣。访晓湘亦未晤。

十一日(7月18日) 晴。检看关书屋契。夜与四弟及班侯兄弟谈。

十二日(7月19日) 晴。剃发。写上厅柱联、门联。写殿卷一开。二母舅来坐。各处佃人陆续报荒。

十三日(**7 月 20 日**)　晴。写殿卷两开。邑尊上军峰求雨。

十四日(**7 月 21 日**)　晴。翔鹄叔来谈伊家事,予以谚语"不痴不聋,不作阿翁"之说进之。添制笔算筹。

十五日(**7 月 22 日**)　晴。到笔店修笔。写殿卷一开。

十六日(**7 月 23 日**)　晴。写殿卷一开。晚到池复泰。

十七日(**7 月 24 日**)　晴。为兴祖改课文。不雨奈何。

十八日(**7 月 25 日**)　晴。议定元酒收租章程,婆俚、耀祖在场。镐仲哥嫂、班侯均屡向予说拟令怀孙从予读书,即在圆门间坐,兹择定二十日开学云。早收竟无望矣。

十九日(**7 月 26 日**)　晴。连日患暑,头痛晕,闻痧药末稍可。

二十日(**7 月 27 日**)　晴。益书老伯送寿屏来求予书。池春送字课属予甲乙之,即留池春早饭。万弟四旬生辰,请予与四弟、班侯兄弟等均在上厅饮。怀孙侄十六岁来开学。剃发。

二十一日(**7 月 28 日**)　晴。昨夜复闭暑气,今晨闻痧药始痊可矣。阅字课。

廿二日(**7 月 29 日**)　早晴,午后西南风,大雨半时之久,暑气顿觉消减,愿每日得此甘澍一阵,于晚稻庶有济乎。芗林、聘翁来,谈良久乃去。班侯兄弟留介祖叔、翔鹄叔饮,予与四弟皆在坐。

廿三日(**7 月 30 日**)　早晴午雨。午间池春请饮酒,在座者:刘蔚林、赵腾士、端士、张苣叔、中元、揭阶平、熊桂轮、予与东道,共九人。酒阑,顺道往曾仲成老伯处坐。旋往视延子侄女之病,已稍可云。

廿四日(**7 月 31 日**)　早晴,晚间雨,至夜天气颇凉爽矣。池春来领字课去。正任邑侯邓印宣猷,明日起程进京,差帖来辞行,予即以送行名片令号房带去。

廿五日(**8 月 1 日**)　阴雨。新任捕厅汤承嵩来拜,旋令赵禾尚送片答之。晓湘、吉生来,因邀至东门外饮,酒阑,往五甲观剧。

廿六日(**8 月 2 日**)　晴,午后得微雨。江勖旃来坐。

廿七日(**8月3日**)　晴。二母舅生日,早间予与内子均往吃面,酒阑,予即回。班侯之子小狗病颇剧,夜间命道士作法,俗所谓"抢魂"是也。

廿八日(**8月4日**)　早晴,午后得雨一阵。剃发。

廿九日(**8月5日**)　晴。赵大姑婆百岁阴寿,予兄弟与班侯、怀孙均往行礼,午后即在奎师家饮。陆聘翁令其子桐叔来请予于初二日往伊家饮。内子回。

七　月

初一日(**8月6日**)　阴雨。写寸楷。陆桐叔来。

初二日(**8月7日**)　阴。写寸楷。陆聘翁令鲁季来请予饮,文江叔旋来邀予同往,在座者刘未林、文江叔、揭阶平、池春、予与聘翁及其子桐叔,共七人。酒阑,予与聘翁谈至上灯,聘翁告云:天心堂《自新录序》,乩仙或判刊或判不必刊,至予所作序,则判云"汝等知之乎,此序无平字,是药也,非病也"。噫! 予不能文,不意蒙乩仙奖誉若此,力自警惕,敢不勉诸!

初三日(**8月8日**)　晴。写寸楷十余张。邑令李公请予明日饮,谢之。益书老伯来催予写匾。怀孙往路口去矣。

初四日(**8月9日**)　晴。写殿卷三开。文江叔来邀予明日至鉴祠饮。

初五日(**8月10日**)　晴。写寸楷八张。午后往鉴园祠饮,文江叔作东,予与刘未林、赵慕其①、揭阶平、赵景虞、陆桐叔均在座。

初六日(**8月11日**)　早晴,晚间得雨一阵。写寸楷两张。为益书老伯写寿匾"椿荫绵长"四大字。夜阅《格致书院课艺》。

初七日(**8月12日**)　阴。李鹤汀之子李贵生来,言及先严旧借鹤汀银二十两,见月一分息,于光绪十四年经举弟手书立借票,故兹

---

　①　即前文之"赵慕祁"。

特持票相示,意欲索还此款。予对以顷者非还债之时,将来倘力能及此,自不待言也。贵生与举安岳丈系同高祖兄弟云。怀孙回书房。班侯、舜仪均来谈。晚间到益书老伯处。夜雨颇凉爽。

初八日(8月13日)　早晴,午间得雨一阵。写殿试卷三开。夜大雨。阅《格致书院课艺》。

初九日(8月14日)　微晴,上灯后大雨。写白折子两开。剃发。读王益吾先谦所选《续古文辞类纂》。

初十日(8月15日)　阴。早晴夜雨。写白折两开。十一母舅明日五旬阴寿,伊家延僧礼忏,今午予与四弟往吃斋饭,上灯时回。予因受寒,大吐,始觉爽适矣。

十一日(8月16日)　阴。写白折两开。午间与四弟往十一母舅家行礼,在彼吃点心,并吃晚饭,上灯后归。到延侄女处,伊病已痊矣。

十二日(8月17日)　微晴。写白折两开。五叔由严州至玉山,初自玉山归,上灯时予与四弟、兴祖皆往太史第候之,谈良久回。

十三日(8月18日)　微晴。写白折一开半。夜与四弟、班侯谈。

十四日(8月19日)　阴雨。写白折一开。

十五日(8月20日)　阴雨。五叔来坐。料理祖先堂前烧纸,班侯行礼。十妹来,予因请母亲与十妹同至厨房饮。予旋与四弟、十妹在鹤嫂、镐嫂处饮至夜。剃发。

十六日(8月21日)　晴。写白折一开半。

十七日(8月22日)　晴,午后得雨。写白折一开及寸楷两张。谢贻清送来邹仁甫先生寿屏求予书者,即用予款拜书。仁甫之太高祖名士授,系半园公女婿;士授之子名灿,系守谦公女婿,予款应称"姻再侄"。午间在班侯处饮,在座者江勷旃、鲁霭伯、奎师、五叔、鲁守华、吴福基子木之子,予与四弟、万弟,而班侯兄作东。五叔以西瓜见赠。

十八日(8月23日)　阴。写寸楷。读《辛稼轩词》。出课题"求之与？抑与之与？"令怀孙作起讲，予即为改之。谢贻清送来寿联款。

十九日(8月24日)　早晴，夜雨一阵。为邹仁甫先生写寿屏第一、二、三幅。二母舅忽发闭症，兼泄泻不止，予与内子均往视之，至三更后，二母舅方省事，能吸洋烟矣，予乃归。芗林来。

二十日(8月25日)　早晴，晚大雨至夜。晨起往视二母舅，已痊可矣。在吴岳母处早饭。为仁甫先生写寿屏第四、五幅。夜与班侯、四弟在母亲处谈。研墨。

廿一日(8月26日)　晴。晨起往视二母舅，即在伊家吃饭。阅六月十八日《申报》载御医所开今上脉案，脾肾二经亏极，调理殊非易易也。为仁甫先生写寿屏第六幅，并写寿联。剃头。

廿二日(8月27日)　早晴，午后大雨，至夜颇觉凉爽。为仁甫先生写寿屏第七、八幅竟。夜研墨。

廿三日(8月28日)　晴。为刘益书老伯写寿联。怀孙课题"贤者而后乐此"。夜往视二母舅，云大便带血，日至四五次。

廿四日(8月29日)　阴。为邹仁甫先生写送谢德吾联。为刘益书老伯写寿屏第一幅。

廿五日(8月30日)　阴。寿屏误写顶格，尽一日之力，截长补短，完好如初，亦快事也。夜到揭宅。

廿六日(8月31日)　晴。补写第一幅屏。益书老伯送炖鸭及肉及面。夜与班侯、四弟等谈，忽报舜仪少奶发肝气病，往视之。

廿七日(9月1日)　晴。鲁幼璞姨公于辰刻辞世，午后予与四弟、班侄往伊家行礼。为才叔书送赵某入泮联。

廿八日(9月2日)　晴。为益书老伯写寿屏第二幅。怀孙课题"见贤而不能举，举而不能先"。赵杏衫来谈良久。

廿九日(9月3日)　早晴夜雨。为益书老伯写寿屏第三幅。晚间熊三姊送予鸡一只，托吴岳母为烹饪，予即往食之，并饮酒焉。二更时归。令畹芳为研墨。

　　三十日(9月4日)　阴。为益书老伯写寿屏第四、五幅。令畹芳研墨。

八　月

　　初一日(9月5日)　阴。为益书老伯写寿屏第六、七、八幅。

　　初二日(9月6日)　晴。剃头。与五叔、四弟、班侯、舜仪往鲁家为幼璞先生炷香,即在彼吃饭。为益书老伯写寿屏第九幅。内子归。畹芳不涉世务,易招怨尤,教诫之。

　　初三日(9月7日)　阴。为益书老伯写寿屏第十幅竟。十母舅来坐,言及秋安表弟明日三十生辰,予与四弟即往贺之,在彼吃面,予旋到揭宅一走。怀孙课题"为天下得人者,谓之仁"。

　　初四日(9月8日)　阴。改课艺。午后与四弟往秋安表弟家饮贺酒。

　　初五日(9月9日)　阴。为五叔篆书"小碧玲珑之舫"。为刘万选写名片。翔鹄叔来谈,旋邀予同往容斋一行。

　　初六日(9月10日)　阴。沐浴。往班侯处谈。送寿屏还益书伯。夜到五叔处,得观《瘗鹤铭》《华山碑》。

　　初七日(9月11日)　晴。到书楼检点。上街两次。观《四书义》。

　　初八日(9月12日)　晴。早间与鉴安往乌石岗,为严弼廷姑丈炷香,在彼吃饭,旋回。顺道到杏衫、晓湘、凤笙等处坐。写白折一开。夜与四弟、班侯兄弟谈。课题"故思其次也。曰'敢问何如斯可谓狂矣'。"作起讲一。

　　初九日(9月13日)　阴。改课艺。写殿试卷一开。翔鹄叔偕吴凤笙来。夜在上厅与四弟及班侯兄弟谈至三更。

　　初十日(9月14日)　晴。剃头。午后与四弟、班侯、舜仪、怀孙往兴周叔婆家吃起厨饭。酒阑,往陆聘翁书房,谈至上灯后归。读《秋筇集》。挽许仙屏中丞联云"百蛮久自震勋名,方重简谢安,孰知蜡屐归来，竟骑箕去；一剑昔曾随使节，剩还家张翰，回忆岭梅开处，总觉魂销"。

十一日(9月15日)　雨。晨起，到庆丰源装《周甲墨成》。午与四弟、班侯等往祝兴周叔婆六十寿，在彼吃饭。夜因事口角。既往不咎，此后莫再吵闹，则合家之福也。

十二日(9月16日)　晴。晨起往兴周叔婆家吃围碟面。到益书老伯处坐。午与班侯、舜仪往视国老太太之病，顺于容斋坐。夜与班侯兄弟谈。为周开进怀宗、赵世林写名片。观顾印愚、陈伯严诗。怀侄以所作《美人风筝诗》见示，甚佳。晓湘来。

十三日(9月17日)　晴。课题"虽违众"，作起讲一。为周怀宗表弟书小条幅。到兴周叔婆家饮贺寿酒。晚间顺往揭宅坐。吴岳母以端甫信见示，并阅又春信。步月归。

十四日(9月18日)　晴。改课艺。写殿试卷一开。往问国老太病，稍可云。益书伯送来看菜全席，润笔十元。予即将酒席转送二母舅及普莹十二妹，盖十二妹出阁有期，二母舅将亲自送往宁波也。

十五日(9月19日)　阴。剃头。到五叔处坐。饮节酒后，上厅与班侯兄弟谈。读镐哥、鹤哥诗稿。

十六日(9月20日)　阴。晓湘来坐，予以许仙屏中丞书宣纸联送之。八妹、十妹来。接五弟七月十七日信，言浦上有人仰慕予品学，意欲明年聘请往浦教读，每年束脩已许青蚨二百金，尚可请益，二百金上下可得云云。此事尚须斟酌，且盘缠亦无着落也。

十七日(9月21日)　晴。陆聘翁、熊芗林来谈。五叔持汉建武《三老圹志》见示，字体仿佛《张迁碑》，国朝伊墨绥太守隶书应学此种也。写殿试卷一开。观《四书义》。夜与班侯兄弟谈。

十八日(9月22日)　晴。写殿试卷一开。课题"无恒产而有恒心者，惟士为能"。午往十一舅母、五舅父、十舅父等处坐。即在二舅父处吃饭，因桂轮之嫡堂弟某新自南昌来也，桂轮、成甫均在座。观《艺舟双楫》。

十九日（9月23日）　晴。写殿试卷半开。熊桂轮来辞行，捐县丞班，于明日起程赴四川禀到。午后予即往桂轮家饮。夜与四弟到五叔处坐。观《艺舟双楫》。

二十日（9月24日）　晴。补好《张猛龙碑》《郭泰碑》。为二母舅写折扇。申刻往送熊桂轮行，即在二母舅处晚饭。

廿一日（9月25日）　晴。写殿试卷一开半。四弟抄松门祠裔朱卷，属予圈校。改课艺。夜在班侯处观石印《三希堂帖》。

廿二日（9月26日）　晴。补好明肃藩本《阁帖》，并校勘之。

廿三日（9月27日）　晴。重订《阁帖》。班侯以所作图章见示。课题"后世有述焉"。

廿四日（9月28日）　阴。剃头。班侯、舜仪来谈。圈校松门祠裔朱卷。夜观《艺舟双楫》竟。改课艺。

廿五日（9月29日）　晴。班侯属题《兖公颂》，予因跋云："碑今在曲阜孔子庙中，按《旧唐书·礼仪志》云，开元二十七年八月制，追谥孔子为'文宣王'，赠颜子渊'兖公'。天宝元年，都督李庭诲命曲阜县令张之宏为颂，其序云：'宣王既以铭焉，兖公岂宜阙尔。'似之宏尚有《文宣颂》，特今不传耳。碑称公名'回'，字'子泉'，避高祖讳，易'渊'为'泉'。《颜氏家庙碑》'有若子泉弘都之德行'亦是也。包文该书名不著于当时，予细玩此碑，娟逸之态，霭若幽兰，竟体芳馨，令人意远，拟其品次，当在《猛龙》《仲璇》之间。包慎伯目为'骏和兼至，唐石本之恪守古法者'，故其论书绝句云：'三唐试判俗书胚，习气原从褚氏开。《兖颂》只今留片石，独无尘染笔端来。'则倾倒之至矣，班侯其宝之。"夜到班侯处谈。

廿六日（9月30日）　晴。写殿试卷一开，白折一开半。圈校松门祠裔朱卷。

廿七日（10月1日）　晴。写殿试卷一开。晓湘来谈。池春送来诸同人字课，属予为评定甲乙。夜与班侯等谈。

廿八日（10月2日）　晴。课题"为己，今之学者"。写殿卷一开,白折一开。江勚斿来坐。夜到上厅与班侯兄弟谈。

廿九日(10月3日) 晴。观《四书义》竟。写殿试卷一开,白折子一开。改课艺作起讲一。揭十二妹普莹新买一婢,请予为命名,忆张昱诗有"掌上玉鸾新教舞,云中青鸟使传歌"之句,因命之曰"玉鸾"云改名彩屏。观《吴梅村诗》。十妹回去。

三十日(10月4日) 晴。梳发。回看江勚斿,顺至揭宅坐。旋往访芗林,未晤。因到容斋一行。写殿卷一开,白折一开。圈校松门祠裔朱卷。夜读吴汉槎诗集。

九 月

初一日(10月5日) 五叔来坐。糊窗。写殿卷一开,白折一开。夜到班侯处谈。

初二日(10月6日) 晴。晨起,往班侯处观石印《三希堂法帖》,跋云:"乾隆丙寅春月,获王珣此帖,遂与《快雪》《中秋》二迹并藏养心殿温室中,颜曰'三希堂'。"按:王珣之《伯远帖》,右军之《快雪帖》,大令之《中秋帖》,皆真迹也。珣字元琳,王洽之长子,王导之孙也,洽乃逸少从弟。又观泰州黄锡朋先生葆年所作"子夏曰:巧笑倩兮"全章题文十篇。午到秋安表弟家,因黄桃芳该秋安洋边一百四十元,意图赖债,因诬所书借票为秋安伪笔,予与端士及某宏隆号钟老吉均辨明秋安字迹花押,而知黄之欺心已甚也。写白折两开,临郭尚先。吴爱林、诚甫来坐。秋安来请予与四弟明日往伊家。

初三日(10月7日) 晴。观《阁帖考正》王澍虚舟。写白折两开,临郭尚先。午后与四弟、赵端士、曾紫卿、储延、揭容卿、王道生号蕙芳、二母舅、五母舅、仰泉、秋阳均在秋安家茶叙,仍理论借票一事也。上灯时晓湘来谈。课题"恶乡原,恐其乱德也",即午评改之。夜观《世说新语补》。

初四日(10月8日) 晴。剃头。写白折两开,临郭尚先。校勘《阁帖》。午后与昨日诸公复至秋安家饮,借票之真赝已明,须调处了事也。夜往回看吴爱林。

初五日（10月9日）　晴。校勘《阁帖》。回五弟信初八日发。圈校松门祠裔朱卷。夜观《世说新语补》。读《后汉·马援传》。

初六日（10月10日）　晴。校勘《阁帖》。舜仪与亚苏叔结伴同赴广东，午间登排，予与四弟、班侯、怀孙、曼卿、守华均往送至浮桥处。回在肆中饮，顺道与四弟、班侯、怀孙登文昌阁一览。夜观《世说新语补》。

初七日（10月11日）　晴。校勘《阁帖》。夜观《世说新语补》。

初八日（10月12日）　晴。校勘《阁帖》第二竟。班侯来谈。课题"或谓寡人勿取"，作起讲五。午后曾紫卿出名请在汤祠饮，为曲全黄桃芳及秋安钱债一事也。在场中人共得三桌，皆署押释纷，此事紫卿办得甚妥当，可谓仁至义尽者矣。内子归宁。夜与四弟到晓湘家坐。发五弟信。

初九日（10月13日）　晴。阅课艺。写殿试卷一开。观《世说新语补》。

初十日（10月14日）　晴。写殿卷两开。宜仲回丰来谈，因论执笔以三指尖握管，令端正不摇，全用腕力运笔为佳。予试之，诚觉灵动，字无呆相，但须精熟耳。夜与班侯谈。

十一日（10月15日）　晴。剃头。写殿卷一开。绥伯之子中元于十三日启送兼完娶，今日起厨。午后予往回看宜仲，即在中元处吃起厨饭。观《世说新语补》。

十二日（10月16日）　晴。写殿卷一开。上灯到五叔处，因五叔午间来约予往谈也。获观旧拓《绛帖》大令书一册，"桓山颂，献之铭"六大字在内。又观魏碑《贾思伯》《爨龙颜》二种，《爨龙颜》道光朝出土，阮文达公总督云南时搜得者也。夜观《世说新语补》。

十三日（10月17日）　阴。早间往张家贺中元完娶之喜，即在彼吃饭。写殿卷一开。观《世说新语补》。

十四日（10月18日）　阴。陆聘翁来谈，曾仲成老伯、黄卓群旋亦来,因言及邑侯李幼安印澂,欲举办保甲,拟官绅合办,仲成老伯意欲邀予入局,予婉辞谢之。予岂自了汉哉,诚以世道人心有难焉者,与其旅进旅退,而无益于时,徒为粉饰之具,不如自重之为贵,龃龉之咎,又奚辞哉。校勘《阁帖》第三竟。夜与四弟、班侄同往张中元家饮新房酒,二更后归。

十五日(10月19日)　阴。校勘《阁帖》。写殿卷一开。夜到二母舅处谈,因知《申报》载:淮扬道谢福元已于七月间被议开缺。

十六日(10月20日)　阴。校勘《阁帖》。午后回看仲成老伯,在彼晤美尊及文江叔、晓湘,因与同往一亭公祠卓群书房稍坐,旋又回至赵杏衫处坐。予因顺道访陆聘翁,谈良久,上灯时归。

十七日(10月21日)　阴。读曾文正公文。午后五叔来邀予与班侯往容斋,观《般若碑》。包慎伯云:“此碑浑穆简静,自在满足,当是西晋人专精蔡体之书,无一笔阑入山阴,故知为右军以前法物。拟其意境,惟有香象渡河已。平原、会稽各学而得其性之所近,反复玩味,绝无神奇,但见点画朴实,八面深稳,更无欠缺处耳,古今第一真书石本。”又观《礼器碑》韩敕、《石门颂》杨孟文、《敬使君碑》显俊、《马鸣寺根法师碑》。夜在上厅与班侯、怀孙饮,四弟亦来,谈至三更。申刻胜祖邀至伊家一坐。

十八日(10月22日)　阴。课题“令色,鲜矣仁”。校勘孙渊如先生《寰宇访碑录》。写殿卷。班侯侄为予作选字印。四弟、劻侄均感冒,似微有疟意。夜观《世说新语补》。

十九日(10月23日)　阴。写殿卷两开。五叔持来《敬显俊碑》在河南长葛县赠予,《根法师碑》赠班侄。才叔来。

二十日(10月24日)　晴。赵杏衫来谈。改课艺。

廿一日(10月25日)　晴。剃头。为四弟隶书折扇。夜与四弟、班侯、怀孙、鲁守华、吴石头、李芹孙同往张中元家饮新房酒,宜仲、海筹皆【在】座,三更回。傍晚晓湘来谈。

廿二日(10月26日)　阴,微雨。为武举李祥官仕英之父翌大先生排定六旬寿文。夜在上厅与四弟、万弟、班侯、怀孙谈。

廿三日（10 月 27 日）　阴雨。校勘《阁帖》。跋薛稷拓定武《兰亭》。按：定武在今奉天府铁岭县北。课题"静"，即评改之。夜与班侯同到五叔处，观颜鲁公《祭侄季明文》及《争坐位帖》。长年新连回家，令蕃嗣殿庙子陈奀俚顶工八都墟人。

廿四日（10 月 28 日）　阴。写殿卷两开。才叔来。五叔持来《孔羡碑》见示，魏黄初时梁鹄八分。夜到揭宅十二妹、十妹、吴岳母等处坐。

廿五日（10 月 29 日）　阴。写殿卷一开余。调印色。夜班侯、怀孙、四弟均来谈。怀孙举伊川先生"古者百步为亩，百亩当今四十一亩"之说相叩。因考《说文》篆书"畮"，或从十久作篆书"𤰯"，《周礼》作"畮"，他经皆作"亩"。六尺为步，步百为亩。秦田二百四十步为亩，汉因秦制，自宋迄今，因汉制，故今制每亩计积二百四十弓。六尺为一弓，即一步也。古百亩计一万步，今百亩计二万四千步，今四十一亩计九千八百四十步。加一百六十步，即万步，即古之百亩也。然则伊川所谓"古百亩当今之四十一亩"者，盖举成数言之，而亩步自秦汉以来，历代相沿未改也。夜在母亲房内坐。

廿六日（10 月 30 日）　雨。张长生之子完娶，往贺之。为李翌大写寿屏第一幅。夜观《世说新语补》。

廿七日（10 月 31 日）　竟日密雨。为李翌大写寿屏第二、三、四幅。张阶符之次子将完娶，来送斗床丸。夜到张长生之子家饮新房酒，二更后归。

廿八日（11 月 1 日）　阴。为李翌大写寿屏第五、六、七、八幅。夜与班侯、怀孙均往五叔处，获观《刁遵碑》、隋《龙藏寺碑》《半截碑》《雁塔圣教序》，并观谭统方司马临右军草帖，大令草帖各一本，精能之至，近世书家殆罕其俦。课题"必因其材而笃焉，故栽者培之"。

廿九日（11 月 2 日）　竟日密雨。早间到一品堂买墨。曾岳书来访。为李翌大写寿屏第九、十、十一幅。夜研墨，并观《世说新语补》。彻夜雨。

十　月

初一日(11月3日)　晴。为李翌大写寿屏第十二幅竟。班侯以让翁书条幅见示。五叔来借去《双钩石经》一本,《武梁祠像》一本,《天发神谶》一本。夜到揭宅,并到一品堂。畹芳不晓事,痛责之。

初二日(11月4日)　阴雨。晨起上街一走。改课艺,并作起讲三。剃头。回看曾岳书,未晤。接李舒士九月间自粤省来函。

初三日(11月5日)　阴。校勘《阁帖》。五叔来,换借双钩《华山碑》《三公山碑》各一本。予旋与班侯、四弟先后往五叔处,观石印《华山碑》。旋到八妹处。予因顺往五母舅、十一舅母处坐。班侯旋往路口去,予与五叔、四弟即往松门祠饮耐庵公清明酒,上灯时回。曾虢卿卒于途次,伊家为招魂设祭,未暇往烓香,歉甚歉甚。课题"而不足以举一羽"。

初四日(11月6日)　晴。黎明时梦有人奏,先严品学兼优云云,奉旨追封兴献侯,世袭罔替。连日于《申报》中叠见电传,予持报以示母亲,且感且泣,以为先严未得志于生前,犹邀荣于身后,诚圣慈千载之遇也,一时士大夫闻风兴起,狷薄之行咸忍洗革焉。校勘《阁帖》。改课艺。介祖叔荐泽南叔来,为元酒收上古堂头陀等处租谷,即领坐簿去。赵怀冬、揭仲甫送李翌大寿联二副来,予即为书之。内子回。

初五日(11月7日)　晴。晨起上街一走。五叔持来北宋蔡元度卜行书《灵岩寺疏》见示。熊三姊于昨日巳时生孙,晚间往贺之,顺到二母舅处谈。寿联署款。

初六日(11月8日)　晴。校勘《阁帖》。写殿卷半开。午后往张家吃起厨饭,阶符之次子未元初八日完婚也。夜到复成冬晤益书老伯。冬生闻张莲士云,狄曼农师于七月中旬仙逝,享寿八十。呜呼! 余受知于师有年矣,戊寅、己卯随侍楚卿二世兄从读书赣署,备荷栽培。丙申春间，许仙屏中丞之任粤东，邀予同往，道经双江，晋谒师于寓斋，言论风采，矍铄如往时。临别匆匆，并拜贶赐，感何如也！今夏，班侯自泰旋梓，始知师近已卜居泰州，方拟肃修禀问，不图遽赴道山。屈指生平知己如师者，岂易得哉？老成凋谢，哀恸何极！

初七日（**11月9日**）　晴暖。晨起，上街料理送张家并送熊三姊。校勘《阁帖》。泽南叔来。赵勿蝓印平官、赵春方、章锡俚出名请酒，因六寿叔补廪时，为伊等三位皆捐廪贡，所领实收两、三年，尚未换照。查知此项捐款，被经手委员侵吞，未得解部，故贡照无从领取。伊等惟六寿叔是问，因而请酒理论，予谢不往。夜与四弟、班侯、怀孙谈至三更。

初八日（**11月10日**）　晴暖。剃头。洗澡。换衣服。校勘《阁帖》。李祥官仕煐，字世臣遣人来领寿屏，予即备寿仪送之。午后往张家贺未元完娶之喜，即在彼便饭。课题"养其大者为大人"。

初九日（**11月11日**）　阴。校勘《阁帖》。口角予岂忍而为此哉！予诚愿举家相安，则幸甚矣。夜到张未元家饮新房酒。

初十日（**11月12日**）　阴。校勘《阁帖》。聘三先生来，请予翌午至伊家。晓湘来谈良久。

十一日（**11月13日**）　阴。晨起乘轿往瑶浦李祥官印世臣家，为其双亲祝寿，即在彼饮寿酒。粮捕厅、两学、城守、保甲委员咸在焉，共两席，予与捕厅汤、保甲委员谭、学师郁及张宜仲、胡绚臣共一席。回城即到陆聘翁处，陆老太爷将出殡，为书孝榜一纸，即在彼晚饭。

十二日（**11月14日**）　晴阴。校勘《阁帖》。李四孙来观舒士信，并求予为黄某写隶字题书箱者。夜在上厅与班侯、怀孙谈。

十三日（**11月15日**）　晴。怀孙课仍照初八日题，令成文。校勘《阁帖》。永安五弟由浦送大姊至苏，依印鸿三表嫂居住。永安在苏耽延五日，于九月廿六日在苏寄予一函，知印鸿回避皖省大表哥江苏候补府，廿七日启行，五弟与一同赴沪，即顺道回浦。故寄函仍劝予应前途之聘,而终不明说是何等人家,又不言寄盘费之事,似此何能遽定行止耶? 接奉狄曼师讣文,始知师于七月二十日亥时寿终泰州寓舍,鸣呼哀哉! 师有子四人,长葆勋字绩堂,早卒绩堂之子名景森;次葆贤字楚卿;三葆丰;四葆祺。夜到十妹、吴岳母、太岳母、二母舅诸处坐,阅庚春妹倩九月廿六日苏州寄家信。

十四日(11月16日)　晴。早饭后往一品堂买笔。怀孙所作"养其大者为大人"题,文甚佳。初次成文乃能如此,予为击节赏之。夜,文光持旧拓《戏鱼堂帖》两本见示,按《法帖谱系》云:"元祐间北宋哲宗刘次庄以家藏《淳化阁帖》十卷摹刻堂上,除去篆题而增释文。曹士冕云:'刘次庄摹《阁帖》临江,用工颇精致,且石坚,至今不曾重摹,独二卷略残缺。今若得初本锋芒未失者,当在旧《绛帖》之次,新《潭帖》之上。然其释文间有讹处。'陈绎曾云:'此帖在《淳化》翻刻中,颇为有骨格者,淡墨拓尤佳。'"予观文光见示之帖,乃胶墨拓,卷尾并无释文,其石比《淳化帖》高二字,刻法虽瘦健,而锋芒太露,多失真,似是木板,非石刻,岂后人又翻《戏鱼堂》者耶? 又,此帖两本中有右军《内景经》《黄庭经》《兰亭序》,唐人《十二月朋友相问书》,皆《淳化》所无,然则全部十卷参以他帖,不可胜计,其本诸《淳化》者,只十之二三,而陈绎曾以为翻刻《淳化》,岂非一孔之见耶?

十五日(11月17日)　晴。校勘《阁帖》。早间李祥官家送鱼翅席,谢不受。陆桐叔来。夜往班侯处谈。

十六日(11月18日)　晴。校勘《阁帖》。晚间到陆聘三先生家饮执事酒。张昌尔之子香九续弦,四弟、班侯、怀孙往贺之。夜间予亦往焉,至则四弟等已回,惟祥福典南城五六人及赵麟孙在焉。予与诸君拇战数巡,并食糯饭已,乃步月归。剃头。

十七日(11月19日)　晴阴。校勘《阁帖》竟。长年新连来。夜观《世说新语补》。午间糊窗户。

十八日(11月20日)　阴。校勘金刻《二王帖》及旧拓肃藩本《阁帖》。益书伯请饮屏分酒,谢不往。口角予非已甚,其如诟詈之声时闻,令人难忍何。课题"称其德也,或曰:以德报怨"。

十九日(11月21日)　晴。写殿卷一开半。午后到陆聘翁家吃起厨饭。晚到晓湘处,值晓湘患疟,兼腰痛甚剧,予旋回取狗皮膏两张送伊贴。夜顺往二母舅处,谈良久,三更后归。午后伯屏侍公、子渊叔公、李蕙孙来候,未晤。

二十日(11月22日)　晴。陆家请张砚侯先生为其老太爷题主,请予为襄题,并为知宾。晨起即往,早晚在彼吃饭,炷香后,顺到晓湘家,晓湘已稍愈矣。晚间到益书伯家吃起厨饭,酒阑,即回。夜与四弟、班侯回看伯屏侍公于容斋之前厅,文江叔、李蕙孙亦在彼谈,至三更方归。

廿一日(11月23日)　晴。晨起回看李蕙孙,未晤。因到转角祠与子渊叔公谈良久。午间到陆家拟送殡,而其时尚早,因与四弟、班侯同往益书伯家祝寿七十,即在彼处饮。酒阑,与班侯同游斗母阁。今年祭扫甘太淑人墓,养民叔家值年元酒,加轿一乘,则令怀孙去。

廿二日(11月24日)　晴。晨起,与四弟、班侯、怀孙往益书伯家吃围碟面,留予为官陪。午间始坐席,予与谭委员、陈粮厅、罗副爷、仲成先生、宜仲为一桌,共三桌。酒阑,到家一走。晚间赴严启兰之席,夜回。十妹来。陆聘翁家明日请谢劳酒,辞。朱老师号俊丞。

廿三日(11月25日)　晴。写殿卷半开。濯足。课题"不亦说乎"。午间池春来坐。夜观《篆书字法》。

廿四日(11月26日)　晴。写殿卷一开半。益书伯家请予观演戏,辞之。剃头。

廿五日(11月27日)　晴。改阅两次课艺。益书伯家彩觞,复请予官陪。早间即往伊处吃饭,既演剧,乃分两席坐。陈粮厅、汤捕厅、罗副爷、储霞舫先生、曾仲成先生及予为一席;朱老师、谭委员、杨副爷、宜仲、岳书、卓群为一席,二更回。

廿六日(11月28日)　晴。写殿卷一开。夜到晓湘家,伊所患已差矣,留予小酌,二更后回。青塘看山人邱大颠、细颠已故,现存其弟四龙及大颠之子掌桂、掌喜。今午掌桂来,留吃酒饭。

廿七日(11月29日) 晴。写殿卷两开。挽狄曼农师联云:"循良著绩,勇退乐天,继起尽翮翮,奉我公归享莼羹,得遂初心全老福;弱冠受知,壮年从学,不材真负负,念敝邑犹留棠荫,可堪堕泪读遗碑。"刘冬生来,谈屋基缪辖,前经相甫侍公朦胧出卖,现伯屏侍公将与之为难,此事卖主及原中人均不得辞其咎也。夜到二母舅处谈。

廿八日(11月30日) 晴。晨起回看冬生。课题"见牛"。带领黄耀祖往户粮房完纳本年元酒米。刘元太、刘育元、刘元林、刘博元、刘中元五户米,共六石九斗四升四合,每石米价三千五百二十三,[①]共扣钱二十四千四百六十四文,外加票钱五十五文,总付洋边二十七元,每元七三五[②],扣介九百。外找钱二百十九文。张宜仲、曾顺臣、赵杏衫来坐,予旋与同往文江叔家吃起厨饭。饭罢,到吴爱林家晤其表兄熊仲容。夜结元酒各数。

廿九日(12月1日) 晴。李琳石之老太七十八岁生日,予未暇往贺,乃备礼送之。二母舅来坐。午间往为雨农叔婆炷香,即在伊处吃饭。席设同榜第,而文江叔并借予书房坐席焉。熊仲容来,予旋邀仲容、班侯、怀孙往邀陆聘三字韵珊先生同游天心堂,获观乩仙所书"福缘善庆,龙马护卫"大字,每字五尺正方,真力弥满,笔势飞动,诚为仙品也。谭达兄、李定元送予《七持课程》一本。上灯时归。聘翁云得尧仲信,述及钦天监推测本月初五日,日月合璧,生辰联珠。惜未得先睹为快也。

三十日(12月2日) 晴。写殿卷两开。夜到翔鹄叔处坐。

十一月

初一日(12月3日) 早雨,午后稍霁。写殿试卷三开。

---

①② 原稿为苏州码所记。

初二日(**12月4日**) 阴，午后微晴。早饭后与四弟同往西山祭扫先严之墓，看山人艾老三登山照应，老三现移艾林公祠西首住矣。予兄弟于上灯后始回城。到班侯、万子、鉴安等处。

初三日(**12月5日**) 阴。晨起上街。课题"入大庙，每事问"。午与四弟往冷水坑祭扫先母揭孺人墓，先室揭、先大嫂邹、先四弟妇饶、夔侄先妻张，坟前俱挂纸。薄暮归。本日家中扫尘。濯足。

初四日(**12月6日**) 晴。晨起，与四弟均乘轿往青塘祭扫都转公、周淑人墓。四弟顺往茶亭二伯祖坟上挂纸，同在枫林墟吃饭，进城已上灯矣。

初五日(**12月7日**) 晴。祭扫循吏公、赵太淑人墓及茶花庙。赵家山系万子、班侯、怀孙往。为四弟写送守华联。带来龙到义合昌买……

(原稿缺佚数页)……
……

初八日(**12月10日**) ……言及予品学，故慎甫托五弟询予能否出门教读，言明脩金二百元，尚可请益，似二百金可得。惟前途未得予准信，故今年之师尚未辞脱，急俟予回函定夺云云。接九叔十月廿二日杭垣来函云，功班到班，委署湖州府安吉县丞，该缺分防梅溪，距县三十里，每年出息不过七八百千文。十一月二十前后，定可抵任云。午后到延侄女处，并送九叔信至小泉处，示知黄家三妹，又往国亦老太处，交九叔所上之安禀。

初九日(**12月11日**) 晴。鹤伯哥嫂、班侯夫妇及其子移居憩园，予与四弟、万弟、鉴安、兴祖等往贺之，即在彼处饮。午间，伯屏侍公、子渊叔公来坐。隶书曼农师挽联，托班侯带交楚卿。

初十日(**12月12日**) 晴。内子归宁。午间因事上街。池春来访，未晤。养民叔折六寿叔租谷被扭，十一叔婆求为之缓颊，煞是大难事。夜与四弟、班侯到兴祖家，商量只有不解解之一法。

十一日(**12月13日**) 晴。与四弟请伯屏侍公、万弟、班侯、怀孙到菜鲜馆饮。予旋到伯屏侍公处谈。两次到十一叔婆处，未晤。光民叔来。

十二日(12月14日)　晴。复九叔信，由信局寄。十妹、八妹来。鉴安偶至差房经过，得视养民叔，养民叔脱逃。柏村乃诬鉴安带廖富纵之，拘鉴安。

十三日(12月15日)　晴。班侯将出门，来辞行，予与诸兄弟送之浮桥，则排尚未开，仍回。熊三姊请会亲酒，曾岳书、柏书、献书、虞书、池春、端士及予，共七人。夜在上厅询鉴安被拘始末，乃知隶秀、柏村逼令鉴安书字据云：刘养民叔经鉴安手在廖富家带出，与廖富无涉，此据鉴安亲笔云云。如此欺侮，令人发指。

十四日(12月16日)　晴。剃头。写好告廖富私押禀帖，午间与鉴安谒见李邑尊印濲，号幼安，面诉一切，蒙邑侯允为惩办，予候至夜。饶镕经、章晓湘、朱老师印廷□、保甲谭委员号恢堂、印元瑞、粮厅陈敬斋世叔均来，今日过于急迫，予之咎也。予与鉴安乃到粮署下榻。

十五日(12月17日)　晴。陈敬斋世叔早晚备酒食茶点，情意殊殷，真挚敦笃，令人心感之至。谭委员均与饮。夜谈。补日记。半夜雨。

十六日(12月18日)　阴。早间敬斋世叔复设酒食，请谭委员及予与鉴安饮。当未饮时，谭委员与予谈及南丰盐每斤乃有四、五两沙，问何处盐好，予告以义合昌。又欲向友人借盐云云。予初不知其丢纲，后乃知俗以进贿为"调盐水"。谭委员怒予不遂所求，故堂讯时先掷签筒，保甲勇因而推翻公案以陷予，人心之险如此，皆受贿之故也。午间，邑尊李幼安大令出传讯票，略戴予禀、隶秀禀事由，观之不禁叹异。夫予禀只称"族人被养民折谷"云云，隶秀禀乃称"刘孚周与廖富挟仇，因捏告廖富"云云。夫隶秀之与廖富之与吾，孰可同语，而厚薄之分乃如是，可慨哉！既而齐集二堂，予先叩头。前日急迫之咎，邑尊令予起，乃站着。先传隶秀，邑尊诘折始末，既而诘鉴安："养民如果非尔带走，何以肯写字据？"予稍帮腔，邑尊即斥止之，乃谓此非威逼所能致。噫！是果然欤？既而略盘问鉴安欠粮若干,鉴安答以无谷无粮。又诘博元、中元、元太、育元、元林是谁花户?《日记》载完米。今年何以不完地丁?予稍诉明缘由。复诘至鉴安,因而喝押。予谓"押则俱押",则见群差乘衅团拉,予大发怒,将红帽掷去补服旋亦挤失。而保甲五、六人乃交手推翻公案向外,予当即声明"此非予所为也",又喝鉴安"予与汝两人今日当誓死于此差等!"见予声色俱厉邑尊被予痛责不堪,皆辟易退避,而吴长生、二母舅适来,予将鉴安交粮厅转瞬即回家矣。予乃径至二母舅处,而仲成先生、宜仲及诸同人以次俱来,议和议战,纷纷不一,又谓宜差为调处。噫!此役决裂,一至于此,然予于邑尊始则投契,继而两歧,夜寐思之,又觉无甚怨尤,而心仪其人,终嘉磊落光明。嗟夫!嗟夫!是予之过也,迟迟当负荆。但又怨其欲甘心于予,密成大狱,则奈何?后思之,邑尊理屈,方自惧之不暇,予不上控,则幸矣,乌能害予!

十七日(12月19日) 阴。文江叔晨来邀予,至伯屏为拟定禀稿,予见其中多饰词,不敢用,此禀幸未用,用则危乎殆哉。且静待仲成老伯及宜仲、翔谷诸公回音。

十八日(12月20日) 阴。早间到翔谷叔家。午在兴祖家饮。十六日官课题"居是邦也,事其大夫之贤者,友其士之仁者。颜渊问为邦,子曰:行夏之时,乘殷之辂,服周之冕,乐则《韶》《舞》;放郑声,远佞人"。

十九日(12月21日) 阴。接粮厅陈敬斋世叔信云:"昨同揭葵翁、曾仲翁、张宜翁、黄卓翁等先后为兄理说事体,李幼翁已深知吾兄平日为人,此不过一时气忿,激烈之语概不计较。惟图差廖富已经责打二百,并非虚语。李幼翁曾经发誓云:'未责打廖富,是混账王八',朱老师在场同听,非弟一人私言。似此是不便再求另责。至本年地丁一节,目下上宪推追迫切,不比往年,可以稍缓,务请将尊名下应完之数完纳清楚。至鉴安名下,有粮无田,自何年出售,查明禀复。有应完者,完,实不能完者,亦详禀清楚,以免后累"等语。予旋到粮厅处,又到朱老师俊承处。夜宜仲、翔谷叔来言调处等事。十六日堂讯决裂后,李桂林拦阻予,不及推跌在地,颇受重伤,两□□□。

　　二十日(12 月 22 日)　晴。冬至。转角祠祭祀,予未与祭。赵杏衫来坐,与斟酌为鉴安递禀"图差借端驾粮凭空诬陷,恳赐察核批准销案事"云云。并理清元酒、闻酒各欠数,开具清单,即留杏……
　　……

光绪二十六年庚子(1900)

十 月

(前缺)……

……

……

初四日壬寅(11月25日) ……信。夜在十母舅家饮喜酒。

初五日癸卯(11月26日) 阴。写殿……舅亦七往行礼。夜往……

初六日甲辰(11月27日) ……岳母……《万国史记》十本……

……

……

初九日丁未(11月30日) ……掌保上街备礼……卷一开,选《直墨》。……来谈……阅《万国史记》,辞邑……夜与四弟、怀侄、文江叔、赵慕其、燕孙、杜显光宝生之子等在组绥家饮新房酒,三更后归。

初十日戊申(12月1日) 晴。赵雨亭□惟喜,宜生子,□乳涓之婿持印本来托鉴定,并……均……往揭宅。二嫂之婢如意……

……

……

十四日壬子(12月5日) 晴……处谈。阅《万国史记》……

十五日癸丑(12月6日) 阴……午间予……均往杨梅坑祭扫。曾祖……曾祖妣赵太淑人、庶曾祖妣林孺人之墓。顺往茶花庙赵家山上挂纸。读《荀子》。夜与四弟、怀孙、守华、芹孙、鲁瞻叔、赵燕孙、文光等,在章某处饮新房酒。晓湘来未晤。

十六日甲寅(12月7日) 阴。官课题:孟子曰:"说大人则藐之"一章,赋得"归帆出(雾)中",得"中"字。奎师母……张尔昌来邀予与怀侄同……留吃面。夜转大北风……课文。午间黄耀祖来……

十七日乙卯(12月8日) 晴。北风大寒……如也可……伯父……

……

……

二十日戊午(12月11日) 晴。晨起……祖妣周淑人墓,四弟……亭为。二伯祖次渊公坟……枫林。吃饭上灯后,始……读《荀子》。

廿一日己未(12月12日) 晴。早饭后,予与四弟、劼侄,带掌保往冷水坑祭□先妣揭孺人之墓。先室揭氏闽莹、先大嫂邹氏、先四弟妇饶氏、先夔侄妇张氏、五叔祖、章民叔墓前均挂纸,旋往西山祭扫先考惠民府君之墓。回由西路经程山家,宜仲祖墓在此,观之。至大坪埃合道。上灯时至桥□吃粉,过浮桥回城。北门外伯母、大哥停屋,早间令四弟……纸。

廿二日庚申(12月13日) 晴。早间□□一走。午间晓湘令培桂邀予到伊家……益书□□吃起厨饭,盖益书继室于廿四日出殡……自□东回丰,往桥下候之。夜往揭宅,十……下得去否耳。彼妇之口颠倒是非黑……鉴哉。

廿三日辛酉(12月14日) ……锡嫂处言事。午与四弟、仪可、怀侄往……室灶香□□在彼处吃饭。与五叔同桌。因为人说赁勋民叔屋,予以勋民叔□弃世未久,不忍令他人入室,且同榜第乃我家祖业,为子孙者……撑一日则尽一日之心,若稍避嫌怨,而坐令实逼处此,上何以对祖宗,中何以对勋民叔,下何以对引孙也? 写《觉源寺募捐序》,刘舜明创办,序文则晓湘所作也,培桂来领去。

廿四日壬戌(12月15日) 晴。早间到婆俚店。午到十妹处,

旋到八妹处谈,即在八妹处晚饭。仰泉葬其妻于裴家窠祖山之左,而
庾春即在该祖山之右。为二舅父、舅母卜兆。晚间归,予因至仰泉书
房稍饮。夜阅新译《三洲游记》……廉所著。

廿五日癸亥(12月16日) 晴。早间往……慕韩家,为其尊甫
旭之先生炷……五兄……嵋襟兄来丰入赘,借寓熊祠……作陪。柳
溪交来戴妹倩德生,号友生,又……之信。到正民婶处坐。夜与……

廿六日甲子(12月17日) ……课……闻一以知十,赐也闻一
以知二。子曰:弗如也……到难……吴九太子俊姻丈,率其子康甫、
珠甫来坐。往张巨能太……厨饭。晚间到熊祠与边柳溪昆仲谈。夜
作课文。

廿七日乙丑(12月18日) 晴。往张家,为巨能太太炷香,在彼
早饭。熊芗林偕边柳溪来。怀侄约往观马鞍寨坟地。怀侄等先往,
予一人由水北磨坊一路去。该处距城十五里,至则倩牧童引导,山上
路径崎岖,又多礧块碎石,殊难行走。陈兰亭副将元尊之父云华,葬
山顶钳穴中,左右卫沙拱立,局势权奇,诚妙境也。迤东数百步则守
华、怀孙所采之处,该处土粗糙,两沙及对案亦觉稍偏,不如陈墓整齐
矣。回□已上灯。夜作试帖并写卷。剃头。

廿八日丙寅(12月19日) 晴。雾……舅母妗阴寿,伊家延僧
作功德。往行……吃素粉……十一舅母处要来斑色猫儿。

廿九日丁卯(12月20日) ……桥下回看吴珠甫。午到慎庐。
李……母挽联,请予为书之。内子回。

三十日戊辰(12月21日) ……每口,人之无良,一至于此,于我
究何伤哉……殊不可……嫂、鹤嫂、八妹、十妹等处。到慎庐完刘方
利、方丰、方享……子年米八石四斗九升一合,每石米价三千五百廿三文①,
共应二十九千九百十四文,加□钱卅三文,以洋边折缴,每元九百〇

---

① 原稿以苏州码记录。

四①,共去日本洋边三十三元,找典钱一百十五文②,交鄢炳手收。转角祠习礼,在祠晚饭并吃面。

十一月

初一日己巳(12月22日)　阴。晨起,在家吃糯饭。傅鹿林、周才庆两表叔均来,因留饭。转角祠祭祀,予主祭,礼毕饮酢。觅得佳猫。写送边松嵋襟兄联,又为吴珠甫书联。为家舜明书蜡笺条幅,为江松岩书宣纸中堂。晚间与怀侄到江松岩家吃起厨饭,顺往揭宅一走。

初二日庚午(12月23日)　晴。午间与□侄同往江家,为松岩之祖母烓香,在……芗林托予为熊默庵公祠书篆联、隶联各一副。内子……

初三日辛未(12月24日)　……于明日出阁。早间剃头毕,即往伊……书泥金扇面二。在松门祠晚饭,习……一舅母家店业,有南城某强赁,昌平……为□处,且□此两天,稍暇再理论。

初四日壬申(12月25日)　晴。松门祠冬祭,予主祭,礼毕饮酢。揭十二妹借十一舅母处作新房,午间往贺之。到太史第问国亦老太太之病。晚间在松门祠饮主祭胙酒。夜与四弟往揭宅观闹新房,三更回。

初五日癸酉(12月26日)　晴。午到尚义祠一走。晚间胜祖绅组请吴九姻丈子俊,及其子珠甫,而请傅旸谷、吴掌生、鲁守华、胡某及予与四弟作陪,二更后方罢。庚春请饮,谢之。

初六日甲戌(12月27日)　晴。晨起,到尚义祠,询知傅鹿林表叔已补老人就养之缺。五叔持示送陈粮厅寿联。庚春偕松嵋襟兄

---

①　原稿以苏州码记录。

②　此可核算:八石四斗九升一合,即8.491石,每石3523文,共计约29914文;再加□钱33文,则为29947文;日本洋边每元折904文,29947文则正好折为33元洋边,余115文。

来。晚间与四弟同往聂培□家饮新房酒。夜到揭宅,并到熊祠与边柳溪谈。

　　初七日乙亥(12月28日)　晴。午间到揭宅,旋与边松嵋及庚春、池春、衡士……宜仲之席。与庚春同来,夜到揭宅酌……子俊姻丈及其子珠甫,回至来龙处议……

　　初八日丙子(12月29日)　……忙请客,午后饮至初更方罢。在座者边□□□子俊姻丈、边松嵋、张宜仲、熊艻林、吴珠甫、章晓湘、绅组,予自作东道,文江叔有赴席之约而竟不来。

　　初九日丁丑(12月30日)　阴。内子昨日回家,今午复往揭宅,因十一舅母请酒也。十妹亦归去,予因商之十一舅母加请,十妹遂与揭十二妹晤面,从前嫌隙,一旦雪消冰释矣。然非调停得体,恐两造意气未易处平也。午前文江叔、文光均来坐。刘莘田来访未晤。

　　初十日戊寅(12月31日)　阴。粮厅陈敬斋世叔七旬寿辰,晨起与四弟往吃围碟面。十月十八日寄伯父禀及附片共一总包,递至九江退回,因信在总包之内,有碍邮政新章也。不得已换过包面外封,另作信函,均由公义和原局递去。夜阅新译《三洲游记》。

　　十一日己卯(1901年1月1日)　阴。剃头。午后庚春来坐,旋赴熊艻林之席。在座者,边柳溪、松嵋、赵杏衫、檀峰、张尔昌、揭庚春,予与东道,共八人,二更……倠前月中旬扬州来函,言夔倠既至扬,复回浦,因……凶何如也。夜阅新译《三洲游记》。

　　十二日庚辰(1月2日)　……新译《三洲游记》竟。此书所纪路程,自广东至……改由散西巴尔舍舟陆行,一年之中所历各地,按图查□□□雪田为麦西登文案,而麦西登实丹国简驻散西巴尔德亚拉之领事,故既至散西巴尔以后□纪,即到领事任后纪游之笔,不然岂有时经两载尚滞征途之理,阅者慎毋为雪田所瞒过。午后往揭监司第饮新房酒,旋到十妹新房一坐即回。赵文辉姑公之第三子三狮新娶妇,夜往贺之,顺在翔鹄叔处稍坐。

　　十三日辛巳(1月3日)　微晴。阅《万国史记》。怀倥课题"孔子,圣之时者也,孔子之谓集大成"。福孙来。午后赴禄生饮酒之约,请催者有误,遂未与饮,一饮一啄,莫非前定,信然! 夜为吴岳母写寄端甫信,为大姐写寄小山信。三更后大雷雨。

十四日壬午(1月4日)　阴雨。将予所有图章印出,福孙所托者也。夜到揭宅一走,内子交来红绿帽花盒子。

十五日癸未(1月5日)　竟日雨。边柳溪、松嵋来辞行,庚春、池春、晓湘均……戴慎先德生妹倩信,托边柳溪带交。晚间与……溪、松嵋在庚春处饮。彻夜密雨。

十六日甲申(1月6日)　……溪同弟松嵋夫妇旋宁波,予与庚春昆……排。大表哥两位亦太太及其子女等往苏,尔昌□□□。内子回。

十七日乙酉(1月7日)　阴。为芗林书《熊氏重修宗谱序》。夜间芗林自来领去。艾德棠之子讲诗来。

十八日丙戌(1月8日)　阴。到铜店一走。选《直墨》。赵雨亭持图章石来请予鉴别。阅《世说新语补》。遣品官往荷庄,半途回。

十九日丁亥(1月9日)　阴。剃头。校阅《万国史记》。夜阅《世说新语补》。遣瞿庆孙往荷庄送信,并挑谷一担来。

二十日戊子(1月10日)　阴。遣庆孙之弟老伮,往荷庄送信并挑谷来。校阅《万国史记》。午后雨至夜,天气颇寒。阅《世说新语补》。

廿一日己丑(1月11日)　竟日夜密雨,大寒。校阅《万国史记》。夜往视文光之病,在伊家坐良久,三更时归。阅《世说新语补》。

廿二日庚寅(1月12日)　阴。改课文。夜苍佩叔来邀予与四弟、怀侄往视文光。……黑色,是肾亏已极,病入少阴症,颇不轻。考少阴居……枢,有寒有热,今文光不寐、脉洪是为热……芩汤及大承气汤主之。予等坐至三更乃回。

廿三日辛卯(1月13日)　……改课文。为曾质似书宣纸条幅,芹孙代求者。夜□翔鹄叔处谈。

廿四日壬辰(1月14日)　微晴。赵雨亭来谈良久。雨亭性好骨董字画,虽初学未有门径,然意尚诚恳,不同躁妄之士。昨有水鸭无数,自南而北。今午复见水鸭自北而南,约数十万,飞蔽云天,羽声簌簌然震耳,咄咄怪事。改课文。阅《世说新语补》竟。夜雨。

廿五日癸巳(1月15日)　阴。写大字数张。晚间到文光处,伊病渐已痊可矣。读王荆公文。

廿六日甲午(1月16日)　阴。五叔、翔鹄叔、庚春先后来坐。校阅《万国史记》。黄耀祖来结数。读王荆公文。

廿七日乙未(1月17日)　阴,北风颇寒。剃头。校阅《万国史记》。读荆公文。

廿八日丙申(1月18日)　阴。濯足。校阅《万国史记》。夜与四弟、怀侄到正民婶处,讲论引孙家事。

廿九日丁酉(1月19日)　……寒。校阅《万国史记》。午后到揭宅,知张氏二舅母于……为大姊写复小山信。读《战国策》,又读……

十二月

初一日戊戌(1月20日)　雨。校阅《万国史记》。读《战国策》。

初二日己亥(1月21日)　阴。南海孔君昭焱编《中西四千年纪历》,条领虽备,稽核尚劳,予为详编,取便翻检,因命之曰《中西纪历详编》,手自抄之。刘家岭本家昆山、谨庠、敬恒午间均来坐。夜到李蕙孙处回看昆山,旋往傅祠回看谨庠、敬恒。

初三日庚子(1月22日)　阴雨。抄《中西纪历详编》。怀侄课题:"矢人岂不仁于函人哉"。午间上街一走。晚间池春来谈。

初四日辛丑(1月23日)　阴。抄《中西纪历详编》。五叔以所书刘某寿屏见示。夜与怀侄谈,并观其所作消寒诸诗。夜大雨。

初五日壬寅(1月24日)　阴。抄《中西纪历详编》。为赵世祥写名片。

初六日癸卯（1月25日）　阴雨。抄《中西纪历详编》。赵珊耕送条幅来求予书。

初七日甲辰（1月26日）　阴，大寒。抄《中西纪历详编》。五叔来谈。

初八日乙巳（1月27日）　阴雨。抄《中西纪历详编》。写条幅。

初九日丙午（1月28日）　……剃头。午到揭宅一走。抄《中西纪历详编》。……耕先后来。夜与怀侄往五叔处，观李……虚舟临《圣教序》，回到二嫂处坐。

初十日丁未（1月29日）　……雨。到晋吉祥一走。午间因二舅母百日，往桥下店灵前……回。抄《中西纪历详编》。畹芳自初八日胃气痛及呕吐连朝，今日稍痊可。

十一日戊申（1月30日）　阴。抄《中西纪历详编》。陆韵珊先生遣其子桐叔来，约予于十三日饮。怀侄以所作古诗见示，笔意开展，甚佳。夜谈至三更。

十二日己酉（1月31日）　雨。抄《中西纪历详编》。怀侄持示王子安所作《佛成道记》。

十三日庚戌（2月1日）　雨冰子，大寒。陆桐叔、鲁季先后来，庾春亦来谈。午后与韵珊先生、垂组兄同往桥背汇和通饮。陆耆伯告知引孙顽皮，予因面命引孙，恳切劝诫之，夜后方入席。在座者：予与芗林、李定元、周兰孙、刘垂组、陆韵珊、盖予兄弟及韵珊之长子耆伯。予饮甚醉，盖予相送回来都不知也。

十四日辛亥（2月2日）　阴。抄《中西纪历详编》。芗林以熊氏谱序见示，并送润……旋与芗林同往韵珊处谈。

十五日壬子（2月3日）　□□寒冻。午间到芗林处谈。抄《中西纪历详编》。……陵来函，惊悉诜亦娘于是月初十日病故……年，安详真挚，举家无闲，兹忽溘逝，殊可……怀伤感，更将何以为情耶？兴伯表弟由京至金陵……同往浦，亦有信来，述及遭拳洋构难之劫，备极流离辛苦，惟家口尚平安，亦算不幸中之幸耳。到二嫂处谈。

十六日癸丑(2月4日)　晴,大寒冻。早间到五叔处谈。午带掌保到义昌合购香烛等物。抄《中西纪历详编》。戌初二刻,予与四弟、怀侄行迎春礼。耳根不静久矣,能无动气。

十七日甲寅(2月5日)　晴,严寒。抄《中西纪历详编》。

十八日乙卯(2月6日)　晴,尚寒。濯足。剃头。鉴园祠冬祭,予主祭。曼卿弟自浙江安吉县梅溪署回,知九叔已留任云。国房补办循吏公祭扫酒席,晚间补办博元酒、清明酒,早晚予均在上厅与饮。抄《中西纪历详编》。

十九日丙辰(2月7日)　晴。奎师、池春来坐。晓湘来领舜明条幅。早间循吏公冬季挂纸饭,晚间补办清明酒五桌,予均与饮。抄《中西纪历详编》。

二十日丁巳(2月8日)　阴。补办中元酒、清明酒,予未与饮,因熊三姊十三会予与宜仲……饮会酒,并缴银五两。文光来。抄《中西纪历详编》竟。……源装订书。阅课文。宜仲来访,未晤。

廿一日戊午(2月9日)　……接九叔十一月廿九日梅溪来函,寄五叔及予……并附来浙藩批准留署牌示稿。夜与四弟在母亲处,畅谈族间诸事。

廿二日己未(2月10日)　阴。到晋吉祥及复成冬,旋带信局人往李小泉处,为九叔开销信资。旋往访晓湘未晤,即到义合昌买枣糕等食物。夜到李芹孙处谈。读柳文。

廿三日庚申(2月11日)　阴。到庆丰源。黄瑞卿表妹倩送束脩来,坐良久去。阅《万国史记》。二更时醉司命。读柳文。

廿四日辛酉(2月12日)　晴。午后,山长罗绪武先生通知往书院茶叙。万弟写信寄九叔,予附数行。怀侄写信寄班侯,予与四弟附上伯父请安帖子。夜在晓湘处谈至三更后方归。读柳文。

廿五日壬戌(2月13日)　晴。晨起,与四弟敬悬先严、先慈遗像行礼。午后小年,循家例茹素。午间到揭宅,并到尚义祠,阅《万国史记》。

廿六日癸亥(2月14日) 阴。晨起到尚义祠为河东危黄氏,危家福之妻写保结。午……次子邀予往伊家饮,至则始知仰宾老伯阴寿,因行礼……谢贻清、陈某法卿、邓竹等。酒阑,与掌峰谈良久回……恩科,并补庚子正科乡试,壬寅一并举行会试。

廿七日甲子(2月15日) ……上街购各物件。阅《万国史记》。夜阅《格致书院课艺》。

廿八日乙丑(2月16日) 阴。刘家岭昆山遣使送予大禾米糍、油圆、糕饼等物。阅《万国史记》。夜到揭宅,大嫂出示印兄信。夜阅《格致书院课艺》。

廿九日丙寅(2月17日) 晴。剃头。濯足。阅《万国史记》。晚间到宜仲处未晤,旋至家垂组兄处茗谈。选《直墨》。

三十日丁卯(2月18日) 晴。阅《万国史记》。神龛前、先严慈像前、蕃嗣殿、灶神前,予均以次行礼。饮年酒后,与四弟、万弟、怀侄到正民婶、五叔、鹤嫂等处。夜在上厅掷骰状元筹。

光绪二十七年辛丑(1901)

一 月

　　光绪二十七年岁次辛丑元旦建戊辰(2月19日)　晴。天微明，予与四弟、万弟、怀侄、劼侄，接……门神，出行至蕃嗣殿行礼。回至祖先堂及各影像前拜年。因遂家中团拜。竟日往城内外各亲友处拜年，县署及粮捕厅、两学皆来拜，送名片答之。

　　初二日己巳(2月20日)　阴。起牙牌数，上上、中平、上中，其词云"瞻之在前，忽然在后，种瓜得瓜，种豆得豆"。阅《万国史记》。到各处补拜年。读柳文。阅《格致书院课艺》。

　　初三日庚午(2月21日)　晴。宜仲、黄添俚、罗绪武先生、五叔、庚春以次来。晚间与母亲、四弟、绅组均在二嫂处饮。夜到揭德俚家观马灯。内子往揭宅。

　　初四日辛未(2月22日)　晴。晨起回看刘舜明，旋在庚春家饮。旋与四弟在绅佩叔家饮，甚醉。午后到介祖叔家，又到宜仲处未晡，回看鲁霭伯。

　　初五日壬申(2月23日)　晴。早间卓群谈良久。午后宜仲、杏衫来访。晚间正民婶来，因留饮。阅《格致书院课艺》。

　　初六日癸酉(2月24日)　晴。为宜仲作阳文图章一方，"春在先生杖履中"七字。……宜仲处均未晡。靖伯与吴少香吵闹，五叔、吴芹香先后来……而已。内子回。

　　初七日甲戌(2月25日)　……带夑俚上街购买各食物。到八妹处，知其……甚剧，托予为请晓湘诊视，仰泉因留予早饭。晚间家中饮酒,正民婶、二嫂、舜仪少奶、怀侄、劢侄、班侯之子、延子之女、母亲及予。夜复到八妹处,其女尚未愈。旋到十妹处谈,二更后归。

初八日乙亥(2月26日) 晴。晨起往八妹处,伊长女病状似有转机。剃头。闻靖之妻侮辱国老太,而靖复宣言于其子,岂知"萧同叔子非他,寡君之母也",欺人与甘受人欺,厥罪均焉,曷胜长叹!午后到张宜仲处,得宋乐史《广卓异记》二本。旋往卓群、杏衫处,未晡,即往刘福清及仲成老伯处稍坐。夜与内子、四弟在上厅掷骰。

初九日丙子(2月27日) 晴。午后庚春来,因留饮。夜与内子、四弟在上厅二嫂处掷状元筹。

初十日丁丑(2月28日) 晴。阅《万国史记》。夜往八妹处,伊长女病已痊可六七矣。旋往十妹及吴岳母处,带回客腊十四日揭十二妹宁郡与内子信。

十一日戊寅(3月1日) 阴。午到揭宅。阅《万国史记》。秋安表弟次子满周,予……永曾、紫卿等均在伊家饮。夜与怀侄畅谈。

十二日己卯(3月2日) ……上街一走。午后与内子、四弟、绅组、怀侄等在上厅……元筹。新任县令朱印士元号幼庄,浙江湖州府人,于初九日接印,今午……送片子答之。

十三日庚辰(3月3日) 阴。晨起带掌保上街,料理送吴太岳母寿礼,盖明日八旬诞辰也。阅《万国史记》。午后在宜仲家饮,翔鹄、庚春均在座。夜到吴岳母处一走。

十四日辛巳(3月4日) 阴。早间往监司第,祝吴太岳母寿,与四弟、绅组均在彼吃面。阅《万国史记》。

十五日壬午(3月5日) 阴。剃头。阅《万国史记》。祖先神龛前、先严、先慈像前,灶神、蕃嗣殿均予行礼。饮元宵酒后,与内子、四弟、怀侄等,在二嫂处掷骰,用围筹。

十六日癸未(3月6日) 微雨。阅《万国史记》《格致书院课艺》。二姊、十妹均来。

十七日甲申(3月7日) 晴。阅《万国史记》。午后与熊苎林往游天心堂,堂后迎仙楼初结构,规模宏壮,洵称大观。堂中众首士留予与芎林及饶元卿饮。酒阑回,经凤笙书房,略坐片刻,即往奎仲师处祝寿明日七旬诞辰,在彼吃面。阅《格致书院课艺》。

十八日乙酉(3 月 8 日)　……往奎仲师家吃围碟面。阅《万国史记》。才叔……片。晚间到城隍庙观演剧。怀侄于江勘旂□持来王夔石协揆文韶与其次公子书,言两宫西幸事颇详悉。当夫仓皇蒙尘,扈从寥落,流离颠沛之状,实为中国之奇变,抑亦千古所罕闻,凡我臣民,宜何如怆念国耻,戒覆车而亟求振兴乎! 夜阅《格致书院课艺》。

十九日丙戌(3 月 9 日)　晴暖。阅《万国史记》。国老太来谈伊家事,局外有难以参末议者,故谨谢之,弗与闻。往观仙洲之次女病,已痊可强半矣。在吴岳母处饮,旋往城隍庙略观演剧,即回。读去年十二月行在上谕,有云"丁戊以还,伪辩纵横,妄分新旧。康逆之祸,殆更甚于红巾。迄今海外逋逃,尚以'富有''贵为'等票诱人谋逆,更借保皇保种之奸谋,为离间宫廷之计。殊不知康逆之讲新法,乃乱法也,非变法也。该逆等乘朕躬不豫,潜谋不轨。朕吁恳皇太后训政,乃得救朕于濒危,而锄奸于一旦,实则剪除叛逆。皇太后何尝不许更新,损益科条;朕何尝概行除旧,酌中以御,择善而从,母子一心,臣民共睹。今者恭承慈命,一意振兴,严祛新旧之名,浑融中外之迹。是宜……简任贤能,上下交儆"云云。

二十日丁亥(3 月 10 日)　阴。怀侄来开学。阅《万国史记》。午后与四弟往十一舅母处饮新年酒。与鉴安谈太史第事,机械之险,令人可怕,所贵有卓识以烛之,定力以持之,咬牙耐贫,跳出圈外,方能百炼此身,成铁汉也。赵宜生令其子雨亭来,请予廿三日饮。

廿一日戊子(3 月 11 日)　阴。阅《万国史记》。絮絮聒聒不休,殊令人恼。夜在晓湘处饮。

廿二日己丑(3 月 12 日)　阴。晨起到揭掌峰处,誊勘英国字母大小草。掌峰旋来谈,庚春亦来。大姊来。庚春属为二母舅书神主。

廿三日庚寅(3月13日)　晴。剃头。庚春来。午与文江叔、赵杏衫、少白、罗和卿,赴赵宜生之席。夜阅《格致书院课艺》。

廿四日辛卯(3月14日)　竟日密雨。与万弟校勘九叔所编之《翻切指掌》[①]。选《直墨》。

廿五日壬辰(3月15日)　阴雨。与万弟校勘《翻切指掌》。乾房惠臣来,言伊叔焕台有与为难之处,拟请酒理论,予劝其不必,仍托人向焕台处转圜为是。写殿试卷一开。选《直墨》。

廿六日癸巳(3月16日)　阴。怀侄课题同文。午后到揭掌峰处谈。晓湘托予为书英法字母大楷、小楷、大草、小草四种,夜间送往伊处,值其出外,晤伊妻……谈良久。因将字母由蒲成转交。予旋到攀桂观马灯戏。

廿七日甲午(3月17日)　晴。写殿试卷一开。揭四俚叔自上海回丰,早间来坐。阅《万国史记》。转角祠习仪,文江叔代献,予在祠晚饭,并吃面。怀侄夜课题"出于枑,龟玉"。县考定于二月十五日云。

廿八日乙未(3月18日)　晴。转角祠春祭,予主祭,文光、集贤分献。饮酸后,往揭重俚酒店,回看揭四俚表叔,未晤,即回。写上伯父安禀,由信局寄。为怀侄阅课文,夜课题"二女,百官牛羊"。

廿九日丙申(3月19日)　阴。晨起送寄浦信,交信局。回至家中,则接阅夔侄新正初五日来函,惊悉伯父大人于元旦寅时仙逝,呜呼痛哉!来函云:伯父大人自去岁十一月初十日诜亦娘病故,异常伤感。十二月廿二日,卓兴伯偕班侯自金陵至浦,伯父极其喜悦,与之谈往昔事,辄至夜分,毫无倦态。又料理过年各事,虽细物,必问及。廿九日谢兰阶妹倩自苏回浦,伯父因之想及诜亦娘,不禁痛哭,然随即谈笑如常。是日晚间,微觉两胁疼痛,服药见效。次日,照常起坐,

---

①　是书全名为《翻切指掌空谷传声》,日记中作《音韵辨似翻切谱》,又作《翻切谱》《反切谱》等。详情见本书前言。

敬神时犹肃衣冠,至堂屋受家人辞年之礼。又与兴伯表弟谈故事数
则,始团坐过年,遍尝肴菜,并吃饭少许。饭后略坐,即就寝。寝一时
许,又起大解一次,并……等早睡,自云我亦思好睡一刻。是夜,因守
岁,夔侄、五弟均□□□兴伯、班侯,团坐堂屋,闻伯父睡声甚酣畅。
至三点钟一刻,犹呼夔侄至前,云思茶吃。即泡茶一杯进之,喝半杯,
问永安出行否,问夔诗何以尚不睡。夔侄即回问,现觉舒服否?自云
较前稍好,惟两胁尚痛耳,言后仍就枕。夔侄亦至里间榻上稍息,旋
闻呼夔侄小名者三,夔即奔至床前,即不能言语,惟呼声如梦魇,略闻
喉中痰响,遂瞑然长逝矣。呜呼痛哉!身后棺衾一切从丰厚。拟满
七后,二月底即扶柩回丰云云。

予于壬辰、甲午、戊戌三次进京,皆绕道至浦省视伯父,盘桓旬
月,仍折回沪上航海。伯父每见予来,极为欢悦,予亦依依恃言笑,如
曩在徐州从学时。每促装告辞,则伯父蹙然不能舍,予重以家累,每
以不能长侍伯父为歉,犹幸岁时出门,得一展谒,而今已矣!念父辈
同怀俱逝,罔极之感,触绪兴悲,不知涕之所从出也!午间,予与四弟
敬备祭菜一席,设伯父大人灵位于中厅以诜亦娘附焉。通知大姊、二姊
服属人等,即日成服且哭焉。行礼毕,即以祭菜请奎仲师、五叔、储德
兴妹丈、揭庚春妹丈、绅组、鉴安、怀侄等便酌焉。

二　月

初一日丁酉(3月20日)　阴。伯父五七,与大姊、二姊以次行
礼。松门祠习仪□□□□献,予在祠晚饭,并吃面。池春来。怀侄夜
课题"而后其食□□□"。

初二日戊戌(3月21日)　阴,晚间微雨。剃头。松门祠春祭,
予主祭,集贤、文光分献,礼毕饮酸。到揭宅一走。夜与怀侄往祠饮
主酒。选《辛卯直墨》竟。怀侄夜课题"织席以为食"。

初三日己亥(3月22日)　竟日密雨。写复五弟、夔侄信,由信
局寄。伯屏侍公之仆陈姓来,传述六妹家近状平适,予即挥数行致春

农妹倩，仍由陈仆带交次日取回。夜读欧阳文忠公文。

初四日庚子(3月23日) 阴。为黄瑞卿表妹倩评阅课艺，即出课题二，交揭昌平表弟带去——"而耳顺七十""则知求之，有放心"。午后与四弟均在揭述舫大表哥家饮。夜读欧阳文忠公文。

初五日辛丑(3月24日) 晴。写殿试卷一开。庚春来。阅《万国史记》。怀侄课题"顾鸿雁"。

初六日壬寅(3月25日) 晴。鉴安为其庶母李亦太太出殡，予等均往烂香，即在伊家早饭。为人代作挽二母舅联三副，一用伊胞侄、述舫、印鸿、小山口气；一用伊外孙、熊桂轮、杏官口气；一用伊妹倩、谭厚之先生□□□庚春所托者也。

初七日癸卯(3月26日) 竟日雨。伯父六七，与大姊、二姊以次行礼。怀侄夜课题"白雪之白"。五叔持所作联见示。

初八日甲辰(3月27日) 雨。评阅怀侄三次课文。

初九日乙巳(3月28日) 阴。挽二舅父联云："生平真古人直谅之遗，化鹤怅飞仙，对乌衣巷口斜阳，也同子舍衔悲，招魂忍赋；追随于宦海沧桑而后，乘龙惭故我，剩白傅堤边旧梦，试与中闱回溯，有泪如丝。"午后送黄瑞卿课文，到十一舅母处，即与瑞卿谈良久，并到庚春处一行。怀侄课题"颜渊善言德行"至"皆有圣人之一体，冉牛、闵子"。

初十日丙午(3月29日) 晴。严启兰之弟秋富十二日出殡，午间往伊家吃起厨饭，顺在竹家巷①观傀儡戏。剃头。晚间到绅组处。接五弟、夔侄客腊来函。

十一日丁未(3月30日) 晴。早间与四弟均往严家烂香，在彼吃饭，顺到揭宅一走。旋与晓湘回到衙前游览，因遂往晓湘处谈，借得广学会李提摩太《舆地图》，校勘家所藏者，原图横直墨点各记号，照式画绘，而用朱笔代之。

---

① 即"祝家巷"。

十二日戊申（3月31日）　晴。为二母舅作墓志铭，用予口气，晚间即送交庾春。在□□□回经城隍庙，正值演剧，五叔亦在彼观，与坐谈良久乃归。

十三日己酉（4月1日）　晴。校勘舆地各图经纬度数，并校勘英国比例尺。夜二嫂、大姊、二姊来。朱邑侯定于十五日县考，怀侄将往应试，与谈论一是。伯父满七，午间行礼。

十四日庚戌（4月2日）　阴。晨起与四弟、揭阶平均往庾春处，为二母舅书挽联、孝榜等，早晚均在伊家吃饭。回家嘱怀侄检点场具。旋到黄瑞卿、绅组处送场。夜复往揭宅，为吴岳母写寄端甫信。四更时送怀侄刘怀、绅组刘孚闲、黄瑞卿黄廷瀚进场。

十五日辛亥（4月3日）　晴。早饭后往庾春处，为二母舅书祭幛大字。晚间往书院亭子上，接怀侄、胜祖①等，近二更时方出场，即在上厅饮。场中首题"不知也，知其说者之于天下也"；次题"愿为圣人氓"；赋得"家家卖酒寒食近"。怀侄场作，首篇空灵有法度，次兴会淋漓，均如初拓兰亭，恰到好处，隽才也。闻洋人又欲甘心于鹿传霖、德寿、余联沅、余诚格及某，此必中人有中伤之而假手于洋人者。念寿平师前为御史，忠鲠敢言，继放广西思恩府，未到任即丁忧，今忽遭此平地波澜，令人悒悒。噫！节义之士而居此世，其能免者几□□□□胜慨哉！

十六日壬子（4月4日）　晴。午间与四弟复到庾春处，为二母舅书祭幛各款。夜怀侄来谈。

十七日癸丑（4月5日）　阴。李慎孙送场作来，求为评阅。揭四俚表叔来，予因邀往肆中饮。旋与同到武庙看戏。揭阶平为二母舅书墓志铭，而予为之篆额。内子往揭宅，夜间予亦往一坐。

十八日甲寅（4月6日）　雨。为黄瑞卿廷瀚改课艺。到衙前看挑牌。校勘舆图。绅组、李芹孙送场作来阅。二母舅化灵屋，往行

---

① 即"绅组"。

礼。接边松嵋襟兄瀹勤宁波府来函。夜与庚春等谈至三更方归。剃头。

十九日乙卯(4月7日)　阴。校勘舆图。到揭宅为二母舅祭幛署款。县试出头场案,黄廷瀚三牌,刘怀五牌,刘孚闲六牌。未刻与四弟往松门祠饮清明酒。四更时与四弟送怀侄覆试,绅组未进场。

二十日丙辰(4月8日)　雨。县试初覆题:"如磋";"思乐泮水,薄采其芹",赋得"得失寸心知",得"知"字。怀侄上灯时出场。

廿一日丁巳(4月9日)　阴。接十二日刘苕生名淇,现就江西柯巽庵廉访馆自江西臬署来函,附二月初一日永弟浦寓来信班侯、兴伯均有信与怀孙云"择定三月初五日为伯父设奠,初七日发引全□□□回籍,由浦中大江船径达章门,再由省城换小船回里,计四月□□□丰"云。到黄瑞卿处阅场作。竟日在庚春处。夜,怀侄来畅谈。

廿二日戊午(4月10日)　晴。二母舅于廿四日出殡,今日起厨。内子及畹芳先后均往揭宅,予亦早晚在彼饭,上灯时与怀侄同归。夜剃头。

廿三日己未(4月11日)　阴。为二母舅炷香,竟日在彼陪吊客。县试出二场案,刘怀三牌,黄廷瀚点。

廿四日庚申(4月12日)　阴,午间得雨。二母舅出殡,送之。县试三场题:"五百年必有王者兴"至"夫天未欲平治天下也";"孟太后题诗叹君岭,赋以'西风'二字,仿佛可识"为韵,赋得"侧身西望涕沾裳",得"裳"字。夜近二更,接怀侄场,怀侄赋甚佳,可望前列。畹芳归。

廿五日辛酉(4月13日)　雨。阅《万国史记》《格致书院课艺》。

廿六日壬戌(4月14日)　竟日密雨。写殿试卷一开,评阅怀孙所做赋。县试出三场案,刘怀头牌三十四名。晓湘以字来约予夜饮,陈法卿、荣卿、吴凤笙均在座,二更回。

廿七日癸亥(4月15日)　阴雨。末场在县署覆试:福祸福无不自己求之者、禄禄足以代……、寿仁者寿、喜喜而不寐。二十名前加面试一讲,题中皆寓"进"字。□□□与四弟送怀侄进场,既而汤牧堂邀予至杜祠唱茶。午写殿试卷一开。庚春来,知印峰哥署建德县,庚春旋邀予往酒肆饮。予旋诣衙前接怀侄场。

　　廿八日甲子(4月16日)　阴。早间与四弟、才叔往河东黄家堡,为黄母周孺人炷香先祖妣之内侄女也,即在伊家吃饭。旋与四弟往冷水坑祭扫,先妣揭孺人墓、先室闽莹、邹氏大嫂、饶氏四弟妇、先爕侄妇张氏坟前均挂纸焉。回城后即与四弟往北门外伯母及大哥停屋前挂纸。夜大雨达旦。

　　廿九日乙丑(4月17日)　阴。傍晚得大雨。早饭后与四弟步行往西山苏家窠先严墓前祭扫,行礼毕,带掌保由西路回,途中遇雨,泥泞载道,殊觉行路难也。书房前桂树结子。

　　三十日丙寅(4月18日)　阴,夜得大雨。剃头。午后赴庚春兄弟之席,予与四弟、赵腾士、端士、揭蓉卿、阶平、某某、某某等。内子归。

三　月

　　初一日丁卯(4月19日)　阴雨。县试出正案,徐沐霖案首,刘怀列三十六名。吴珠甫四兄有信来,求予隶书"退一步想山房"横额,又为宏昌号□□□陈拱宸书名片。九叔寄万弟函,附来填词数首,嘱予□□□,五叔来谈。夜为瑞卿改课艺。

　　初二日戊辰(4月20日)　阴雨。黄瑞卿课题"饮水曲肱",赋得"每依北斗望京华"得"依"字;"蟛",赋得"岁易俭为丰"得"丰"字;"生乎今之世",赋得"诸公尚守和亲策"。午间在群芳斋桂孙处阻雨。池春来,嘱作牙印章,为刻阳文直方大三字,因留池春便饭。庚春旋来坐。午得大雨良久。

　　初三日己巳(4月21日)　早阴,午后密雨连绵,夜复大雨雷。晨起,与四弟各乘肩舆往青塘,祭扫先王父都转公及周淑人墓。四弟顺往茶亭二伯祖坟上挂纸,均在枫林午饭。薄暮回城,与母亲、二嫂、二姊、四弟、怀侄、劻侄饮,怀侄持示山西巡抚毓贤自挽联,赝鼎也,不值一笑。

初四日庚午(4月22日) 阴雨。为池春修改直方大牙章。为严启兰垂芳书送徐春霆寿联,晓湘处送来者。午后赴刘益书之席,酒阑已上灯矣。旋与张阶符九成复到益书家饮,并观其新纳姬人,二更回。

初五日辛未(4月23日) 晴。午后到鹤嫂处。夜,怀侄持成都胡延长木父《机云集》诗见示,甚佳,又胡延长词及龙川先生诗。

初六日壬申(4月24日) 雨。购得本山雨前茶。复边松嵋信,由庚春处寄,并□□□生信,由局寄。

初七日癸酉(4月25日) 阴。怀侄持《江左校士录》来阅,并观《七洲洋》等赋。正任南丰县知县邓公宣猷差帖来辞行。晚间到揭宅,为吴岳母回端甫信。

初八日甲戌(4月26日) 晴,夜雨。午间便衣往送邓公,行至门则投刺而已,顺往东门外一游。书院甄别题“舜有臣五人”至“不其然乎”;赋得“安危须仗出群才”,得“才”字。夜作文一篇。

初九日乙亥(4月27日) 阴雨春寒。作试帖、写课卷,属怀侄往交。

初十日丙子(4月28日) 晴。剃头。府试于十五日齐集,二嫂托予送怀侄往应试。午后到揭宅,并到十一舅母处。黄卓群来,并持课艺见示,晚间即回看卓群。衙前贴劝捐告示,并贴正月初五日上谕“有闹教省分,停止文武大小各试”云云。夜为黄瑞卿改课艺。

十一日丁丑(4月29日) 晴。阅《万国史记》。芟林、赵黛耜先后来。夜到吴岳母及庚春处谈,三更时归。

十二日戊寅(4月30日) 晴。早间黄瑞卿来。午,汤牧堂来,谈良久。国亦老太太被童仆胡大高窃去洋蚨,吴少襄领大高去为之追赃,意欲迫令开花,因肆毒殴,大高竟毙命。少襄父子脱逃,其妻女等哭诉国老太处,拟横□□□五叔为缓颊,五叔暂避八妹处,予途遇之，遂亦往八妹处一走，即□□婆俚荐佣媪，对家娘，曾氏女也，呼为曾家娘。前山人也。夜雨。

十三日己卯（5 月 1 日）　阴雨。收拾书房各物。五叔、鉴安既各避少襄①家横箭矣。少襄家属逼恳国老太上堂递禀，而少襄之父芹香因之自首。讵邑侯掷去国老太之禀不问，而将芹香管押班房，可谓欲盖弥彰，自投罗网者矣。午间与万弟招呼鉴安。夜与四弟到八妹处与五叔谈。

十四日庚辰（5 月 2 日）　阴雨。晨起，芍林来邀予与五叔至伊家便酌。酒阑，至十妹处坐良久，因留晚饭。邑侯拟借公款，诸绅通知会议，值予出外。

十五日辛巳（5 月 3 日）　晴。予与怀侄、绅组、李慎孙、芹孙、赵端士、莲生、吴彭祖、平翔青同赴郡。午间上排，次日黎明抵郡城。

十六日壬午（5 月 4 日）　晴。晨起，与端士等进城，看定道前何氏家庙隔壁斗湖书院夏东周先生良胜祠屋东边三间，予与怀侄共一间，寓东夏迪卿。黄瑞卿、揭秋阳来，即往瑞卿寓所。

十七日癸未（5 月 5 日）　晴。剃头。换衣服。阅南海何启沃生、三水胡礼垣翼南所撰《劝学篇书后》，大抵本康有为力张民权之意，兹篇之作，盖亦绍述云尔！汤牧九来，邀予至伊寓，旋与同往西门外游览。予旋至□□□访刘未林凤更。值未林先已往河口去矣，晤其季弟可周□□甫凤岐。旋山甫来回看。揭阶平来，予旋与同至伊寓所。夜与阶平、张毓元、庚元同往赴刘柏士维桢姻伯之席，山甫及未林之子兰孙作东，未林之从兄莲青亦在座。酒阑，与柏士姻伯谈良久，乃回。

十八日甲申（5 月 6 日）　阴，午后微雨。刘柏士姻伯来。午到彭姓书铺托购《历代舆地沿革险要图》，顺往府县城隍庙、天一山等处游览。阅何沃生《劝学篇书后》竟。至黄瑞卿寓一走。夜一点钟，送

---

① 本日日记均作"少香"，此据上文统一为"少襄"。

绅组、怀侄等进场。

十九日乙酉(5月7日)　晴,午后雨。仰泉来与黄瑞卿共寓,端士邀予与仰泉往肆喝茶。予旋到北门外游览。读《墨子》。府试南丰头场题"在亲民";"虽由此霸王不异矣,如此";赋得"落花水面皆文章",得"皆"字。寓中诸子,皆薄暮出场。

二十日丙戌(5月8日)　晴。洗澡。阅勘绅组场作。往南门外及金斗科一带游览。到黄瑞卿寓。牧九持其子荷孙折扇求予书。读《墨子》。

廿一日丁亥(5月9日)　竟日雨。为汤荷孙写折扇。章晓湘、三福自丰来,予因邀往肆茶点,黄云峰亦在座。盖晓湘、三福同往汉口,在此经过,即开船前行,予遂与同出东门,至伊船上略谈片时,乃回寓。适李翔鹄表叔□□言,旋过此,在寓小住,述及伊女婿张丙元夫妇均于本月初去世,□□将何以堪!

廿二日戊子(5月10日)　晴。午间往访何小林,旋至考棚观陈本府振瀛接见洋人列格思。出二南①府试头场图子,南丰只取百人,同寓诸君俱遭摒黜,亦可诧也。晚间与怀侄往书肆,购得《小题正鹄》《旷视山房稿》《历代舆地沿革险要图》。夜往汤牧九寓所,观伊子荷孙场作。

廿三日己丑(5月11日)　晴,北风。晨起登舟回丰,同行者予与绅组、怀孙、吴彭孙、平翔青、赵连生、李芹孙、吴爱林、赵朴侯、杜显光共十人,至曾潭泊行六十里。

廿四日庚寅(5月12日)　晴,北风。薄暮舟抵南门,即进城回家。内子因庚春、池春及又春弟妇赴上海,于廿一日往送行。四弟见示二月廿六日夔侄来信。

廿五日辛卯(5月13日)　晴。剃头。张砚侯舅公之元配八旬阴寿,早间往行礼,即在伊家吃面。午到揭宅,庚春等已起程矣。朱

---

①　"二南"指南城、南丰二县。

邑尊遣号房送建郡屯兵札子来阅。内子回,以《声律启蒙》给劬侄。

廿六日壬辰(5月14日)　阴。两次上街。谣传乡民因揭舒之经县看管,欲纠众进城,而洋人有传教之神福在城内,不免心悸,邑尊遂为之闭城,一时情状殊觉纷纷扰扰矣。吴爱林来候,且以竹镇纸见赠,予旋回□□林未晤。读《墨子》。翔鹄叔来谈。夜阅《格致书院课艺》。

廿七日癸巳(5月15日)　晴。校勘《历代舆地沿革险要图》。阅《万国史记》。夜阅《格致书院课艺》。

廿八日甲午(5月16日)　阴。更正各舆图:凡云每方百里者,当云每方一百二十五里;而每方二百里者,当云每方二百五十里,即一度也;每方四百里者,当云每方五百里,即两度也;此据地球三百六十度,周围九万里之说。又勘定《中国东三省边界图》。肇春、文光先后来谈。府试出二场案,南丰只留四十人。

廿九日乙未(5月17日)　晴。料理完庚子年闻酒差。改课艺。阅《格致书院课艺》。邑中因办教案,来营兵二百多名,民情颇汹汹也。

四　月

初一日丙申(5月18日)　雨。《嘉峪关外安西、青海合图》《嘉峪关外镇迪、伊犁合图》皆校勘之。读《墨子》。阅《万国史记》。四关有匿名帖,声言将甘心于传教之洋人,而朱邑尊于昨夜半,带领"刚"字、"绥"字两营兵冒雨往泰和墟,该处将通知会首符楚珩拿获,并拿其幼子及雇工数名管押牢狱。又闻营兵将源源而来,拟借书院暂扎。论者谓兵机一动,地方不免骚扰,祸福正未可逆料也。夜翔鹄叔来谈良久。阅《格致书院课艺》。

初二日丁酉(5月19日)　晴。校勘《内外蒙古全图》《禹贡图》。肇春来请予为选文。□□到衙前南门一带游眺。阅《格致书院课艺》。怀侄持湖北□□试牍及易中实观察顺鼎诗词见示。

初三日戊戌（5月20日） 晴。校勘《吉林、黑龙江全图》。为怀侄改课艺。晚间到熊芗林处，旋到十妹处，回到翔鹄叔处谈。府试出三场案，旋出正案，案首饶绍周，绎如叔第六。阅《格致书院课艺》。

初四日己亥（5月21日） 晴。午后得雨一阵。印鸿三表哥有信来接家眷，并寄予"龙翔""凤舞"大墨两方。现三表嫂定于初六起程赴皖，内子于午间往送行。校勘《秦汉舆地沿革图》。卢敏卿于初六日为其父介甫先生出殡，申刻予与四弟往伊家吃起厨饭。夜到翔鹄叔处。阅《格致书院课艺》。

初五日庚子（5月22日） 晴。早间为介甫先生炷香，即在伊家吃饭。校勘《东汉及三国图》。推算地度每里各分秒若干。写寄印鸿信。阅《格致书院课艺》竟。

初六日辛丑（5月23日） 晴。剃头。早饭后往东门外，印兄家眷船已解缆，即将寄印兄信由排夫曾添丁赶送船上带去。述舫大表嫂移居张尔昌书屋，回城顺到伊处一坐。为黄瑞卿改课艺，并为出课题"夫子欲寡其过"；"何有？有人曰：我善为陈，我善为战。"观《捉拿康梁演义》。

初七日壬寅（5月24日） 晴。校勘《晋地理志图》《东晋疆域图》。内子回。读《墨子》。

初八日癸卯（5月25日） 阴。校勘《前赵、后赵、前燕、后燕疆域图》。读《墨子》。

初九日甲辰（5月26日） 阴。读《墨子》竟。校勘《南燕、北燕疆域图》。吴爱林来。肇春来请予为出题，因以"不亦善乎"四字嘱作课，即为评改，并留肇春晚饭。

初十日乙巳（5月27日） 阴雨。校勘《前秦、后秦疆域图》。五叔来坐。班侯侄归来，云伯父灵柩船于前月下旬抵扬州，大约端午前后可到丰也。班侯因畅述浦中诸事。闻春间黄河清，长江亦清。为黄瑞卿改课艺。

十一日丙午（5月28日） 阴。早间到班侯处。伯父去世不觉已满百日,怆念之至,午间行礼。校勘《西秦、前凉、前后蜀疆域图》。

十二日丁未(5月29日) 阴雨。为怀侄改课艺。校勘《南凉、后凉、西凉、北凉、杨氏疆域图》。夜读《战国策》。

十三日戊申(5月30日) 晴。十妹接母亲往伊家住。为肇春改课艺。校勘《南宋、南齐州郡志图》《梁、陈疆域图》《北魏地形图》。读《战国策》。

十四日己酉(5月31日) 早晴,午后雨。剃发。校勘《东魏、西魏、北齐疆域图》。选读《战国策》。

十五日庚戌(6月1日) 晴。熊体仁襟兄五十阴寿,往三姊处询知并无举动,则往大姊、吴岳母处稍坐。旋到黄瑞卿及曾长青处一走,即回。校勘《北周疆域图》萧詧后梁附、《隋地理志图》、《隋末割据图》。晚间到刘冬生处,旋往访班侯未晤。夜读《战国策》。班侯来谈。

十六日辛亥(6月2日) 晴。为新城人应声写篆字中堂及隶联,刘冬生代求者。午间与四弟、班侯、怀侄、文江叔、李遐昌、江某均在翔鹄叔处饮。校勘《唐地理志图》。与怀侄到吴爱林处,观《湘学报》唐才常、谭嗣同等所作《时务论》,纵横排荡,其才诚不可以斗量,惜哉惜哉!怀侄持示镐哥旧作《画狗马难于画鬼神赋》,犹觉真气惊户牖也。"刚"字营兵滋事,县案首徐某、生员危某均被殴,经邑尊及学老师调处云。夜到十妹处。选读《战国策》。

十七日壬子(6月3日) 晴。校勘《唐藩镇图》《李茂贞割据图》《夏元昊疆域图》。午间熊三姊请母亲饮,予亦在座焉。完元酒庚子年差,两房各须派二十五元之谱。选读《战国策》。

十八日癸丑(6月4日) 晴。校勘《后梁并十国图》。班侯来谈。为瑞卿出课题"致知在格物"。读《战国策》。母亲自十妹处回。

十九日甲寅(6月5日) 晴。校勘《后唐并七国图》《后晋并七国图》。五叔为广昌黄姓写寿屏,来邀予往容斋观之。读《战国策》。

二十日乙卯(6月6日) 阴雨。班侯侄邀予与文江叔均乘肩舆，往兜港观捯网形山地，不甚见佳，薄暮回。选读《战国策》。

廿一日丙辰（**6 月 7 日**） 晴。校勘《后汉并六国图》《后周并七国图》。剃头。选读《战国策》。肇春来请予为改课艺。

廿二日丁巳（**6 月 8 日**） 晴。校勘《宋地理志图》《宋南渡疆域图》。选读《战国策》。邑尊朱幼庄大令士元请饮，谢之。夜班侯来谈。

廿三日戊午（**6 月 9 日**） 晴。校勘《辽地理志图》《金地理志图》。选读《战国策》。

廿四日己未（**6 月 10 日**） 晴。补勘各舆图。为肇春改课艺。南斗建星之间有五行星二焉，屡见之矣。选读《战国策》。

廿五日庚申（**6 月 11 日**） 晴。校勘《元地理志图》《元末割据图》《明地理志图》。选读《战国策》。

廿六日辛酉（**6 月 12 日**） 阴雨。考辽、金、元京都。午间班侯来谈。选读《战国策》。

廿七日壬戌（**6 月 13 日**） 阴。校勘《明九边图》《汉四裔图》。作联语云："经纬纵横牢笼宙合；图史左右睥睨古今。"拟倩班侯书之。班侯旋来谈。五叔先时来谈。选读《战国策》。瑞卿课题"求之与"。

廿八日癸亥（**6 月 14 日**） 晴。校勘《南北朝四裔图》《隋四裔图》《唐四裔图》《元四裔图》《明四裔图》，于是东湖饶氏《历代舆地沿革险要图》六十六篇均校竟，迩来颇费钩稽，虽未能精熟，然已得其大凡矣。肇春来作课，即为修饰，并为选古文。蕃嗣殿建醮。选读《战国策》。

廿九日甲子（**6 月 15 日**） 阴。剃头。洗澡。换衣服。改课艺。读《战国策》。

五　月

初一日乙丑（**6 月 16 日**） 阴。临《云麾将军碑》。选读《战国策》竟。明日系镐嫂五旬生辰，晚间在伊家吃面。

初二日丙寅（6 月 17 日）　阴，薄暮大雨。晨起，往上厅贺二嫂之寿，早晚均在伊处饮。临《张猛龙碑》及《阁帖》。广昌门人吴馨仲自省归家，过此来坐。吴爱林、五叔均来。吴端甫送二元，璧还。

初三日丁卯（6 月 18 日）　竟日密雨。阅《万国史记》。晚间，与傅旸谷、五叔、吴莲生、赵京卿、鲁守华、赵端士，予与四弟、班侯、怀侄均在绅组家饮，三更回。

初四日戊辰（6 月 19 日）　竟日大雨。阅《万国史记》。与吴爱林同往谭雨春家，回看吴馨仲并以蒲扇送之。

初五日己巳（6 月 20 日）　阴。剃头，换衣服。新到厘卡委员赖家濬来拜，陈粮厅亦差帖贺节，皆谢之。到晓湘家观伊汉口来信。午到吴岳母、十妹处。旋到聘三先生处，又到班侯处。饮节酒后，与四弟、怀侄到正民婶处。旋到五叔处，借来宋拓《淳化阁》残帖三十五页半共一本，拟临一过。

初六日庚午（6 月 21 日）　竟日雨，午后大雷。阅《万国史记》。临《阁帖》。班侯邀与翔鹄叔、介祖叔饮谈。阅朱正元《周髀经与西法平弧三角相近说》《西法测量绘图即晋裴秀制图【六】体解》。

初七日辛未（6 月 22 日）　竟日密雨。临《阁帖》，又写大字，临《张猛龙碑》。仿《六九轩算书》造日晷尺，并造铜规。

初八日壬申（6 月 23 日）　阴雨。临《阁帖》，又写大字，临《张猛龙碑》。绘《象限九十度切线之图》《展大日晷图》。芎林、肇春均来，出各位课题，怀侄："抑亦可以为次矣"；肇春："夫子之求也"；黄瑞卿："今之从政者何如"。揭述舫大表嫂移居张宅，今午请内子饮，留伊处宿。

初九日癸酉（6 月 24 日）　晴。绘《盖天图》黄帝始作，"盖天"见《周髀》。到五叔容斋观《薛氏钟鼎款识》。陆聘三叔来谈。内子回。文光来，为江松岩求予书联。

初十日甲戌（6 月 25 日）　雨。绘《地球黄赤道五带图》一纸，而二面绘之以合球式，此予创格也，绘图家从来所未有。五叔送来北魏《刁遵碑》、隋《龙藏寺碑》见示。接夒侄本月朔省城来信，云于四月廿二日抵省，已雇官板船两号一径来丰；又新近上谕，有定期七月十九日回銮之说。班侄来谈。

十一日乙亥(6月26日)　阴雨。写寸楷。阅《万国史记》。肇春送课艺来改，因又为出课题"敢问其次"；赋得"秧针"。

十二日丙子(6月27日)　雨。临《阁帖》并写寸楷，临《龙藏寺碑》。阅《万国史记》。

十三日丁丑(6月28日)　竟日密雨。为江松岩书宣纸联。详注《万国史记》纪年。唐刘氏、熊芗林明日于刘一亭公祠请酒，因乾之季房承继事。蒲俚叔来述其原委，且云此事有主使之者，盖垂涎轮值之醮谷，欲借继以归祠而因之渔利焉耳。予遂辞，不赴席，且三仙祖师明日下山至雨殿，母亲、内子、睕芳均吃素，予又何必茹荤。芗林来，稍坐即去。

十四日戊寅(6月29日)　阴。详注《万国史记》纪年。肇春送课艺来改，为更出题"过"；赋得"月中桂"。薄暮到庆丰源装书。夜观《天算总纂》。

十五日己卯(6月30日)　阴。剃头。写寸楷，临《龙藏寺碑》。文光来。晚间大雨两时之久。到五叔处，未晤，即到班侯处，谈至三更。夜观《天算总纂》。彻夜雨，不歇。

十六日庚辰(7月1日)　竟日雨。写寸楷。夜观《天算总纂》。薄暮送《刁遵碑》还五叔，因谈良久。

十七日辛巳(7月2日)　密雨，午后始歇。勘《赤道南北恒星总图》。造勾股尺。夜观《天算总纂》。夜大月。

十八日壬午(7月3日)　晴。制造测量窥管。写寸楷。为怀孙、肇春阅课艺。夜与班侯、怀孙均在吴爱林处谈，月色大佳。

十九日癸未(7月4日)　晴。揭奕秋表弟妇出殡，往炷香，在彼吃饭。往铜店制造句股尺支板。夜与班侯、怀孙畅谈。观《天算通纂》①。

二十日甲申（7 月 5 日） 晴。万弟择于明日为六婶设奠出殡安葬，早晚均在伊处便饭。写寸楷。读《列子》。夜到崔姓铜店观冶铜。观《天算通纂》。

廿一日乙酉（7 月 6 日） 晴。剃头。为六婶炷香，并为祀后土，早晚均在伊家吃饭。午间，四弟、怀侄起程往建郡应试。观《天算通纂》。

廿二日丙戌（7 月 7 日） 阴，晚间大雨，至夜不歇。写寸楷。造测量高远竿子。回时在秋安表弟家避雨，秋安夫妇烹茗设糕饼点心款待，又令其长年送予归。

廿三日丁亥（7 月 8 日） 阴，午后大雨。写寸楷。造测量高远竿子。观《天算通纂》。

廿四日戊子（7 月 9 日） 晴。到崔姓铜店造勾股尺之矩角及支板。夜观《天算通纂》。

廿五日己丑（7 月 10 日） 晴。裱汉《百石卒史碑》。造勾股尺之矩角及支板成。观《天算通纂》。

廿六日庚寅（7 月 11 日） 微晴。早饭后，班侄邀予与万弟往冷水坑祖山，因班侄曾邀文江叔为看地一处，今往挖看，其土稍湿且后无靠山，似不可用者。既而往该山界石顶，循干龙至老祖坟察视，予以为近干龙一带气尚旺，靠山亦厚，尚属可取，姑存其说可也。旋经先姚揭孺人葬处，绕出对面护沙上观之，山形如笑，觉有郁葱佳气蒸蒸然笼罩其间，信地脉之所在矣！晚间闻桐阶大哥停屋墙圮，与黄耀祖同往观之，盖墙系泥筑，近墙角处泥巴下成一大洞，圆桌面大，其上半泥墙岌岌甚可危，令耀祖速唤木匠用三柱支撑，俟夔侄等归，听其

---

① 当即前文所谓《天算总纂》，暂不明为何书，或为陈松著《天文算学纂要》。

择日修造也。

廿七日辛卯(7 月 12 日)　晴。造尺算日晷象限弧。与刘金声在酒肆饮。肇春送课艺来,为之改,并出"令色"二字题。写大字。观《天算通纂》。

廿八日壬辰(7 月 13 日)　晴。界象限弧成。班侯来谈,云湖婶于寅时辞世。午后与班侯、万弟往行礼。考正各省北极出地。

廿九日癸巳(7 月 14 日)　晴。安指南针,并重界二十二限日晷,盖曾祖帘舫公《尺算日晷新义》,虽以切线九十度变为廿四限,只以廿三限具尺,因未限平行无度也,然角氏线苟移近廿三限,则影差过长,晷体必横润几四尺此就予所做晷比例。不但提挈不便,且晨之卯正初刻、卯正一刻,昏之酉初二刻、酉初三刻,日色苍茫,非屋脊峰顶,无能用晷也。故《六九轩算书》所载各时刻点,只列至兑心左右第廿二点卯正二、酉初一刻,是即造晷只须廿二限之确证,但未明言,在身亲其事者,自悟之耳。予于是弃前所作《展大日晷图》,而重作廿二限之日晷。午后与五叔、曼卿、鉴安、班侯往仪可处,为云湖婶炷香,在彼吃饭。

三十日甲午(7 月 15 日)　晴。参勘《六九轩·尺算日晷新义》第二、三、四、五、六法①。剃头。接五弟、甕侄建郡来信,云将驳排,大约六月初五、六日可抵丰云。夜到十妹处坐,二更回。

六 月

初一日乙未(7 月 16 日)　晴。肇春来,为改课艺并出题。探求六九轩《尺算日晷新义》第二、三、四、五、六法。

---

①　刘衡所著《六九轩算书》由《尺算日晷新义》《勾股尺测量新法》《筹表开诸乘方捷法》《借根方浅说》《四率浅说》《辑古算经补注》六部分组成。《尺算日晷新义》分上、下两卷,上卷为"造尺法",下卷为"作日晷法"。这里的"第二、三、四、五、六法"均指下卷的内容。

初二日丙申(7月17日) 晴。作斜立正南之日晷成。薄暮到班侯处谈。闻刘五说，水南刘某顷自郡城来，据云怀侄已取古第一。

初三日丁酉(7月18日) 晴。参校祖父在扬州所刻《六九轩算书》。晚间送《龙藏寺碑》还五叔，即借来《开母石阙篆书》。夜到揭宅一走。

初四日戊戌(7月19日) 晴。校勘《黄道南北恒星图》《赤道南北恒星图》。五叔、班侯、守华先后来。制准赤道高度针对南北极之日晷、斜立向东日晷。

初五日己亥(7月20日) 晴。午后，大嫂、五弟妇等全眷回家。五弟、夒侄在排上，大约明日可到。富侄则顺往应院试矣。

初六日庚子(7月21日) 晴。午间，五弟、夒侄到家，予旋偕五弟往南门外伯父灵柩排上行礼。忆戊戌春间于袁浦叩别伯父，遂成永诀，今日抚棺一恸，伤何如矣！剃头。六妹送予香片茶叶半斤。

初七日辛丑(7月22日) 晴。制平面向北日晷。五叔、芠林先后来。晚间与五弟、夒侄往北门外大哥停屋处行礼。怀侄、富侄均寄所作《秦罢封建置郡县论》来。夜，五弟、夒侄、班侄均来谈。

初八日壬寅(7月23日) 晴。大热。怀侄挑牌第一名。午后，五弟邀予及陆耀廷富侄叔岳等往桥下，敬奉伯父灵柩暨亦娘灵柩厝寄某店屋。行礼毕，在肆中饮。夜在二嫂处饮。四更时密报，怀侄入泮第二名府学。

初九日癸卯(7月24日) 晴，奇热。晨起与永安往二嫂处道贺。旋与翔鹄叔往张砚侯舅公处道贺，盖宜仲之子毓元亦进学也。

初十日甲辰(7月25日) 晴，大热。临《开母石阙》，并临《乙瑛碑》。班侯邀予与陆耀廷、五弟、夒侄等往肆中饮。富侄自建郡归。剃头。寄杨春农妹倩信，由陆耀廷带去。

十一日乙巳(7月26日) 晴，大热。临汉《开母石阙》及唐李阳冰《篆书谦卦》。四弟自建郡归。

十二日丙午(7月27日) 晴，大热。临《开母石阙》及《篆书谦卦》。怀侄自建郡回。薄暮到容斋。夜读《列子》竟。观《天算通纂》，晓湘来。

十三日丁未(7 月 28 日) 晴。晨起，怀侄邀予与五叔、四弟、夔诗、班侯、富仁、曼卿、鉴安等往肆中吃粉。午写篆书、楷书，并临《绛帖》大令草书。观《笔算便览》。夜往回看晓湘，旋到揭宅坐。观《天算通纂》。

十四日戊申(7 月 29 日) 晴，夜雨。五弟等择于廿五日为伯父出殡，今日与合行议事。予与四弟、储苣孙、李翔鹄叔均在上厅为之斟酌。肇春来。

十五日己酉(7 月 30 日) 阴雨。写大字，并写篆、隶、草书。作挽伯父联，与四弟同款，联云："似公清福古无多，绛帐卅年尊，早并忘得失穷通，旧德世传堪不朽；先考同怀今顿尽，丹旌千里返，忍更忆语言色笑，遗书分校总伤神。"

十六日庚戌(7 月 31 日) 晴。陆聘翁来，才叔来。观冯桂芬冯号林一、咸丰初与吴让之同在先祖都转公扬州幕府《校邠①庐抗议》，考"中西里尺"。肇春来，为改"鱼""规矩，方圆之至也"两次课艺，并出题"墨者夷之"。晚间，往江姓书房访杏衫未晤，即到杏衫家晤棣轩，谈良久回。

十七日辛亥(8 月 1 日) 晴。制中星仪。

十八日壬子(8 月 2 日) 晴，剃头。熊芎林断弦，晨起与五弟往唁之。午到张砚侯舅公处，旋往杏衫书房谈。为伯父写孝榜。班侯送所作伯父墓志铭来阅。上灯时，张宜仲、中元叔侄来坐。夜与四弟、怀侄往府官巷观鹤平、云屏演《小宴》等出，神乎技矣！

十九日癸丑(8 月 3 日) 雨。江勔旃断弦，与班侯往唁之。回时顺往宜仲处坐，借得工部营造尺及周汉各式铜尺共二条。上灯时在上厅饮执事酒。

---

① 日记原文作"芬"，当系笔误。

二十日甲寅（8月4日） 密雨竟日。上灯时，大水至巷口。早间与四弟、五弟等，往李家为起孙炷香。予旋与班侯、守华往江家为勋游之妻炷香，即在江家吃饭。制英尺（英以十二寸为一尺，每寸八分）、工部营造尺、木匠尺。肇春来，为改课艺，并出题"王何必曰利"，赋得"夏暑雨"，得"民"字。

廿一日乙卯（8月5日） 阴。制周尺、古律尺、汉虑傂铜尺、宋三司布帛尺、鲁般尺。更正中星仪。

廿二日丙辰（8月6日） 微晴。写伯父挽联并墓志铭篆额。夜往府官巷观演剧，回时十二点钟子正。

廿三日丁巳（8月7日） 阴雨。早晚均在上厅吃饭。为伯父明日设奠，须料理一切也。代夔侄、永安作祭文。夜在账房坐。畹芳气痛，请储苣孙为诊脉、开方，服之，彻夜痛不歇。

廿四日戊午（8月8日） 晴。早间，五弟、夔侄往东门外为伯父、亦娘招魂，予等服属诸人偕往。午间于上厅设奠，吊客男女共三十余桌。晚间出外回至班侯处避雨，班侯旋气痛并发汗，予略谈片刻即归。畹芳仍气痛。剃头。

廿五日己未（8月9日） 晴。晨时伯父出殡于北门外。予为伯父坐主轿，富仁为亦娘坐主轿。晚间行上堂礼。早晚均在上厅吃饭。畹芳仍气痛，请储苣孙开方服二剂，吴岳母处取来人心菰，亦煎令服之。

廿六日庚申（8月10日） 晴，夜大雨。录《校邠庐·绘地图议》。斜立向正东之日晷，被人踏毁，情殊可恶。畹芳气痛稍可。读王阮亭诗。

廿七日辛酉（8月11日） 晴。晨起到宜仲处。五弟等往伯父停屋祀三朝，予随往行礼。班侯、怀孙因镐仲哥忌日，往停屋烧纸，予亦行礼焉。午后往揭宅，因二母舅阴寿也。行礼毕，在彼吃面，即回。夜读王阮亭诗。畹芳仍气痛。蕃嗣殿、东平王殿、将军殿三坊演剧。

廿八日壬戌(8月12日)　晴。张家为绥伯之次子丙元设斋功德,往行礼。午后观剧。畹芳日间气不痛,夜复发。

廿九日癸亥(8月13日)　晴。梳发,沐浴,换衣服。午后往张绥伯家吃素粉。用元胡索研末调酒,又以杜仲蒸猪腰令畹芳服之,气痛稍可。内子自揭宅归。

七　月

初一日甲子(8月14日)　阴。写大字。午后往张绥伯家吃素饭。夜观演剧。畹芳气痛已渐愈矣。

初二日乙丑(8月15日)　晴。午观演剧。

初三日丙寅(8月16日)　晴。写大字,临《皇甫碑》五张,又临《绛帖》献之草书五张。

初四日丁卯(8月17日)　晴。晨起,于书房外勘定正南午方中星部位。绘《九重天图》,并考出土木火夜半经天,金水附日夜半不经天,或旦见丙巳方,昏见丁未方而已。又据道光五年台历量天尺星度,注出列宿分度之数。观演剧。

初五日戊辰(8月18日)　晴。剃头。兴祖邀予与四[弟]、五弟:夔诗、班侯兄弟等吃粉,旋鲁瞻叔邀往酒肆饮。午到张绥伯家赴席。夜观放烟花,并观演剧。子正,观北极纽星乃转而迤东四五度,方知宗动天左旋,而列宿天则自北而东而南而西而北,仍迤东运行,古之盖天所由作也。为黄瑞卿出课题"求为可知也"。

初六日己巳(8月19日)　晴。写大字,并临《绛帖》。午后观剧。夜复观剧并看放烟花。

初七日庚午(8月20日)　晴。写大字,并临《绛帖》,又临李阳冰篆书《谦卦》。熊芗林来。观《天算通纂》。

初八日辛未(8月21日)　阴。写大字,并临《绛帖》。五婶七旬阴寿,往行礼,即在太史第吃面,旋回台使第饮,盖五弟因伯父既出殡,请执事人等谢劳酒也。夜考岁差并纪客星。

初九日壬申(8月22日)　晴。写大字及篆隶。宜仲送来《四书义》。

初十日癸酉(8月23日)　晴,大热。观《校邠庐抗议》竟。夜观《天算通纂》。

十一日甲戌(8月24日)　晴,大热。黎明梦见后园果木成林,桃树结子,甚茂盛,有大桃子径四寸许,形如洋柚,予急采取纳左袖中,遂寤。写大字及篆书,又临《云麾将军李秀碑》。夜雨,观《天算通纂》。

十二日乙亥(8月25日)　微晴。写大字及篆书,又临《阁帖》。观《天算通纂》竟。畹芳复气痛。肇春送课艺来。

十三日丙子(8月26日)　晴。写大字并临《圣教序》。观陈次亮炽农部《庸书》。夜与五弟谈清淮近事。

十四日丁丑(8月27日)　阴,午后得雨。剃发。刘干臣设奠,往伊家炷香,即在彼吃饭。临《圣教序》。观《庸书》。

十五日戊寅(8月28日)　阴。五叔送明弘治时晋王世子所刻《宝贤堂帖》一本来,比《阁帖》高二格,即翻刻之《大观帖》也。观《怀葛堂集》,遂因而检点楼上书。晚间既饮中元酒,往晓湘处未晡,顺道往揭宅坐。

十六日己卯(8月29日)　晴。点读武进张翰风琦《素问释义》。观梁质人份《怀葛堂集》。肇春送课文来,为改之,又为出题"学"。临宝贤堂《右军帖》。读王渔洋诗。

十七日庚辰(8月30日)　晴。为黄瑞卿改连次课艺,并为出题"退而不能远"。夜,班侯、夔诗、五弟均来谈。

十八日辛巳(8月31日)　晴。为采芝侄女小楷书泥金折扇。读宋荔裳诗、黄山谷诗。观《庸书》。勘定德法两国迈当尺。

十九日壬午(9月1日)　晴。写大字。临《虞恭公碑》,又临右军草书及《怀仁集圣教序》,又临篆书《谦卦》。读苏诗、黄诗、宋荔裳诗。

　　二十日癸未（9月2日）　晴。肇春送课文来，为改之，并为出题"犹可以为善国"。写大字，临《虞恭公碑》。点读《素问》。读苏、黄诸诗。

　　廿一日甲申（9月3日）　晴。考《十二经络》，校正《铜人图》。写大字。

　　廿二日乙酉（9月4日）　晴。着色《铜人图》。文江叔来谈。观刘、张两制军奏改科场章程，效法日本折子。此殆欲废科举也，于国家维系人心之道，未见其便也。窃以为，方今天下急务，第一在维系人心。而维系人心有两端，制民之产，周知闾阎疾苦，使各有所养，其一也；即以科目虚器鼓励之，亦其一也。今"养"之一字，国家力不能及矣，柄国者固已讳言之矣，乃又并此逼逼虚器，靳勿予人，则四民均失望矣。彼则曰："凡吾所云者，为储才地也。"噫！天下之大，岂真乏才也哉！特有才不能用其才，用其才不能尽其才，尽其才或从而忌其才，因而轧其才，斯明哲有见几之志矣！夫效法日本，良是也。然亦思日本之民曾有仰屋而嗟者乎？日本之士曾有抱璞而泣者乎？今一切不问，而惟聚天下之声气于学堂，聚学问之声气于日本，无论率天下而路。其虚矫奔竞之习气，患先中于人心，即使果有成才，而被发左衽之性成，则尊周攘夷之志短。下焉者，细崽而已；上焉者，通事而已；上而又上，则结识洋人以居奇，宁负朝廷，毋失此终南捷径而已。求其乐操土风不忘本者，百不获一也；求其气慑天骄不误国者，千不获一也。其材虽为洋务熟习之材，其类浸成暮楚朝秦之类，则其人并非国家缓急可恃之人。此虽刻论，具有卓识，然则遵祖宗科目取士之成法，试通今博古之文章，风行草偃，气象一新，又何难焉！安用此纷纷扰扰为哉？

　　廿三日丙戌（9月5日）　阴。剃头。着色《十二经络图》。夜到十妹处谈，奶娘借来英洋十元。旋到吴岳母处，谈良久乃归。

　　廿四日丁亥（9月6日）　晴。着色《十二经络图》。伯父名下占阄，五弟属予为取房名，予本《天保》"日升月恒"之句，诵之曰"升、恒"

两房。舜仪有家信,云已报捐盐巡检分发广东候补。

廿五日戊子(9 月 7 日)　晴。考奇经八脉。标出斗柄、斗魁两客星,及角宿侧行星、亢宿侧行星。夜与五弟、四弟,夔、富两侄谈,夔侄见示恽毓鼎奏折及陈玉树拟上皇帝书。

廿六日己丑(9 月 8 日)　晴。午后与四弟、兴祖、才叔、五弟、班侯、夔诗、富仁均在八妹家饮。酒阑,予到五舅父、十一舅母及对面监司第一走,夜归。

廿七日庚寅(9 月 9 日)　阴。到致和祥一走。肇春送庚春信来阅。五弟、夔诗检出伯父所著遗书数种见示,拟寄省开雕。

廿八日辛卯(9 月 10 日)　晴。写大字。

廿九日壬辰(9 月 11 日)　晴。点读《素问》。藚妹因其夫少香一案,妄欲邀国亦老太往伊家,于彼事究无益也,徒多枝节耳。五叔来,嘱予等兄弟及侄辈咸至太史第,劝国老太勿往。夜文江叔来谈。

三十日癸巳(9 月 12 日)　晴。点读《素问》。写大字。大姊五旬生日,五弟为设酒面,予等均往贺之,即在上厅饮。

八　月

初一日甲午(9 月 13 日)　晴。剃头。点读《素问》。观画谱。写大字。仪可来。肇春来学作论,为出题“得民心论”。

初二日乙未(9 月 14 日)　晴。点读《素问》。写大字。宜仲之子翀若新入泮,拜客到此。

初三日丙申(9 月 15 日)　晴。卯正二刻,妾畹芳生一女,颇顺适,然太快亦险矣。堕地片时,稳婆始来抱起。

初四日丁酉(9 月 16 日)　晴。邑尊朱公士元因吴少襄案,签传鉴安到堂质讯,并讯小春,又饬原告胡茄子出具“如诬反坐甘结”。予等适在容斋闻得此事,恐鉴安心怯,供词有误,遂俱往县署花厅观之。来者五叔及予、五弟、万弟与兴祖、班侯、怀孙、夔诗、富仁,共九人,鉴安供词幸无误,然实危乎险哉矣!谭十六姑丈卒,往行礼。

初五日戊戌(9月17日)　晴。点读《素问》。致和祥主人之次子左脸肿甚，令其长子来予书房，托查脸上属某经络。为查出手阳明脉络，小肠经。起于商阳穴，终于迎香穴；足阳明脉络，胃经。起于头维穴，终于厉兑穴，绘图与之。午到天心堂。夜到揭宅。早间往邀晓湘为毛伢开方。

初六日己亥(9月18日)　晴。周兰孙为毛伢说合黄老四之妻喂乳。兰孙旋来托查刘和园先生入主一事。予齿痛。畹芳胃气痛，用生化汤令服之。夜，家中诸人均在上厅闹富仁佽新房。

初七日庚子(9月19日)　晴。往天心堂更觅乳媪，午间李定元、傅冬生带李氏乳媪及其养女来，与毛伢互相吃乳。熊芗林来。

初八日辛丑(9月20日)　晴。毛伢患口疳及痰饱，不甚吃乳。请邱裕看视，改服姜附等药，而痰终未化。夜进以抱龙丸，陡觉五官稍变，咸议移去。予乃抱至书房，终宵傍箩听察，呼息可辨，尚不知其难治也。

初九日壬寅(9月21日)　晴。午后，审出毛伢系慢惊风，按方治之，并服熊奇之剂，皆不见效。疾剧时，移置碓房，薄暮遂殇。天果知其如是而生之，奚为也？伤哉！

初十日癸卯(9月22日)　晴。晨起，带掌保及甘某，将殇女埋于鉴祠之后，焚纸奠焉。剃头。昼寝。

十一日甲辰(9月23日)　晴。伯父阴寿，往上厅行礼，即在上厅吃饭。二更有星光自东而西北，声隐隐如雷。

十二日乙巳(9月24日)　晴。秋分。伯父名下升、恒两房析爨，丑时作灶，早间在上厅吃粉。李小权之女字张樾华之长子，午间传红，予与五叔、四弟、五弟、万弟、鉴安、夔诗、班侯均在小权家饮，步月回。

十三日丙午(9月25日)　晴。午间，与四弟、五弟、兴祖、班侯、夔诗、富仁、怀孙均在十妹家饮。

十四日丁未(9月26日)　阴。为叶仲生书折扇。点读《素问》。

夜写致印鸿信,又代内子写致十一妹信,又致十二妹信及树底。又,予写致又春信由曾瑞麟带上海,面交又春,即托又春将各信加封分寄。

　　十五日戊申(9月27日)　阴。点读《素问》。晚间饮节酒后,到鹤嫂、奎师、正民婶、太史第、八姑婆等处一走,又往访曾瑞麟,未晤。

　　十六日己酉(9月28日)　阴。剃头。早间在上厅大嫂、五弟处饮。点读《素问》。访宜仲,未晤,即往八妹、十一舅母处坐。晤曾瑞麟弟嘉麟。

　　十七日庚戌(9月29日)　阴。点读《素问》。

　　十八日辛亥(9月30日)　晴。早间与五弟、班侯、车夫、仪可往为揭渐之太太炷香,即在彼吃饭。点读《素问》。夜观《庸书》。

　　十九日壬子(10月1日)　晴。点读《素问》。午后与腾士、端士、曾紫卿、仰泉均在秋安家饮,盖秋安请其亲家吴凤笙,予等作陪也,二更回。

　　二十日癸丑(10月2日)　晴。赵勉之亦太太卒于宝莲庵,今日出殡。予与五弟均往炷香,予即在彼素饭。守谦公清明酒在聘民叔家举办,仁房九偎叔请予兄弟叔侄等与饮。肇春又送所作论来。

　　廿一日甲寅(10月3日)　晴。为蕴初书白绫帐檐。为肇春改《郭子仪单骑见回纥论》,又改《得民心论》。晚间,送致又春信及树底交曾瑞麟之妻,托瑞麟带往上海转交。送《宝贤堂帖》还五叔。夜为黄瑞卿改课文。怀【侄】来谈。

　　廿二日乙卯(10月4日)　晴。点读《素问》,并校《铜人图》。仪可来谈。观《庸书》。读黄山谷诗、王渔洋诗。夜观南极老人星。

　　廿三日丙辰(10月5日)　晴。早间与诸弟、诸侄往为谭新宗姑丈炷香,在彼吃饭。午与五弟、仪可到宜仲处谈,予旋往刘遐福书房访济明同年,谈良久回。晚间晓湘来谈。夜观《庸书》竟。

　　廿四日丁巳(10月6日)　晴。早间四弟邀饮。点读《素问》,内子往揭宅。乾房赤偎叔因继事,于松祠请酒,予谢不往。读苏文忠公文。

廿五日戊午(**10月7日**)　晴。点读《素问》。读苏文忠公文、陆宣公奏议。

廿六日己未(**10月8日**)　晴。剃头。班侯之子"逃荒个"①发笔,予与四、五弟早间均在伊家饮。晚间在秋阳表弟家饮,刘济明同年及其弟开元、黄桃芳、瑞卿、五舅父、十舅父、予与四弟,共八人。酒阑,到监司第一走。夜在上厅与夔侄等谈。

廿七日庚申(**10月9日**)　晴。黄瑞卿来领论题。秋阳表弟二十生辰,午后与四弟均在伊家饮。五弟以伯父所遗墨二方、笔二枝见赠。闻九叔携眷旋丰,已抵玉山云。为刘荣璧书名片号恩孙,济明同年之子,新入泮者。

廿八日辛酉(**10月10日**)　早晴,夜得密雨,并闻雷。盖晴六十余天,晚稻已受旱伤,然犹稍慰望泽之心矣!二母舅周年忌日,午间往伊停屋前行礼。旋至揭宅,十妹因留饮。酒阑,为吴岳母写复述舫大表哥信,并寄端甫信,又为十妹写寄庚春信。二更回,在上厅与五弟、夔侄等谈。晚间到李小泉②家阅九叔信。

(原稿缺佚数页)……

九　月

(原稿残缺)……

……

……

……

初九日辛未(**10月20日**)　……盖十数年来,从未有此闹热也。

---

①　"逃荒个",南丰俗语,系长辈对子孙的贱称,属正话反说,意与"讨饭个"相同,实为祝福后辈平安健康。"个",结构助词,相当于"的"。

②　"李小泉"即"李小权",结合光绪二十四年闰三月初十日日记,可知其本名李鸿逵。李鸿逵,号"小川"。

写大字。晚间芟林来。夜在廷尉第闹新房,三更回。

初十日壬申(10月21日)　阴雨。早间夔诗邀予与四弟、九叔在上厅吃饭。午□为赵母汤宜人写寿屏第一幅。夜在上厅,九叔出示所著《反切谱》一大本,于出口、收音诸法及南北音韵不同之处辨之颇详,盖历十余年,稿凡屡易,始能如是,可谓勤而有恒矣。内子往揭宅。

十一日癸酉(10月22日)　晴。为赵母汤宜人写寿屏第二、三、四幅。张宜仲、吴爱林来谈。夜在廷尉第,饮仰泉新房酒。

十二日甲戌(10月23日)　晴。楼芝妹由九叔手,寄予松烟墨、香胰,并寄内子红缎洋花一对。为赵母汤宜人写寿屏第五、六幅。九叔出示轿夫弟孚炯监照及楼芝妹夫妇照像。

十三日乙亥(10月24日)　阴。(肉十三文)①。为赵母汤宜人写寿屏第七、八幅竟,又写寿联一副。霜降。

十四日丙子(10月25日)　阴。剃发。仰泉夫妇回家,往贺之,早晚均在彼□。夜,与宜仲、四弟、文光、班侯等饮闹房酒至三更后。

十五日丁丑(10月26日)　晴。五叔来观予所书寿屏。将图差廖富私押一案事由及禀请究办,并为鉴安洗粮各禀稿均呈九叔一□,又开二十五年己亥诗房康都折租银,及追回曾成洋边各数目,并粮票十五张,俱缴还九叔。晚间与赵端士、燃黎、张海筹、苣叔□均往乌石冈张瑞卿印毛子家,饮第十四会酒,上灯时回。夜在九叔处谈。

十六日戊寅(10月27日)　晴。五弟长女二十岁生日,早间在上厅吃面。叔伦九侍公九十岁阴寿,午后吴爱林来通知往廷尉第吃面,酒阑行礼。张尔昌之妻细娥姊五十岁生日,夜在张家吃面。酒阑回,顺到班侯处坐。八妹、十妹来。内子回。是夜月在娄宿之东,亥初三刻十分,奎宿正中。月蚀从东南起蚀,甚状如◓,子正二刻十分,胃宿正中。月复圆。此时月亦当中,而微偏西,盖月在娄宿之东故也。钦天监

―――――――――――

①　此系原文所用括号。

奏江西南昌府月食，二分二十九秒初亏，亥正二刻六分食甚，夜子初一刻十四分复圆，十七日子正一刻六分。

十七日己卯（10月28日）　晴。复春农妹倩信，并将前代梅启熙致张香帅函附去，均由信局寄。午后，与九叔、夔、班、富、怀四侄，轿夫、千里两弟、高太八妹，均在五叔处饮。肇春送课艺来。夜到吴岳母处坐，旋在攀桂坊观演剧，步月归。月在昴之西。引孙及其舅父□桂生来谈家事。

十八日庚辰（10月29日）　晴。点读《素问》。李小权之女出阁，晚间与九叔、四弟、曼卿、班侯、夔诗均往伊家吃起厨饭。酒阑，顺往天心堂游览，步月归。到五弟处谈。月在昴之东，毕之西稍近。

十九日辛巳（10月30日）　晴。晨起与九叔及诸弟、诸侄往小权家道贺，早晚均在彼处饮。小权之女，张樾华新妇也，樾华与予有葭莩之谊，此次□□不通知，则予亦竟置之度外矣。夜在九叔处，校《音韵辨似翻切谱》□。月在毕宿大星及五车东南星与觜宿之间。

二十日壬午（10月31日）　阴，午后转大北风。梳发。陆桐叔来访未晤。夜在九叔处谈。抄《择时捷决》。装潢《翻切谱》。

廿一日癸未（11月1日）　阴。班侯兄弟择于十月初三日，附葬镐仲哥于八都石沟江楼公祖山，午间请予为书墓碑。点读《素问》。江勷斿之太太后日出殡，午后往吃起厨饭。到陆聘翁处谈，并言引孙事，晤尧仲，新自广东回也，上灯后归。引孙来。张樾华补请，谢不往。读《东莱博议》。

廿二日甲申（11月2日）　晴。与四弟、怀侄等往刘莘田家为其姊母炷香，在彼吃饭，旋往江家为勷斿之太太炷香，亦在彼吃饭。陆尧仲来未晤。点读《素问》。夜夔诗侄来言，已择定八都石沟余坑刘家窠江楼公坟山一所，于十月初三日合祔葬伯父中书公，伯母吴宜人□，左则祔葬原饴大哥，其右则祔葬庶伯母黄孺人。而请予□作内圹志铭，予因往四弟书房，为各写一志铭，共三首。

廿三日乙酉（11月3日）　晴。点读《素问》，夜读《东莱博议》。

廿四日丙戌（11月4日）　晴。点读《素问》。为原饴大哥书墓碑。夜与万卿弟在九叔处，诵习《翻切谱》。

廿五日丁亥（11月5日）　晴。剃头。为镐哥重书墓碑。点读《素问》。晚间往贺仪可之岳母赵芳谷太太七旬寿辰，即前为书屏者也。在彼饮，晤其子丽暄，并晤申谷之子坤舆。酒阑，到晓湘处谈，晓湘子寿平、延平、广平、赞平、景平。并晤黄梧冈。为肇春改《孟子论》。夜在九叔处诵习《翻切谱》。

廿六日戊子（11月6日）　晴。为伯父中书公、伯母吴宜人、庶黄孺人书墓碑。校正《翻切谱》，并标出谱中官话。畹芳气痛，吐虫二条。

廿七日己丑（11月7日）　晴。午间到伯父母、大哥、镐哥停屋行礼。礼毕与九叔、五弟、富侄、怀侄等，顺道往游天心堂，登迎仙最上一层楼，至为轩敞，近水遥山都在一览中焉，旋往观明故李某墓碑。夜在九叔处标□《翻切谱》官话竟日。

廿八日庚寅（11月8日）　晴。立冬。午间到奎星阁、文昌宫取筹饷事例，观□直州同加足三班，及分发指省共一百八十九，二成扣三百七八，[①]验看在外。后往朱老师处，得观八月十五日上谕科举改章云云，旋到宜仲处，旋往班侯家。夜在九叔处谈。

廿九日辛卯（11月9日）　晴。晨起五弟、富芝侄敬扶伯父中书公、伯母吴宜人枢，诣八都刘家寠祖山，予亦护送。既上山，则拜谒江楼公墓焉，□碑题"宋显宦元载府君江楼刘大夫墓"明万历十一年修，墓碑高四尺，广一尺九寸。看山人余逃生。夜在余太荣公祠寓，与五弟同榻。

三十日壬辰（11月10日）　晴。午与五弟、富侄赶石沟圩。申刻，班侯、怀孙扶镐哥枢，夒诗扶原饴大哥枢俱来，遂与亦娘黄孺人枢均送上山。

----

①　原稿两处数字均以苏州码记录。

十 月

初一日癸巳(**11月11日**) 晴。钦天监奏江西南昌府日食六分□十一秒，初亏申初二刻五分，食甚申正三刻十三分，日入地平酉初一刻六分，带食五分二十二秒，复圆酉正初刻七分，在地平下。是日予在余坑余太荣公祠观日，初亏申初二刻一分，食甚状如●，时则申正□□□分也，为山所蔽，且有蒙气，日入地平以后，莫能睹……

初二日甲午(**11月12日**) 阴。午间，与五弟、富芝侄往石沟圩酒肆饮……巡观江楼公墓右数十步宋进士……焉，北门刘之支祖也。夜半与四、五弟、班侯、夔诗等……

初三日乙未(**11月13日**) 晴。卯时伯父中书公，伯母吴宜人、庶黄孺人之枢□于江楼公墓左，横脉最上一层，次层则原饴大哥，又次层□镐仲哥，均巽山乾向。事竣行礼，即回至余祠。广昌门人吴树……字干伯，行一。送……六旬赖健行……求予书者……。

初四日丙申(**11月14日**) 阴。巳刻言，①旋与四弟往西山祭扫先考……夔诗、班侯、富芝、怀孙均往行礼，顺道往冷水坑先……各墓前挂纸，上灯时抵家。夜在上厅饮，并到九叔……九月十一日，边松湄②襟兄渝勤来信，知十二妹于是……

初五日丁酉(**11月15日**) 阴。剃头。肇春送课艺来。……所作刘舜明之妻寿文见示，为润色……未晡，即到十妹处……方周岁，情愿出抚于予为女，今……产者令乳媪抱来观之，貌甚瘰弱……大令士元请予明日饮，谢不往。晚间到李……找来洋边二元，钱四百文，即送交九叔。

初六日戊戌(**11月16日**) 晴。早间到延侄女处。晓湘送刘舜……来求予书者。写大字。午后饮平伙酒，予与五叔、九叔……万

---

① 此处不通，姑按原文整理。
② 按前述，则应作"嵋"。

弟、夔诗、班侯、富芝、怀孙、才叔、绅组，共十二人。酒阑已上灯，与九□、□叔、班侯观某姓新妇于侍郎第，未晓，听唱南词一阕而还。□□斗牛之间，状如　　　。

初七日己亥（11 月 17 日）　晴。为舜明之妻写寿屏第一、二、三、四、五……

初八日庚子（11 月 18 日）　阴。为舜明之妻写寿屏第七、八……奎师处，因林庆生欲赎高台阶大夫第……出典契还之。内子往揭宅。

初九日辛丑（11 月 19 日）　阴。早间在舜明家便饭……十幅竟，并写长联……

初十日壬寅（11 月 20 日）　晴。署长……喜仪。早间在舜明处吃饭，旋到……前月初八所记心宿北之金星，今已至……

十一日癸卯（11 月 21 日）　晴。午与四弟往舜明家贺寿，在……书房一坐。梳发。广昌门人吴干伯送来……公官衔均无横格，因与畹芳用粉线界之，殊绝烦……壁阵东室，壁下适中之处。

十二日甲辰（11 月 22 日）　晴。为符登龙号弼臣之母写寿联，又写红笺条幅弼臣……为广昌赖云卿学博六旬写寿屏第一、二、三幅。夜到揭宅□□告知借款未就，亦足见世态矣。月在垒壁阵东……

十三日乙巳（11 月 23 日）　晴。为赖云卿学博写寿屏第四、五……邀至上厅饮。广西乡试首题"子曰岁寒三……"陈懋功中四十名，皆敬斋世叔之侄孙也，与……旋到舜明家饮贺寿酒。酒阑，到揭……〔页眉记：假如以月离测经度，每日退行十三度二十分，应得若干日始一周天。孚周推算：二十七日一周天。自九月十六至此，二十七日矣，月行一周天，不足。〕

十四日丙午（11 月 24 日）　晴。粮厅陈敬斋世叔……鱼翅席一桌……母亲亦……送刘佐尧号笠耕，徐翰泉之姊丈学博寿屏……宿东即九月十六日月蚀处也。

十五日丁未（11月25日） 晴。写致春农妹倩信，并……怀孙带去。为赖云卿学博写寿屏第七、八……月临昴。〔页眉记：自九月十八日月在昴毕之间，至此二十七日矣，月复临昴。〕

十六日戊申（11月26日） 阴。粮厅陈敬斋贺两侄孙乡举，晓湘……予作隶书，早间余泰荣送来，即为书之。与富侄、怀侄往□□为喜亭之祖母炷香，在彼吃饭。为赖云卿学博写寿屏第□□。夜与五叔、守华、四弟、五弟、万弟、夔诗、班侯、怀孙在九……

十七日己酉（11月27日） 阴。剃头。为陈敬斋世叔写折扇草……代求者，润受。为赖云卿学博写寿屏第十一……丰城入赘，晚间上排，班侄送之，因病未遂……楼芝妹信，由九叔处寄。读曲。

十八日庚戌（11月28日） ……

十九日辛亥（11月29日） ……来邀予同往视之。为赖健行孝廉……谈，并习《翻切谱》，又读曲。

二十日壬子（11月30日） 微晴。为赖健行孝廉写寿屏第……处。夜在九叔处习《翻切谱》，并读曲。

廿一日癸丑（12月1日） 竟日密雨，大寒。为赖健行孝廉写寿屏第……益升自广昌晋省过此，来谈。夜在九叔处习《翻切谱》，并读曲。

廿二日甲寅（12月2日） 晴，冻，大风。为赖健行孝廉写……夜在九叔处习《翻切谱》，并读曲。

廿三日乙卯（12月3日） 晴，冻。章晓湘……广平定县署……作伐其……遂在……李意……金……

廿四日丙辰（12月4日） ……

廿五日丁巳（12月5日） ……尚未……禀旋……天主堂徐司……不审是否确实去岁天主……当将舒之看管县署，九江和……胧回文福音堂列格思，又不旁助，上灯时往询……不愿出具保释甘结，并不与名公禀，似……不便冒昧与禀矣，拟翌晨……写寿屏五旬第一、二幅。黄……切,并读曲。

廿六日戊午(12月6日)　……

……

廿八日庚申(12月8日)　……葱数头,同……刷数次。早间在上厅……来谈良久。为刘笠耕学……文江叔遣其长子达孙送菊花来……

廿九日辛酉(12月9日)　晴。广昌门人吴干伯树椿报捐巡检,分发福建……屏两副,并送予润笔二……幅,并隶书寿联。午……

三十日壬戌(12月10日)　……

十一月

……

……

初三日乙丑(12月13日)　……围……子范亦太……均……

初四日丙寅(12月14日)　晴。晨起往宜仲处开……未晓,叠次到万盛黄某号瑞庆开方,亦令畹芳服,乳红肿起……

初五日丁卯(12月15日)　晴。晨起又到黄瑞庆处开方……之乳顶愈肿,似欲排脓。夜到……

初六日戊辰(12月16日)　晴。……气痛,乳……

……

……

……

初十日壬申(12月20日)　……文部首……

十一日癸酉(12月21日)　阴。……饭,习仪。礼毕吃面。夜与……月在娄宿南,。假如以月离……始一周天。孚……三十日,行三百八十……。自十月十三至此,二十八日矣,月行一周天有余。

十二日甲戌(12月22日)　阴。冬至。晨起吃糯……毕,饮酸。剃头。午往晓……之喜,晓湘因湖南……调湖南布政使……

……

十四日丙子(12月24日) ……十一舅母处……

十五日丁丑(12月25日) 雨。黎明……远祖庙出租,恒丰鼎莡洋……不得不思患预防,因与五弟斟酌,族……不出租开店,本日即辞退恒丰鼎……

十六日戊寅(12月26日) 雨。熊芗林之妻……伊家琐事未晤……

十七日己卯(12月27日) 雨……

……

……

……

廿一日癸未(12月31日) ……九叔处读……

廿二日甲申(1902年1月1日) 晴。……测量尺,夜与四弟、五弟、夔……

廿三日乙酉(1月2日) 晴。九叔藏有循吏公……检出尚不知有遗失否。文江叔……方表,晓湘来将所作谢……谈,因将予所测……

廿四日丙戌(1月3日) 晴……

……

廿六日戊子(1月5日) ……七十四丈六……

廿七日己丑(1月6日) 晴。……晚间饮房分酒,为谢贶……

廿八日庚寅(1月7日) 晴。为谢贶清写……送粮厅陈太太寿联……婶处与胜祖商……

光绪三十二年丙午(1906)

（原稿封面手书：第十九本，起丙午六月初一日，
讫丁未正月十六日）

六 月

光绪三十二年岁次丙午六月初一日(7月21日) 晴。陈伯严吏部因江西铁路筹款来沪，既未就绪，乃还南京，予作七律送之云："计拙青莲秉烛游，请看不夜遍琼楼。酒余奇气当胸积，局定深情作劫忧。海上贤豪百辈熟，诗中世界一囊收。尘裾肮脏知何许，付与湖光且莫愁。"

肆中购得石印完白山民古篆《金人铭》、八分《豳风诗》合册，妙甚，因附录《金人铭》原文以释之。

伯严发江西电云："南昌铁路局鉴：顷已借定浙商款六十万两，周息六厘半，确无外款。七日内由益斋签字寄金陵，今晚行。立。董。"夜到金陵船送伯严行，夏君增佑[①]及《中外日报》馆叶某及张踶五均在彼，十二点钟回。

初二日(7月22日) 晴。剃头。临完白山民篆隶。阅《迦茵小传》。

初三日(7月23日) 晴。读郑苏盦诗。临《阁帖》。

初四日(7月24日) 晴。临完白山民篆书。读苏盦诗。夜往四马路喝茶。

---

① 即夏曾佑(1863—1924)，字遂卿。

初五日(7月25日) 晴。江西铁路总局寄来《彩票招股章程》，其办法大略有四：第一，废票全数作股办法，每月开彩一次，每票五元，共四万张，合洋边二十万元。头彩三万元，计大小得彩共一千七百八十二号，共须给彩五万六千九①七百六元；第二，办法：废票八成作股，卖票四万章，合洋二十万元，头彩四万元，二彩一万元，三彩五千元，计大小得彩共八万五千三百六十四元；第三，废票六成作股办法，卖票四万章，合洋二十万元。派彩数目照第二办法，计大小得彩共八万七千元；第四，五成作股办法，卖票四万张，合洋二十万元，头彩四万元，计大小得彩共十万元。以废票作股，自开彩日起，六个月后起息，周年七厘，以六个月内息银为彩局一切经费。经手卖票五厘，共洋一万元，每次开彩经费，约须三千元。予抄一通，此章程系赣州举人胡明韫博学发珠所拟者，胡现在江西省农工商矿局。

初六日(7月26日) 晴。梅斐漪观察光远来。锡廷既不在公所，胡明韫所拟之《彩票章程》，予遂饬励侄照抄。

夜到张园游览，益斋寄江西电云："南昌铁路局鉴：《南方报》告白费四百余元，是否照付？复！谦。语。"

初七日(7月27日) 〔页眉记："南昌至沪电报每字一角六分，译费每字一分六厘"；"四省铁路公所德律风二千一百四十八号。德律风行在三马路礼拜堂对门"。〕

晴。得江西铁路总局电云："图南里四省铁路公所刘三安鉴：函述各情，关系全省甚大。总局即有公函致商会陈、胡诸君，前议请勿轻于宣布，望告陈、胡诸君。局。鱼。"

又得江西铁路总局电云："图南里四省铁路公所刘三安鉴：江西全省铁路经京外官绅呈请商部、督抚宪，奏定分段办理，现已将南浔首段勘估告竣，图精价实，刻期开工。次段瑞吉、三段南赣，可依次接办，至萍醴支路亦系奏明，闻亦拟赶先筹办。招股改良后，入股者甚

---

① 原稿千位多记一数，无法确定是"六千"还是"九千"，此按原稿整理。

形踊跃。闻汉镇经理处已数次汇银来赣,赣省路政大有起色。以上所言,请速登报。局。鱼。"

益斋寄北京电云:"蔚丰厚转交朱序东,款事速电复。沪铁路公所。"

将江西总局电嘱登报之一段抄数份。《南方报》馆由益斋送登,他如《新闻报》馆、《中外日报》馆、《时报》馆、《申报》馆皆我自送去。于《时报》馆晤史晴江,于《申报》馆晤主笔金咏榴,号剑仙,青浦人。

往如意里,会陈润夫观察,示以江西总局两电,润夫亦不以商会另起风潮为然。闻昨由邓鹤坡发起,径举刘未霖为驻沪坐办,惟润夫及包晖翁未签字,老成之见,倜乎远矣。于润夫处晤赵声儒星如。得朱锡廷信,言前日回南市患痧症,须告假数天。

初八日(7月28日) 午后大雨。往瑞乐洋行访胡捷三未晤,即往包晖章、曾瑞麟处,均将江西路局"鱼"电之意告之。赵星如印世骃表佳婿自嘉兴陈莅庄大令处来沪,早间见访。李琳石毓昆于午后来访,值予出外。琳石将进京,现寓长春栈楼房二十六号。

初九日(7月29日) 晴。礼拜。剃头。江西总局复益斋初六日电云:"图南里四省铁路公所黄益翁鉴:电悉。廿五日已由恒孚汇去。前事签定寄宁否?祈电复。局。齐。"

本日《时报》载"赣路大有起色"一段,《中外日报》亦载之。往陈润夫处,旋往棋盘街高升栈回看赵星如。到长春访琳石,值他出;灯上,复访之,亦未晤。

初十日(7月30日) 晴,奇热。题苏盦《海藏楼诗》云:"近人诗派推陈郑,谓伯严吏部与君也。见说天教此道留。万顷不波胸浩浩,千林空噪语啾啾。盟鸥甲子真吟史,望鹤心情奈客愁。借问仙区何处是,水云深处海藏楼。"苏盦由图南里移居谦吉里,晚间往候之,兼呈此诗。

因劢侄故态事到恒济,此子前途,何堪设想。赵叔阴险,故意毁坏眼镜,罚之。夜到长春,邀琳石往四马路茶叙,因托探都中消息。

益斋发电云："南昌铁路局鉴：电悉。请将米捐或盐斤每月已收若干之案件寄沪，立可签字寄宁。谦。贿。"

十一日（7月31日） 晴，午后雨，至夜不休。四省公所于明日移驻苏盒向居之屋，江西铁路公司亦移焉，予房中木器先搬去。胡捷三书来索观初七日江西来电，予因往捷三处，并晤刘未林，谈良久。

黄棣斋太史大堉来候，值予出外。晚间伯严吏部南京来电云："图南里铁路公所黄益斋，借据妥否，望速寄。立。"

十二日（8月1日） 阴雨。阅《迦茵小传》竟。此书册首载钱塘夏曾佑题诗云："万书堆里垂垂老，悔向人前说古今。薄病最宜残烛下，暮云应作九洲阴。旁行幸有伽娄笔，发喜难窥大梵心。会得言情头已白，捻髭想见独沉吟。"

皇太后因端午食冷角黍得病，近两日未视朝云。昨日《时报》云：连日引见，裁取拣选举人四十名，均以州同及盐库大使用，无一以知县用者。

得夔诗、班侯苏州来信云：定于廿五六动身回江西。移公所。

十三日（8月2日） 早间大雨。杏衫既引见，初六日奉旨："赵世猷着以直隶州州同用。"得春农妹倩初七日省城来函。往新大方栈回看黄棣斋太史大堉，旋与同诣亿鑫里江西商会，晤戴木斋、罗海帆。

十四日（8月3日） 阴。作古诗一首，题曰《拟古》，诗云："亭亭岩上松，茸茸涧底茨。东风故无心，吹尔随高卑。岂关所托异，秉质各不移。浈浈曲江头，潚潚弄潮儿。去来潮有信，儿戏竟何知。以此伤客心，感物复感时。视国如孤注，阿外用图私。振古兹一辙，念念涕沾颐。虔辞盟皦日，何意致倾訾。倾訾且无劳，丹鸟爱高枝。空令主计失，己亦受其欺。仰息能几何，但为行路悲。"录近作示黄棣斋，值棣斋携二子起程航海而北。

到后马路晋升栈，访刘幼云太史廷琛，值先时出门，闻明日起程赴日本。郑黄初邀往万福楼饮，旋往四海升平楼喝茶，蒋鸣九、汪嵩吟亦来。

接南昌铁路总局电云:"图南里四省铁路公所刘三安转陈润翁、胡捷翁鉴:得伯严兄函电,始知两兄暨诸公维持大局,推广招股,并非立异,曷胜感佩! 但立法宜善,俟伯严到省会同妥商,再覆。统祈转达诸公。菜等。寒。"附伯严昨日南京来电:"图南里四省铁路公所黄益斋:电严案件,即送沪局。真。"益斋发电:"南京中正街陈伯严鉴:事已函详,盐米须力争。谦。阮。"

十五日(8月4日)　晴。赵珊丞来谈,越五六日将入都云。赵星如亦来。写寄江西李芗垣方伯信,附公所五月份用款册。将总局"寒"电持示商会夏晓峰,照抄一通,转示诸公。到包晖翁处谈,亦抄"寒"电转示徐竹亭、曾书麟诸公。

十六日(8月5日)　晴。剃头。到陈润夫处,将"寒"电示之。往四海升平楼喝茶。到吉羊店。

十七日(8月6日)　晴,大热。舜仪侄自江省赴苏,午间过此。江西铁路总局派局役胡顺送信来沪,盖六月十二日芗垣方伯致予回信也。述及现饬迅将速应宣布事件,分别照抄呈核,一俟呈送核定,即寄来沪,以便值年处调查报部云。附来照抄商部札覆一件,并附致黄益翁函,内附九江道玉观察移会办理米捐公文一件,督销局秦观察咨解加价银两公文一件。外附致前江南提督军门李大人印占椿号寿亭信一函。李寿亭军门寓蔡和甫阁学处,于十五日往游普陀,廿一、二日方旋沪云。

夜往平安里谢宝宝家谢红玉处,访胡捷三。四更天,申孙手足及头发热。

十八日(8月7日)　晴,热。早间到贻德里浙江铁路公司。复李芗垣年伯信,并寄《中国铁路指南》一册,又黄益翁回信一函,均由局役胡顺带回。南昌铁路总局文案裴兆云,抚州教官①芗垣方伯于路政一切,多与商酌云。支应傅某、总支应黄邦懋、经管股票赵云楼。

---

① 为不伤文意,整理者特作小字处理。

张踵五及杭州叶仲裕来。劢侄萌态于邻居，夔侄带之来沪，真孟浪也。

申孙自昨夜起泄泻，头上热甚重，今夜竟泻十三次之多，彻夜不睡，时时须予抱之行走。

十九日（8月8日）　微晴。立秋。写致南京陈伯严吏部信，附公所五月份用款册及《题海藏楼诗》。晚间到赵珊丞益丰和栈，兼录示近作。

申孙泻十二次，酉初服生白术剂，八九点钟大便带有似白痰块者，向所吃之红枣、腌菜等带出不化；大便又似藕粉，则已变成痢症矣，口极渴，啼无泪。

二十日（8月9日）　晴。晨起，抱申孙往安徽铁路公司请洪荫之诊视，开四味服之。午后，由洪诱初荐采山堂徐起之先生为申孙诊视，亦开方服之。朝天后宫，并往大马路红庙观音殿求签，签句有云："须知月缺又重圆。"并托测字某君代祷"甲辰星君"，盖申孙本命之福神也。是日泻五十余次。到中国大药房购治痢药水，令申孙服，并敷洋芥。

廿一日（8月10日）　晴。晨起，往平安街邀又春同往陆家浜，请某先生来为申孙收惊。庚春、又春旋来，其时申孙症候最危。是日泻数十次，目光已黯，二更时脉现散像，三更时手上难寻脉，鼻口微有出气，已为易衣裤，无余望矣。四更后，予忽闻申孙在床下微呻吟，因复抱之置地席，姑以茶水饮之，是日泻不计数。

廿二日（8月11日）　晴。钱庄会馆前测字，李见明绘怪符五道，其中有一道焚化令申孙服之。写致夔、班两侄信，寄胥门内戴慎先处转交。往大马路红庙观音堂为申孙求仙方，盖用人乳调陈米水服之。此廿三日事：夜间又以牛乳代人乳，且饮且抱，经五六次，疑有转机矣；既而予疲，睡一会，申孙又变卦。是日泻不计数。

廿三日（8月12日）　畹芳亦有染痢状。往德安里俭德堂，购痢疾一分瓶子药，令服之，并令申孙服。申孙泻不已，人极委顿，已不可起矣,畹芳恸哭之。夜半,予伴申孙卧地上,复有转机,饮以牛乳米水约五、六次,每饮后必索抱行动,以为可恃矣。予疲倦,睡一会,而申孙又变卦。廿四日:接轿夫弟信,并治痢丸八枚。

廿四日(8月13日)　晴。以包子少许喂申孙,觉口噤不能下咽,盖喉已干结矣。仅以米水饮之,脱其衣裤视之,瘦真见骨。适朱锡廷来视,予托觅医,乃荐江湾人徐杏圃先生诊视,以其开方诣蔡同德取药。申孙既服此药,夜睡床上稍安,然口极作渴,饮水数碗,小便极多,泻渐少。

廿五日(8月14日)　晴。早间在四省公所吃饭,午往虹口三元宫隔壁,请徐杏圃先生复来为申孙诊视,云较昨稍愈矣,改方令服之。申孙夜吃稀饭甚多,小便大而且多,泻四五次,人愈委顿,气息大弱矣。

廿六日(8月15日)　晴,奇热。在四省公所早饭。朱锡廷来视申孙。申孙自早间七点钟大解后,以轿夫弟所寄治痢丸二枚令服之。竟日静卧,至酉初五钟始复大解,状如白痰,知其腹中邪尚未净也。复以治痢丸二枚服之,责其速去,则大嚏,嚏时泪痕隐约露眼角,声尚洪亮,吃稀饭甚多。夜八点钟时,申孙忽频频狂叫,状若腹内有甚苦者,小肚肿胀。予既决其万无生理,乃舍之不顾,姑自酣睡至廿七早间六点钟,畹芳为换水布,见有黄色稀粪,小肚肿胀亦消,而申孙竟尚在人间。

廿七日(8月16日)　晴,奇热。夔诗、班侯、舜仪由苏来,予自公所回寓,申孙已风起痰上,一丝仅有遗气矣,以高丽参灌之,亦枉然。延至申正,竟长逝。呜呼!天乎!何夺申孙如是之惨,而罚我如是之酷也!班侯等邀予至一品香饮,鲁和孙、江冬孙均在座。晚间得雨。

廿八日(8月17日)　晴。黎明,殡殓申孙,令人抬出葬之。午到长春栈,未晤夔侄等。薄暮,夔侄来寓,言旋梓在即,予托其觅家眷妥便俾老母附舟至江西省,予即回迎来沪。又嘱夔侄变卖荷庄租谷及阆分台使第房屋。燮侄领车夫侄回长春栈。

廿九日（8 月 18 日） 晴，晚雨。将车夫侄藤匦箱、被包送长春栈。得二十日丁孝宽侄婿天津来信，知春农年伯得《北洋官报》总局差事，孝宽之舅张芝生观察申甫太守在扬州病故云。夜，班侯、燮诗先后来寓，告知即上轮舟回江西。

三十日（8 月 19 日） 阴。与内子看定张春敷慈溪人。现在江海关经管洋药税楼房两间，每月租洋十元二角，其楼房在李氏宅之南，中间隔一横巷，仍在福寿里也，拟初二日迁居。又得熙安弟信，复之。

七 月

初一日（8 月 20 日） 汪嵩吟病水肿，往安徽铁路公司视之，并晤洪荫翁。益斋谈铁路近事，并晤禅臣洋行管事赵止斋。

伯严六月廿七日在南京寄益斋信云："借款事如何？如终有格外要求，只好姑听之。省局定拟八月开工，谓购地费只须六七万金，头段发费只须五万金，局中已存有十余万金，目前开工，尚不窘手。屡电函催立前往设局，因日内酷暑，稍稍休息，然迟至七月初二三等日，万不能不往矣。爱苍江西藩台沈印瑜庆顷见面，极注重铁路，必可大为助力，亦极主张改股分为五元之说，已约至江省共筹办法也。顷得惠示及朱序东函，自不妨如其所言，令遣工程师至江省面商。惟业经局聘工程师估定价值，计第三段八十里工程并铁轨各项一切在内，只估值八十余万两。据知者皆云甚为公平，想无甚参差，可以此情告朱君，听其斟酌可也。前阅《中外日报》，列有商部咨皖抚停止安徽彩票之说，想不的确，爱苍言并无所闻，究竟如何，请示知。省局函云米厘已可争回自办，约每岁有二十余万之常款。彩票若行，或尚足自立。加价事仍须力争，不计胜负也。三立顿首。

尊函言沪上亦有欲包工八十里者，议有端绪否？此处如结实可靠，自亦可与之磋商，再此较京城某之包工，孰为得失，再为定局可也。又弟拟初二启行，公回朱序东信，不如告以'候弟到江西，商之在

局诸君,再为详覆'等语为佳。伯行京卿作保之说,仍可恃否? 望再
讯索之,立又顿首。"

初二日(8月21日) 晴,夜得大雨。搬房子,系工部局第三十
九号第一千六百八十五号门牌,包租是屋者张春敷春敷名宏初,其弟名宏
福、名宏祥,其表弟葛卜世;邻居曹炳才,宁波人。

初三日(8月22日) 晴。江西商会戴穆哉启铎来。《南方报》馆
主笔现换刘未林太史凤起、文实甫孝廉廷华,而向之胡梅轩及连某,皆
去文公达改办《新闻报》馆。致富芝侄信由信局寄。

初四日(8月23日) 微晴。写致五弟信。邮递清江浦河北西
摆渡口陈宅,妥交盐巡政厅刘云云。复丁孝宽印其恒信,邮递天津河
北狮子林《北洋官报》总局。庚春来,言将之常州,与同到内河轮船公
司问船。李伯行京卿、韩仲容往芜湖,夜诣江新轮船送行,并到信昌
隆托瑞麟寄信,晤辅臣。

初五日(8月24日) 晴。写致杨春农妹倩信,邮递江西省城上
三益巷杨赟臣前任湖北沘镇□巡政厅试馆。致杨仙洲妹倩信,邮递广
东韶州府韶州厘厂办事委员即补巡政厅。接李琳石六月廿六日京都
来信,言现所用之直州同四项库大使,一时尚不能捐请分发,三百金之
谱。未知执政是何意见。以举人过多,拥挤堪虞,恐不免又有一番更
变耳。琳石截取到班,引见分用后随时可请分发,不须花钱报捐。我
之截取约在三年之期云。

哭申孙诗云:"申孙申孙,炯炯目瞳子,识字且能称姓氏。颐丰耳
大人中深,见者金以福寿拟。予尤爱汝聪灵亢爽不与凡儿比,胡为三
岁四周年,一病仓皇竟不起。几番祝汝生,几番哭汝死。几番死生忍
置之,挥汝使去汝亦哭不止。呼爷呼娘呼姨姐,死别吞声有如此。亦
知百年驹过隙,自古彭殇同一视。芸芸岂少赋西河,奈我潦倒一生偏
恸汝。申孙申孙,汝去将何之,又孰主张是。重霄罡风恶,九泉茫茫
耳。汝忘汝生则已矣,不然一灵不昧,不如更为吾之子。呜呼! 申孙
归来乎,归来更为吾之子!"

初六日(8月25日) 晴。得熙安弟初五日苏州来函,云初八日进阿玉小学堂。

初七日(8月26日) 晴。剃头。铁路公司诸同人,为汪嵩吟设经忏于寿圣庵,予亦往行礼,在彼早饭。

史晴江澜奉委署江西丰城县县丞,早间来辞行,并求予书扇,为书隶字数行。晚间,到《时报》馆回看晴江。

初八日(8月27日) 晴。益斋处借得清江熊兰亭家骥先生《痢证论》,抄之。惜以前不得此书,申孙之不遇救也,岂非命乎?恨何如之!

锡廷告假五六天,回无锡。

本日《时报》载《赣省米商请批驳苛征禀》略云:江西除九江一府无米出口外,十二府一州以米为出产大宗。内地统税十成,湖口出口纳税五成,万难于十五成之外,再有抽收。向闻铁路局拟在湖口酌收米捐,计银给与股票,路成可借转运股票,则于米商有利,尚非寻常抽捐可比。顷闻铁路局绅竟与浔道会商,就湖口、二套口、九江三处抽收为瓜分,计而作路股一节,并未提及,不胜骇异,是殆以米商为鱼肉也!若借口九江商埠警察是一隅之事,与各府无涉,恐通省之民将集矢于路绅,浔道用敢将湖口、二套口、九江苛征米捐,为九江商埠警察经费。米商万难承认情由,伏恳批驳。如谓铁路系通省公益,亦必由通省总商会议妥,会同铁路局详请批准,就湖口一处按捐发给股票,庶免烦忧,以昭公允。云云。

夜与郑黄初到四海升平楼喝茶,旋到万福来饮,旋往《时报》馆晤狄楚卿。

初九日(8月28日) 晴。为殿伦书条幅八张,为雨春隶书折扇,均李子远代求者。又为殿伦书小条幅一张,蒋荫轩代求者。

初十日(8月29日) 阴。焦润田来访益斋。寄李艻垣方伯信。

十一日(8月30日) 微晴。为少峻书宣纸小条幅四张,毕锦文少峻即锦文别号代求者。又为赵止斋书泥金折扇。

本日《时报》云：赣省因去年开办南浔铁路筹费，将淮引食盐每斤加价四文，经奉旨准行。惟自盐斤加价以来，盐引颇碍销路。近阅两江督盐宪周玉帅馥恐碍磋网，现经专案奏准，自七月初一日起，将盐斤加价即行停免，以广销路，西岸督销局总办秦观察，亦当即日出示晓谕通知云。

夜与蒋鸣九、张百泉、李楚卿在青莲阁喝茶。

十二日(8月31日)　晴。阅政治小说《回头看》。晚间郑黄初邀往九华楼饮，予与同往易安喝茶。夜奇热。

十三日(9月1日)　晴。接富之六月廿七日代四弟妇所写之信。洪荫之移居爱而近路洋房，同人合购大餐器皿送之。阅《回头看》竟。

十四日(9月2日)　阴。至(新)老北门。

十五日(9月3日)　阴。洪荫之请，在一枝香西酌，谢之。

本日《时报》载十三日宣布立宪谕旨云：

　　朕钦奉慈禧端佑康颐昭豫庄诚寿恭钦献崇熙皇太后懿旨。本朝自开国以来，列圣相承，谟烈昭垂，无不因时损益，著为宪典。现在各国交通政治法度，皆有彼此相因之势，而我国政令积久相仍，日处阽危，受患迫切，非广求智识，更订法制，上无以承祖宗缔造之心，下无以慰臣庶治平之望。是以前简派大臣，分赴各国考查政治。现载泽等回国陈奏，皆以国势不振，实由于上下相睽，内外隔阂，官不知所以保民，民不知所以卫国。而各国之所以富强者，实由于行宪法，取决公论，君民一体，呼吸相通，博采众长，明定权限，以及筹备财用，经画政务，无不公之于黎庶。又兼各国相师，变通尽利，政通民和，有由来矣。时处今日，惟有及时详晰甄核，仿行宪政，大权统于朝廷，庶政公诸舆论，以立国家万年有道之基。但目前规制未备，民智未开，若操切从事，徒饰空文，何以对国民而昭大信。故廓清积弊，明定责成，必从官制入手,亟应先将官制分别议定,次第更张。并将各项法律详慎厘订,而又广兴教育,清理财政,整顿武备,普设巡警,使绅民明悉国政,以预备立宪基础。着内外臣工,切实振兴,力求成效。侯数年后规模粗具,查看情形,参用各国成法,妥议立宪。实行期限,再行宣布天下,视进步之迟速,定期限之远近。着各省将军、督抚,晓谕士庶人等,发愤为学,各明忠君爱国之义,合群进化之理,勿以私见害公益,勿以小忿败大谋。尊崇秩序,保守和平,以预储立宪国民之资格有厚望焉。将此通谕知之,钦此。

复韩仲容函。为汪纬本稷臣、李华田、余光仪隶书名片。

十六日(9月4日) 阴。畹芳闻李太太家传说,其西楼夜深颇有响动,疑系申孙之魂恋恋于斯也。因往该楼呼申孙,夜购纸锞当路焚之。予因并焚所做《哭申孙诗》,冀通冥漠,而孰知爱情一割,和梦俱无。天乎! 天乎! 将焉纾吾郁结乎!

十七日(9月5日) 阴。十五日黄益翁发江西电云:"南昌铁路总局李、陈鉴:盐斤事为《新阅报》揭出,所事皆翻并米厘亦有所疑,惟李京卿尚可如前议,此事关系全局,宜速设法。有粤商黄国英等集款数百万,欲包造九南全路,款可先拨,随时拨还,周年七厘行息,不立年限;照工师原估单,限二年半竣工,可无须盐米厘作抵。该商等欲往商部注册,其非洋款。可知挽回大局,在此一举。所议条款较前包路者,尤为益多弊少,望商定电知,以便立约。谦。潜。"夜大雨。

十八日(9月6日) 雨。寄又春信。寄南昌铁路总局陈伯严信。内子泻腹尚未全愈,夜间腰腹痛甚。

十九日(9月7日) 阴。内子《哭申孙诗》云:"落地从无一刻离,三年寒暖自扶持。魂兮若有三分晓,梦里回来慰我思。""无端十日罡风恶,药饵无灵哭断肠。记得临危前几日,一声爷罢一声娘。""生小聪明博我欢,遗容一看一心酸。彩云易散从来说,底事朝朝泪不干。""到处人夸是璧人,支离病骨尚堪珍。人间天上难寻觅,痴祝轮回再降申。"

胡捷三观察文达,现兼办瑞记洋行事,每日多在二马路瑞记洋行三层楼上军械账房,今早来约益斋往彼,盖欲与议彩票招股事也。《南方报》馆主笔:文实甫廷华,总理:志赞熙。江西商会折束通知:"廿一日午刻,诸同乡齐集,举行庆祝立宪之典礼。"

庚春、又春来,旋邀往寓中饮。

二十日(9月8日) 阴。昨日南昌铁路总局覆益翁电云:"黄益斋鉴:'潜'电悉。前事本可作罢,盐斤力争尚有转机,米事改章由路局专办,每石二角入股,抚藩议准开办。粤商包路,甚为美善,但德化、德安一百六十里,已为司徒及殷、王诸君包定,八月开工。南浔路尚剩建昌、新建八十里,勘估亦定,可以议包。请约黄君来赣省面议,定约后即可兴工。若款巨能包多路,可以接办南萍。望复。局。效。"

与黄初、伯泉吃牛肉。

廿一日(9月9日) 竟日密雨。伯行京卿自芜湖回沪。早间胡捷三来。午往江西商会,与庆贺宣布立宪之酒席。同乡到者计三桌酒半,捷三起立演说,文实甫次之,南城李振堂又次之,每次众皆鼓掌鸣欢。至六马路留发堂即育婴堂晤徐某、郑某。

廿二日(9月10日) 雨竟日密且大。阅《绮楼重楼》。昨日捷三来言彩票招股之利益,且云江西果办彩票,五六万张之谱,伊可包售其半数。安徽路工虽开办,以款尚不敷暂停,廿六日头次开彩,除给付大小彩外,安徽公司当可得十五万元云。

今午伯行电致陈学士,以前拟请之铁路学堂监督朱乙尊太守,颇有嗜好,已辞却。故电商陈学士,因现与沪宁铁路总管理施观察肇曾约定,四省铁路学堂增入江苏为五省铁路学堂,拟推陈学士为值年领袖。一俟学士电复允许,即当通报江苏路绅直臬王印清穆、修撰张印謇,并商之浙赣两省总办云。

廿三日(9月11日) 微晴。写致江西李芗垣方伯信。并附公所六月份用款册。到二马路瑞记洋行三层楼军械账房回看胡捷三,晤玉山周晋笙,既留字与捷三,旋又途遇之。

廿四日(9月12日) 晴。本日《时报》载《铁路学堂派充总办》一条云:前报叠记苏省奉到学部来文,饬即赶办实业学堂。由绅士王胜之太史等,于六月杪张季直殿撰来苏时,拟先筹办铁路学堂,以三邑仓屋改用,经费即以丝纱两厂岁拨一万金应用等情。兹悉现由各绅决议办法,已将章程呈请苏抚立案,并请添派总办一员,以专责成,即由陈筱帅札委商务局总办陆纯伯观察兼承其乏云。

《时报》又云:江督有电致赣藩,以新谷已登,江西似可弛禁,听贩出境等语。而铁路局绅,因盐斤加价,已奉奏停,路股毫无把握,公禀速弛米禁,俾得抽捐以济路款云。

抄五月、六月公所用款册。

廿五日(9月13日) 晴。晤大仓洋行友人香山蔡桢祥。

益斋覆江西电云:"南昌铁路总局鉴:'效'电悉。八十里别有人包,条款照前所估工程全单,速抄寄沪。黄君等因款多,决意专包南萍。月初可偕之来省会商。谦。有。"

读《松荫文钞》。得五弟咏庵廿三日苏垣来信言:近得江北陆军兵备处差使,惟薪水甚菲,不足赡家,现奉差苏州一行,差竣或可绕上海数日聚晤,先作此驰报云。

廿六日(9月14日) 晴。本日《时报》载《考选咨送留学铁路》一条云:浙省前就留东自费生中,考选六十名为官费铁路生外,旋有乌程附生罗向辰等,请咨自费赴日学习路工。而金、衢、严士绅亦曾联名,禀奉张中丞批饬官绅,合力筹款酌办。兹又纷纷由县选生,并筹得学费,保送到省,人数较多,故奉学务处核费录取,详请给咨。且为日已迫,即当首途,今将取送各生名籍列后:金华府属楼建新等十名,由孝廉堂经费项下提洋一千八百元,不敷自筹。衢州府属詹麟来、傅篯、叶绍良三名,均由西安县提公费洋八百元,不敷自筹。余绍宋、苏应诠二名,均由龙游县提公费洋四百元,不敷自筹。严州府属胡升鸿等六名,均由官绅代筹半费,本生自筹半费。

读《松荫·严囚纪事·投狱纪事》。

廿七日(9月15日) 晴。圈读《海藏楼诗》。

廿八日(9月16日) 晴。剃头。本日《时报》云:"粤督岑云帅自奉到派员会议宪政之后,闻已将派余诚格氏来京会议宪政事宜。闻泽公具折奏请废止阉宦,以清宫廷,慈宫阅奏嘉纳,刻已饬令大员磋商办法。闻内廷人云,泽公回国后,已有奏请官员剪发辫之折,两宫深滋不悦。日前戴少怀侍郎召见时,面陈削发之利便,皇太后但笑而不言,未蒙允许。近日诸大臣会议立宪事宜,亦拟奏请剪发辫、换服制,闻醇邸及王世两相国力争不可,因之暂作罢议。"

江西铁路总局覆廿五日电云:"黄益斋鉴:'有'电悉。条款、估单即抄寄。南萍包工一事,请与陈、胡诸公商妥后,即偕黄君来省。菜等。宥。"

到爱而近路小菜一厂西北,经火车站三里许某处,探知申孙葬北海。经办某老人以当时未编号记,难确指其棺处。北海距某处尚有三四里,予未遂前往,无可奈何,徒望洋兴叹而已矣!往易安隔壁新新园沐浴。

廿九日(9月17日) 阴雨。伯严自南京来电云:"黄益斋因妇病回,包路事望先过我。立。"

本日《中外日报》载《江西铁路公司续拟接筑南萍、吉赣各路招股章程》:"一、全省铁路,线长费巨,万难同时并举。现已开办南浔首段,以后接办之路,自应将先后缓急,再为酌定。查粤汉铁路,业已兴工,今公议先推广添筑由南昌至萍乡,以通粤汉干路,早收振兴商务之效。其次由吉赣以通粤之干路,又次通广信以接江浙之支路,再次由抚建以接闽路,分别照此办理。一、本公司前经改议,以龙洋百圆为整股,十圆为零股,今更定以五元为小股。刻下推广接筑南萍铁路,并吉赣干路,暨各处支路,统计以集股款三千六百万元。前议以六百万元为优先股,今定议再加四百万圆,总共一千万圆为优先股,限至光绪三十三年五月交齐为止。俟此数满后,即为普通股,以示区别。一、凡有股份,本已定为一期交纳,今公议仍听分期,以收广招易集之效。除优先股限于三十三年五月交齐外,其普通股入整股者,第一期交银元二十圆,二期交四十圆,三期交四十圆。入零股者,第一期交银元二圆,二期交四圆,三期交四圆。入小股者,第一期交银元一圆,二期交二圆,三期交二圆。均按第一期交银元后,过三个月为第二期;以南萍开办勘路之日,为第三期,不得稍紊次序。其能一次缴清者,仍听其便。至各股付息之期,均以收单数目、日期为凭。一、股份概用银元,自应酌定分两,俾昭公允,除缴现龙洋外,今议凡以银钱交股者,以上海九八规元七钱四分为一圆,付息一概照此计算。

续订各经理处应办事宜五条:一、本公司续订接办南萍铁路及吉赣各路,分定先后章程四条,附于原章程之后,请即查照办理。一、既添五圆小股,应再刊发五圆小股收单,交经理处,以便于小股一期交齐者填用。与从前所发之整股、零股收单,事同一律。一、优先股原有期限,自仍于期限内交清。此外仍设三期收股之法,另行刊发收单,于股字上空出整、零、小等字;次字上空出一、二、三等字,以便于收股银时,查照分别填写。一、招股有上一千两者,除给现银作红股外,有愿领红股票者,自应先发红股凭单于经理处,以便照章给发;俟册报到公司,再行给发红股票。由经理处换交本人,其凭单仍汇缴本公司。至红股既给凭单,即应付给息折,以凭取息分红。一、此次续寄各件,应详注于后,以便查点。并望于收至后,速覆本公司,计小股收单一起,各股分期收单一起,红股凭单一起,红股息折一起,并原定章程及二次续订章程,合订一册。"

寄南京伯严信。

八 月

初一日(9月18日) 晴。〔页眉记:香港大风灾。〕

阅七月廿日芗垣方伯回益斋书云:"承示米捐入股、盐斤加价两次公文,均已收到,请暂存尊处,抑或转交三安兄寄江并无不可。来示云公司暂用收支一人，月需十元；书记一人，月需十二元；用人一名，月需六元，均为同人认可。复思书记一席，已将刘三安孝廉派充，未便续派，来示所云添派书记请作罢论。但祈添一稿生，每月给洋十元作为薪水。一、安徽公所书记洪荫之，请照来示月送车马费四十金。一、驻沪局款每月若干，刻下似难预定，容俟随时公酌。一、档案及公私文牍，查明与路事相关者，遵即录寄。一、沪上招股事虽由诸商台经理，仍请阁下会同筹办，庶几更形周密。一、设立驻沪公所，以便陈、胡诸公随时会商一切，兹据公议即请在江西商会公所，设立驻沪江西全省铁路公所，既昭简便，并易联络群情。一、来示云已与李京卿言妥，在上海大庄通融十余万两，以为不时之需，每月进款即可随时归划，同人均已认可。一、前商会所议南萍一节，已有成议、即续拟南萍、吉赣各路招股章程。寄沪阅之，即能洞悉，兹不赘叙。一、嗣后来电起首，但用'上海黄益斋'等字，谨当遵办；送来禀督抚两宪稿三件，争回盐斤加价。祈即转交《南方报》馆照登，他报馆亦可多登。送京禀稿再寄，此事可望转机。顷接'潜'电，包工事甚好，已详细电覆，公偕来省议妥，即可领图单开办也。"

福建陈伯潜学士午到沪，驻四省铁路公所。同来者，学士之长子几士印懋，复将往日本留学，因学士即须赴神户招股，顺道携之前行也。又随学士至沪者，尚有林汉崧号峻宇、王号可捷，皆闽人。

庚春有信来。晚间到棉花店。

益斋覆南京电："南京中正街陈伯严：电悉。陈阁学到沪，会议后，谦即来宁。董。"广东藩台胡葵甫方伯湘林由源丰润银号在后马路转交来，即期票库纹八百三十两，又路股名单一纸，又公文册件一总包。其银经益斋手收，存放如意里通久钱庄。其名单系承认江西铁路股份者共计八十三股，每股银十两。其公文册件一总包，标云："内系清折、存根、收单、息折共一包，随文寄呈：奏派总办江西全省铁路头品顶戴、前江宁布政使李；公局查收。广东藩署缄。"此项路股，除四十三股系广东候补人员分认外，余则葵甫方伯认十股；胡某记三十位，每位各认一股,共三十股,均吉安府庐陵县人。

初二日(9 月 19 日) 晴。〔页眉记:香港余风灾。〕覆庚春信。
至新北门。

接七月廿五日江西铁路总局寄来总封,内有芗垣方伯覆予之信,
略云:

> 连接六月十五、十八两次来缄,得知种切。嗣展手翰,惊悉
> 文郎玉折,深为惋惜。又奉大著,语语哀痛,令人不堪卒读。惟
> 达人知命,不必以已然之事,作无益之悲,尚祈随时珍摄,善自排
> 遣,是所远盼。承示绅商合办一节,具见情关路政,遇事热心。
> 弟此次吾省兴修铁道,虽由奏定,仍以商办为宗旨,即章程票据
> 确有明证,并未于绅商忽分畛域。日前陈吏部来江,同人相与畅
> 谈斯旨,比即逐条函告沪上诸君,联合一气,以冀共卫梓桑,想阁
> 下已知其详也。寄来各项报告文件,即祈查照来单检存备查。
> 外致刘召民印肇明观察公文一件,并希速寄东京为要。专泐布
> 覆,顺请文安。

又芗垣方伯致荣昌火柴公司邓大人印继瞻信云:"鹤坡仁兄乡大
人:承示各节,具见情关路政,遇事热心。陈伯严兄来江面谈一切,比
即函告沪上诸公,附呈改订章程四条,务祈联合一气,以冀共卫梓桑。
刘未霖太史现已公请在沪经理招股事宜,另备移文寄呈,月送薪水伍
拾金,想诸凡均邀鉴及矣。南浔轨道先由德化、德安建筑,现在办理
购地兴工。九江已开分局,由陈伯翁主持其事。包工人并偕来商办。
知关绮注,用特附陈。"云云。

又寄日本东京刘观察号召民,印秉桢公文一件云:奏派总办江西
通省铁路头品顶戴、前江宁布政使李,为移请事案。查本年二月间,
敝总局曾照《呈奉商部奏定江西铁路章程》第二章第五条,先择已习
普通科学学生数人,资遣前赴日本学习铁路业务、机械、建设诸科,用

收速效，以供器使。当将上年钦派考察各国政治大臣，选定之学生夏辛、朱汝梅、文永询、陈蒙四人，及敝总局所选之黄寿乔、卢惟周、高巨瑗、王盛春、何定国、吴文洁六人，一并分别声明具文，呈请前江西抚宪胡给咨东渡，旋奉批由江西学务处，将奉发咨钦差驻日杨大臣公文一角转移。敝总局发给该学生黄寿乔等，领赀赴东，投递入学在案。兹查江省派委赴东照料江西留学各生之候补知县金令宝权单开，敝总局原案遣派赴东学习铁道诸科学生夏辛、黄寿乔等十人内，除吴文洁未经赴东入学外，尚有续派之黄福绵一名，及李钦使在东派送之李家泰、刘锡炜二名。敝总局复查无异，自应一体发给学费，以资造就，用备任使。惟须确入铁道学堂者，始准各该生按月照章具领，不得预支。除已备日币汇东，并专函请该令宝权验收，以便给发。并请一体妥为照料外，相应备文移请贵道，烦为查照，并希随时督饬江西照料留东学生委员金令，一体妥为照料，望切施行。须至移者，右移驻日监督江苏即补道刘印秉桢。光绪三十二年七月二十日，总办江西全省铁路事宜关防。监用关防委员候选从九胡承诏。

又江西铁路总董衔名单即各执事员名单；又发起人文牍并奏稿、奉旨年月卷一宗。（八开）光绪三十年通省京官呈请商部代奏；本月十二日奉旨着照所请，钦此。又禀办盐斤加价全卷共计九十一开；又米捐原案一宗一本；又《江西铁路图说》一幅；又《全铁章程》一本筹款、招股、办事均详内；又《江西铁路购地章程》一本；又开支请折一扣；又工程师姓名。正工程师：罗德玛即德模，英国人；副工程师两位：濮鲁生，丹国人；麦可得，英国人。

〔页眉记：复由江西在籍前山东候补道梅启熙等，呈请抚院批准照会李有棻总办铁路，兼会办农工商矿局务；旋由抚函商江督（端方）于盐斤加价四文，每年约可得银二三十万。〕

初三日（9月20日）　晴，大热。本日《中外日报》云：赣绅李军门占椿，前集商款二十万两赴宁，与周玉帅商办开采赣县铜矿。经玉帅赞成，允在宁铜元局拨款八万，清江铜元局六万，□□铜元局六万；

江西六万作为官本,惟江西因无闲款未允,余均照拨。李于日前特来省,与吴抚、沈藩磋商此事。

江西所属十三府一州,食浙盐者,广信一府;食粤盐者,南安、赣州二府,宁都一州。其余南昌、饶州、南康、九江、建昌、抚州、临江、瑞州、袁州、吉安十府,皆系淮盐引地。近来袁、吉受粤私之侵,饶、抚为闽浙所灌。建昌一府,为闽浙之私侵占,数十年来,淮盐片引不销,且逐渐侵入内地。淮南官商合力堵缉,尚无大效。近年销数,得以较前稍增者,实因场私渐少,缉拿严密;又因桂乱未平,粤省私销流而为匪,故粤私略少也。

〔本页起连续数页页眉有记：盐六百斤为“引”。建昌一府,食闽私一二百年,积重难返。闽盐于江西本无引地,尽属私盐。盐斤加价,自奉江督批准开办,而各商人争先购买盐斤空票,预为囤积,一俟盐局内加价之后,该商始行持票过盐,俾得一律加收于民,希图获利。彼既未纳加价之钱于先,并实得加价之利于后。故自六月二十日起,廿九日止,除从前囤买未经过盐之空票一万八千余引不计外,十日之内就总局一处,核算各商人囤买空票数至三万余引,连前共五万有奇。加之吉安、吴城、九江、饶州四分销局,各该处商人亦必争先购买,每局至少以数千引核算,亦有万余引。是则一年限销十一引之数,今则半为该商所囤积矣,是百姓所加者不输之铁路,而徒饱其私囊,铁路受其虚名,奸商获其实利也,此急宜补救者也。查《盐法志》所载,每人每日食盐不过四钱,每月共十二两,以每斤加价四文计之,每人每月出钱三文,周年之久仅三十六文,无论贫富,均无所损。近来风闻淮私较粤浙更甚,一引正盐即带私盐若干,暗中减销正课,所关非浅,若运盐船户虚报淹销,冀图混运私引,尤为第一弊窦。江西每年淮盐约须销十一万大引,有闰约须销十一万六千六百大引。自光绪三十一年七月初一日加收起,扣至本年五月底止,连闰试办一年限满,仅销盐四万五千二百四十大引,核与原定比较,实短销盐六万四千七百六十大引,短收课厘加价等项银一百余万两,而江西所收铁

路加价，除抚州免收外，实止收银八万两上下。〕

益斋持勒深之和洪荫之诗见示，慧心灵舌，奈人咀嚼，正未易索解人也，回抄存之。谢兰阶妹倩辞宝山书席，拟入都，午后来访予畅谈，夜与同到某烟楼。

初四日（9月21日）　晴。阅《江西盐斤加价全案》。胡捷三、赵止斋、兰阶先后来，予旋到善庆里兰阶寓处，邀之往九华楼饮。夜雨。

初五日（9月22日）　阴。往平安街访庚春、又春。阅昨日黄佛生皖省来函，言同乡曹太守于冯孟华方伯处探悉，印鸿哥因天长学堂后三之案罣误，事情至轻，因之获咎，殊堪惋惜。三嫂拟携二子往杭，而印兄则拟将妾置沪上侨居已，乃赴粤谋事云。在又弟处饮，夜归。

初六日（9月23日）　阴。礼拜。剃头。内子右中指肿痛酿脓，挑出之乃愈。

到北海义地观申孙葬处，乃五六十副小棺一字排列成横行，共计两行，每行上覆以土，而和头均露外。和头下有雨溃，积水未干，此系经管者懒慢，办理未善者也。申孙和头原未编字，今无从辨认，予只大声呼"申孙归来乎！"作无可奈何之嘘唏而已矣！

往新新园浴池洗澡。陈阁学赴苏。浙人尚未来会议。

初七日（9月24日）　微晴。午后与郑黄初到易安喝茶。

初八日（9月25日）　阴。本日《时报》云：学部奏调头等咨议官七人，为严复、汤寿潜、梁鼎芬、郑孝胥、张謇、刘若曾、王树楠；二等咨议官二十人，为陈三立等。

军机处寄旨江西巡抚吴重憙云："奉旨吴重憙着兼提督衔，管理提督事务相应，寄旨前来，即希查照。"云云。

商部拟办签札公债票，以各省兴办铁路筹款维艰，拟仿各国成法，试办签札公债票，惟行之中国是否果无窒碍，应即将社会情形详细体察，以期有利无弊，日内即商之于各省矣。户部奏准停办实官捐升等项，勒限三个月，各省劝捐局所收各项捐输，均一律截至本年十月底止，以清界限。

赣藩与官银号商议制造银币办法,分为一两、五两、十两,与现银相辅而行。凡交纳丁漕税厘并一切官款,及市面往来,均准一律照时价通用。江省早稻被水歉收,以致米价日涨,熟米每石涨至五千零;现在晚稻伤虫,秋收又不能丰稔,以致米价前跌至四千者,今又渐涨云。

昨午刘未霖、戴木斋均来访,今午即回看未霖及木斋。接夒侄初三日江西省城来函,知车夫已于七月十三日附便回里,现已抵家矣;母亲于七月廿六由家首途,才庆表叔送来。八月初二日抵省,人极安健;家中一切事及典屋等情,颇有阻碍,俟吾至省,再与夒侄面商,伊一时尚无暇返里云。夒托守华购眼镜等类,将来向取,为带回。

初九日(9月26日)　晴。与内子往又春处,竟日在彼谈,晚酌后予方回寓。

初十日(9月27日)　晴。复夒侄信,由六妹处转交,约十六七日起程回省。寄芗垣方伯信,附胡葵甫方伯所寄公文册件一总包,又商部照会需用煤焦应向萍矿购用。浙总汤、刘二公反对铁路学堂之举会期已过,屡次函催不来,陈阁学遂于四点钟起程回闽。

十一日(9月28日)　微晴。寄南京伯严信。午后忽然怯寒,即回寓眠,令畹芳为颈后刮痧,遍头着热,睡竟日夜。

十二日(9月29日)　阴。十点钟方起,稍觉清爽矣。寄守华信。伯严将行役,益斋致电云:"南京中正街陈伯严鉴:望公少留数日,弟与李、胡皆商妥节内定局,即来宁。谦。吻。"

湖北人金玉坡、冯某等,欲包办江西路工,来访予及益斋。陈香轮侍御庆桂,参劾庆王受杨士骧金十万。

十三日(9月30日)　礼拜。剃头。《时报》载九月九日浙路股东初开会于杭省本部,其告白云:"去秋九月,驻沪仅十日,议略甫布,潜即撄先母之戚,固辞固不获。今年正月,百日届满,理势驱迫,负罪流涕,始出任事。与藻议分路事为股份、工程二大关,股份勉守商办名义,货捐惧扰,彩票导赌,苟可支拄,未敢窃举。闽粤多富人,南洋一带,侨民殷富,风气大开,一呼即集。浙非其比,全仗父老鉴信,顾念主权,奔凑赴义。截至七月终,实缴已近四百万,京沪两处认而未缴者,尚一百数十余万,各埠亦不下数十万。照章以八月终截收优先六百万,应无不及,各经理处及认股诸君,合此塔尖,幸勿后时。路工重定线,而非详图不能定。入春以来,十日九雨,江墅线三经勘测,正图始成,于八月初二日起,由潜督同覆堪标定。预备购地施工,一面取决众议,咨呈抚院,会同将军奏覆。计路股截止之日,即股东会成立之时,杭省本部、上海重心,谨定九月九日重阳令节,于杭省开第一次股东会。第二次会场即在上海,以次相间。八月既望,分别函布,望各股东自守权利,惠然戾止,公举董事、查账,以符三权分立宗旨。银行如何开办,股份应否续招,业务先设学堂,木植车辆,与苏合营,均待决焉。潜临用非所习,过误孔多,加等请贬不足惩,自食趋公不足赎,衰经奔走,为天下之罪人。除将《股东会章程》函登杭沪各报专件外,特此广告。诸荷雅许,竭蹶半年,幸有基础,不似春间,经营草昧,切盼决议。一俟江墅工成,章程所订一年任期亦满,届时另举贤者为替,以便藻可一意家事,潜可补守慈阡。全路幸甚! 潜、藻亦幸甚! 光绪三十二年八月朔,汤寿潜、刘锦藻谨白。"

《时报》载《赣路准开劝股彩票》云:江西铁路局前拟开办劝股彩票,禀请商部立案一节,兹悉商部现已批准立案咨覆来省。当由铁路总办李艺垣方伯,札委刘浩如主政赴沪查探章程,以便回省参仿开办。闻主政部署一切,不日即须前往云。

内子回寓,与同到老凤祥银楼,旋往易安喝茶及某店吃面。

十四日(10月1日)　阴。训畹芳以柔顺晓事为要。午后在寓静卧。

十五日(10月2日)　雨。寓所安奉祖宗榜。将往江西,到伯行京卿处告假,并作字通知洪荫之。送《时报》人徐焕章。

十六日(10月3日)　晴。到高昌庙访守华,因托予带回《救溺会章程》三百本,将来交夔侄收。青莲阁喝茶。益斋往宁。庚、又两位及辅臣表叔来,值予出外。

十七日（**10月4日**） 晴。晚间诣东洋公司码头，登华利轮船，三更开。

十八日（**10月5日**） 晴。昨日《新闻报》载拣选举人钱銎、段云锦，十一日奉旨以知县用。夜抵镇江。

十九日（**10月6日**） 晴。早间过南京。夜过芜湖，闻揭寅宾于十七逝世。读《秋笳集》，并阅物理、化学教科书。

二十日（**10月7日**） 晴。早间九点钟过安庆，夜九点钟抵九江，与姚以仁同寓中和栈。

廿一日（**10月8日**） 晴。晨起唤渡，过龙开河，观工程师勘定铁路之插标处。盖沿龙开河边迤西至娘娘庙，拟建火车栈，乃缘积水尽头处折而东南，有洋油厂。顺赴省之大路，傍庐山脚以至省。其远通武昌也，则于娘娘庙左右接路线；其近达九江城外也，则于半截盐船处大码头建桥以通之，既通之处与洋租界比邻。午间，上祥昌公回祥云轮船，夜在湖口泊。

廿三日（**10月9日**） 阴。申刻抵省，即进城至六妹处，值六妹与母亲先日来二嫂寓（四府门内天灯下），旋爨、怀两侄及班侄之子陶彷均来，邀予至该寓下榻。六妹既随母亲在彼，是夜，畅家务一切。二嫂时患腹中水涨，颇怯寒，才叔、慎孙、芹孙、宝子时俱在彼。

廿二日（**10月10日**） 晴。晚与爨侄在六妹处谈。剃头。寄沪信。

廿四日（**10月11日**） 晴。至松柏巷谒见芗垣年伯，畅谈铁路一切。旋到百花洲总局游览，旋往上谕亭会云楼。写致聘叔与弟富侄信，言明年闻酒须归我自收。本日并往谒欧阳润生霖、总收支黄子修邦懋、程洛庵志和，均未晤。午与赵宝之往夏宅见五舅母，盖自韶州来，将回南丰也。闻印鸿兄来，遂往荆波宛在，鸭子塘张怀德试馆即璞庵公祠候之，适印兄携其妾是时才到租寓该处，与印兄道契阔，及被议等情，为之喟然，并晤其妾，有孕八月云。印兄夫人携二子回丰，拟与五舅母结伴。送《六九轩算书》与芝友伯之幼子绍树。

廿五日（10月12日） 晴。到棉花市口篾篁铺，旋往洗马池口天宝广记眼镜店，为母亲购得一号双老镜，盖所谓"八十光"也。复到印兄处谈，拟令阿馨十六、阿漂十五均于廿七应初级师范考试云。黄子修来回看，值予出外。为陶彷侄孙字之，曰"颂平"。阅怀侄诗。

廿六日（10月13日） 晴。怀孙请予到扬州馆子西园饮，夔诗、才叔、慎孙、芹孙、陶彷均在座。又到篾篁铺，夜与夔、怀到伯屏侍公处。欧阳润生来回看。

廿七日（10月14日） 晴。辛卯房师黄小麓先生印传义，湖南人，现当明经学堂（监督）总教习，午往小金台谒之。忆甲午京都一别，十一年矣！先生今年六十有七，而丰裁清骏如曩时，所谓"蓄道德，能文章"，其谓是欤！有子三人，长君字誉香，随侍在省。才叔回丰。到六眼井包金坡处谈，往滕王阁下道生公司，写定敦信轮船统舱票。怀孙送石印《宋拓圣教序》，甚佳。

廿八日（10月15日） 晴。夔诗邀予与赵绣士、怀孙、陶彷、慎孙、芹孙至西园吃面。午后侍母亲登敦信轮船。

廿九日（10月16日） 晴。二更后抵九江，寓万安栈。

三十日（10月17日） 晴。午后登太古公司大通轮船。

九 月

初一日（10月18日） 晴。早过芜湖。夜过镇江。

初二日（10月19日） 晴。午后抵沪，即侍母亲进福寿里寓庐，内子、畹芳谒见，盖均违侍四年矣。

初三日（10月20日） 晴。剃头。会李京卿、洪荫翁、黄益翁、张伯泉、郑黄初、黄鼎臣诸位。舜仪侄来，盖携眷由粤回江省，道经于此也，早饭后去。予旋往长发栈，值舜仪出外，晤舜侄妇乳名小丫头及其子。接芗垣方伯回信。

初四日（10月21日） 晴。舜侄夫妇携其子来寓，早饭罢，予邀往春仙观崔灵芝草演剧，母亲、内子、畹芳，及婢女喜兰、平安均往观。

初五日(10月22日) 晴。晨起，予与内子陪同舜侄妇，往铁路火车站一游，旋到四马路购女鞋及衣，顺往近水台点心。回寓，舜侄适来，早饭后，伊夫妇及子均辞去。

益翁往苏州，约十七日回。李伯行京卿致益斋信云："益斋仁兄大人阁下：昨晤教，甚快！伯严同年来函，已先另复，所言以米厘抵用上海钱庄规元十万两一节，义善源管事谓可商量。惟贵公司究将何局米厘抵借此款，每月在何处收，借款凭折由何人收执取用，应请备一函牍径交敝处详细载明，以便持函与该庄接洽。此系该庄所请，因敢代为转达。手此，即颂台绥。经方顿首。九月初三日。"

赵升因祖父母痛故，请假回扬，而以周起银替工。刘浩如因江西劝股票章程尚未尽善，须回省重议妥，即于今晚起程。予因往商会晤浩如，旋戴木斋请浩如在雅叙园饮。予与未林、万涤心、捷三均在座。酒阑，往江永船送浩如行。

初六日(10月23日) 晴。写致夔、怀两侄信，附致六妹信；顺寄二嫂糟蛋、糟鱼；陶彷侄孙宜兴水壶；夔侄《海藏楼诗》，均由舜侄带去。夜到怡和码头吉和轮船送舜侄行。

初七日(10月24日) 晴。江西张励庭念劬来访，值予出外。汪稷臣已去，益斋改请苏州徐永康(在大马路泰和里，开永丰洋货号)为司事。到棉花店看弹母亲所用棉褥。补阅《时报》。夜到新北门迤东转左手同安里福豫安纸号，回看张励庭，晤南城李健行，托转致意。得初四日熙安弟苏州来信。

初八日(10月25日) 晴。得初四日五弟袁浦来信。补阅半月《时报》。

初九日(10月26日) 晴。回熙安信，并寄红茄椒一蒲包与戴姻伯母者，由公茂轮船公司寄。

益斋致芗垣方伯信云：

敬再启者。所有应详陈者条列左方：一、前所云在上海大庄随时来往十万两,今已与李京卿商妥,在义善源来往,惟折尚未送来。因须李京卿担保,而李京卿必得公之函牍方可,今将原函呈上,望迅速具函致李京卿,并请示知为祷。一、义善源所议四条:(一)须弟经手,嗣后如有交涉,惟弟是问;(一)指定米捐项下每月所收可随时划还;(一)利息照市价加四此系上海通例,加四之价极廉,弟与捷三共商之;(一)年清年款,惟今年为日不多,如欲用款,尚可通融办理。以上四条已与陈吏部商定照允。一、四省学堂议定先派弟往唐山调查章程后,再斟酌奉办。弟于十五日起程往唐山,须一月方返沪。一、借款之事,陈吏部之意先行少借数十万或百万,但自盐斤有变后,于此事颇有影响,近与捷三兄妥商作抵之法,尚未得有妙法,请公酌示,以便与前途商议。一、五省加江苏省公议立一造桥、造车厂,共须资本十余万,每省应筹三四万金,已公举徐部郎芷生为总理。徐君科学极佳,曩与弟共治天算及重学者也,已函致陈吏部矣。一、四省学堂每省先拨一千金作为暂时经费。一、陈吏部前存股款一万元,因此时市息太小,已放与妥实友人之典中,长年六厘半,公司亦不甚吃亏,此款陈吏部言暂勿动。一、沪局仍在四省公所,所有用度另造清册呈览,惟弟之薪水未列,容后开呈。谦再陈。

初十日(10月27日)　晴。为益斋作致芗垣方伯信。自致芗垣方伯信,即将益信及益自书之信附李京卿与益斋书并安徽路案一册,江西驻沪铁路公司闰四、五、六、七月份用款一册,均附邮寄去。益斋发电云:"南京中正街陈伯严鉴:请速来沪,有要事相商。谦。蒸。"〔页眉记:寄南京电,每字一角,译费每字一分。〕

汤蓉峰将赴日本,过此一谈。邮信体例每重七钱二分,须用士担四分是每重一钱八分,须用士担一分也。若重至八钱,则须加二分每加必二分,亦一分者。至挂号之例,除信分量外,双挂须一角,单挂号须五分。

十一日(10月28日)　晴。礼拜。剃头。到易安喝茶，旋往红庙巷购棕棚床。江北妈来矣，惜申孙之逝，殊令我怆恻。

十二日(10月29日)　阴雨。伯严南京来电云："黄益斋：十三回赣，如借款可成，望电复。立。"

复五弟信，邮寄清江浦河北张文达公祠东间壁刘寓，两淮候补盐巡政厅云云。

本日《中外日报》载：此次浙路股东会，到会之股数，计有一百四十万余，人数连本人及委托之人在内，计共有七百余人。总理、副总理原议六年为一任，总理薪水每月八百元；副理薪水每月六百元。因汤、刘二京堂坚辞，改为四年为一任，总理薪水改为每月五百元，副理薪水改为每月四百元。铁路银行及业务学堂均议决开办。优先股议即停止，各经理处限于十月底截数。四省铁路公所合设铁路学堂一案，公议浙路不预其列。举定董事十一人，查账人五人。此外江墅路线附开煤矿、木植车辆，与苏路合办，各议案公议统归董事会会议。

十三日(10月30日)　阴雨。戴慎先来信，即复之。晚间又春来寓，邀予夜至同庆里花宝宝家饮，在座者：予与龙宝山、喻欣之、揭桂初、王旭甫、杜曙初、俞殿苏、吴某、席某及又春，共十人。侑觞者十余人，予叫清河坊林佩芬。

十四日(10月31日)　阴。禅臣洋行(在后马路)赵止斋乌程人，其伯母与益斋之姊，姊妹也谈伊与黄国英等集款五百万，拟出借与江西为南萍铁路之资本，惟是盐既难加，就绪不易，盖无可作抵者耳。胡捷三拟请通商银行担保该行资本二百五十万而稍稍酬之以利，此事须止斋赴省与芗垣诸公面议云云。

未林明日赴天津，约月余即返，有字来领薪水。据益斋云，今午已嘱胡捷三处拨付，因作书复未林。

十五日(11月1日)　阴雨。益斋今晚乘江裕往汉，搭火车至唐山，调查铁路学堂事宜。致伯严电云："九江铁路局陈伯严鉴：弟乘江裕往汉，过浔时请到趸船一谈，有极要事。谦。册。"南昌来电云："黄益斋暨胡捷三两兄鉴：电悉。赣省劝股票因签捐局覆电川汉、长沙，皆未允借号。'赣省事同一律'等语，现拟改办并电《汉报》更正。请嘱涤翁速回局。删。"装潢北宋拓《圣教序》。

十六日(11月2日)　阴。至二马路瑞记洋行三层楼访捷三，并将总局来电示之。

十七日(11月3日)　晴。庚春来，即邀之回寓小酌，夜与同往四海升平楼喝茶。

十八日(11月4日)　晴。得李芎垣年伯来信，催将总局路工近八个月用款登《南方报》。予即午复芎老信，言用款宣布非其时，登报适招物议，必欲登报，且待益斋回沪再办。写致王馨笙襟兄信，寄扬州钞关外泰顺琼纸号。

十九日(11月5日)　晴。兰阶妹倩自宝山来谈竟日，旋到予寓，顺往大马路吃炒面、鱼生粥。夜往五马路宝善街新长发栈，观兰阶所携之伊墨卿、吴谷人等小楷细折子、龙泉窑净瓶、茄楠朝珠。旋与兰阶往青莲阁喝茶。得五弟十一日由徐星槎分转带来之信。本日《时报》载《浙路公司股东会记事》云：选举既毕，又议四省合设铁路正科学堂，张右企君力陈合办之牵掣参差，宜从缓自立，众赞成。

二十日(11月6日)　晴。剃头。致洪荫之信，言敝省局用款清折，似不必急急宣布，已禀知芎垣年伯，俟益翁回沪再办可也。复五弟信，并将前在河间为带回书籍等件及对联横披作一总包，均托徐星槎分转带浦转交。午后即往三马路祥发客栈见星槎年六十八岁，盖伊为海州云台山树艺公司发起人，现因改良，来沪与诸股东会商也。予因言及江西路政夫马一项太滥，恐报告必遭物议，星槎允为致书萧皞农，由萧致书规劝芎老方得力也。夜访兰阶，未晤。

廿一日(11月7日)　晴。南昌昨日来电云："黄益斋兄鉴：广东胡方伯汇银捌百余两到沪，阁下收存何处，请电知。局。号。"赵秀士从肃自江西来，午后过访，值予他出。夜到四马路南昌普益书局楼上会秀士，旋往新长发访兰阶，未晤。

廿二日(11月8日)　阴。《时报》载二十日奉上谕云："内阁军机处一切现制着照旧行,各部尚书十一员均着充参预政务大臣。"虽有改换名色,与曩日大同小异,惟云"轮船、铁路、电线、邮政应设专司,着名为'邮传部'",此条为改官制之特色,当厥任者,其权力殊不轻也。宗人府、翰林院、钦天监、銮仪卫、内务府、太医院、各旗营侍卫处、步军统领衙门、顺天府、仓场衙门皆未除去。

外务部、吏部、民政部、度支部、礼部、学部、陆军部、法部、农工商部、邮传部、理藩部。

晚间到新北门磁器店。

廿三日(11月9日)　晴。昨日电传新简各部堂官姓氏全单:吏部尚书鹿传霖,侍郎陈邦瑞、唐景崇;度支部尚书溥颋察哈尔都统,铁良署,侍郎绍英、陈璧;礼部尚书溥良,侍郎张亨嘉、景厚;陆军部尚书铁良,侍郎寿勋、荫昌王士珍署;法部尚书戴鸿慈,侍郎绍昌、张仁黼;邮传部尚书张百熙,侍郎唐绍仪、胡璃[①]棻;理藩部尚书寿耆,侍郎堃岫、恩顺。旧制各部堂官:外务部尚书瞿鸿禨,侍郎联芳、汪大燮新放;商部改农工商部尚书载振,左侍郎唐文治、顾肇新;民政部巡警部改尚书徐世昌,署尚书毓朗,侍郎毓朗、赵秉钧;学部尚书荣庆,侍郎严修、达寿。大审院沈家本;都察院都御史陆宝忠,副都御史伊克坦、陈名侃;军机四人庆王奕劻、瞿鸿禨、世续、林绍年。

同寓邻居曹炳才之妻弟董二明来生明日完娶,即在炳才处办喜事,晚在彼便饭。

廿四日(11月10日)　晴。剃头。早间道董来生花烛之喜,晚在伊处饮。新娘子持壶遍斟座客,盖宁波俗礼也。与虞某等拇战甚畅。得王馨笙扬州廿一日回信,言兰池通银八百两。

廿五日(11月11日)　晴。《时报》云:"礼部现已咨饬各省保送举贡,其办法略谓,各直省应照戊戌科钦定会试中额酌加三倍。凡于

---

①　应为"燏"之误。

算学、地理、财政、兵事、交涉、铁路、矿务、警察及一切各国政法等事，能有一长者，皆可保送各若干人。拟以举四贡一，分别计算。务于年内将姓名、年貌、籍贯等咨部，所保各举贡，则统限明年二月内到京投考"云。

复到兰阶寓栈，观伊墨卿、翁覃溪、吴谷人所书小楷折子。旋与兰阶到同安喝茶。畹芳胃气痛，吐虫。〔页眉记：中国岁入八千万。〕

廿六日(11 月 12 日)　晴。复王馨笙信，并为书名片王廷兰。赵升来。安徽公司洪荫之等今日起程，李伯行京卿明日起程，均往芜湖，盖因十月初一系铁路会议之期云。

廿七日(11 月 13 日)　晴。《中外日报》载："九月十九日奉旨，江苏试用知县刘超凌、钟伦、张会谦俱着照例发往。"浙江铁路学堂教习已聘定日本人两员，每月薪水七十元，川仪百元；其所租之屋则尚未定，大约总在下城地方云。本日《时报》载浙路总公司咨呈抚院宪文，言第一段勘定路线甚详，系蛰仙手笔也。

晚，到大马路江西路口，观鲁意师摩洋行拍卖中国旧瓷。

廿八日(11 月 14 日)　晴。畹芳发肝气三天，今日始稍愈。兰阶来谈竟日，夜与同往四马路吃鱼生粥、炒面，旋往第一楼喝茶。

廿九日(11 月 15 日)　阴。致陈伯严信，由江西铁路总局转交。胡捷三来，嘱致意伯严、黄国英(国英于十年前在清江浦充当中西学堂洋文教习，徐西槎聘请者也。现在《新闻报》馆充当英文翻译。国英号益利，禅臣洋行买办赵止斋乃黄益利自雇之帮友也)借款，如未成议，胡当另筹数百万相借，以江西预钤关防之股票作抵云。夜到宝善街老宏茂锟寿星为记袜铺，购长桶夹袜。

十　月

初一日(11 月 16 日)　晴。为邵甤绵书条幅四张。杏衫以拣选举人引见用州同，捐分安徽。一切用款，约四百数十两，兹由京赴皖禀到,道经沪上,晚间来邀予往杏花楼饮,旋往小广寒书茶。

初二日(11月17日) 阴。早间到长春三层楼回看杏衫。张伯泉暂在安徽公司填劝股息折,午后到伊处取阅《第二次铁路公司芜湖会议事件单》。夜,复访杏衫,未晤。到跑马场。

初三日(11月18日) 阴。兰阶回宝山去,将皮箱、鞋篮、被包寄存予处,约数日内当往袁浦云。剃头。与内子同往大马路老凤祥银楼,旋往四马路四海升平楼喝茶,旋往某店购方粒纹样布。

初四日(11月19日) 阴。福建驻防旗人黄绍先来访,问李芗老住址。杏衫来谈,旋与同往万福饮。酒阑,往群芳楼书馆茶叙。稻草。

初五日(11月20日) 晴。未霖有信来,言总局给伊照会,述及招股收条,存前经理处备用,请予向益翁询及将收条送商会可也。未霖即日赴津,不能趋谈,再薪水一项,亦祈即交商会转交云云。夜往怡和码头德和轮船,送未林行。

初六日(11月21日) 晴。兰阶来,言沈砚传瑞琳,仲复制军之子观察将入都,拟请兰阶为办笔墨。往红庙衖福康里隔壁棕棚店。

初七日(11月22日) 阴。梳发。往大马路药铺购花树果、绿矾,旋往四海升平楼下衣铺。

初八日(11月23日) 阴。与内子往衣铺,旋在升平楼喝茶。夜与伯泉谈。

初九日(11月24日) 微雨。与锡廷信,寄南市王家码头张祥丰蜜饯作坊笠樵兄转交。

初十日(11月25日) 阴雨。礼拜。剃头。安徽铁路第二次会议,驻京副议员李蠡吾印昭炜侍郎、总办李伯行京卿、会办孙稚云印傅棚观察先后莅芜。由皖北总招股议员兼书记官窦希文内翰,报告自三十一年九月初一日开办公司起,至本年八月底止,所有京沪芜属收支存留各款,俾众周知,以昭大信。再提议筹款三则,并言诸君与总办有密切关系,不得各存意见,总办自受事以来,就开支而论,试与浙江开办年余用去二十余万元校之,所省何止数倍云云。次由李京卿报告来年办事之预备,由各议员呈递意见书,大略谓初一日提议筹款三则,分销彩票恐不及期,皆不敢担认;另招零股,每股五元,全体认可;各属抽房捐尚须缓办云云。再次由沪局坐办洪荫之君演说铁路利弊,皖人锢蔽,词极痛切,闻者鼓掌。李京卿独认股十万金,当众签簿。

徐星垣①分转移居江西商会,午后来回看。

十一日(11月26日)　阴雨。兰阶夫妇过此,均到予寓,将往清江云。写致五弟信,由兰阶带去。夜送兰阶夫妇上江新轮船。

十二日(11月27日)　阴。汤蓉峰将往日本游历,午间与赵秀士来访,予即邀往四马路喝茶,旋到美仁里白云深处马小宝家打茶围。夜间,蓉峰邀在杏花楼便酌,予旋与秀士到蓉峰寓处全安,因送蓉峰登轮船,盖在东洋公司即三菱公司码头也,船名“近江丸”、二等房舱、包大餐三十三元,抵横滨再由该处乘火车,即时到东京。

李伯行京卿、洪荫之等均自芜回沪。

十三日(11月28日)　晴。到福寿里陈裁缝铺。

十四日(11月29日)　晴。诣伯行京卿处。夜到四马路西衣庄。

十五日(11月30日)　晴。寄芗垣方伯信,附公所八月用款册。往江西商会回看徐星槎老伯,并晤吉安高岚坡翁高星泉经理云台山树艺公司者、浙江钱□甫观察,星槎之亲友也。星槎任海分司时,因亏空公项革职,发往乌鲁木齐,历三年矣,近经赦回。来沪与下任缪印延恩结算交代,钱观察乃居间调停焉。星槎左右手皆能书,右书学李北海,左则随意所适。在新疆赦回时,道经戈壁三百数十里无人烟处,捐资掘两井,筑避风洞九处,以惠行旅。公益热肠,良可颂也。留予晚饭,罗海帆、夏晓峰均在座。

十六日(12月1日)　晴。赵止斋来问益斋消息,且云借款事如

---

①　“垣”当为“槎”之误。

不决议,伊将以其资应林寿甫尔嘉、李云书合开信用银行矣。

夜到春桂茶园观演剧。又春午后至寓,言庚春得馆。

十七日(12月2日)　阴。礼拜。剃头换辫线。陈润夫观察来言,未林所拟《招股章程》须函询总局登报与否。

十八日(12月3日)　阴。得夔侄初十日省城来信言:二嫂已移居华佗庙前马家井,病尚未愈,日来尤重。舜仪所谋铁路之事未成,省中用度甚费,焦急如焚。夔年内回里,明正又须出来,搬眷之说,现拟从缓。又云车夫在家故态如常,前将我后房楼门扭开,物件偷去一半,幸富子知之,早向外间赎回许多,何件则未言也,富子现亦搬至上厅作书房,大约系避之云云。

袁慰廷宫保世凯奏请开去兼差八项,奉朱批准其所请;又常备军六镇,除第一镇、第四镇暂归管辖,其余二、三、五、六等军,悉数改隶陆军部。盖皇太后因此次官制之改,袁为主谋,言官皆劾其揽权,故不觉有动于中而因以杀其势也,语云"作法自毙",其斯之谓欤?

十九日(12月4日)　阴。庚春往包竺峰硖石厘卡,与又春同至予寓便饭,予旋送庚春上小轮船。回看陈润夫,如意里天顺祥票号。润夫见示未林所拟《江西铁路招股简章》。青莲阁喝茶。

二十日(12月5日)　晴。写芗垣方伯信,附寄未林所拟《招股简章》。致陈润夫信。复夔侄信,寄江西省城华佗庙前马家井南丰刘寓。

廿一日(12月6日)　微晴。为洪诱初书宣纸小联。泰和孙皓如、浙江魏宇坊,均在《南方报》馆办事者,午间来代未林索薪水,予约以俟益斋回沪,代询之。赵止斋亦来。洗澡。〔页眉记:《南方报》馆电话号码:一千六百五十九。〕

廿二日(12月7日)　晴。临《阁帖》并写大字,临《九成宫》。

廿三日(12月8日)　晴。写陈伯严信,并附公所八月份用款册,寄九江江西九南铁路局。黄鼎臣以复旦公学初次运动会入场券见赠,场所在吴淞提辕外本校操场,本日下午一时半起,每券延请一位。两点钟乘坐火车至该处,观跳高、竞走、持绳竞走等技。运动既毕,放赏。卢某国杰第一名,得银杯一盏、银牌五六方。守华、兴伯午间至予寓。

　　廿四日(12月9日)　晴。礼拜。剃头。郑黄初以爱国女学校运动会入场券见赠,场所在新衙门北本校前,每券一人,逢雨延至天晴。十二点钟至该处,观全体六十人纪念歌、运动歌;行进法"河山一统";游戏"夺回疆土"长木胡卢;舞蹈"爱国环舞";初等学校体操、表情体操"合群歌";游戏"女界光明";舞蹈"朗酸斯";体操哑铃、竞算代数、游戏踢球"地球绕日";舞蹈"夸梯龙";高等学校体操、表情体操"纪念歌"、圆舞三种;"天足会纪念塔"运料建筑欢呼即传递哑铃、校歌。

　　连日晤《中外日报》馆副主笔叶浩吾瀚,及其门人绍兴许善斋东文翻译。益斋回沪。得五弟二十日来信,知我托兰阶带去之信尚未交,故托词我嘱五弟代买婢女,借以卸彼之责任,甚矣!兰阶之巧也。因即复五弟信申明之。

　　夜往《南方报》馆,回看未林之元配妻弟孙皓如。本日《时报》载《铁路总银行成立》云:江西铁路南浔路线,早经测勘定妥,现正派员购地,将次开筑。特议立总银号一所于九江,以司度支。所有章程办法,业经铁路总局陈伯严主政到浔订定,不日开张,并聘定本地绅士郑憩庵君为号中总理云。

　　廿五日(12月10日)　晴。益斋来,言此行唐山空走一场,回往盘川,用三百七十元,由李京卿于福建陈阁学寄来铁路学堂经费一千元之中,拨付五百元。彼处学堂尚未开办,无可调查。

　　伯严现回南京,廿三日所寄之信恐付浮沉矣。未林薪水据益斋云,未经总局照会,不便给付。

　　李方伯十三日致益斋观察信云:

　　　　前奉琅函,备承爱注,感佩良深。辰惟筹社日增,履绥云集,式符臆颂。弟忝膺路政,又届严冬,所幸南浔轨道勘估完竣,九江开局接办购地兴工。包工诸人均抵浔城,即与在事诸公会商,立约湖口运出米谷抽收股份,已于十月初一开办,各项货股亦复次第议及。知关雅念,用特缕陈,另示读悉。旋邀本局同人会议,今将应覆应询诸条分列于左:一、沪上钱庄随时来往一节,此事与局董公议,均不愿指米款作抵。因系彼此来往,照例只付息钱。伯严兄现在浔城尚可与之商议,至致函李京卿处,刻下似可从缓。一、借款如至百万之数方好办路,如能办成此事,即可以米局收款作抵。一、五省公议造桥、造车共立一厂,此事举办自应从众定计。一、四省学堂倘已议定建造,自应遵照来函,先行拨付千金。一、陈吏部代薛宅所入股款一万元,来函云现存友人典铺,友人系何姓名,典铺系何牌号,并系何时拨交,统祈分别速覆。一、沪局现由公议,即在本省商会附设,不必在四省公所。望即改设为要,借以联络乡谊,且符李木公原议。况商会每月由我等津贴六十金,实为附设沪局起见,更当从速移寓,以节用费。一、广东藩司胡揆甫方伯汇沪股银八百余两,系由贵处经收,现存何处,请即函覆。一、副工程师麦可得名下,散局应找付银二百两,业经函请贵处照付。今据正工程师罗德玛电称,贵处并未交付此款,务恳即日清交,万勿再延,盼切,祷切。至此款系于何日交清,并望寄覆,以便备案,且免悬系。以上各条,统惟朗察,顺请筹安。乡世愚弟李有棻顿首。

芗垣方伯十三日复予函云:

三安仁兄世大人阁下:鱼雁往还,风裁时企,近维文祺楙介,凡百增绥为颂。昨接工程师罗德玛来电,据称"麦工师名下应找银二百两,贵公司前经函致上海代表人,由沪交付此项,日久并未收到,务祈速日清交"等语。弟已函致黄益翁,请其迅将此项兑付,万勿再延。又益斋来信述及薛观察家属股银一万元,收到后即交某店生息,而该店牌号漏叙,兹并函请,可将折据寄省,及

前经收广东藩台胡方伯所劝股银捌百余两,交存何处,刻日函
复。以上三节,统希费心,代催益斋请理,一面先行赐覆,曷胜翘
盼！至来示所云用款不必登报,具征卓见,前寄去之用款清折,
即可毋庸送报馆登报,并望将原折寄还为荷。肃此,敬颂砚绥！
诸惟涵照不备。世愚弟李有棻顿首。

廿六日(12 月 11 日)　阴。到北泥城桥汪顺记铜手炉店。

廿七日(12 月 12 日)　阴。写芗垣方伯信,附寄回总局用款册。
益斋寄总局电云:"南昌铁路局李鉴:昨返沪,前覆函均悉。广东及薛
款,月初弟来省面交。工师之欠款九月已付讫。此次同乡京官有要
言须面述。谦。"夜与麟阁、伯泉谈。

廿八日(12 月 13 日)　晴。写寸楷,临《九成宫》。益斋交来未
林两月薪水一百两,通久长记银票。旋未林妻弟孙皞如《南方报》馆管账
来取,且代未林写收条。夜往张园观沈仲礼、曾少卿及英人某君演说
"戒烟",会关炯之司马、上海县王大令、吕镜宇侍郎皆莅座。

廿九日(12 月 14 日)　晴。写小楷、寸楷。印鸿哥自江西来,夜
至予寓。

三十日(12 月 15 日)　阴雨。往宝善街新长发栈廿九号会印
兄,盖印携一妾一婢一妪,拟在沪侨居,急须觅房屋云。午后印兄及
其妾张亦太、婢"甘蔗",至予寓,因留便酌,夜去。

十一月

初一日(12 月 16 日)　晴。礼拜。剃头。午后往大马路小菜场
洋楼即洋人议事厅观"天足会"演说,旋到新北门王茂兴铜店。内子往
宝善街印兄客寓,即与印、又,及张亦太往丹桂观剧。夜,又春送归。

初二日(12 月 17 日)　晴。到新北门。接舜仪、怀孙侄十月廿
五日信,知二嫂于二十三日辰刻谢世,即于廿五丑刻入殓,已电催班
侯奔丧云。

初三日(12月18日)　阴。复舜仪、怀孙侄信，寄华佗庙前马家井刘寓。胡捷三自南京来，言伯严于廿六日复往九江路局矣。伯严有致益斋信，又寄复旦学堂陈寅恪信及皮衣包一个，寅恪盖伯严之子也。赵止斋来。捷三约益斋，夜往平安里谢红玉家谈。

初四日(12月19日)　阴。捷三持示九江来电云："亿鑫里江西商会胡捷三：请催司徒等速来开工，前说如何？立。江。"司徒鸿樵在垃圾桥开木行。

特遣价至吴淞复旦公学，送交陈世兄寅恪家信及皮衣包。益斋初五日发致九江伯严电云："九江铁路局陈鉴：函悉。借款事早有成议，惟前途须大办，刻已拟商条款，日内亲携来浔，待决。谦。鱼。"得陈寅恪回字。江西巡抚简放瑞良河南藩台，吴重憙补邮传部右侍郎。

初五日(12月20日)　阴雨。《中外日报》载皖省铁路总办李京卿咨皖抚文云："查安徽铁路公司本年十月初一日开第二次会议，所有芜湖江边起至湾沚止路工土方，业经分段包定，急须筹集巨款，以资路本。本公司原定《招股章程》，每股收银十两，吾皖财力困难，招徕颇觉不易，现经全省议员公同议定，再于十两整股之外，添招五元零股。每三个月收洋一元，给付联单收条，分作五次交清，至第五次交洋时，本公司即收回前四次收条，换给股票息单。所有官利、余利，均与整股一律照分。庶几数少日长，易于溥遍，且不论大商小贾，均可担任此项义务，借收积少成多之效。除将零股票据，盖用关防，分送全省州县，妥交本地绅商照章劝募外，相应将股票式样咨请贵部院察核备案，并分饬各属，出示晓谕为荷。"

初六日(12月21日)　晴。捷三有字来，转致益斋，约于一钟在公所谈话。捷三旋来公所云，拟商借洋款，盖南京与伯严说明者也。忆前月十四日，伯行京卿曾对予言，江西总办拟借洋款，伊近闻洋人某告之如此，然则赣路殆终将必与外人交涉乎？寄九江铁路局伯严信，附公所九月用款册及陈寅恪世兄收到信件之收条。午后，坐东洋车访印兄，印兄移居平安街。将抵南码头,遇印兄、又春于途,乃回车同至奇芳喝茶。大表哥奉委署理太仓州,直隶州缺不甚好云。(大表哥公馆在苏州城内升平桥巷)

初七日(12月22日) 阴。捷三又有字来问益斋,午后乃会晤。张百熙有得军机消息。淮、徐饥民五十万,就账清江浦,张季直殿撰奢,着复淮浚河标本兼治议。黄初请吃炖牛肉。

初八日(12月23日) 晴。冬至。礼拜。剃头。游张园。夜在四马路喝茶,适戴春林香粉店失慎,观洋人用水龙扑救,即时焰息,可谓神乎技矣!

初九日(12月24日) 晴。到二马路瑞记洋行,访捷三未晤,旋于江西商会遇之。写寄芝垣方伯信,附公所九月份用款册。戴慎先妹倩得吴淞江司员差事,将来沪谢委,有信托予为谋借榻之处,即时回函辞之。

初十日(12月25日) 晴。挽二嫂联云:"诸子各支撑,正近来世绪丕承,风木惊心悲孝养;劳生叨注问,曾几日章门揖别,山河回首邈徽音。"即用竹布书此联。包徽章①伯来谈良久。今日系西洋各国冬至即耶稣诞日,照例休息封关,邮不挂号。

十一日(12月26日) 晴。梳发。启秀中西女学堂隔壁成德里失慎,福寿里均受惊慌,幸洋人用水龙即时扑息。到邮政局寄挽二嫂联。往山西路盆汤弄信昌隆栈西合泰,回看包晖章老伯。夜与黄初饮谈,并吃牛肉。

〔页眉记:邮寄包裹,初由上楼房门处领查税邮单一纸,即用自所带笔,照式填写邮至某处云云。然后将此单送洋人验关及过磅,应贴印花若干,照贴之。复由过磅人持单挂号,乃候号单回去。〕

洪荫之前月廿九日复陈彀庵阁学信云:"将来铁路学堂监督,拟请尊处举定,缘明年轮闽省值年,或请公属郑苏盦、林访西代为选请

---

① 即"包晖章"。

亦可。黄益斋已回沪,榆关路矿学堂止有暂行章程一本,其校舍亦未竣工,无从仿绘也。李伯行京卿以学堂不能再迟,监督一席因旭庄诸君均不能来,现拟聘请杨绶卿观察为之。杨名学沂,壬午孝廉,向在盛宫保处总司铁路文案多年,虽不谙西文,而办事极有条理,且经始铁路与柯贞贤资格相等,比之他人较为熟习。已一面函达江西,转属函陈,尊处如无他议,即请示复,以便择日致聘。"

十二日(12月27日)　晴。庚春弟自硖石厘卡来沪,清晨到四省公所,旋往平安街。到盆汤弄定制钢方镇。

十三日(12月28日)　晴。写贺述舫大表哥署太仓州闻此缺已辞却函,寄苏州胥门内升平桥巷揭公馆。夜在四海升平楼喝茶。庚春回硖石,闻伊传说江西铁路总局赵云楼等多撤去。

十四日(12月29日)　晴。香山蔡桢祥来,托议包九南铁路之枕木。桢祥寓江西路太仓行。太仓洋行在二马路礼拜堂隔壁老介福后,即承包枕木处也。每早在爱而近路商务总会耀祥里第四十五号,门牌"德兴号"。租新小说处在北泥城桥珊家园巷。

益斋发电云:"南京中正街陈伯严鉴:弟于十五日由江孚来宁。谦。"

写小楷。昨午义善源票号,送来某处运署兑寄江西铁路总局银五百两,值张百泉见之,令转寄江西去矣。夜与百泉、沈耀卿、朱锡廷谈良久。

十五日(12月30日)　晴。礼拜。剃头。写小楷。午后往平安街印兄寓所,旋印兄邀予与又春在肆中饮,夜又在又春处饮,酒阑方归。接熙安弟十三日信,即作复。余寿平老师诚格,奉上谕署理广西藩台。

十六日(12月31日)　晴。益斋于昨日十二点钟,由江宽赴南京。

本日《新闻报》论《中国今日现象甲乙丙丁》:"不科举之科举,不改革之改革,不专制之专制,不文明之文明。"此四段议论甚透彻。

北京十五日专电云："十五日奉上谕：孔子德配天地，为万世师表，升为大祀，以昭隆重。"北京来电云："图南里铁路公司黄益斋：款速汇，寿到否？嘱由汉依复，符。"拟借 64000[①]。

十七日(1907 年 1 月 1 日)　阴。一千九百〇七年元旦。张躘五及杭州叶仲裕来。大表哥十六日自苏垣有回予之函，言太仓州缺赔累两三万，已辞之矣。伯严有益斋信，外寄寅恪手谕及衣包，明日当遣人送复旦公学寅恪号彦恭，行三，现年十七岁。

十八日(1 月 2 日)　阴。着赵升送伯严信及衣包与寅恪，得收条。

十九日(1 月 3 日)　微晴。寄江西李方伯信，附福建铁路筹款随粮捐等案件。寄南京伯严信，附寅恪收条。自十六日以来至于今，精神觉疲倦，热痰结喉，常咳嗽。

二十日(1 月 4 日)　晴。濯足。读《会真记》及微之所作诸诗。

廿一日(1 月 5 日)　晴。内子连日患热症，闭解。夜到炼云药局，并到吉祥楼议印片子。沈耀卿失去虎皮洋毯，因近日公所门房常被窃，未曾整顿，以酿此现象，殊不成事体。

廿二日(1 月 6 日)　晴。内子燥闭之甚，服大黄、好茶叶、牵牛子、芝麻等，夜后乃得大解。礼拜。剃头。印兄来邀予至大马路宵夜。予旋与印兄至春仙，观小盖天《灵芝草》、周凤文演剧。

廿三日(1 月 7 日)　晴。昨日蔡桢祥(江西路太仓洋行经理铁路枕木，现寓爱而近路商务总会隔壁耀祥里，第四十五号门牌"德兴号"煤炭行)到福寿里访予，今晨又来晤谈，乃知伊拟包办江西铁路所用之枕木，托予为之先容。将来开议时，或函知制造局文案处李良甫先生亦可，盖李良甫系益斋友人。又，此事桢祥曾与说知，彼自能转致桢祥也。

廿四日(1 月 8 日)　晴。到安徽公司票房会洪诱初洪荫之女婿卞瀛墀。益斋来。印兄送其姜张氏、婢"甘蔗"来候内子，内子即留张、

---

①　此处原稿乃苏州码所记，转写为此，原稿未记单位。

甘在寓小住。

廿五日(1月9日) 晴。益斋、捷三来,言九江铁路定于廿八日开工,伯严日内来沪,定借款议约云。夜到吉升栈问伯严,未来。

廿六日(1月10日) 晴。捷三来,言借款百万,息资照例俟十年后归还,路工一切,借主概不与闻。果尔,则计无有妙于此者矣,但恐内容尚有不实不妥之处。复到吉升问伯严,未到,大约由德和来。

廿七日(1月11日) 晴。南昌来电云:"铁马路图南里四省铁路公所陈伯严鉴:廿五日江西教育会开特别大会,到者九十七人,公举会长,公得六十六票,请速来省主持会勘。全体公电。"

与黄初在易安喝茶,旋往中泥城桥咸德里三弄,文远里陆云翔课蒙馆小说贯阅社,租得《三字狱》观之。与黄初到春申楼饮。到吉升栈会伯严,旋往商会晤罗樵生。

廿八日(1月12日) 阴。到耀祥里德兴煤号会蔡祯祥①。旋往吉升会伯严,顺道至咸德里陆云翔处,贯得《精禽填海记》,阅之。写芗垣方伯信,附十月份公所用款册。春农妹倩现在顾印伯大令武昌县署,充当承启委员。今午得春农廿三日来信。

廿九日(1月13日) 阴。礼拜。剃头。到吉升栈访伯严,适益斋、捷三皆在商酌借款及设立银行事,并晤彦恭即寅恪。

十二月

初一日(1月14日) 晴。到伯严处,晤刘肇明及熊某兄弟。伯严喉音不开,为觅参贝、陈皮、腌芥菜食之。夜到《时报》馆,晤南士。

初二日(1月15日) 晴。到伯严处,适沈某筱宜之兄、益斋、捷三均来议借款事。

初三日(1月16日) 阴。到货捐局会揭桂初,旋与黄荣生同来公所。

---

① 原稿记此人名时常"祯""桢"混用。

初四日(1月17日)　阴。途遇捷三,言黄国英借款百万,须有赣藩印信以为凭,伯严以此条难行,删之,且更俟益斋回信何如。到伯严处一走。寓中扫尘。

初五日(1月18日)　阴。本日《中外日报》云:九南铁路借款已成,据《德文报》云,江西铁路督办已与比公司订立借款合同,共借银四兆两,计息六厘,以便建造九南铁路。此乃由江西接至福建之铁路之一股也。查该铁路借款之事,先时曾与日公司商议,继又与德公司商议,但均无成译。十二月初四日《文汇西报》记者按:九南铁路江西人素持自造之议,今又借洋款,异哉!深望此言之不确也。

张贵、赵升因犯窃,经黄鼎臣告知值年坐办洪荫之转饬二人,俱黜去,办法尚属平允。乃张贵迟留不去,赵升去六七天仍拟复来,予不能庇一茶房,令张、升得以借口有妨公所治安也。

夜到伯严处,晤翟衡孙。翟盖谭震青之表兄,南昌人,现在制造局就事。

初六日(1月19日)　阴。兰阶夫妇既至清江浦,汪子章先生已归道山。前月杪,兰阶夫妇旋宝山,今午兰阶复来沪,始访予谈浦中事,五弟现在就督署笔墨,月仅得十余元云。

初七日(1月20日)　阴。礼拜。南昌来电云:"四省铁路公所转陈吏部鉴:香翁初五赴浔,舟次接'歌'电函送来省即悉,所议两款,同人均认可,望电京局。省局。鱼。"将此电及《江西铁路章程》送伯严处,顺道往包晖章处,谈及江西拟办货捐招股,恐不能如米捐每担抽二角之多。访兰阶未晤。夜到安徽公司。兰阶来畅谈,知张二姑婆现况极窘,可叹!

初八日(1月21日)　阴。剃头。为兰阶书子章挽幛"茑萝安施"四大字,兰阶旋来领去。益斋于初三日丧其第四子,才十二岁,盖练武暗受损伤,致吐血,气痛四五天即逝,殊可惜!午后益斋来公所告知,移居苏州娄门内八旗会馆东面吴平黄公馆,今午即起程。予旋往戴生昌码头送行,并送黄老太太酒饼。旋到伯严处,晤彦恭即寅恪。蔡桢祥来。

河南路桥南泰生堂酒,是起阳种子之神方,《易》曰"乾健不息",即此意也。凡肾水不足,斫丧多端者,服之能返本还元,虽年届耄耋,亦能轻身壮力,培元阳、益脏腑,其功甚大,其效甚神。

初九日(1月22日)　阴。到伯严处。复访兰阶。夜到信昌隆会邓鹤坡、曾书麟、储香传。洪荫之又拟荐赵升,此时不便用他,姑俟之。

初十日(1月23日)　阴,旋霁,复阴。路上泥泞,颇滑烂难行。到伯严处,知于今晚乔梓回南京。伯严有子五人:衡恪、隆恪、寅恪、方恪、登恪。赵慕其自德安来沪,与同到四海升平楼喝茶,予旋往新大方栈三层楼候慕其,未晤。夜往安庆轮船,送伯严及其子寅恪行。

十一日(1月24日)　阴,微雨。午后到瑞记访捷三,未晤。顺往商会一走。旋到新大方栈会慕其[①],知吴爱林现当潮州府学堂监督,将回江完婚,约慕其在此候他,以便商酌一切。夜往喝茶,旋到平安里谢宝宝楼会捷三,言及黄国英借款成否尚未定局,其事甚秘,须俟伯严回省,看总局电复如何耳。益斋近不知驻何处,午后来公所一饭,即去。黄初兄荐家人贺云充当江西茶房。贺元,扬州人,在郑京卿公馆服事一年余。

〔页眉记:大马路赵止斋处;谦德恒2286、瑞记331、《中外日报》645、邱公馆1114、《时报》馆1201。[②]〕

十二日(1月25日)　阴。本日《时报》云:江西铁路总办现拟向比利时借六厘债款四百万两,以为建筑九南铁路之用。此项交涉将次告成,该总办曾向日本及德国之资本家商借款项,未能成议,故改借比款云。《时报》又载:英商银公司代表人濮兰德,现与鄂督张香帅交涉,欲由银公司筹借债款,承办川汉铁路,为川省绅士反对而止。

---

① 即"赵慕祁"。

② 原稿所记数字为苏州码,现整理为阿拉伯数字。

闻该代表人又折回北京运动此事云。

蔡桢祥来,托议包办枕木,并携有李良甫致益斋书。写寄九江李芗垣方伯信。

十三日(1月26日) 阴雨,竟日不歇。杨杏城士琦补农工商部右侍郎。初六日旨:江苏试用道赵从嘉照例发往。芗垣方伯在九江行铁路开工礼。

十四日(1月27日) 阴雨。文江叔自三十年往福建诏安县铜山场刘慕松大使处课读三年矣,今回丰过沪。晨起偕赵慕祁来公所访予,谈少许。予旋往益丰和回看。夜,守华请文江叔九华楼饮,予与慕祁、沈亮卿均在座。酒阑,复到益丰和,曾紫青、瑞麟均来。班、怀两侄于前月廿一日扶二嫂柩回丰。舜仪在省照料家眷,移居上凌云巷。初一日舜仪有函寄我,附夔侄初四信,云日内起旱【路】回里,明正仍须来省;富芝于十月初又举一女。夔侄另有函致伯严,托予转寄。

“禁止溺女总会”移设江西省城仓颉庙辅善公所。夜雨甚大。

十五日(1月28日) 阴雨。寄南京中正街陈伯严信,附夔侄致伯严函。晚间到招商码头江新轮船送文江叔行,曾紫青、吴小琴与同伴。

寄南京电:“款仍未到,请即电催。谦。”〔页眉记:借大成工商会社吴端伯款一百万两之合同,本日在南京盖用江西铁路公司关防;合同内签押者六人:李芗垣、陈伯严、胡捷三、曾瑞麟、邓鹤坡、吴端伯。〕

十六日(1月29日) 雪。益斋回苏州,阻雪未去。复舜仪信,寄江西省城上凌云巷。

十七日(1月30日) 晴。《时报》云:九南铁路业于十一月二十八日先行破土,今由总办李芗垣方伯亲至九江,择吉十二月十三日举行开工典礼。是日午刻,龙开河车站高搭彩棚,各官绅到者甚众。江督端午帅、赣抚瑞鼎帅,均派九江道汪颉荀观察为代表,分致颂词。由李总办率同坐办陈伯严主政等,一一答谢,旋在铁路公司欢宴而散。至实行开工之期,闻已择定明年正月初八日云。

复杨春农妹倩信,寄湖北武昌府武昌县署中收发委员处。剃头。到法租界富记取牛髓。

十八日(1月31日) 晴。印鸿哥、吴爱林至寓,邀予往杏花楼饮,花子明在座,印兄作东。酒阑,到宝宝处茶围。李伯行往芜湖开彩,并庆岁。夜十二点钟,往江孚轮船送行。张伯泉、沈耀卿、汪麟阁均搭该船回家。

十九日(2月1日) 晴。往新大方栈,即约吴爱林、赵慕祁饮,予到平安街邀印兄、又弟,均集九华楼。酒阑,到三马路文安里金谷莺、金云娇处茶围。又到富记取牛髓。

二十日(2月2日) 阴。鲁蕴华由广西永福县县丞升向武州州判,将之任,来沪挈眷。午间与守华、徐敬之同见访。敬之,南昌人,向办制造局事,现住西门外斜桥源鑫里第三巷第一家罗达衡印运峡家中。达衡系伯严妻兄,衡恪母舅,招商局文案。前经伯严条荐益斋处为位置,今是以来候益斋。

到新大方栈访慕祁、爱林,未晤。母亲生日,备酒面。

廿一日(2月3日) 早间得雪,阴雨。寓东张春敷择今日度岁,并邀予及叶某、曹某饮。黄鼎臣代女士慧丰,求予为作书致其师。益斋来。上灯时,到招商码头新济轮船送赵慕祁行,爱林与同往德安县完婚。其时尚未上船,以潮州所得墨拓韩退之书《白鹦鹉赋》见赠,兹录其文如下:

白鹦鹉赋

　　若夫名依西域,族今南海。同朱喙之清音,变绿衣于素采。唯兹鸟之可贵,谅其嫩之斯在。尔其入玩于人,见珍奇质。狎兰房之妖女,去桂林之云日。易乔枝以罗袖,代危巢以琼室。慕侣方远,依人永毕。托言语而虽通,顾形影而非匹。经过珠网,出入金铺,单鸣无应,只影长孤。偶白鹇于池侧,对皓鹤于庭隅,愁混色而难辨,愿知名而自呼。明心有识,怀思无极。芳树绝想,雕梁抚翼。时嘤花而不言,每投人以方息。慧性孤禀,雅容非饰。含火德之明辉,被金方之正色。至如海燕呈瑞,有玉筐之可依。山鸡学舞,向宝镜而知归。皆羽毛之伟丽,奉日月之光辉。岂怜兹鸟,地远形微。色凌纨质,彩夺缯衣。深笼久闭,乔木长违。傥见借其羽翼,与迁莺而共飞。退之。乾隆三十六年秋七月五日,广东督学使者日讲起居注官翰林侍读学士北平翁方纲敬书释文附勒于石。

廿二日(2月4日) 阴雨,写芗垣方伯信,附十一月份公所用款册。写九江陈伯严信,付十一月份公所用款册。夜到群仙茶园观剧。

廿三日(2月5日) 阴。立春。伯严致益斋电:"机器缓购,安徽工程师合同速寄宁。立。"浙江铁路总办致益翁函十二月廿二日云:"益斋仁兄大人执事:小住沪江,快聆宏议。匆匆返棹,每用瞻依。执事以周规折矩之才,赞就熟驾轻之计。班门在望,分我余光。沪地屡有人贻书敞处,谓贵省铁路现在借款办理,实系比商投资而特以华商署券,与京汉前车无异。弟于伯严先生知爱有年,芗老与执事亦断不致饮鸩止渴。以告者过,初未之信,但藉藉之言,亦殊可畏,似宜由贵公司据实登报,以释群疑。恃爱妄言,幸垂察焉。午后即欲赴禾勘路,岁聿云暮,雨雪载途,劳人草草,我罪伊何。手肃,即请台安。诸惟察照。愚弟制汤寿潜、刘锦藻顿首。"

为益翁回函云:"蛰仙先生、澄如仁兄大人阁下:适奉朵云,欢承爱日。就谂匡时绩懋,缩地才高,辱在下风,正殷佩羡。蒙示以屡有人贻书尊处,谓敞省铁路借款,实系比商投资华商署券,与京汉无异,前辙不可再蹈云云。具见热诚挚谊,关注逾恒,不胜铭泐。但此事结果,谦尚未详,谨当转鸣盛意,达之芗老及伯严吏部。苟有涉于群疑之处,当即遵命,登报昭白,以答雅旨,而靖人心。肃复。祗请勋安,并贺新喜。晚生愚弟黄受谦顿首。"

廿四日(2月6日) 阴。芗垣方伯自九江铁路局,专局丁符金德送股票来,昨日抵沪。由江西商会胡捷三、邓鹤坡、曾瑞麟三人承领。而股票实寄存瑞麟处也。今早符某始将芗垣方伯亲笔复予之函交来。函云:

> 三安仁兄世大人阁下:前接手书,备悉一是。此次股款百万两,全赖伯严兄在沪,与商会中捷三、鹤坡诸兄组织而成约极妥当,在宁签押盖印。现专丁送股票贰百柒拾捌套,即日交两公亲收,请即日电浔,但云‘股票已到’四字,以便放心。盐事经弟亲自到宁面恳,蒙制府已答应二文保息,明春可以出奏。大局挽回,甚为可感。湖口纸、木两帮,已定明正初一开办。瓷、茶、布各项亦可相继而起。从此一帆风顺,轨道速通,可为吾省贺也。手此,即请道安。来信所言之薪水可以照办,并覆益斋仁兄大人代为请安。世愚弟期有菜顿首。廿一日。

予得信即到商会,并到瑞麟处核观股票,旋回公所作书复芗老,附汤、刘二公信。由符金德回省带呈。调查安徽公司工程师合同各案,因汇抄一册,将以寄伯严。

购得洋人吸铁器,甚佳。又春有字来,并送我母亲酒二瓶、腊鸭一只。接熙安弟昨日苏州来信。午间,寄芗垣方伯电云:“九江铁路局李鉴:股票已得。孚周。敬。”

廿五日(2月7日) 阴。复熙安弟信。寄南京伯严信,附汤、刘二公信及复信,又附寄安徽工程师合同全案。

廿六日(2月8日) 阴。年内《时报》本日截止,明年从正月初四日起。写小楷。

廿七日(2月9日) 雨。益翁昨来沪,今复回苏度岁。福建全省铁路办事处十九日致洪荫之信云:“径启者:顷得第五号信,敬悉。兹将应复各节列后:一、测量仪器久盼未到,甚属着急,望再往催赶,速寄闽为要。一、股票息单已由福州商务印书馆定制优先股票息单，各四千张，业付定洋二百元。一、厚坤处三百两已复函催令其即拨。一、南洋所招之股现在约达三百万元以上。此请近安。"写小楷。

廿八日(2月10日)　密雨。公所附办之铁路学堂，将来拟在南翔购地兴筑，落成约在明年秋间，则开办学堂，至速亦在冬初矣。未林太史到京与考进士馆，卒业而回，拟开正复进京运动，以知府保送，因外省官制终无改期也。午间未林来谈，述及黄河桥工告成，计一百二十段，每段约长六七丈，宽约二丈，桥栏用铁罩子，颇壮丽云。

写大楷，临《化度寺碑》。考察指南针。

廿九日(2月11日)　阴。寄又春信，云新正初五日请十弟妇、新太太、汝霖、张亦太太、喻欣之太太。寄大表哥贺年帖子。洗澡，在大马路易安隔壁新新园。

三十日(2月12日)　阴。剃头。换衣服。寓中敬奉祖先榜行礼，礼毕饮岁酒。

光绪三十三年丁未(1907)

(一月)

一 月

光绪三十三年丁未元旦(2 月 13 日) 霁。往洪口、盆汤弄、大马路、四马路、高昌庙斜桥源鑫里、平安街各处贺年,即在印鸿哥处饮,晚间回寓。

初二日(2 月 14 日) 阴。午后到天乐窝听唱曲。

初三日(2 月 15 日) 大雪。早晨,狄楚青来寓楼晤谈。

初四日(2 月 16 日) 阴。《时报》从本日始。又春弟有信来,言足被开水泡伤,又弟妇须在家照料,明日不能来北头,而订定初七日请予夫妇往饮。

初五日(2 月 17 日) 雪。《时报》载《江西铁路局续闻》云:前纪江西铁路局因招股维艰,经某在上海比国洋行闻系顺时洋行借银一百万两,曾志前报。兹探闻确已借定,并以股票作押,归还期以三年。又云农工商部不准江西铁路总办在一月前所议借比国款四百万两,以造九南铁路。

夜到易安。

初六日(2 月 18 日) 阴。狄楚青筑新居于海宁路与福寿里斜对,早间往该处回看楚青,谈良久,并晤楚青之妻弟,浙江汪宝斋。

午后与黄初、鼎臣至易安,并至富贵得意楼听说书。黄初旋邀至雅叙园饮。

初七日(2 月 19 日) 微晴。与内子偕往平安街,在又弟、印兄处饮,并晤邓鸿翔、邓云翔。酒阑,予回寓,内子在平安街拟住数天。剃头。

初八日(**2月20日**) 微晴。印兄、又弟约在汇芳相聚,予三点半钟即往,候至六点钟,两君不来,乃自诣春仙观剧。蔡祯祥印国泰有字,约明日下午一点半至二句钟,往德兴。

初九日(**2月21日**) 晴。益斋昨日来沪,住新闸路近北泥城桥自来火厂董公馆花园董少老爷洋装,年廿余处。

初七日《中外日报》云:九南铁路现拟于正月起,凡本省出境土货,一律酌收捐款,并照米捐办法核计收数,给发铁路股票云。又云:九江荣昌火柴公司亏欠官商款项被封,已志前报。兹悉该公司已复开设,以厂屋作为成本,其经费全恃总理顾葆林在外挪移,约计二万两左右,又添置厂屋以及应用生财约费三千余两。本厂及汉口、南昌所存之货,亦值银数千两。去腊年关,各款无从归还,顾将厂屋产业契据交与某钱号收管,而所欠官银号官款,仍属无着,故银号会县将厂货家业一并查封。嗣以各女工工钱七百余串待给孔殷,经官银号严孟繁司马,先就银号拨银六百两,发交顾葆林具领散给,将来此银即并前欠,俟所封之货价变后一律缴还云。

陈伯潜阁学于去腊十五日由星架坡抵爪哇。十六日早,会馆开欢迎会,一如欢迎钱、董二公仪。陈阁学演说来意,并勉励侨民当热心办学,而尤以不收外人助款为要。合力办事,而尤以不分省界为嘱。福建路事旋于十八日集议,入股者甚众,亦足见侨民之关心于内国也。

在德兴会蔡祯祥之表侄,香山梁五云,印栋,五品衔。现住福寿里南头第三家,办理同昌五金公所。言分段包路一事宗旨,仍损主权,借款则须抵押,均存而不论可矣。

到新闸路。夜到商会,晤徐竹亭等。阅伯严南京来电云:"胡捷三诸公鉴:公函可通融,股票不必换。候速来面商,立。庚。"

初十日(**2月22日**) 晴。苏垣盐仓巷住之知县班,湖北霍时夫印镕炳及佐班湖北李稚根印乃桑均来,索去《江西铁路招股章程》一册。

到抛球厂天来生购日记本,顺往如意里陈润夫老伯处谈。

十一日(2月23日) 晴。《时报》云:江西铁路局绅议抽纸木捐,以为常年响款。详由农工商局即照会商会,因捐系入股,众商乐输,遂定本年正月初一日开办至湖口铁路米捐,黄修绅、思永兼收。

研墨。

十二日(2月24日) 晴。到制造局炼钢厂、炮厂,后回看卓兴伯,晤伊夫妇,留吃年糕。旋往平安街,又到沪军营晤龙宝珊印国镇军门、又春。旋复至又春寓,邀内子同回,在汇芳喝茶,及某肆吃炒面方归。

十三日(2月25日) 阴。福寿里南头起,由福建路至福州路口三千四百十六步。福寿里南头起,由河南路至福州路口三千七百步。

十四日(2月26日) 阴雨。研墨。临《九成宫》。李伯行京卿回沪。张百泉亦自皖回公所。

两湖总督张香涛制军之洞,前电政府力陈司法独立之非。日来《时报》馆著论分条痛驳,握拳透爪,足征近今报界能力之发达矣。

分省补用道孙继云曾任浙江知府观察印传概,寿州相国之侄也。沪上公馆与四省公所比邻,去岁接蒋冠群之手,坐办芜湖铁路。

霍山闹教首犯张正金经太湖县拿获,递解途中,服毒身死,即将其尸解安徽省城。百泉前在皖省睹其尸,约五十余岁,闻尚须戮尸乃完案云。百泉送徽墨二条,以江西描金瓷烟嘴报之。

十五日(2月27日) 阴雨。到安徽公司。观《阅微草堂笔记》及英人反侦探《多林吞第一案》。

十六日(2月28日) 阴。得述舫大表哥正月十三日来信,云拟归林,川资缺少云云。蔡桢祥来,言江西某处有锰矿,拟荐香山资本家开办,嘱予函询刘浩如观察。肇春于去腊十三日举一子,谢瑞麟调补顺德江村司美缺,皆大表哥信中所载者。

复大表哥信。致又春信。大表哥有致文江叔信,托予由曾瑞麟转交,即到瑞麟处将信托付,并询悉去腊廿四日存瑞麟铁柜股票贰百柒拾捌套,均由捷三、鹤坡于正月初七日带回江西,因股票息折式样均不佳,又与吴端伯借款合同有须磋商更正也。刘未霖太史于昨日起程,复入都矣。

接芗垣年伯十一日南昌来函言:江西铁路局借上海大成会社吴端伯股款百万,并非洋股。嘱予亟登《时报》《南方报》声明,以释群疑。九江铁路局账房郑。

光绪三十三年丁未(1907)

（一月至四月）

（原稿封面手书：第二十本，起丁未正月十七日，
讫丁未四月初十日）

一　月

光绪三十三年丁未正月十七日(3月1日)　晴。昨午接江西铁路总局李苧垣方伯来函，于大局甚有关系，爰照录于此：

> 三安仁兄世大人阁下：径启者。吾省路局由上海大成会社吴端伯入股百万，于发给股票外，更立有合同条载"如转卖外人，股票作废"等语，且由上海江西商会担任。吴君籍隶江苏上海，其……此则入股并非洋款，确有可信，乃阅……拟向比利……又闻二十……为任意……接尊……除另函托武昌经理处速向《汉报》馆声明一切，请其更正外，务祈阁下即赴上海《时报》馆声明一切，请其登报更正，并将合同内载"如转卖外人，股票作废"及由江西驻沪商会担任各节，登报宣布，慎勿迟延，是所至祷。至此后倘有登报事件，必须抄送上海《南方报》馆，请其照登，敝处业已函致该馆矣。《时报》误登一节，亦望请《南方报》馆声明，更为结实。专此，敬请文安，惟照不尽。世愚弟李有棻顿首。

午后，予拟就登报稿子往《时报》馆，托主笔房冯心甫照登，旋往《南方报》馆晤孙皓如，询悉该馆主笔系松江张蕴和，总校乃文实甫，

因即将拟稿托皓如转交蕴和照登。

剃头。印兄于元宵申刻妾生一子，遣人送红蛋来，予即往贺之，在平安街小酌。印兄邀予入房，视小孩头角轩然，印……

……唐狄青元夜昆仑奏捷之……

十八日（3 月 2 日） 晴。本日《时报》已将予所……内云：更正。本报前载江西铁……万，将次告成云云。兹据江西铁路总局函称所借并非比款，系由上海大成会社吴端伯入股百万，于发给股票外，更立有合同条载"如转卖与外人，股本作废"等语，则入股并非洋款，确有可信，合亟更正。

午间孙皓如《南方报》馆管告白及南城徐弼臣来，并持示本日《南方报》云：声明江西铁路不借比款。江西铁路向华比银行借款一事，昨报业经更正，兹悉该省铁路由上海大成会社吴端伯担任。吴入股百万，家道殷实，谅无借比款之理。据此，则更足证华比银行无存银可付之说，实系传闻之误。

印兄、又弟至寓邀予往杏花楼饮，旋到天仙茶园观剧，皆印兄做东。

十九日（3 月 3 日） 晴。复旦学堂庶务员张蹰五来，言端午帅许于官项内，岁拨银二万两，为该学堂常年经费。

南京来电云："黄益斋请速来，勿稍延，立。啸。"即作书告益斋，寄苏州娄门内八旗会馆东面……

二十日（3 月 4 日） 晴。本日《中外日报》续记……"纪江西铁路公司借用洋款"一节……系有华商某公司入股百万，由江……票之外，何以需人担保，并行另订合同之故，某君并未提及。度其情形，殊非华人入股办法，容再探明续登。

写寄芗垣年伯信，并寄南京伯严信。益斋有字约明日来。

廿一日（3 月 5 日） 晴。本日《中外日报》云：再记江西借洋款事。江西铁路公司有借洋款修筑之说，事为赣省京官闻悉，闻已电致督办李绅，云如已订立合同，速行废弃，以重主权而符奏案。若无其事,亦当明白宣布,以坚股东之志云云。

　　益斋来料理,即赴南京,并闻益说,赣抚瑞中丞已委员来沪,密查借洋款修路事。

　　陈季侯,吴县人,与益斋同来。游张园。

　　廿二日(3月6日)　晴。据张春敷云,吴端伯印宝仁前三年与同在江海北关办事,吴端伯充当洋买办,每月薪水数十两而已。大成会社即在江海关隔壁十数步,局面不大。凡与洋人交易,该会作中人,收说合之资而已。

　　廿三日(3月7日)　晴。午后邀黄初、鼎臣……黄浦滩觅着大成公司,在……旁注云:包修铁路河道工程……家花园一坐。

　　孙继云一作寄云观察传樋,近经李伯行京卿咨部,札委为安徽铁路会办。安徽彩票换股处二月初移设芜湖,驻沪安徽公司亦拟于四五月间移芜。因铁路工程既兴,诸便照料,又皖票既在芜开彩,而驻沪彩票总局因碍于江南彩票局之冲激,不得不撤,此皆安徽公司移迁之原因也。按端午帅于去冬奏办江南筹账公益彩票,折内曾经申明此票既于沪上开设,所有他省各彩票只可在沪分销,不准在沪设局,致碍此票销路云云。现江南彩票局开设江西会馆,其他如广东、湖北彩票,各在该省设局,沪上只算分销。独皖票开彩在芜,局仍在沪,是以江南彩票局员去腊曾将沪上安徽彩局违章碍销等情,径禀南京财政总局。财政总局转禀午帅,午帅即据禀转移李京卿。故沪上安徽票局不得不撤,即沪上安……而移之,闻将来只酌留数人在……于图南里附近,别赁屋以为……

　　廿四日(3月8日)　微晴。朱锡廷来,《中外日报》……股云:吉安府周胜为江西巨富,前江西铁路开办时,曾经路局邀请周扶九观察入股,初尚认可,现闻已入川汉铁路股款二百万元云。

　　午间,黄鼎臣兄请予与郑黄初、浙江某姓伯严王子展观察之长子,明日进京充当杨杏城侍郎总文案在三台阁大餐房饮。酒阑,予往商会晤夏晓峰及罗海帆广东美富轮船管事。旋到小说贳阅社。

赣州府铜矿草苗甚旺。

廿五日(3月9日)　晴。胡葵甫方伯兼署广东提学使司。阅《近世中国秘史》。临《九成宫》。购得小松一株,位置蒲草盆中,殊有雅致。

廿六日(3月10日)　阴。礼拜。剃头。游钱庄会馆,上进供财神联云:"合寰海万国以通商,天下利权莫大于是;探桑孔诸书所未逮,山川秘府尽泄其藏。"下进供关圣联云:"乃所愿则学孔子也,知我者其惟春秋乎。"

徐敬之来谈,敬之寓陈衡格母舅罗达衡家,在斜桥源鑫里。阅《近世中国秘史》。

印鸿、霭林均将往粤东,午后见访,予即邀至杏花楼饮。酒阑,到天香楼书馆听筱文奎、花再芳度曲,旋与樊菊如同往花再芳家喝茶。夜雨。

廿七日(3月11日)　阴。本日《时报》浙路拟采买奉木一则云:浙路公司□□□木,曾于去岁向日商太仓洋行订购,已均分期运到。兹因应用甚繁,故议联合苏路公司,同赴奉天设立浑江采木公司,在通化县哈呢河等处收买。拟请赵次帅于奉省公款项下提银五万两,拨充伐木官本。准由各省铁路公司,一体赴奉采办,以杜洋木而维利权云。

写致仙洲妹倩、八妹信,寄广东韶州府署转交。阅《近世中国秘史》竟。夜半大雷雨。

廿八日(3月12日)　阴。黄佛生襟兄夫妇携其次女瑞英乳名小秃、子苏孙乳名小子均自苏来沪。早间至予寓,佛生吃早餐即先往又春处,盖将为暂代沪军营馆,而又春则自就浏河黎州牧明厘局事也。

写寄芗垣方伯信,附去腊公所用款册。往新大方栈回看吴霭林,未晤。阅《鲁滨孙漂流记》。

廿九日(3月13日)　阴。午间送母亲、内子、畹芳、十一妹及其子女游博物院,并游公家花园。

孙皓如来,述文实甫言,闻江西铁路总局函嘱予往《南方报》馆有登报要件,并无其事。孙又云,闻邓鹤坡因荣昌火柴公司亏累,于正月初十前后被九江官府德化令羁留。

阅《鲁滨孙漂流记》。

二 月

初一日(3月14日) 雨。《时报》载孙文过沪。据《太晤士报》云,革命党领袖孙逸仙近为日政府驱逐,乘德国邮船"泼林资爱立斯号"于廿五日驶抵吴淞,廿六日登岸,至上海游览一周。廿七日仍登舟搭往新加坡,此后大约久居该处矣。

正月十八日,寓沪招商局粤股东发往广东专电云:"十六日上海股东会议,招商局请归商办事。声称二万二千余股份,举盛杏孙、沈仲礼、周金箴、王子展、虞洽卿等为注册办事员,粤股东无从置喙,将来必为此五人全揽利权。盛杏孙前时督办商局,擅将局款移借萍乡矿及拖欠驳船价、湖北铁厂运脚,共约五十万,又为萍乡矿借礼和洋行款,私将金利源栈作押。前情如此,今恐复出为患。沈、周、王、虞四人皆宁波籍,早与盛密谋布置。此日并非正式会议,事若成,粤股东将束手待命,且恐复蹈粤路覆辙,悔将无及。请诸君熟思审处,勿率意附和,误堕其术中,大局幸甚!寓沪粤股东公启。"……①二十日下午两点钟,招商局粤股东假座香港杏花楼会议,到者百余人。伍秩庸京卿侍郎、张弼士京卿均在座。徐君雨之举张京卿主席,众股东赞成。陈君斗垣为宣布员,将沈仲礼等来电及沪总局钟君等来电宣读一遍。徐君雨之提议:一、将轮船招商局照大清商律内公司律,在农工商部注册股份有限公司;二、此次赴部注册,须众股东联合发公函,请现任总会办遵照公司律,报商部注册,并一面代禀知北洋大臣及邮传部存案,无须另派股东及别人专任注册事;三、照第二款之意,拟电文覆沈仲礼等,电文云:"二十港粤股东集议,允将招商局报商部注册,惟不允另举别人专任;愿照通例,请由现任总会办办理,以

---

① 此系原文省略号。

符律意,余函详。弼士、雨之、文甫、焯之,及众股东回启。"众赞成,于是决议照行。

阅《鲁滨孙漂流记》竟,此书为探险家第一人,至无可奈何,苟克力自振奋,天必福之。其履险如夷,由困而亨者,天也;其所恃以履险如夷,由困而亨者,人也。愿与天下困顿无聊者读之,当陡增无限志气。

夜在伯泉处略谈,晤蒋鸣九、汪麟阁,及其副何子兴,徽州人。

初二日(3 月 15 日) 阴。各省铁路公司公禀税务大臣与邮传部,请许中国铁路所用之材料一律免收关税,兹得税务大臣铁、唐咨复,以广澳、潮汕、粤汉等路,业已一律征税,办法未便两歧,所有奏请免税之处,碍难置议云云。

午后到咸德里,又春来寓,予始知印兄于昨日已起程赴粤,竟未往送,殊耿耿也。

初三日(3 月 16 日) 晴。寄南京伯严信,附税务大臣咨复铁路材料不准免税,及去腊公所用款册。

《新报》载《安徽铁路最近之调查》云:安徽洋工程【师】柏韵士君测量路线,现已由广德州往泗安测量,约在二月中旬告竣。芜湖至湾沚铁路所经之处,应建桥五道,由洋商承包,估银三十万两,其桥基、桥墩已由上海姚新记承包。第一段内河桥墩业已开工,二月底始能告竣。芜湖至湾沚铁路所经之处,共计五十四里,需土五十三万方,每里需土一万方。石子一万四千吨。芜湖车站挑土三万方,前由朱少武等承包,每方计银三钱,限三月内完工;其石子则晏某三人承包,每吨共装运费等项,计洋八元,刻已装运。铁路购地局现已迁至河南救生局内,仍委申南薰大令办理,另妥绅士钱梦赓君覆办,该二人颇洽众望。闻第二段仍有委大令接办之说。

正月廿七日,爱而近路西北角某店被盗,劫去洋一千数百元,并枪毙西捕马罗。工部局因连日会议,加添印捕二百五十名,使在上海租界帮同巡缉。查现在租界情形,比较五年前租界情形,地段已广,捕力实嫌不足,在一千九百零一年光绪二十八年①年终,在租界内西人七千人,华人三十五万人;近今西人已有一万二千,增五千人。华人有四十七万五千。增十二万五千人。在一千九百零一年光绪二十八年西捕七十七名,今有一百四十四名。照以上计算,租界人民比五年前可见日繁。自一千九百零一年光绪二十八年年终,至一【千】九百零六光绪三十三年年终②,比较印捕、华捕名数,前印捕一百六十八名,今有二百零一名;前华捕五百七十一名,今有七百五十三名。虽云今多于前,然地段既广,近日租界流氓,又往往手执枪械,抢劫无忌,故不得不亟添印捕。霍总领事于昨日函复工部局总董辩兰,"正月廿一日所请,续招印捕二百五十名"一节,当于正月廿三日电致印度陆军大臣,催议此事,现尚无回电,俟有答复,当即送交工部局云。

初四日(3月17日) 晴。礼拜。剃头。予与内子邀佛生夫妇、女儿,往天乐窝听说书。予旋往新北门内,为母亲换眼镜圈。昨日上谕:"张百熙现在病假,邮传部尚书着林绍年署理。"沪宁铁路于十九日即西四月一号减价。

初五日(3月18日) 晴。伯行函招王旭庄观察仁东日内来沪,大约为商酌争回铁路材料免税一事,盖旭庄系闽路代表也。安徽彩票总局前拟移芜,近因伯行京卿恳商午帅,准安徽副票在沪销售,皖局遂因而不迁,即皖省驻沪公司将一概仍旧也。

邮传部之内容:右侍郎吴重憙虽已就职,而张百熙现方患病,唐绍仪又两遭遣责,施绍基等又已黜退,故邮传部一切头绪尚形紊乱。林绍年初署尚书,亦自茫无把握,须俟二三月后,方可使邮政、船政、电政、路政四处皆有次序。至天津、北京各城之德律风,向由上海电报局管理,现亦将归并电政处。又因唐熟习西国言语文字,故邮政与

---

① 原稿所谓"一千九百零一年"即1901年,系光绪二十七年。后面几条皆误为"光绪二十八年",请读者在阅读时注意。
② 光绪三十三年为1907年,此处亦误。

路政仍属其管理之下。惟电政与船政悉归吴管理,因吴前任上海电局总办,历有年所也。

本日《时报》载《苏省铁路购地所正月分下半月购地计数表》,可备调查。

到城内取眼镜。夜在大马路喝茶。

初六日(3月19日)　晴。《中外日报》载《南洋近事》云:福建路股吧打威共认五万股。就中以王玉坤独认一万股为最巨,王为吧城首富,故能独认巨股。按"吧打威"系爪哇首府,旧名"噶罗巴和",荷人改称"巴达斐亚",一作"巴他维阿"。爪哇见于中国史,传为南洋自古名邦,一名"加拉巴",今属荷兰国,荷总督驻此。

厦门闽省铁路公司回洪荫之函云:惠书所论银行,诚为卓见。前日因南洋各埠闽侨极欲开办,拟公司提款若干外,此仍由股东集股,先查章程以备斟酌。近日因年关停议,须俟总办回华后再决。路股现款不过百万元,大笔均注南洋,正月底方能揭晓。厦局办事人员另单呈电。陈总办由新加坡而槟榔屿、而大吡叻、而吉陇坡、而仰光,现驻加剌巴各埠兼视学务,尚有三宝垅、泗里末数处。周遍回华,大约春半。工程师陈怡堂、王幼谷均闽人,具铁路专门学,在芦汉全路、正太铁路聘回,均已抵省,日内外洋仪器可到,当来厦施测量,故码头尚未建筑云云。正月十三日信,廿二日到沪。福建全省铁路公司办事处,现暂设省城澳门桥下林公祠内。厦门分设铁路办事处一所,以便经营漳泉等路,现暂设厦门岛美路头文报局楼上。

〔页眉书:杭嘉路线。〕《时报》载《杭嘉路线分段勘筑》一条云:浙省铁路已定与枫泾镇车站接连苏线,绘有草图。现除第一段之江墅路线业早开工外,复经总理与工程师测勘绘图。以湖墅之艮山门至长安镇为第二段;由长安至硖石镇为三段;由硖石至嘉兴府城为第四段;由嘉郡至枫泾为第五段。每段派委地方官督同绅士设立购地局,分别开工建筑。

佛生伴十一妹及其子女往又春处矣。

初七日(3月20日)　阴。本日《中外日报》有调查九江商埠事宜，可资考证。

王旭庄观察来沪，与李京卿议开办铁路学堂等事。寄江西李方伯信，附税务大臣"铁路材料不准免税"咨复及《安徽铁路近案》。寄九江铁路局伯严信，附《安徽铁路》近案两纸。

夜饮醉甚，贺云将车来，予乘之归寓。

初八日(3月21日)　阴。阅奇情小说《电术奇谭》，日本菊池著，东莞方庆周译述，"我佛山人"广东吴趼人衍义，"知新主人"评点。其内容则苏士马试催眠术，误伤喜仲达，因而窃据其财后，为仲达订婚妻林凤美破案。士马在狱将其毕生所研究之催眠术著书，致大医院总裁，于是其术遂传。今书肆有《催眠术精理》一书，盖又后人从而研究者也。此术大致系术者藏电于身，由身传运，以致人脑府颠倒，俾迷其本性。当日仲达因为触了电气，翻转了脑子，所以失了记忆力；后来再触电气，脑子又翻了回来，所以记忆力也回过来了。甚至于凤美被士马迷了时，被钝三拿着手一阵哭醒了，也是触了钝三身上的电气之故。那士马双手执着人家肩膀，瞪眼看着，能叫人家闷倒，这也是他不知用甚法子藏了电气在自己身上，能运动得到别人身上的法子，并不是甚么魔术。予为推阐其理，大约比之磁电之传针，因针系硬质，故仅得传电之性，而内容如故。设使针为躯壳，其中亦有流动之汁，如人脑髓，恐针亦有颠倒反复之弊。试看指南性定，又以磁电反其定向而吸之，则针即转南而为北，其理无穷，可以意揣而知矣。

初九日(3月22日)　阴。接芗垣年伯正月廿六日信二月二日发，并寄来九江开工颂答各词，嘱予送交《南方报》馆，请其照登。且云总局已函致该馆，倘遇本局登报之件，皆由贵处转送，是以奉恳云云。

〔页眉记：江西九南铁路开工汇纪。〕致赣抚电："南昌瑞抚帅钧鉴：南浔铁路择十三日举行开工盛典，恭请宠临。帅节鲜暇，请电委在浔地方官一同行礼，曷胜跂幸！有棻等同叩。青。"

致江督电："南京督帅端钧鉴：江西铁路多承督帅毅力主持，与商部奏明开办并筹盐款,始有今日之基础。现于九江开工,择十三会同地方官举行开工典礼,谨以电闻,用志阖省感戴之忱! 荣等同叩。真。"

赣抚复电:"九江铁路局李方伯鉴:'青'电敬悉南浔铁路十三开工。公等经营赣路,构此始基。惟望日起有功,轨轮四达,至贺至祝。良甫经履任,不获与斯盛典,已电委汪道率属会同行礼矣。良。蒸。"

江督复电:"九江铁路局李芗园方伯诸公同鉴:'真'电悉。江西铁路即日于九江开工,此赣省富强之基础,曷胜欣庆! 现派梅道光远为敝处代表,赶赴九江观礼致颂。明早行,十三必到,乞稍待为要。方。真。印。"

江西绅士颂词本省绅商诸公祝词:"我江西为东南一大省会,广衰各千余里。其建筑铁路之利益,北自浔至省南,走赣通粤。织粤海、浔江为一经线;西接萍、醴而来,过袁、临至省东,走玉山通浙;东北走景镇,接芜广、联宁沪,又织湘、汉、浙、沪为一纬线。我省会形胜,居十字中心点,而大江以北货物,浔口吸之;大江以南货物,浔口吐之。全省铁路经始南浔,此固洞开门户之大观,亦扼重咽喉之胜算也。萍乡李公,以兼圻卸负之身,受阖省同情之托,敬恭桑梓,力任艰巨,筹款于物力艰难之日,创务于经纶草昧之时。登高一呼,四山响应,招集股本,大小毕汇,众流赴壑,彭蠡为潴。今月十三日,躬自来浔,举行开工典礼。极峰中峰,派员襄盛;本城印绶,罔不咸赴;轮蹄若织,冠盖如云;利源则江水比长,政体则庐山同重。兆鳌等忝属同乡,躬逢盛事,幸托襟江带湖之域,行看控荆引越之车,缩地长房,御风列子,无穷利便。属在公身,公其劳矣,应有所以寿公者,不揣冒昧,敬献祝词,词曰:'鸿鹄千里,公力及之;龙蛇行陆,公手起之;匡庾一堂,举足八荒;祝公之寿,与路同长。'"

江督代表梅斐漪观察颂词:"今日为江西南浔第一段铁路开工之日,光远辱荷两江制府端帅之命,前来观礼,曷胜荣幸! 光远不敏,谨承端帅欢然之意,期望之殷,引申而敷陈之,以致辞曰:二十世纪之世界,铁路为交通之一大机关,环球之周垣,以路线之短长,觇国势之强弱。我国近年以来,时会相乘,民智日开,鉴前车于既往,念来轸之方遒,于是力主自办,以挽国权,以谋公益。吾省士大夫实发起于前,各省从而继之。溯自赣路创始之日,正端帅初督两江之时,大力维持,热心提挈,故所望于兹路之成为尤挚。萍乡李公,受乡人之推举,拜朝廷之命,肩兹巨任。受事以来,殚竭精诚,经营缔构。复得荐绅先生群相赞助,地方大吏力为护持,经始于风气初开之时,酿资于物力维艰之日,始基之立,诚非易易!顷者,端帅持节,重临江左,知必能导夫先路,宏此远谟,行见交通之利益,与章贡而俱长。基业之崇隆,媲匡庐而并久!光远赣人,忝附议绅之末,兹复荣与盛典,用尤欣忭,再拜而颂祷焉!"

赣抚代表九江道汪颉荀观察颂词。谨上艿垣方伯、伯严吏部开办南浔铁路颂词:"当廿世纪中,所称富庶之区莫如美,美之富庶,实美之大生计家托辣斯大王摩尔根者,有以左右之。尝考其发达之原因,则以组织铁路为始事。诚哉!铁路之有益于国者,大也!年来各省收回路权,举以自办,利防外溢,遐迩同情,愿尝默审各省之大势而比例之,其待筑之殷,莫如赣路,而筹款之难,尤莫如赣路。赣虽土产之富甲于他省,而赣民之贫亦倍于他省。盖有莫知其然者,举凡官绅,鲜不以担荷赣路为一绝大之问题,而缩然裹足矣。萍乡李方伯、义宁陈主事,慨然肩任义务,多方筹款,询谋签同,测量路线,鸠工庀材,遂于我圣清预备立宪之年冬十二月,由浔阳开工,筑至南昌。瑞阁权权是邦,适奉抚宪电饬,率同僚属恭代行礼,获襄巨典,幸何如之!由此而推及赣、吉诸郡,四通八表,轨达纵横,吾知其不待旋踵耳。爰额手而颂诸公之热心义,并祝其将来发达,如美之大托辣斯焉!颂曰:粤稽古圣,取法飞蓬,盖天轸地,错镊相从。乃至泰西,厥有瓦氏,冥心独运,发蒸汽理,智创巧述,日新月异。德氏踵之,火轮飞驰,鼍梁水驾,蚁隧山移,千里一瞬,电掣风追。漪欤浔阳,濒临江浒,赣路荡平,是为基础。衮衮诸公,开物成务,孔道交通,为赣造福。

筑之砰砰，记之揿揿，同轨同文，留大纪念。署广饶九南兵备道汪瑞闿顿首拜撰。"

总办江西全省铁路李苎垣方伯，同江西铁路总董诸公答词："有菜等奉命办理江西全省铁路，自顾迁疏，勉肩兹役。念自前年冬月奉旨之后，深荷朝廷厚恩，全省铁路得归自办。京外官绅因而商定章程，先办南浔首段。上年四月即延聘正、副工程师，两次复勘估工绘图，至今年六月蒇事。驿路三百里，舍曲取直，谨得二百四十里。是时筹款包工，已有成局，乃于九江设立分局，择期开工。所以几费经营者，深冀一气呵成，免致停工待款。兹幸始愿克偿，所有集股筹款，以及购路兴工种种事宜，多蒙官长主持于外，京局维护于内，始有今日之基础。现届开工，渥荷督、抚帅派员及诸公盛意，宠临观礼，并致颂祝，敢不祗拜嘉言，同深感佩。惟念一省之铁路，为一省之公益所关，总期通力合作，俾全省路工以次速成，用副诸公之期望。谨志隆情，借伸谢悃！"

初十日(3月23日)　阴，晚间雨。早饭后往《南方报》馆，访文实甫、孙皓如，均值出外，即在徐弼臣房略谈，并将《九南铁路开工汇纪》由弼臣转交主笔张蕴和照登。弼臣南京人，善铁笔，现在《南方报》馆，专司各处访事函件。

在山东路双凤园盆汤洗澡。剃头。

得本日江西铁路总局来电云："铁路公所刘三安鉴：请询公会的期，仍三月朔否？即电覆。局。蒸。"

夜与伯泉、麟阁、耀卿等畅谈。

十一日(3月24日)　阴雨。接《南方报》馆文实甫孝廉廷华，行八来函言："江西铁路局寄来开工颂词等件，日间自当择要刊登。惟前接九舍弟印廷楷，号法和，分省候补道，行九信，言及江西铁路于敝馆告白，已与李苎老议，仍旧照登，并云已知照阁下与敝馆接洽。兹接函件，均新闻栏中之物，并无告白，不胜疑讶。究竟告白事如何，应登何件，仍乞阁下函询示知。刊费一切当从廉也。"

予复云："江西并无告白寄来，九令弟与芗老所议，大约系指江西一切来件而言，存徐弼臣处，原函可参考而意会之。铁路开工颂词，请勿加去取，照式全登。即祈阁下函知九令弟转达芗老，此件可否照告白例核付刊费，盖此系公益之事，且关路局名誉，开支不为过分，弟亦当另禀芗老矣。来件还请照式全登为盼。"云云。

按，报馆内容无论告白、新闻，自我求彼刊登者，事关我之利益名誉，虽新闻亦作告白，总须核给刊费。否则去取任意，盖彼为政，非我为政。由彼采访而得者，虽告白亦作新闻。彼取饰纸上观瞻而已，不在告白之例，故予曾言，凡有作为，贵自为谋，不必借报馆以通声气，则彼无能操纵任意，伺我缓急矣。

阅《鲁滨孙续记》，又阅《烟水愁城录》。

〔页眉记：闽省路线。〕《时报》载《闽省路线概略》云：闽省路线之长约百一千里，现在购买地亩，预备兴工。当于厦门之三水为发创之始，由三水而北为北线，经漳州，越福州，远于延平。中又分两支线，一通建宁，一通邵武，而与赣浙之线接轨。由三水而南为南线，经潮州而通于广东。此闽省路线之大略也。

十二日（3月25日）　阴雨。本日《中外日报》详志《江西铁路局借洋款事》云：江西铁路本系奏归自办，设局以来，自总办以下各员司薪水极优，所招股银，局用几耗其半，人言啧啧，股票因而滞销。迨至旧腊开筑南浔铁路，尚无的款，总办遂有息借洋款之意，特未显露，盖恐违背奏案，破坏公益。因与某绅筹议，某亦主张借洋款，故与某洋行订立合同，借款百万。该局遂自圆其说，谓吴某入股百万，已订合同。或询以入股应照章填给股票及凭单、息折，何以订立合同，各省入股均无此等办法，该局答以商会担保，确无借用洋款之事。而商会中人则称此事尚未预闻，足征吴某入股之说不确矣。近闻各绅在局集议，拟破除情面，裁汰员司，以期款不虚糜，人能胜任，究不知可能实行否？又云浔城所销各省铁路股票，综计不下二万余张，而本省之票，转致无人购买。日前招股绅董郑憩庵等，束邀商业各帮董事，同赴体仁堂商劝各认路股若干，而各业彼推此诿，迄无成议云。

本日《申报》载《重定九南路线》云：九江九南铁路之路线，向为工程师章某所勘定，近延日本工程师某冈崎复勘。据云去岁所定，间有纡远之处，现拟改弦更张，重行勘定，并另聘某人为工程师云。

晤李伯行京卿，询知四省铁路公所三月朔日仍旧会议。因即时电覆江西铁路总局云："南昌铁路局李鉴：公会仍三月朔。孚周。震。"

到《南方报》馆晤徐弼臣及其叔本生父德卿，并晤孙皓如，托转致文实甫从速照登《九南铁路开工汇纪》。

十三日(3月26日) 雨。昨夜与郑黄初谈现今米荒，日甚一日，欲解倒悬，急须平粜，因拟呼办平粜一篇，由黄初投书报馆照登。其词曰："哀鸿嗷嗷，触目皆是，可惨；抢案层见叠出，大乱之兆也，可惧！就沪上一隅言之，经大吏奏准截漕，并买暹米，似可稍纾其惨矣，而惨如故。议查囤米，穷缉劫夺，似可稍解其惧矣，而惧如故，何也？凡所云云，大都虚与委蛇，中国饲狙之故智也。暹米既有成数，截漕岂属空言，酌拨推恩，今更何待！果使道宪及县即日示谕。平粜局现设某处，籴者听便，而一面严为部勒以弹之，一面分按租界寄售官米，饬照局价，不许抬高。如此，则铺商无可居奇，囤奸举思变计，阖境之米价将立摧。米价立摧，良民庆更生，莠民亦敛迹矣，尚何惨惧之有？所谓急则治其标，标病既去，百脉潜苏者，此也。当兹时，危势迫，苟尚熟视若无睹，虽各报纷纷言得米，皆画饼而已矣，胡可救荒？虽时政在在为安民，皆具文而已矣，胡能靖变？"

接黄佛生襟兄朝燕来字，言明日印兄亦太之子弥月，早面晚酒，嘱函请予夫妇前往云。

十四日(3月27日) 稍霁，晴。南昌来电云："铁路四省公所鉴：三月初七是否妁①期开会，请电覆。江西路局。"按此电意在改

---

① 结合下文，此"妁"应即是刘孚周所指的"字故错误"。

期,而又不明言,字故错误,上下署款,皆不切实,又无日建,不知总局何人狡狯,令我做此难题目。因再据实覆电云:"南昌铁三九九六路四二四六局四四四一李一二六二鉴三○○七:伯○三一○行七八八五京九七○○卿五一六○说一四一六三五○○○月八八五二朔二九五二会五八五二议一三二六不八○○○改五九三二期一○六二。孚八一三一周九一七○。盐○七七七。"

寄九江伯严信,通知会议不改期,附告益斋。

《中外日报》"催促袁督报销"一条:《东报》云,度支部尚书溥颐奏请两宫,向袁督催促逐年所用款项之报销,现已蒙两宫许可。按其款项计有三条:一、去年陆军大操费一百六十七万两;二、铜元局余利二十五万两;三、例应纳入国库之京津铁道余利五十万两。

《时报》载《铁路局商改抽收木税以济路工》一条云:江西铁路局移商藩台,谓兴建铁路自以广筹商股为要图。前经照章邀集纸、木二帮商董,劝令纸、木各商,仿照详准米谷出口酌抽路股办法,分别拟章程,呈请移会察核在案。兹据木帮商董以木有多种,前拟照税章尺码牵算,每木一根,抽收洋银八厘入股,办法难于画一;恳照出江木商完纳税数目,每银一千两,酌收路股龙洋二百元,多少照此扣算,较为周密等情。商改前来,自应照准,以慰商情,而收实效,合移立案云云。

往平安街,与佛生同饮印兄亦太太洗儿之喜酒,夜邀十一妹及其子女,仍回余寓。曹某既去,潘裕生携眷来同寓。

十五日(3月28日)　阴,晴,雨。昨日南昌来电云:"江西商会刘三安转黄益斋鉴:去年沪上代表经手出入款目,请即开单寄来以凭速销,盼切。路局。"

本日《中外日报》论《补救江西铁路之策》"赣江一人"来稿:"(上略)敝省九南铁路因主办之人任意挥霍,失人信用,因之招股无着,遂于去年冬季有借洋款百万之事。承贵报以'地利不可坐失,大权不可外假'大声疾呼,为江西人警,足见贵报关怀公益,甚佩甚佩!愚谓敝省九南铁路路线甚短,所需借款为数又复不多,与其因借区区之外款,以致地利事权全入外人之手,不若援苏省请拨镑余,建造津镇铁路之例,另举公正绅士禀请度支部分拨镑余,为造九南铁路之用,则既可保全已失之权利。且苏省人士有例在前,亦非我江西人妄思独沾利润也。"(下略)①

午后到江西商会晤夏晓峰、陈润民。夜到《南方报》馆会文实甫,言及《九南铁路开工汇纪》篇幅太长,须照告白例核给刊费,拟即告知芗老,实甫亦函知文九先生转达也。实甫又言此报馆系蔡和甫阁学所开,此事关系乡邦,本当稍尽义务,奈馆本频年折阅,改良之后,生意尚未起色,不得不斤斤计较云。现在《南方报》馆之江西人只有三位:文实甫、孙皓如、黄阅更。阅更南城人,与皓如同房住。皓如说未林在京可望留馆,其在沪所纳之妾,向与瑞麟同寓者,现回苏州母家矣,渠兄弟等景况俱尚好云。

十六日(3 月 29 日)　阴雨。佛生至予寓,言大表哥已禀请回籍修墓假,明日可抵沪,已购太古码头鄱阳安庆轮船票。到中泥城桥咸德里第三街小说赏阅社。夜阅《南方报》。

十七日(3 月 30 日)　霁。本日《中外日报》论江西铁路"赣江一人"来稿:"(前略)仆前致函贵报言敝省铁路办法,已蒙贵报登录,感甚!仆今日读某报来函,既不言路事,又不言振饥,但言苟有生死危迫之事,无论何省,苟在中国境内,断无阻止之理。彼所谓生死危迫之要事者,果系何事,亦难决言。惟玩其词意,则似指振饥而言。然则拨镑余以振饥,似已准他省分润,而拨借镑余以造路,则仍当由江苏人专利,他省不得染指。仆前欲拨借镑余,以挽回敝省铁路公司借用洋款之弊者,自今以往,恐将绝望矣。敝省铁路公司招集华款既成画饼,筹借镑余,又无可望,无怪主办路事之人借用洋款,又无怪某报偏袒敝省公司借款之事,不置一言,意存默许也。且仆更有为敝省铁路慨者,总理某方伯虽系同为巨绅,然运动不力,科名不尊,遂致计穷

---

① "上略""下略"等语均系原文,以下同。

力竭。出于借用洋款之下策，是真可哀也已！"（下略）

本日《申报》载《不允招商局改归商办》一条云：初十日，本报载有邮传部不允招商局改归商办专电，今得北京确实访函云，招商局股东前日在上海愚园集议归商办，公禀农工商部注册。现北洋与邮传部闻此消息，即提议此事谓招商局从前创办，系由官家一力主持，商人并未与闻，是创始权利应归公家所有。且开办之时，由国家借款二百万元，并无利息，虽经陆续拨还，但非公家补助不能得有今日，故只允股东有稽查账目之权，至概归商办，则断不能允许云。

写寄芗垣方伯信。到太古码头安庆轮船送述舫大表哥行，即邀大表哥往雅叙园饮，二更时回。大表哥述曾瑞麟之言，江西铁路借吴端伯之百万，原系股票作抵，因合同有"不准转押"之词，前途甚不惬意，现已删改此条，故仍愿将款出借，拟于本月廿二日由瑞麟处代收借款云。

十八日（3月31日） 阴。礼拜。剃头。昨日《南方报》始登载《江西九南铁路开工汇纪》于第一页告白阑内，题目用大字，文用小字，颇合体裁。

夜到四马路，黄初兄以蒲草见赠。

十九日（4月1日） 晴。寄芗垣方伯信。与同寓潘裕生谈。狄曼师眷属绩堂及缪恒庵之夫人及大姑太太沈皆嫡出沈太太；汪健斋之夫人、楚青、南士、老五，皆周亦太太生；潘裕生卅十七岁之夫人卅八岁、赵仲宣之夫人卅二岁及遂初，皆余亦太太生。张亦太太在楚青处，同寓刘亦太太均未生子女。裕生，武进人，女年十七，在温州充女教习，子三；遂初系三马路晋益升熊家女婿。绩堂夫妇早世，老五亦故，其聘妻在狄家誓守。楚青有五女，长瑞真及次均嫡室汪出，余皆庶出。南士有一子，承继绩堂。

楚青、南士所居屋，工料约二三千元，地皮则早年所购，去洋二千元，现价应值五千元。曼师坟墓在苏州。

裕生不日将往广西访伊妹婿，湖北人贺大令。

曼师享寿八十三岁。

《时报》现销一万四千张，告白每月五千元，用费六七千元。《新闻报》现销一万三千张。《中外日报》现销八千张。《南方报》现销四千张。

内子因戴假发鬓，两颧红肿出黄水，或云是漆疮。两三日来，耳面俱肿，肉内发痒或木，恐其日甚一日。午后，因送内子往中虹桥同仁医院，请洋女医看视，以白布膏药贴之，约明日再往就医。

接伯严吏部二月十七日驻浔铁路公司来函云：

> 三安仁兄大人阁下：遴听雄声，借伸私恫。辰维强台日上，道履风清，引企芝仪，莫名藻颂。弟从公南浔轨政，所有工程一切事宜，现届初办，尚待咨求，以资考证：一、工程处职员组织；二、各种职员之资格并薪水；三、土方之雇工、包工两种规则；四、每方包工之价值若干，分取土远近两种；五、驳岸每方之工价若干，用何种石料。以上五则，务祈代向芜湖、浙江两处工程详加调查，速以开示，俾得有所遵循，视为比例。奉渎清神，尚祈鉴谅，不胜翘盼，感佩之至！专此，祗候台祺。诸惟雅照，不儩。愚弟陈三立顿首。

廿日(4月2日)　晴。复与内子到同仁医院，请女医看视面疮，较昨稍愈矣。

皓如兄持来伯严寄沪登报之词，嘱盖江西铁路公司印，以便送《时报》《新闻报》《申报》等馆照登，《南方报》自不必盖印也。其词云："上海《中外日报》馆汪颂阁印诒年，浙江人，借款人卖路，有何确据，速电复，便到沪讼质，陈三立。""上海《中外日报》馆汪：卖路确据，求速电告，感激涕零。陈三立。""上海《中外日报》馆汪：屡电何不复？果有卖路确据，当龁舌自杀谢天下，否则相知不忠厚，窃为公痛之。陈三立。"以上三条登各报论前，照登者《时报》《新闻报》《南方报》，而《申报》

不与焉。用大字。《南方报》馆总办：志赞希锜，旗人。

已刻，送黄佛生夫妇、子女上火车回苏。到安徽公司会洪荫之，为调查芜广铁路工程一切事宜也。复九江铁路局伯严信。到贻德里浙江驻沪铁路公司，询悉汤蛰仙京卿昨日回浙，予因会晤陆味根①、荫亭昆仲。味根，浙人，在公司经理招股者也。爰将《调查浙路工程事宜单》，托伊寄浙先，容拟再致书汤京卿达意，或俟天气稍暖，往浙一走。杭城方谷园全浙铁路总公司。

九南铁路开工等件，十七、十八、十九《南方报》馆连登三天。本日《南方报》新旧杂货店有为而言。

廿一日（4月3日） 晴。又与内子到中虹桥同仁医院，请洋女医看面疮，重换白膏药，已愈十之六、七矣。

本日《中外日报》第一版载《回答陈吏部》一条云廿二日以后用大字登于报首："陈伯严先生鉴：来电均悉，十七日业已函覆，想当达览。所询实据，台从来沪兴讼，自见分晓，此启。"

昨日厦门来电，督办闽省铁路陈伯潜学士已由爪哇回厦。

夜观电光影戏。本日第二号《神州日报》北京通信，传闻鄂督电覆改革官制文，原无代奏字样，故未进呈御览。近日太后见有奏参张督者，谓其"改革内官，不赞一词；改革外官，即哓哓置辩"等语，遂索观其电。读未竟，即大为赞赏，谓不愧为老成卓见，语语均皆中肯。若轻举妄动，贻误必非浅鲜，所有外官改革一事，作为罢论可也。至所设之编制局，亦有着即裁撤之说。

廿二日（4月4日） 阴雨。本日《时报》载《苏省等铁路公司致邮传部》电云："北京邮传部列堂钧鉴：大咨敬悉。查税务大臣原奏，'洋商承造各路材料，概予免税，声明已订合同。京汉等处未载合同，关内外等处均系事关交涉，此外官物一律征税'等语，故各公司合词力争。今税务大臣咨复，因官办非商办可比，并非事关交涉，碍难置

---

① 原稿亦作"陆味羹"。

议,已与原奏不符。况洋商免税,华商不免税,渊鱼丛雀固可惧;官办免税,商办不免税,绛臂夺食亦非计。路政初基,商情未固,若显分畛域,如大局何？请大部力持,会同农工商部据情代奏,迫切待命。苏省等铁路公司。奇。"

又与内子到同仁医院,请洋女医换面疮膏药。佛生回沪,来公所晤谈。写致汤蛰仙京卿信,调查浙江工程事宜,此信明日发。

昨日《南方报》载《日本东京兴设博览会》:现经苏抚陈筱帅特委善后局会办。王仁东旭庄观察前赴该会,查察工商各业,不日起程。又《南方报》载《会议武岳路轨枕木》云:邮传部前咨行到鄂,谓嗣后各省铁路枕木须向东省森林公司采办,以免利源外溢。兹粤汉全路,武岳一段,将次开工,鄂督以购之东洋,运道虽便,而与部咨有背;购自东省,路远费大,亦不相宜。现拟派员赴湘蜀一带,勘购合式森林,集资开采,闻月半后将传集各员会议此事云。

本日《南方报》载《苏浙两路公司钢轨起运》云:苏浙两路公司验轨员祈听轩观察及徐梅臣太守赴汉验购钢轨,兹铁工厂已派运船"塞伦号"送申交卸,计重七百余吨云。

《时报》载二十一日申刻北京专电:河南开洛铁路,因资本缺乏,与比利士借款兴筑。目下唐绍仪与比国公使所订之借款契约,已经画押。《神州日报》第三号载二十一午刻(因蔡御史奏)北京社员发电:"裁撤厘定官制局,外官制不改。"又载某某借路营私,某人切齿,闻两江总督端午帅已派人查办,廿一日亥刻南京电。又载北京电:"陆军部已向天津皮弗而特洋行订购洋枪一百万枝,以便划一各军枪件。"

孔雀牙粉最佳,大新街中朝日洋行。

《神州日报》又载皖省铁路近情:"(上略)皖绅又联集多人上禀江督,请改南线为北线,又历指李之办法有'不合三端、可虑五事'。奉江督批云:据禀安徽路线皖南不如皖北,沥陈'不合三端'及'可虑五节',请咨明集绅切实计议,并皖矿投股及半始准开工,按期造报,呈恳迅饬集议等情。查路矿均关重大,既经痛陈利弊,应如何从长计

议，以期妥善而保利源之处，仰候咨请李京堂并行勷道光典等，一体
查照，妥筹议复核办。此批。"

《神州日报》主笔诸君：于右任，陕西人；杨笃生，湖南人；汪允中，
号寿臣。安徽人。阅《红茶花》小说。

廿三日（4月5日）　阴，晴。与内子到同仁院，洋女医见其面疮
就痊，以为不必更贴膏药，包给白药，似白膏药。令归自敷治之。换衣
服。寄杭城方谷园浙路总办汤蛰仙京卿之信，已交邮局。

《时报》首端添大字告白云："上海《中外日报》馆叶浩吾，月内到
沪兴讼，请告颂阁列具实据，使卖路人无所逃罪，遂其挟清议，杀汉奸
之心。立。"此盖对付廿二日《中外日报》首端之大字告白也。

廿二日戌刻北京专电："政府与北洋会议合借洋款千万，以为办
理新政之用，现在京津各银行争谋揽借。"《中外日报》又载二月廿二日
《字林报》云：江督端方现向三菱公司借得日金一百万元。东京电："江督端
方已与三井洋行订立合同，借日银一百万元。"

本日《时报》载《承认赣路巨股》云：江西铁路经费除米商入股外，
仅有木商入股，其茶叶、瓷器、夏布、纸张现虽选董分头劝办，恐一狐
之腋，急难成裘。闻有乐平胡捷三观察，集得沪股一百万，并允另招
赣股四五万。闻胡氏不日来浔交款，故特派刘主政景熙总理九南铁
路工程，以辅陈君伯严之不足云。又浙省江墅路线土工、桥工即日可
以告竣，所有杭嘉线路从艮山门外，至临平镇一带地方，现在测勘已
毕，即行购地，以便继续兴工云云。

本日《中外日报》载《路局委抽茶厘》云：九南铁路前议抽收米捐、
茶厘，以充经费，自浔关禁止米谷出口，路局又少一进款，惟茶叶为义
宁州出产大宗；现届春茶上市，李督办特委知县陈瑞鼎、绅士万云杰，
前往该州酌察商情，设局收厘，借资补助云。又二月廿二日北京专
电："江西萧敷训报效十万，特赏四品京堂，已由商部派管农业试
验场。"

本日第四号《神州日报》云，二十二日申刻南昌社员发电："铁路

总办李苕园①因人言烦兴,拟告退。"

廿四日(4月6日) 晴。剃头。本日《新报》载九江路股踊跃:江西函云陈伯严主政为浔局坐办,其人品正直,人所钦佩。近日在宁、沪招得巨股约百万金,已拍电至总局,知照总办李苕垣方伯。方伯闻信,不胜忻幸。日内尚需赴沪云。

到信昌隆,晤包晖翁、储香传;并晤刘伯渊,印镐。伯渊自潮州来,现寓全安廿五号。东洋装束,云将进京捐主事,再往日本云。到商会一坐。

廿五日(4月7日) 晴。礼拜。天仙、玉成、丹桂、春仙四班在天仙茶园合演,本日得戏资九百廿二元,归梨园公所榛苓学堂经费,予与沈耀卿均往观之。六钟时,邀耀卿到杏花楼便饭。予旋往全安栈访刘伯渊、仲甫昆仲,并晤曹新吾叔侄。包晖翁来,未晤。

〔页眉记:江西铁路公司借吴端伯款一百万两,今日付款;四省铁路公所 二乙四八;新昌隆北京路一号 一〇一九;南方报馆 一六五九。〕

廿六日(4月8日) 阴雨。致李伯行京卿信、洪荫之司马信,均催调查之件。寄九江伯严信,附邮传部咨复。家伯渊来谈,并递德律风与曾书麟言事。信昌隆号码:一〇一九②。

昨日《中外日报》载江西事两则:日人应聘襄办铁路:南浔铁路总局前议延聘江西高等东文教习、日本工学士冈崎平三郎,襄办路政。兹闻该局拟定月给薪水四百金,冈崎君已辞去高等学堂教习,昨已赴浔办理铁路事宜,总理南浔铁路工程。南浔铁路现已开工,每日雇工人千余名,填筑土方。现由总办李方伯有荣照会刘主政景熙,前往总理路工,襄助办理云。

〔本页页眉记:浙路购车。〕

---

① 原稿中"苕垣"时作"苕园"。

② 原稿以苏州码记数。

本日《时报》载《浙路定办客车》云：浙路公司已商定购办客车，计头等客车二辆，二等客车二辆，三等客车三辆，货车二十辆。向英国定办者，由大通公司代办；向美国定办者，由留美铁路学生濮君登青代办。致九江局伯严信。已载前页。

廿七日（4月9日）　阴。得洪荫之司马信，条复调查芜路各事宜。复荫之信。

本日《中外日报》记《江西卖路事》：闻江西造路最先向德国人借款，未能议妥；再由吴、胡二人出面承借，向李、杜、黄三人招集三百万两，亦是洋款，议复不成后，遂改向日本某大商筹借云。

张踵五来。阅《红茶花》小说竟。

廿八日（4月10日）　晴。本日《中外日报》："伯严先生惠鉴：来函祗悉。贵省铁路事关系至重，弟岂能凭空捏造，惟以阁下有来沪质讼之言，故转不便将所有证据预为宣布。承示定于月内驾临，究于何日莅沪，务求示知。弟亦亟欲此事之水落石出也。"

福建书记林子庄孝廉庆祺，侯官人。林文忠公之孙，丙子优贡始驻四省铁路公所，午间来谈。询悉孝廉现年五十八岁，曾任本省教官，又以某职直隶州州判在安徽候补，盖访西观察贺峒之胞弟也。有子六人：长举人甲午，现任广东广东候补府阳江县知县直隶州知州；次江西候补佐贰；三举人壬寅，江西知县，现在九江差使炮台营提调；四、五、六皆在东洋留学。

到全安栈楼七号，以《六九轩算书》送伯渊、仲甫各一部。值伯渊出外，交给仲甫。仲甫普通丙班刘鋆，考名"銮"，曾瑞麟之女婿也新入新靶子路中国公学堂，与考四十人，取四人，仲甫即鋆首列。题系"学业进步为一切事业进步之起点"。

廿九日（4月11日）　晴。〔页眉记：二月十四日《中外报》：政府重视滇黔论。〕本日《时报》载伯严致《中外日报》馆书：

　　颂阁仁兄大人足下：顷接覆函，知所发第一次电已达。具承于讼质卖路一事，极表同情，足征足下维持大局，尤关切敝省之盛谊，感佩无任。此事始末，除以前报告情形贵报不理外，遂于今年正月初旬，驰函详告。此次合同，订立甚严，丝毫不干与路政，丝毫不损失主权，且中有"限十年赎回，股票不得授以外国人，如外国人购去，作为废纸"等语。旋得复函，言已收到，及下旬又见贵报登载云"既称入股，何以须商会作保，何以须更立合同？"及敝省京官有电致李总办嘱令作废二则，比即函告以须商会作保并立合同者，专为防范假托影射起见。诚以中国侦探之术未及发明时代，内容若何，恐难探其幽秘。合同须商会作保，须声明"十年赎回"，声明"不得授与外国人，如外国人购去，作为废纸"者，即有意外，我可执合同公理与之抵拒，况系商办，非国际交涉，决可无忧后患。至京官电令作罢，亦毫无影响，盖此款本系京外合商办理云。此则未蒙赐复，不知已达览否？延至本月十四日，贵报登《政府重视滇黔》论说一文，坐实敝省借款，人为卖路，石破天惊，愈出愈奇。既彼此同意，准于月内讼质，则为是为非，为虚为实，自待由法律裁判。此时界说，不应辩难，只得概置勿论，惟窃于论说余文旁义，略质所疑，而皆非本题关键所在，幸垂教焉。

足下称陕甘、江西同一卖路。陕甘之卖路，以陕甘总督升允派道员黄中慧与英国订约借款，造新疆之铁路，由上海某西报发表，故此合同不佞未见，未知其果有何卖路确据？即足下亦未声明卖路所以然，但毅然断之曰卖路，意者无论合同如何，借洋款即为卖路之铁案乎？则查足下正月十九日论借债一篇，首段即言洋债未尝不可借，然当问借之者为何如人？借之后果作何用？果其为经费实业计，而又明于用人，筹画至精，预料实有余利之可获，则以作借之债为母本，而以所获之子金还债，此亦犹之资本细微之商人，借外款以资周转，亦何必定曰"不可"云云。是足下亦明明分借债与卖路为两事，而必断定升总督、黄中慧君借债为卖路，不少言其卖路之故，何耶？且即合同有卖路实据，传闻之词,似亦宜稍参活笔,以示慎重,而足下悍然不疑者,殆谓由西报发表也。近年以来,西报发表之事果何如耶? 谓皆成不刊之信史耶? 若然,则前年《南方报》所登令兄穰卿卖湖南矿山合同一纸,亦云传自西人,录自西报,足下初未攻击一语,以足下忠鲠正直,维系公理,决其不从为亲者讳主义,决其必从大义灭亲主义,审矣! 在不佞与令兄相交有素,终不信其有此。然则足下亦同以为不足深信,可知也! 今何以于湖南矿山则恝置如彼? 于新疆铁路则热心如此,其不能无疑者一也。

　　足下又称江西铁路困难情形,靡费甚巨,而责当事者之无效,此则同人每尝自引为咎恨。至创办之局,用非所习,何敢为讳,独不识足下一则曰靡费甚巨,再则曰靡费甚巨,果已调查靡费实数若干耶? 其与浙江、广东、安徽、福建等省用费比较,果相悬若干耶? 又称江西京官与东洋留学生皆不出而干涉责难,悲与陕甘三省同为无人。此款悉与京官合商,合同稿早经寄阅公认,前已言之;而东洋留学生,查近颇不以贵报为金波玉律,阅者甚稀。敝省留学生,或全未见贵报所载之谰言,或信任敝省经理人,稍胜于足下,不能同足下之眼高四海,别有肺肠,皆未可知。且怪足下极诋三省之无人,独若己为砥柱,世界唯一之豪杰,又论事于根据所在,悉秘而不宣。必待每人每事,不甘俯首受诬者,咸与足下构讼而快,是亦不可以已乎? 其不能无疑者,又一也。

　　不佞非报界中人,素不惯以语言文字与人角逐。聊因本月十四日所著论,略掇骈枝数端,发起狂愚,仍有以复谕所不及,幸甚幸甚! 三立。顿首。

附录:二月十四日《中外日报》载《政府重视滇黔之原因》:

　　日前本报载有新闻,谓政府注意云贵,电饬新任滇督锡良,速勘造滇蜀铁道,如有外人借款包工等事,概须严行拒驳云云。

按云贵两省,地当边要,政府久已视同要荒,吏治之黑暗,地利之坐失,不一而足。而英法乃起而乘其弊,相与规画路矿之权,以为推广殖民地势力范围计。英则由缅甸造至腾越,由腾而永昌、大理,以至云南;法则由安南至蒙自,由蒙自至云南。闻英法两路筑至云南以后,尚有要求索造川滇一路之说,盖欲由云南直至重庆,握黔滇川三省交通之枢要。

滇黔二省路权之失坠,已非一日矣,乃今者政府忽然省悟,急饬新任滇督速造川滇之路,凡外人借款包工等事,概行严拒,岂真为严守疆隘计耶? 抑真为保全路权计耶? 要之,非滇黔人士咸能大声疾呼,力图挽救危亡于万一,政府必不若是之重视滇黔。政府而知重视滇黔也,必有所以致此者矣。如政府果为自卫疆隘计,则疆隘之形势紧要者,不独云贵两省而已,陕、甘、新疆三省,亦居边要之列。陕、甘、新三省,西当内外蒙古之冲,南扼藏卫之隘,今西藏已折入于英人之手。且俄日一战以后,满韩之权利,尽归日人掌握,俄人竭力经营之西伯利铁道,遂不能独擅其利,窃料彼必将兼营中亚,以为推广势力之计。俄欲经营中亚,则处处与英之印藏相涉,逆料两国欲为均势之图,必以中国陕、甘、新三省为鸿沟分割之地,此则事势所必者。

政府果欲为自卫疆隘之计,必宜保新疆之路权,以固陕甘之门户。应若何先事豫筹,以为先声夺人之计,乃前者伊犁长将军,派道员黄中慧,在沪向英商订约借款,为造新疆铁路之用。事阅一年有余,今二月二日已由上海某西报发表。而上而政府,下而陕、甘、新疆之士绅,犹且置若罔闻,绝无起而止之者,岂政府之意独急于滇黔,而恝于陕、甘、新疆耶? 抑陕、甘、新疆三省人士,绝无关心乡里者,而任彼奸吏以两手坐送大利于外人耶? 此不可解者,一矣。

如政府果为保未失之路权计,则所力保者不仅在川滇未造之路,而兼及在各省奏请自造之路,即如江西九南铁路,前者由该省士商力争自造,公举李芗园方伯为全省铁路总经理。记者于时,谓江西路权,全未失于外人之手,就此一寸干净净土,尽力自办,较他省尤占优胜地位,故本报对之亦极表赞成之意。乃事经年余,该公司招股无着,浪费甚巨,路线虽已勘定,而建筑之事,渺焉无期。夫当事诸公,既失社会之信用,即当洁身告退,另举贤员,督理该省路事,以冀达初时自保本省路权之目的。不意去年冬季,忽闻传言,江西铁路公司向外人借款三百余万,已经定期兴工。本报即向该公司之代表人详加询问,初尚讳言为无,今由该省调查员通信前来,据称该公司借用洋款,系属确实,其数约有百万,由华人吴某出面,声称华股,订立合同云云。夫江西本省人士,其初主持自办之说者,讵不有鉴于他省路矿之失利,故急起而为自保之计耶? 政府之允江西人士自办者,非欲为保全本国未失之路权计耶?

乃今者借款卖路于外人者,即系其初主持自办之人。借自办为名,而阴以自卖为实,此其居心,上何以对国家,下何以对乡里? 且此事发表已经二月有余矣,上而政府,未曾加以干涉;下而社会,若在京之同乡京官,若外洋之江西留学界,亦未有一人出而责难者。岂江西非中国之地,故政府置诸不问耶? 抑江西除经理售路者数人以外,业已绝无一人,故寂然无过问者耶? 此不可解者,二矣。

嘻嘻! 吾知之矣! 政府之以云贵为急者,非真有严卫疆隔之心也,惟因云贵两省之人,尚知为保全治安、收回权利计。如去年滇督丁循帅,昏髦失职,滇人即声其罪而去之;余如昏贪之吏,则报告以攻除之;路矿之失,则疾呼以挽救之,故政府对之尚有重视之心。若夫新疆、江西借款之事,政府竟置若罔闻者,亦因该数省人士,既漠视其乡里之休戚,则政府亦淡焉若忘耳。不然,以形势而言,则滇黔固在所急,而陕、甘、新疆亦属至要;以关系而言,则滇黔既不当漠视,江西尤不可忘怀。

今政府独亟亟于滇黔，而不问陕、甘、新疆、江西，可知政府之举动，亦非纯发于自动之力，全视本省社会之后盾力为之补救耳，固不可以一概论也。呜呼！吾是为黔滇之有人贺矣，吾益为陕、甘、新疆、江西之无人悲矣！

回看林君子庄。伯渊来谈，与同往新靶子路中国公学访仲甫，因往讲堂、自修室等处遍览，并晤算学教习福建郑仲劲权。

四省公所会议在即，无非议设铁路学堂，然李伯行京卿南翔购地建堂之说，王旭庄观察不以为然，因伊在苏候补兼当学堂监督，往返不便，力主昆山购地。闻会议时，李京卿拟知照郑苏盦京卿、林访西观察云。

三十日(4月12日) 阴。剃头。午后与伯渊同到国学保存会观书，予取阅《明儒学案》《清秘史》《无线电信》数种，并将《六九轩算书》一部捐存该处。

芗垣方伯来沪，晚间见候。予旋诣泰安栈楼六十五号，回看芗老。适胡捷三及夏简臣印剑成观察敬观①，均在彼言《中外报》馆与伯严质讼借款事，芗老意主和平，办法极是。

得南昌总局廿二日信，嘱登报事。夜往《南方报》馆托徐德卿、黄阅更照登："江西铁路股份照章于每年三月发息，祈各股东届时赴各经理处，凭折支处。江西铁路总局谨启。"并到《时报》馆蔡子通管理告白。伯渊、仲甫均至予寓。

三 月

初一日(4月13日) 阴雨。江北妈已遣去矣！世情浇薄，好人变坏，口舌兴戎，居家最忌，宜亟屏而远之矣。

---

① 即夏敬观，字"剑丞"或"鉴丞"，亦作"鉴臣""鉴成""剑臣"，偶作"剑成"，然未见作"简臣"者，特此说明。

到芗垣年伯处。托孙皓如代往《时报》馆登发给股息之告白。公所会议南翔、昆山既各有不便,拟即在沪购铁路学堂地基,众约于初三日巳初再议。本日与会者:李伯行京卿、芗垣方伯、林访西观察、王旭庄观察、孙寄云观察。徐永康云益斋在京,拟发电去,予问芗老,以为不必。

浙江铁路总办汤蛰仙京卿复予书云:

三安仁兄大人执事:仆仆杭沪间,枉顾失迓,惠书诸荷藻饰,负歉良多。九南既庆开工,将来浙赣路工得互相咨商,借资印证矣。承询一是,工程职员大抵分部组织,建筑部设科二:曰勘估、曰督验;筹备部设科三:曰购地、曰承包、曰材料。其要旨尤在于造路,与用人、包工、购料三者截然分离。工程司包揽专擅,此为通弊。利工程司即不利公司,可断言,然剔除之,彼不谓然也。敝公司去岁聘粤人罗某,以是悻悻,遇事刁难,卒逐去之。一证今日职员有专职,无专学,资格何有?削觚为圜,取材盖无定则。薪水分甲、乙、丙三大别,自八元至二百元不等。枕木来自东瀛,每支合计运费大洋八、九角不等,里七、百支。汉厂钢轨遵章通购,每吨价银五十两而弱,到沪交卸,里七八十吨。土方包工用投标法,据现时每方承揽定价,准取土距离远近丈数推算:一之十丈,价二角六分;十一之二十丈,价二角八分;二十一之三十丈,价三角一分。至畸零工役,利用雇工,日计工食二角四分。惟驳岸每方工价尚未确定。吾国铁道其华洋合办者,每里沪宁五万元,京汉三万五千元。京张三万零。敝公司力求斟节,或并或省,前无成规,惟随时规度而已,万不足辱大贤之明问也。沪论甚纷纷,先后致伯严君,言不我答,公义私情,两为虑之。专复。敬请台安。诸惟察照。弟制汤寿潜顿首。廿九日。

〔页眉记:法国一吨,合中国一千六百五十三斤余。〕

初二日（4月14日）　晴。居家闻事负气，气气之后每自悔恨，生平于养气功夫未留意也。送正月用款及邮传部咨于芗垣年伯处，年伯因告以前函所言之款实已收到，且嘱以对付同人总须和平主义，凡向我作模棱语，以模棱待之；向我作真实语，以真实信之，勿过疑。所言皆我之药石也。

到新垃圾桥正修里胡公馆访捷三。夜请芗垣年伯、晖章老伯，曾瑞麟、罗海帆两兄在春仙茶园楼房观演剧，储香传、戴木斋、胡捷三、家伯渊、陈润夫俱通知而未来。瑞麟言二月廿二日，由伊经手代收各钱庄银号票，约九十九万之谱，票之最巨者五十万，余票数十万不等，旋经捷三带往南京交伯严；此次李方伯来沪，即斟酌该票存放之处云。

〔页眉记：春仙德律风　二千四百三十号。〕

初三日（4月15日）　阴。李芗垣方伯移寓江西商会，十点钟仍来公所会议，伯行京卿、访西观察、旭庄观察、寄云观察咸集，去岁公所全年用款册及各折均交福建旭庄观察矣。三省铁路学堂监督归值年省份人承当，购地拟在江湾上海。

旭庄观察住新马路永年里第四同四五家大少爷公馆，盖伊大少爷因病就医沪上也。林访西或作舫西观察总办沪宁铁路购地局，局设北泥城桥新马路修德里对面。

本日《中外日报》插画，讥讽以行其破坏主义，斯亦过于刻毒矣。

接汤蓉峰大令兆屿二月廿六日自日本东京寄函，言编刊《新政考察书》送予两部，予即以一部转送郑黄初及《江右佐治议》二种，已寄存包西合，托代向西合领来分销各书肆，蓉峰三月中旬即可回沪云。

剃头。夜往海天村番菜馆，赴胡捷三观察之席。在座者：李芗垣年伯、陈润夫伯、包晖章伯、文实甫、曾瑞麟、万平川、蔡鹤樵、王鹤龄、戴古臣、罗厚甫、朱伯融拱之之子，乳名沪生，信昌隆教读，捷三三子均师之、戴木斋、罗海帆、捷三及予共十五人。

本日《南方报》载《发给股息》云："江西铁路股东公鉴：敝公司定

于每年三月发息,早经宣布,今已届期。祈各股东于三月内赴各经理处,凭折取息,特此奉闻。江西铁路总公司谨启。"旅京江西学界定于三月初二日,在谢公祠为张长沙尚书开追悼会,并借此联络同乡,商议抵制江西铁路事宜。

初四日(4月16日) 晴。早间往商会谒见芗垣年伯,并呈《调查芜湖、浙江铁路工程事宜册》。在商会早饭。抄合同稿及公司告白。

芗垣方伯作字,嘱予往报馆停布伯严信电,予因往正修里访捷三,交原经人手照办。

李世家①李老大人印文湘有子六人:(长)有棠已故,候选道;(次)有棻现年六十六岁,江宁藩台;(三)有檠已故,南京候补道;(四)有樏,号模三,山西太谷县,现回籍;(五)有榘,内阁中书;(六)有架,江苏候补府,现在萍乡办团练。芗垣方伯原配杨夫人,继配俞夫人,南京候补道俞明震之妹也,妾沈亦太太生五少爷;吴亦太太,现随来沪者。芗垣方伯有子五人:(长)翰林院编修豫已故,号筱垣;筱垣编修有子三人:长滋,印百荫,号樾人,年廿二岁;次某,尚幼;三号喜孙,四岁,现随芗垣方伯来沪者。筱垣编修有女三人:长适梅斐漪观察光远;次适刘幼云提学之公子;三适刘修撰福姚之公子。(次)陕西候补府,复号星榆,生员,现当陕西铁路局提调,年四十三岁;(四)②分发湖南候补道,颐,号君和一字小芗,拔贡,现当警察总办,四十岁;(三)夬已故,举人;(五)济,五岁。孙十八人。跟随方伯来沪者二人:许仆福田,服事廿余年矣;号房李某。李公馆现在江西省城四府门内天灯下,公馆中亲属卅余人。

王旭庄观察仁东来候予。剃头。到吉升栈余字官房,会夏剑成观察敬观,剑成力主与报馆讼。

初五日(4月17日) 阴。早间王旭庄观察来公所,言昆山有地

---

① 原稿"李世家"三字,以篆书写于当日页眉。
② 原稿将(三)(四)顺序颠倒。

基只三千元即可购得,其图在洪荫翁处云。到新马路即白克路永年里第四巷,谒旭庄观察乔梓;顺道往修德里,谒林访西观察贺峒,值睡未会。往商会,芗垣方伯已往徐园赴吴端伯之席。

《时报》《南方报》《繁华报》仍载伯严信电。《时报》载九南铁路工程云:九江龙开河第一站填筑土方将次竣事,但现当江水泛涨,濒江一带碍难施工,故将开筑第二站,沙河十五里所雇工人约二三千人。

俞敏初现在商务印书馆,托潘裕生告我广艺书局又易主,所存《六九轩算书》须与接洽,予即往广艺晤朱朝宗浙江人,与商量《算书》仍存该处,且允代销《考察书》五十部。

夜,林访西观察来予处回看。访西有子四人:长在京候选县;次安徽某县知县;三、四尚幼。谈次因询沪宁铁路已开车,何以尚须购地? 答以铁路之购地无已时,一因岁时轨土渐陷,须随处挖土培高,地各有主,必购得其地,始可挖土也;一因轨道有双单之别,同此路线僻境用单轨,若地当冲要,生意渐旺,须用双轨,是故路线之左或右宜预备双轨之地位,则亦必随时度势,以购地也,故曰"无已时"也。

旭庄观察将去岁公所全年用款册及各折,仍送交李京卿处,且有致陈毁庵阁学信,因……①不愿当闽路代表,而林子庄先生明日仍回南京,亦因……不愿当闽路书记也,噫……

> 江西铁路借款合同:立入股合约。江西驻沪商会,介绍江西全省铁路总公司,与上海华商大成工商会社总理吴端伯所议条款,开列于后:一、上海华商大成工商会社总理吴端伯,愿入江西全省铁路股本银一百万两。江西全省铁路总公司,即给股票二十七万七千七百七十股,每股值洋五元,每元议明作定上海规银七钱二分,合每股规银三两六钱,共二十七万七千七百七十股,合计规银一百万两正。同时付足,即于付银之日起算股息。

---

① 此系原稿省略号,本部分下同。

江西全省铁路总公司每年给息七厘,华六月、十二月,分两期,在
上海江西铁路分局交付,每期付上海规银三万五千两正,倘延搁
不付股息之时,仍须按月照给重利七厘。二、此项股票,江西全
省铁路总公司允准自购票之日起,扣足十年,江西全省铁路总公
司须备上海规银一百万两赎还,吴端伯决无异议。三、如届十
年,吴端伯愿意认股,应听江西全省铁路总公司之意,或允吴端
伯认股,或照其时股票价值,听公司买回,不得异议。四、江西
全省铁路总公司愿以此项银两,于一年内外,兼开办江西全省铁
路银行。未开办以前,即以商会签字人会同担保。俟银行开办,
即以该银行担保。此款于十年期满,赎回股票,并按期应付股
息,此银行铁路公司,有自主之权,吴端伯不得干与一切。但各
办事人将此款移作非铁路之用,准吴端伯立时退股,将此项上海
规银壹百万两正索回。五、如吴端伯于十年期内,以此项股票
抵押于人,期届满十年,该受抵押此项股票之人,亦可向江西全
省铁路总公司讨取股本、股息,江西全省铁路总公司应得承认,
照每股原价规银叁两陆钱赎回。如已开办银行担保承认,则向
担保银行取讨股本、股息,并照原价每股规银叁两陆钱赎回。但
不能转授外国人,如外国人购去,作为废纸。六、上海华商大成
工商会社总理吴端伯,确系中国江苏省上海县民籍。七、盖关
防后,限二十日内,在上海缴银;过期不缴,此约作废。将来拨款
赎回,亦在上海。八、此项合约,江西全省铁路总公司与上海华
商大成工商会社总理吴端伯,均已认定,各无异议。爰缮一式二
纸,各执一纸,即由江西全省铁路总公司暂时盖用关防为凭,俟
银行开办,即改用银行保单,盖章担保。

〔页眉记:按,此与戊申正月蔡、谢两侍御出示原合同小异,原合
同第六条,专言以江西木捐、米捐作抵云云。合同中署押者计六人:

李宫保、陈吏部、胡捷三、邓鹤坡、曾瑞麟、吴端伯。燕生侍御眉批原合同种种弊端，极辨转押、转售界限，以为原议甚苟云。〕

　　江西铁路总局报告："我江西铁路局招到上海股银一百万两，股东为大成工商会社吴端伯。我省以为数过巨，特于照给股票外，另立合同，载明吴为上海人，明其为华款也；载明如卖与外人，作为废纸，防其变为洋款也。我省上海商会担任，明其为众情所共信也。我总理陈君伯严实经手成之，明其为吾省所共信之人也。夫陈君非仅我省所共信，海内外知不知，皆钦其为天下伟人也。而乃阅中外报章载此款，毁之不遗余力，且甚其词，竟指为卖路。不知订约之始，即商之同乡京官，并抄合同寄阅，函电交覆，全体认可，更大为我总局贺，我省京外同乡，岂皆为卖路之人哉？报中乃谓京官发电阻止，此而可诬，谁不可诬者？陈君因愤激而有兴讼之意，非过激也。我省同乡公议，因深感陈君之义愤，而别进一解以止之，曰铁路自办，我省首倡，各省继起。凡以借款卖路为生涯者，利源永断，故咸集矢于我省铁路，以泄其忿，非厚各省而薄我省也。且以我省自倡保路，即以卖路转诬之，其居心可谓狡矣。节妇守节，淫妇即以失节诬之，此惯技也。

　　我省现办南浔首段，由总局总办与同事，公推陈君为总理，故此次招股陈君实躬亲之。迩来京外大僚，交章论荐，陈君高尚，坚不出山，独于南浔铁路，以身任之，急义务也，重乡谊也！乃此件系防洋款，而更立约，不谓因立约而反致谤，古所谓求全之毁，洵不虚矣！然不得不为陈君劝，盖陈君所办之事，与我省商会诸公斟酌尽善，可质鬼神，可告天下，何待讼而始明哉？报馆以访事人为耳目，子虚乌有之事，所在常有，且因仇挟忿之人，函托上报，报馆又安能辨其是非？且人类不齐，不特非我族类，妄肆诬毁，即同乡至戚，亦有借登报以泄其私怨者。人心之险，至不可究诘,岂能执此以为凭。报馆应知其多虚,阅者亦笑其多妄。不然,天下事被报馆所诬者何限,焉得人人而讼之哉?况我省铁路,去岁早已兴工,各商按货入股者,源源而至,各埠各州县劝股亦日有起色。南浔首段之成,在指顾间,惟有速办路工,以间执谗慝之口,可矣!

　　要之,铁路关天下大局,各省若不自办,必落外人之手。将来桑梓之地,皆沦为异域,岂不可忧!故见有能集股赶筑者,惟恐惠扶持,以速其成,诚联合团体之实际也。安可因失私利,不顾公益,而为此信口雌黄之举哉!故止陈君之讼,而发明宗旨如此,使天下阅报者,晓然此事之虚诬。匪独我省之幸,不至因此灰各省自办之心,诚天下大局之幸也!江西合省同乡李有棻等公同告白。"

初六日(4月18日)　阴雨。往商会,芗垣方伯出示去腊廿一日亥刻北京寄江西铁路总局电云:"密。南昌铁路总局转寄南京李芗园方伯、陈伯严比部暨诸公鉴:筱电敬悉,铁路已庆开工,欣喜无量。诸公贤劳两载,备极艰辛。兹幸款集工兴,南浔一路观成有日,即全路支干陆续蒇功,亦可预卜。敬为诸公贺,并为吾省贺。又接电华商大成会社入股一百万两,既有驻沪江西商会中人担任,又议明卖外作废,同人一无异说,足表同情。一俟桢翁约稿带到,再行函复。方燧等偕吾省京官同叩。个。"

　　又二月十日接京字第二十号,丁未正月廿九日来信云:"客岁十二月间,得接第十五、六号信,并京足银二千两,当时写有收条带回,此刻当早收到矣。嗣因上海华商大成会社借股款事,得接'筱'电,并芗公由浔所发一函,并合同稿一纸。当'筱'电到后,同人会议一次,均表同情,当即有电上复,想已早登台览。后合同到京,又于本月同乡团拜,带与大众观览,同乡诸公亦均无异议。借得此巨款,中外同心,此等好气象诚不多觏,真可为江西前途贺,并为诸公贺者也。有应商酌之处,条列于后"云云。

本日芗垣方伯发京电,其略系由:"南丰馆赵仲宣部郎,转告豫章学堂诸公,向黄益斋观察询:薛道号次申股款一万元、胡方伯集股八百三十两,究竟存放何处?又去年代表领去数千金何不报销?速回沪清理,以息物议。菜等电。"

夜,芗垣方伯有信寄予,嘱于翌辰往。早间曾瑞麟有字来言,芗翁嘱付银三百两,因送来源余庄,即期票规银三百两正,为公所正、二、三月经费,当转交黄鼎臣,取得收条还瑞麟,并到包晖翁处一谈。

初七日(4月19日)　雨。晨起,往商会。芗垣方伯嘱将报告及京官函电送交夏剑丞①,并邀同捷三往《时报》《南方报》馆排登。剑成意在涉讼,欲推不去,而伯严原电及信是伊经手,似难径辞,乃云今日尚不能交到,明日尚不能见报云云。予将情回告芗老,芗老颇着急,因复致函捷三,谓"路工紧要,万难久住沪上,见报即行,望两公赐我速归。如虑伯严仍执前见,亦于登报无碍,万一真要破裂,亦须回省开一大会方能决定,岂一二人作主,贻他日同乡责备乎?"此信嘱予送捷三处。

到吉祥楼界乘方表。

初八日(4月20日)　阴。午到商会,芗老询及益斋管账何人,以徐永康对,即嘱予寻招永康。初到盆汤弄桥边,沧园浴堂巷内永丰洋货栈寻不着,旋往红庙东首寅大烟楼晤永康,与同至商会。芗老遂详询益斋存放薛道、胡藩两项股银之处,永康亦无以对。

阿宝云,益斋在京寓前门内华石桥李新吾编修经畬宅中,编修伯行京卿之兄系李大先生之长子,壬午举人也。子国臣,号彬庵,孙府女婿也,曾往日本留学,已改洋装。

伯严来沪,与芗老商酌对付《中外【日】报》馆,言总局前拟之报告

---

①　此"夏剑丞"及下句之"剑成",皆指夏敬观。

不必排登，只自向汪颂阁理论，嘱彼更正。倘不更正，则宣布京电、京信，并自撰一告白，以后该报谰言，置之不理。

到吉升栈，伯严以刘皞如①来函由予转送艿老，兹照录于此，以见九南铁路现状焉："伯严大哥大人台鉴：比计安抵沪滨矣。廿九日该报又载一条，无论何人，亦知此次为四省会期，犹复如此狂吠，无耳更无目矣，惟质讼一节，我直且壮，当能不战屈之，临机应变，在公方寸耳。车埠测竣，绘图尚须三四日，始能钉桩购地，计非中旬不能动工。故决计赴沈方伯初旬之约，定于初五日返省议办矿事。局中及工程各务，已面托吕麓翁及象周照料，如有要事，必欲弟临场始可了结者，仍嘱电知，即当返浔。公亦宜早归为盼，谨将现在情形，略陈如左：一、冈崎所荐之东文翻译郭君，已经到局，刻往东请。技手自是要紧，故着乐愚印景熊、皞如之弟即日出发。一、冈崎开有购用物单一纸，核计须三千三百余元，已商知吕麓翁，由银钱号汇至上海义善园照兑；并计发给各技手之川资约共四千几百元，今汇五千元，着其实用实销。一、冈崎计算，须用副工师一员、技手六员、书记三员、助手四员、工生十二员，磋商数次尚执定，欲如此办法。弟因嘱乐愚以决意不允之辞答之，始谓不允亦可，但工稍迟耳。今拟允其请技手五人现有一人、助手二人，其车辆一部，俟调查各省另有单如何办法，再为决议。闻其另有函致阁下及艿丈，亦不必允其所请为要。一、车埠迁地既定，则现在彭善余所填之方，俱归无用。然废约自我，虽未完工而不能不收，现惟有嘱其渐次收小堆高，为将来筑路与码头之基础。惟既迁定购地之后，取土甚近，方价又须再定，照章核减，已请吕麓翁代为主持，如艿丈及台端能回更妙。一、彭善余现因改章，土工已散，日惟二三百人做工。顷面询之，尚以必能赶完为辞。据云已由上海及江浙招有三千之谱，初十前后定当到齐，果不食言，则新车埠仍可包办，否则恐须易人也。一、冈崎处处仿照汉口章程，欲为日本人开生

---

① 即刘景熙，原稿时将其字常写作"浩如""皓如"或"好愚"。

财之路,大概系原口要所主使,薪水、人数若较汉减损,原口要面上不好看也,故其介绍函中书明之数与汉口无二。乐愚拟不出其书,欲吾局咨请公使转托其外务部,诚恐我局公牍于外国使署向无交涉,谓不如就近在匋帅处求一移文,较为妥当,因嘱乐愚赴宁走谒,如台驾已发,只好由沪再为设法也。以上各条为日间实在情形,如芗丈尚留沪,可以此呈览,不别作函也。如有惠书,寄省垣总局转交为祷。谨请筹安。小弟刘景熙顿首。"

"调查浙路现已开工,各项如左:一、华员之种类、人数及其薪水;一、洋员技术部之人数及其薪水种类;一、包工土方远近价目,用何等尺,或汉或英,行碛否,加一否;一、石工每方价目分青石、麻石二种及蛮石价目;一、现行组织之章程及其规则;一、车辆一部,是否雇用洋员抑雇用华员,其员多少、薪水多少、从何时雇用;一、各种车共购几部,其运输之人与货多寡,及路线之长短。三安同年录正,或有未尽之处,亦祈添入。又粤东亦在开工,阅报川督派员调查,请芗丈函请胡方伯亦可。"

《中外日报》初五、六日载安徽绅士公呈:

为路政重大,弊窦宜防,呈恳批饬妥议,以维大局事。窃维勘定路线,须视人货之盈绌与工作之难易以为衡。就皖省路线言,经营皖南不如经营皖北。皖南不当孔道,输转无多,是南不如北者一;皖南水导既多,山林丛杂,若欲贯通全体,工本不赀,是南不如北者二;且皖南水道虽不能终年通行,而转运大江及江、浙、江西等处,亦尚称便利,不似皖北之茫茫大陆,是动须陆运,是北重于南者三。故论皖省铁路即须办理南线,亦须俟赣路、浙路可以相接之日,乃能图谋;此时遽议,独嫌失着,况并赣浙不通之芜广铁路耶!芜湖路线南临泗安,北临大江,路长不三百里,尚有水道可通,将来价贵,则无人问津,价贱则不能养路,何如北线四通八达,人货既多,且可直接芦汉干路,转输尤便。

或疑英商浦信路线不能无碍,不知浦信铁路英人虽经测绘,迄今并未开工,且草约不能据为定案,利益只有此数皖人,既争先着,则浦信不期废而自废,挽回路权,尤属可喜,舍此不为,必斤斤于芜广一隅,试为推究始终,有极可虑者五。谨胪列左方,伏维垂察。

凡路线有无利益,本非高深学理,稍具知识,类能洞见。皖人以现办芜广,明明无利,百思其故而不可得,并臆断主办者别有所为。绅等虽不敢附和,然观江浙各省招股卖票,异常踊跃,皖省股票几于无人过问,是芜广路线之无利,实已全国周知,乃当局持之甚坚,不审究有何说,此可虑者,一也;铁路事体重大,必以集股为归,盖本国重大之事,必须本国全体乐于担任,然后事无不举,所以任其事者,亦必须声望素重之人,不能专勒绅富,更不能专恃公捐也。米、盐、茶捐等项,特以风气未开,借以为开办后养息之用,为任事取信于人之地,若专恃抽捐,不复另招股本,则安徽铁路尽人可以担任矣。李京堂主办一年,不闻股本已集几何,乃欲以养息之捐款移为办路之用费。浸假捐款告匮,用费无穷,米、盐等捐行且一加再加,必致民国交病,工废半途,此可虑者,二也;公司通例,用公款则受官绅之监督,用私款则受股东之监督,从未有秘密出纳,而可称为公司者。语曰"藏之,人欲防之;帷之,人欲窥之。"米、盐等捐,皆系皖人脂膏,办公者果属坦白无他,自当与人共见。今芜、沪两局糜费甚多,坐食干没,颇不乏人。京师月支五六百金,尤同浪掷,其余各款未见报销清册,道路指摘,异论孔多,于办事前途极多阻碍,此可虑者,三也;开办劝股彩票,本属万不得已之举,乃闻该局于不中彩票领股之时,多方抑勒,闻者裹足,近者销场跌落,至售票之数不及票额十分之一。而铁路副票近于鱼肉细民,其害等于花会,不谓作事者又复吞没彩银所得余盈之款,全不归公,尤堪愤恨。若不速派官绅合力查办,彻底根究,路事必因之败坏,此可虑者,四也;铁路

一经开工,则工程之外,尚有开支、股息、养路三项经费,故公司
章程预算经费,必待招股及半方可开工。李京堂素善理财,断无
不能预算之理,惟向来公司积弊,往往股未招足,遽行开办,早一
日开办即可早支公款,公款用尽,即可中道停止,公事虽停,私橐
已满。凡此类者,殆难悉数。芜广铁路需银约五百万两,今之所
招,未及十一。遽欲开办,必蹈故辙,纵使米、盐等捐,岁得五十
万金,十年之期可以竣工,然十年之间靡费若干,股息与养路费
从何筹措,此可虑者'五也。

以上五端,绅等微窥灼见,未敢昌言,几先逆亿。或嫌于鳃
鳃过虑,然兆已章著,若俟其大错已铸,大局已误,皖人之命脉断
绝,皖人之膏血罄尽。则虽披沥陈词,事势已无从补救。用是
不避嫌怨,剀切上陈,伏求大帅据咨农工商部、邮传部,迅饬广
集皖绅,切实计议。路线不合,立改轨道,轨道定后,亦非招股
及半,不准开工,一切开支,按期造报,以昭大信而释疑谤。再
矿务事同一律,所有招股及半始准开工,及按期造报二条,应
请饬局一体遵照,实为公便。谨呈。江督端午帅批,已录,见廿二日
日记。

初九日(4月21日)　阴。早间到吉升栈楼伯严处。皞如又有致
伯严信,袖交之,并送芜湖、浙江调查册,及公所正月用款册子。晤皞
如从弟乐愚,盖将往日本访请工程师者也。

九南铁路局在九江正街。总理陈吏部伯严印三立、刘礼部皓如印
景熙;东文翻译刘乐愚印景熊,现往日本请工程技手;工程处万才美,号象
周,德化人;会计处吕道象,号鹿笙,德化人,住城内莲花池;文案陶
牧,号伯荪,南昌人;支应处夏敬鉴,号舒堪,新建人;总购地处汪龙
光,号勉斋,景德镇人购地总绅罗大经孝廉;德化购地分局罗震福,号云
生,南昌人;翻译郭芸卿;缮校处俞明泰,号贻孙一作怡生,浙江人;本
局司事袁英甫等若干人,银号处某某等铁路银号经理郑憩庵。

本日《中外日报》论江西铁路：

江西议设铁路公司始于光绪三十年，先是有候选道蒋家骏具禀铁路总公司，按即芦汉铁路大臣。请筑造九南铁路，列名者二十四人。江西京官深知蒋之不足恃，于是具呈商部略言蒋素鲜声，闻曾办宜春煤矿，亏折甚多，现复谋办江西铁路，原册所载并无着实款项，止以请拨官款，开设彩票为宗旨。其章程第二条有云"万一华股未能推广，费用不足，临时禀请铁路大臣设法续办"等语，是明知官款、彩票不可恃，而注意于华股外之设法，其流弊何堪设想云云。又谓近来外患之纷集，多由内奸之勾引。故欲杜其萌，首在自占先着；而欲谨其始，尤在付托得人云云。商部据呈于是年十月十二日具奏请旨准行，亦有"不得稍有影射，致启弊端"之语，是江西铁路公司固由反对借用洋款而成立者也。公司成立之第二年，而李徵五借款之问题起，人言啧啧，指为间接之洋款，而留学日本之江西学生指摘尤力，其所致疑者数端：

一、李所有之家财及其所营之生业，皆未足以供给此巨款。二、李自谓此一百五十万，多贷诸南洋各埠籍隶闽、粤之富商，然何故不以籍贯、姓名晓示于众？而其兄、其友且有私借洋款，恐成交涉之语。三、李在鄂受命经营一小火轮公司，积五年不能报命，何以对于江西铁路忽能举此巨资？江西京官亦疑李之不足信，坚令废约，而此事亦遂不成，是江西士绅对于铁路公司固欲坚守其不借洋款之宗旨，并其迹近影射者而亦拒之也。

自李徵五借款败于垂成，而公司借款之念终未断绝。其所与商者不止一事，亦不止一人。至去年岁暮，而江西公司借用洋款之事乃喧传于道路，本馆初闻此信时，追忆公司已往之举，颇疑此事之未必果真，且以事关重大，未敢轻于发难。故一面广为探访，一面托人询诸公司中人。今年正月得某君来书，略言某去沪时，始有驻沪商会介绍华商某公司入股百万之举，某深恐华商出面，故审慎再三后，由商人担保直接，方允订立合同。而合同中首严界限，声明"入股之股票，如或授与外人，即作为废纸"，且虑防不胜防，又订十年期满，将股票赎回，且股票刊文，每纸皆列有"如为外人购去，作为废纸"字样云云。又云本拟即将合同稿请贵馆登出，以释群疑，但前途系三期付款，款不付清，仍未定局，只得俟款清后再行登报，布告天下云云。而本馆同时所访得之情形，则有与某君所言相合者，亦有出于某君所言之外者。

记者细按，某君来书，诚可谓为思周虑密，然有不可解者数端：一、某华商公司既入股百万元，何以不为正式之布告；二、入股只有股票，何必订立合同；三、某华商既有真实可恃之款，何须商会担保；四、十年期满将股票赎回，亦无此办法。而参以本馆访得之情形，则尤有可惊可讶之端。故本馆当时即函复某君，请其将合同底稿寄示，而某君初无覆函，本馆心知其必有故，然犹不欲遽宣其隐，故特于正月某日报中微露其意，曰既称入股，何以须商会作保，何以须更立合同。而某君迄亦无辞按近日各报所登告白，谓当时有函见答，然本馆并未收到此函，于是记者不能不有疑于所闻之异辞矣。

该公司亦尝宣言，谓所借之款系某某会社某华商所担任，夫某某会社之是否有此财力，某华商之是否有此信用，尽人皆知，无待记者赘述。其所借之款之非自己出，与来自何方，公司中人岂不知之？知之而若为不知，且故假一"外人购去，作为废纸"之言，冀以掩饰众人之耳目，一若谓合同中既有此语，即明知其有洋款在内，我亦可告无罪于天下。然亦知以财贷人者，不能不行其债主之权，其借贷为直接者，则为直接之干涉；其借贷为间接者，则为间接之干涉，而其所以干涉者则同。昔粤汉公司本借美款，后美国售诸比人，比人遣员至沪监督，并不出面，一切皆指使美人为之，亦间接干涉之一证也。既授以干涉之阶，则此路宁复为公司所有，而谓能掩其卖路之迹乎？故公司据此为言，以之粉饰门面，蒙蔽视听,则可若欲借此空言,以为可以保护主权,拒绝外人,则窃恐相去尚远矣!夫使诚为招华股或为借华款,而非借洋款,别无可受指摘之事,则诚宜光明磊落而出之,以示其坦白而无他。今当局之支吾既愈甚,则局外之所见所闻益以反证,而愈觉其确。记者有爱于江西铁路,而尤有爱于该公司为各省自办之先导,故不敢不竭诚忠告,而撮举其历史,以冀身与其事者之返而自省焉。

到商会谒见芗垣方伯。午往丹桂茶园。初六日皡如自浔局寄伯严信,初七日又自浔局寄芗老、伯严信。

初十日(4月22日) 阴。剃头。浔局工程师冈崎寄芗老、伯严信,因并昨日两函俱交伯严。到商会,芗垣方伯谈及报馆事,至不欲过激,恐激则生变,拟与伯严结伴同回去。

《时报》《南方报》:"颂谷仁兄大人足下:昨得回示数行,于不佞所辗转致疑者,均未蒙条答,仅称敝省铁路事关系至重,岂能凭空捏造,惟以不佞有来沪质讼之言,故转不便将所有证据预为宣布等语。披诵之余,则足下必别有正确之实据,足以关其口而夺之气者较然无疑,独不解足下二月十四日坐实卖路一论,尚在未发表待质讼之前,何以不稍稍豁露,以为立论之根据地乎?凡古今所有□字,无不先列具事迹,而后施以论断。《春秋》垂一王大法,皆必有鲁史、百二国宝书为底案。地球诸国法律家论理学之公例,亦莫不准此,无论报例、报律之不能有所悖越也。然或足下因义愤填膺,救世心急,无暇胪陈,或意在俟政府及敝省京官、留学生出而干涉,而后始执持以献。此在足下,孤行其志,不少回顾,固可曝风采于天下。而在卖路人,或为国法所不贷,或为社会所不容,咎由自取,亦复何敢怨尤。惟是同处一群之中,使其事尚可全,过尚可挽,似亦宜先存哀矜恻怛、迟回审顾之心,不宜骤以翘恶摘短,以自鸣得意。

为足下计,既得正确无疑实据,苟其人非积怨夙仇,粗有一日之雅者，则当正告之曰："吾所得卖路实据如此，殊异子之所报告。如子有说则已，无说则吾当登报以声子之罪。"第二义，或足下不屑，似以所得确据，亦宜正告之曰："吾所得据，子万喙不能解，子如不罢事湔其心，吾必登报以声子罪。"如是，于所谓律设大法、礼顺人情，庶几公德私德，两无所憾。足下试思卖路之名目为何如乎？不佞承贤昆仲不弃，交游引重，垂二十年，又益以先世齐年谊，为何如乎？就令足下所得无疑之实据，足以制不佞等死命，揆之人道交际之大经，得无亦有不可者在，若乃摭无稽之谈，挟不测之臆，猥以加诸非积怨夙仇，不仅有一日之雅，且为谬附同志，难兄难弟，皆相亲厚久故之人，则足下所以自待与天下人之所以待足下，果何如哉？

近年沈荩一狱，即人人以为可杀，然发之于征逐狎游之吴某，世无新旧贤愚，皆为之齿冷。不佞当此，欲被足下以何等之名词，宁抑而制焉？俟足下反己自思焉可矣。今者不佞行即到沪，足下所尚未宣布之实据，公堂裁判，自有定评，无容晓赘。但足下以前所登报，如称借外款四百兆，又称借外款二百万，又称借外款一百万元，又借外款三百万之插画，又正月廿一日、二月十二日及廿日、廿七日等报，果可为实据否？务求赐答一言，以开茅塞。虽然，不佞于讼事为直为负外，终有戚戚于心而不能自释者，则不佞道德不加修，行能无所似，行己本末，不克见信于人，至于如此。

即如《新报》所载，贵省铁路公司与法人沙某交涉杭甬铁路一事，足下据公司办事人一电，即函嘱王楚芳君更正。而不佞于江西铁路借款事，则手书至数百千言，不独足下置若粪土，且益增甚其词，以肆诋諆，又属插画以戏侮之。嗟呼！不佞之卑卑不足道，诚不敢比数于贵省铁路公司诸公，乃至次之，亦不能比数于贵报访事员与匿姓名之所谓'赣江一人'来稿者，下之竟至不能比数于足下屡次代为鸣冤之'野鸡大王'。人生到此，天道宁论，此则不佞所为瘭瘭惭汗，俯仰自伤者也。追念曩游，笑言如昨，联布腹心，不及他余，幸详教之。不宣。三立顿首。"

"查《中外日报》前登敝省京官电致李总办将合同作废一条,实无其事,今先将同乡京官函电两稿登供众览,江西铁路公司谨白。"京官函电已录,见初六日日记。

十一日(4月23日)　晴。又致《中外日报》函:

颂谷仁兄大人足下:读贵报初九日论说,于敝省铁路入股一事反复推求,深致疑于当局之支吾四端之不可解,且谓"外人购去,作为废纸"之言,可以粉饰门面,蒙蔽观听,而不能保护主权,拒绝外人。窃怪贵报之不审事实,猥以理想推测之词,武断此案,故入人罪为不可解也。贵报谓某华商公司既入股百万,何以不为正式之布告。某华商入股之事,布告于敝省京官矣,布告于敝省办路同人矣,咸无异议,然后定立合同。至于布告他人,敝处本不负此义务,贵报果有何势力资格,握此稽查干预江西铁路之权。贵报又谓某华商既有真实可恃之款,何须商会担保。某华商入股之事本由驻沪商会中人介绍而来,不佞犹恐系由华商出面,故再三审慎,仍由商会中人担保直接,方允订立合同,前书已详言之,无须赘述。

贵报又谓,入股既有股票,何必订立合同? 又谓十年期满,将股票赎回,亦无此办法。此次入股股票,声明不能授与外人,然犹恐流入外人之手,他日防不胜防,故必订明十年期满,赎回股票。既声明取赎,则订立合同正是严界限以昭慎重。且九南路短,股分无多,敝省以乏款之故,不得不入某华商之股,然百万之股,占数稍多,故订期赎回,以期利归本省,亦非意外之举。资财交涉,彼此愿意,即可定约。今赎回之约,在我既无所损,在彼亦无违言,贵报援何定例而必谓无此办法。凡此四端,事理至显,贵报苟平心察之,宜若可以释然矣。至贵报谓以财贷人者,不能不行债主之权,直接借贷则为直接干涉,间接借贷则为间接干涉,且引美人间接干涉粤汉铁路之事以为证,是皆近似乱真之言,不当于事实者也。夫债主不能无债主之权固已,然债主权力之大小,必视债约之宽严以为差,今我所立合同界限至严,所允许债主可行之权,岁收股息若干而已,十年之后可向铁路公司讨取股本而已。一切银行、筑路诸事,彼皆不得丝毫干预。凡订一约,必彼此公认公守,然后可以成立,今彼既公认此合同,而愿守此权限矣,更有何权以干涉路事耶?

若以贵报之说推之,处处嫌疑,步步荆棘,必不借一款,不招一股,而后可免指摘。若竟有如贵省铁路股东颇有充洋商经纪,及广东、福建等省或有亲向外洋招股者,贵报又将何以疑之,何以断之耶?至于粤汉公司借款与敝省铁路入股之事,其借款之性质迥异,合同亦截然不同。粤汉公司所借者美款,美款固外款也,即不售诸比人,美亦无异于比也。直接、间接之干涉,自尚在意中。今敝路入股之人,合同注明籍贯,是明明华款,绝非洋款可比也。合同、股票皆声明"如授与外人,作为废纸",又迥非可以售诸比人可比也。外人既不能占股,更何术以得其干涉,贵报乃强为比附,并作一谈,何拟不于伦至此。严划界限,不许债主干与,明定合同,不许转授外人,而贵报犹谓以之粉饰门面,蒙蔽观听则可,以之保护主权,拒绝外人则不可,是直掉弄笔机,凭空臆断。

举凡资财交涉,为贵馆所不及知及察者,无不可以洋股目之,略一置辩,则又百方回护,断为异日必有外人干涉,岂真公理可诬,条约可废,全凭贵报之颠倒耶?贵报自开设以来,其招募股本亦已数见矣,向未将股东姓名全数宣布,为华为洋,诚不可知,即均华股矣,而股东中有无资财与外人干涉之阶,亦不可知。若凭臆度,指为必有洋股,指为将来必有外人干涉,贵报亦何以自明,且何以取信于不佞,而断其必无此事耶?贵报又谓某某会社之是否有此财力,某华商之是否有此信用,尽人皆知。查某商某会社本集多数股东成立,有何确据断其不能致此,姑不广引,

即如足下，亦共知为穷措大耳，偶致千金，人亦或讶之，何以忽能
集此巨款，开设报馆耶？

至前数端条举陈迹，牵及李徵五借款问题，尤不足辨。前年
不佞致函与散省留学生辨难，明李徵五之无外款确据，其函稿非
贵报首先刊登者耶？其时足下方义形于色，于李徵五略无微词，
岂忘之耶？在彼时则倾心相助，在此时则反唇相稽，亦适形其反
复謷乱，无意识之举动而已。细究贵报蔽罪归恶宗旨，或因形迹
怀疑而致深文，或因过节小故而发大难，其居心何如不必论，抑
亦足证贵报之他无实据可知矣。平心论之，贵报此论较从前所
登各说及插画之鄙野不堪，固自差胜。使早日以此理论，私行函
致，不佞即迂谬不中节，犹有故旧相念之情，不佞犹当引为忠告，
感而谢之。惜乎至今日始为此吞吐狡狯之词，欲以此欺天下之
耳目也。余剩漏之义、不尽之言，俟再续陈，惟亮【察】不宣。三
立顿首。

熊芗林世叔由汉口来，昨见访未遇，今早始晤。拟托揭大表哥谋
事，而不知其已归去，此外别无可谋。恐久住现寓名利栈旅费无着，但
欲得川资，则急起程言旋。予为之诉其情于包晖章老伯，允送四元，
予与瑞麟各送二元，可以抵丰矣。予既与同到信昌隆，旋与同至天乐
窝听说书，旋到法码头代购金陵轮船票，乃回。

自往吉升栈访伯严，值《中外日报》馆汪印德渊在彼言事，盖颂谷
已经连日登报折服，有"令彼此俱下得去"之词矣。伯严遂嘱予告知
芗垣年伯，芗公甚慰，且语予陈润夫已允商会担任，必始终顾全大局；
而盛杏荪宫保又允将钢轨借用十之四，俱甚可感。芗公因屈指此百
万既得，货捐丁、戊两年，合计约可得秦关数目，兼之借轨可敌五十
万，是俨然二百七十万矣；招股之续得者，尚不在此数，侭可以办
事矣。

皓如嘱调查工程师及其下副手、技手等有无此名色，并其薪水若

干。到全安访乐愚。

十二日(4月24日)　晴。致伯严函，本日《中外日报》所登："伯严先生大人阁下：昨见各报所登阁下致鄙人一函，业经诵悉。此事阁下既不以鄙人所言为然，若再行驳诘，未免徒费纸墨。前奉来示，云即涉讼，弟自应静候到堂质证，此时不烦多言，此覆。"

昨云"下得去"，特缓兵计耳。今登报如此，狡狯可恶之至。虽然，伯严第二次函可不必矣。芗老恐持之过激，老成之见，事远矣。今了如不了，且奈何！抑又进一解曰：伯严连日所登，彼曾不能驳一字，既无可驳，其志馁矣，故必仍带涉讼字样，稍占地步也。拟代伯严作对付之词云："前因愤激而思讼，继念平昔之雅，未忍轻出至此，以故虽即到沪，仍托函件辩质，冀邀亮察。今阁下既不诘驳，弟何必再定与计较，负此昕夕，徒费精神。此后任凭轩轾，一是听之，语云'平生仗忠信，今日任风波'，持谢故人，勖之而已。"将此呈芗老阅过，遂送交伯严。

汤蓉峰自东洋回，来候予，旋往吉升栈楼六十七号回看，值外出。得八妹二月十六日韶州府来函。广东韶州府正堂署中，韶州厘务分局支应委员揭。

十三日(4月25日)　阴雨。内子左腮项之间起一结块，浮肿且痛，夜不成寐，兼之头痛；又肿处近牙关，致咀嚼不便，此症已三四日矣。今日肿更甚，午间与同往同仁医院请洋医看，云系肝结，既敷以膏药，复以白末药令调水服之。竟夜不寐呻吟而已，上桶二次，皆泻。

送芗垣为伯饼食及白玫瑰酒，夜往江新轮船送行。芗丈谈及报馆事，有居间调停者，此后伯严与颂阁彼此罢手，不再登报云。夏莲孙亦同送芗丈行。

发九江刘皓如同年信，并附《调查工程册》。

十四日(4月26日)　阴雨。内子早仍泻，腮项间结块觉稍流动，部位较下去云。

致伯严函。午后与内子复到同仁院请洋医换膏药，又以白颗粒药令每次服三粒,本夜半睡数次。

得中国公学刘仲甫鋆信,云其兄在京闻辛卯截取届期,未知果否,尚当为我确探。郑苏盦京卿监督中国公学。

十五日(4月27日)　晴。复仲甫信。本日《中外日报》载三月十四日北京专电:"外部议定请简李伯行京卿充驻英钦使,英使亦甚表同情,定于十六日具奏。"

内子日间精神,夜复呻吟不辍。

庚春解馆来沪,将代沪营一席,盖佛生早往五库矣。午后庚春至寓,邀予同往包晖翁处,竹峰太守近得盐捕营收支放饷差事,驻南市海运局。并到瑞麟处,旋往五马路怡园,晤又春及玉山林瀛仙。

十六日(4月28日)　晴。礼拜。内子头痛甚,颈项亦尚未愈,拟以靛花敷治之。

接赵秀士印从肃,字雨若(华历三月八日/阳历四月廿日)东京小石川区原町十六番地松风馆寄予信,并寄所著《宪政选举编》原稿,托予为售诸书肆者。

午后,伴内子往天后宫对面美利大药房,请宁波人施鸿飞看颈项患处,云系肝重气郁,开平肝宣郁之剂服之。夜睡稍安,痛亦略可。

十七日(4月29日)　雨。午间与内子复到美利药房换膏药,施鸿飞令购波罗密多补肾汁服之,云痛处当较前加三分,三日后乃徐愈。又令购华英大药房燕医生补丸服之,使通大便,则肝邪自往下行矣。是夜痛极,呻吟达旦,不成寐。

十八日(4月30日)　阴晴。内子连日服补肾汁,尚未见效。夜后脑痛弥甚,致精神疲惫,虽偶然略睡,总不安神,拟先治愈头痛为要。

十九日(5月1日)　晴。内子头痛甚,夜睡不安,项肿微红,似可酿出脓。戴慎先妹倩代求泥金扇面、小条幅,小楷。又接赵秀士本月十四日东京来信。

二十日(5月2日)　晴。邀请施鸿飞为内子诊视,开托脓之剂令服之。寄伯严信,附缴江西来函及"农工商部奏准铁路材料暂行免税"电。

夜,内子仍头痛甚,不成寐,精神疲极。

廿一日(5月3日)　阴。往董家渡青龙桥北小木作店对门陈鸿鳌家,请其师孟河(阳湖、武进公地别名)奚诗仲先生(现年四十九岁)为内子看项毒,开刀深寸许,得脓血,仍开内托平肝之剂令服之。

班侯省寓在六眼井瑞芝堂对门南丰刘寓自丰之苏垣,经过沪上,午间至予寓,述及家中一切情形,四弟妇仍溺爱车夫,不之禁饬,奈何! 奈何! 班侄饭后即赴苏。

为耕生四兄书小楷条幅。留奚先生在所下榻。内子项毒出脓渐多,夜仍痛,并头痛不成眠。

廿二日(5月4日)　阴,得雨,天气甚热。奚诗仲包医项毒,议洋十二元,兹先付六元矣。早间回青龙桥时,另开方剂,约翌辰十钟,复来敷药。

商团副排长黄勋伯十五日为邻居捕盗捐躯,盗因之就擒,沪上士夫开追悼大会,以表彰黄君之义勇,且咸为之执绋,丧仪颇盛焉。

岑春煊补授邮传部尚书,赵尔巽补授四川总督。

内子脑及项痛甚,嘱致书庚春,予因自往沪军营邀庚春同来寓下榻。夜,内子呻吟弥甚。

廿三日(5月5日)　阴。早十钟奚诗仲来,上灯后复来。为内子挤出项脓两匙许,顿觉痛稍减矣。另开方剂。又春夫妇及印兄之姜张亦太,均来看视内子。张姻兄印师善,号择三寓三洋泾桥中和栈,曾来公所访候予,未晤。

礼拜。小南门外陈瑞山医士来寓为内子诊脉开方,未即服。内子夜十点钟脑仍痛,项亦肿痛。

廿四日(5月6日)　微晴。立夏廿五日。早十钟,奚诗仲复来为内子挤出项脓三四匙,更服以黄蓍扶正排脓之剂。剃头。

廿五日(5月7日)　晴。立夏。内子昨夜头颈浓挤出多至一茶杯,头颈遂不痛,夜亦成睡。今早项又稍痛,想系排脓之故。

二十日农工商部复苏路公司电:"苏路公司转皖路、浙路、闽路、赣路各公司:前请商办铁路材料照官办一律免税一案,业于本日会同邮传部奏请,暂行免税,奉旨依议,钦此。先电达农工商部。巧。"

郑黄初交来沪宁铁路购地事宜。

内子又服奚先生药,脓来甚畅。夔侄往苏过此,与谈家中诸事,甚悉。母亲衣服须赎出者,已开单由夔侄转交才叔照办。青洋布面皮背心、蓝呢面羔皮袄、蓝湖绉棉袄及大江湖绉裙,楼上寿衣全袭亦托才叔寄来。接熙安苏州朱家园来函,即收之。

廿六日(5月8日)　晴。致伯严信转寄南京。致曾瑞麟信,并谢招饮。

奚先生来为内子看病两次,项脓挤出,肿甚消。但夜间绷痛,仍兼头痛,岂口门血嘴作怪耶? 当询奚诗仲,且嘱设法拔去之。夔侄午间来谈。

《时报》馆被焚,本日停报。

廿七日(5月9日)　晴。调查。沪宁铁路购地分为十段,每段派购地委员一员,迁坟委员一员。购地委员每月薪水八十两,夫马二十两,局租二十四两,油烛纸张四两;司事二名,每月薪伙银二十二两;护勇四名,每名口粮五两;以上各款,每月共领银一百九十二两。迁坟委员每月薪水三十六两,夫马八两。另每一段或添派签字委员一员,弹压委员一员,水利委员一员,或数段合派一员,无定额。此项各委员薪水局用各款,视购地委员略减,大约百两上下。

沪宁铁路工程系洋工程司经理,工程司身边尚有翻译一名;工程司之下只有包工之工头;华员只有一弹压差使,或每段派一员,或数段派一员,薪水各款见前,此外无可查开。

夔侄复来,即赴苏。奚先生来一次,内子又服所开方剂,项毒出脓甚多,坚处渐软,夜亦能睡,惟头痛尚间作。庚春来。《时报》出一张。

廿八日(5月10日)　晴。奚诗仲来一次,内子项毒渐消,脓出太多,因开方连日令服温补之剂,夜稍稍能睡矣。夔侄来一坐,午间赴苏。

廿九日(5月11日)　晴。廿六日,外务部传旨电知李经方,着出使英国。现闻伯行京卿已递谢恩折子,拟四月间进京,与同乡官商办铁路接手诸事;出洋约须俟秋凉,九月方起程。洪荫之四月初间随进京,将来随出洋。安徽驻沪公司,今午委芜湖坐办孙寄云观察,暂行接手安徽铁路总办,俟部奏请另派。

本日邮传部尚书岑印春煊电催郑苏盦京卿、张菊生京卿进京云:"煊以部务需才,奏举两公堪胜丞参之任,并遵前奉谕旨,预保记名,先在丞参上行走,后再请简,业以奉旨允准。现在部中官制未定,一切经始,条绪极繁。煊智短才疏,兼之连日咯血,亟盼两公速来,匡我不逮。务祈即赐命驾,公谊私情,同深盼感。何日启程?电示。煊。俭。"

寄江西艻垣方伯信,录呈调查沪宁路事宜。

内子脓出甚多,项肿已消十之八,但尚头痛,夜睡不安。奚来。

四　月

初一日(5月12日)　晴。为丸青书泥金扇面小楷,与耕生四兄小楷条幅,皆戴慎先妹倩代求者也。

奚诗仲来为内子看项毒,肿已渐消,言痊可六七分矣。既服昨日方剂,复另开方二剂,嘱今晚、明早分服之。夜得睡,然耳根内涨绷,兼之头痛彻夜,换膏药五六次。

初二日(5月13日)　晴。张择三(即中元)、家伯渊(印镐……慕松蹉尹之长子也)、仲甫(印鋆,伯渊胞弟)均来予寓谈。奚先生来为内子看项毒,只耳根后尚有硬处,须酿脓耳,头痛即由于此,令服滋肾丸。

朱锡廷代售《选举编》,无受者。

初三日(5月14日)　晴。剃头。本日《中外日报》记江西铁路公司与该馆涉讼事云:陈君伯严因本馆揭破江西铁路公司借款隐情,深怀愤恨。二月十六、十八、十九三日连致本馆四电,言月内到沪兴讼,乃待之良久,直至三月初旬方始来沪。本馆日夕盼望,冀得此事之水落石出,延至两旬,杳无消息。前日忽闻已向上海道处递禀控告本馆。进禀之时,陈君并不自列名,而倩一某洋行买办,为江西全省铁路公司代表,不知是何用意。且闻陈君于递禀次日,即行潜回南京,冀免到案云。

本日《时报》载《道批江西铁路公司禀》云:查集股与借款性质,向不相同,该公司因筹款筑建铁路而与人订立借款合同,报馆职司纪载,如果因此怀疑,据事直言,又谁得而议之。惟据称《中外日报》主笔汪颂谷于江西铁路借款一事,诬为卖路,叠经请询,既无确据可以指实,仍复始终坚执其说,肆意诋毁。按之律例,显干假公以违言为由,污人名节,岂文明报馆所宜出此,既经迫而涉讼,应即传案,质讯明确,以弥两造之争。惟该报馆股东是否全系华人,有无洋股在内,来禀并未声明,候行公共租界会审委员调查,并一面传知主笔汪颂谷来辕,听候质讯可也。该公司仍将原订合同呈验粘件附。

李伯行京堂已奉命使英,拟于初九日由沪入都陛见。驻芜皖路会办孙季筠观察接沪电已到上海,李京堂拟将皖路事宜,移交孙观察暂行代理,听候皖绅举人接充云。

内子项肿虽消,耳根内尚膨涨,脓出不畅,致彻夜头痛。虽得睡,仍时时呻吟不辍。

到全安五十四号回看伯渊,值出外,留字与之。旋到永安栈,询知张择三已移寓电报学堂云。

初四日(5月15日) 阴。本日《中外日报》插画《"虎头"到沪兴讼"蛇尾"我走罢,有个代表就算咯》,此真恶作剧也!伯严不听前月十二日我所拟对付之词,一了百了,而听一班无意识、不关痛痒之人居间唆耸以至此,一何可叹!曲突徙薪无恩泽,焦头烂额为上客。古今事类然,特局中人常不悟耳!

内子耳根后肿硬，奚先生复以犀黄药末上药线，夜间脓甚难出，膨涨之至。

戴慎先妹倩来寓告知，伊在松江府得胜分卡。接前月廿七苏州信，云轿夫弟染患痧症，请各医诊治，服药不效，慎先因邀孙林轩同往诊视。今晚火车已歇，翌晨即赶回苏云云。忆予前得廿二日熙安手书，廿五日即复之，何期彼一病至此！念之殊焦灼。

初五日(5 月 16 日) 雨。本日《中外日报》浙江路事志要，可资调查嘱锡廷照抄。

奚诗仲未来，内子项脓甚少，肿虽消而绷紧难受，但夜睡尚酣耳。

到商务印书馆编译所会许彻斋，询悉赵秀士之《选举编》错乱，费改削，该馆屏不收售矣。

初六日(5 月 17 日) 晴。贺云因母病回邵伯，请假半月，托彩文代供驱使。

寄还赵秀士从肃之《选举编》于日本东京小石川区原町十六番地松风馆附回信数语于开卷处。

本日《中外日报》续记《江西铁路公司与该馆涉讼事》云：江西借款卖路之事，经本馆发表以后，颇有为难。一闻岑宫保简授邮传部尚书之信，陈君伯严等甚为惶悚，因岑尚书素痛恨路权丧失，亟思挽回也。陈君等遂竭力在上海、南京运动，一面电托北京某君暗中旋转。然本馆深信岑尚书秉性公正，力顾大局，断不至为其所蛊惑也。又该公司与本馆涉讼，特派洋行买办胡捷三为代表，盖恃其系洋行买办，有洋人可为护身符，倘使讼不得直，犹有洋人保护，而局中人转可置身事外也。

奚某为内子挤出项颊之脓，觉稍松爽，嘱以原剂，翌日服之。

初七日(5 月 18 日) 晴。调查江苏铁路公司各事宜：总理一人，王印清穆，月三百元；协理三人：张印謇、王印同愈、许印鼎霖，月共七百二十元每位月二百四十元；董事十三人每位月五十元，月共六百五十元；查账员五人每位月五十元，月共二百五十元；各所长五人每位月

一百廿元,月共六百元;各所司事二十五人计五所,每位月二十元,月共
五百元;各工程师薪水、夫马,月共三千元;顾问工程师二人,每位月
五百元;领袖工程师二人,每位月五百元计薪水三百五十元,夫马一百五
十元,是每人月五百元也;分段工程师三人,每位月三百三十元计薪水二
百两,夫马六十元,是每人月三百三十元也。差费以日计算,每日三元。各学
生薪水、夫马,月共一千三百元;练习学生五人,每位月八十元薪水五
十元,夫马二十元,饭十元。差费以日计算,每日一元五角;毕业学生五人,
每位月一百八十元薪水一百四十元,夫马三十元,饭十元。差费以日计算,
每日一元五角;各监工司事月共四百三十元。

奚诗仲来视内子,项肿已消十之七八,但耳根牙交处尚木。

初八日(5月19日)　晴。洪荫之有字来,云学堂调查费三省共
二百八十两每省摊认九十三两,请予向江西公司拨还。予复书言须俟
益斋兄回沪,询明应归何人拨付,照办可也。洪又问捷三住处,告之。

奚诗仲来,药末敷内子耳根,初次松爽,次渐紧。夜虽得睡,迨次
日天明,复以是药敷之,陡然红肿内痛,急洗去之,乃差愈,不知是何
变怪,须奚来问之。

初九日(5月20日)　晴。本日《中外日报》三志《江西铁路公司
与该馆涉讼事》云:本馆前访得端午帅有电致上海道瑞观察,极力耸
恿借款造路诸人与本馆涉讼,兹将其电文补录如左:"上海瑞道台鉴:
二月十四日《中外日报》载《政府重视滇黔论说》,以陕甘、江西之借款
造路为卖路,诬诋太甚。陈伯严拟赴沪延律师与主笔讼质。吉帅无
端被谤,吾党亦共抱不平;其牵涉之黄道中慧,闻平日极有风裁,当亦
不肯任受。华报动辄造谣牵诈,淆乱是非,影响所及,足以败事。黄
道现在沪否? 如能与伯严合力讼质,执持到底,务使斥退主笔,治以
相当之法律,实于政界、报界均有裨益,不仅为个人名誉起见,乞邀致
商办为要。方。二月二十一日。"按,午帅此电不知是何用意,何以知
江西铁路公司必非借款卖路,何以遽坐实本馆为诬诋? 岂借款卖路
之事,为午帅所深许耶? 抑别有所深恨于本报,而故为此举耶? 是皆

非本馆记者之所敢知矣。——近闻江西铁路公司既遣某洋行代表控告本馆，陈伯严潜回南京之后，午帅又为之尽力设法，密示机宜，必坐本馆以诬陷之罪。近日朝廷有斥革^①谏臣之举，而疆吏又有抑制报馆之思，我中国所谓立宪之预备如是！如是！

信昌隆曾瑞麟电话，约予于三钟至彼处言事，盖洪荫之欲向胡捷三处支银也。予既晤瑞麟，告以益斋既不在沪，此事问明总局如何发付，最为妥当。

包竹峰充当盐捕营收支委员，局在南市海运局，已到差矣，予于晖翁处转候之。到吉升栈晤江西铁路局总支应黄君子修印邦懋、浔局会计处吕君鹿笙印道象，两君均自九江来沪，经理放款也。江西所借之一百万，存本省城四十万，九江十万，上海户部银行二十万，义善源票庄三十万。总办回省，伯严现尚在南京，刘晔如回赣郡办矿务，九江路工暂停云云。

奚某来，以黄色药调鸡蛋白敷内子耳根，至夜尚红色，内紧甚，口门渐小。

得夔诗初七日来信，言熙弟病已痊矣。

浙江铁路公司第二次股东会送予入会凭单。伯行京卿入都，差帖送行。

初十日（5月21日）　晴。剃头。本日《时报》载九南铁路所招小工人数既多，良莠不齐，平日恃众滋事已非一次，讵料初六日傍晚，又因索取工资不遂，向新坝分局鼓噪，顿将该局捣毁一空云。

《时报》又载《福建铁路工程师衔名》云：闽省铁路路线经已决定由厦门起点，开工在即，各工程师皆用华人，兹将衔名、籍贯调查详列于下：总工程师陈庆平，字怡堂，福建长乐县人，候选知府。福建船政制造学堂学生、留学法国巴黎桥路学堂毕业生，历充津渝铁路副工程师、京汉铁路南干副总工程师；副总工程师王回澜，字幼谷，福建闽县

---

①　日记作"斥革"，当为笔误。

人,五品衔,候选知县。福建船政制造学堂学生、留学法国武备营造学堂毕业生,历充京汉铁路南干工程管工,测量汴洛全路路线,办理汴洛头二段工程段长;测量师兼段长陈锡周,字芸侯,福建闽县人,五品衔,湖北试用县丞。福建船政制造学堂毕业生、历充测量京汉铁路南北干线、南路工程管工、北路养路稽查;副测量师林兆燕,字景山,福建闽县人,候选县丞。福建船政制造学堂毕业生、历充台北铁路测量、船政绘事院教习、船厂监工;副测量师林鉴殷,字述祖,福建侯官县人,候选县丞。福建船政后学堂毕业生,历充台湾舆图局测量、沿江、沿海水道图说、粤汉铁路翻译、测量粤澳铁路界限。

本日《中外日报》载浙路运输部长调查之报告,亦资调查。两钟往贻德里谒浙江铁路总理汤蛰仙京卿,旋往愚园晤之。京卿宁波樊时勋在旁,印菜谈及伯严与《中外日报》主笔汪颂阁构衅颇深,太息继云:三月十二日两造约齐,罢论可以下去矣,乃其后犹必递禀道辕,窃以为伯严过矣云云。

今日为浙江铁路第二次股东会。予既与来宾之座,乃略纪于此:(一)新闻记者、来宾、经理处入座;(二)股东入座;(三)总、副理,董事、查账人入座;(四)总、副理布告开会辞;(五)推举议长;(六)总、副理报告;(七)提议事件;(八)预留前任董事;(九)选举董事、查账人。按提议会共三天,今日所议者银行自立附股,先尽股东,并定招银行股份截止之期。股本拟一百万元,路本付银行五十万,另招外股五十万,先收四成之一,路本、外股均如此,俱经认可,只须定期开行云。携回之件:商办全浙铁路有限公司第一次账略刊本一本;股东会第一次议事录刊本二本;浙路公司股数分籍表一纸;浙路公司优先股本明细表一纸;一百整股以上、五十整股以上股东名号一纸;伸说第一期年息摊算之理由一纸;杭嘉路线述略三纸;杭嘉第一段江墅线用费表说三纸。浙江铁路工程师劳志君,中国人逊五——黄礼南——李小亭——邵闻远;张某,嘉兴人;工程师之下只有测绘学生数人而已。

"停翠轩"匾额字甚佳。有联云"人海独寻诗,在马远画中,春申浦畔；夕阳闲把酒，正大江东去，怒浪西来。光绪三十一年十二月，汤寿潜撰句，张謇书"。

　　奚诗仲来为内子项口重上药线，外用至凉之敷药。是夜，项绷甚紧，五更后始得睡，次日出脓甚畅，继之以红血水，似毒气从此渐少矣。

光绪三十三年丁未(1907)

（四月至八月）

（原稿封面手书：第二十一本，起丁未四月十一日，
　　　迄丁未八月二十日）

四 月

光绪三十三年丁未四月十一日(5月22日)　微晴。阅汤蓉峰
《考察新政之一斑》。内子项毒，自前月廿一日请奚诗仲开刀，十数日
中出脓甚多。服药敷药，消肿退红，以为将可收功矣，遂缓歇三两天，
未上药线，致余毒未尽结块，绷紧牙关，仍不甚开。但头痛全愈，项亦
不甚痛耳。晚间，奚诗仲于原口仍为之安药线，于距口六分许自成脓
顶，用药引之使破口。饭量尚好，夜睡亦酣。

浙江铁路股东会集愚园之次日，大略情形：留任旧董事，新选定
各董事，票举查账人。选举事竣，众股东推张菊生君代表致谢。总副
理略言，江墅路工不日告成，用费又极核实；又言汤总理勉从众股东
之请，由议长收回退职意见书，众股东实为欣悦。但新董事成立以
后，即须提议总副理不领薪水之事，务请勉徇众意，总副理照去年议
定之数支领。末又致谢旧董事、查账人办事勤能，众情允洽；又致谢
议长、纠仪员及职员，办理会场事宜，诸臻妥善。众皆鼓掌，遂即摇铃
而罢。

十二日(5月23日)　阴。本日《时报》载江西铁路广告云："本
公司前因《中外日报》屡次造谣，诬蔑卖路，由陈吏部伯严致电，索其
实据，并告以至沪讼质。嗣经公证人出为调处，汪君穰卿复由京来，

面诉苦衷,及有所蔽隔情形,本公司乃不得不为曲谅,允以暂缓呈控,以待该报自行更正。不料汪颂谷始终挟畏惧讥评问题,以更正为难,延宕多日。本公司以事关大局,不得已,乃派商部注册铁路董事及签字担保之胡君捷三为代表人,向上海道署呈控。乃本月初三日,该报又记'江西铁路公司与本馆涉讼'一条,窥其用意,实欲借公司派代表人讼质一节,推托不肯到案,以免到堂讯实,将无据诬蔑等情败露。其措词支离,尤为可笑。总之,此案重在彼此质证时,交出诬蔑等词实据。本公司所派代表人既为商部注册董事,复为担保此款之人,实系正当办法,为此特行声明。此白。"

　　本日《中外日报》馆特别广告云:"陈伯严于二月中遍登各报广告,声言将与本馆涉讼。一月有余,尽人皆知。其始用恫喝手段,本馆不为所动,乃又迭次托人前来调停。本馆复令宣布借款合同,果属妥协,可以照章更正。乃陈伯严始终不肯宣布合同,迟至三月杪,挽一洋行买办,出为代表,向道署呈控,而自己并不出名。且于递呈之后,即行潜回南京运动,其情虚已可概见。如果真非借款卖路,何以始终不肯宣布合同,且何以登报之后,又不敢自己出名控告。此中情形,世间尽有明眼人,无待本馆赘述矣。本馆主笔业已准备到堂对质,听候裁判,不肯遣代表出面敷衍。惟该公司所派代表之胡捷三出身卑贱,且系案外之人。本馆主笔不能与之对质。至昨日《南方报》所登'胡捷三致本馆告白',谓并无恃洋人为护符之事云云。试问此次出为代表,岂非明证? 其他各语,任意谩骂,本馆亦不屑置答矣……①"该报论段芝贵借洋债以行贿,篇中语多映射。

　　昨日胡捷三致《中外日报》馆云:"捷三昨游惠泉回,阅初六日贵报续志江西铁路,直指鄙人代表恃洋人为护身符一条。鄙人江西人也,代表乃应尽之义务,敝公司已控贵主笔汪颂谷于道署矣。果有确据,呈诸公堂,敝公司无所逃罪;如无确据,则颂谷凭空捏造,咎有应

---

　　①　此系原文省略号。

得。一经质讯，是非自明，何必今日登一报，明日插一画，藏头露尾，舍正道而不由耶？惟既污指鄙人，是又欲与鄙人个人交涉矣。今即以个人意见，专问贵报载鄙人所恃为护符之洋人究系何国何名，有何经验，有何凭据，曾于何时何事，倚仗洋人，与人发难？务望于三日内明白指出，无以疑似忖度之言搪塞。谅贵报必有确凭确据，不致专事捏造，凭空诬蔑为宗旨。或有谓贵报存心轻薄，有才无品，只逞快一时之笔墨，及经问难如辩论《□①报》"锵余"赈灾，《□□②报》插画及《□③报》论浙路等事。便理屈词穷，任人笑骂而不之顾。然鄙人固深信贵报厕身报界，必能文明，断不出此。亟盼贵报早日声复，勿偶中人言。幸甚！"

奚诗仲两次来为内子上黑药线，谓药中有当门子。是夜脓出亦不多，自成之脓顶，尚未破口，但睡尚酣耳。

十三日(5月24日)　阴。为张春敷折扇书小楷。奚诗仲来为内子两次看项毒，自成之脓顶亦开刀分许，见血乃安。进寸许之药线，前所破口亦安药线，共贴一膏药。至夜，浓水淌出，乃均抽去药线，换膏药。睡尚安稳。

印兄经胡葵甫方伯派在琼州府电报局，月得薪水数十元，当满三年，可得保举。顷有电属庚春，送其妾及子往琼，不日即起程。今午，印兄之妾张氏携子至予寓告知内子如此。

十四日(5月25日)　晴。张瑞卿印毛子自丰来，寓自来水桥隆昌铁条店。早间至予寓，以香菇见赠，并交来池春弟妇与内子信及所寄之五色衣线、豆豉、黄豆等。伊子女星元、珊珊，均渐长成，而余之申孙则殇逝已十阅月矣，念之隐痛。

奚某两次来为内子换药线。夜出脓水，绷处走动仍不甚松爽。连服象牙末，云可消浆块及生肌，不至内腐之弊。

十五日(5月26日)　晴。礼拜。奚诗仲来为内子换药线，云须

_____

①②③　此空格符均系原文所有，系有意隐去。下同。

多服象牙末，因给洋，托伊配制。

今日《时报》添登《江西铁路公司广告》云：《中外日报》馆主笔汪颂谷造谣，诬蔑公司卖路，事关公司全体，由公司推派董事胡君捷三代表与之质讼，实正式办法。该主笔倘有确据，自必亟于赴案质证。今乃托辞不认代表，试问以公司之董事而谓为案外之人，不能代表公司，岂非无理取闹？至谓胡君出身卑贱，尤为荒诞。查胡君曾祖周询，壬戌进士，历官贵州绥阳、安徽贵池知县，入祀名宦祠；祖泽桓，浙江宁海知县；父其栋，署广东乐会知县。捷三弃官而商，营业清白，乃汪颂谷毫无稽考，遽肆诋讥。试问颂谷之父，独非广东知县乎？谓之为出身卑贱，可乎？又谓胡君出为代表，是恃洋人为护符之明证。夫胡君以董事之资格，为公司之代表，与外人丝毫无涉，何从见其恃洋人为护符，令人百思不解。种种遁词，无非为觊免到案起见，其情虚畏罪，难逃公鉴，为此登报声明。谨白。

为内子复池春弟妇信，并寄饼干、洋皂，仍托张瑞卿带丰。复夔侄信。苏州胭脂桥黄公馆。内子夜觉项紧，服黄蓍。

十六日（5月27日）　阴。晨起，往隆昌铁条店回看瑞卿，并托带寄丰函件。致印兄书由伊亦太带去。为内子致十一妹信，寄苏州胥门内饮马桥黄公馆。

今日《中外日报》云："昨见江西铁路公司广告，情节甚为支离，本馆不能不申辩。查陈伯严发电诘问，登报布告，声言与本主笔涉讼，均系自行出名，乃具呈控诉之时，忽遣胡捷三出为代表。具呈之后，又即潜回南京运动。试问情虚畏罪，为陈伯严乎？为本馆主笔乎？恐亦难逃公鉴矣！

至胡捷三由洋行式老夫，升充二买办。论其出身，恐未能谓之高贵。既为买办，则遇有讼案，即阴有洋人为后援，谓非恃洋人为护符，谁其信之？至该公司广告抛去本题，横生枝节，冀本馆缄口不言，而借款合同至今尚不敢宣布。然则借款卖路之事，非独不能缄本馆之口，恐亦不能掩天下人之目矣。"

今日《南方报》《时报》俱载告白云:《中外日报》馆汪颂谷鉴:本公司连日又阅贵报所登种种离奇谣言,层出不穷,辨不胜辨。姑举一端,即如贵报前登二月十四日《政府重视滇黔论说》,所言陕甘、新疆卖路之事,在上海一带所行之报则言伊犁长将军,在南京一带所行之报则言陕甘总督升允。以同日之报、同题之文,歧异若此,实为报界从来所未有。夫卖路是何等关系,阁下于此事究竟以为是长将军所为,抑系升总督所为? 尚未调查明白,辄复信笔罗织,可见任意诬蔑是阁下之惯技,明眼人亦必能知之,无俟本公司之再赘一词也。江西铁路公司白。

奚诗仲来为内子新口门上半药线,原口门竟不用药线矣。因项上有紧痕一条,用药水擦之,微松,仍服象牙末。到新北门眼镜店。

十七日(5月28日) 晴。今日《中外日报》云:江西同乡注意!江西邹殿书观察凌瀚致陈伯严吏部三立之函稿:"今日江西商会驻沪局之罗、戴二公来敝寓,声明以沪上商会诸同人,绝未与闻此次阁下私交涉外款之事,何得盗用'江西上海商会全体'字样担保及介绍等语,以哄骗北京京官同乡人等云云。弟以此事案发之后,自有该商会中人受累,赔偿洋人之百万两本利银款,与弟无干,亦不必干涉。然此次铁路公司中诸董事及在省之绅耆,亦皆绝未【经】会议、未经公认签字,将来案破,亦惟阁下一身,及到场签押之人是肩其责任,请阁下明以示我。先书立'弟未与知,决不连累'之笔据授弟,以为永远文凭,否则弟等安肯甘心受此奇害耶。如公不暇惠教,请夏鉴臣兄间接亦可。此颂! 伯严大兄先生财安! 十六日午后,凌瀚顿首。"

本日《时报》载江西铁路公司最近对于《中外日报》之驳覆云:敝公司昨登广告所言各节,不料《中外日报》于无可遁饰之中,仍以游辞支拒。夫该报诬蔑敝公司,事关公司全体,并非陈伯严君个人之事。即涉讼,亦系敝公司与该主笔交涉,不过陈君与该主笔素识,故首先发电诘问,乃该主笔必认定陈君一人为原告,岂非无理取闹之尤。又谓陈君具呈后潜回南京运动,请问该主笔"潜回"字义,系何界说? 陈君家住南京,因事附轮暂归,何为"潜回运动",此语尤为可笑!至胡君捷三之身价高贵与卑贱,自有公论,敝公司毋庸赘辨。惟该报云:既为买办,遇有讼案,即阴有洋人为援。查胡君为买办系一事,其以董事代表公司质讼又系一事,绝不相蒙。乃该主笔以想当然之法,断为阴有洋人后援,试问果能指出洋人何名?若此,其言则一为买办,即无论何事,只有衔冤受抑,一诣公庭,即系恃洋人为后援,而凡为买办者皆苦矣。至借款合同,早于二月初旬在该报诬蔑敝公司卖路论说未登之前,已托某君转交《□报》登布,因《□报》稿件大多积压,未及刊登,而该报诬蔑卖路之言已出。敝公司既立意兴讼,此项合同自应俟当堂对质,始便呈出,特向《□报》将稿底收回,此缓宣布合同之原因也。总之,合同无论迟早,必行宣布,惟该主笔既诋为卖路,自必确有卖路实据,何必一再借口以敝公司合同未登、不敢宣布为辞。倘敢到案对质,自当将合同当堂呈出,听候裁判。届时自有法律之公断,此时正不必再施游辞,贻笑社会也。

庚春不愿往粤,拟结张瑞卿伴回丰。午间来公所,并到予寓辞行。黄十一妹昨日有寄内子信。奚先生来。夜邀张瑞卿天乐窝茶叙。

十八日(5月29日) 晴。今日《时报》载驻沪江西商会戴穆哉、罗海帆告白云:"同乡邹殿书君素不相识,曾于去年南昌教案闻其名。此次于初九日来拜,十五又衣冠来拜,均未晤面。初十招饮于清和坊,亦以事辞。十六往泰安栈访友,便道答拜,仅寒暄数语去。乃阅十七日《中外日报》载'江西同乡注意'一条,所载鄙人来寓声明等语,殊深骇异,诚恐此后更有谣诼牵扯,用特登报剖白。"

十六日上谕:"江苏提学使着毛庆蕃补授。"十七日上谕:"两广总督周馥,着开缺,另候简用;岑春煊着补授两广总督。"十四日孙燮臣相国家蕭寄李仲轩一作仲宣中丞经羲电云:伯行出使路事,举公接办,群情允协。按仲轩中丞现在南京,此电寄由驻沪安徽铁路公司转达。

到平安街,以白玫瑰酒二瓶赆庚春,并托带寄吴太岳母及毅馨太太饼食。值庚往北头,诸件由又春弟妇转交,致印兄信即交张亦太。奚某来。

十九日(5月30日) 阴。仆人贺云禀知:三月初八抵邵伯,初十伊母即逝。伊拟迟迟来沪,函催之。

电传十八日上谕:"邮传部尚书着陈璧号玉苍补授,度支部右侍郎着林绍年补授。"

皖省同乡既公举李经羲为铁路总办并会议,诚恐权限不清,特于总办外添举苏慕东主政、孙寄云观察二君为副总办,程韵笙、洪铸生、金伯平三君为总干事,三君皆日本东京大学毕业生。分定权限,不得逾越侵占,以免贻误。

《时报》载《江西设立教育会咨部立案》云:学部定章各省均须设立教育会,由绅经理,以辅官力之不及。赣省学界同人已就省城曾文正公祠组织教育总会,公举陈部郎三立为会长、刘主政景熙、魏主政元戴为副会长,禀请提学使林公开谟转详抚台咨部立案,现瑞中丞良已据情咨行学部矣。

奚诗仲来视内子项毒,将收功,惟筋尚紧耳。

二十日(5月31日) 晴。今日《中外日报》云:本馆对于江西铁路公司最近之宣布,昨又见江西铁路公司告白,措语更极支离。查本报指江西铁路公司借款卖路后,陈伯严即电致本馆,有龂舌自杀之语,岂非引为己任,如谓公司涉讼,可请代表,则陈伯严亦有代表之资格,何以不肯出名,必请洋行买表为代表。该公司称合同早欲宣布,则何以具呈控告之时,又不将合同抄呈。且该公司合同如果无弊,则早日登出,即可坐实本馆诬蔑之罪。凡人不愿受恶名者,无不欲急于剖白,而该公司乃故为从容如是,殊令人不能无疑也。其他琐琐之事,不足置辩,故不答。

"江西商会暨戴穆哉、罗海帆二公同鉴。穆哉、海帆二公乡台同鉴:昨阅二公登报,殊为骇异。二公在敝寓所论路股百万一事牵涉洋款,并商会绝不知情等语,颇觉义形于色。同时有同乡人况宝臣兄在座,共见共闻,安得云无耶?且云以此事,二公颇招人怪云云,吾以凡事当面则实,宜请陈伯严将合同真稿及函电稿出示众人,是否牵涉贵商会二公,又云不必再查,确已牵涉商会字样云云。其语甚长,不暇细述,只记问君以陈所假名出面之人是否巨富?二公云,业已亲向该公司查问资本若干,勉强答以十万,安有力附股百万金耶,确是洋款无疑云云。吾以既是洋款,他年必生风波,贵商会恐亦不能无累。以明明有担保字样,闹了许久,无人出首举发,即为默许之证,他日何得再有异言。况此事与吾无涉,吾亦不愿与闻。但托二公告知众人以我不知情,我求免累而已,索得'陈伯严永不拖累'之字据在函中,吾窥破若辈之技,在京则以上海众商会担保为言,在上海又以北京官主持为言,处处以虚景照镜之法,令人不可捉拿,殊不知异口同声,以利则归己,害则归人为目的,窃为上海商会同乡人危之也,于二公何惜耶?前日衣冠乃拜官场,非拜二公,幸勿误会。此颂日祉。邹凌瀚顿首。"

奚诗仲来。

廿一日(6月1日) 晴,阴。内子项毒外面似可收功,惟喉内近觉有核,吞咽食物,微觉不便,恐又系肝气或风痰所致耳。

今日《时报》载《江西铁路公司最后驳复〈中外日报〉馆》:《中外日报》馆汪颂谷鉴:本公司对于足下,并无应行宣布合同之义务,必对于裁判官始有应受检查之责。足下所谓卖造确据,事关诬蔑名誉,为本案第一关键,亦自云此时未便宣布,何以反欲本公司先布合同。本公司现既委托董事胡捷三君代表此项,合同自必当堂呈出,听候上海道检查。足下倘敢到案,凡两造与案情有关系,届时问官应行传询者,均无不到之理。目前只问足下之敢到案不?敢到案正不必牵东扯西,巧为诿避也。

《时报》又载邹凌瀚君即殿书鉴:"顷阅《中外日报》续登告白,骇绝诧绝。足下毫无凭据,徒以凭空臆造之词,居然委婉曲折,一再加诸于人,噫!可鄙已!仆等商界中人,无闲功无闲钱,且无闲笔墨与之辨别。念足下亦同乡人,尤不愿以口舌是非,贻人笑柄,幸自量自爱，勿再横生枝节。倘此后仍有牵涉，荒乎其唐，惟有置诸不闻不问之列而已。驻沪江西商会戴穆哉、罗海帆告白。"

奚诗仲来，云内子喉近处似有核者，盖血脉未通耳。

廿二日(6月2日) 阴。礼拜。今日《中外日报》载公牍(本馆呈上海道文)："为请传江西铁路公司总协理亲自到案，以便质证虚实事。窃报馆职司纪载，苟有所闻，例得刊登。至于国权所在，地方利害所关，则尤得尽言无隐，以冀挽回于万一。江西铁路公司自去年以来，人言藉藉，咸谓其有私借洋款情事，足为全路之累，某某既确有见闻，得有证据，奚能置而不论。讵该公司因敝馆揭发其隐情，二月十六、十八、十九等日，即由该公司协理陈伯严即陈三立发电诘问，声称将到沪讼质，一面即将各电报登报宣布，直至日前，始闻其向台前具呈控告，由胡捷三为代表。查胡捷三系洋行买办，与所控之案风马牛不相及。该公司若欲质证是非，则陈伯严来沪已久，何以具呈后，陈伯严即行离沪，不静候传质，但派一与案无涉之人为代表，显蹈图准不图审之陋习，视公事如儿戏，使该公司近来所为之事，无由水落石出，而敝馆之名誉转为所损，此敝馆所不能忍受者也。为此，具呈台前，伏迄迅传该公司总理、协理到案对质，某某亦当据所闻见详悉陈述，听候秉公判断，大局幸甚。谨呈……①"按，右呈于本月初五日投递。

《中外日报》又载李钦使不愿赴任，云李伯行星使奉命使英，已见前报。但星使不愿赴任外洋，在京竭力运动。因之英使一差，尚有调动之消息。

写寄李芗垣方伯信。兰阶来，告知王纬辰大令为荐商务印书馆发行所办书记。朱锡廷回无锡，家有要事，有字告予，约一礼拜可回沪。锡廷住无锡西门外大徐巷。

廿三日(6月3日) 阴雨。寄南京陈伯严吏部信。今日《中外

---

① 此系原文省略号。

日报》载《江西铁路近事述闻》:江西铁路公司协理陈伯严曾潜请其同乡至好,现为江督幕友之某君运动,端制军代为出面,将借款卖路等事尽力洗刷,表明其并无私弊。端制军因其恳求甚切,故允为办理,务使陈伯严涉讼得胜,以保全其体面云……又闻陈伯严至沪,挟资颇巨,专为运动之用。一俟布置就绪,即当挺身到案……又闻江西铁路借款合同共有两份,一为可以示人之合同,一为不可令人见之合同。

　　四月廿二日上谕:"广西巡抚着张鸣岐补授,广西布政使着余诚格补授,广西按察使着王芝祥补授,安徽按察使着郑孝胥补授。"按四公皆岑春煊所面保,故有此谕云。

　　奚诗仲来看内子项毒,可收功,但面浮肿,气虚。

　　廿四日(6月4日)　晴。剃头。往大吉楼购扇子,就便喝茶,并诣紫阳观买白玫瑰酒。今日亥刻北京来电,皇上得病,甚重。

　　廿五日(6月5日)　阴。往谦吉里郑苏盦京卿处,贺其皖臬之喜。闻京卿经端午帅奏保,有继唐绍仪后得奉天巡抚之消息。

　　廿六日(6月6日)　阴。写折扇及笺联送奚诗仲。内子项毒已收功矣,此甚得奚诗仲之力,是以送奚联云:"中和霭若春三月,上善清于水十分",盖既赞其技能,又佩其人品。此症、此地得此人,甚非易易也!

　　班侯来言,随毛学司入都,经过沪上,不日即行。毛公既避不见客,予亦不往谒。晚间到吉升栈访伯严,值其他出,留字告之。

　　廿七日(6月7日)　晴。今日《中外日报》插画系拍照浙江江墅铁路图……①又载《江浙铁路采木公司禀准半税》云:"奉天浑河采木公司系江浙铁路合办,去冬及今春所采材木,行将出口,该公司经理陈、柴二君皆于月半至奉天,为请免税事向督辕具呈。本月十七日奉赵次帅批云:'查建筑铁路原为转输轻便,力图公益,以挽利权。该公司所运木料,自与寻常贩运不同。据称京、汉、沪、宁等处铁路,凡采

---

　　①　此系原文省略号。

运木植经过内地,均行减税等语,既系有案可援。所有江浙铁路材木公司采运木植经过厘局,准减半税,以示优异。而维路政仰东边道立,即转饬各局卡,一体遵照。应如何发给护照之处,并由核道酌核办理,具覆查夺。'"

《中外日报》又记《九南铁路近情》:九南铁路开办已阅两年,所入之款局用夫马、薪水开支不少,工程则仅挑筑车头、土方少许,其应用地段以及木料、铁斤迄尚未闻购备。至于此次借款百万,每年周息七厘,而存放之息则入不敷出。闻该公司预算路线计程二百四十里,需款五百万,现仅借得的款百万,是所短已属甚巨。若再无款可筹,长此开支、赔息,路工既难告厥成。其所借之款十年期满,正不知作何应付云。

昨夜在文明游戏园试各机器,知予身重一百六十磅合百二十斤,手力四百五十磅合三百三十七斤八两。偕兴伯到招商内河码头候毛方伯。到吉升栈晤伯严,湖南吴蓉初亦在彼。

廿八日(6月8日) 晴。洗澡。

电传上谕:"郑孝胥调补广东按察使,安徽按察使着朱寿镛补授。"江西铁路公司对付《中外日报》之广告今日撤去《时报》撤,《南方报》《新闻报》仍登载,《新报》亦登载。

得熙安廿四日信,言将搬居西支家巷高姻伯公馆。夜在伯严处,捷三、跚五亦在彼。捷三言益斋所开之谨德恒洋货店,在金隆饭店后,赵止斋管事,而资本出自益斋。且恐以江西铁路公司出名立约,将来倘有折阅,则公司受其亏累,不可不察、不可不告也。又去年腊月由伯严处拨银一万两,由益斋付赵止斋购办水泥,后因货未得到,故今正益斋入都为催讨止斋之货也。而止斋实在沪,此不可解。益斋既领薛次申观察股银万元、胡方伯股银八百三十两,尚未出数,又另付一万两购办水泥,此尤不可解者也。捷三又言,益斋前当制造局差事,官不过盐大使而已,近数月始加捐道员,上兑之银大都取给经手诸款云云。

廿九日(6月9日)　阴雨。为洪诱初书折扇,旋到诱初处谈,述及安徽公司彩票额设六万张,近来行销不畅,乃变通办法,每票一号,只减售洋三元五角。每票一号原分十条者,只五条出彩,或前一、二、三、四、五,或后六、七、八、九、十。该号未出彩之五条隐抽作废,是以中头彩原应得三万元者,现亦只得一万五千元,余皆仿此,可谓巧于济变者矣。

本日《时报》载上海道瑞批《中外日报》馆汪诒年禀批:此案紧要关键在调查合同,核明条款意义,究系息借,抑系附入洋股,即可分别两造之是非。原告代表胡捷三系属公司中人,承办公司之事,既非与案无涉,于合亦无所轻重,何不可由其呈验质讯,俾资速结而释群疑。惟原告江西铁路公司协理陈三立,既经来申,自应到案以免借口。昨据英领事面告,谓两造均在租界,应照向章办理。仰会审委员关太守遵照查明《中外日报》馆是否洋商所开,照章传集质讯,具报此批续禀粘发……①

本日《新报》载《中外日报》馆主笔汪诒年续禀沪道文:具呈《中外日报》馆主笔生员汪诒年为再行具呈,谨候批示事。窃前因江西铁路公司以生员指斥该公司卖路毁坏名誉等,因在台前控告,当以事关重大,恳请迅传该公司总协理到案对质,于本月初五日赴辕呈诉在案。时逾半月,未奉批示,至为翘企。伏查该公司事务,均系协理陈伯严即陈三立与总理李有棻互相主持,伯严先经声明到沪与敝馆讼质,何以具呈控告,忽又避匿,不自出名,另遣一洋行买办出为代表,显系有所畏避。既经到官涉讼,该总协理为一公司之主,自应亲身到沪,听候传质,何得擅用代表之名,玩视法律。且陈伯严近已复来沪,似无不可传令到案之处。今生员奉会审公廨传令,赴辕候讯,除声复公廨委员外,为此再行具呈,恳祈批示,只遵实为公便。谨呈。

三十日(6月10日)　晴。今日《中外日报》载第三次呈文:为续

————

①　此系原文省略号。

恳饬传原告迅速到案以备质讯事。窃某某两次具呈，恳传江西铁路公司总协理到案，以备对质奉批等。因仰见明镜高悬，曷胜钦佩。该公司协理陈三立既奉批示，指为原告，并蒙谕令到案，陈三立自应遵谕呈验合同质讯，不得再遣胡捷三出为代表，以免多生枝节。惟恐陈三立又复借词离沪，希免当堂质证，则既有违批示，此案亦永无水落石出之一日，为此再行具呈，恳请饬下会审公廨委员，迅传原告陈三立遵谕到案，毋再擅离上海，致令要案久悬。某某亦当谨遵批示，与原告当面对质，以期仰副宪台速结释疑之至意。谨呈。

《鹦鹉笑人》，寓言小说。

江西景德镇瓷器甲于全球，盖以窑厂得天然形势，瓷料亦足以供其用。据《中国地理教科书》载有柴窑九十九座，陶工达数万人，全国瓷商麇集于此，岁值四百万云云。近闻实不止此数，但制造未精，实为瓷业一大缺点。近有日商木塚治三郎前往该镇考查瓷器，其存心概可想见。当此商战时代，留心实业者应如何亟谋进步，俾免利权外授耶。

《时报》载江西乐平产靛，行销各省，久已著名。赣省铁路局以米、谷、茶、木、夏布等项，均已设局抽收路股捐银，现又拟抽收靛捐，归湖口局抽取，议定每靛一桶，抽洋一角五分，五月初一即须实行。

廿一日江西铁路公司最后驳复《中外日报》馆一条，今日尚载之《时报》。

剃头。到商会晤戴穆哉、罗海帆。谦德恒即赵公馆，止斋所寓之处也。在金隆饭店后第二巷西边第一家。到吉升栈晤伯严、捷三，并有浙江某在彼，与谈论《中外报馆》一案，盖事已迫切，谅非过堂不可。闻该馆以提案归会审公堂，颇鸣得意，或其中可上下其手者乎，未可知也。

捷三由瑞麟处送来义善源五月初一规银票二百两，盖四、五两月四省铁路公所之经费，由予转交公所。

五　月

初一日(6月11日)　晴。昨在文明游戏园,观海狮向人索食之电照,悟得电光影戏之理,盖随世界所有像,拍照不已焉耳。故或用照片,则照片累数百千张,以尽其变。片片递换,而以轮轴转之,则但觉其流动活泼,而不知千变万化者,片片之像以次改,即片片之像各不同也。此海狮索食之电箱内容如此,至电光影戏,则随世界所照之像,不用照片,而用照条,其千变万化,则条中段段以次改,即条中段段之像各不同也。照条收束圆轴之上,以轮机随转随出,出尽乃已。此照条藏于小匣中,其前安凸式透光镜,是以影射对墙,能放大其形。设使轮机偶停,则对墙放大之形亦偶停。彼观者但觉电光煜煜者,不过轮机速转,一气将照条转出,绝不停顿而已矣。

江西公司对付《中外日报》最后之驳复,仍登《时报》等报端,而《中外日报》最后之驳复亦未撤。

《盗诳》寓言小说甚佳。《申报》四月三十日戌刻北京电云:"新简驻英钦使李经方所调随员多系至戚,外部颇有微辞。"

彩文患面肿,陈斌替工。吉升栈访伯严,已移居三马路西旅泰番菜馆。到曾瑞麟处,并晤包晖翁、储香传。

初二日(6月12日)　密雨。本日《中外日报》载江西铁路改移车埠之纷争:南浔铁路车埠,去岁业已勘定九江龙开河地方,今岁另聘日本工师改勘车埠地方,现省城绅、学两界均大不为然,纷纷争辩。农工商矿局委员胡绅明蕴印发珠争之尤力,总办李有棻已电致浔局总理陈三立、刘景熙商办云。

《中外日报》:《强盗公馆》时事小说。江西铁路公司及《中外日报》彼此最后之驳复仍旧登载。阅《茄乃茵传》。

初三日(6月13日)　阴、晴。到旅泰访伯严,谈及对付《中外日报》馆,以为非主战不能议和。今晚伯严暂回南京云。《南方报》馆德律风约言事。

初四日(6月14日)　晴。今日《时报》登伯严所撰《江西铁路公司呈上海道文》：

具呈：江西铁路公司呈为声明案由，仍恳饬传亲讯，以维路工事。窃敝公司前因《中外日报》馆主笔汪诒年即颂谷诬蔑卖路一节，业派公司董事胡捷三代表，呈奉批饬传知主笔汪颂谷来辕听候质讯等因。旋据该被告亦呈请到案对质，听候秉公判断各等因在案，乃昨见该被告又将续呈刊登该报，并叙明钧批有"昨接英领事函告，谓两造均在租界，应照向章办理，仰会审公廨关守遵照查明《中外日报》馆是否洋商所开，照章传集质讯具报"云云。敝公司祗诵之下，至为骇异。窃维此案肇讼之初，系控该被告登报诬指借用洋款，又坐实卖路种种诬蔑之故，先经该被告承认在中国公堂控告，是以敝公司呈请仁台，勒令交出卖路实据，其自行登报声覆，亦有"卖路实据此时未便宣布"等语，是该被告必另有卖路实据无疑，岂仅如尊批所云"调验合同、核明条款意义"已耶？该报四月二十三日，该被告又云，敝公司"借款合同共有两份，一为可以示人之合同，一为不可令人见之合同"，不知合同以两造签字，公司关防咨部存案为信，该被告何所见而云？然法律以证据为凭，果如此说，虽敝公司遵及呈验合同，亦未必能折服其心。而迭次批示，于卖路实据，始终未向追诘，恐犹不足以满其意。总之，案奉批讯，两造曲直，自应静候问官公断。乃被告自恃报馆主笔，仍一再在报上丑诋，任意插画，甚至敝公司注册董事，亦诬为"出身卑贱，恃洋人为护符，阴有洋人为后援"，纯以私见淆乱是非，此岂重视法律为文明之报馆所宜耶？

敝公事总董陈三公，经营路务，往来宁、赣之间，有何情虚畏避，派一董事代表指控，现既幸奉明鉴，谓"非与案无涉之人"，该被告更何所借口。然与案情如有关系，苟奉堂谕，应行到案询办之处，敝公司总董遵即前来对质，但如该被告所云"毋得擅离上海"，意在借讼羁留，以遂其败坏路局之计，居心尤为险恶。此种无理取闹，只有任其专渎钧听而已。至敝公司所以赴贵衙门呈控者，良以卖路何事，诬蔑何事，非租界寻常案件，必照章以原就被者可比。贵衙门统辖苏、松、太三属租界，重大案件由贵道台亲审者甚多，是以前次呈控，奉批来辕候讯，均系照章办理。

现敝公司代表胡捷三候审已久，该被告又承认中国人应在中国公堂控诉之说，并奉廨员传令赴辕候讯，如凭一领事之函告，将裁判华人诉讼之权轻于付之会审公堂，非惟与前批事出两歧，而反客为主，此后侨居华人将何以为赴辕申诉之地，即如该被告所谓"护符"与"后援"，久以不肖待人，今反强之，实行覆庇于外人混合裁判权之下，其谓之何？敝公司心窃耻之。素仰仁台以力保主权为己任，值此人心儇薄、事杂言庞之际，尤非严别是非、痛加惩戒不可。务恳迅赐查照前案，传集讯判，以维路工而全名誉，除禀督抚两宪外，合行缕词上渎。伏乞垂鉴，幸甚！幸甚！谨呈。

今日《中外日报》首载四月三十日该馆第三次呈上海道文已录于三十日之日记。并载奉上海道批："原告陈三立既经来沪，应令到案。昨已批饬集讯，据禀前情，仰公廨委员关守迅遵前批，传同两造质审，并嘱陈三立暂勿远离，俾免借口可也。"

本日《中外日报》载浙路公司呈邮传部、度支部、农工商部、浙江巡抚文，为设立银行事，可资调查。寄江西李方伯信。附三月份公所用款册。

初五日(6月15日)　微晴。洗澡。沪营统带龙宝山军门已交卸矣，新委沪军营统带吴子仁千戎宝恕，安徽人。午间又春至予寓，言伊馆席蝉联，是以印兄之妾往琼州仍系庚春护送也。锡廷送枇杷、玫瑰酒、烧鸭、饼干。

初六日(6月16日)　阴。江西铁路公司再呈上海道文。前载

《时报》者今日撤去，而《中外日报》开首仍登该馆第三次呈上海道文及批。

《时报》载福建铁路公司定于七月初一日，在厦门办事处开股东大会，其告白四条，可资调查。

剃头。午间兰阶来寓，谈及已就夏瑞芳书启一席矣，日间办事在商务印书馆发行所，夜宿新北门内。兰阶妻弟汪某函言，五弟已为吴方池请往山东矣，盖在济宁州办盐务云。

初七日（6月17日） 阴，竟日大雨。在寓不能出门。

初八日（6月18日） 阴。今日《时报》载《上海道批江西铁路公司禀》：两造虽系华人，均寓居租界，照章应先由公廨讯理。前据公司禀请，批准由道饬传，原系出自通融。现在英领事既欲仍照向章办理，不能不准如所请，以免别生枝节。如果廨员讯判不公，原、被有一不服，仍可来辕上控，由本道亲提复讯。况《中外日报》倘非洋商所开，应归公廨华员独审。就令该报确是洋商牌号，而案情无洋商牵涉，则经中西官一讯过堂，亦即提归晚堂，由华员独自审断。乃该公司遽指为覆庇于外人，混合裁判之下，未免误会。至于两造纠葛，孰是孰非，前次汪诒年来禀，既谓私借洋款，得有证据。一经到堂，承审官自必责令交出，与合同核对，断无置而不问之理。仰会审委员关守传谕该公司知之，仍遵前批，迅速集讯，秉公断结，具报察夺。

今日《中外日报》载《九江铁路又改车头》：九南铁路车头原在龙开河西岸挑筑，旋经改筑老马【渡】地方。现闻该公司又拟将车头迁移原处。老马渡所挑之土，将来作为栈房基址云……①

江西路局议抽夏布："江西铁路业在各项抽捐，如米、茶、靛青、纸张、竹木等项，以资经费。现又议抽夏布，照统税局收捐二分加抽一分四厘。但赣省夏布近年以来销场大为减色，原因洋纱盛行，其价不过百文左右。夏布粗者每尺自四十文至八九十文不等，细者须百余

---

① 此系原文省略号。

文,尚不及洋纱之细嫩洁白,故人多着洋纱,而夏布之销路为之一阻。现又加捐,商贩亦必加价出售,恐更无人顾问矣。"

午后到棋盘街即河南路商务印书馆发行所访兰阶,旋往西园茶楼。

《神州日报》自昨日起载《东京近信·论江西铁路事》:赣省铁路局建设有年,成效毫无,弊端百出,人人共欲知其底蕴以供研究,而卒莫可得。兹获其留东同乡会报告书,其中胪列者,虽仅梗概,而肝要见矣。欲启文明,必便交通,举兹重务,必在得人。徒取绅耆,而利害委之不问,前车已覆,后轸方遒,举国如斯,何堪设想。用敢颛陈贵馆,即希照录大报,以使吾国热心路事者知所省慎也。某某拜启。

同乡会为本省铁路事开职员会数次,除已决议发函外,并请会员调查实在情形。兹由欧阳魁君托内地友人查得确情,又得刘君、谭君先后报告,合并付印,用呈公鉴。此事重大,应开特别大会公同研究。惟因选举之例会期甚迫,未便分作两次而延时日,特于阳历六月初九日日曜。〔页眉记:阳历六月初九日,即中历四月廿九日也。按此信东京或三十日付邮,初五日到沪,则计程才六日耳。〕午前八时至十二时合开大会于神田锦町锦辉馆,届时务乞出席为盼。所有是日开会顺序谨列于左:一、研究本省南浔铁路事;二、选举同乡会新任干事;三、会员诸君前有未得同乡会纪念品者,再行补送。江西同乡会书记谨启。

《调查江西铁路危急情形》:

　　一、开局已阅四年,招股不及十万,且股东半系外省人,各处同乡诸君皆称附股是本省人分内之事,惟李总办一日不退,则一日不愿附股,故招股一事无从启齿。一、彩票五成作股,以四万张计,每月可进九万元。去夏已呈请商部及江西抚院立案,京外绅商无不赞成,独李总办一人不允,遂作罢论。一、盐斤加价,端制军有允复二文之意,去冬李总亲赴南京,因与运司不合,遂致一文不允,又失此巨款。一、货捐作股,亦筹款之一法,但米谷早已禁止出口,木、纸等项所进捐款无几,而其中所用司员,且较官设厘局多至数倍,滥费可想而知。一、现借到苏人吴某银一百万两,以股票作押,已填写股票存吴某处。每年息银七万两,是与以路作抵无异。然此固为不得已之举也。但宜从速设法筹款归还,方不失我主权,否则息上加息,不出数年,此路便为他人所有。况仅此百万之款,仍不能成南浔二百四十里之路。若转瞬用罄此款,则路事更不堪问矣。目下采办各件,均在上海支用,如此款未经用出,可存银行生息。乃将五十万两汇至江西省总局,是每月七厘息银,全要虚垫。日后应购各种物件,仍须至上海,往返多用汇费固不待言,且尽储省局,保无耗散。前者曾借农工商矿局银二万两,比即分给梅君一万,至今未还,亦无息银,此事可以为鉴。

一、据购地人云,去岁钉边桩两次,开界沟两次,卒不能定局者,因章工程师所钉边桩每号宽窄丈尺与英工程师原数小有出入。去年腊月初,李总办来浔视看,深怪左右丈尺何以宽狭不同,饬令将界沟作废,重新改订。其时章工程师云,左右宽狭微有出入,因英工程师多留余地,我则只求敷用,盖欲为贵公司省费耳。如定要照英工程师所订,亦无不可,但恐滞难行。譬如左边有坟,则宜让左,右边有屋则宜让右,随地斟酌,节节不同。若左右俱要均匀,则路终不能筑矣。而李总办仍执不偏谓中之说,不以章工程师所订界线为然,嗣后复因小故辞退章工程师,此前用两工程师不能勘定路线之原因也。今年二月改用日本冈崎为工程师,甫一接办,即云英工程师所定龙开河为车埠,全不可用。于是重新勘定老马渡为车埠,而又辗转迁延,至今未曾定界。此新用工程师改建车埠之情形也。铁路开办已阅四年,工程师已更三人,靡费已逾数万,而所谓车路、所谓车埠,尚无一定。原定九江车埠,东自龙开河口,西至晋和源屋外,东西四百余丈,南北百丈,外江内湖,为交通极便之地,以此为车埠可谓相宜。而工程师冈崎则诡称,此处每年春夏受江水冲刷,恐不稳固,不如迁至老马渡,离江甚远,可免危险。冈崎之为此言,无非欲遂其阴谋,以为彼国耳。盖龙开河一地,屡为外人索为租界,而日本大阪公司尤垂涎此地建设码头。若我在此建立车埠,则彼等之望绝矣。今冈崎为工程师,首先提议车埠必须改建,其心巨测,不可不知。若谓滨江之地,真不可以筑路,何以黄河极险,亦建桥工乎?可见冈崎欺人之言,毫不足据。前年石井来江查矿,凡矿之佳者,皆密告彼国,希图攘夺此利,外人之不可信如此。

铁路局中冗员日增,靡费日巨,每月各局支用及借款利息银共二万余两,而土木工料不在此内,所费甚属不资。若能迅速成功,犹可补救。现用冈崎为改建车埠事,已延时日,而测量滞钝,复不及前任章工程师之敏速,转瞬江水泛涨,不能兴工,窃恐今年二三十万金又归于无用。

一、他省铁路事皆股【东】会议,而吾省铁路则仅总办一人独出己见。凡任人行事,必好人所恶,恶人所好,绝不与众相商,此尤大惑而不可解也。"

《神州日报》又载《九江铁路车头仍照前议》:"九江铁路车头,前已议定在龙开河岸地方兴工填土,后经日本工程师冈本平次郎覆堪车埠,遂言车头在龙开河地,不如迁于老马渡地方,可以省费。总办李有棻为万才美等所惑,决议迁移,已经插标定界。会办欧阳霖电争不可迁移,均志前报。前日江西铁路总局来文至九江总办,着仍旧以龙开河为铁路车头地方,万勿迁徙,九江局遂遵照办理。"

初九日(6月19日) 晴。昨日午刻北京达《时报》馆电:"度支部议准粤督岑春煊奏,借洋债千万办理新政,已奉旨俞允。"

今日《申报》载《苏抚调停江西铁路公司控案之批词》:

　　据江西铁路公司呈控,上海《中外日报》馆主笔汪诒年诬蔑卖路,请饬苏松太道亲传讯判各节。此案原委,本部院早有所闻。赣路总董陈主政三立与汪生诒年,夙昔文字之交,气谊向称孚洽。陈主政提倡新学最早,世受国恩,平生著述流传,忠爱恳挚。若得乘时柄用,必能为中国力保主权。近以桑梓公益,经营路务,数年以来,集股之困难较各省为尤甚,其间波澜叠起,疑谤横生,实不仅大成工一款。平心而论,该公司果有洋股,陈主政自必严为拒却,亦断不待局外之指摘也。汪生诒年操行清介,怀抱激烈,其始闻大成工在沪筹款,隐虑外人乘机入股,断断登报警告,无非恃与陈主政为旧交,借此以献他山之错。及陈主政叠次电令更正,而有到沪兴讼之语。汪生一念负气,遂益登报插画,持之愈坚,以致酿成今日之恶果。

　　本部院端居窃叹,以今日中国时局至此,忠佞不相容可也,新旧不相剂可也,至于君子与君子为仇,新学与新学相贼,而时事之败坏,益无可言者矣。本部院窃有为陈主政、汪生进一解者。昔宋唐介上疏,丑诋潞公,而潞公坚请召介还朝;寇莱公数短王文正,而王文正荐准愈力。盖所争者国事,而非意气,是非当待公论,而不以此藏怒宿怨。由此以观,陈主政、汪生有何不可解释,而必争受裁判于官吏乎?本部院不惮苦口长言,今日中国之铁路,诚不宜搀入外款。若以五洲铁路之大势言之,则造路非借款之为患也,乃路成而不获利之为大患。果使路成利厚,借款即指日可偿。陈主政主持路务,以后集股之事,更宜慎重访查,尤在撙节用费,庶可减轻路本,坐收厚利。自经本部院明悉批示之后,陈主政之心迹,昭然大白于天下,视争曲直于一讯者,大有径庭。汪生持论,素以合群同胞为宗旨,此次本部院婉劝与陈主政尽释前嫌,以后《中外日报》切勿再纪江西铁路之事,插画讽刺,尤伤雅道,想汪生亦必不愿出此。设赣路果有可议,则上海报馆林立,人之欲善,谁不如我,汪生尽可待他人之纪载而自居于厚。且该馆倘仍事嘲讪,人以为尚挟讼嫌,载亦无效。仰苏松太道录批,分行江西铁路公司暨《中外日报》馆知照,所有该道衙门及会审公廨,两造案情,一律销档,不准再控。仍候督部堂批示并录报此徽,五月初七日印发。

夜在五龙日升楼茶。

初十日(6月20日) 阴。昨日《中外日报》载新简驻英李伯行公使随员名单:陈贻范二等参赞、左秉隆新加坡领事、洪述祖二等参赞、黄荣良二等通译、刘体道一等书记、董振麟二等书记、周凤冈商务委员、左镠领事馆二等通译、杨鉴莹领事馆二等书记、翟春溥领事馆三等书记。按刘体道为前四川总督刘秉璋之子,周凤冈为前江西藩台周浩之子,左镠即左秉隆之子。

今日《中外日报》仍载第三次呈上海道文及道批……其小说洋债捐客一段,寓意仍不平……该馆初九日南昌专电云:江西铁路公司总、协理因事彼此不洽,近日总理大受排挤,闻总理退后即公推协理升任。阅《巴黎茶花女遗事》,此书为言情小说第一。①

十一日(6月21日) 晴。《中外日报》馆对付江西公司所登之呈词及道批,今日已撤。【法国之小仲马,】其爱情小说寓意深婉。

今日《时报》载留学生关心路事:江西留东学生等联名,以九南铁路办理未能尽善,由东京电告总办李芗垣方伯等,并电邮传部核饬遵照云。

《时报》又载京师近信:李伯行钦使与外务部商定奏调人员,闻仍留陈贻范为二等参赞,左秉隆为三等参赞兼新加坡总领事,以资熟手。此外拟以洪述祖、杨鉴莹、周瀚如之子周某某等为二、三等书记官。洪某声名甚劣,曾在台湾颇招物议,故外间啧有烦言,谓李为任用私人云。各报载《江西旅沪学会广告》。于十三日齐集爱而近路庆

---

① 本段中的两处省略号均系原文所有。

祥里百八十二号,筹商一切云。

　　述舫大表哥四月廿七日致又春信,托予转交,今午到。发函视之,略言南丰教案已靖,现徐公署县事。印鸿奉委琼州海口电报总办差,虽每月开支薪水二百番,而用外所余不过五六十元。彼张姬谅已往琼,三嫂大抵亦须前往,劝阻弗听。小山已补榆杜县典史缺,苦极,秋冬赴任云。

　　阅《茶花女遗事》竟。夜到平安街访又春。

　　十二日(6月22日)　晴。大学士王文韶因病开缺回籍,张之洞以湖广总督协办大学士。

　　上海中国地界鸦片烟店,俱依限于今日一律关闭。租界之禁烟问题,不难着手矣。张园向亦多设烟榻,园人张叔和热心进化,本身作则,愿将该园烟榻先撤,枪斗等件则付诸丙丁。爰有祝贺禁烟之举洋人李德立与昌文师登台演说,又令黎园子弟形容嗜染之恶弊,盛宫保、吕尚书、沈仲礼诸公皆莅场。予与黄初亦往观之,晤郑苏盦京卿及广东郑某。予既在张园晚饭,夜观放烟火及变戏法,三更回公所。

　　建昌府李印士瓒。

　　十三日(6月23日)　晴,阴。《中外日报》十二日得京电云:"驻英李伯行星使约望前起程,所调参赞洪述祖、通译左璈均已除去。"

　　该报又载《江西铁路近情》云:江西铁路公司因事不和,已见前电。近知系因借款而起,总理李方伯对于此事颇不谓然,并因车站地段屡次移徙,以致办事各员意见不能融洽。江西留学日本诸君已开同乡会评议此事云。

　　剃头。江西旅沪学会送简章四纸来,计十四条,盖张踵五即桂辛、胡捷三、胡梓方中国公学洋文教习诸人发起,而经伯严、文实甫订正者也。午间予往学会房租每月四十元,而张踵五义宁州人、复旦学堂庶务长、铅山蒋子调体元、萍乡钟古愚文恢、贺鉴文锦湖、南昌程文卿焕彩、乐平胡捷三乔梓先在焉,嗣陈润夫、戴穆哉、罗海帆、胡梓方(中国公学英文教习,月薪八十元)及学生等约三十余人俱至,在东楼开选举会。踵五、梓方演说,苏某充临时书记,权举文实甫为会长,书记二员、调查八员、庶务三员,以次标记。而基本捐只十余人,每位认二元,陈润翁为评议员,并认助三十元为赞助员而已。经费太绌,不审何以处之。捷三每年百元,伯严百元,统计有五百元之谱。全年经费尚少五百元,后又得三百元。

十四日(6月24日) 晴。《中外日报》载《留学生电争车埠》:南浔铁路车埠九江已定龙开河地方,今岁因聘请日本工程师冈崎平三郎,又将车埠移至四明公所,按,该处接近日本大东公司码头,人谓冈崎以私意改筑车埠,欲借以兴大东公司商务云云。事为省城商、学界闻知,即聚集会议,要求督办。李芗垣方伯不可改移,尚未决定。现闻赣省留东学生有公电来赣,力争车埠不可改移云……①该报"说金钱豹",谐词也。

夜与张伯泉畅论时事至三更。

十五日(6月25日) 晴。今日《中外日报》论四川京官拒借外债,语多映射。夜游公家花园,顺往福州路观猩猩一、巨蟒二。

十六日(6月26日) 晴。今日《中外日报》载九江铁路股票转售不易:九南铁路所抽各项货捐均按数给发。该路股票现各茶商所得之票不愿执留,多在浔城半价出售,而浔人转不因其价廉,向之购买云……该报"大捉臭虫"亦谐词也。

今日《神州日报》载江西铁路函件:"江西留东学生调查本省铁路事情,发见种种腐败痕迹,已纪本报。兹复得某君来函,寄到关系江西铁路种种文件。因特循序登载于下,以备留心赣事者有所凭借焉。一、调查江西铁路危急情形报告书已见初八日《神州日报》;二、同乡大会决定办法;三、江西来书最要之一;四、铁路会办欧阳公争归车埠电文;五、江西商会驳李复欧阳公电文;六、九江铁路原车埠与新车埠合图;七、前后工程师勘定车埠比较说帖。

---

① 此系原文省略号。

江西同乡大会决定铁路办法：(一)议决请罢去李总办及不肖路董附办，争去冈崎工程师及不改路埠；(二)甲、如京外举出足以称职之人，即由其人承办；乙、无人可办即去局设监督，专招本国商人包办，或开公司；丙、如甲乙两法暂办不到，可去局以常年进款，如木、茶、瓷、纸等捐及股银，先行购买紧要线路。(三)于同乡会中设研究会，专研此事。由此会建议同乡各干事评议，可否以全体名义执行。

江西来书最要之一：(上略)路事危险异常，须留东诸人大力匡救，否则遗患无穷。浔地车站前由英工程师勘定，西起官牌夹，东尽海天堤，北滨大江，南临湖滩，东西约四百丈，南北约一百丈，地势本极稳固。近由日本工程师复勘改至龙开河，内面牛乳厂之前，由官牌夹至此须跨河渡湖。由牛乳厂至江滨，须倒折湖心，复跨大河，江滨之地缩小至三百余丈。舍近就远，舍陆就水，架桥靡费，虚延时日，不便之甚，愚者亦知。而李芗垣独以为是，欧阳润生与之电争，欧阳九江彭泽人，铁路协办。犹复强辩其意，谓车埠未改，惟车站迁至河内，可避两水夹冲之患。夫原车埠之地，东西四百丈，南北一百丈，新车埠之南北线宽十丈，滨江者宽八十丈，两相比较，不啻有天渊之别。以云仍旧，其谁信乎？限水之地必高，容水之地必低。高者水少而患小，低者水多而患大，不易之道也。高而弃之，低而就之，世岂有是理耶。龙开河之上游为瑞昌河，水出瑞河即散入湖。湖者，瑞昌河之下泻及江水倒浸而成者也。湖受南北之水而泄之，故原车站之地得以无恙。汪洋之变，久久不成，如云夹冲、陆地早无，何琵琶亭及关卡孤悬江边，未患沦陷乎。即上年水盛，稍为受浸，乃因溢浦港变为租界，江水盛而水地小，不足以泄之。河水盛而水口狭，难以出之，激使然也。此地在河东岸，前为一片汪洋，后为西人租界。询之同学某德化人而知之。若车站在此，驳以石岸，移其河身，章工程师拟将龙开河移至湖滩，远水患以省滨河驳岸之费，事见胡氏图说。水患自息。今以铁道与水争地，湖心中塞，分之为三，彼此相隔，彼盈此浅，而此不能泄之；此盈彼浅，而彼不能泄之，盛涨之时，彼此不泄。南盈必致南行，北盈必致北行，积之

既久,必致南北通行,依湖之地,大受泛滥。闻诸工人每四月必至如
此,车站其将如之何也。现新改之货车线路,仍须北行,岂两线归之
北,必受水患,一线归之北,独不受水患乎?日人后起,长江一带租界
甚少,九江一港亦然,人人知之也。今铁道车埠位置西门外,大阪趸
船亦在江干,欲得路傍地之野心,不问可知。今忽他徙,局外之地,以
为彼不取乎。即使此系公地,系德化宾兴局公产。路局既不注重,彼日
夜图谋华人,利心甚重,盗卖之祸,未必能免,庐山即前鉴也。如此行
之,要地一失,则车埠命脉将于是乎绝,后日欲取,能如愿乎?英之筑
九广也,报馆论之,粤人争之。彼之所争者,以其扼粤汉之咽喉也。人
患扼喉而争之,我有咽喉而引人以扼之,何愚之甚乎。窃以李绅甘弃
要地,恐系惑于巨金,否则不致如是之愚。发现以后,胡君明蕴力辩其
非。官名发珠,宁都州人,辛卯优贡。但此事关系重大,又承垂询,故不揣
愚昧,走笔书此,与胡氏图说并行呈上。其利弊甚详,恳请细阅图说,
再行斟酌,普告同乡,直禀邮部。争复旧埠,尤以辞去李绅为是。缘此
君喻利舍义,昏庸异常,留之不去,江西万无生趣也。"(后略)

　十七日(6月27日)　晴。夔诗侄自苏回江西经此,午在予寓便
饭,旋与同往商务印书馆发行所访兰阶,即邀兰阶均诣福安喝茶。

　十八日(6月28日)　晴。《时报》馆得十七日北京专电:"皖省
京官□佩芜等,公举李经迈总办安徽全省铁路矿产,禀请邮传部
立案。"

　夔侄约予今午在寓相候,乃竟日不来。往泰安栈,询知已上船,
因遂至太古公司鄱阳船、怡和码头隆和船觅之,均不见,并至怡和华
顺码头,鸿安公司码头亦在彼。亦无有知者。闻有往长江之南阳船在
浦东,夔或在彼耶。既而知予甫出门,夔即来,不相值。

　十九日(6月29日)　晴,热。

　皖京官公举李经义昨电误作经迈总办安徽全省路矿事宜,禀请邮
传部立案。李力辞,邮传部不允所请,现已出奏。

　满洲总督徐世昌已奉政府之命,将下列四项实行于东三省,不得

迟缓。一、日、俄两国于满洲南北中央各境，均各有其权力，故中国必须与此两国和平相处；二、改革财政、商务事宜；三、平定马贼；四、开浚辽河及奉天、吉林、黑龙江之内河。

二十日(6月30日) 晴，热。礼拜。

浙路公司十六日复李芗垣方伯函，由公所转。本日《时报》载苏省铁路购地所四月份地价、亩数表，可资调查。沪上绅商以关炯之太守治癣期年，德泽加民，制就德政碑及匾额、楹联，本日恭送入署。匾文："中外交孚"，楹联："尊主权，达时变，惠泽普及群黎，为全沪亿万生民造无量福；争发落，建女牢，忠信远周异域，是寰球二十世纪大外交家"。

剃头。戌刻黄益斋北京来电："图南里江西铁路局，徐已函告止斋划款。益。"

廿一日(7月1日) 晴，晚雨。郑黄初见示五月十三日福建全省铁路办事处致伊函云："径启者。奉总办谕，昨展洪荫翁在京来函，知伯行钦使可于月望回沪，公所应行开议事件，自应邀请各省订期会沪。敝省总办拟俟本月廿八后遇轮即行，未谂届时各省能否齐集，望就近函询，示复敝处。荫翁到沪，并祈将此信示之，幸甚！即颂台安。福建全省铁路办事处上。"

发递江西路局电："南昌铁路总局李鉴，伯行京卿使英，伯潜阁学月底来沪会议事件，方伯来否？祈示复。孚周。个。"芜湖、南京四线俱断，此电须明日发。

廿二日(7月2日) 阴。伯行京卿由京回沪。

《申报》载《日员要求停办木植公司》：吉省大吏与日本商订木植公司办法一节，现因林公使回国，由参赞阿部君接议。闻阿部君甚执强硬主义，意谓该处木植照约应由中、日两国合办。今浙路木植公司自行采伐，实属违约，必欲令其停办，然后方可开议各节。惟该公司乃专办浙江铁路之枕木者，经营许久，煞费苦心。不知徐菊帅将何以对此问题也。

寄南京伯严信。补发江西路局电。

廿三日（7月3日） 晴。写寄江西芗垣方伯信附浙路公司函。到新北门内周姓铺购瓷枕，顺往城隍庙九曲桥凉亭喝茶。旋到小东门外药肆。

廿四日（7月4日） 阴。到老闸桥南万泰酒行，购牛庄原粱。

廿五日（7月5日） 雨大。贺云自邵伯来。得熊芗林棨光端午日由南丰胡万昌寄予之函，言伊于四月四日抵丰，述兄现在家装修房屋云。夜与张伯泉、汪麟阁、何子兴谈。

廿六日（7月6日） 阴。为内子抄诗。

廿七日（7月7日） 阴。洗浴。剃头。礼拜。到江西商会。今日为商会开议之期，徐竹亭、胡捷三等俱集焉。闻夏晓峰、捷三说江西铁路之代表经伯严改派，文公达常年驻宿商会。

到江苏铁路总公司，晤席蓉轩印德修，青浦人，索得商办苏省铁路股份有限公司详章。阅陈伯潜阁学致郑苏盦廉访信，言六月初间来沪云云。

廿八日（7月8日） 晴。巳正十点五十分钟，得南昌铁路总局来电："图南里四省公所刘三安兄鉴：电悉。弟与伯翁路局事烦，不能来沪。敬请陈润翁、胡捷翁代表，并祈转恳为盼。菜。"

到新垃圾桥正修里胡捷三处，因南京同乡公举捷三及梅斐漪观察、李观察印瑞清，号梅庵、饶桢庭太守印士端往江西铁路总局商办事件或议续借。捷三今晚乘江新轮船起程，托予代购江苏路股票一股。席蓉轩经手浙江之优先股票六百万元，则去冬招满，早已停止卖票矣据该公司叶山涛言如此。福建驻沪招股处，在法大马路永兴里厚坤钱庄。据该处高杰藩说，凡来入闽股者，先只付收条，徐徐方换股票，是以未买耳。

访陈润夫，值其出外晤四川人张亨渠，予因将总局电请代表之意托转致润翁，并留字与之。

安徽抚台恩新帅铭号新甫于二十六日辰刻临警察学堂，忽为警察会办道员徐锡麟号伯荪用枪轰击,因伤势过重,身中枪弹八处。至未时出缺。徐自称持排满主义已有十余年,此次如愿以偿云,现司道会议先行正法。同时伤重致命者尚有二人,一文巡捕,一委员。凶手所放,查系六响洋枪。先放三响未中,后发三响连伤三人。凶手徐锡麟,系安徽留日学生。捐职候选道,现充警察局会办。浙江会稽人,年三十五岁。由副贡保举,以直隶州判用,旋因留学日本,毕业奉委充当浙江学堂教习监督等差,于客岁捐升道员,指分安徽试用,系于十一月内到省当奉。恩抚委当陆军学堂差,改委今差。藩台冯孟华方伯煦于二十七日奉到江督电谕,当即将凶手正法。剖心致祭,并拿获学生三十人。既剖徐心,后闻被恩抚卫队烹而食之。徐家资十五万被封,父自投案,弟徐伟于九江擒获。绍兴大通学堂,徐所创设者也,亦被封禁;枪伤学生数人,死二人,杀女教习一位,名曰秋瑾。江督端午帅自闻皖抚被枪伤之警信后,立饬兵轮两艘,前往安庆防备;一面并饬合城文武各员立时戒严。

汤柏香表侄婿本殷自日本归过沪,午后来公所,予旋往益丰和回看。接杨春农妹倩廿三日自湖北武昌省会来函。

《时报》载昨日北京专电云:"政府致电各省督抚内开,据某国公使函告,各国虚无党、无政府党近助孙文巨款,助其成事云云,务即严加防范。"

廿九日(7月9日) 雨。汤柏香复来谈。昨日奉上谕:"安徽巡抚着冯煦补授。"

阅廿四日福建全省铁路办事处致黄初兄信,云"本年公所轮应闽省值年,昨经敝总办函请林访西观察印贺峒就沪经理,已蒙复允。所有洪荫翁前交公所之折件,应请送交林观察接管,并祈知照皖、浙、赣三省可也。敝总办拟于月底赴沪开特别会"云云。

陈润夫有信来,言谨遵四省铁路公所会议之代表。紫坯油四两,配生漆十二两,即为熟漆。

六 月

初一日(7月10日) 雨。复春农妹倩信。寄湖北省城左二巷笃兴里南昌杨宅。复熙安弟信。代内子复黄十一妹信。

初二日(7月11日)　晴。谒见伯行京卿言事。兰阶调新靶子路商务印书馆翻译所,午后来谈。陈润夫观察来。往谦德恒,询知赵止斋三日内进京。予因作书,托止斋面达益斋,问伊经手诸事如何处置,公所经费何时交付云云。得八妹五月十九日韶州厘务分局来函。

初三日(7月12日)　阴。喜兰惯窃,惩之。畹香妄欲干涉,训饬之。

初四日(7月13日)　阴。至爱而近路柴肆。夜到小东门外天生德药店。

初五日(7月14日)　竟日密雨。得熙安弟初三日苏州西支家巷高宅来函。午后到抛球场【访】蔡同德。礼拜。

初六日(7月15日)　阴雨。剃头。到邮局领取八妹所寄薯莨绸。阅戴尚书鸿慈《出使九国日记》。

初七日(7月16日)　阴雨。又因喜兰事训饬畹芳。复八妹信,邮递韶州厘务分局。

本日《时报》载《英领事来赣办理交涉》:一、英商太古洋行要求在九江开设商埠一案,云太古行要求在九江龙开河设立商埠驳岸码头,已经前浔道玉贵允准。旋因绅学两界争抗,遂议俟南浔铁路开通再行妥商。现在铁路业已兴工,商埠赣省又拟自办,闻此为交涉之第一要款。一、英商太古洋行要求在吴城设立驳岸一案。一、英商胜昌洋行要求夏布出口完纳子口统税,发给三联单一案。一、湖口县民张谋礼盗卖屯田一案。一、美商亚细亚煤油公司要求在九江开设煤油栈一案。一、英教会要求在庐山猴子岭添设医院一案。

《时报》载徐锡麟供词,其言与孙文[1]并非一党,孙亦不配遣伊行刺云云,伪言也。盖如此说者,一则抬高己之身分;二则开脱孙文[2],不使孙因此案愈为正鹄;三则分张革命无数旗帜为疑兵,以恫喝政

---

①② 原稿均作"孙汶"。

府,觉事虽不成,声气犹广,死有余快者矣。然则此处即徐之大作用,亦即其识见过人处。

夜与张伯泉谈李昭受遗事,李亦正法于皖抚东辕门者也。

初八日(7月17日)　晴。

本日《中外日报》载直督袁致鄂督张、江督端电。为改铸银币事,所言极有见解。江西盐道庆宽,以现在改良景德镇窑货,经沪道招商,设立瓷器公司,实力整顿,以为兴辟利源之基础。特撰就说,帖条陈瑞抚,拟由官商筹股合办并商准。瑞抚于上月杪亲赴景德镇,考察瓷窑种种办法及改良之方针。

该报据大阪《朝日新闻》云,邮传部尚书陈璧现已决定,以后无论正定铁路经费如何不足,断不再向道胜银行借用款项。

该报又载"鄂督声明未借洋债"云云。

《申报》载《芜广铁路工程纪事》云:芜广铁路第一段垫土工程现已将次告竣,闻日内即须开工建筑车道。北卡公廨坐落铁路车站码头之地段,业由关道文仲云观察札饬该卡委员,迅速择地迁让,以便该公司早日兴工建筑码头。铁路经过之河道,计须建铁桥五处,其桥基、桥墩现已一律告竣。闻桥梁之铁件由总工程师穆拉君印穆纳介绍,向美国某厂订购。铁路采办之材料,连日由日本某轮运到三万余件,闻每件价约一两有奇。

《申报》又载邮传部会议路章云:邮传部尚书陈璧昨日谕令属员,速将各省铁路之车站并车务各章程拟定,画一办法,不得借口稽延。故部员现正会拟章程,呈堂核定云。

初九日(7月18日)　阴。与黄初兄到易安喝茶。黄初旋邀往广东店饮,夜偕往群仙观剧,十二点钟回公所。

初十日(7月19日)　晴。初九戌刻北京专电,度支部奏借用外债,贻患甚深,当预行裁制,以防流弊。奉旨依议。

学部奏保丞参上行走,计十员:孟庆荣、林灏深、张鹤龄、毛庆蕃、黄绍箕、刘廷琛、吴庆坻、陈伯陶、于齐庆、曾培。

本日《申报》载：新简江苏提学司毛庆蕃昨乘新铭轮船来沪，本县李大令到轮迎迓。因学使急欲履新，当由大令禀请沪道，饬派救生局小轮拖带赴苏。学使即饬丁持片，分赴各署谢步，解缆首途。

寄江西李方伯信，附公所四月份用款册、调查各省铁路员司及事宜册。寄南京陈吏部信，附公所四月份用款册、调查各省铁路员司及事宜册。

夜与黄初在天香馆喝茶。

十一日（7 月 20 日）　阴。本日《中外日报》载邮传部覆浙路公司照会云：为照会事前据呈开浙省铁路，现归商办，拟设立兴业银行，附呈章程，请予核准等。因除发钞票一条，业由本部咨商度支部准予立案，由度支部照会贵公司外，查现在各省商办铁路，辄因股款存放，屡有烦言，设立银行自是不容刻缓。贵公司首先注意兴办，为各省之倡。章程内开各节，均属周密，自应准予立案。为此照会贵公司查照可也。须至照会者。

又《中外日报》载《英领事拟包办南浔铁路工程》：驻浔英领事倭纳君日前来省，与瑞抚面商各项交涉，已志前报。兹闻该领又拟包办南浔铁路工程，已晤商铁路局总办李芰垣君。惟李以铁路风潮迭起，尚未遽允云。

补寄伯严三月份四省铁路公所用款册。

予寓在爱而近路福寿里中"□□"第一千六百八十五号。前日由黄鼎臣兄说合，在五马路第十四号洋房楼上华通水火保险有限公司，保生财、衣服共银五百两整。保费五两九钱二分①。以一年为期，自本月初九日起算，六月初九日也，即西历一千九百零七年七月十八号。至明年□月□日即西历一千九百零八年七月十八号满期云云。华通公司大股东系福建林某，现在公司之总董李薇庄、董事王一亭、总经董李屑清、副经董孙泉标。保单号数系一千二百七十一号，该公司德律风系一

---

①　原稿为苏州码计数，改写为此。

千二百三十七号。

兰阶来谈。商务印书馆新厂在北河南路北首天通庵前。

十二日(7月21日) 晴。礼拜。剃头。

前与张伯泉谈皖抚恩新甫中丞铭被刺一事。因为之拟谥曰"忠愍",盖因奉谕照总督阵亡例赐恤,故可谓之"忠";而其死事最惨,故可谓之"愍"也。昨日西刻北京专电,已故安徽巡抚恩铭赐谥"忠愍",果如予之所拟矣。

本日《时报》载《铁路车站地卖与日商之交涉》:九江铁路车头,原议在龙开河岸建设,南顺记在车头附近,已经圈用。后经日工程师冈崎改移车头于老马渡地方,南顺记遂乘时将其地卖与汉口某洋行日商管业。前日驻汉日领事照会九江道文卓峰观察,请饬德化县将此地卖契税印。现车头已经改还原处,南顺记地又为紧要之处,车头万不可少。经铁路公司请德化县施大令勿得税印,大令已不准税印。日昨,特委德化通远驿丞陶某陶又兼铁路弹压员往该地采勘卖与日商若干亩,以便向日领事涉,请退还原地,以重路政。特不知日商肯退还否也。

《中外日报》载《江西铁路优先股拟再展期》云:江西铁路原订集股章程所有优先股限于本年五月底将本股缴清。今限期已满,而认股者均尚未将股银缴齐,故公司中人,拟再展限期云。

内子腹泻十数次。阅《出使九国日记》。

十三日(7月22日) 雨。内子腹泻稍可,然尚未愈,兼之腰痛。阅《九国日记》。陈伯潜阁学晚间抵沪,住四省铁路公所。

十四日(7月23日) 晴。接春农妹倩初九日回信。到如意里天顺祥票号,告知陈润翁以伯潜学士已来,并诣新垃圾桥正修里访捷三,询知捷三日内可回沪,因留字与之。夜到五马路乾源祥衣店。

李钦使、陈阁学同致芗垣方伯电,告知公所拟特别会议。

十五日(7月24日) 晴。谒见陈伯潜阁学,并晤林惠亭太史、王幼点孝廉。阁学廿二日在公所开特别会议,今午须往杭,约二十日可回沪也。

洪荫之为陈阁学拟致伯严电:"南京中正街陈伯严。廿二开特别会议,望弟到沪。宝琛。咸。"

寄江西李方伯信。并寄南京陈吏部信。到陈润夫处。

十六日(7月25日) 晴。梳发。

兴祖弟因吴元甫补石桥场陆丰县大使,自丰之粤。过省时带来夔侄一函。十一日,夔现在江西省城四府门孺子亭仓圣庙禁止溺女总局。兴祖抵沪,寓大方客栈。晚间至予寓,述及四弟妇近状,溺爱纵子,甘使暴弃,不知是何肺腑。

戌刻,南昌铁路总局复伯潜阁学电云:"图南里四省铁路公所陈阁学鉴:电示悉,敝省已请陈观察作霖代表。有菜、三立叩。"

十七日(7月26日) 阴。晨起往大方栈,约兴祖来寓早饭。贺毛实君亲家庆蕃新任江苏提学使信。

十八日(7月27日) 微晴。复夔侄函,附寄才庆表书信。到万泰酒行。

陈润翁送示十六日南昌铁路总局来电云:"天顺祥陈润夫观察鉴:四省特别大会江右请公代表。有菜。"

十九日(7月28日) 晴。偕内子往城隍庙上香,礼毕,在湖心亭喝茶。旋回至沪江第一楼,复喝茶。申刻归寓。礼拜。

二十日(7月29日) 晴。昨日伯严在安庆途次致伯潜阁学电:"图南里铁路公所陈阁学师鉴:昨由南昌病疟回,不及承诲,怅极。会议事托陈润夫君代表,悉听主持,随各省认可。三立叩。效。"

厦门铁路局伯潜阁学之侄元凯寄阁学电:"图南里四省铁路公所转陈阁学:望于念五前到厦。凯。"

确实江苏省铁路各职员薪费单:总理一员,薪费洋三百元;协理三员每员二百四十元。张、许两协理不收,王协理收一半,洋一百二十元;董事十三员每员五十元,洋六百五十元;查账员五员每员五十元,洋二百五十元;各所长五员每员一百廿元,洋六百元;各所司事十五人,计五所十五员,共洋三百零六元按此项原单未开明每员多少,或十数元、或二十元,高低不一……;顾问工程师一员,洋六百元;领袖工程司一员,洋五百元内分薪水三百五十元,夫马一百五十元;分段工程司五员,共规元银一千两洋三百元内分薪水每员规元二百两,夫马每员六十元;练习学生十一员,共洋七百拾元内分薪水共五百十元……每员薪水四拾之谱高低不一;夫马每员二十元;毕业学生三员,共洋四百三十元内分薪水共洋三百七十元……每员薪百元内外,高低不一;夫马每员二十元。总计每月薪水规元银一千两,洋四千零三十六元,每月夫马费洋七百三十元。

《中外日报》载《九江事照复碍难税契》一条云:南顺记煤油栈叶某在龙开河西岸置买屯地甚多,现叶转卖与日商三菱公司,分立两契,计价五千余两。该公司昨将契据禀请驻汉日领事,照送浔道发县印税。浔道饬县查复,以该地接近车埠,且日商承买,与条约不符。照复日领,碍难印税。

剃头。午后送内子往平安街,予亦在又春处便酌,晚间回寓。兴祖拟起程,彼此相访均未晤。

廿一日(7月30日) 晴。

陈伯潜阁学自杭回沪,言浙路汤总办无暇与会议,亦未派代表云。到陈润夫处。

廿二日(7月31日) 晴。巳正,四省铁路公所开会。福建总办陈阁学;安徽会办孙寄云观察传楣;江西绅董代表陈润夫观察作霖,及予与洪荫之均与焉。润翁及予拟通报南昌铁路总局者,大略如下:一、本日开议皖、闽、赣三省设立铁路学堂,公举定林访西观察印贺峒为监督;一、访西观察之意,一切从省,先租房子试办,至买地建堂,稍迟举办;一、三省会议表明之词,此乃应办之举,吾省代表润夫观察随众允从;允从之后公议于七月朔关请林观察监督;一、公议每省先汇公所开办三省铁路学堂经费,每年五千两;一、将来买地建堂,每省派一万两,另请汇来;一、议公众值年,明年轮派江西,请总局裁夺。以上六条与润翁信内所开者同,请芸丈、伯严示复。

途遇兴祖，予旋往伊寓。值他出，询知明日起程，而兴祖自云今晚坐怡和行财生轮船，何耶？

廿三日（8月1日）　大雨。寄江西李方伯信，附铁路学堂表。夜复到大方栈，则兴祖键户出外矣。起程闻定于廿四日。

廿四日（8月2日）　晴。寄南京陈伯严吏部信，附铁路学堂列表。

陈阁学之仆某置王幼点衣包于楼下，被人窃衣七件。众疑系王福、阿宝，以其主益翁半年在京，二仆闲居于此，无所事事也。洪荫之来告予，因即饬阿宝、王福搬开。

郑稚辛孝廉孝栱来候，盖辛卯同年也。到山东路泰和堂药店。

廿五日（8月3日）　晴。陈伯潜阁学回厦门。夜往新大方栈，访知兴祖已于昨日起程赴粤。

廿六日（8月4日）　雷，得雨一阵。礼拜。

本日《中外日报》载浙江铁路学堂招考本科学章程；又，《申报》载苏省铁路学堂招考插班该驻沪公司有章程。

本日《时报》载《江西铁路各绅行踪》：铁路局总办李有棻，近因铁路时起风潮，举办各事，舆论多非之，拟于日内由京汉火车北上，借以考察黄河桥工。将此情与同乡京官剖释，以免兴办各事，致有后议。九江铁路分局总办陈伯严，前经李方伯电请，来省商办各事，现已议妥，即于日昨乘轮返浔。九江铁路分局帮办刘景熙，前奉江督委派，赴赣开采铜矿。近因李方伯电催，来省商办铁路各事，即兼程就道，已于昨日来省。

廿七日（8月5日）　早晴，午后雨。剃头。

申孙殇逝，今日满周。前经内子写好签条，嘱畹芳制银锭焚之。冥冥何需，聊尽生人之意而已。予因复作《哭申孙诗》云："遁世仍千挫，伤心已一年。蹉跎吾计拙，婉转汝情牵。饵索知何地，珠还且问天。苦将啼笑忆，入抱更无缘。"

朱锡廷患痧症，书来告假（朱在南市梅家巷张祥丰蜜饯号）。兰阶来谈。闻胡捷三已发起建设驻沪江西铁路银行。

廿八日(**8月6日**)　阴。今日《中外日报》载《江西京官另举铁路总办之原因》：江西铁路总办李有棻，因留东学生暨同乡京官另举铁路总办一事，闻其原动力系由赣绅欧阳霖函致蔡侍御金台，力诋李办理乖谬，故江西同乡京官集议，公举崇仁县巨富谢某为总理，一切悉照商律办法。李知之即驰往北京，以冀挽回云。

《时报》载《李仲帅来皖力辞路矿总理》：皖人之官于京师者，公举李仲仙中丞充当安徽路矿总理。原以其乡望素孚，可于将来获收辅车相依之效。乃李仲帅则以南北线未经定议、铜官山废约无期，借词病体难支，于日昨乘轮抵皖，谒见抚台，力辞所责。冯帅以公益所在，再三婉恳，勉为其难云。

午间到正修里胡捷三处，晤玉山周晋笙，予因留字与捷三。

皖闽赣三省铁路学堂监督林舫西观察函知伯行钦使发南昌电云："南昌沈藩台沈方伯印瑜庆，号涛园。福建人，文肃公第四子三省铁路学堂拟先赁屋开办，请示沈家湾租值。"

到意理斋访彭玉成。

廿九日(**8月7日**)　晴。接杨甥廷枚、廷梓廿三日来函。寄六妹信，并复两甥。申刻到商务印书馆新厂编译所，访兰阶，值其他出，因顺往机器印刷所游览。于花肆购得红竹数本，安置小蒲草盆中，亦甚雅观。

三十日(**8月8日**)　晴。班侯自苏至沪，到寓少坐即去，予未之见也。又得杨氏两甥六月廿二日信。

七　月

初一日(**8月9日**)　晴。立秋。江西沈藩台回林观察电："沪宁铁路局林访西观察鉴：艳电悉。沈家湾租价，吕尚书有例，问时勣便知。惟租屋损伤殊甚。此次费巨款修理，须约学生无毁瓦画墁耳。瑜。卅。"

今日《时报》载《九南铁路总董莅汉》云：前江宁藩司李有棻开缺后即回江西原籍，为九南铁路公司举为总董。前月因事晋京，廿四到汉口。近又由都乘车来汉，渡江谒见鄂督，面商路政。闻勾留尚须时日。

今日《中外日报》载《芜湖皖路纪事》：前广西巡抚李仲仙中丞经安徽同乡京官举为皖路督办。仲帅力辞未果，因拟于八月初一日邀集全皖绅士，议决南北路线究应先办何处云。

芜广铁路第一段土方工程已将告竣，由郑姓承包。车站土方由吕筱汉承包，亦将工竣。由芜湖至湾沚路线共计英尺四十二里，合华尺七十里，经过之处应建铁桥五道。其桥基、桥墩由姚新记承包，悉用塞门德土建筑，甚为坚固。桥上之铁件，已由总工程师穆拉君介绍，向美国某厂订购，刻已陆续运芜。闻每桥一道，共需材料银五万两。铁路头站东河沿大桥已经开工，南岸桥墩业已成立。

皖路总工程师穆拉君于月前请假回国，准四个月后来芜。其一切事宜，暂由工程师柏韵士代理，仍以常友柏君为翻译。

芜湖至方村土方工程，业由陈姓承包，刻均动工。第一段购地局前在东门，刻已将局所迁移至湾沚镇。第一段铁路枕木已在日本订购五万余枝，刻下已运至芜者约四万余枝。闻每枝价值一两有奇。刻下皖路公司一切事宜均由提调王昭培大令主持，盖以会办孙继云观察须襄办上海商约事宜也。

黄初交来访西拟定之《三省学堂试办章程》及预算表各一纸，予转持与陈润翁一阅。

初二日（8月10日）　晴，热。内子回寓，适端甫至沪，住又春处，送之来，因留端甫便酌，夜与同到聚和园，旋在汇芳喝茶。

初三日（8月11日）　晴，热。礼拜。端甫又来寓，竟日谈。林访西观察到公所见访。

初四日（8月12日）　晴。剃头。早间与黄初同到访西观察处。予旋晤润夫、捷三于正修里，润夫持舫西致伊信，言学堂事。

　　端甫又来寓谈,定于明日乘广大船赴粤。连日发南昌、南京函,并附抄《三省学堂章程》及预算表。

　　初五日(8月13日)　晴。代陈润夫拟致芗丈信稿,言铁路学堂请款、派斋务长及选送学生云云。

　　初四日上谕:"岑春煊前因患病,奏请开缺,迭经赏假。现在假期已满,尚未奏报起程,自系该督病尚未瘥。两广地方紧要,员缺未便久悬。岑春煊着开缺,安心调理,以示体恤。钦此。"又奉上谕:"两广总督着张人骏补授,迅速赴任,毋庸来京请训。钦此。"

　　初四日午刻北京专电云:翰林院侍读周爰诹奏请将留学东西洋之官费、自费各学生尽行撤回,悉令归国;其以前毕业回国者,一律废弃,毋得录用;并停止开设女学堂等语。奉旨交政务处学部议奏。

　　本日《中外日报》载《江西铁路近事述闻》:江西铁路前议自总理以下由股东重行投票公举一节,兹悉李总理有棻对于此事颇不谓然,故某君劝其自行辞职,李亦不允。业已赴京与同乡官会商一切办法……又闻该公司进出款目,向归总收支经管,现因兴工购料等事,支放浩繁,责任綦重,非得殷实绅商,精于计学者不足以当其选。刻有公举熊绅元锽,承充会计长之说。

　　《江西设法振兴瓷业》:"代理臬司庆小山廉访,前奉瑞抚委往景德镇调查瓷器,兹闻廉访考查该镇御窑一座、民窑百二十座。陶工所制之瓷,因无人提倡,不知改良,窳败不堪。且全体窑厂每年烧柴计三百万担,每担百斤,值三百六七十文。皆系出境采办。或三百里以外,或五百里以内。交通既形不便,全恃人力挑运,到镇已所费不资。因禀请抚院设立瓷业学堂,并请筹款创设瓷器森林公司,在镇附近地方广种树木,以便窑户购用云。"

　　夜到广大轮船,知端甫尚未上船。

　　初六日(8月14日)　晴。本日《中外日报》载《绍兴府宣布秋瑾罪状》:据供,革命论说是妇人做的,日记、手折也是妇人的。妇人已认了稿底,革命党的事就不必多问了云云。

周翰读爰谂前日奏陈十事,探悉六条:一、饬令留学生一律回国;二、停止留学生考试;三、学堂各学生宜背诵四书五经;四、留学生不得为乡官;五、女学堂全行停废;六、推广存古学堂办法。

本日《时报》载《皖绅拟创路员研究会》:皖路公司驻沪坐办洪荫之大令,近因将沪局总文案、书记、收掌、填股、换票等位置,悉伊私人充之,甚至皖路公司之公事房,除常州人外,无一皖人,外间啧有烦言。近有皖绅某君,拟组织一路员研究会,分举财政、购地、材料、工程、会计、书记、管理各员,分科治事;并拟联合皖南北招股员暨各州县议员,开正式大会;提议除翻译、工程司不得不储才异地外,其余办事各员一律改用皖人;举招股最多者一人为议长,办事员有不称职者,由会员开会另举。闻俟李仲帅接办后,即当开会实行。

润夫信来。夜复到广大船,送端甫加皮酒、泥蛋,即与上岸喝茶。

初七日(8月15日)　晴,热。《时报》载初六日亥刻北京专电云:学部堂官近有奏,请停办京外大中小各学堂。如出洋留学毕业回国之学生,则仅给以学位,不能补授实官之议。目下正在磋商,仍未具奏。

《时报》载:度支部奏外债贻患甚深,请饬预为裁制,以防危害折云云。奉旨依议,钦此。

《中外日报》载:皖绅李仲仙中丞现因决计辞去路矿总理之任,已于日前呈请邮传、农工商两部代为奏陈,词极恳切。并举现办铁路之孙会办及矿务副总理方太史履中、李观察经邦自代,并云倘系路、矿合办,或于此三人中推举一人云。

兰阶来谈。

初八日(8月16日)　晴,大热。令贺云往南市王家码头张祥丰蜜钱作坊,向朱锡廷讨回路案底簿。至则探知锡廷近数日不在彼处,不知遨游何地,大非情理。

本日《时报》载邮传部奏议覆商办铁路由官备价收回,年限暂从缓议折。锡廷送回路案底簿,且告病状。张百泉十四日调往芜局。

初九日(8月17日) 晴,大热。竟日在公所避暑。

初十日(8月18日) 晴,热。礼拜。剃头。写寄江西芗丈信。

《时报》载:江西学务公所派定陈吏部三立为议长。

十一日(8月19日) 晴。到新北门内购水晶眼镜。贺云为汪麟阁送件往芜湖。四马路有六脚之猪、六脚之羊,亦异观也。

十二日(8月20日) 晴。本日《中外日报》载《江西铁路总理入京纪闻》:江西铁路因迭起冲突,致有另举总理整饬路政之说。李总理因即入京,与邮传部陈尚书面商一切。闻陈与李本有戚谊云。

正利厚公司小伙刘某催领《六九轩算书》。丑初一点钟,室宿正南方,指示郑黄初兄,且以印证予所作《中星表》之确也。

十三日(8月21日) 晴。《中外日报》载十二日北京专电云:邮传部分设司员缺额及职掌等:(上略)铁路、电报二司各设郎中二员、员外三员、主事六员、小京官二员。外省各局酌设总协理、总帮办、总副监等各员,无定额。

夜往游公家花园。

十四日(8月22日) 晴。《中外日报》载七月十三日六点钟北京专电云:九南铁路李总理有菜来京辞职,并商路务办法。

张伯泉调往芜局接手者浙江人陈澄之。夜往汇芳喝茶。

十五日(8月23日) 晴,大热。申刻敬礼祖先,焚银纸锭。

夜在群仙茶园观剧。刘玉香《翠香寄柬》、"林黛玉"《纺棉纱》,皆特色也。"黛玉"为十数年前"四大金刚"之一,现年约三十六七,徐娘半老,风韵犹存。曼声长歌,往复呜咽,哀感顽艳,而身世沦落之慨,尤足令江州司马闻而泣下矣!

十六日(8月24日) 阴,将雨。黄初告予,昨午林舫西观察到公所,云黄鼎臣持洪荫之致伊信,欲迁公所,与安徽办事处合居。此多系荫之私意,舫西亦不作主张。再谈迁房者,以未奉陈伯潜阁学命令,谢绝之。窃谓陈阁学即有命令,亦须揆度众情,以昭公益,不得徒徇一人之私也。王旭庄观察前拟昆山购地而不成。洪曾谓为私意阴

挠之，使不得遂，是其比例矣……嗣闻洪托舫西致信陈阁学舫西请洪
自致信。

十七日（**8 月 25 日**）　晴。礼拜。剃头。与内子往大马路孔凤
祥、三马路珠号、棋盘街广智书局，旋往汇芳喝茶。夜九钟回。

十八日（**8 月 26 日**）　晴。又往新北门沈店换眼镜。

本日《申报》载《九南铁路总办入京辞职》云：九南路局自借款输
入以来，局中诸绅，意见不协，大有一国三公之势。日前李芗垣方伯
见东京公函大意指摘局中用人不当，借款可危，而以撤总办为宗旨，颇为自
危，爰特进京，拟请辞职。同乡京官蔡燕生、熊经仲诸君，特假蔡和甫
宅中，邀陈雨苍尚书商议办法。究竟李方伯能否辞职，一时尚难解
决云。

本日《时报》载《私卖江西屯地之交涉》云：中国定例，屯地不准私
自顶押，违则重咎。前因九江九卫坐落官牌甲屯地，经燕勉卿私自售
与日商三菱公司，因适在南浔铁路勘定界线之内，经浔道与该商交涉
多次，未能了结。该商近又将契据呈于德化县投税，当经该县驳复不
允。现由浔道文观察将办理情形禀报瑞抚。当经瑞抚咨请外部与该
国公使交涉，饬令照约退还云。

昨日《中外日报》载七月十六日北京电云：津镇铁路借款，五厘行
息匀摊，五十年还清，计本息两项共应还一千二百五十万磅，由直隶、
山东、江苏三省分认。现已议妥。

十九日（**8 月 27 日**）　晴。十八日上谕："广东按察使着王人文
补授。钦此。"

今日北京寄《时报》馆电云：直督袁宫保到京，与军机处密商立嗣
事。廷旨将袁折抄寄各督抚，令各抒所见议奏。又电：南洋华商电致
军机处，称周爰谞条陈一折，实图激变，乞代奏请明正其罪，以维大
局……①按此电恐属子虚也。因避忌学界而托之华商，具见着意处，

---

①　此系原文省略号。

且与杨侍郎士琦查巡南洋商务有密切之关系。

十七夜，北京巡警厅饬令《京报》馆停止出报。

《时报》载张菊生元济来函云：启者同乡沈砥民、虞含章、叶仲莱、汤济沧，诸君组织浙江旅沪学会，并由汤蛰仙先生介绍沈君来寓见示。事关联络乡谊，自无不乐为赞成。诸君坚嘱鄙人列名，当经声明，总在汤君之次。现在刊发暂定章程，明系樊君棻首列，乃贵报以鄙人居首，实系错误，应请更正为荷。

二十日(8月28日)　晴。安徽铁路总办无论仲帅接手与否，伯行京卿八月廿八日一定起程赴英。前报告外务部起程日期已画押云。

本日《时报》载十九日北京专电云：鄂督张之洞叠奉朝旨，催其从速晋京。因特电询陆军部尚书铁良，略谓袁世凯入京、杨士琦出京，究竟朝廷意旨安在云云，行期因之观望未决……①十九日戌刻北京专电云：《京报》之封禁，传闻系直督袁世凯咨请民政部所为，其罪案有造作立嗣之谣一款。

廿一日(8月29日)　阴。小篆者，中国之国粹也。自小篆变为真书，浅学者不讲《说文》，往往据真书之形状附会小篆，而不知其望文生义、毫厘千里之差，每贻笑于方家。今日《时报》"滑稽字"以毛学使所用公文印章系"孝文为教"四字，因以"教"字从"孝"、省从"攴"，纠其失，且以不如用"反手为毛"四字，可谓雅谑者矣。予犹忆近科江西乡试，以"和五典，叙百揆"命题，解元龙某论中有"叙从文，如天文"之句，当时讥其荒谬，且叹主司之不学无识。乃彼则弁冕群英而索瘢幸免，此则楷模多士而小侮即来，甚矣！学问之事，动关名誉，不可不慎也。

《时报》载《江西商会举定总协理》云：江西商务总会定章，总协理均一年期满，另行投票公举。现届另举总协之期，该会业已齐集各行

董事,投票公举。闻总理已举定陈伯严主政三立,协理举定贺尔翊主政赞元,坐办举定聂芸牧君,惟尚未宣布云。

得夔诗侄十七日南昌孺子亭仓颉庙禁溺女局来信,知予六月十八日致才庆叔之函已为寄去矣。

又春弟妇晚间来,因妾邓氏发狂颠,或寻短见,避其锋。内子留伊住。夜到群仙茶园。

廿二日(8月30日) 雨。抄《三省铁路学堂招考学生简章》。

廿三日(8月31日) 雨。寄芗垣方伯三省铁路学堂招生简章一百张,并五月公所用款册,并照式寄南京伯严招生简章及五月份公所用款册,均双挂号。

《时报》载日公使咨照外部,为东督借款事也。据《字林报》云,驻华日本代理公使奉政府命,咨照中国外务部,此次徐世昌为东三省新政,向欧洲某国借银四千万两,此实有其事。外部即致电东督,嘱其拒绝此事。度支部已咨照各省督抚,嗣后禁止,不准再借外洋债款,以免外人干涉中国财政。政府又札饬各督抚,若筹款项,可仿照直督向本国人民借款之法办理……①

《时报》又载徐大臣称外债完善云:东督徐大臣昨电政府,谓东省招募外债办法极为完善,勿因局外人干预辄行中止云云……②按徐菊帅放失东三省利权,以媚外而自固其位,铺张无实际新政,因借款而私饱其橐,奸滑之尤,罪不容于死。彼利其沾润,而阴为之援手者,厥罪惟均。呜呼,亡国之臣何比比皆是也!

廿四日(9月1日) 阴。礼拜。剃头。《时报》载廿三日亥刻北京专电云:江督端方近与某抚颇有意见。闻端电商政府,力举郑孝胥以代某抚。

三省铁路学堂书记兼收支陈宣觉,又补送招生简章五十张,复寄江西铁路总局。

---

①② 此系原文省略号。

又春、黄荣生至予寓。

廿五日(9月2日) 阴。本日《神州日报》载陈尚书奏饬不准借债办路,云邮传部电饬各省,不准借外债办路,已见本报专电。兹悉陈玉苍尚书,以川汉、湖南、江西等省铁路,均系该省绅民禀请自办之路。讵既组织公司,招集资本,又有借用外债之议,殊与原禀相背。故于日前出奏,请旨饬各省督抚传谕各铁路公司,凡系禀请自办之路,概不准借外债云云。铁路关系重要,若吸收外人资本,以侵损本国利权,则利益未见,而祸害已随之矣。

伴引内子、畹芳及又春弟妇,诣沪宁车站观火车行驶。

《神州日报》二十四日北京电云:中书黄运藩奏称立宪有百害而无一利,徒多纷扰,请收回预备成命。又请复科举,与学堂并行,以延孔教。交学部议复。

御史俾寿奏设报律草案已定,拟照会各国公使商定发布。

廿六日(9月3日) 阴。本日《时报》载廿五日申刻北京专电云:新组织内阁,定总理一人,以庆亲王充之;副总理四人,则肃亲王、世续、张之洞、袁世凯充之。至于醇亲王,则因拟立其子为皇嗣,是以回避不与……①(又电)政府现在会议复行科举之制……②《时报》补录主事梁广照奏参岑云帅请借外借一千万两兴办自来水、官纸局、土敏土厂,以及建筑商场,广开矿产,皆含有商人性质,并非军国重政必须并举兼行者可比。若果次第筹款,俟有成效,再行拓充。计每种须费少不过十余万,多亦百万而止,何至猝需此巨款。臣度该督左右必有纷纷献策,冀分余润。该督受其蒙蔽,以为逐渐兴办,难应群吏之求,不若立借巨款,以供挹注之用。此所以明知其危险,甘犯之而不顾者也。(中略)臣谨就管见所及,可将官银局所存准备金即钞票存本一千数百万之谱,酌提一半办各种实业云云。折中所言,剀切详实,可谓名奏议矣。

---

①② 此系原文省略号。

接廿二日印兄在琼州寄予之信，言胡方伯将来交卸护督篆，不愿回任，即须引见。而印以电局不能长办，亦拟携眷回沪暂住，己则进京谋事云。

李伯行京卿午刻回沪。

廿七日(9月4日) 雨。本日《时报》载《安徽组织铁路学堂》云：皖路会办孙季筠观察拟俟新总理李仲帅接办后，在芜组织路政学堂，招集皖生入堂肄业，四年卒业，充当路政办事各员，以收实效云……[①]该报又载《江西茶叶路股之减少》云：铁路局创办抽收茶叶路股，统计不及三千元，而税局核计收数则视上年大减。缘茶叶向无请领联单之事，今年则联单接踵而至，路股固形冷淡，捐税大受影响。现拟商之路局，停收茶股云。

廿八日(9月5日) 阴。七月二十七日，内阁抄奉上谕：外务部尚书着袁世凯补授，钦此。又奉上谕：大学士张之洞、外务部尚书袁世凯，均着补授军机大臣，钦此。又奉上谕：吕海寰着开缺，以尚书充会办税务大臣，钦此。

本日《中外日报》载《江西铁路总理将次返省》：赣省铁路总办李芗垣方伯，因东京留学界另举谢石珊太史充当总理一事，当即赴京。现闻赣省京官仍举李方伯为总理，陈伯严、刘浩如两主政为协理。惟须遵照商律公司办法，不准滥行用人，虚靡公款。李方伯已于日前由京起程，遄返赣省。

《时报》载《日本运动承借福建铁路巨款》：昨日诣外务部递一节略，语多要挟。部中明知来意不善，未便严词峻拒，托言此路已归福建绅商自行集股建造，国家不便干预。俟本部与该省绅士商议，再行奉复。如不愿借债，本部亦无权强迫云。

家仲甫鋆自诏安来，且交来伊兄伯渊镐送予之铜墨盒一、海柳即海珊瑚手镯一。又交来曾瑞麟处附来九亦婶高氏五月初八日寄予之

① 此系原文省略号。

信。午后又春以马车来。又春弟妇邀内子同往平安街。

《申报》载《端午帅奏撤旗营驻防之办法》,拟于遣散时预给十年钱粮,其款拟发给一种债票,俾便行使。此十年中,国家所应发之钱粮,照数积存备抵。又拟请旨饬下大小满员一品以至六品京外各官,廉俸每年捐提二成,至十年为止云云。办法极谬。

夜,黄初邀予到富贵得意楼茶叙。

廿九日(9月6日) 晴。七月二十八日,内阁抄奉上谕:

> 袁世凯奏请收回成命一折。现在时事多艰,该尚书向来办事认真,不辞劳怨,自应勉为其难。所请收回成命,着毋庸议,勿庸固辞,钦此。又奉上谕:湖广总督着赵尔巽调补,陈夔龙着补授四川总督,钦此。又奉上谕:直隶总督兼北洋大臣着杨士骧署理,吴廷斌着署理山东巡抚,钦此。又奉上谕:张曾敭着调补江苏巡抚,迅速赴任;浙江巡抚着冯汝骙补授,未到任以前,着信勤暂行署理,钦此。

度支部尚书泽公,力驳东督徐世昌借外债办新政之举廿八日亥刻北京专电。

《时报》载《赣省铁路近闻》:江西铁路总办李芗垣方伯,因留东学界另举总理,赴京辞职。当经同乡京官仍举为总理,陈伯严、刘浩如两主政为协理,李方伯遂于二十四日出京返赣。现已定议,将铁路局改为公司,实行商律办法,不准滥用私人,糜费款项……① 南浔铁路工程师日人冈崎平三郎,前因李方伯晋京辞职,该工师亦有撤换之说。现李仍充总理,该工师亦得不另撤换。该工师遂由日本聘来技师八人来浔,分头复勘路线矣。

浙路自江干至湖墅之轨道业已筑成,惟前向某洋行订购之客车,

---

① 此系原文省略号。

至今尚未运到。刻由总理汤蛰仙京卿,议以有篷之货车略加装饰,先行搭客。于七月廿一日开机,计程三十余里,每客取资四角。其正式开车之典约于中秋举行。

复高亦太信。允还谷四担,因附致才庆叔信,嘱其拨付。均附复夔侄函转寄。致家伯渊信。

三十日(9月7日) 晴。往曾瑞麟处回看仲甫,并托寄伯渊信。值戴木斋、罗海帆来收信昌隆同乡商会经费,自六月以前缴后,人心不齐,恐成画饼矣。文公达经伯严电招往南京。

予旋到包西合号晤谈晖翁及其子竹峰太守,并晤赵厚官成章。往天顺祥,未晤润夫。朱锡廷在南市患疟,有信来。

八 月

初一日(9月8日) 晴。江西会馆董事送束通知,初二、三日巳刻会馆彩觞,同乡团集。礼拜。

初二日(9月9日) 晴。剃头。巳刻往江西会馆行礼。刘子卿、黄鹤龄、金某咸集。同乡到者约五六十人。经管会馆者黎照壁、陈润民,会馆经费系各商抽厘,年来有千金存积云。早便饭,午戏酒甚丰盛,观天仙班演剧。顺往王家嘴浙江海运局候包竹峰太守。时办盐缉捕营收发差事。午后到又春家稍坐,即雇车与内子回。顺观电光影戏,并西园喝茶。

本日《中外日报》载商办铁路学堂招考学生告白云:本堂系福建、安徽、江西三省铁路公司合办,校舍暂设在上海虹口沈家湾地方。愿入堂肄业者,可各就三省铁路公司总、分局报名送沪。在沪者径向图南里四省铁路公所报名送堂可也。以下云云略同。廿三日刊寄简章,但删去"不拘籍贯"字样,此甚得体。

本日《中外日报》载浙路公司职员俸额表甚详。

初三日(9月10日) 巳刻,畹芳来公所唤予,言老母忽改常度。回寓则见老母已经微卧在床,目光无神,口歪不语,似中风症。因与内子商量,先以神曲、麦牙服之,俾消积滞。次则煎理中汤服之党参、白术、附子、干姜、半夏、甘草。夜睡闻喉中时时痰响,上桶俱须扶抱,身子甚沉重。

初四日(9月11日)　晴,阴。已刻,往泰生堂请黄杏林为母亲诊脉,开方服之。午刻,往光华照相馆请二友为母亲照相。服药后又吃煮饭,稍能自坐,精神略好,不似昨日之昏迷矣。

郑黄初、黄鼎臣告知,洪荄之运动李伯使,嘱访西观察致电殁庵学士云:"福州铁路局陈阁学鉴:皖路催移所甚急,谓公面允,乞电复。峒。"

东洋留学生寓新垃圾桥巡警局新建黄守先,持汤柏芗本殿洋式名片来访予,言柏芗现寓佛照楼九号,患腹疾,请予为诊脉。予谢以未习岐黄,且家中有事,不暇趋候。

初五日(9月12日)　阴。早间到新衙南当铺对面,嘱荐头张阿海雇高妈。

福州陈学士来电:"四省铁路公所原所腾出即移。琛。"

母亲又服黄杏林方剂,竟日静卧,差愈。

江西旅沪学会同人有信来,托予为蒋体元报名,应三省铁路学堂招考。予即将原信交郑黄初收。〔页眉记:江西学会同人启云:今有蒋君体元,欲考三省铁路学堂,伊曾在沪上习过英文者。兹特录姓名年貌,烦阁下代伊报名,并期示以考期。江西广信府铅山县蒋体元,年二十二岁,曾习英文。〕

初六日(9月13日)　阴。早间与舫西、黄初同到安徽公司看房子。讵该公司人员甚多,全未搬动。而李蘥吾侍郎且不知情,只由洪荄之一人私意,随便指两小房与江西为办事处。不公不正,极不近理。因与黄初等言明,原所如果腾出,再行斟酌搬移。

阅初四张伯泉芜局致黄初信,云李仲帅仍执意坚辞。昨孙会办已亲往宁垣劝驾,亦不知其意如何。俟有所闻,再为布达。

复请黄杏林为母亲诊脉,另开方服之。夜睡甚安,大小便亦畅。

初七日(**9月14日**) 阴。昨日《时报》载江西瓷商巧避路捐云：有客自景德镇来，谈及铁路局在镇创设抽收瓷器路股局，示期七月初一日开办。乃该镇工商界通力合作，昼夜赶造，争先装载，趁六月内将大帮运瓷一切报税出口。约计六月下旬，税钱多至五万有奇。迨七月初，则货船如晨星矣。缘路股系报统税一千文者抽钱五十文，统税已提前报完，路捐遂无穷掊注。遵路股之名，避路股之实，其计亦巧矣。虽然，谁实为之，孰令致之，而使商人裹足不前也。

母亲又服一剂。

初八日(**9月15日**) 阴。母亲全愈矣。

江西旅沪学会五人来，予因指引至靶子路沈家湾三省铁路学堂，均尚未报名也。教务长：闽，柯鸿年；庶务长：皖，朱炳辰。程文卿名焕彩、蒋体元号子调均至予寓，约往商会，谈良久。拟初十日未刻开会，议学堂应考事。既而询之黄初，知三省铁路学堂开考约在月底，开学须在九月间。

得张伯泉芜局寄予信，因即函复伯泉。

初九日(**9月16日**) 晴。黄初述及昨日江西学会五人在铁路学堂与书记陈雪生印觉宣，福州人，访西女婿；书识苏莘垞，湖南人冲突，幸予未同往，否则定以予为主使，百口难辩也。予方悟昨请我到学会诸情状，盖欲激予略出主意，遂借以起风潮。今日广丰潘演竞文、上饶应运轶环、广丰俞襄赞予来公所报名。既不谒予，而传言托予保证，予固目笑存之矣。

江西旅沪学会通知明日未刻开会，决议铁路学堂应考办法。其词云：兹闽、皖、赣三省铁路学堂，应各派送学生三十五名。吾赣应如何办法，尚俟研究。准于本月初十日午后二时，开会于会所，经众决议施行。届时务乞惠临为幸。江西旅沪学会渤。

拟定明日到会演说云：孚周敬告同乡学界诸君，少安毋躁。凡办学堂，往往经年累月尚未就绪者多矣，至速亦非三数月组织不能完善，此通例也。况属三省合办，经营伊始，羌无故实，组织尤难。六月廿二,闽皖赣三省路员甫会议合设铁路学堂。七月一日,甫请定访西观察监督,甫租定爱苍方伯华居。既望,甫部叙开办大致。廿三,甫印刷招生简章;廿四、五日,甫邮三省;八月初间,甫载报章,迄今曾几日矣。章程出于仓卒,其中或未尽善,不难随时改良。一切公益,三省同之,更何待言。此间情形,仆已前后肃笺,屡次报告路局,虔请总会办李、陈诸公商筹妥应。讵陈吏部前既抱恙,或姑置此为缓图;而李方伯顷始南旋,抵省与否,尚无确音。窃意吾省之于此事,所以迟迟至今未宣布者,职是故耳。夫路局回谕何如,尚未得知,则诸君何用空自焦急,而惶惶然多所顾虑。且欲亟筹对付之策者,殆不必矣。即使向学情殷,人思捷足,而此间既设学会,应另由学会禀明李、陈诸公,请示趋向,方有把握,方是正办。否则窃恐置弈不定之争竞,不但无补于主权,且恐祖鞭先着之壮心,或反授人以口实。诸君试纵观方今时局何如,必有悟矣。日来甚悉三省铁路学堂,表面虽极急就,内容尚未成章。似此重大问题,何至潦草从事。然则开考也者,大约快则月内,迟则竟难定期。不然,或改为陆续收考,亦未可知。是在监督耳。仆故奉劝诸君少安毋躁,一面更由学会从速请示,环恳主持。非对外甘于让步,对内过于小心。譬之出户,舍路末由;譬之发轫,先辨方针。如此,既可以终达其目的,亦以表著吾省学界体用并重、磊落光明之品格。蠡湖匡庐,声价同之,则又何争先恐后之足云。

初十日(9月17日) 晴。午后到学会存《六九轩算书》四部。

同乡到者,文公达、戴穆斋、罗海帆及某某等,并胡梓方、张踵五、蒋子调、程文卿、钟古愚共十余人。予将演说出示众,而今日所提议又□第,争学生之额,而稍寓变通,盖文公达寄伯严信中之旨也。其信□□谨拟两项办法:(一)如核计赣省现办九南,以两年未能竣工,需才尚非至急,则以改办预科而推广学额为宜。(一)如核计九南一路两年可期竣工,需才甚急,则姑一切赞同。该章程增入两条:(一)招考宜由三省分考,各取三十名。为某省所取者,即确定为某路学生,他日毕业即派入该路,不得俟毕业时随意选派。(一)预防毕业后不肯服务之弊,宜行严定规条,预考之学生均须认可遵守。以责成保证人为要义,然无端如以彼省之人而服此省义务,其感情较薄,此无法可施者也。如蒙鉴择,函商芗老,迅发一电与侄,自当向该堂监督林舫西观察切实磋议也。代表一席,至今未奉明文,无权过问。日前琐琐陈说,实亦越俎也。

母亲腹胀连日,又服黄杏林药而愈。

十一日(9月18日)　阴。《中外日报》载三省铁路学堂告白云:商办铁路学堂定本月二十日开考。本学堂设在虹口沈家湾地方,凡由闽、皖、赣三省考送学生暨在沪报名送堂者,均于是日上午九点钟来堂应考勿误……①□□□□□□舫西观察原定之章程,固云三省□□□□□□□后刊简章亦云三省各送学生□□□□□□□在沪报名之明文。今自乱其例,一切欲速,□□□□□写上陈弢庵阁学书,初八日起草,故作初八书。寄福州城内澳门桥下林公祠,总办福建全省铁路前内阁学士陈。

十二日(9月19日)　阴。发弢庵阁学信,双挂号。林舫西观察患碧螺痧,于昨日亥时卒。写寄南京伯严信。写寄江西李芗垣方伯信,附嘉纶绸缎店交来胡翔林函。

十三日(9月20日)　雨。福州水部来电电报局在该处:"图南里铁路公所转柯贞贤兄:闻访变,学堂事祈暂主持,并查点三省已交之款。琛。"本日申刻到。

亥时接芗垣方伯南昌铁路总局来电:"图南里四省公所刘三安兄鉴:来信均悉。学生事昨布电询润翁,尚未见覆,请催覆。学生额,京送十名,本省廿五名,业已选齐。限何时到沪,祈速径询电覆,以便约期起程。菜。"

十四日(9月21日)　晴。早间持芗丈来电示陈□□□□□□□□□芗丈在浔所寄书见□□□□□□□□□□□即暂返章门。

――――――――――

①　此系原文省略号。

节后即将□□□□□□□□有局务正待屏营,俟部署妥□□□□
□□□□□学堂前承代表,极感盛意。寄示章程,并每月预算表,均
属尽善尽美,甚为钦佩。我省自应一律遵办,开办经费五千两,信昌
隆号汇沪,斋务长兼收支一席,俟同人商定后,即行派往。学生议归
京局选送十名,敝席选送二十名,惟最速必须月底,月初始能到沪。
以上各情,统祈转达。前途是所,祈祷以本省之公益,得阁下毅力维
持,重费清神,无任铭佩。乡愚弟李有棻。……① 又亲笔云:承示铁
路学堂经费,我省须派银五千两,自应及早兑交。因弟远在京师,致
尔迟迟。兹已回浔,特肃函奉复,并加手函,即请阁下亲晤曾瑞翁面
商,取银五千两,交与四省铁路局经手此款之人收用,并取收条寄浔
为祷。弟住京月余,已与京局同人议定,悉照总公司办法。弟□□□
□□□□□□刘浩翁为协理,由□□□□□□□□□□□
□办事均有月报,发后即将省□□□□□□□□□俱可置之不论。
弟现回省,一□□□□□□□□□公,在浔设立总公司,省城但留
总局数员绅□□,入股各事而已。捷三、法和二君,不日亦可到沪,商
订添请总工程师之事,并请我兄会同商办,能否成就,再作商量。弟
有棻顿首。

　　棋盘街南洋官书局,吴省吾为柜总,陈润夫为总办。拟将《六九
轩算书》寄存该店,已承润翁面允。

　　与黄鼎臣同往访西观察灵前行礼。予旋到东升里柯公馆,又到
大马路寿康里,始晤柯贞贤观察鸿年,与谈铁路事甚畅。始知三省学
堂章程,柯赞成者俱多。予即示以芝丈来电,赣生选齐云云,柯满允
赣路学生只认可该路局所派送者,余不滥收。

　　三省铁路学堂所请之洋教员刚□第,奥国人。

　　戌刻复芝垣方伯电:南昌铁路局李鉴:电悉。访西卒,柯鸿年□
□学务,已以赣生选齐告之。询考期,尚□□□□□□□□□。孚

---

①　此系原文省略号。

周。盐。润翁……另举……。

《申报》载九江铁路车□□□□□□□□□□□□□□设于德化宾兴洲地,共计二百七□□□□□□□□□加四千文,加费现兑,余则作为股票云。

十五日(9 月 22 日) 晴。致陈润夫信。到李伯使新寓,顺往均益里第四巷黄鼎臣新寓。何子兴来谈。端甫自粤回,现寓全安栈楼廿四号。午后至予寓,留晚酌乃去。将之苏云。黄初交来商办福建铁路公司第一次股东正式会始末记。

《时报》载十四日北京专电云:军机处交片,奉特旨,前出使日本大臣、内阁侍读学士蔡钧,行迹诡秘,声名素劣,着即驱逐回籍,交地方官严加管束。

十六日(9 月 23 日) 晴。《中外日报》载十四日北京专电云:袁宫保劾前内阁侍读学士蔡钧,行踪诡秘,声名素劣。奉旨蔡钧着革职,饬步军统领押逐出京,交地方官严加管束。闻某宫保亦在可危之列。

《时报》载十五日戌刻北京专电云:政府电谕东督徐世昌,日□□□□□□□□□□一节,暂缓举行。万□□□□□□□□□□□□寄郑黄初信云:学生招考□□□□□□□□□□已定初六日考期,考后须俟□□□□□□□□□前,万赶不及,恐稍迟,幸为原谅……又云,学堂工课虽有二班,专学工程,择尤派送出洋一节,尚是悬而有待。不如先就头班中挑选工程预备一科,以宏造就。现时所定功课,皆属于车务之管理法,而所招学生之程度太高,恐不足厌学者之望。乞与诸公及教务长商之。

《申报》载十五日北京专电云:李经羲、张元鼎、丁振铎、俞廉三同于十五日奉旨来京陛见,其事甚可怪异。

剃头。夜到全安栈访端甫,未晤,留字与之。

十七日(9 月 24 日) 晴。寄江西李方伯信,附闽路招生报告及江西旅沪学会开会演说。柯贞贤来回拜,未晤。

亥刻复寄李方伯信。闻柯被洪某运动,将于二十日拔取报名之学生数人,掺入江西额内。岂有此理,故通知急筹对付之法。学堂开办经费,只皖拨□□□□□□□□□□用千数百元矣。余者近归柯□□□□□□□□

十八日(9月25日) 阴。致柯贞贤观察鸿□□□□□□□□□□

十九日(9月26日) 阴。到陈润夫老伯翁处,即□□□□□□《六九轩算书》三百九十二部寄存南洋官书局棋盘□楼上,经手潘介眉,盖润翁即系该店总办也。往商会访文公达,未晤。柯贞贤观察有回信来,云在沪招考一节,伊自别有用意,且皖籍学生该省既不咨送,不能不就沪考校,至赣生之额,自当照数留备,以践前言,务请执事电达贵省公司,赶即备齐学生送申考验,以便定期开校云云。

二十日(9月27日) 雨。福州陈阁学来电:"图南里铁路公所各学生,拟海晏行,何日开学,速覆。琛。"《中外日报》载北京专电云:张中堂奏排满革命风潮,皆蔡钧使日本时,专与学界为难,不以劝学为事,以致酿成此祸。现已由步军衙门会同民政部派司员连印将蔡押回江西原籍。

《申报》载《赣路节省经费之计划》:江西铁路总办李芗垣方伯因京官,仍举总持路政,方伯返省□□□□□□□□□兆云及工程弹压□□□□□□□□□□□□□省城总局归并九□□□□□□□□□□□□□□□记陈雪生觉宣致黄初信云:开□□□□□□□□卿首途之前。然须俟学生到申,考验后方能定期开校。黄初因电复弢庵云:"福州铁路局陈阁学鉴:开学须学生到申,考验后方定期。公所。"

夜间,黄初在三省铁路学堂,闻悉芗垣方伯电达陈伯潜阁学,荐湖南候补道沈星海爱苍方伯之胞兄为监督。阁学先电请王子仁,福建船政学生,现在湖南抚幕。或王不来,则改请沈云。

光绪三十三年丁未(1907)

(八月至十月)

八 月

光绪三十三年丁未八月廿一日(9月28日) 微晴。……

廿二日(9月29日) 晴。礼拜。剃头。……电署湖北藩台……试昨特具折奏……堂二所。二十日午后……《申报》载前……考一折,略谓……请仍简放……《申报》载……或云另有他……厚德银号……所致云。到景云……。

廿三日(9月30日) 阴。左齿……。

廿四日(10月1日) 晴。《时报》载:"李芗园方伯之子幼乡观察日前因陈玉苍尚书调入邮传部,自思见长,会上条陈,内有三语:'科举停而举子不安,捐输停而官场不安,鸦片禁而商贾不安'云云。因此京师遂误传芗垣方伯有请复科举之事。"①……报载英商亚细亚公司向外部……三百万,经公司与信勤……至嘉兴毋庸借款……城县附生熊匹刘……总办事处,致……三十五名即……沪上报名当日系因……会商,金无异……闽皖两省占……妥为商办敝省举派,访老既故……为望,此请均安……所举荐作监督之沈星海文肃公次子……陈弢庵阁学九月廿三日六十寿辰福建……。

廿五日(10月2日) 阴。接到陈弢庵阁学廿一日复……皖局

---

① 原稿缺损严重,此据《时报》光绪三十三年八月廿四日第三版《京师近信》原文补足,与存留文字完全吻合。

当日原因孙季筠兄住屋毗连，欲……局，将原所腾出方好……便应如何会商各……希酌行。敝省值年……李伯行钦使……均原之。

商务……医官黄荣……荣良子诚……生陈秋谭怀□……庆平怡堂……八九当与革命军……。

廿六日(10月3日)　阴。阅各报……询之："南京中正街……复。孚周。"又发电至浔局："……李变确否，乞电复。孚周。"

午间到……事亦无确耗，因顺至商会留字与公达信昌隆、胡捷三……沪学会等处，回寓后乃阅伯严……老，廿四在鄱湖偕一……九江复予之电："……同溺毙。立。"夜复……九江来电：乘西清至鄱湖……由敦仁既撞沉又……订王君甚善立宥……虽云劫数难逃之不停轮……得彼船执事，食其……老因移局而遭此……应恳邮传部代……一以感励来哲，将来吾省铁……矣。

江西旅沪学会明日午后二时……同乡对于本省路政自应互相维持云云。……学生已来廿人，现住客栈。

铅山蒋……。

廿七日(10月4日)　雨。致李伯行……信，并将昨晚伯严……洋行对面码头送……子托投名……名运崍，衡恪母舅，现□招商局文案，……萍乡人，程文卿南□□……上邮传部江都赣抚电：宪台均鉴：据九江路局来电：江西铁路总经理李有棻于本月二十四日移局赴浔，乘西清官轮至鄱湖，为道生公司之敦仁轮船违法撞沉，全眷溺毙。敦仁竟不停轮救护，残忍至极等语。乞查明重惩，并奏请照没于王事例恤，为任公益者劝。现该局路事需人主持，瑞清等公议推举协理陈三立为总理，以维路事而保主权，伏乞代奏。江西旅沪学会会长、江苏候补道李瑞清号梅庵，临川人，翰林等叩。① 二、两江师……沪学会由伯严先生函知公已允……□敦仁违章撞溺急耗，学界不能无

---

①　原稿缺损严重，所引电报据八月廿九日《申报》所载予以补足，与存留文字完全吻合。

言……邮传部及江督抚查办并推协……。三、北京江西学会……官轮被敦仁违……明惩办，现该……三立为总……江西留学……。

廿八日（10月5日） 阴。敬吊李……金称解组后嗣君……江西奏办……怪独是锐……到此天道宁……联以吊之，并附以……公益三年热血，竟付……教长纪念。文举论交深见……鹤忍检点来笺成故笔。蠡湖何处……间险巇途，此行非智亦非愚。移家漫……楚大夫。杞客忧天痴到死，长房……老峰前月，万古凄凉照蠡……题。

外务部致……正合同，虽经本……扼定自办主议……该使提议已有端倪，查……指的款为抵押，给以现利……公司不能借口干预路……措款目，作为担保之用，将……进款，此次拟向……二十万两内外，苏……有何的款可指，希……

……□苏抚覆外务部电：北京外务……事现拟借款百五十万磅，虚指的款抵押，将来……给该路进款令分认指定电复等，因查苏路前由商部奏准由绅民自办，核定章程，专集华股，非中国人资本一概不收。现上海至松江一带路，工业已兴，筑款已筹，……令偿还，绅民必不承认。况苏省……遇有要需全资……，再四筹画，实……。

浙抚覆外……："……□电敬悉苏杭甬铁路草……迭次专函，银公司再三声……覆奏去年二月二十七日……正月间当面谢绝英领……商股独称踊跃……货土工筑至海……奉钧电不得不……议，金以英商议速不速，限办……在商款足敷应用，无需再借洋款，已废之草□□□□□办法系属两事，强令借债指押，事关全体股东经理万难承认，并拟布告股东决电恳大部主持等语。窃思浙路集股最多，程效尤速，正拟陆续接展以保利权□□□□息亏损所不待言，诚虑官民死……此涣散于地方大局关系甚巨……的款可指内……枝节，应请大……办，并不需款以维路权……称此案决不置身事外……了结，伏候钧裁。"

苏……示大部电敬悉，苏杭甬……办缘由上年二……遵在案。苏路……奉旨钦遵办理自苏至嘉……报部开工，今已陆续铺轨开车……土动工,商情踊跃,股款已足敷用,原因此项路□□□□□营所得,不惟觇实业之发达,亦以见爱国之忠诚。论朝旨则不宜借款,论民情则不愿借款,若强迫抵押,亏损既巨,此端□开,商办信用全失,人心涣散,大局可危。况草约逾期□□□□□律作为无效,彼系自废,我始收□□□□□□□□□□举万难承认,伏乞大部坚持□□□□□□□□□路权而固商□大局……

《时报》载廿七日……海甸民政部公所连……一事,持之甚坚,至以……吏部书。

兰阶妹……

廿九日(10月6日)　阴。未刻接南昌……:"……□会诸公鉴:江西铁……坐西清轮船,廿四日早……轮船撞沉,被溺身故。廿六殡……艳。"

本日《时报》载胡、马论外……语语沉痛,至云夫既明明言还本还利,仍取给于□□□□□该路为抵押矣,而犹谓该公司不能借口干预,其执信之。论□不斤斤政府之不明事理,甘受人愚而不知已入政府诸公之术中而不觉矣,何也。政府诸公固日望国民相加以大愚之谥也,观其□□止二百余言耳,而为己卸责为外人……不允,此岂不明事理者之所为也耶。……利害其不免诸公之齿冷……也。噫。按此数行,尤如禹鼎……奕于字里行间,栩栩欲活……。□:"……部钧鉴:浙抚院行知大部二十……骇查苏杭甬与津镇有六不同……商逾期十年,从速不速,限……自办枵腹拼命,勉为国家……。二、盛大臣于光绪二十九年……不办草案合同一概作废,该……部尽据此函,不与磋议。三、津镇……而已造苏之沪松已安轨,杭之江墅已行车,搭客装□□□数月,无须款,安用借。四、苏浙奉旨商办,官不与其款事,浙于赔款、练兵等项尚虑支绌,确无的款,可为商路抵押。五、大部谓款与路分二事,的款担保防其干涉路权,而将来还本还利,仍系取给于该路进款是……之款。六、国家正提倡路政,若已造已……废之草议,名曰借款,实则夺路,公……律何如商办之上谕,何大部……镇顺带苏杭一笔,大部恐……仿办具见交涉苦心而有……预之能力,拒其干预,不如……者。盛宣怀奏明苏杭甬之草……奉朱批外务部知道。钦此。大部……正可懔遵朱批,请责成该大臣以间……知今借如许重息之款而曰自有办……不饮酖酒,况并未渴也。中国非不……非不向购料,现在所用之机车铁料,本有购自英厂,但不□英商之要求,二三日间,大小股东争来诘问,迫求董事往沪开会,势甚汹汹,商市摇动,不借则累大部为难,认借则苦股东不服。潜藻穷于所措,惟有祈恳大部陈请□□□□副理,撤去潜之卿衔。因路……一并撤销,为不能仰称大部……可蹜情急语蘉所赖再造……心悦诚服。

　　浙路公司致商……路浙办商部奏准朝廷特……谓苏杭甬草议英商逾限……灰之理,放手放胆,群挹汗血……接筑复百余里,冬春之间,苏……营业总副理宣告浙抚院传……甬草议系彼逾限自废,与英……指只款抵押,而本利仍取给于路……愚怀于他路借款之害,既能勉集……万户商等不过代表,兹事体大,出于意……张胍偾兴,要请大会拒绝,不能不取决于全□□□□□□日日言立宪,安可失信于商民。且大部重商,方会请勋爵以徕之,外部公忠一体,谅不致轻弃大信,自丧路权,伏求婉商外部,峻谢英使,以顾奏案,坚□□□□□□孙廷翰□□□德镰、徐棠、胡善登、邢壏、胡……查账人张美翊、蒋汝藻、萧……

九　月

　　初一日(10月7日)　晴。函致《时报》《中外日报》……等馆托登挽芎垣方伯联及……铁路学生广告云,现在安徽……学堂每省定额三十名,除已……英文六年以上、算术普通年龄……底至芜湖铁路公司投考送沪……谈且述及铁路学堂每省……议之五名皆不取,实因间……

　　初二日(10月8日)　竟日密雨,凉甚。研墨。

　　初三日(10 月 9 日)　晴。用葵绿洋摹本缎书送芗垣年伯横挽"为国捐躯"四大字,并隶书竹布挽联。安徽驻沪铁路公司移设均益里第二弄,张伯泉由芜调该处,午后来访未晤。

　　与内子到大马路买洋布及缎,旋往第一楼喝茶。

　　三省铁路学堂学务长改派李于□□当北洋……

　　初四日(10 月 10 日)　阴。《时报》载《赣路总办李方伯失事详志》:"西清官轮李方伯溺水失事,已纪昨报。兹探悉该轮由省往浔,于二十四日上午四点钟后,天尚未晓,行至鄱阳湖火焰山地方,适遇道生公司该公司系南京财政总局总办孙道廷林所办敦仁轮船由浔晋省。时值北风甚大,敦仁顺风行驶,以致被敦仁船头碰入西清船身之内。西清船上共有搭客五十余人,号呼求救。敦仁船上因有孙观察之如夫人在船,该船各人不顾西清之危险,从后退驶,将船抽出,以致西清船身两断,即遭沉没。幸遇西大官轮驶过,闻声往援,得将西清船上在事各人及搭客十四名救回。铁路总办李芗垣因坐在官舱内,施救不及,致全家概行遭难。敦仁并拖有红船二只,亦不往施救,暂停数刻,即驶返九江修理。西大官轮待至,无可施救,始展轮返省。至二十五日凌晨,省城官绅均知此事,闻李芗垣方伯全眷内有如夫人一人、女一、孙一及丁役、跟妈,共十五口。旋由官轮局迅派多人前往打捞尸身及西清船身。闻李方伯尸身业已寻获,全属及搭客尸身现正设法寻捞。一面经沈藩札饬两首县,提集西清、敦仁两轮船管带、大副、铁柜、账房、茶房、水手等人,会同商会绅董秉公讯询。失事及李方伯被难情形,闻须彻底根究,当经两县派差,将西清各人提集。因敦仁已往九江,故无从拘提。瑞抚一面俟公呈到后,即将李方伯裁撤省城铁路总局,赴浔开办路工及被难情事,电告政府。"附录《赣抚复江西旅沪学会电》:"江西沪学会李观察鉴:悉芗垣方伯惨遭奇祸,以死勤事。俟公呈到院,即当入告请恤。敦仁轮船肇祸不救,实堪痛恨,已将该船及西清管带交呈星子县讯究,并饬省城商务总会开会,评判具报。陈吏部学行素佩,早将继推总理事商之绅界。俟公司开会再行决定，并复。良。东。"①……《神州日报》西清□□□□□□起十余人，李方伯携一妾、一小孙、一已嫁之女，又□□□□家人一名，均罹难；一亲兵、一号房凫水得救。方伯此次携带款目要件，已经路局员司往失事地方盘查，瑞中丞亦委曹太守树藩往查。

《神州日报》云：探闻外部接驻京□□□称，此后清、日往来公牍，概用日文，请饬各省遵□□□□□□报称与日领往来公牍向用汉文，今日……奉日使训条，嗣后与华官往来……凭请钧部核示办理各等语……京来电，驻京日使催询运米济……两抚妥速设法接济，皖抚冯中丞……准日人运米，恐他国援例，大局攸关……之省，酌筹运济。按公牍改……足制中国之命脉，二说果行……

初五日（10 月 11 日） 阴。写寄李星榆印复君……城百花洲，问明前总办江西铁……馆李孙少老爷甫樾人台启。

《中外日报》□□□□□□失事后详情迭纪前报，兹悉当时适西大官□□□驶过，闻声往援，得将该轮各执事等及搭客十四人救出。内有李方伯亲戚一人、家丁一人、女佣一人。李方伯尸身现已捞获，惟眷属尸身尚在寻觅。遇救搭客十四人均已返省。闻李方伯□□携带铁路局股票公文要件甚多，均一概被沉，而□□□□□共三十余万两，并未报销，将来恐无从造□□□□□□□县提集西清、敦仁两轮船在事□□□□□□□□□详讯，并令将李绅等被难各情形……即经两首县派差提西清轮船……房、水手等到案。惟敦仁轮船任……集已由两县高、李二令禀复。沈……解该轮各人来省讯问。道生公……办孙道廷林故赣省官吏未……恐未易了局也。李方伯及眷……岁之孙至今尚未捞获，其余淹毙……另派船只帮同打捞，一面赴县报案以……由县出示招领。又闻西清此次被撞沉没实毙□□□十余人，或云五六十人，目下尚未知其实数。

夜到瑞麟处，并晤祥麟。

①　原稿残缺严重，此据同日《时报》所载予以补足，与存留文字完全吻合。

初六日（10月12日） 雨。晨起往邮政局寄江西铁路总办李公馆挽联、横挽共一包裹，写明交李樾人收。

昨日《中外日报》载北京来电云："江西同乡京官拟开会集议举萧有仙为该省铁路总理。"……该报又载政府许□□□外债。九月初四日《字林报》云：闻北京政府已许东督……元之外债。又闻此事将在美国开议……湖购米一百万石，业经获鄂督李……商以本年大湖南北秋收歉薄，湘……于湘拟只允购运十万石，其余请……复外部查照矣。

本日《中外日报》……："……□京官初五日开会集议，拟联合……公司强借路款。"……《时报》载初五日申……全省铁路有归官办之说，寓京浙江各京官初□□□□□会公议绝对决不承认。"

《时报》载日本国因水灾求粜，外务部允其在芜湖办米三十万石。

初七日（10月13日） 晴。《中外日报》西清官轮失事三志。李芗垣方伯及亲丁共毙四人，一女、一孙、一如夫人。现方伯尸身业已寻获，如夫人与孙并婢仆等，共获尸骸十三具，均已官殓，用轮装运来省，暂厝惠民门外立成堂门口。

《时报》载初六日亥刻北京专电云：东督徐世昌请借外债五千万□□□□□臣多不以为然，而度支部尚书泽公阻之最力，嗣□□□□□□□情形极力恳求，始承认先借千万余，俟……致时报馆一函云：猜着贵馆……报余声明认可。

当……午亥刻由青猿、白獐二兽……大吉，则王喜若由小门如登梯，然……哭而已。臧文仲之所居，前车可……

初八日（10月14日） 晴。《时报》载江西省城绅□□□□芗垣方伯既经淹毙，路总一缺未便久悬□□□□安巨富周、萧二君之意，云至李方伯在路局所用款项十余万两，当道拟请一概勾销，继其后者不得与闻前事。

午后往捷三处，携得乐平女士避垢庐润格数纸，旋往张园，又顺道至大马路某楼喝茶。夜到江永船送何子兴未晤。

初九日（10 月 15 日）　晴。《时报》载胡捷三观察近在京谋办北京自来水公司及奉天屯垦事务。剃头。贺云因伊父病请假回扬州，倩彩文代工。

《时报》载江□□□□□投函意见书甚多，所述之事毁誉李方伯□□□□□□无真知灼见。西清船身尚未捞起，西清□□□□□□□□听候查办。敦仁、西清两轮管带大……二十八日经南昌、新建高、李二大令提堂讯判……所供碰船之事一人承当，自愿偿命，侃侃而（谈）……虽已录供，尚未定谳。

"福建学……在沪江海关……教育总会鉴：闻大府向正金银行……行经手许三十年内闽省购买□□□□□□□承办，不胜骇绝。查公债业经奏准，岂容□□□□□（以）柄，恳迅筹议挽救，并乞电复福建学生会。有。"

往候兰阶，遇诸途，即与偕来公所，谈良久。夜，张伯泉来谈。

初十日（10 月 16 日）　晴。《中外日报》载吏部尚书陆润庠近日上疏请复科举，有"曾国藩、胡林翼均系八股出身"之语折，上置之不理，"近日凡荒谬折件，张相力主概不交议"。陆大失所望，因此患痰喘甚剧，已请假十日矣。

午后到全安喝茶。蔡桢祥来谈，告知途遇益斋。

十一日（10 月 17 日）　阴。《时报》载李芗垣方伯棺□□□□进江西省城治丧，暂停城内清节堂。绅商学□□□□□□□行追悼会，陈伯严、刘浩如两协理均来省……蔡桢祥交来办矿三纸，言江西……能炼海潮漂白盐强，萍乡锰矿……产除油、煤、铁、锑外，锰尤盛旺，前……抚院倡办广豫公司开采锰矿……何矿总归公司办理，业已兴工，开……炼纯之费，不日即可先运锰砂□□□□□□□发售云云。

徐永康现住盆阳弄北□□□□第一弄内鼎记纸号内徐宅。午后到公所，言将为益斋造报销册。

十二日（10 月 18 日）　阴雨。晨起得伯严南昌来电："图南里铁路公所刘三安转黄益斋经手各款,请速了,妥息众议,速复。立。真。"

《中外日报》载邮传部以江西铁路总理李方伯因公被难,应为奏请赐邮,特电令江抚查明详细情形具报,以便专折入奏,并令严惩肇祸之行船人等□□□□□□(载):"全浙士绅王中堂等为拒借款事呈军机处□□□□□□□王文韶、陆元鼎、濮子潼、樊恭煦、杨廉、周庆云、盛炳纬、孙诵洛、孙诒让、杨晨、王廷扬……浙路未便仿津镇借款,以苏杭甬与津镇有□□□□□□□事会先后电陈外部利害确是实情。查苏□□□□□□□九年四月起连闰扣至九月,共六个月,英商□□□□□□□□使苟得明该商当自知无权催订正约。夫……况一商人已自逾限、默认作废之草议,外部……亦不肯失信,意仿借易订约,庶几两害……第仿借亦另有约,害与正约仍等。全浙招股……百万,次第扩充,则次第收缴股款,尽足敷……十万之本利,一闻此耗,股东非股东,商……鉴于近事,更惧债权他属,路权随□□□□□□□为浙计,不能不为路计。草议由英商自废,拒借并不信于外人,商办恪奉明旨,萌芽方始,讵可失信于商民。敬乞切商外部,与英使声名草议系该商自废,速寝抵借之说,以结民心、昭大信。"

《中外日报》西清小轮溺毙人数传闻不一,现经探明实数,□□李总办暨一妾一女一孙,并男妇仆从八……五人。

《时报》载昨江抚奉游传部陈尚……形及何船有违行船章程,详细电覆,以凭核……路公干,赴浔轮船应归邮部管辖。又两江总督……俞明震来江,切实将此案秉公查办。

……会益斋,并示以昨日伯严在南昌来电……交予转益斋之电,伊阅后因言被董……来须路局移文李伯行钦使,托代追索……则满允筹付,不知果能践言否。又……又闻益……款百数,实实子虚,不过立合同后俟□□□□□集股而已矣,此则异乎吾所闻。

购得温峤……又春来。

十三日(10月19日)　阴。《时报》载十二日申刻北京专电:□

□□部各王、大臣，责成外务部右侍郎汪大燮调停苏杭甬铁路借款事。汪即拟具专函致王中堂文韶，先将函稿遍送外务部各堂阅过，然后发寄。

寄九江伯严信。益斋来谈。阅温峤犀此书内载广东某君演说，得戊戌变政之真相矣。编辑者恶谭生，盖孙逸仙（文）之党羽云。夜到群仙茶园。

十四日（10 月 20 日）　阴。为子良书宣纸联一副、条幅四张□□□□书宣纸条幅四张，皆又春代求者也。

兰阶□□□□□已抵沪，不审住何客栈。或知悉，予即写□□□□□□写宝山县城内高等学堂西首王宅谢……拟五点钟先回宝山也。

文公达来言□□□□□伊接充代表有关系事彼此商办，京都、江西……路学生十名来沪云。

赣州谢敬虚……暂充豫章学堂监督之封翁静山先生印寿嵩……学堂庶…………□人谢幼安印本愉来访，并交来江西旅京学……燕生侍御印金台，移送三省铁路学堂之□□一通，内开学生十一名：廖濮年十八岁，崇仁县人。父葆恒，号佩纶，实君亲戚、赵从善年二十三岁，南丰县人。父惟荣，号燮卿，现在清江浦住家，何景范年二十二岁，临川县人，父文锴，号希仲、胡敦俊年十九岁，高安县人。父汝皋，号仲华、吴文潼年十七岁，宜黄县人。父锜，剑秋，号小秋、王钧年十九岁，赣县人。父宗海，号仲益、吴文湘年二十岁，宜黄县人。父钫，伯琴，号梦竹、王炜年十九岁，赣县人。父宗耀，号厚基、陈厚圻年十八岁，赣县人。父济忠，号士同、刘达年十九岁，赣县人。父贞諴，号石心、陈弼忠年十七岁，赣县人。父存志，号典方。……谢封翁及幼安现居新大方栈诸……十日由京起程前来云。

……琉璃井。

豫章学堂、江西旅京学……均在该处。黄荣生来。往新大方……静山晤幼安及诸生。到陈润夫处。旋芦……晤陈鸿鳌，询知伊师奚诗仲早回常州……家其妻患阳症，项疖将酿脓云。

……琼州来信。夜到旅泰访益斋,未晤。

十五日(10 月 21 日) 晴。寄兰阶信。到天□□□□□□□饭后偕谢静山往旅泰访益斋,谈学□□□□□,旋到正修里捷三家,留字与之。旋到江西商会文公达取学生册子,送寿康里柯鸿年。予与静山同往,值贞贤外出。

刘翔生文灏住三洋泾桥泰安栈楼三十八号,午来访余。剃头。徽州俞岑孙来。访西廿二日开奠。

十六日(10 月 22 日) 阴。雨。陈润夫送示昨致江西电:"南昌铁路总局刘浩翁、陈伯翁鉴:京来学生十一名即日送考,皖闽均到,盼望赣生同入学上课一律。霖。"

《申报》□□□电:"苏杭甬铁路借款一折,昨日奏奉。朱批数十言,无□□□□□□信与国之故。"

昨日《中外日报》载□□□□□□□□外部欲允英人借款筑路之要求,大□□□□□□□□理已于十四日二时赴沪,拟与苏路公司□□□□□□□力争。"

本日该报又载浙绅呈请军机□□□□□□□□得邮传部电复云已切商,外部意谓借款□□□□□□□□中办事处及上海张殿撰来电,外部□□□□□□□□申协议办法,连日浙路董事开临时会议□□□□□□□电争原电录见前。十二日浙绅又电致军机处□□电云:"军机处钧鉴:苏杭甬与津镇有六不同,借英款未便仿佳电,请切商外部。浙中人心平本未安靖,二三日间,各处股东先后莅省,或函电纷驰,谓浙路万不能岁增一百二十万之担荷,滋益震动。查草议已十年,英使及领事与英商向来止争草议,及浙人抱定二十四年盛大臣限六个月,不办亦不复将草议一概作废之函,于是撤盛就浙抚。此次复撤草议争窦①约,不有窦约,安有草议,草议废即窦约废。外部必令仿津镇借款,亦谓两害取轻。津镇以借款为保全苏杭□□□□□

---

① "窦"指英国驻华公使窦纳乐。

□保全，况苏杭将通，杭甬接勘江墅已成□□□□□□□□路政无可言，将谕旨部案末由遵守转□□□□□□□臣等衰病，见地方情形如此迫切，不敢缄□□□□□□□外部极力改议，我愈让步，彼愈进逼，大□□□□□□谨请代奏。"

　　刘翔生有信来，当即□□□□□□□□局谒杨杏城侍郎士琦，当必有所□□□□□□□□载浙路自办之议，闻经外部具折奏闻□□□□□□□二部、苏浙二抚及绅商等妥议办法等语……该报又载全浙同乡京官致浙路公司电："浙路公司鉴：杭馆集议，间有主持借款而筹善策者，无论如何，稍从祸即踵发，多数均皆不赞成。钱骏祥、陈锦孙、朱福铣、兴复、褚成博、蒋廷黻、尊祎、吴士鉴、朱文效、俞树棠、刘福槐、俞钧儒、张禁廉等同叩文。"……①该报又载浙路一万九千二百三户股东全体上浙抚禀云：浙无巨户，亦无华侨。认三千万，先缴六分之一。朝廷德信，商办谕旨，谓足深恃。俞允两年，江墅已成，杭甬接勘，苏沪将通。外部突电抚院，令苏杭甬仿津镇借款，外部以保□□□□□□约也。二十四年，盛大臣苏杭甬之草议，即因□□□□□□□违议不速，盛乃有二十九年限六个月不办□□□□。□□□约，安有盛议，废盛议即废窦约。三十一年，我□□□□□旨后，英使尚力请以草议换正约，因无鲜于盛□□□□□□□抚接议，外部即如其请。其时英使请接之□□□□□□□权所订之草议也。去年正二三月，英使与该领□□□□□□□争。又年余，见浙人抱定盛函不放，此次遂改□□□□□之权，该商亦无答复废议之权，外部又如其请，何不问英使盛与该商先何以能订议，英使与该领、该商先何以向盛催换约。如果该商仅有与盛订议之权，无答复作废之权，应退盛函不受。既接受盛函，亦应以无权作废复之，方为中外相信。且英使告外部曰"若不借债，须重提草议"，夫曰"重提"，英使固明，谓草议已废，可见英固文明大国，未尽忘公理也。草议不

---

　　①　此系原稿省略号。

便重题，反追执草议所从生之窭约，外部率认为仿借之券，苏杭甬一路既股款、又借款，无论磅亏回扣，种种剥削，一路而任二利，浙何以堪？且用借款非自办，舍杭甬非全省，浙民虽顽，□□□□□□□而背谕旨。商等初谓遵旨附路股，勉尽国民之□□□□□□□利，宜不致他累。今商部邮部，以谕旨保护□□□□□□□自失其信，以仿借摧覆之。商等遂各弃其□□□□□□□届，此后浙人非浙人，尚有敢附路股者哉？□□□□□□□以借款弃之，地球未必称微生之信，徒笑商□□□□□□□三百方里，三千万人口，涵濡闾泽，历年正□□□□□□□经费杂项，朝廷不复浙，浙亦不负朝廷。□□□□□之，商等与受鱼肉，宁化虫沙。伏恳俯察惶骇情形，迅代电奏。路即被夺，浙人之对于朝廷与大公祖，固已俯首瞑目矣。临启惶迫之至。

夜往泰安栈，邀翔生至群芳喝茶。予旋到旅泰访益斋。

十七日（10月23日） 晴。晨起往沪军营会又春，告知翔生景况，顺观苏路已敷铁轨二十余里，至辛庄矣。枕木购诸三井洋行，每支价值包运约一元之谱。

到新大方栈，知铁路学生昨日均诣学堂应考。到旅泰邀益斋同车访翔生，值其他出，旋与翔生先后往旅泰。益斋送翔生七元，予送二元，又春送一元。

购得虎膝骨、虎膏、虎筋，皆真品也。

十八日（10月24日） 晴。十六日《中外日报》载芜湖电："□□□□□□□□□有向户部银行借银二十万之说。"

十六日□□□□□□□□□部强勒苏浙铁路公司与银公司借贷巨款一□□□□□□奉朱批谕旨甚长，中有路事，或官督商办，或□□□□□外务部、邮传部、农工商部会同苏浙两巡□□□□□□□长计议等语。

苏松太道梁浩如□□□□□□□牌示暂以商务局总办王绍延观察印燮代理，仁和县人也。

十六日《时报》载京师近信云：初六日全浙同乡京官在杭州会馆为抵制苏杭甬路约事开特别会议，主席者为汪伯棠侍郎大燮，声言此约为江浙两省公议认为已废之条件，应先向英使声明废约之理由。至借款一事，又为一种问题，与原约无涉，各股东全体承认借贷外款，亦可续议。但借款自借款，造路自造路，借主有查账之权，而无干涉路政之权，则未始不可借外债以资周转云云。是日将会议情形分电苏浙路公司，俟会商后再行具呈外、邮两部，故所发议案仍未议决。

十七日《申报》载杭州来电：十六日午刻，浙省绅民开铁路拒款会，到者数百人全体愤激，即联名电禀军□□□□□。

十六、七日《申报》载北京电：苏杭甬铁路借款一折□□□□□□□无非表明国家不能失信与国之故。……

□□□□□□□为借款复北京办事处汪大燮函：启者□□□□□□□□书，当即电复崖略，寻绎遵旨，似非浙福□□□□□□办事处及旅京诸老全体之见也。谨就来书□□□□□□其存其亡，在此一举，不敢不详，岂好辩哉。来书谓此事如未非通盘筹画、避重就轻，终不得其结束云云。夫论事贵赴一的，一避一就，必无结束。浙路固以自办为结束者，窭约在二十四年，盛函在二十九年，是一非二，是直接上文、非另一问题，折盛即折窭，其中无界限可断，有何轻重可言？公谓为借款轻乎，岂犹以沪宁之受害为未足，而特为桑梓尽此义务。夫一经借款，英商必售股，伤哉苏杭甬股票，将充满伦敦之市场，非明明卖路乎？盛议者，窭约之结束也。盛议废，窭约即解。英使二之，我当一之。一之言正而事顺，如其说而二之也，则虑草议之作废，而又别予以可握之柄也。公乃曰，盛大臣与英公司订草约四条，已是第二层事，岂政府于苏杭甬一路，许之于英使，再许之于英公司，一路而二□乎。英使以浙人抱定盛大臣六个月不办，亦不复草议□□□□□□撤盛而就浙抚。今又变其词，谓盛无废约□□□□□□□交涉，先后已十年，案牍累至。英使与其领事□□□□□□□所订之草议，彼以为争草议即争窭约也。今□□□□□□

□窦约，谓盛无废约之权，何英公司有承认盛大臣缔约之权？假息壤之名，行商于之诈，直视吾浙人人皆楚怀也。来书又曰，英使即承认废去英公司承办之草约，而总署所允，窦使五路之约，固犹铁案未动，是恐英使夺路之无词，而我自为之圆说。窦使矛其前，英公司盾其后，外部更从而为之词，其狡窟由一而三，其枝节由乙而甲。外部或不为吾浙计矣，若公以浙人而官外部，宜勿为人所惑也。来书又曰，外部已将草议撤开，若不撤开，固非可仅以借款了事，是草约不废而自废云云。此草议者，在英使昔固认之，且力争之，从速不速，限办不办，英使又乌能再认该议之有效。亦有不得不撤开之势，所以肯撤开者，彼固认草议之已废也。设以此诘英使曰：英使昔以此路许英公司，该公司自废其议，实为前窦使代废其约。关系既断，效力自□。□曰借款亦与其他借外债等，许否在我，与窦约了无□□□□□□□以为辞也。来书谓洋工程司由我选聘，而又谓须彼□□□□□□□伐矣。浙路亦非谓洋工程司不可用，第不便英使□□□□□□与之。即遇上驷，其钢轨铁料无一不□□□□□□□□□江墅草创。用非所习，虽曰平地，而桥梁□□节节皆是。附郭地价昂贵，且无洋工程师为之理董，不审视他省路价如何。去年三月，胡云老晤英使，亦颇不直某公司，谓其所开路价太大。公在都下，定有所闻，其乌能无慨于怀也，抑公独不追此举之朔乎？全浙自办，有部奏在，有谕旨在，舍杭甬非全省，用借款非自办，故开空穴以待风来，亦何为者，且总副理亦太实据矣。以诸老之强迫，至枵腹拼命以赴之。江墅已成，杭甬接勘，苏沪将通，外部蔑之。一电浙抚，便可纷臂而夺，其不认商办之公司，其不认商办之谕旨也。夫以外部而可不认谕旨，不知外部将何所恃以命令浙人，更何怪彼族之鱼我肉我乎？自闻借款之耗，浙中商市动摇，人心惶惑。如此现象，就使实行立宪，亦恐无纤毫之益于救国，惜公远未之见耳。然乡云回首，应有所闻。汹汹之势，盛传公为创议借款，将怒及其庐墓子孙。总副理□□□□□而已矣。再启。因系借款后事，不敢与，亦不敢复□□□□□□□浙之存亡，悉系我公。伏惟为大局崇卫。

　　□□□□□□□□州电：浙省绅商因苏杭甬铁路借款事□□□□□□□所即设于教育总会内，各府举代表赴会，共百余人，公推王廷扬为干事，草拟电稿，乞署抚信勤代奏，并电请铁路总理汤京卿寿潜返浙主持一切按，闻汤君时已入京。……① 又信抚前因借款事电京力争，久不见复，亦颇怀公愤，特情幕僚张君让三是日到会，借表同情。……② 又铁路股东百余户亦联电力拒。

　　十七日《中外日报》载北京电：日本商请运米济荒一案，昨由外部具奏，淮江皖两省认运三十万石，湘鄂两省认运七十万石，由商采办，运赴日本。奉旨依议。

　　又，北京电：浙路借款事，外部确于十四日具奏，朱批内并有外交重大速订合同之语，并闻又派外部汪侍郎驰往浙省，劝慰浙路士绅。……③ 杭电：十六日未刻，浙绅假仁钱教育会开浙路拒款会，十一府股东及非股东俱到会，约共数百人。提议事件如下：一、拟定长电奏稿，请信署抚代为电奏，大致谓款本足、无待借、路已成、岂肯押，浙人除遵□□□□□□等语。一、分电川陕粤汉闽滇等省，大致谓□□□□□□援为口实，应请尽力阻止。一、致函各□□□□□□□□理暂缓北上。一、暂设事务办理各事□□□□□□□□因浙路事电催外部，迅速覆答。电中有"连日开会，人心万分惶迫，若不改议，东南人心从此解散，路政更不可问"等语。

　　本日《时报》载，昨日风闻有不逞之徒聚集多人，至西湖汪伯唐侍郎祖茔前后查询，声言浙路被侍郎卖与外人，浙人命脉已绝，谣传有人拟集小工发掘侍郎祖墓，以泄公愤者。总理汤蛰仙京卿以人心惶惧，恐酿巨变，欲启程北上，愿为浙路牺牲，力向外部竣拒。旋又得苏总理、王京卿、张殿撰等来电，约汤京卿偕赴北京，协力维持，现尚未

---

　　①②③　此系原文省略号。

定启轮日期云。

《中外日报》载北京电:"十四日,外部将议定浙路借款事奏闻后,以后所接浙省来电,均未据以入奏。"

粤路公司呈请注册,商部以善堂行商,商会不合为创办人,驳令改作官绅商民字样,众股商闻之,大为鼓噪。

"十七日,杭州铁路学堂全体学生电禀外部,请力拒银公司借款浙路事,措语极为坚决。"

浙路□□□□□□□□电:"农工商部钧鉴:前电未荷赐答,苏杭□□□□□□□□□司可定即可废,因盛有逾限作废之函,初□□□□□□□□□议言窦约,试问连年英使英商,何不□□□□□□□□议英使告外部,若不借款,须重提草议,可见彼已暗认草议可废。江墅已成,杭甬接勘,苏沪将通,外部理直气壮,乃以借款为便宜。其如浙人鉴于各路之借款,不敢占此便宜何。大部奏准,外部反对,非仗奏请饬下、力争公理不足言。谕旨、商律、国体、民情,一无足守,恐非朝廷特设专部保护之意。浙路总副理叩。蒸。"

又致北京浙路办事处电:"北京浙路处之密诸老悯鉴:廿九函顷始到,如此紧件,何不电达?何不快信?盛之草议,即承窦约。彼以逾限不办,强分为二,外部何意。必舍盛之奏案而自任,诸老亦不驳拒而辨护也。英使既言借款不成,仍当再提草约,可见彼已暗认草约作废,借款必用客卿,方可信无耗滥。不知沪宁每里约五万两,与江墅之二万元孰为耗滥。诸老不皆官外部,外部但顾回扣,谕旨、商律、国体、舆情,一概不顾,甘心弃浙。浙人亦愿□□□□□后乎。外部不欲挽回,饮酖攘臂者甚多。生为男子,□□□□□□□□□□商,随时电示。蒸。"

《神州日报》载北京电:"□□□□□□□□同已由梁侍郎赶拟,不日进呈。"

"袁□□□□□□□□□郎为苏杭路请命电有转圜意,邹□□江……□□□□□□用强硬办法,以顾邦交、全国体。"

"汪侍□□□□□决裂，拟以病辞，袁怒。"

"政府闻浙民暴动，连电浙抚饬绅劝导。"

杭州电："拒款会公决汪侍郎衔命来浙事，杭不承认。"

拒约会致汤京卿电："浙人开会决议阻公北上维系人心。国民拒款公会叩。"

信中丞致汤京卿电："事关甚巨，望从缓北行，忝爱冒渎，详酌是幸。"

杭州来函云，汪侍郎祖墓在西湖山上。近日常有人到该山聚议，汪氏亲族为此甚皇骇，因闻将掘汪侍郎祖墓也。

十五日，浙路办事人发出警告一纸云，近阅报章，外部人员擅借外款，断送浙□□路去。浙江已准十六日下午一时，借木场巷江宁会馆□□□□绅商学界诸公驾临，极议办法，该警告□□□□□人可知舆论之激昂也。

苏州铁路大小股□□□□□□□□□常震动，苏路总理王京卿、张殿撰□□□□□□□□□一同到京，向外务部合词力争汤京卿□□□□□□□□到沪，以事少羁，当更定行期。

苏□□□□□□□□□电："王相浙抚前，昨电奏可见民情不顺□□□□□□□□□尚许众议，苏杭甬独紧瞒公司率允代借，愤噪奚止股东，谕旨、部案、商律概无足恃，立宪、咨议亦恐具文。中国人心未去，若必迫令解体，适召外侮，况可废不废，益启戒心。今争自办，实争大局，谨赋无衣。咸。"

苏路、浙路公司致邮传部、农工商部电："浙抚浙绅不认借款，联电奏请拒绝。闻已饬外部速定合同，苏浙全省商办，荷大部奏奉俞允二年，并非私办。朝廷但顾外交，并谕旨商办，亦不自顾，直恐人心不去，路政不摧，亦思外交仍视人心之向背，可废不废，我谓践信，彼益狎之，他有援例，可以应付。惟有渎求奏请，饬下外部，担借担还，于苏浙之路无涉。否则几疑大部之奏准为饵，立宪谘议，人并疑之。苏杭铁路董事会同叩。"

浙路公司致北京电:"先允英使,后电浙抚,岂有浙人不一通知。杭谣暴动,外部制造,朝旨促成,诸老默许。潜、藻镇之惟力,是□□□□□□老声明,幸勿咎为戎首。"

汤京卿致杭□□□□□□□送拒约会浙路之事,力保全之,务望谨守……

……侍郎电:"杭路大哗,谣将掘墓,宜设法。脱。"

□□□□□□□黄初(钟)往沈家湾三省铁路学堂知监督王号子仁印寿昌,福建人,已于十二日到沪。现值外出,即于招待所晤庶务长朱炳辰号峒仙合肥人,教务长后改为洋文副教习李赓飏号于枢侯官人,洋文副教习朱礼璇号季和宁波人,书记陈宣觉号雪生侯官人,书识苏振轼号莘垞湖南澧州人;洋文总教习刚刁第,奥国人,不住学堂。

是日,朱峒仙引导该堂楼上下各处遍观,规模尚属完备。

阅省先后送学生三十五名,取廿七名,又上海报名者取闽生三名,共三十名,是闽路学生已齐到矣。

赣省由京送来之学生取九名:何景范六分、王钧六分、吴文潼六分、陈弼忠五分、廖濮五分、吴文湘五分、赵从善五分、王炜五分、刘达五分,其余胡敦俊、陈厚圻均四分,未录。

至皖路公司尚未送学生来□□□□□□者,取录皖生六人而已。

访谢静山。

易□□□□□□慕祁十三日九江德安县铁路分局寄……。

十九日(10月25日) 阴雨。晚间兰阶来谈,伊妻自浦回□□□□□□□五弟应吴方池盐务差所之聘,已携眷往山东矣。并带新买之十三四岁财宝、财喜及其母、其弟等同往,又带小任随后亦往。小任姓任,盖符咒治病下流社会之人也。噫,可怪矣!

《时报》载浙绅致总协理电:"浙路筱电,无人不愤,若非怀帅恩信,地方已将生事。当即分呈公筹办法,拒款会激烈有泣下者。两公速回主持防暴动,去京无益,留沪亦无益。巧。"

苏路公司致江督苏抚电："苏路奉旨自办，无须借款。前电帅座转达外部，讫未奉部复。闻外部竟奏请以外交重大，速订合同。背朝旨，弃路权，失民信，其何以国。方今以立宪鼓动朝野，以庶政公诸舆论，谓将救亡。外交果有叙谟，咨询于众，择善而从，江浙绅民宁皆愦愦。今部臣无一字之商榷，请旨以后，一面议订合同，并有咨督抚。令英公司许江浙绅民入股之说，恶是何言。苏浙商办公司，遵旨不收外股。我为主位、为朝廷，所□□□□□借款犹有主客之分。今复变其辞曰，许江浙人入股，□□□□□□□镇，直仿沪宁。沪宁毒害为世诟病，今日绗臂□□□□□□变而加厉。沪宁浮费已巨，闻执政诸公亦深虑□□之非易，从而益之，何以谢天下，姑思其次。苏浙已办之路款已足，不日将成。其未办之路，请部臣咨明督抚，会商两省公司，酌借若干，分年清还。商办商借，直接英公司，万不可由部主持，又蹈沪宁之覆辙。此已仰体谈国是者之苦衷，无可如何之让步。非爱苏浙，实爱国家。但顾邦交，不顾民信，尤非立宪办法。事机孔迫，乞据情代奏。苏路公司穆矞愈霖。巧。"

苏府绅商致邹侍郎嘉来公电："外务部邹侍郎：各报纷传杨侍郎为苏杭请命，袁大军机有转圜意，公主持宜用强硬办法。浙人对于汪侍郎之愤激，公岂无闻，窃为公危。苏省命脉全系公手，幸速自裁度，并示挽救之法。"

浙江省国民拒款会于十六日发布警告，传单开会，拟发各处电稿四则……①由十一府士民公请信抚呈请军机处代奏电："军机处王大臣钧鉴：浙路摈绝洋股，奏准自办。经总副理集股开办，已及两年。现在股足车行，万众欢跃。英商议速不速，限办不办，自知无理，久寝议。何忽有援津镇办法指款押抵等语。款本足，无待借；路已成，岂肯押。于浙路另指押款，明是将路作押，故避押路之名，实受两押之祸。彼何狡，我何愚。浙人除遵谕自办外，不知其他。万口一辞，惶

---

① 此系原文省略号。

迫无地,乞据转奏。十一府士民公具。"……①致自办铁路之川、陕、粤、汉四省电按,《时报》此题云"拒款公会致川陕粤汉皖赣各省电":"吾浙铁路奉旨自办。今外部忽强行借款指押,贵省事同一律,乞设法援阻。"……②致将有外款关系之闽滇两省电:"浙江奉旨自办铁路,款足车行,今外部忽强令借款指押。贵省路事必援吾浙为口实,乞援助阻止。"

致汤总理京卿电:"浙人开会,决议阻公北上,维系人心。"

十六日浙抚信中丞致外部电:"北京外务部钧鉴:辰前奉钧电以浙路抵押借款事,遵将默察路务舆情、万难应允各节,电陈鉴核。现在路股绅商益形惶急,连日开会,势众情激。伏祈顾全情形,迅赐电示,以安人心,不胜盼祷。信勤叩。删。印。"

北京电:"十三日上谕,令臣工保荐人才,系由袁、张两军机面奏,拟谕进呈后,皇太后亲加'无论有无官职'六字。"

二十日(10月26日) 阴雨。《时报》载《旅京浙绅告浙路公司电》:"浙路公司鉴:杭馆集议路事,间有主持借款而筹善策者,无论如何,稍从祸即踵发,多数皆不赞成。钱骏祥、陈锦孙、朱福铣、兴汾、褚成博、蒋廷黻、遵祎、吴士鉴、朱文劭、俞树棠、刘富槐、俞儒、张禁廉叩。"

十六日夜,浙路公司接到北京电:"外务部、邮传部、民政部切商拟令汪侍郎伯唐来浙劝谕商民,并有官商合办之议云。"

《中外日报》载北京电:"昨皇太后面谕军机大臣:现在办理各项要证,须分责任。嗣后新政令张中堂主裁决议,外交令袁宫保主裁议,内政令世中堂主裁决议,醇王及鹿中堂参同谋议,庆王总核一切。""鄂督赵次帅电告外部,称屡接日领事照会,欲彼此来往公文均改用日文。此端一开,各国群起效尤,贻害甚大。务请仍与日使竭力辨驳。"

---

①② 此系原文省略号。

广州电："粤路公司接到浙路拒款会来电后，即经开会集议，飞电梁震东星使，请向外部痛陈借外款之害，竭力争持……①并电告浙路公司，请遍告各省自办铁路公司共襄力阻。"

杭州电："汤总理已回杭，现方筹议抵制之策。"

浙路业务学校全体生致外部电："北京外务部王大臣钧鉴：集款办浙路，尽足支持，无人要贷，显夺路权。生等侧身路校，关系尤切。他日学成，断不甘受外人驱策，用敢联合同学，环恳力拒，以杜后患，浙江幸甚。浙江路校全体学生罗云等公叩。"

廷寄："英人迭次执言，自未可一味拒绝，致生枝节。中略着外部即议定详章，务祈利我商民，兼令英公司许江浙绅民购股，原有办路人员，由邮传部查明分别奏派，以资熟手。并着江督浙抚督率筹办，一面恺劝绅士，仰体时艰，勿得始终固执，强行争持。""邮传部咨行外务部文，略谓苏杭甬路未便仿照津镇借款办法。应向英使声明，该草约系英商自废在先，浙人收回在后，不得援津镇为例，请查照并复"等语。十三日又咨称："据浙路公司总副理电陈，苏杭甬草议可废各节，抄录原电，请查照办理。无如外部对于此事，绝不主持废约。已拟稿入奏，谓窦使于光绪廿四年在总理衙门订立五路之约，碍难议废。现磋商至再，英人仅借款而不造路，已退让至极点，无法再争云云，亦可见外务部之不恤人言矣。又浙江同乡京官，现拟具公呈于邮商两部，请为代奏，一俟呈稿拟定，即约诸同乡，于杭州会馆集议签允，公同呈递。所恐外部反对，勒借路款，热度方达极点，即邮、商两部亦无能为力耳。"

廿一日（10 月 27 日）　阴雨。《中外日报》载北京电："浙省全体股东电请外部速行峻拒英公司强借款项，免失人心。""驻京英使照催外部决议津镇苏杭甬铁路借款合同，并须同时签押。"

九月十四日，军机大臣奉上谕："据外务部奏陈苏杭甬铁路历年

---

① 此系原文省略号。

商论情形,现与英公司磋议借款办法一折。外交首重大信,订约权在朝廷,苏杭甬一路前经总理衙门允许英人承修,嗣后立有草约在案。三十一年间,商部据浙省绅士呈请自办,曾饬盛宣怀等妥筹收回,原为曲体舆情起见。乃磋商数年,迄无成议,而江浙所集股款亦不敷尚巨,势难克期竣工。英人迭次执言,自未可一味拒绝,尽弃前议,致贻口实,另生枝节。现经外务部侍郎汪大燮等,与英人议明将借款暨造路分为两事,权自我操,较原议已多补救,着外务部即派员,按此妥为议定,详细章程,务期利我商民,慎防流弊,兼商令英公司仍许江浙绅商分购股票,用示体恤。其原有办路人员,由邮传部查明,分别奏派差务,以资熟手。并着两江总督,浙江、江苏巡抚,督率筹办提拨借款,迅速告成。一面恺切开导该省绅士,务须仰体时艰,共维大局,勿得始终固执,强行争执,以昭大信而全邦交。钦此。”

外部致苏抚电文:“查此事前准筱帅‘敬’电九月廿四日暨王绅等电备悉。一是该省绅士力主废约,原为保全路权之计。惟英政府执定成言,万言辍议,至不得已始与磋商借款办法。现经钦奉谕旨,华商分购股票,原有办路人员仍派差务,并由本省督抚督率筹办提拨借款,是事权、利权不但于绅商毫无损失,且得借此巨款,路工早成,以发达该绅商。现有之路,受益良多,自应一体钦遵,以副朝廷慎重邦交、体念舆情之意。除由本部详叙原委、抄奏函布外,希即开导绅商并查照本部前电,指款作抵,以备核议”云云。

杭州拒款会办法,签名者合计四百人,其意见书大旨言:外部已允借款,惟有不担任本息,外部允借,即请外部提用,将来亦由外部还款。吾浙造路,自用自款,誓不用洋款等语。

尚有拒款办法三条:一、此次抵制借款,应由绅、商、学界用正当文明办法,须强制无意识之举动;二、请速举十一府代表,呈请署抚电奏;借款造路关系全省命脉,无论官办、商办,浙人万难承认;三、请各府分任筹款,除已收五百万外,每府每年分认若干期,以十年全浙铁路造成办法开会议决。

苏路公司董事局致邹侍郎电:"北京外务部邹侍郎印嘉来,号紫东:苏杭甬路借款既有所谋,自应内外协商,庶几两全。乃闻公谓如与苏浙商议策,即不行秘密强迫之手段,公使主之。苏路为全国、为苏,非董等数人之私利。公亦国人、亦苏人,是何忍心下此辣手。沪宁已矣,董等下愚竭蹶喘汉,仅得留止。不意九鼎一言,划地净尽,云山南望,公心安欤。故乡父老方侧目过公里门,系铃解铃非异任。苏路董事局。"

文公达来言,益斋对伊所述之亏空共有八千,现已回苏云。

公达拟蹈益斋覆辙,亦搬居公所。噫!四省局面,吾江西无能力设局相承,占此小便宜耶?斋务长举张踵五,而收支又划出。吾知将来支则任其实,收则复空名而已,向谁收耶?慎毋贪刀口余糖,而贻割舌之患也!

到丹桂茶园。夜到南头大关桥。

廿二日(10月28日)　阴雨。得班侄二十日苏州来函。因实君学使有喜帐、喜烛送常熟翁相国曾孙者,嘱予转交北泥城桥东长康里常熟翁公馆翁大人印斌孙甫羢甫收。当令彩文送去矣。回班侄信,并缴回帖。

吴衍孙宗谋石头自丰往粤过此,午后来访,顺带揭毅臣太太邱寄予八月廿二日内子函。信面署伊承①继孙揭会元,其本生父即昌平也。

予旋偕衍孙兄弟至名利栈,领取毅臣太太所寄之甜豆焙五斤、雪里红腌菜十□,着彩文持回。

《中外日报》载《农工商部致苏浙两路公司电》:"苏浙路公司:电悉。路事不独浙抚、浙绅力图保护,本部亦深纫公益。惟来电所称各节,皆系外部执掌。此番外部提议之大臣,即浙之巨绅。贵公司亟应喻以公理,孚以乡情,庶可始终维持。本部于权限之内无不殚尽,以副厚期。农工商部。马。"

---

①　此"承"疑为"呈"之误。

浙路业务学校生、台州宁海生员邬钢，自闻借款警耗，即欲随汤总理北去，力阻始止。连日不食，搥胸夜苦，十七日喷血以殉。浙人无不感动，开大追悼会，汤总理亲往枢前行礼，哭之甚恸。

苏省绅商呈军机处、外务部、农工商部、邮传部电："北京军机处、外务部王爷列宪、农工商部、邮传部列宪钧鉴：苏杭甬借款，议起民心，万分惶骇。苏浙铁路早经奏准商办，不收外股，并奏派总协理，均奉明旨，准行在案，万无中变之理。乃读报载廷寄，不惟饬外部速与订章，并转饬绅商，勿再固执路省之权。两省命脉姑置不问，以迭旨准办之成案，一旦背之，自后朝廷将何借以号令臣民，人心瓦解，岂仅江浙。伏恳奏请收回成命，骈足以待。苏省绅商公叩。祃。"

苏省绅商呈外务部、邮传部电："北京外务部、邮传部列宪钧鉴：闻苏路公司对于苏杭甬借款事，有稍示让步、商借商还之说，苏人万不承认。苏省绅商公叩。"

苏省绅士呈袁宫保电："北京外务部袁大军机鉴：苏省商民因苏杭甬路借款事，惶急走告，人人以为东南大局将尽入英人范围，不胜愤激。绅等再四劝导，谓我公现主外交，必有远计。且力扶宪政之成立，必能俯采舆论，杜彼族之狡谋。窃念苏省路事之发起，实所以保长江上下游之主权，救宁沪路约之失败。与浙路同归商办，不入洋股。奏准有案，倘竟失信商民，大局何堪设想。况杨侍郎现赴南洋抚慰华侨，日来万口喧腾，纷传此事为汪、邹二侍郎所误，将以强力抑制商民，揭载报章，渐且播及海外，恐不独内地人心瓦解，且滋华侨之疑。绅等为东南大局计，非仅为江浙路事成败计。用敢据情上达，为两省求全垂绝之命。公为国柱石，必知大部沿总署旧例，以路矿内政混入外交，实启交涉困难之渐。厘定职掌，画分界限，持此以谢人，则可永杜后日之觊觎。现谕旨业经发布，情势益形危迫，为此环恳奏请收回成命，以维东南未去之人心。急切上陈，伏维垂鉴。苏省绅士叩。"

上海商务总会呈农工商部电："北京农工商部堂宪钧鉴：苏杭甬

路借款事，廷寄到沪，舆论大哗。苏浙两公司夙蒙钧部奏准商办，不收外股。现改借款官督，均乖商信。沪市孔繁，尤虑动摇。乞设法维持，东南商界幸甚。沪商会叩。"

邮传部高等实业学堂呈外务部电："外务部王大臣钧鉴：苏杭甬路奉旨商办，无端借款，拂舆情，玷国体，坠大部名誉。废约与借款不两立，英人阳顺吾意，阴售其奸。借之日即立约之日，亦即江浙人绝命之日也。全国倾危，惟大部慎入。况彼先自废，我始自办，恳大部坚持此议，毋自示弱以中彼诱饵之计。民情汹涌，彼患无穷，请大部勿但顾邦交而失民信。"……① 又致邮传部电："邮传部大臣钧鉴：苏杭甬路既归自办，何需外债？路款已足，奚为强借。名借款，实攘路，路失则江浙陷，全部危。大部讲求实业，本校关系尤重。若路权外属，则学成徒为外用。无论生等，不敢自轻，即此亦甚非大部设立本校之初意。且江浙铁路奉旨商办，入股权原自有，乃外务竟敢请之英人，意殊不解。侧闻大部抗议，士民感戴，用敢环恳始终坚持，并转达外部，力拒借款。全国幸甚！"

南洋霹雳埠致苏浙两路公电："苏浙路诸公鉴：逼借非理，毒险既极，万乞力争以弭后患。大局幸甚！霹雳埠众商叩。"

苏路、浙路致梁侍郎敦彦电："津镇即仿沪宁，万难承认。如仗鼎力办到合同由江浙人直接，或尚仰体时艰。否则督办、合办，无信不立，应者何人。大部迁就，为国亦为民，无论越迁就越有侮，即邻好交修，而国体已丧，人心已失，谁与图存。敬乞主持，冒渎为罪。苏路、浙路公叩。"

浙绅致北京路事处电："闻借款有二大谬。一、改苏杭甬为江浙，圈限更广；二、依津镇办法，草议已废，有亦不同。若不更易，浙人万不承认，乞诸老冒险一争。"

浙江信署抚批拒款会呈词云：浙路借款一事，本署院早将路务舆

---

① 此系原文省略号。

情及逐日开办情形电达军机处、外务部力争。在案来牍所陈，关系大局，本署院自当力持其间。准即据情电奏，以维路政。此批。

廿三日（10月29日）　阴。《中外日报》载北京电："署鄂藩梁方伯奏劾庆邸、袁宫保，措词甚厉。奉严旨申饬。"

杭州浙路公司得京中办事处来函，言现拟京外同心合力拒绝借款。又言日间津镇借款合同亦未画押，浙路借款事既由浙抚及浙公司力争，坚不承认，外部亦不能独断独行，以定此案。

粤路公司覆浙路电："浙路公司汤、刘二公拒款会诸君鉴：'遇'电悉。敝公司董事会决议已电梁京卿，向外部力争，乞坚持并电各省，联同一气，随时将情形电示粤路公司。景堂。巧。"

十一府绅民公电，十七日信抚即电请军机处代奏，一面电告外务部，其文如下："致军机处电中有云，浙路奉旨商办，自款自办，若又借洋款，一路而出两息，浙人万不肯曲徇英人而显违谕旨。此事重大，倘一失信于民，东南人心恐因此解散。国脉主权关系重要，未便壅于上闻等语……[1]致外务部电文大略相似，更有近日绅商士民函电纷传集议抵拒，情形急迫，骤难压制。经某设法抚定，允为代奏，人心稍靖。然仍觉岌岌可虑，不得已据情入告，乞鉴苦衷，俯赐主持等语。此次信抚对于浙事，实为不遗余力。

杭州电："国民拒款会昨发传单，合全省府县市镇，定十月初十日开特别大会，筹路股，拒洋款，速勘杭甬路线。"

镇海股东致浙路公司函："铁路公司大鉴：我浙路早经奏准自办，今外部欲强迫我借外债办路，无异欲绝我浙人之命。此事无论如何，万望坚拒。吾浙不幸而生汪大燮，犹苏不幸而有盛宣怀也。某等生也可，死也可，惟借外债不可。镇海股东全体。"

湖州股东致浙路公司函："启者：《苏杭草议》逾限作废，集款自办，早经奏准，谕旨俱在。今江墅已成，杭沪将通，款早筹足，无须再

----

① 此系原文省略号。

借外债。铁为全省命脉，岂能操诸异国。路之存亡，即浙之存亡，亦国之存亡。某等执有数万元之股分，不敢缄默，宁死不借。务请坚持，我浙幸甚，大局幸甚！"

陈润夫送示九月十八日北京来电："南洋官书局陈润翁转大成公司吴端伯鉴：'齐''青'电均悉。承赐教言，关切敝路，感佩无似。敝局同人已电举陈伯严、刘浩如、周扶九、萧芸甫、萧小泉五公为协理，其总理一席，即请五公会举，或于五人中举一人，或另举一人均可。至目前事，予已电伯严代为主持。以一事权且清厘前局，力图改良，请释厪注。铁路京局公叩。"

文公达约予翌午至商会。婢女喜兰忽不知去向。本日并未打骂，手持玻璃瓶买酒而竟逃去，必有拐带之者。噫！异矣！

廿四日（10 月 30 日） 微晴。剃头。报巡捕查缉喜兰。

胡捷三有信索观京局原电，持与之。旋到商会邀文公达同到瑞麟处，因领得六、七、八、九月四省铁路公所经费规银四百两，系同福祥记钱庄票，当交黄鼎臣书收条付瑞麟。储香代收。

晤曾兰馨、刘仲甫。到陈润翁处，未晤。

北京电："浙江京官为路事在杭州会馆连议三日，分激烈、和平两派。一主拒款；一主补救，官款商办。"

苏人集款拒债之实行。甲、应开苏浙协商大会。乙、应发起组织国民路矿公会。丙、应速行设法招足股款。苏路公司定于十月初八日开股东特别大会。

苏路工程处致邹嘉来电："借款事急，人心大愤。公处外部，且为苏人，责无旁贷，义岂能辞。即非主持，安忍坐视。况报端纷传，岂尽无据。万一大局决裂，汪固为罪魁，公岂脱身祸。外公即不为桑梓计，独不为丘墓子孙计乎。祈速筹挽回之策，以安人心，不胜急切待命之至。"

南通州掘江致苏路公司函云："总协理暨董事会诸公鉴：苏路苏办，浙路浙办，均奏咨有案。苏杭甬约久经作废，借债自办之议，决不公认。苏浙利害与共,请坚词拒绝,并求公电闽、粤、皖、赣各省商办铁路公司协议,力争共谋公益。谢承源谨上。"

河南旅沪同乡会致外务部电:"北京外务部袁宫保鉴:以江浙开工之路不能废草约,天下其谓公何!已筑者失败,筹筑者短气,民心去留所关,望诸公请收回成命,勿损主权。"

《本日时报》载《外务部奏陈苏杭甬铁路历年商论情形折》。始于光绪廿四年,英使窦纳乐函请总理衙门,准英商承修中国铁路五条。一由天津至镇江;二由河南、山西两省至长江;三由九龙至广州;四由浦口至信阳;五由苏州至杭州,或展至宁波。经总理衙门分别行知督办铁路大臣盛宣怀与英商怡和洋行议办云云。

廿五日(10月31日)　晴。寄九江路局伯严信,附六、七、八月公所用款册,及前致柯贞贤信。三省学堂员司学生姓名录,改订招考学生简章廿张。又福建铁路广告及招股简章各一纸。

文公达来检去益斋各信件。

张春敷告知《新闻报》载:喜兰经会审公所堂判,暂留济良所,候传其主,再核云云。因拟信稿,剖明喜兰被坏人嗾使,并非虐待使然。

《时报》载哭台州邬烈士殉路挽联汇志:"子为浙死,我为浙哭;人以路利,君以路名。江苏一分子挽。""路亡国亦亡,凉血不知亡国恨;身死心不死,厉魂欲食死心人。浙江国民拒款会员何琪挽。""路亡浙亡,其何以国;虽死不死,犹有此人。浙路业务同学公挽。""烈矣殉路士,君死得所;伤哉亡国民,我生不辰。浙人杜翰生哭挽。""前路苍茫惭后死,寒潮呜咽哭先生。浙路学校新班生山阴何杲挽,时年十五岁。"

京电:"浙江京官因外务部勒浙路借用外款事,集众会议,公呈邮传部及南洋大臣端方、浙抚冯汝骙,其大旨在保全浙路公司,官督商办。"

十六日开拒款会,时浙人以此事迁怒于京官汪大燮、吴士鉴、章梫、许宝衡诸公,谓诸公先擅允借款而后通函知照浙路公司,实与卖路无异。现在浙省国民全体拟定联名具禀信抚,请将汪大燮等四人籍贯削去,浙人不肯承认四人为浙籍云。

署理苏抚陈伯帅迭接外务部来电:"苏杭甬铁路押借洋款一事,目下两省士民抵拒甚力,恐非了局。饬即善为开导,玉成其事。"伯帅乃派农工商局总办苏静安观察乘车赴申,与苏浙两路公司办事人筹议一切,再当禀覆外部主持核办。

邮传部致苏浙路公司电云:"苏浙路公司准谏电及两省绅商迭次来电,似须合全局统筹,希贵总协理或公举代表迅即来京,公同商酌妥善办法,切盼。邮传部。漾。"

外部因苏浙路事甚为棘手,电令江督及浙苏两抚,饬令两省士绅各举代表来京详询办法,并示以借款之原委。

江苏留日同乡会电告政府,称英人勒借苏浙铁路款款,无异夺地,苏人誓不承认。

浙江汪氏族中诸人因借款事,拟在汪王庙开会声告,将汪侍郎斥令出族。

汪氏合族电致外部汪侍郎,有"勒借路款,吾宗被辱。路去国亡,人怨鬼哭。君发君收,毋祸我祖宗邦族"等语。

松江股东致苏路公司电:"外部勒借路债,苏人之命危在旦夕,生死骨肉惟在诸公。乞鼎力坚持,万勿以商借商还稍示退步而贻后患。"

浙路公司呈新任浙抚冯中丞电:"北京新浙抚院冯钧鉴:苏杭甬草约系英商逾限自废,奉旨特允全省商办,集股踊跃,办有规模。外部汪侍郎破一二年商部奏准之特旨,徇误已十年默许作废之草约,勒借外款。袁宫部甫经管部,一时未尽察及其非,全浙绅民穷于呼吁,引领来苏,惶迫待命。倘赐援救,东南再造。"

《中外日报》今日亦载喜兰事。《神洲日报》载国民拒款公会哀启,所举八害多中肯语,普告天下。

廿六日(11月1日)　晴。苏浙路公司致南京总督电:"南京督帅钧鉴：外邮部电及廷寄原奏均奉到，嘱推代表亦敬悉。项已经复外、邮两部，历陈原奏漏叙盛大臣奏明自任废约，及草约逾限无效之失。并遵廷寄，借款造路分为两事。款为外部所借，即由外部另筹担任，不应再牵涉苏杭甬，致相矛盾。请保全商办，维系人心。即举代表到京，只有秦廷之哭等情，详情即另咨呈请据情联衔电奏。苏路、浙路总副理同叩。"

北京电："外部声言浙路事以借款为补救之策，路权业经争回，故决计照原议办理。""南洋华侨及各省路局，因外部强苏浙铁路令借洋款，均有电来京竭力抵拒并痛诋外部，其词甚激。"

杭州电："杭甬路线决计自办，劳总工程师准二十六日带同测绘生往甬勘线，署抚信中丞业饬沿途地方官保护。""王中堂与陆春江中丞于日前联衔专折具奏，力陈浙路借款之不宜，语甚切至。""署抚信中丞亦同时拜折奏论此事。"

九月十五日，浙江同乡京官致浙路公司函云：现拟京外同心，互用坚拒、婉求二法，汪侍亦以为然。但汪意主静定，不主激烈。英使在外宣言，须汪办妥此事，方许出洋，亦徒作惊人语耳，于事实无碍也。日间津镇未画押，浙路、浙抚同电不承认。外部虽独力主断，亦不能定案也。

北京浙江办事处章梫致汤总理函：现拟京外同心，互用坚拒、婉求二法。婉求专于本初一边，余皆以坚拒出之。汪伯翁亦以为然。此间于本初幕府，以婉求运动之；于江陵幕府，则以坚拒运动之，冀各尽其力云云。

早间到会审公堂收发处，晤收发委员汪茂生印凤桐，安徽人、王信南印基恒，湖北人，收发兼判行，示以拟致宝公书。旋到狄楚青家，又到《时报》馆，在彼早饭。晤吕俊卿，须发浩然。盖自己卯赣县署一别，迄今二十有九年矣。叙述今昔，欢若生平，俊卿与刘皞如盖至好云或作浩如，或作好愚。

廿七日（11月2日） 晴。得陈伯潜阁学来电由福州城外水部地方电报总局发:"图南里铁路公所孙季翁、刘三翁琛作电两部曰:闽路八九侨股闻浙路动摇,商办各路咸起疑虑,闽股未足交,亦未齐,尤易溃散。大局所系,望钧部通筹维持云。皖、赣如何再电,请酌。宥。"

致九江路局伯严信,附钞陈阁学来电与阅。吕俊卿来,言楚青已为寄宝函矣。

观中国公学第一次运动会。1. 开会;2. 校歌;3. 运动歌;4. 兵式操;5. 二百码赛跑;6. 视力竞走;7. 听力竞走;8. 跳远;9. 图画竞走;10. 算学竞走;11. 平台;12. 跳栏;13. 四百码赛跑;14. 二人三足竞走;15. 铁横;16. 提灯竞走;17. 红十字竞走;18. 换旗竞走;19. 障碍物竞走;20. 戴囊竞走;21. 掷铁球;22. 哑铃体操;23. 教员职员赛跑;①25. 八百码选手赛跑;26. 校歌:"……②前繄中国之青年,及时努力兮莫迟延。时当元二兮国步方艰,欧风美雨兮又东渐,欧风美雨兮又东渐。天演竞存兮尔其闻旃,文明进步兮箭离弦。晓日飞空兮春花妍,始贵精勤兮终贵贞坚。培尔德为高垒,敛尔智如深渊。前! 前! 尔快发愤自雄,着祖生鞭。"27. 闭会。

到均益里安徽铁路公司。喜兰既逃,现雇江北扬州李妈年廿四岁,初来上海。

〔页眉记:本日《新闻报》载"喜兰迷路"。〕

廿八日(11 月 3 日)　京都廿六日电:"外部与英国银公司订立津镇铁路条约,本拟早日签行。嗣因苏杭甬铁路借款事缪辖,以致耽延。现定十月初三日画押。""外部以江浙舆情不服,故嘱邮传部电告江浙,举代表进京,以期转圜。""浙江京官因外务部勒苏杭甬铁路借款事集众会议,全体一致,仍主力拒,拟定折稿,呈请都察院代奏。""升任川督前苏抚陈夔龙因廷寄饬令指定的款以为银公司借款抵押,当即电覆政府,谓苏省现无的款可指云云。"

---

①　原文缺"24"。
②　此系原文省略号。

江苏铁路协会成立。

苏州苏路拒款会成立，系学界周亮才、蔡望之、朱复、朱文鑫、叶宗源、包伯英、施亮等发起。公司抵拒若力，则本会可退居协赞之地位；公司而唯唯诺诺，则本会可引大义以督责之。

苏路、浙路总协理上外部、邮传部电："北京外部、邮传部中堂大人钧鉴：敬悉廷寄及原奏均奉到。此案原委了然，惟原奏将盛大臣前致英公司逾限不办、草约无效一函，及奏请力任废去草约最重要之情节漏叙。且英使既谓本省办路，原属合例，又谓苏杭甬成据具在，断难失信。无论彼自逾限，非我失信。破近两年奏准之谕旨，徇延及十年默许作废之草约，失商民之大信，催实业之萌芽，贻地球之侮笑。管部王大臣，或他有繁要，未能察及其非。汪大燮等专司所事，是何居心，敢尸其咎。今廷寄既申明借款、办路分为两事，应请大部迅即奏请降旨，此项借款作为外部所借，即由外部另筹担任，与苏杭甬无干。此方是实行借款办路、分而为二，较为妥善之办法。大部之迁就，为仰体时艰；苏浙绅民等之力拒，亦为仰体时艰，即举代表到京，亦无非秦廷之哭。两省绅民日益愤激，浙路邬生甚至绝命喷血以殉，苏沪各处开会集股。有如此激昂可用之人心，大部宜如何为朝廷维而护之。否则渊鱼丛雀，徒以利人，或生他变。万乞大部主持。苏路穆骞、愈霖，浙路潜、藻等同叩。敬。"

苏路、浙路股东上军机处电："北京军机处王爷、中堂大人钧鉴：汪大燮等强迫苏杭借款，公司股东奔走骇告，谓苏浙路事成立，前由商部奏奉朝旨，申明自办，不收外股。商等仰体宵旰，垂念东南，争先入股。其时经始部务者为贝子爷。窃幸天辅股肱，休戚相共，商等实依赖之。何图时事变迁，商部名义，兼领农工，而一二年前扶助成立之路务，先受摧挫。朝命既不足恃，尚何实业之可图。近数日间，苏浙股东情势愤激，人心未去。非为苏浙，实爱国家。利而用之，众志成城。东南幸福，全国均有裨益，朝廷何忍徇逾作废无效之约，断送苏浙两路于汪大燮等之手。万乞迅赐奏明，收回成命，迫切痛陈。苏浙在沪股东商部顾问官候选道周廷弼、分部郎中李厚祐等公叩。宥。"

旅沪各省同乡会上外务部电:"外务部王爷中堂钧鉴:江浙铁路奉旨自办,已着成效。大部忽坠大信,勒借外款,各省自办铁路,咸切自危。且邬生义愤捐躯,海内人心愈形愤激,恐酿交涉巨变,牵动全局。望迅奏收成命以靖人心,豫蜀皖秦湘鄂赣鲁闽粤桂旅沪同乡会同叩。"……①

又上都察院电:"都察院列宪钧鉴:江浙路工开办数年,勒令拱手让人,东南人心,愤失常度,恐激排外巨变,酿成交涉,牵动全局。且海内摇动,尤恐为伏莽所乘。望贵院全台疏争,以维大局。豫鲁秦闽湘鄂赣皖粤桂蜀旅沪同乡会同叩。"

苏省高等师范游学预备科、武备巡警、农业、铁路各学堂,公上外务部电:"苏路奉旨商办,股已足,路将成,陡迫借款,拂舆论,毁路权,削国体,绝苏人命脉。当图立宪、融满汉时,铤而走险,非万民福。乞力图挽回以维大局。"

西清轮船撞沉一案,抚批布按两司督饬南昌府县严讯详办。

江西留沪学生蔡敬襄致本省教育会电:"江西全省教育会诸公鉴:昨阅报章,会晤沪上学界同人,得悉苏杭铁路事势甚危,不胜愤激。东南诸省存亡攸关,河南、广东均飞电政府力争。凡我江西绅商学界,亦宜共表同情,结大团体以相抵制。况系邻省,义不容辞,乞诸公俯从鄙人斯议,东南幸甚!国家幸甚!"

二十五日,杭州法政学生二百余人特开拒款会,办法如下:一、致电张中堂,大约言粤路收回,全仗公力,浙路事同一律,乞公垂怜;二、致电邮传部,苏杭甬草约已废,权隶国内。外部越权卖国,藐视贵部。贵部职司路权,若不据权力争,殊负朝廷设立贵部之初意;三、致电都察院,以外部汪侍郎、邹左丞越权卖国,请为据实弹劾。

① 此系原文省略号。

浙路全省拒款大会定期下月二十日在白衣寺举行……①高等学堂各学生电致外部,称勒借路款我浙不认,如公举代表赴京会议,亦只承认拒款,不能承认借款云云……②浙人现公举前苏抚陆春江中丞、邮传部张菊生参议及孙贻让军,晋京力争借款事。

今日《中外日报》挽回苏浙路权办法之一策,谓宜联络直省国民,公举绅商学界代表,开国民公会于上海,议决路矿权利问题,以为舆论之援助为至不可缺者。国民有无立宪文明国人之资格,可即于此举卜之。

浙省同乡京官致盛大臣函,及盛大臣复函未钞。

北京电:"外部因十一省联电,争言浙路借款之非计,已稍有转圜之意。"

狄楚青有函,并送来廨员宝子观大令颐复狄之函,以喜兰供词时遭主母殴打,昨始乘隙逃出云云。现在若欲领回,外人必生梗议,只好坠甄不顾,听之而已。

黄十一妹又生女,函托内子代为抚养。而乳母难雇特甚,当已作书寄佛生告知情形。

到陈润夫处,知伯严函告举罗达衡大令运崃为斋务长。

廿九日(11月4日) 阴。外科奚诗仲昨到予寓,告知现居法大马路隆吉烟馆,在南诚信西边。

苏省铁路股东在沪大会。甲、由江浙公司派人至英国裁判所控告银公司,一面电告外部,请暂勿与银公司开议。乙、公举代表至北京与外部谈判此事。丙、联名呈请都察院代奏此事之关系及外部失职。丁、公电已发电江督,谓铁路关土地主权,应遵奉商办谕旨,始终坚持全仗帅座转圜。其济则激烈亦归和平,不济则和平亦变为激烈。万众翘企,乞电商苏浙抚帅,联衔电请收回成命,以靖人心……③最后由女股东某命妇,在场演说集股之意,略谓当初购买本省路股,原

①②③　此系原文省略号。

为收回路权起见，并非专为营业图利计。今政府以苏浙两公司自办已成之路，强迫借款以媚外人，掩藏卖路名目，吾苏人万万不承认。前闻外部有"苏浙两公司如能多筹股本，则借款可以减少。然则踊跃买股，即所以保国，即所以救亡，奉劝各股东速筹推广招股"之法，词旨甚为恳切。

袁军机有管理陆军部消息。

浙人致及苏路、浙路两公司总副理及董事诸君函：一、代表人应代表国民，不得代表公司。一、如代表人为总、副理，或股东、董事均为地方代表之资格，不得单代表公司及代表股东之资格。一、代表人到京须合外、邮、商及度支四部堂官会议，不得专议条约关系之一部。一、代表人接待礼节，不得以官阶临制。一、代表人代表拒款，不代表借款。如代人受威吓利诱，其代表之资格即时消灭，所有一切交涉无论语言笔据，均为无效。以上六条应先请政府承认，及举定之代表人承认，方可照行。但代表一往即含有愿借之意味，此层实须斟酌也。

本日《时报》载，仁和邵羲从法理解释苏杭甬合同之必废，决无借款之理由。如言英使窦纳乐代英商函请承修铁路条约，未经两国批准即非国际交涉云云，具有卓识。

昨日亥刻京电："外务部决意借银公司款办路，电饬苏浙两省，筹指的款，以为抵押。苏抚陈启泰、浙抚信勤，均以并无的款可指覆。绝。"

外务部王大臣至致苏浙路公司原函见本日《时报》。

苏路股东孟森对于入都控告外部之意见书未抄。

浙臬崔廉访电致庆邸，略言浙人因借款事万众愤激，恐有革命党乘机煽惑，大局何堪设想。亟宜力阻，以安人心。

三十日(11月5日) 晴。剃头。

苏路张协理、浙路汤总理上张中堂电："张中堂钧鉴：翊赞纶扆，中外想望。迄未肃贺，惧渎也。苏浙铁路先后奉旨商办，英公司苏杭草合同逾期不办亦不复,系彼自废,我始收回。上年二月廿七日,经原议盛大臣奏明,奉朱批钦遵在案。謇、潜谬承其乏,苏之沪松已安轨,杭之江墅已行车。所收商股尽敷路用,方奏办时,再三呈明不收外款。今部电令仿津镇借款,本利仍取给于路之进项,是以路抵押不足,又添一担保之款。津镇有草合同,路尚未筑,故宜以借款为保全苏杭甬之草合同。彼已逾期自废,路且已筑已成,宜以拒借为保全。中堂于美人已造之粤路,尚能挥戈返日;苏浙奉旨自办,纯全商股,当为大局惜之。论铁路大势国有,已有比例,异日收之于外人,何如收之于商办之易也。外部由项城宫保领袖,谅不致轻弃信民信,蹈前人覆辙。加以鼎言,必更得力。商业幸甚! 路权幸甚! 张謇、汤寿潜谨叩。"此电当发于九月初间。

浙路公司再致北京办事处:"王相浙抚仍即抗疏争拒款会系陶七彪先生领署抚之诚,不致暴动。此时此代,人且以死为荣,况失信在上乎! 邬钢以死徇路,痛极。潜、藻。咸。"

浙路汤总理致俞廉三侍郎电:"汪不谋浙,率允借款,浙大震。幸抚院防护,不强压,得未暴动。谕旨商律立宪咨议,一切不顾,弃民信以事敌,适为所乘。商办各业解体不待言,改苏杭为江浙,尤有意断送。且浙赣旧议三门湾、四府矿,援例要索,何以应之。夔相诸老力争,潜死奚惜,乞向枢相张之洞为秦庭一哭。潜。啸。十八。"

苏浙商学两界上都察院电:"都察院台宪暨谏垣诸公鉴:外部勒江浙铁路借款,徇外朘民,东南解体。复强两省举代表,箝众口。宪政甫颁,国会未立,只有谏垣一线,为民伸冤诉苦。伏乞据情入奏,请旨饬外部勿仍固执,为国民留余地。"

江西铁路公司致苏路电:"苏路公司诸公鉴:拒款事极表同情,当协力坚持,以维大局。"

苏路拒款会致浙路电:"拒款会成立,乞坚持。"

上海爱国女学校上都察院电:"都察院列堂鉴:苏杭甬路股足车开,乃外部迫借外债,失土地主权,后患无穷。民情惶恐,不知所措。

乞贵院联衔力争,以挽垂绝之民命。上海爱国女学校全体学生叩。"

如皋商会致苏路电:"苏路公司鉴:苏路事如皋愿再认五千股,政府借债之议,万难公认,请始终坚持。"

《袁军机主持借款之谬见》:"苏杭甬铁路袁大军机力主借款,虽经全国电争,迄不少动。闻有袁最为亲信之幕府某君,曾乘间密叩,力主借款之故。袁乃备悉所抱之谬见,略谓路矿两项,皆中国目前急宜举办之要政,刻不容缓。无如开办路矿,动需千数百万巨款。各省民穷财尽,断无此等能力,势必耽迟延缓。不惟不能免外人之干涉,且亦非我中国之福。况泰西各国,初因国内空乏,借他国之款,举办各项要政,由此获利渐至富张者颇多。全在立约时'利权'二字,界限划清,但能不失主权,不必一经借款,便视为无穷之祸患。故吾决意主持假款,开办各省路矿,而苏杭甬铁路特其见端耳。盖主持国家至计,必有一定之目的。无论各省官绅如何抵抗,宁用十分压力,决不为众议所夺。庶打破此关,则异日借款办他省路矿,自无人敢再出头梗阻,然可以自告无愧者,向例经手假款,均有九五扣项借饱私囊,我立志分毫不取,应得扣项全抵作正款,只求国民少担一分国债,即算我多尽一分心力。至公是公非,日久自见,岂可以一时人言之指责,遽夺我素定之宗旨云云。自是左右之人见其宗旨决定,亦无敢再因此事进言者矣。"

江西铁路总理李方伯有菜因公赴浔,致遭溺毙。赣抚瑞鼎帅据绅士公呈,奏请优恤。已奉朱批,着交部从优议恤。其同时溺毙之妾及女,亦均准予旌表。

本日《时报》载二十九日北京电:"浙江京官拒银公司借款公呈由督察院于二十九日代奏,奉旨外务部知道。"

近日为拒款事,杭垣人心震动异常。并闻有暗杀党组织铁血会,已派人至北京行刺汪侍郎。此事激烈逾甚,深恐匪党乘间借口起事。又闻有革命党多人隐匿省垣,潜谋不轨。昨崔磐石廉舫电禀庆王,以浙垣拒款事急,深恐有革命党借端起事,乞公力援等语。二十七日午后一下钟,业务学校为毕业生邬钢以死殉路开追悼会,大中小各学校均派代表到会,议及拒款,均情辞激昂,愿以死力拒,至有泣下者……①法政学堂全体学生亦开会决议拒款,均签名赞成,当即致电北京军机处张中堂,有"苏杭借款群情惶急,迄公以收回粤汉方法迅赐援救。民心向望,大局幸甚"等语。致都察院电有"苏杭路政权隶邮传,外部汪、邹二侍郎擅允借款,越权卖国,舆论哗然。迅速弹劾,以收人心"等语。致邮传部电有"路政权隶大部,苏杭借款,外部越权擅允,视大部为虚设,迄速据权力争"等语。

宁波绅商上杭抚电:"抚台鉴:外人强借路款,绅商学界有股无股,皆不承认。宁人工党,尤多粗率,难以理喻。现方设法镇抚,一面招集路股,实行抵制,乞大帅电奏。"

浙人布告外务部侍郎汪大燮十大罪状:"汪为浙江、北京办事处坐办之领袖而监守自盗,其罪一;贪图九五之回扣,不顾故乡之民命,其罪二;事起七月初,直至九月间谋成,始电本省抚臣。函告公死,包藏祸心,秘而不宣,以杀同胞,其罪三;请旨允借,弃我江浙,压我士绅,盗卖我土地,奴隶我人民,其罪四;阴结外人,蔑视成命,挟制政府,目无君亲,其罪五;同乡老少,函电哀求,固执铸错之见,一无悔祸之心,犹图中伤善良,戕贼民气,忍心害理,莫此为甚,其罪六;出使英国,阴通英公司,路以贿亡,地以贿割,辱命辱国,其罪七;京师浙路坐办四人,汪乃强迫章楑、吴士鉴、许宝衡三人因三人已自行检举附己,联名发函,累及无辜,其罪八;邬生以身殉路,天下冤之,试问杀邬生者谁,其罪九;全国人民绅界、学界、商界、军界,万口同声,人怨鬼哭,大有国人皆曰可杀之状,而犹复觍颜恋槽,偷生苟活,廉耻道丧,大坏国纪风俗,其罪十。十罪昭彰,神人共怒。欲救祖国之亡,速杀卖国之贼。凡我同胞,其共图之!"

本日《中外日报》载《苏杭甬路案汇录》。

---

① 此系原文省略号。

京电:"政府叠接苏浙士绅力阻借款各电,均未入奏。现已有某侍御具折揭参。"

杭人闻英使有饬停路工之说,风潮益烈。副工程师汤迪臣君因是绝粒不食,以身殉路。

京电:"苏浙士绅力阻借款事,张中堂因避越俎之嫌,故未能预闻。""近又提议设新内阁,将以袁军机为总理大臣,外人亦甚为赞助。""东三省借洋债一千万元,由徐菊帅及外部私自议订,主权损失甚多。度支部并不与闻。""东督徐菊帅请借洋债,拟以海关作抵,度支部不允,仍责成三省自行指款质抵。"

邬钢绝命书:"不佞远家属、排众议,投身路校,原冀为浙路少尽微力,故入校之后不敢一刻自逸。奉职以来,不以劳役为憾。扶病尽职,以致于疬。不料大祸猝发,外部逼我贷款。吾知国贼志在冒利,必且无可转圜。款成而路去,浙江片土已为国贼断送,愤激无所泄。病日加剧,顷觉热血潮涌,精神恍惚,此身将与浙路同尽。呜呼!吾身即死,吾心不死,吾愿吾浙人勉其后。倘此事得有挽回,则鄙人虽死犹生。呜呼已矣,望诸君努力!九月十五日,宁海邬钢愤笔。"

十　月

初一日(11月6日)　晴。到旅泰会黄益斋。顺在大马路跑马场观西洋人赛跑马。

文公达来,留字云:"顷胡捷三接南昌电,'苏浙路事昨又联合学商界电外部,以人心动摇,请收回成命'等语特闻,希即转闽皖诸君。"

浙江十一府绅士公呈浙抚文,王文韶、陆元鼎、濮子潼等(中略)目击情形十分迫切,不敢相安缄默,以负桑梓者负朝廷。惟有吁恳皇太后、皇上天恩,饬下外务部禀遵浙路归商自办之前旨,深察不愿承借外款之舆情,始终婉切力持。邻交贵于协和,幸事理并非我曲,人心宜于固结。况宪法正在周咨,所有浙路拒借外款缘由,除十三日已电请军机处代奏外,理合会同十一府绅士一百十五人,呈请据情代奏。

苏路工程处致公司函云:"借款事群情大愤,款成路去,路失则江浙休矣。同乡京官如陆尚书、吴阁学等,地居显要,亦竟如聋如哑,不为桑梓请命,此不可解也。夫今日外部所执者,草约耳。草约非正约比,正约未签字尚不得为据,况草约乎! 且此草约系盛个人所经订,又逾限不办,应作无效。乃开办经年,际此路成车行,突有此举,更不可解。总之解铃系铃,仍宜责之于盛;论公理论乡情,盛均无可推诿。倘竟置身事外,则浙之削汪籍,其例可援。"

浙路股东郁闻尧挽湖州汤迪臣绪副工程师:"恸哉,又弱一个人。彼卖国贼其身虽生,其心已死;幸矣,犹有二烈士,为拒款会保路后盾,殉路先声。"

东督徐世昌拟借洋债四千万为东三省办理新政之需,张中堂颇不以为然。讵十六日袁尚书忽对张中堂曰,东三省借款已经议定,今日面奏,下午即订合同。张以损失利权太巨,万不可行。彼此争执,声色俱厉。张对袁曰,果如此,则今日我不入对,遂起身而出。庆王、世相俱挽张之袖,谓再当妥为商量,决不准徐借洋款。于是始入召见,较之平日已迟三十分钟之久矣。

初二日(11月7日) 晴。南昌来电:"图南里四省公所暨江西学会商会并转吴端伯鉴:本日绅商特别开会,公推陈伯严君为江西铁路总理。路局。东。"

《申报》载南昌电:"江西绅商学界初一日开特别会,公举陈三立为铁路总理,电请邮传部代奏。"《时报》载初一日戌刻北京专电:"政府饬调保定常备军万人,即日入京驻扎北苑。"

浙全省拒款大会定于十月廿日,假座杭州白衣寺。

浙江省城学界全体及学堂四十一所,共举代表一百十八人,在高等学堂内开浙路拒款会,公举许君壬为正会长,魏君巍、王君榘为副会长,电告各府,请各担任路款,并联合全省学界向政府竭力拒争。

"芜湖皖路公司于初一日开会，多数议员拟举程从周提督为总理，并拟力请政府议废浦信路约。"

苏杭甬路借款事，闻外部与英公使会议时，允以工程师我自行聘用。其支用借款之事归彼管理。俟至工程告竣，借款用完，始可将此工程师辞退。若在未完工以前，则用人办事一切，英公司皆得与闻云。

嘉兴学界呈外务部电："北京外务部袁公保鉴：浙路誓守前旨，不借外款。约废复翻，群情惶迫，乞将全案登报宣示。嘉兴各校全体叩。勘。"

杭州电："杭州学界因外务部勒浙路公司借用外债，大动公愤。恃开拒款会，到者甚众。会长许养颐、魏乃吾、王伟人干事八人，议定以集股为拒款，认股者分十年递缴。"

东京电："《时报》馆转苏浙路公司暨拒款公会鉴：外务部违旨背案，勒借外债，有此不负责任之政府，应始终坚拒，并乘民愤联合各团体公开国会、监督政府，不独路政可保，全国幸甚。旅日本东京宪政讲席会全体全员叩。"

外务部入奏消息，欲改借债之名目，作为官督商办之局面。其内容情形，令人难测。浙江同乡京官于九月十九日，由代表数人相约偕往颐和园，公谒各大军机申明利害，请候意旨，并以袁军机为外部尚书，责无旁贷，请问英使之请，如何可徇云云。闻是日并未议有办法，尚须改日再为会商。

将伯严推为铁路总理之电持示陈润夫、曾瑞麟，即在瑞麟处领得本月四省公所经费规银同福祥记一百两，顺往天保栈斜对五福巷满春坊苏省铁路公所访卢仁山，值其回苏，往旅泰访益斋，亦回苏。到公达及捷三处，均未晤。

阅九月廿九日陈叕庵阁学福建省城来函：

　　　四省铁路公所诸公钧鉴：敝省书记员前由洪荫翁兼办，现已赴官。昨经照派郭君幼安赴沪接办，由敝处缮函交郭君面投，到

祈接洽一切。浙路借款先后得汤蛰翁并浙路董事会、杭州拒款
会来电,弟经径电邮商二部,昨将电文电呈孙季翁、刘三翁察阅,
商办动摇,实关系全局,两公当表同情也。邮部复电另抄呈电商
部,未得覆。近日事局已有转机否。报载苏路电部有"商借商
还、勿须政府干涉",又有"军机等拟召苏浙总理到京会议"等语,
确否?公所对于浙路,本为团体,尤应力任其难。惟伯使既去,
芗翁复亡。继任伊谁,尚无准信。弟孤掌难鸣,又远隔天南,消
息隔绝,不知于何着手,良用惶愧耳。学堂监督王子仁观察已到
沪接办,甚资得力。顷得其来函,并开办经费册一本,每月预算
经费表一折。查两款比照前议之数,均有加增。开办费不敷,尚
可一次照摊,常费每月须二千金,则每省应年摊八千两,此节极
应早行决议。散省已认可,应请皖赣亦为照摊,弟业已函请子
仁,亲到公所与孙、刘二公面议一切。至散省此次资送学生,未
入堂以前在沪住店各费,则由散省自备,不关公费也。专此。敬
请均安。弟陈宝琛顿首。廿九。

陈阁学弢庵致邮传、农工商部电:"北京邮传部、农工商部各堂钧
鉴:闽路八九侨股闻浙路动摇商办,各路咸起疑虑。闽股未足,交亦
未齐,尤易溃散。大局所系,望钧部通筹维持。宝琛。"

邮传部覆电:"陈阁学鉴:电悉。苏杭甬因前议废约未果,成据在
先,外部不得不如此办法,商办各路毋庸过虑。闽股尤赖执事主持,
希将此意报告各股东,俾共晓焉。维此大局,是所厚望,邮传部。感
二十七。"

初三日(11月8日) 晴。写致汤蛰仙京卿寿潜信,寄杭城方谷
园浙江铁路公司。

北京电:"路事英使坚执愈甚,外部颇棘手。"

公所闽书记郭幼安明经(印慎行,兰石先生印尚先文孙也)到沪,交来
九月初六日陈弢庵阁学手书云:

　　三安仁兄世大人阁下：小别忽已三秋，瞻怀笑言，无任驰溯。月前奉到手书，骇悉芗老蠡湖之变。阅报谓伯严为代，想可定局。赣、闽同瘵区，而闽尤无地方税可筹，无一不取资于商股，故倍难对付也。目下测量才及四十里，建筑未过十里，多因为风水阻碍，致稽时日，不知贵省有此患否？公所已迁移否？荫之想亦已行，敝省书记现延郭幼安明经乙酉拔贡慎行接办，兰石先生文孙也。手此先容，即请台安。弟宝琛顿首。九月初六日。

　　幼安又交来九月十四日陈阁学在厦局寄四省铁路公所诸君函，只言幼安办书记，闽省值年前，托柯贞翁代理云云。

　　本日北京专电："浙路借款事，英使据约坚执不肯稍让。""汪侍郎大燮因浙路事甚棘手，不能赴英。现已改派驻英李星使经方，随时考察具报。""三十日在京师大学堂之浙省学生集议浙路借款时，均主张力行拒绝。"

初四日（11月9日） 晴。写致伯严吏部信，附抄陈弢庵阁学致予及公所诸函，寄九江路局转达。郭幼安明经来。

　　芜湖电："安徽铁路初三日开会，公举程文炳号从周，长江水师提督为总理，并提议三事：一、盐斤加价；二、南典加息；三、北茶抽股。"

　　复慕祁信寄九江德安县铁路分局。

　　朱锡廷告假十五天。

　　阿宝说黄益翁昨晚复至沪，已搭新民轮船航海北上矣。

　　浙江同乡京官屡次会议拒款，大约暗分两派。一派主张激烈，惟以拒款为目的，一派主张调和，抱定分借款与造路为两事一语，以款由官借、路由商办为目的。两问题相持未决，而调和派终以势孤旋，作罢论。激烈派袖出一稿，洋洋数千言，其中痛陈利害，请朝廷收回成命。此文传观，大众赞成，遂决议呈递督察院代奏，而京官会议之效果，于是终局。

　　杭州电："宁波富绅严、周、汤三姓向浙路公司声明，如路权征回，当认股一千万元,并闻由奉化达镇海支路归甬人集资自造,不另向外府招募股分。"

常州电:"初二日各学堂全体停课,在先贤祠开保路大会,到者一千二百余人。拟定电请派大员查勘,立限招齐股本,否则宁死不认借款等语。"

昨日苏省士绅假座商学公会,题议坚拒苏杭甬逼借洋款事:甲、应开苏浙协商大会;乙、应发起组织国民路矿公会;丙、应速行设法招足股款。

初五日(11月10日) 晴。北京电:"苏浙铁路借款事,外部那中堂亦主张力拒,有江浙反抗桐不任咎之说。并为设法坚请庆邸袁军机勿允签约。""外部现议先行筹足路款,以便将股票尽数购买,再行由华商承购。其应偿英公司折扣,当由政府筹款赔给。俟两省代表到京,再行定议。""部议李有棻恤宫保,衔荫知州一子。""学部议覆顾炎武、黄宗羲、王夫之从祀孔庙折,奉旨允准。""政府以上海各报时登机密要事,议将报律实行,违者严禁。"两江师范学堂学生上皖赣铁路公司电:"皖赣铁路公司转商学界:苏杭甬铁路借款关国存亡,祈死力争。"又上外部汪侍郎邹左丞电:"外部邹、汪鉴:江浙路事,公实主持,若不挽回,何以对君国。"

杭省学界以外间有万不得已保全已成之路之说,群谓浙省已成之路,惟江墅一段保全何益?此议浙省决不赞成,恐万一照议实行,外人、外部有所借口,拟发电力争,请将此议作废。又以沪上某女士曾创议减少借款,此议浙省亦不承认。盖借款不在多少,路股中一有外款,必多牵掣。路权既失,民命即危,故不以为然也。

本日《中外日报》第三张"来稿"《杨廷栋致单束笙副郎书》……《商借商还驳议》……①《敬告江苏全省士民》,语语沉痛,可以作拒款之指南针矣。

---

① 此系原文省略号。

黄盛元议为邬烈士造像，借唤国魂，并示外人以中国可忘、民志不可夺。此举若成，影响必大，不仅令政府回心，外人动色，邬生不朽，浙路蒙羞①也。

北京电："某侍郎电致苏路公司，借款事有转圜意。""铁路借款事初三日外务部电致浙抚暨杭州将军，自谓无损路权。"

到商会晤胡捷三，并晤罗锡侯，盖经理商会右手新开之客栈者也。旋往贻德里浙江铁路分局晤管事黄逸村绍兴人，即将陈阁学来函托转示汤蛰仙京卿，在彼晚饭。

初六日（11月11日）　晴。郭幼安自带家人邱馦充当福建茶房，郑黄初因与予说贺云既回，邵伯可将彩文改为江西茶房，即作书寄贺云，嘱其在家自谋别事，不必再来沪也。

写复福建铁路总办陈彀庵阁学信。徐永康来，言益斋此次进京，实与黄国英、赵止斋等运动包办烟潍铁路之工程云。

江西铁路公司黄益翁存件：洋式绿呢面写字长方台一只，马鞍式抽屉长方桌一只，花旗旋转洋椅一只，黄油藤棚面洋圆椅八把，磁面洋式茶几两只，长藤榻一张，洋磁痰盂四个，棕棚木架床一张，两抽屉小条桌一张，保险铁柜一只，衣勾一排，砚一方。

得夔侄九月廿八日省城来函，附八月初六富侄信，初八日万弟信。

杭州电："闻新抚冯中丞受外部意旨，已承认浙路借款。昨特电致信中丞，询以何款可作抵押。"

昨日浙江旅沪同乡会大会本旨有五：一、苏浙同命。苏路款少，浙人理当协助。二、但认前次商办上谕。三、争路权即为爱朝廷。四、如强迫借债，则不纳练兵费及各项杂税。五、同盟罢工。后张菊生起驳，谓罢工系稍极主义，不宜宣布云云。办法有三：一、力请朝廷收回成命。二、叩阍。三、江浙路事定，见由江浙人自办……

———————————

①　原稿作"蒙休"，当系笔误。

各府代表以及法人团体或一私人所宣布之股，共约洋二千二百数十万元。

初七日(11月12日) 子正接南昌电："图南里四省公所刘三安办路材料免税，已由部准通行。惟载运之船凭遇船关，是否一律免税，请速查覆。局。"

复伯严信。寄省城百花洲，附《福建第一次股东正式会始末记》一本。又寄回抽收米捐移文、盐斤加价咨文。

陈润翁送来京局电："南洋官书局陈润翁转吴端伯鉴：'俭'电敬悉。承教，均感。敝省路事，业由京局妥筹办法，并公举代表赴赣，挽劝各富，筹议改良各事宜。一分为难之处，皆由京局担任，诸请放心。铁路京局同叩。麻。"

午到浙江公司晤汤蛰仙京卿，询悉铁路材料用护照而载运之船所应纳之船捐由该船自行清理。又到苏路公司晤周允玉收发招待及莫如齿萐臣，托询王丹揆左丞印清穆，所答略同。汤蛰翁又到安徽公司晤宋炳南，言合肥县界雍家镇均有船关，盖本所以维系木捐成数之暗减者也。

晤候李孟韶。卢仁山同年太守来公所见访。

本日《时报》载九月廿六日《苏路、浙路咨呈两江总督文》，至为剀切，至为详明。

芜湖电："外务部勒苏浙铁路借款，东南人心愤激，安徽铁路全体股东议员初七日电禀军机处、外务部协争，并请孙中堂力争浦信路线自办。"

江苏铁路协会第二日纪事：一、议与浙省联合组织江浙铁路协会；二、议与各省联合发起二十二省路矿协会；三、议上书外务部以法理解释草合同之无效；四、议依据法理，公推代表赴英京裁判所控告银公司；五、议由协会通告内地商学各团体分任募股……①拟要求

①② 此系原文省略号。

公司照浙江办法，每股五元，年纳一元，通告江苏各厅州县开会认招……②主席言每年一元，每日仅三文，我江苏虽穷，岂每人每日不能出三文钱；六、议协会永久存立之组织法。

丹桂伶人夏月珊、夏月润、夏月华、潘月樵、张顺来共认苏路股一千六百五十元。

江西铁路公司昨已通知各绅，定于初一日在沈公祠会议，公举铁路总理。先是，绅商两界议举陈协理三立推升总理，而同乡京官议举富绅周扶九或萧云浦为总理。闻周扶九不愿被选，愿购股票一万元。萧云浦以前任总理李有棻方伯亏空多至三十万，碍难催缴，事多棘手，亦有不愿充当总理之说。

江西巡抚奏保吏部主事陈三令充江西学务议长，并请照章不扣资俸，奉旨依议。

光绪三十三年丁未(1907)

（十月至十二月）

十 月

光绪三十三年十月初八日（11 月 13 日） 晴。午偕黄初往升平楼唱茶，旋到寅大访徐永康。于抛球场购得虎膏。

新浙抚冯汝骙意主借款，现行抵汉口。自浙江京官上封奏后，昨日浙抚信中丞又电奏到京中，有"人心浮动，恐有变端"等语。两宫阅之，大为震动，面谕枢臣"邦交固宜联络，民情亦不可不顾"云云。庆邸面奏"确已竭力磋商，英使坚执前约，不易就范，故为此权宜之计"，慈谕"总以不借为是，你们再去仔细商量"。

商务总会覆外务部电，载今日《时报》，昨晨予在浙公司蛰仙京卿处见原稿。铁路学堂王子仁监督来。

初九日（11 月 14 日） 阴。晨起往五福巷满春芳，回看卢仁山同年。晚间仁山复来公所，约予明早到伊处。到包晖翁、曾瑞麟、陈润翁、商会等处。午后到泰和堂药店。安徽书记窦希文炎来访，窦兄南华现在公所下榻也。

本日《中外日报》驳外务部最近致江督电，语语透辟。（电谕）"军机处奉旨：现因苏杭甬铁路添借英款一案，各处商民颇为疑惧。由外务部电知江浙督抚等剀切开导，并将原电呈览所叙迭次成案。及此次办法实系迫于万不得已，外顾邦交，内保路权，舍此别无两全之道。着两江总督、江浙各巡抚、杭州将军按照部发原电，迅速多方劝谕，于民生乐利必当竭力维持；勿任轻信谣言，致起吾民惊疑纷扰，以副朝廷曲体舆情、安靖大局之至意。钦此。"

杭电:"浙人闻外部坚持借款之议,决计不派代表进京,除不纳租税外,别无办法。"

初十日(11月15日)　晴暖。文公达持南昌电见示,问学生程度及催益斋报销。晨起到仁山同年处与斟酌禀稿,誊好即令彩文送交会审公堂收发委员处。浙路股东愚园大会虽送来入场券,未暇往。苏浙路借外款事,政府以事经议定,恐反复贻外人口实,以致新政棘手,故决意排众论,照原议办理。

接杨甥廷枚、廷梓初三日书,知廷枚于九月初六日完婚,春农妹倩经柯中丞委派湖南衡州土膏分卡,每月薪水约四十金。

十一日(11月16日)　阴雨。复夑侄、富侄、万弟、才叔共一信,寄江西省城孺子亭仓圣庙禁止溺女总局夑侄收,附致六妹夫妇信。留日江苏同乡会东京专电:"《时报》馆转苏路公司各团体鉴:路事廷旨又下,仍力拒,勿被蛊惑。"

钱塘小学堂厨役认股二百元;拱宸桥妓女金素兰发起,劝同业四十余家纳股,遍发传单,准于初十日在汇芳花园集议方法。

南昌铁路公司致北京朱京卿益藩及同乡诸君电:"路事急切,股东会目前尚未成立,昨电请萧、周二公为总理,复电坚辞。小泉处久无回电,总理一席万难久悬。在省股东及本局即铁路总局谨于十月初一日,联合商会、教育会,在省绅董公推陈伯严暂行总理路务。诸公如表同情,请领衔公呈邮部代奏,并电复,以便分呈督抚。"此条见十一日《中外日报》。

十二日(11月17日)　阴。兰阶来谈。初十日,汪伯唐侍郎请北京浙路办事处,代致函浙路公司汤总理,略言路权本不属人,借款亦无需以路作押,且并不立年限。如江浙有款,立刻可以赎回,所吃亏者,只有十余万磅之折扣,及余利小票之包款,约计共损失九十余万元。现拟请我公劝导江浙同人,合力筹集一千五百万元,交存户部银行。再一面由外部与英人议明,不令其到伦敦卖票,所有股票悉数由我公司备款买回。一转移间，虽坐扣九十余万金，亦不令公司受亏，仍由政府筹还，商人毫无损耗。如此办理，虽名为借款，实不啻以此九十余万金买回从前交涉，了此公案云云。

回看窦希文，晤林潜甫。

十三日（11月18日）　雨。会窦南华。与郭幼安明经畅谈，幼安精铁笔，多仿汉派，其铁笔以铜裹其管，圆絜利用，所作文具诸铭词，亦饶有古致。

北京电："在京苏浙两省八校学生计共六百余名，伏阙上书，力争苏杭甬路借款事。"广州电："外部准英人握西江缉捕权，电粤饬遵，张制军力争不获。闻外部来电有'无论如何窒碍及以外人越俎为嫌，如欲令退让，万难应允'等语，粤人大愤，定十四日开会集议，发电力争。"两省集股已逾三千万，苏浙公司致端午帅电云云。

本日《中外日报》载各省旅沪学生总会第一次简章，发起人胡耀华，赞成人王抟沙、陈佩忍、于右任、何寓尘，现暂时通信可寄靶子路同昌里《安徽杂志》社。

十四日（11月19日）　阴。汪麟阁函询赣省争江浙借款之电文，复以探悉即闻，且转询皖省如何办争云云，函送希文及麟阁。

本日《中外日报》载《字林报》北京访函所开苏杭甬路勒借外款之内容，及苏杭甬路约驳议。苏州公司致外、邮、商三部电："北京外务部，邮传部，农工商部列堂钧鉴：苏浙公司于初八、初十开股东大会，两省乡望，无出在籍前大学士王文韶右，敬举为公共代表，并各添举数人，一同至京。苏路穆、浙路潜等同叩。文。"

窦希文函托抄陈阁学致邮部及部回电，即作复。本日《时报》载赣抚瑞奏李方伯有棻因公殒命折。京函云，汪大燮于去年在英使任内，已经借定按一千五百万磅借款之数，九五扣用，计得银七十五万；回京后与振贝子密商，许以均分，嘱其转达于庆邸，遂得出奏云云。十三日申刻北京专电："江浙督抚以国民拒款团体甚坚，无从晓譬，据实奏陈。现闻政府似有转圜之意，借款事可望挽回。"

十五日(11月20日)　阴。剃头。

北京电:"政府因浙路借款事,人心大愤,颇不自安。""闻驻汉英领事向鄂督赵次帅陈说,苏杭甬路借款既民情不愿,可以移作国用。"

初八日皖省同乡在江西之江南会馆筹议一切,并公举前往山西藩司张筱传①方伯,为安徽全省铁路总理;吕筱苏侍读佩芬为矿务总理……又举张小传者五十二人;举周玉山者廿五人。

十六日(11月21日)　阴。致李孟韶函,又致卢仁山同年函。

长崎众商呈农工商部电:"农工商部堂宪鉴:江浙路前蒙奏准商办,今外部逼借洋款,大部不争,寓日众商殊失所望,乞力主拒绝,以全大信。"又呈外部电:"外务部堂宪鉴:路款借,江浙亡。旅日众商万口一致,抵死不认。大部力主背旨殃民,是何居心。"江苏提学使司毛实君学使庆蕃,十五日因公来申。

北京电:"苏浙路事,醇邸、张中堂、那中堂等均以官民拒款为然,惟袁宫保则颇以江浙督抚会奏之折为非。""政府以江浙两省拒款甚激,恐有革命党乘间煽惑,特派侦探赴沪密查。""粤省士民以西江缉捕权授诸外人,损失失主权甚大,电请外部力持改议。"

本日《中外日报》拆字者说讯外部,殊逼肖。本日《时报》载孟森警告"冯抚(号星岩,印汝骙)将莅浙矣、梁道(号孟亭,印如浩)将莅沪矣。浙防军局与沪关落冯、梁之手,任意指拨以抵款。有着覆外部,外部即签押,不动声色,而借款之事成,以后江浙用款再敲脊剥髓以应之"云云。诚哉! 其警告也!

吴绹斋侍讲士鉴暨章梫、许宝蘅,既有致同乡王中堂函,为因借款被诬事,力自辩矣。而十五日北京来电乃云"《时报》馆鉴:路贼章梫为国公敌,经同人公禀学部,不认为本馆监督。京师译学馆全体学生宣告"。京电:"英公使向外务部声称,谓苏浙铁路借款事,经已签押及批准,倘贵堂再欲开谈判,已无余地。贵国人不论如何纷议,若

────────

① 张绍华,字小传,原稿后文即作"张小传"。

不累及英国,我亦未便干涉"云云。

皖路公司窦希文及学会诸位,今午在公所聚会,约十余人。岑孙俞君抄示会场秩序:一、宣布开会大旨;二、推举主席;三、提议事件:(甲)安徽路矿公会组织方法;(乙)路矿总理宜如何决定;(丙)浦信路约应如何作废;(丁)铜官山矿约宜如何实行作废;(戊)议定大会日期;四、请各会员发表意见;五、闭会。

十七日(11月22日) 阴。北京电:"外部催江浙代表王中堂速行入京,议路事转圜之策。""都中各学校呈请都察院,代递苏浙路借款及时事条陈一折。廷议以学生宜专心向学,不应干预路事,奉旨着学部传谕申饬,并通行各直省,一体申戒。"杭州电:"《中外日报》馆转新浙抚冯行辕:路事且败,鹄企公来信,抚为民请命,浙人赖戴。外间谓公将勒抵款、抑舆论,万民汹惧。迫恳即明白电谕,以安人心。浙省学校联合拒款会文。"《中外日报》馆转浙抚冯行辕:"真电谅鉴。借款浙民死不承认,公来善为浙计,并善自为计。浙省学校联合拒款会。"

汪侍郎函称:"苏浙铁路借款事,现在商定最上之办法,拟由政府筹贴银公司银九十万两。公司仍归商办,俟铁路进款得有利益,再行将政府筹贴之款,由公司偿还。至现所筹集之股本,应存一千五百万于户部银行,以示信实"云云。苏浙路公司致苏抚电:"苏州抚帅钧鉴:盐电悉。王相国病,允以折代表。浙遵部电,多举数人,已举定检讨孙廷翰、分部郎中李厚祐、刑部主事孙诒让。苏续呈。苏浙路公司。删。"

本日《时报》载,留东奉天自费生赵澜超上东三省总督禀,为借外债请表示五端云云。

致狄楚青大令信。

十八日(11月23日) 阴。北京电:"十五日,两宫垂询苏浙路事,张中堂奏请降旨以安人心。袁宫保谓外部行政向系独立,非军机处所能干涉。因是两宫遂犹豫不决。""外部堂官声言,苏浙路借款事,须俟王中堂到京方能定局。"

本日《时报》载,旅宁安徽会馆同乡筹议路矿事,经路董公议,推举程从周军门为总理,李仲宣中丞为协理。军门是日适在宁垣预会,当即与议员潘、王二君接洽,慨允担任总理之职云。

十六日,皖路绅学界在四省铁路公所会议之后,致皖绅电:"安庆矿务局诸公鉴:闻京电,外务议以浦信及铜官山约,易苏杭甬。皖省危亡,即在瞬息,特哭告。皖路矿会。"致外务部电:"北京外务部大臣鉴:浦信有碍皖北路权,应速作废。闻大部有将浦信、铜官易苏杭甬事,皖人惶恐,决不承认。安徽路矿公会叩。"

新任沪道梁孟亭观察如浩接印。

益斋前云连年经手款项,由徐永康造册交予。今到寅大,则永康乃云册已交益斋,其实亏空二万金之谱无从报销也。

班侯前日至予寓,午间往愚园,值实君学使、班侯均外出;道遇又村,与同到易安喝茶。前任芜湖道刘葆梁观察树屏,以银十一万购得愚园,现值二十万云。葆梁即葆真堂弟。

十九日(11月24日)　阴。寄百花洲铁路总局陈吏部信。

陶伯荪(印牧,南昌人,沈筱宜之妻弟也。前在上海译书局,现办九江铁路局文案)、赵纫之(江西路局洋文翻译)均由江西省来,查询益斋、公达经手款项;早间见访,且道怀侄意欲寄予食物,未果也。伯荪、纫之均寓吉升栈寿字号,述及十三日南昌路局接到京局办事处回电"公推伯严主政为总理,在京同乡诸公与萧、周均表同情"云云。

和伯亲家之次子仲韫印大镛续娶沈氏,自扬回潮州过此,午间至予谈,现寓中和栈廿九号,将搭坐恒升轮船云。班侯、守华均来,予旋与班侄往商务印书新厂访谢兰阶,值其回宝山。

汤蛰仙京卿挽湖州汤烈士:"亡浙路只一隅,实亡全局。天听倘及之,岂若辈敢作鹰犬;哭邹生不十日,又哭吾宗。老夫亦病矣,烦同志先驱狐狸。"

江督端、浙抚冯、苏抚陈,致外务部电:"苏浙路代表,两省公举予告大学士王文韶,并各添举数人,随行晋京,前已电达钧部查照。昨据瑞臬司澄电称,苏路添举安徽候补道许鼎霖,法政毕业生雷奋、杨廷栋三人。兹又据苏浙公司来电'王相病,允以折代表,浙路添举翰林院检讨孙廷翰、分部郎中李厚祐、度支部主事孙诒让为遵旨商办、不认借款之代表'各等语,特此奉闻。方汝骧启泰。咸。"

二十日(11月25日)　晴。晨起往愚园,又值毛实翁、班侄均出外,留字与班侄。旋往吉升栈回陶伯荪、赵纫之看,亦值出外。路遇谭仲韫,与同到四海升平楼喝茶,既而路遇戴慎先、舒幼平,复邀往升平楼喝茶,旋与偕游博物院。

十九日未刻北京电:"英公使声明,苏杭甬路借款业已由外部议定,合同决不减让。"杭州电:"安庆绅民昨开路矿大会,选举总理分四党:方履中主举张绍华;陈惟彦主举周馥;学界南京安品街主举蒯光典;股东主举程文炳。"

兰阶至予寓,班侄同谭仲韫至寓邀饮,均未晤。夜,兰阶复来谈。

各报载欢迎新任浙抚、沪道事。

廿一日(11月26日)　阴,大霜寒甚。晨起复往愚园,谒见毛实君学使,并晤鲍韵笙府经厅秉忠浙江人及班侄。实公言及伊表叔廖濮须买参考书等,因倩吾向学务长寻明书目,函知实公,拟将照买,助入学堂也。

旋往商会晤陈润夫、徐竹亭。旋与公达到捷三处,斟酌催益斋清还款项之电。旋到卢仁山处,询批领婢女之禀,约在下月朔方可发表云。夜间,班侄、兰阶、又春均集予寓,旋往杏花楼饮,菜系全生,又春作东。酒阑,往四海升平楼喝茶。既而雨雪,因与又春、兰阶到林佩芬家稍坐乃回。兰阶至公所与予回榻。

百花洲江西通省铁路总局函寄各电录于此,将另抄送登各报也。广东胡藩台来电:"东电悉。公推陈伯严君总理路局,在粤同乡公允。湘等。江。"两江督宪端来电:"陈伯严同年:微电悉。路事非公莫属,惟勉任其难,以慰群望为幸。方。鱼。"汉口来电:"南昌商会转路局、教育会公鉴:诸君举定陈伯严君为南浔路局总理,奉电快慰,极表同情。武汉同乡官商暨万寿宫等公电。"京局来电:"铁路总局转绅商学界公鉴:公举陈伯严君为铁路总理,京局同人暨萧、周均表同情,即日呈部奏派。藩等。文。"本日《时报》载续志皖省路矿大会情形:总理以投票多数为准,首推蒯理卿观察光典,次推周玉山制军馥。京电:"新内阁应设总理大臣,刻又议就枢臣中公举。"

廿二日(11月27日)　阴。抄江西铁路总局寄来电,并寄江西旅沪学会。分致各报馆。并寄公达。黄荣生来,谈包竹峰对不住他,旋邀荣生肆中饮。

廿三日(11月28日)　晴。文公达来,持去京局由陈润翁转吴端伯电。致胡捷三信,附江西路局寄来各电,并致陈润夫信。北京电:"苏杭甬路借款事,英人定欲指明为苏杭甬路所借,不能作为他用。""闻袁宫保因浙路借款事甚为棘手,不欲任外部事,闻将调任陆军部,系出庆邸之意。"

陈弢庵阁学致郭幼安明经书:

　　幼安世叔大人阁下:得书知已莅事,甚慰!苏浙风潮,闽路不无影响,既为闽计,亦宜力图自全。前经分电邮、商二部,先后得复,已抄寄公所。本日苏坂陈雨苍所居地名尚书复来一电,附录呈阅。但于苏浙仍无效果,究不知近事如何,良以为念。侄得蛰翁电后,怂恿制府电京,昨亦得京复,无非剖明万不得已之苦衷,原电尚未得阅也。十一日,福州各界开一闽路公会,到者三千余人,佥议普及认股,内力先充,外侮自绝。当场认股已四万八千余股,日前正在实行普及办法,尚当推广。全省兴属当有担任之者,望执事函商杏村侍御,江印春霖。先发一函,号召乡里以为之倡。果能全省国民人占一股,则其数必有可观。兹先将公会传单并章程中四个月为一期,改作六个月;股息一条,亦改作挂号即起息寄览,章程已有更改,容俟议定后,当加印说帖通布,再行送

呈可也。公所一切诸仗主仗，俟前拟定一办事章程，分别调查、
比较、报告、接待四项，属以事忙，迄未起草。执事既亲其事，望
与三省协商，先拟一稿，再请公决，何如？伯严已举赣总，甚慰人
望，皖之替人，究属谁氏？三省学堂经费支绌，可商之三安兄，即
请润夫、季筠诸君速与子仁一商。若须函询公司，亦祈早为转达
子仁，尚有节省常费之办法，亦可提议。闽为值年，本请贞贤代
表，无不惟命是从，乞催之。皖赣应派何人决议，或照抄此函转
寄伯严，并催速将堂费寄申亦可。即颂日安。世愚侄陈宝琛顿
首。十月十六日。传单已用罄，容后再寄。又及。

廿四日(11 月 29 日)　晴。柯贞贤观察鸿年致陈弢庵阁学信：

弢公宗伯大人阁下：敬肃者。前由子仁处抄奉台函，嘱晚提
议学堂常年用款，业于本月十三日柬邀皖赣代表孙君季筠、文君
公达，即在沈家湾学堂开议。按访老预算额支清单核之，每月须
二千金左右，全年统计应须规银二万四千两，而学生书籍、医药
等项，尚不计在内。现已议定三省自明年起，每年每省匀派规银
八千两，一半尽于年假前汇沪，一半尽于明年暑假前汇沪，书籍、
医药议由堂备办。查今年三省各认五千金，闽皖均已如数汇到，
合共规银一万两，扣计可以用至年底止。江西之款，据云将行汇
到，留为活支之用，以后书籍、医药之费，皆取资于是，众皆承允
矣。至现时，堂舍逼窄，其中缺点甚多，均与学业、卫生有碍。由
晚提议，起造校舍，计校舍地场不过须用十余亩而已。若用曹家
渡、徐家汇一带地皮，每亩价值仅洋二三百元，以十余亩计之，不
过洋三四千元左右。前有人议在南翔、昆山一带觅地，起盖堂
舍，子仁极斥为非，是谓此两地距沪太远，交通不便，医药不便，
办事员之有眷属在沪者，及兼摄他事者尤为不便。又谓，凡提议
不设学堂于上海者，以上海繁华，学生容易冶游耳。诚如此，则

巴黎、伦敦华丽十倍于上海,宜乎无一校之设于其间矣。然而巴、伦两城学校如林,且人欲求入上等学校,必于巴黎、伦敦焉求之。而吾国文明之区,只此一上海,今又望望焉舍而去之,似乎不可!此论颇是,故合拟择上海左近地方,如徐家汇、曹家渡者,学生既不便出游,而医药、交通一切又不困难,办事员亦可兼顾其家,似为两得。建筑之费约用四万余金,合计购地盖屋不出五万金之谱,若三省分摊,诚乎少数,应可勉力。皖赣代表颇以为是,究无全权允诺。于是子仁提议曰:建造之事,若三省款项支绌,可留后图,惟上海地皮年贵一年,今需款无多,必须先购;闻去年有人购买曹家渡地皮,而今年涨价竟至合倍者,此着诚不可不急办。众代表均以为然,遂即散会。究竟应否先购校舍地皮之处,务由贵处函商皖赣两路公司,以便定议。兹将子仁所交访老自七月开办日起,截至九月十四日移交子仁接办日止,所有用款清册一本呈鉴,希即察收为荷。肃此。敬颂勋安!晚柯贞贤鸿年顿首。十月十五日。

致朱锡廷信未发,而锡廷适来,即嘱搬入公所居住,以免旷事之咎也。偕郭幼安往会文公达。予旋至愚园,留字邀班侯,并至宝善街新鼎升栈六十七号会丁孝宽,孝宽在苏州黄府续弦矣,夫妇回天津,明日上官升轮。亦值他出。予既回寓,则班侄、孝宽俱来,又春、兰阶后至,饮甚畅。

"英公使朱尔典照覆外务部,声称苏杭甬路借款迭经磋商妥协,又曾奉廷寄饬苏浙路公司遵办,已成铁案,万难移易。至于国民反抗,无与英事,英亦不管"云云。"外务部受英公使胁迫,拟折具奏,略谓苏杭甬借款一事,碍难磋商,仍照原议借款自办。俟江浙代表到京,倘有筹商之处,再行商办"云云。"政府因苏浙路事纠葛,万难应付,仍责成盛宣怀调停,闻已电饬遵办。""出使英国大臣李经方电告政府,称英人为苏杭甬路借款事,将开临时议会。""度支部尚书泽公,痛驳陆军部拟借洋款练兵。"以上均系廿三日北京来电。香港电："香港新例严禁中国革命书报,违者监禁二年外,并拟充苦工或罚银五百元。"

敦仁、西清两船管驾,均由沈藩、庆臬会同提讯。据供,实系误碰,并非故意碰撞云云。现闻沈藩拟即照误伤办法,科敦仁大副监禁十五年,二副罚作苦工五年;西清管带吴巡检贞恕革职,大副监禁十年;所有西清损失及搭客恤款,均由道生公司赔偿。现已开具手折,商同庆臬,呈请瑞抚核定,即可销案云。

廿五日(11 月 30 日)　晴。北京电："铁路借款事二十三日廷寄浙抚,责成王文韶晓谕绅商,勉遵朝旨。""陆春帅因苏浙路事,奏对甚痛切,慈旨令至外部查阅案卷,陆甚为难。"

剃头。文公达来,旋窦希文来,与幼安及予提议四省公所调查事。为又春致书夔侄。

廿六日(12 月 1 日)　阴。礼拜。本日《中外日报》载《上海南市商界代表职商沈懋昭上浙抚冯中丞意见书》,首言苏杭甬之路款有"不必借者三,有不当借者四,有不可借者二",提纲挈领,至为剀切……赤城豁蒙子对于拒款会之意见有云,派代表当正其词曰"全国之代表",不仅曰"江浙铁路公司代表";而"拒款会"亦当正其词曰"全国之民奉旨自办铁路拒款会"。伟哉言乎!

廿五日北京电："苏杭甬路约事,现归英国政府主持,英使朱尔典奉英廷训条,诘问中国朝廷是否纵民喧扰,失信弃好,迭经外务部极力驳拒,无可转圜,朱使均推英廷主意,自谓无权办理此案。""前苏抚陆元鼎昨日廿四日入对,痛陈借款之害,力请饬外务部设法转圜,皇太后谕谓英使胁迫甚力,李经方亦电言英政府催促极急,朝廷实难应付等语。"

刘仲甫鋆来问铁路学堂章程,旋往见监督,意将入堂肄业云。寓中做菜四色及点心,送毛实君学使,予带彩文至愚园晤班侄,询知丁孝宽起程。即夜往江孚轮船送孝宽行,并见伊新妇,黄希平次女也,与班侄同车回。

廿七日(12月2日) 阴。写致伯严吏部信,附抄陈阁学致幼安信、柯鸿年上陈阁学信,托陶柏荪带交。傍晚,由五马路大阪公司小火轮抵浦东,上岳阳轮船该船宽大,陈设极精致送柏荪行,候至九点半钟,陶柏荪、赵绹之始至,予与略谈数语,即仍坐小轮船回埠。柏荪之仆傅某述,柏荪三女两子一妻,皆往九江云。

路员薪水:总理六百两,协理三百两;浔局文案薪水四十两,支应七十两。现在浔之工程师冈崎,日本人也。此外尚有工程技手等,共十二位,均系日本人。

廿八日(12月3日) 阴。又春往苏州过予寓,即邀往肆饮,邓鸿云亦在座。酒阑,送又春上火车,已申正矣。夜到大马路购蓝竹布。内子头晕,有似痰闭,支持之间跌一跤,双拳紧握,牙关紧闭;急以姜汤灌之,乃渐苏醒;夜睡甚安,幸矣。

廿九日(12月4日) 阴。公达持来致三省铁路监督王子仁信,嘱朱锡廷誉正;因罗达衡充当斋务长,不肯减修给监学也。端甫来告知邓小亭之子仙湖为荐南京馆席,李肖鹤大令公馆教读。本日起程,因留端甫便酌。夜送端甫上大通轮船往南京。

《时报》载廿七日亥刻北京电:"资政院草案所定议员,仅有宗室觉罗员额,满、蒙、汉、八旗均无,伦贝子不以为然,不肯画押,俟由日本回国后再议。"

十一月

初一日(12月5日) 阴。换衣服。濯足。十月廿八日苏浙路公司致江督帅电:"南京督帅钧鉴:径电承示会奏电稿,具佩荩筹。惟请饬部验明股款不虚,执此为辞,婉复英使等语,窃所未解。查苏浙两省,认股至四千余万元之多,股东会公决招股新章,五年分缴,以便分年造路,本属相辅而行。上次咨呈,即声明浙路期以十年,苏路期以五年,是四千余万元,当认股之时,非即交股之时。即如苏浙两公司,上年开办,亦系按期收股,盖路工非一日所需,物力以分年乃足,大部但当督责以路成之期限,而不当苛望其款集于崇朝。况英商借款,亦系发卖小票,并无实款之可验,何独厚信彼族而轻弃吾民?沪宁借款,并非全数预储中国,在小票未卖以前,本无亏损之可言,是酌予赔偿,亦非奉旨商办之公司所敢承认。前闻汪侍郎有欲使苏浙公司存款一百五十万磅在度支部银行,为收回小票之用,舆论大哗。既非事实,故发难题,阳为援手,实则绁臂,英商何幸,华商何幸。总之,限期造路,即限期集款,苏浙公司行之有效,已次第开车,固未尝失信于朝廷,朝廷亦应少移信用外人之心,以略信其子民。乞迅电奏,将验款之说取消。再奉沁电,转外务部电催代表,正拟成行,尊处忽会奏验款,是代表到京亦可以验款难之,应否行止,请示定,勿咎公司自误。苏浙路公司。勘。"

初二日(12月6日) 阴。剃头。到仁山同年处,旋到会审公堂收发委员王信南处即基恒,湖北黄冈县人,并晤汪茂生,即凤桐,皖人。查知领婢一案早已挂批,信南约予翌晨十钟往商办。〔页眉记:公廨谳员:宝子观大令颐;帮审:王肇之大令笃基,皆北人。英副领事:巴尔敦。〕

到愚园,值毛学使出外,留字与班侯。到曾瑞麟处。

江督端午帅复苏浙路公司电:"苏路公司王、张总协理,浙路公司汤、刘总协理同鉴:公司勘电悉。会奏稿有请饬部验明股款不虚,执此为词,婉复英使之语,公司不谓然,稍近误会,请详陈之。以集款为拒款之实力,此今日之公言,人所共许者也,西报方累次讥我国民无实力,不过徒托空言,且谓目下中国各处银根甚紧,巨款必不能集,阅之辄增愤懑。及见冯星帅电,据江浙绅商呈称,业已续集股分四千余万元,为之欣喜过望,故与苏浙两帅电商奏稿,有饬部验明之请,所以坚政府之信,夺外人之气也。彼迫我借用之数,不过一百五十万磅而已,今但合公司用过及现存之款,并现今所收实银,集成此数,当不甚难。且验明者,验明此事之实而不虚而已,非必尽取此巨资纳诸府库,然后谓之验也。官府验实之举,商人所常有,或取具富商保单,或查验商号存账，即为验明之据，非必以累累之金钱，陈诸几案也。江浙绅商呈中，既有业已续集四千余万元之语，且请入奏，自系确有此数，决非虚言。即全以分五年匀交论，必已有五分之一：八百余万元首年交存之款，及认定后四年续交之三千余万元股东姓名、籍贯簿册账目。但请外部派人确切验明，即足为实，而不虚之据何所顾忌而不愿其验哉？即五分之一，目下尚未收齐，亦可一面代表入都，一面限期速集。为股东者，既已热心入股，断无靳惜不交之理，不数日而齐集，有可断言者。公司谓厚信于彼族，而轻弃吾民，得毋言之过甚，疆臣奏事，不敢稍有虚辞。故凡事必求实际，如必欲再奏，请将以上所陈五分之一，已收若干，未交若干，及后四年认而未交之人共有若干，查明见示。即当据以入告，以便查考，并免外部误以为已收四千余万现款，致生为难。此则鄙人力所能及者也，身任地方，责无旁贷，但力所能为，即牺牲一身，亦所不敢惜。耿耿此心，早夜所自矢，亦神明所昭鉴也，惟诸君察之。方。"

江苏铁路协会致都察院电："北京都察院总副宪鉴：苏路代表，不日首途，股东全体议定，以'遵旨商办，不借外款'八字为代表权限，代表有丝毫越权，股东不认。先电呈恳代奏，并恳知照外务部、商部、邮传部，禀另详。江苏铁路协会。"

苏浙路公司致外、商、邮部电："外、商、邮列堂钧鉴：江浙代表，本定十月二十八成行，忽接江督电示奏稿，请大部于代表到京验款。现在续股，已遵商律，分期缴股办法，所举系'遵旨商办，不认借款'之代表，非携资呈验之代表。伏候明示，即日首途。苏浙公司叩。东。"

初三日(12月7日) 晴。晨起，到公廨收发委员王信南湖北黄冈县人处。复令葛彩文具禀，当堂呈递，并递仁山同年保状，旋作书通知仁山。函送收条与瑞麟。复窦希文信，告知现在九江道文炳，号仲云，满洲正白旗人汉军。到神州报馆等处。得爕诗十月廿六日信，并附才叔七月廿九日信及酒租清单。附怀、爕两侄致班信，夜往愚园晤葛虞轩及学务课长王雷夏交付，并会晤实君学使，谈江西铁路宜上紧妥办。途遇夏莲孙,云将往粤。

初四日(12月8日)　晴。礼拜。北京电:"政府议派陆元鼎、盛宣怀帮同外部,办理借款转圜事。"

午后,班侄来邀予同往三省铁路学堂,晤国文教习郑华中闽人,庶务长朱峒仙合肥人,学生吴小秋、廖佩绅、何名景范、赵燮卿。又春来。

初五日(12月9日)　晴。毛学使庆蕃昨午在愚园考民立中学堂学生,拟录五六名送京师法政学堂,其策题云:问诸生平日诵习经传,所最服膺者何句、何章? 古人文辞所欣赏者何家、何篇? 古来贤哲著在方册,所宗仰者为何人? 将来学成致用,愿得借手以展布者为何等官? 其各称心言之,将以觇其蕴蓄焉。

本日《中外日报》载赣省学商界开拒款协会认股事,举定励志学堂英文教习黄忬予为会长。其简章云:一、代劝两省路股,以一月为限,自十月二十六日起,至十一月二十六日截止;一、苏股分五年交清,浙股分十年交清;一、愿入股无论苏浙,请先签名注册,当即分函报告两公司,俟接到复函,再定收股日期;一、如拒款、无款诸君,预认之股再行商办;一、本协会事务所设在省城樟树下普爱阅报社……①简章发表后,签名认股者甚为踊跃,共计认股一千零六十八股认浙路零股者三百九十六股,苏股六百七十二股……②认股既定,由发起人黄忬予电告苏浙两路公司,略谓二十六日开会劝定千余股,乞坚持电复……③又订定初四日一句钟,仍假江南会馆为会场再开会集议,候苏杭路事转圜,即行解散协会。

本日《神州日报》载赣省路事之危机:赣路李总理被难后,京外官绅商学界,合议公举协理陈主政三立继任总理职事,电请邮部奏派。旅京赣人,鉴于苏杭甬路事风潮,欲求速勘速办,故盼望奏准甚亟。现赣籍京官某,谋充此席,暗中运动颇力,已为同乡侦知,急电沪合力

_____

①②③　此系原文省略号。

预谋对付云。

　　初六日(12月10日)　晴。寄伯严信,附福建办事处回函及《福建铁路公司职务章程》二本……①陈阁学寄幼安函,有苏浙路事前蛰老电嘱,闽路派员赴京旁听,各路有无照办查示为幸云云。

　　公达致王子仁信云,南昌来电,学堂斋务长请张躔五君暂充,令即转达台端查照。张名桂辛,义宁州人,曾充复旦公学庶务长,祈即订定何日到堂办事,以便转致云云。旋约子仁回函,请张躔五即日赴学堂。王信南饬罗永来。

　　本日《时报》载《立宪预备议案》……②又载塔尔汉告徐世昌与政府云,我国人之工于媚外也,自通商以来然矣,而未有若近日徐世昌之甚者中略。不意应办之新政,应争之权利,一切未及细筹,而但举次帅已有成效之事,一切破坏、一切尽付外之以为快。警察案出,病狂丧心,即著名媚外家如周馥、丁震铎之流,所不敢形之文字者,公然以规则布之。即日人羞于要求,尚未提及者,亦无不先意承志而惟恐失之,媚外之手段至是日工,而东三省之利权至是亦尽……③又载奉天留东学生赵澜超三上东督禀。

　　盛宫保复苏浙路公司电:"浙苏路公司总协理大人鉴:江电承示,公举代表孙、杨、许、王诸公初六北上,声明为遵旨商办之代表,非商量借款之代表,宣到京必当造膝直陈,决不稍改从前覆奏宗旨。贱恙剧发,本难赴召,实因苏杭甬事,义难置身局外,力疾而行,生死利害且不计,遑论毁誉。朝廷爱民如子,断无不俯从舆论。英为大国,怡和、汇丰自到中国通商以来,名誉最优,似不至因此小事固执不解,且见我民情如此,必须磋商了事。昨闻汉粤各帮倡议,停装怡和轮船商货,此则万不可行。庚子之变,宣从袁、张两宫保及刘忠诚后,仰体朝廷德意,保护东南各国侨商甚力,诸公亦共赞成,瞻言百里,必以鄙见为然,如何设法劝阻,彼此惟力是视。宣。绎。"

────────

　　①②③　此系原文省略号。

初五日南京电:"江督电军机声明,江浙借款将来抵款及利息不担责任。"

江西铁路公司前已在九江属沙河地方,购定地亩约五里余,现复由河购至南椿一带,共购地十有余里,该价已限期给发矣。

苏路代表王胜之太史、许久香观察,浙路代表张菊生参议、孙问清太史,及孟莼生、杨翼之两顾问,定于今日下午四时动身,乘隆和轮船赴汉,改坐火车晋京。

初七日(12月11日) 晴。北京电:"初六日军机处奉旨,令浙路总理汤寿潜来京陛见。"

带彩文往畅园,罗永即高宝生,在彼伺候。晤王信南。旋往公共公廨,宝子观大令询喜兰何年买得?去钱多少?均答之。洋员与宝公商议,明日再核讯。

北京电:"孙相对于皖路别具意见,已两电江督及皖抚,闻有主张浦信、芜广分举总理之意。""醇邸、张之洞以会议苏浙借款事,力主废约,与袁尚书大生意见。"

今日《神州日报》载《鄂臬梁鼎芬奏劾庆、袁折》。

复夒侄信,附回才叔、富侄共一信,托购各件。回万弟一信,致大表哥一函。

初八日(12月12日) 晴。复到公共公廨,讵今日案件甚多,差人唐永成未及回明,而洋姬已带喜兰还济良所。宝大令嘱唐永成转告予候,再函知济良所于下礼拜二即十一月十三日八点钟早堂再核。往收发处,与王信南、汪茂生略谈即回。

得夒希文信,并抄示芜广铁路桥梁工程价值等项,予前托调查者也。陈发庵阁学因前所寄之福建铁路公司职务章程,其中小有错字处,复寄更正之本来,嘱寄送江西路局二本,存公司一本。

夜,兰阶来言十月廿六,其母之婢女逃走,并卷去衣物。

初九日(12月13日) 阴。接春农妹倩十月廿五日湖南衡州土药统税缉私卡寄予函。夜到鸿禄茶园,观外国戏"大三上吊""空中飞人""英人弹唱""盘扛子""巧走脚踏车"等项。"三上吊"及"巧走脚踏车"尤为绝技。

"政府议英债全归部借,银公司股票全归部买,贴费九十万两,提取苏浙公司股本一千五百万,存入户部银行,作购买苏杭甬股票款项,公司仍归商办。所贴九十万两,仍于铁道得利益时由公司偿还。公司不允,则决意撤归国有。"初八日午刻北京电。又京电:"庆、袁与肃、铁,意见甚深,将借事排出肃、铁。"初七日汤京卿致浙抚冯星帅电:"杭省冯抚院钧鉴:昨晚送代表归,感触万端,'鱼'电想达,嗣由杭公司转到赐电。潜服虽将阕,而代表则代,征命则应,正忙集股备验,岂可有托而逃。敬俟廷寄到时,呈请奏辞,潜。虞。"

《神州日报》载《江浙人血泪》:"主张甲说者,可分两派:第一派为汪大燮、邹嘉来、雷补同、李经方、唐绍仪、朱宝奎、刘鹗,及闽广人之盘踞官办各省铁路者,大都援欧洲铁路多有他国人资本以自解,而隐以遂其私,故虽丧尽主权而不恤;第二派之为是说,大要以中国母财缺乏,不借外债,则各省铁路,永无告成之时(中略)。〔页眉记:沪宁铁路最近调查。〕江浙人之绝不愿借外债,诚重有鉴于沪宁铁路也。沪宁铁路现通车者,为上海至镇江,最近调查每日所收客货车价均止二千五百元,预算通车至江宁,每日所收不过三千二百元。今从宽估计,作为每日收价四千元,一年得一百四十四万元。又查该路原借二百五十万磅,续借七十万磅,计三百二十万磅,合洋三千二百万元,年息五厘五,每年须还息银一百七十六万元,除收不敷洋三十万元。又查该路常年养路开支,约须一百万元,若是则每年亏损需一百三十二万元。息不能偿,何有于本?若以五十年计,本既需息,息上又需加息,是直令我江苏人民担无穷之债负,其不将土地、人民折入英国版图不止也!诸公亦知沪宁靡费之现象乎?今姑就大众所共知者,略举数事。我苏浙铁路,购入道木一根,价洋一元,沪宁则一根合洋五元有余。我苏浙铁路所用客车,每辆不过万余元,沪宁则每辆五万余元。所用洋工程师,薪水之大,不必言矣。每五分段工程师,皆为之起造洋房,皆为之置备小火轮一艘,游船数艘,骡马五十余匹。其工程师及眷属之家具之饮食,凡诸所费,无一非出之公司,而所谓总工程师者,不必言矣!沪宁路线延长六百六十里,若使我江浙自为之,每一华里合造费二万元,此是我苏浙铁路公司之预算,确有可据者。通计成本一千三百二十万元,年息七厘,需洋九十二万四千元,养路费核实开支,不过五十万元,沪宁沿途纯用洋人,靡费极巨。合之每年收入客货车价,自可相抵,断不至有亏损。吾为此言,闻者必疑,以为银公司胡乐而为此靡费,诸必亦知银公司所处之地乎。凡为营业之股东,必计本利,即为债主者,亦必爱护受借之人。银公司之代理人,既非股东,又非债主,彼直贸易场中之一捎客耳,借债愈多,折扣愈优;用货愈多价愈昂,则所赚之用钱亦愈厚。股东之监督,债主之查察,俱不能施,彼何为而不靡费?然则今日之主张借款者,是以沪宁之创犹未巨,痛犹未深,而更从而益之也。是直以我江苏人民所受荼毒为未足,而必欲使我浙江人兼尝之也,何辜于天!我罪伊何?我江浙人民,不见谅于朝廷,不见宥于外部,乃并不能见怜于同乡诸老与中朝大官耶。

乙说:论工程师须聘英人,须银公司作主承认,材料应购之英国,即此两事,已足断送苏杭甬,美满无遗憾云云。(未录)丙说:〔页眉记:驳汪说。〕令江浙两公司股银,悉存户部银行,将银公司小票全数购回。按是说之荒谬,尤无伦比。小票之出现,在既订正约之后,正约未订,安得有小票?既无小票,安用买回?今以买回小票为词,是直以为正约不可不订,断断无疑也。未订约而先有小票,未有小票而先买回,事实之离奇,用心之幻巧,今且无暇深论,但请诸公卷卷沉思,扪心自问,曰此公司之股东为谁,则江浙人也。此债票股东为谁,则江浙铁路公司之股东也。债主与受借者本是一人,乃忽有银公司之代理人出现于其间。今于股东曰,尔必用英国工程师,工程师必经我之承认,尔必用英国材料。呜呼!我各省借债造路失败之历史,诸公既略知之矣。然犹可曰受迫于债权,非可得已也。今以我母财,营我铁路,而必令银公司之代理人支配而监督之,充汪大燮、邹嘉来之意,直以银公司之干涉江浙铁路,为天赋之权利,初不系乎借债与否,更充量言之,则直以江浙两省之人民土地,在理宜受英人之支配,无所逃于天地之间矣。呜呼,吾江浙人民! 呜呼,汪大燮、邹嘉来!"

初十日(12月14日) 阴。昨日未刻北京电:"某大军机议惩倡立拒款会人,以息异论,以后所有铁路一切均由官督。那桐反对颇力。"

毛实君学使已于初七日回苏。到爱而近路庆祥里三省铁路学堂、江西旅沪学会晤罗达衡。现住牲元里,即向之源鑫里也。是日有同乡赴英留学,已举行欢送会云。三省铁路学堂之斋务长改派张踶五,十二日即到堂任事。今午公达有信通知王子仁。点读《商办福建铁路有限公司职务章程》。

十一日(12月15日) 晴。礼拜。剃头。写致江西总局伯严信,附陈殁庵阁学重寄《职务章程》二本。汤蛰仙京卿来公所回看,予与郭幼翁略谈拒款事,言冯星帅实附袁,前在沪所云维持者,伪也。盛宫保一生失败,误于李合肥,长国家而务财用,灾害并至,虽有善者,奈何!

京电:"庆邸两次语盛,谓袁宫保面子必须顾。盛语幕僚有牵掣太多,恐负初议之语。"

赵燮卿从善持示暂定课程表,予因《六九轩算书》一部送之。谈及学堂诸琐事,不免省界之见,恐将来学生意气渐深,难保不起风潮。予惟以"用心向学,不管闲事"八字勖之而已。

母亲早起上桶受凉,觉不适,早睡。

十二日(12月16日) 阴。母亲今日痊可矣。

《神州日报》载十一日未刻北京电:"盛幕怂恿上奏,主张不借外债;盛以庆、袁意不可忤,大改初意。"十一日酉刻北京电:"留欧学生联电政府,力争苏杭甬借债及西江捕权。并言英人对于欧洲大陆主张和平,正为远东时局变迁。西江捕权失,则长江领水权问题随而发生。必坚拒,否则亡国。"

十三日(12月17日) 阴。巳刻到王信南、汪茂生处。信南为查喜兰,先发济良所,后改幼女所,正欲差传之来,适公廨已退堂,乃约十五日再为勾当。

公达致王子仁书言,江西学生并无告退之语,其请课本书也,朱教习不应,以江西款尚未来为辞,致生恶。感情现一切平定如初,一面函知赣局催款云。

夜受凉,似有疟意,回寓早睡。

今日《神州日报》载北京电:"日前盛传有人自沪来破坏拒约事,现探悉实系王道存善以风潮由少数人及报馆鼓动认股,非出本心等语,惑某军机听谒,盛语极秘密,昨盛上折陈交涉为难情形,有诿卸意。""袁大军语某司员,拒款为江浙二省少数人之意见,代表进京能听命解散最好,否则以兵力压制。""孙中堂主张将皖路改归官办,一切由皖抚主持。"苏杭甬路事要电:"浙民公会致北京盛杏荪宫保鉴:公到京即改初意,民情大愤,草约公为祸首,不能系铃解铃,是公亡我浙。人心不死,必有以报,请三思。浙民公会文。"

今日《中外日报》载杭州电:"闻东京社会党因路事来杭,拟运动劳动界同时罢工,并携有四言揭帖,欲乘机散布。其事甚为秘密。"《中外日报》载江西考试铁路学生云。林提学接准江西铁路总局移称,赣皖闽三省在沪设立铁路学堂,以植行车、造路人材。每省定额三十名,赣省除由北京学堂选送九名入学外,尚缺二十一名,已由总局招考,现因报考人数颇多,请司考试,评定甲乙,照额收取,较形妥便等因,学司准于十一日辰刻局门考试,照章选定,以便送沪复试。

十四日(12月18日) 阴。得九江德安铁路分局赵慕祁致予函,内有挽芗丈诗。昨日辰刻,美洲纽约来电"《时报》馆转拒款会鉴:外部卖路,薄海同愤,经电京争乞急拒急筹治标,开国会、改政府。纽约全体华人叩"。

十五日(12月19日) 晴。宝子观大令约函致英副领事巴尔敦,言喜兰一事,俟下礼拜一,即十九日再核。拟禀稿,适公达来,切言其中词有未妥,为删节之,予亦深佩其直谅焉。

十六日(12月20日) 晴。《中外日报》载北京电:"十四日张中堂奏称江浙代表入京,不得将路事勒令画押,当蒙皇太后允准,饬袁宫保遵照办理。""张中堂请以江浙路事,交由盛宫保与英使直接商议,袁宫保不以为然,谓此事不能撇开外部。""十五日盛宫保往谒袁宫保,请与英使商议取消借款。如实在为难,可将此款移作别用,袁宫保甚以为难,仍主张款由路借。"

《神州日报》载:英国因长江流域会党匪类甚多,以言舔某大军机要求缉捕权。闻某大军机已密疏乞允英请,折留中。十五日亥刻北京电。该报又载王子展观察初五回沪,剖明前在京与盛相左,并未破坏江浙路事云云。

写寄总局陈吏部信,附三省铁路学堂暂定课程表。再递公共公廨禀,宝、巴、王。遣彩文送收发委员王信南收。夜在鸿禄园观东洋大戏。

十七日(12月21日) 晴。北京电:"粤省七十二行商又电外部,力争英轮巡缉西江事。外部斥为荒谬,并令张制军即行查办。""张、世两军机检阅苏浙路事档案,谓宜任代表,竭力磋议,不可因档案钳制,闻袁不谓然。"十六日戌刻京电。《神州日报》载江西留东同乡会致同乡京官电云,英款请竭死奏拒并协助一切。又致赣绅商学界电云,浙借请集大团体死拒并助股。

得赵燮卿书,言学问参考书籍甚多,难备举,然大抵不外《铁道建筑》《铁道新算》两种而已。得端甫初十日江西省来书,言不就南京馆矣。复函寄洗马池宝丰昌,黄元善先生转交云。

十八日(12月22日) 晴。礼拜。北京电:"江浙路款事,盛宫保亦一力主张不借,自江浙人请政府专任盛宫保办理后,银公司已稍为让步,庆邸亦自知前误,颇萌悔意,惟袁宫保尚坚执如前。"常州旅沪同乡致盛宫保电:"闻公以牵掣多,将变初议,众心大愤。公为原议废约人,稍一迁就,大局瓦解。若再自便私图,为爵赏卿贰之希望,公以为荣,乡里为大辱,生死且不计。前电具在,幸公三思。"

本日《神州日报》载十七日未刻北京电:"袁大军机力主债由路借,欲泄愤浙绅,某南皮力阻。"十七日酉刻北京电"慈宫谕袁,顾全东南民心;袁奏外交困难,勿为浮言所夺;慈宫谕勿以国家安危,徇外人喜怒。袁震慑失次。"十七日戌刻北京电"驻英公使电外部,言银公司近开会议借款,闻多以英在中国商务紧要,不宜以借款亏损商务,此机大可挽回。"

京函云,盛宫保于十一日呈递封奏其主意在不承认借款,措词颇为结实云。本日《神州日报》载调查赣路款项:江西同乡京官公举熊侍御方燧、蔡侍御金台回赣调查,江西铁路公司前总理李芗垣经手一切款项,核算账目。闻二公已由京乘火车到汉口,不日可以到浔,由浔再往赣省总局调查一切。

十九日(12月23日)　晴。冬至。苏浙路公司复盛宫保电:"盛宫保鉴:'谏'电敬悉,力疾入都,两省舆情得达天听,甚慰。但所奏窃有未解,草合同并未奉旨批准,原不能与奉旨自办之苏浙公司相提并论。且查三十一年,公奏称二十九年四月曾函知英使,声明六月之内再不堪估,则以前草合同作废。此函去后,又逾两年,则草合同本应作废,并称衡情酌理,自可因其逾期,置之不理等语。草合同即关国际,亦不足凭,况系商人资格。至催办不办,并草合同早归无效,前奏具在,公岂健忘?事出两歧,孰尸其咎,两面结束,疑窦愈多。江浙人民孰前奏为铁证,依据法理,但问催告后之办不办,不问催告后之覆不覆。两省生民,绕公病榻,天下注目,无谓少数。幸起有功,万乞珍卫。穆、潜等。巧。"

到满春坊苏路办事处访仁山同年,值其往崇明,留字与之。旋往捷三处,托再向宝子观达意。接夔侄十二日来信,附为又春函致汪颉荀观察函,并询阿元昆仲入学堂否,皆夔侄门生也。得仙洲八妹十一月初七日发寄母亲及予各一信,仙洲现充太平遇仙关帮办差,每晨须赴关办事,距韶州厘务分局在韶州府署五里之遥云;信中提及寄南华菰一斤,尚未到。廿二日领附初三日鉴安弟寄予信。

二十日(12月24日) 晴。早间到王信南处,并余俊卿及文书办,言十六日禀宝公批,照会英领事云云。将爨致汪信誊示又春,寄胥门内道前街日升客栈。

陈基建代表粤商致军机及外务部电:"北京分呈军机处、外务部、陆军部、邮传部、民政部、法部列宪钧鉴:西江属内河,连旬英水师大队搜查,商民哗愤。经禀粤督,示禁暴动,惟群情汹汹,怒不可遏。西江商轮,英只两艘,华轮公愤,已决尽复龙旗。商等立会自治,推办西江巡警,粤督亦大治水师,独立国主权,断无他人可干预。我兵扬警察行轮之理,乞促英兵速退,以全邦交,否则祸变之来,大部实造之,幸勿咎沿江商民为戎首。粤省七十二行商陈基建等谨禀。"

十九日未刻北京各电:"盛宣怀与英使商议苏杭甬事,英使不甚为礼,盛颇皇急。""梁敦彦建议开放间岛为万国商埠,袁大军机颇主其说。""政府因昨日江浙闽皖豫湘粤鄂桂九省同乡欢迎苏浙代表演说拒款,妨碍外交政策,将揭发语言过失,斥逐数人以息异议。""袁大军机为某满尚书面劾,不自安,求外简。"

江浙协会致盛宫保电:"北京盛宫保鉴:报载公致苏浙公司电,有'苏杭甬借款草合同并未奉旨批准,江浙两省自办系属奉旨允准'等语,不胜疑骇。查草合同无效之事实,发生在廿九年,催告六个月后之九月廿九日。苏浙公司自办在三十一二年,既无相提并论之理,即不应有两面结束之言,银公司催办不办,草合同即经奉旨批准,亦在必废之列。苏浙公司以本省办本省路,即未奉旨,亦不能因已废之草合同横生枝节。据理力争,惟公是任,勿以一身利害,误我江浙。江浙协会。"

今日《时报》载《胡、马论江西路事之前途》有云,辇毂之京官,有欲遥为总理,而月领数百金之干薪者矣;有争为正式之总理,而借公举以便私图者矣。又云苏杭甬借款,政府既不得遽达其目的,于是有移祸浦信之说,而汴人拒之,于是又有移诸粤汉之说,而鄂粤人又拒之。投畀俱穷,终思一泄其愤,而与人以可蹈之瑕者,又靡过于赣,则李代桃僵之策,不于赣,焉施之?而孰施耶?云云。

《中外日报》载北京电:"十九日奉特旨,报律关系紧要,令民政部、法部,会同速行议定。""某枢臣钳制舆论之政策,甚为坚决,十九日明定报律之旨,即出其意。"

十五日浙路汤总理又致冯抚电:"杭州冯抚帅钧鉴:'盐'电祗悉。向见公面,今见公心,诚为大局维持,愿任妄言之咎,虽前电误由公司中语,而疑根实因验资顿深。加之京谣一生,沪电四达,所疑之人之事,无非为不认借款。前年被举,先后八电力辞,奉有朝旨,促以商部,义无卸逃。草议可废,忽主借款,不认难,认尤难。北行则股东为负托,而浙人大哗;返杭则代表方到京。而沪事隔绝,津镇实沪宁变相。汪等执为便宜,争路为国家保权,邻省咸共瞻依,股东、非股东,人人责备,处处调停,谁可告语。惟有望公,以望宫保。潜已落漩涡,公如矜谅,可无深较。潜不自误,商部、外部实误之,但求公不误浙。潜以公推,遵旨严谴,亦所甘心,誓以结草,方寸中物,掬献左右。倘得告旋,诣辕荆请。潜叩。咸。"

廿一日(12月25日) 晴。剃头。二十日酉刻北京电"政府议移苏杭甬借款赎京汉。""德人催迫津镇画押甚急。""皖路孙会办传欙递呈邮传部,请将路事改为官督绅办。"孙中堂复皖抚电:"安庆冯中丞鉴:程从周系实缺提督,蒯道系奉旨出差,皆未便奏为总理。至南北办法,股东另有通禀在途。乞鉴。萧。"

初八日,芜湖学商两界在明伦堂会议路事,到者八十余人。有云孙中堂拟将皖南芜广、皖北浦信分举总理,断难承认,众意金同,遂即拟就电稿,公电张中堂。

《中外日报》载北京电:"十八日恽学士毓鼎召见时,奏称江浙两省民气柔弱,稍用压力,则拒借外款之事立可解散。""外部提议拟将浙路及浦信路同时并议,有人言浙路若不能挽回,则浦信亦必随之而败。""政府拟定报律之举,业与驻京英使预行商妥。"《中外日报》载:皖路公司会办孙季筠观察,对于皖绅公举总理极力反对,前孙观察晋京运动,乃叔孙中堂故有将皖南之芜广路、皖北之浦信路,分别各举总理之说。现皖绅商学界均不以此举为然。

为朱锡廷写宣纸条幅四张。

廿二日(12月26日) 晴。十一月二十一日电传"本日奉上谕:朕钦奉慈禧端佑康颐昭豫庄诚寿恭钦献崇熙皇太后懿旨。国家兴贤育才,采取前代学制及东西各国成法,创设各等学堂,节经谕令学务大臣等详拟章程,奏经核定,降旨颁行。奖励之途甚优,董戒之法亦甚备,如不准干预国家政治及离经畔道、联盟率众、立会演说等事,均经悬为厉禁。原期海内人士,束身规矩,造就成材,所以期望之者甚厚。乃比年以来,士习颇见浇漓,每每不能专心力学,勉造通儒。动思逾越范围,干预外事,或侮辱官师,或抗违教令,悖弃圣教,擅改课程,变易衣冠,武断乡里,甚至本省大吏拒而不纳,国家要政任意要求。动辄捏写学堂全体空名,电达枢部,不考事理,肆口诋諆,以至无知愚民随声附和,奸徒游匪借端煽惑,大为世道人心之害。不独中国前史,本朝法制无此学风,即各国学堂亦无此等恶习。士为四民之首,士风如此,则民俗之弊随之,治理将不可问。欲挽颓风,非大加整饬不可。着学部通行京外有关学务各衙门,将学堂管理禁令定章,广为刊布,严切申明,并将考核劝戒办法,前章有未备者补行增订,责令实力奉行。顺天府尹、各省督抚及提学使,皆有教士之责,乃往往任其偭越,违道干誉,貌似姑息见好,实系戕贼人才。即如近来京外各学堂纠众生事,发电妄言者,纷纷皆是。然亦有数省学堂,从不出位妄为者,是教法之善否;即为士习之优劣所由判,确有明征。嗣后该府尹、督抚、提学使务须于各学堂监督、提调、堂长、监学、教员等,慎选器使,督饬妥办。总之,以圣教为宗,以艺能为辅,以理法为范围,以明伦爱国为实效,若其始敢为离经畔道之论,其究必终为犯上作乱之人。盖艺能不优可以补习,智识不广可以观摩,惟此根本一差,则无从挽救。故不率教必予屏除,以免败群之累;违法律必加惩儆,以防履霜之渐。并着学部随时选派视学官,分往各处,认真考察,如有废弃读经讲学,功课荒弃,国文不习而教员不问者;品行不端,不安本分而管理员不加惩革者,不惟学生立即屏斥惩罚,其教员、管理员一并重处,决不姑宽。倘该府尹、提学使等,仍敢漫不经心,视学务士习为缓图,一味徇情畏事,以致育才之举转为酿乱之阶,除查明该学堂教员、管理员严惩外,恐该府尹、督抚、提学使及管学之将军、都统等,均不能当此重咎也。其各懔遵奉行,俾令各学堂敦品励学,化行俗美、贤才众多,以副朝廷造士安民之至意。此旨即着管学各衙门暨大小各学堂,一体恭录,一通悬挂堂上。凡各学堂毕业生文凭均将此旨刊录于前,俾昭法守。钦此。"

京电:"二十一日外部那中堂、袁宫保,及联、梁、汪三侍郎接见江浙代表,并有邹嘉来、胡惟德二丞,高而谦参议,及梁、世、陈、曾诸人陪座,交阅苏杭甬路事案卷。闻有'廷意、民情,必须两面顾全'等语。""驻京英使声言,怡和代表璧利南曾有不认限期六月逾限作废之函,盛大臣匿不宣布,以致江浙人民有所借口,应从重惩处。""二十一日御史孙培元又奏争苏浙路借款事,奉旨原折留中。""报律未定,将来定稿后,须俟袁宫保阅过方行入奏。故京师中人咸料其必甚严厉。""本日廿一日严旨禁学生干预政事,因争路款、捕权而发。此旨早经拟就,俟见代表之日乃行发布。"

(补录)"十一月二十日内阁抄奉上谕:朕钦奉慈禧端佑康颐昭豫庄诚寿恭钦献崇熙皇太后懿旨。上年曾经降旨预备立宪,原以兹事体大,条文繁密,非可率尔举行,必须上有完备之法度,下知应尽之义务,方可宣布宪法,定期施行。此时尚系预备之际,历次谕旨甚明,尤当视国民程度之高下,以为实行之迟速。我君臣上下各宜切实研究,依次经营,以期宪政成立,共享乐利。惟各国君主立宪政体,率皆大权统于朝廷,庶政公诸舆论,而施行庶政、裁决舆论,仍自朝廷主之。民间集会诸社暨一切言论著作,莫不有法律为之范围。各国从无以破坏纲纪、干犯名义为立宪者。况中国从来敦崇礼让,名分严谨,采列邦之法规,仍须存本国之礼教。朝廷预备立宪,期望甚殷,乃近岁各省绅商士庶,其循分达礼者固不乏人,其间亦颇有浮躁蒙昧,不晓事体者,遇有内外政事,辄借口立宪相率干预,一唱百和,肆意簧鼓,以讹传讹,浸寻日久。深恐谬说蜂起,淆乱黑白,下凌上替,纲纪荡然。宪政初基,因之阻碍,治安大局,转滋扰攘,立宪更将无期,自强之机更复何望。盖民情固不可不达,而民气断不可使嚣。立宪国之臣民皆须尊崇秩序,保守和平。其开设议院,专为采取舆论,而选举议员之人,与被举议员之人,均有定格。召集议会及解散议会,均有定式,所议事件亦均立有明条,例章精密,权限分明。固非人人皆得言事,亦非事事皆可参预。现在京师资政院、外省咨议局,业经饬设,原为立议院基础,嗣后各省利病,均应由该省咨议局详细讨论,如确有见地,可呈请本省大吏咨送资政院采择核办,不得凌躐无序,紊乱政体,尤不得胥动浮言,妨害治安。除报律已饬法部、民政部妥速议订外,着宪政编查馆会同民政部,并将关于政事结社条规,斟酌中外,妥拟限制,迅速奏请颁行。倘有好事之徒纠集煽惑、构酿巨患,国法具在,断难姑容,必宜从严禁办。并着京外各衙门督饬所属,懔遵此次谕旨,实力奉行。倘敢瞻徇故纵,养成祸患,该管衙门不得辞其责。钦此。"

京电:"二十日所降之谕旨,系某枢臣因国民力争外债、捕权,大拂其意,欲取缔全国言论集会之自由。商妥某邸,即令幕中人先将谕稿拟定,带进内廷面奏皇太后即行颁发。""民政部准商人在内城开设妓馆,以兴市面。"

廿三日(12月27日) 晴。《神州日报》载《留日全浙学生哀告浙江同胞意见书》有云:"文明国民抗政府有唯一之方法,'不纳税'是也。无论如何专横政府不能加以反叛之名,各国之通例也云云。"廿二日京电:"江浙代表昨见外务部堂官,袁言英使催签押数次,万难中变。代表言,此来专为'奉旨商办,不认借款',此外无权,不能设法。

袁令看档案,代表言毋庸看。袁言姑一看,代表谓档案虽可看,拒款仍须大部主持,遂留看档案。丞参传那、袁谕,有'政府、人民,两面兼顾'语。""外侍某力持强硬办法,谓浙江人岂能造反。日怂恿英使下旗回国,胁迫朝廷。英使以问题太小,不便照办,又劝英使向庆邸争闹,故前日英使到庆府,久谈至三句钟,势甚汹汹。""前昨两上谕,传言系袁幕张某拟稿,满员中多愤激,有'设酿成革命,咎将谁属'等语,谒庆陈说者甚众。""路事醇邸力主废约,谓前据李使电,此事由银公司主持,与英政府无涉,废约当不至十分为难。张中堂力主民心不可失,庆、袁不怿。"

京函云:"苏杭甬借款问题,庆邸召盛,犹寓转圜之意,而袁之意在必借,否则用压力。盖袁之为人,口立宪而心专制,且欲借交涉以树外援,故不惜牺牲全国之土地人民,以供其媚外政策,保其权势禄位。苏杭甬借款不成,则日后彼之政策,无从次第推行,宜其不顾公论而悍然持之也。王中堂文韶日来有续争路事折到京,略谓'英款如果实难挽回,则现在借款、将来还款均由外部担任,与浙路无涉,与江浙亦无涉'等语。折上两宫览奏,立召庆王、袁宫保,谕以'王折所陈办法,尚非一味偏执,照此了结,当无不可。尔等下去可与陆元鼎、盛宣怀等子细商议'。"

本日三省铁路学堂考安徽学生题:……①汉译英课……②有富室偶山行,得二小狼,携归。与家犬杂畜亦相安,稍长亦颇驯,竟忘其为狼。一日主人昼寝厅事,闻群犬鸣之作怒声。惊起周视,无一人,再就枕将寐,犬又如前,乃伪睡以俟。则二狼俟其未觉,将齿其喉,犬阻之不使前也,乃杀狼而取其革。甚矣,阳为亲昵,阴怀不测,人之畜异兽者,可不畏哉!

廿四日(12月28日) 晴。接孝宽侄婿初十日来函,由天津督署后丁公馆缄寄。

---

① ② 此系原文省略号。

本日《中外日报》载电请奏销欧洲监督差使:"皖省京官前以皖路总、协理程从周军门、蒯礼卿观察,一则系实缺提督,一则系钦派欧洲留学生监督,不合受任路事。兹悉皖省京官昨接冯梦帅来电,请由各京官公呈学部,奏请撤销蒯观察欧洲监督差使,俾得专任路事等语……①皖绅大学士孙、直隶总督杨、提督马,致皖芜函,为筹办铁路事:(一)请旨之后方能与办。浦信为五路之一,占领皖路独多,如欲收回,必应安筹办法,决非口舌所能了事。弟等身为大臣,若但希发言之快意,不顾君父之为难,仍于地方丝毫无益,于心何安。应请大公祖酌定入奏。(二)办路之先,必预先筹款。查浦信在皖界者约八百里,需款约一千四五百万。诸君子不名一钱,必有创为移缓就急之说,思攫南款以办北路者,但北路必先筹有的实可靠之款,至少须有全路三分之一,始可挹南注北。不然,只此戈戈者,岁不足三十万,以办南路尚虞不足,若一经分拨,北路未成,南路先毁,不可不虑。(三)路款不能移作矿款。路者,人人所共由;矿者,一方之私利。稽之各国有抽税以养路者,无抽捐以办开矿者。中外事同一理,且路虽无利,工料不能瞒人;矿则掘土数堆,凿地几孔,便可开销巨万,此中流弊,亦不可不防。合先声明,以清界限……②总之,伯行办路,我辈本未筹足资本。譬之贸易,股东必先出资,而后有应享之权利;若不出资本之人,即未便从旁作主。虽路为地方公事,高明者如有商,确原属无妨,但事非空言必有实力。诸君子苟能筹集巨款,南北一气呵成,弟等亦无不乐于从命;如其未也,尚希察酌情形,勿为浮言所动。除将前三项另由各股东呈部立案外,专此布达,统希卓裁。"

《中外日报》二十日上谕释意,言极透辟。

北京电:"二十三日,江浙代表谒见庆王,庆王谓英使催迫仍坚,总须外顾邦交,内顾民情,并云政府亦不强迫。"《神州日报》载廿三日京电:"某大军机议设北五省陆军提督一缺,将奏简陆侍王就任,以抗

---

　　①② 此系原文省略号。

凤山。"廿三日上谕:"宗人府府丞,着朱益藩补授,钦此。"

《神州日报》载:江西同乡京官奏派蔡侍御金台燕生、谢侍御远涵敬虚,来浔调查江西铁路款项,并商办路事。蔡、谢两侍御已由京汉火车到汉,昨日由汉口乘坐招商局江宽轮船到浔,寓九江城外铁路公司。比时即电告赣局,请陈总理伯严即速携带铁路公司一切账目,来浔核算云。

《时报》载北京电:"江浙借款事,某枢臣坚执不变,无可转圜,若再力争,将用压制,解散团体。目下情形,极为危险。""江浙路事代表现仍不得要领,此行殊无效力,事机危迫,盛宣怀尤借端诿卸,殊属可虑。""报律经已订定,闻内容非常严密,动辄得咎。由民政部、农工商部、法部三堂会奏,不日便即通谕凛遵。""廿一、廿二两日谕旨,皆某某枢臣意气用事。谕下日,都中大哗。醇邸、张中堂均不谓然,谓恐酿成革命云。""庆亲王面辞总理军机之任,举醇亲王以自代。皇太后加意慰留,不允所请。"

《邮传部限制收递电报章程》。邮传部近致上海电政杨道电云:"各省绅商各界,往往因细微事故,动辄电致政府,各署披阅电文,并无发报人姓名、住址,其中或有应行查询之处,无从传诘,此项电报几与匿名揭帖无异。今当朝廷预备立宪,自以通达民隐为主,然不能不酌定法律,以杜流弊。查京署递呈,皆黏连同乡官印结,应仿照办理。所有绅商各界发政府各署之电,如无关防钤记可用,皆令取具铺保,乃得代递,否则退还不收。其有谤毁朝政、坏人名誉等电,尤须确有保证,以备裁判。其在外埠华侨学生,可就近交驻扎各国之中国驻使或领事代发。为此酌定章程十条电发,电到仰即通饬各局,遵办勿违,切切!计开《限制收递电报章程》:(一)无论官绅士庶,如有电致政府及各部院衙门,除地方官印委各员及各局所、学堂、商会,盖有印信、关防钤记外,其余须得确实铺保,乃得收递;(二)铺保不用外国洋行栈,须用本国大行号为准;(三)无论官绅士庶,如有电致政府及各部院衙门,除地方官印委各员及各局号所准用密码外,余皆用明码;(四)官绅士庶所发政府及部院衙门之电,须有寄报人姓名,以便稽查;(五)此项电报既系明码,又有铺保,如有应行根究事项,惟该铺保是问;(七)① 如有由外国寄来之电报,查系本国士商寄发者,若有违背字样及无寄报人姓名,概不转递;(八)如有华侨学生致政府各部院衙门之电,可由使署及领事代发;(九)此项章程系限制电致公共政府及各部院衙门而言,如系与政府及各部院衙门堂官个人交接者,不在此例;(十)电局收递此项电报,须有寄报人住址。"

文公达在学会着人来请予往言事,且示以廿三日未刻南昌路局来电云:"江西商会文学会热诚可感,省商会亦集五万六千股,学堂费向曾瑞麟拨五千两。立、熙等。"偕公达诣安徽公司,会窦希文部郎炎。

得仁山同年信,言喜兰经领事发济良所矣,劝勿作希望云云。异哉! 只有强权,不讲公理,国非其国久矣,于一婢乎何有!

本日《中外日报》载北京电:"御史蔡金台奏请回赣办理路事,奏旨允准。"

廿五日(12月29日)　　晴。寄省局伯严信。到瑞麟处谈。

京电:"外务部与民政部会议收回租界警察权办法,以便施行报律,严缉党人。不日将与驻京各使磋议。""外务部于江浙路事借款一节,坚执不变,虽经皇太后谕令设法稍为变通,顾全民心,亦不肯分毫通融。近有覆奏一折,大旨谓此事关于两国国际,且英公司曾将草约送到外务部存案,当时允其签押。近日英公使屡次照会及面商,语意决绝,力催与津镇路约同时画押,不可再延,以致失和。至移作别用一层,彼必不允,且恐受亏更巨。现经臣部再四磋商,既不以路作抵,又系自行筑造,自行管理,英人并无干预之权,最为妥善之策云云。惟江浙京官及代表等仍力守'奉旨商办,不认外款'八字相持不下,作何结局,实难预料。""军机处各大臣近日冲突甚烈,恐有更动。"

回仙洲、鉴安信,另邮寄八妹剪刀大小共三把。

---

①　原稿失记第六条。

廿六日(12月30日)　晴。《神州日报》载《尺素二则》,其一云:代表诸公无恙,国民以路事远劳诸公,非敢以诸公为孤注也。闻某大军机持借款甚坚,将借召见,怙天威咫尺,以相折服。诸公欲为国民请命乎? 则朱云之愿斩张禹,胡铨之请杀秦桧,此其时矣。泣陈时事,就戮宫门,犹幸万一挽回大局,以康屯阨。若其震惧失常,风采委恭,则债权成立,列国持均势之局,以宰割天下。诸公生何以谢江浙父老,死何以见汤、邹二生! 中原人士,水火衽席,决于诸公,不可不努力也。临楮黯然,无任翘盼。

廿五日北京电:"上谕刘廷琛着充大学堂监督,钦此。""廿五日上谕:大学堂总监督改授刘廷琛。盖因欢迎江浙代表会大学堂居首,某枢臣震怒,咎前监督朱益藩不能约束学生,面请皇太后改以刘补授。"

四省公所书记一席,犹朝廷之有给事中。权限最小,然能稍通上下之情,揽权蒙蔽之臣,务思摧挫排挤之。益斋之作江西代表,已然矣,公达踵其后,亦时时露其压力,一若予之命脉操诸其手者。噫!腐鼠见吓,予蓄怒久矣! 今因字取益斋什物,忽触不平,咆哮来使,固欠涵养,诚自知其非矣,而以有伤恫喝,几遭辣手。同乡雅意和解,因急自引咎,意气顿消焉。旋经曾瑞麟兄邀予与公达往雅叙园饮,归而记此,以醒世情,且志予过。

《中外日报》载政府与立宪党、革命党之同异。

廿七日(12月31日)　阴,雨夜。《时报》载《字林报》得北京信云:得外务部最近消息,谓苏杭甬铁路借款问题,因亟欲议结,故中政府曾向英使商议,欲移此借款以作别用,不必借与该铁路。又闻据浙抚报告,浙省排满党现欲乘机起乱,以反对政府云。

京电:"英公使朱尔典请外务部转诘江督端方'札令属下官吏,酌提薪俸充江浙路股'是何用意。闻亦由某枢臣主使。"今日《神州日报》载《安徽路矿之危言》(亦续寂照①,未完),叙蒋冠群、洪荫之、李伯

①　查本日《神州日报》,此"寂照"为作者名。

行诸人办铁路事。北京电："盛大受运动,冀得邮尚,力图诿卸。""陆春江中丞受某大军机运动,宗旨渐变。""庆邸密保恽毓鼎,系袁力请。袁以江浙人民力争路事,恽召见后,拟授以路事总办,或其他名目,以便实行勒借。""外部议将浦信随同苏杭甬,一并向英使开议。"

《神州日报》始载时事新剧。往邮局寄仙州信,顺至陈润夫伯处一谈。

廿八日(1908年1月1日)　阴。接九江铁路公司廿二日来函,并芝垣方伯宫保讣文讣函外注云:倘蒙赐唁,寄江西省城内甘家前巷清节堂代收,即祈转交前总办江西铁路李公馆查收。四十份,嘱予分散江西商会及各同乡,并各铁路总、协理。函云:芝垣宫保灵舆,于日昨抵浔,廿三日开堂后,即由鄂至湘返萍;二十日伯严、皓如二公到浔,由蔡燕生、谢敬虚两侍御电招也。

晚间到胡捷三、润翁、曾瑞麟等处,与斟酌一切。〔页眉记:据瑞麟云,现与商务印书馆议印路股票二十四万份,共议价一万二千二百八十八两①。〕《时报》馆载廿七日申刻北京电:"英公使朱尔典在外务部声称:苏杭甬路约,银公司并未认废,当盛宣怀催办时,曾经函覆,因盛将函匿不发表,致有自办拒款之事,其咎实在盛宣怀云云。""英使告外部,华商倡议,不与怡和、汇丰贸易,请为禁阻。""某大军机屡次密奏,主张中央集权,抑制舆论,故有二十、二十一两日谕旨。"

今日为西国元旦日。

廿九日(1月2日)　晴。赣省路股票原式甚恶劣,亟须改良,去岁由予发起,曾详陈于芝丈及伯严吏部,当时俱漫不经意,近始由总局通知沪局印办。前已由公达托江苏铁路公司文案总书记友卿兄沈同芳,原名志贤,号友卿,常州人。辛卯举人,甲午进士,乙未翰林散馆,用知县分发河南,一年即告病归武进。调查价目,计每份须银八分,再作八扣,只须银六分四厘。已与商务印书馆议定,先印二十四万份,不日即可

---

　　①　此处有笔误,不知是多书"八十",还是仅"十"字,姑按原稿整理。

印示样子云。

午间往大马路江苏铁路招股处，晤沈友卿同年，据云已两次函覆公达，将来或可核减至五六分之间。票分五元、十元、五十元、百元、五百元五等，花色各不同，议印愈多，价愈核减。

又到润夫老伯及捷三处。黄初兄交来苏盦京卿为予书《海藏楼诗》条幅，写作俱精绝，可宝贵也。

北京电："御史赵炳麟二十七日之折中，引用曾文正立会讲学，及日本大隈伯集八千生徒于早稻田大学，研究政治以致兴盛等事；又言明末严禁讲学，卒以亡国。现国事艰难，亟应师法曾文正、大隈伯，请饬定章程，凡关系政治学务者，宜加保护，如有不法者，则从严禁止等语。"本日《时报》载《胡、马论蔡侍御请修江西铁路之可疑》。伦贝子昨召见，奏陈日皇礼遇优渥，并陈东南民情对于路矿至为迫切，不宜压制，慈意颇嘉纳。

三十日（1月3日） 晴。料理分送李宫保讣文。陈甫伯潜、胡甫子春、叶印崇禄、李甫伯行、孙甫季筠、汤甫蛰仙、刘甫澄如、王甫丹揆、张甫季直、王甫同愈胜之、许甫鼎霖、施甫省之、王甫子仁、卢甫仁山、黄甫益斋、文甫公达、张甫踬五、罗甫达衡、陈甫润夫、万甫德堂、包甫晖章、胡甫捷三、徐甫竹亭、曾甫瑞麟、朱甫伯融、蔡甫鹤乔、刘甫子卿、王甫鹤龄、戴甫穆哉、罗甫海帆、李甫松琴、蔡甫咏南、黄甫璇生、李甫寿山、李甫筱山、张甫价臣、熊甫石秋、吴甫端甫、倪甫远甫、丁甫介侯。

得阅淑平銮和来函，附洋四元，系毛实君学使送其表叔廖佩申濮零用者，托予转交。当即往三省铁路学堂晤佩申，将详交付，取回收条。往牲元里罗达衡处，顺道往龙华，晤制造局会办张价臣新建人，均送与李宫保讣文。因游龙华讲寺，规模阔大，颇似河南省城相国寺，夜回寓宿。

《时报》载北京电："某大臣声言严惩五人，路事风潮自息，但非指代表等而言。"《时报》载《赣省铁路前途之希望》云：江西铁路自新总理陈伯严吏部视事后，认真整顿，并将章程改良，冗费裁除。近日仕商两界已认集巨股数十万元，并通知各省各埠赣人，请其踊跃担任，以冀路工早日告成。《神州日报》载北京电："张、袁水火，势不两立。廿六张劾恽毓鼎激乱，袁力争。廿七张乞休，袁求出枢部，慈宫坚慰之，拟饬回督任。""某大军机贿北京某报馆三千金，令辩明近发谕旨皆出于南皮。""慈宫近日召见袁大军机，颇有怒容，袁意不自安。"本日《神州日报》载《江西铁路改章招股》，附新定简章。杨绳武大令燕贻，奉道宪梁观察委办公共公廨襄谳事宜，大令择十二月初三日莅廨办公。《中外日报》载京电："江浙路事似有转机，惟英使必欲立约声明，凡关于英人之权利，嗣后华人不得再有变动。"九江道文卓峰观察。

十二月

初一日(1月4日)　晴。督令彩文往邮局寄闽省及英京使署诸函，并到小东门外通海实业公司，即大生纱厂账房，张季直殿撰此。十六铺南头徐海实业总公司，许九香观察驻此。皆送与李宫保补文也。今晨九钟，沈友卿同年同芳来公所回看，询及吾省议印股票一节，予因检出正月十九日上艿垣年伯信稿与阅，以表予发起此事之非虚语也。

《时报》载北京电："政府有饬江苏、浙江两省大吏厚集兵力之谕，不知是何用意。"《神州日报》京电："袁对江浙代表阳示敷衍，谓款可由部借，但江浙仍须担任抵押的款，并担认年息。""恽毓鼎面劾路事风潮为某某某等所鼓动，宜尽法惩处。慈意未决。"

初二日(1月5日)　晴。寄九江路局伯严信，附李宫保补文沪上分送册，又附调查芜广铁路桥梁工价。《时报》载初一日京电："外部前覆奏苏杭甬铁路借款事折未发抄，闻内有'列强络绎联盟，中国势处孤危，即使谨守约章，尚恐不能自保，何敢轻弃成议'等语。"

夜雨。今午扫洁寓舍。

本日《时报》载候选道袁世彤致袁宫保行四函稿，言朝中劾袁过恶四百余折云云。

初三日(1月6日)　阴雨。北京电:"那中堂于初一日力陈江浙路事至今未定,人心惶急,速宜设法收束民心,万不可失。太后颇为嘉纳。""江浙代表坚执拒款,现在外务部堂官允与银公司代表濮兰德商议,将借款移作赎京汉铁路之用,目下情形似有转机。""那中堂于初一日力陈江浙路事宜速设法转圜。"
《江西铁路京局同人公拟改良大略》:

　　江西铁路京局代表,掌湖北道御史蔡金台、辽沈道御史谢远涵,谨以京师同人之意,布告我全省父老兄弟:呜呼!吾乡在东南独能自造铁路,曾无苏杭粤汉之苦累,吾侪京官所以为乡党占地步、谋公益者,亦正非易易。乃举事数年靡费巨万,丛谤百端,而吾京官辈,远在北方,不能早事救正,徒令我父老、我兄弟日惶惶焉,惟路事是忧。此吾侪发起人所自引为愧,且深知我父老兄弟观望徘徊之非得已也。今适值李总办之变,而数月以来,承海内外商界、学界之教,因而加以考查研究,乃确然知其弊之所在,欲一一因而改之。经多人多次之会议,得改良办法若干条,大旨不外乎减轻成本如裁冗员、减薪费之类,抉去阻蔽如查核借款、组织议会之类,尽革一切官派官习,一以商法行之,期于利可必得,害可必除。众议既定,乃公推金台、远涵为代表,并奏明归与我全省诸父兄弟商定实行之。其中虽多取怨之处,然痛心疾首而为大局计,为我父老兄弟计,不敢恤,亦不敢避,且奉公议而行,德与怨固两无所任也。知我罪我,听之而已。兹将同人公议,撮举大略如左:……①组合总义第一附说:各国公司通例,凡总理以下各执事类,皆举自股东,别社股东会,以评议而监督之,隐然有立法行政,分权对峙之势,故权势均而情谊洽。吾乡则一切实权悉在局内,虽有一二股东,绝不与闻。夫人出资本而我专事权,平心

①　此系原文省略号。

自问，能否乐从，且官气太重，商情尤睽，名曰公司，实同私业，无怪殷富之解体也。今拟划分资本家与执事员，分权对立，特设评议会，使认股若干以上之股东，入而主持立法、司法之事，其总理以下各执事，皆为行政之员，且须由股东公举，庶各有实权，俾相维系。惟现在股东无多，应仿浙江办法，由京外公举总理一人、协理二人，以专责成。一面邀集各资本家，组织股东评议会，以符公司之例，并俟该会成立后，所有暂设之总、协理，仍候公议可也。谨叙其组合大略而件系其事于下：

一、公举陈伯严吏部三立为总理。其协理两席：一请刘皓如观察景熙、一请吕六生大令道象，暂行代理。所有原举诸公已认股者，入评议会，余俟认股后照章办理。（附说）陈君乃京外商学会所共举，京局同人亦称其连年备历艰辛，局事赖以不坠，且有股款百万之经手，尤资料理；刘君前因兼办赣矿，不免分神，现拟请其专在路局办事；吕君本在浔局会计，现起复选缺在即，经同人再三挽留，始允暂代，至多以五个月为率。所有总、协理权限及改良各事宜，俱由代表会同议定，任期亦须提议西人于集权所在，必限以任期，使无盘据把持之势，故无积重难返之弊。

二、由台等分途前往扬州、上海、汉口、长沙及本省各处，代京师同人，敬约各该埠同乡诸大资本家，大会于上海，组织评议会，及附说银行拓充路股等事。（附说）同人亦极知诸公各有营业，不暇旁及情形，故划分各宗事件，如评议会、如铁路、如银行、如经理，招股不拘何事，听认一宗；其认定各事，或自办、或派代表、或就各地请人兼理代表查闽路海外股东，皆系请内地亲友代表。亦各听各便，决不强以所难，惟统求于此次决定。

三、闽局于各项用人之权分四种：（甲）总、协理自派；（乙）董事会公举；（丙）总、协理与董事会商派；（丁）各课长自选……大抵经理银钱出入及稽查之事，俱归商董举人派充，此意最善。应俟此次将各课拟定后，略仿其意，分定其例，应自派之员,而欲请议会公举者听。

四、评议会会员资格:(甲)股东认股若干照公例;(乙)代招股若干者派为股东;(丙)股东专派之代表;(丁)股东就各地所请之代办;(戊)各埠江西商会之总、协理;(己)本省总学会及铁路所经府县学会之会长。

五、九江现已开工,情形吃重,应将总公司暂移九江分局内,总、协理常川驻扎,就近计画即可,将九江分局员绅并入省城,则除股款可交由公司银钱号办理外,仍酌派数人驻百花洲旧局,专司收发文件,新建购地局亦附其中,以节靡费。(附说)右一节乃李前总办在京时所议定,经众认可,仍俟萍南一路开办时,再移总局还省可也。(未完)

初四日(1月7日) 阴。到瑞麟处。并到公廨,查第三次批。

《中外日报》载北京电:"苏浙路事借款,外部现已将情节开出,交与代表诸君。""代表诸君当公推杨翼之君于初三日出京,准初八日可到上海与公司及江浙士民集议办法。"……①京函云:八旗宪政会会长系蒋惺甫侍御,庆邸颇恶之,适学界开铁路代表欢迎会,又触某大军机之怒,于是面奏请旨,严订报律,不准学生干预政事,禁止开会。上谕联翩而下,尤奇者三次。谕旨俱由某大军机袖中携入军机处,面呈后即时发表,并未与各大臣预商也。现在宪政会业已停办。

(补录)十一月十九日军机大臣面奉谕旨:"报律关系紧要,前据民政部具奏,仅系报馆暂行条规,所有应行编纂之报律,着民政部、法部迅速会同妥订奏明办理,毋再延缓。钦此。"

《神州日报》载:"借款事十六日以内将定议,内容甚秘密,江浙代表已允从外部转圜。"初三日京电。

初五日(1月8日) 晴。鼎臣兄约在一枝香番菜菜馆饮,谢之。

———

① 此系原文省略号。

《神州日报》载北京电："前日张相国请太后归政一说,已经相国声明并无此事。旋由某邸某、警厅某某谣言所从出,确系袁党所布散,某某以是大恨某邸。""袁大军机恶异己,欲兴党某,密遣心腹数人南下,侦查某宫保近事,构造某某与党人来往踪迹。""咋屯代表转圜说不确,京师又有江浙代表十五出京之谣,探悉实系杨燕孙交出,袁开转圜办法以包买债票为主,各代表以事出八字权限外,特推杨廷栋君返沪公决因此。""袁连电杨侍郎士琦返国,确将补授苏抚。"

《神州日报》载赣路最近认股情形:南昌函云江西铁路总局新定招股章程,商会诸君于十八日集议认股,共得洋二十八万八千元,所有认股衔名及股分数目如下:熊文叔五万元,曾平斋五万元,袁秋舫五万元,包金坡五万元,邹毅臣二万元;欧阳岐山、徐觉斯、晏东圃、龚梅生各一万元;张善安、黎秀山、丁拔轩、万肖园各五千元;熊熙春八千元。

《中外日报》载北京电："江浙路借款事张中堂亦主张废约,惟不以'路亡浙亡'等语为然。""初四日,英使至外部催将津镇路约先行画押,其于苏杭甬路借款约仍一意坚执,不允让步,并催订画押日期。外部力拒之。""初五日,江浙路代表张、孙、许三君谒见外部,谈论甚久,仍未定局。""奉旨准杨侍郎士琦即行回国。""报律本拟于初三日出奏,因恐有未能施行之处,故仍交还民、法二部,俟与各国公使商妥后,再行订定。""庆邸次子率领多人强抢妓女,洪蘅舫言官将据实纠参。"

晚间复到瑞麟处。

初六日(1月9日)　晴。赵燮卿从善将回浦,来辞行,予亦送片铁路学堂答之。

初五北京电："天津法政学堂学生因反对开会,全堂解散。军机大臣袁世凯震怒,电饬天津官吏,查明为首倡议之学生,拿获从严惩办,并谓旧生既因此散学,实属无用之人,不必再令其入堂,一律改招新生肄业。""民政部尚书肃亲王不以银币用两为本位为然,特具说帖辩驳。"《中外日报》载北京电:"政府近日屡有冲突,今日张中堂未经入值,政界中人甚为震恐。""某邸次子率众抢妓一事,现由某御史出向言官阻止,得未奏闻。"《神州日报》载初五日北京电:"杨士琦电称华侨疑贰系由革命党煽惑所致。""英使催津镇路约画押,并催订苏杭甬借款签押日期愈急,庆邸颇踌躇,袁始终坚持允英昭信。""初四日江浙路代表至外部敷陈意见,丞参某某畅论收买债券办法,谓于国权、路权全无损失,代表驳论甚多;某君谓诸君必欲抹杀档案,则破坏商办局面,恐非外部之责。彼此往复数四,竟无成议。""报律已经外务部照商各国公使,请允通行各租界。"

寄毛实君学使信,附缴廖濮收条。

初七日(1月10日) 晴。复杨春农妹倩信,寄湖南衡州土药统税缉私卡。

《神州日报》载东京革命党苏杭甬路事研究会演说,主张罢市,抗税独立。北京电:"天津法政学堂学生散学事,实因压制拒款开会酿成,袁大军机电直督严惩,都中诸校以路事开会者、管理人皆自危。""路事无可转圜,外务部将于十四日请旨定议签押。""政府有密电到沪道,捕苏人马湘伯、曾少钦;浙人周金箴、李厚祐云书,余一人未详或云雷继声。""政府拟令张中堂出军机,闻张意不欲独出。"

午间偕内子到大马路,旋在四海升平楼喝茶。

初八日(1月11日) 微晴。《中外日报》载北京电:"闻宁寿公主已据所闻舆论,将江浙不愿借款实情上陈慈听。"《神州日报》载东京寄来之拟国民递呈都察院请将某某某明正典型,恭请代奏折。北京电:"政府议借外债一千万金磅兴复海军。"

郭幼安先生乔梓起程回兴化,由小东门咸瓜街福兴泰桂元栈代搭轮船。

《时报》续初三、四日所载《江西铁路京局同人公拟改良大略》:

减轻成本。第二附说路利尚矣,然靡费无度,则本重而利微,且经理他人之财,稍一不节,人将曰财非其财,故不甚爱惜耳,此为股分不旺之一大原因。夫借款者,吾乡三千万人所公负之债也;股分者,诸资本家之血本也。况今已改小票为五元,多系出自贫家,滴滴皆真膏血也。言念及此,我同人必有怵然难安者,故台等奉公议厘正之,虽万被诅咒无悔。

一、大裁冗员。凡挂名坐食及名目离奇各员,严剔之;身居要差而不常在局者,更易之;可省、可并者俱酌量情形办理。一面参仿各省章程,严定执事员额。凡经此次裁退者,其薪俸概以本月截止;所留得力之员,在执事未定期内暂照本俸支。

二、减定俸薪及鼓励之法。甲、除总、协理系属特俸外此次即定名俸薪,不必虚称夫马费,以下各执事应定为若干级不妨多设数级,以为递升之阶。酌照各省商路章程取其较廉者,最高级至多不逾若干元闽路薪俸最多者百元以下分别递减,暂由新总、协理拟定,俟议会公决后列表宣布;乙、各项俸薪既定,不能意为增减,惟可仿海关叙录年资例,凡在局几年有劳无过者,到期可多给本俸一月或两月,其在此等将及年资而升入彼等者,可接算年资,而俸照前等算给;丙、商家有分红之例,其意最善,惟须限定某等以上方能与分,事系短局者不在此例;丁、凡优等执事除确有才能资望皆可破格派委外,余皆以按序递升,或略予超升为宜,庶使少知甘苦。(附说)此为挽回名誉、维系人心两全之计,盖俸薪太优,不惟腥膻召蚁,应接苦于烦难,且恐净滥贻讥,股分因而退沮,惟啬于常俸而丰于酬劳,然后局外无责言,局内有希望,此商法最精之义也。

三、严定经费,分寻常、特别两种。寻常费如局用及旅行费之类,由总、协理会同议会拟定刊发遵守。其特别费则临时付议会公定,皆不能意为轻重,亦不能任经手人浮开滥索。又电报费亦为出款一大宗,宜采商家省字法,力求撙节。其不关路政者,无论何等重要之电,概不得于路款开支。所有各电底,除密件由总、协理手自录存外,余均须另立稿簿汇存,以便报销时核对。
(未完)

《神州日报》载九江路局裁员减薪一条云:蔡燕生、谢敬虚两侍御到浔改良铁路章程,裁减人员薪水,凡有名目而未在局办事……
(原稿缺页)
……佑东南路事,或有转机,则江浙之大幸也云云。
接初六日驻浔江西铁路公司来函云:各路购地处所有契据,是否购后即交县印税,抑另有办法,务祈代向苏浙闽三省调查一切详细章程,从速开示,俾有采择云云。接初九日郭幼安慎行致予与黄初信,言即夕登江天轮驶甬。
《中外日报》载北京要闻:此次浙路代表到京,得免于以压力迫令画押者,由于张相国三次面争之力。外部侍郎梁敦彦以此事非得张相承认,断不能达此目的,遂介绍银公司代表人往见张相四次,俱经拒绝,并传谕浙路未废约以前,决不接见,勿庸徒劳往返。银公司代表人答以另系有购办机器事请见,与路无涉,张相仍拒绝如故,始快快而去。
到贻德里浙江铁路公司晤陆味羹,询悉该公司购地大略,云购得之地新立契据,暂勿交县印税,俟按沿途图内用地之后,照丈量计算亩角,每户名下若干积成总亩数若干,造册开具清单,然后统送县用印,按户推出原粮,归入公司完纳云云……当托陆味羹函索该公司购地章程,并晤黄逸村、徐抚九,旋到苏公司向周尹玉索得苏路购地章程数本。〔页眉记:浙公司执事:陆味羹、黄逸村、徐抚九;苏公司执事:沈友卿(武进)、周尹玉(嘉定)。〕
十一日(1月14日)　雨。《中外日报》载北京电:"苏浙路得未抵押,皆张中堂及东南大吏迭次力争,并皇太后明白之故。""此事全为外部梁敦彦侍郎所败,皇太后已有所闻。且闻政界明理者言,路事若竟不转圜,国家再欲东南人民急公奉上,必无所效。""津镇路约画押,已由外部于本日初十入奏请旨遵行。""东三省事极为紧急,枢廷仍漠然不顾。""江督端制军奏称嘉兴枭匪势焰甚炽,浙抚冯中丞尚无奏报,奉旨严加诘责。"

今日《中外日报》亦载《江西路局改章大略》,及改招股章程五圆一股,并商准抚藩,先向官银总号借出二百万,以便来正将九南一线分头建筑云云。

初六以后,海宁硖石镇民乱,枭匪滋闹。

《时报》馆昨被回禄焚去后边房子,福州路西之印刷所。恐失物件殆半,今日停报,送报者以《时事报》应付阅者。寄九江路局伯严信,附《江苏路局购地章程》三本。致上海道梁孟亭观察如浩一函。

十二日(1月15日)　阴。京电:"江督、苏浙抚请外部将江浙路约暂缓画押。""张、袁二军机甚有意见,太后力为调停,拟令各回总督本任。""某大军机请饬令都查院不准代奏条陈。"〔页眉记:袁以组织内阁自标异,张以速开国会为宗旨。〕

续初八日《江西铁路京局同人公拟改良大略》:

防害第三。(附说)天下之事,势有一利即有一害,利大者害亦大焉,故计利亦先除害。矧吾乡之路政,其害已形乎? 今设为各种防检之法,务使执事员与资本家皆坦然无所恐怖,则亦无所引避矣。凡关铁路者五,关于银行者五,如下:

一、大成股款为众所指目之大端,自应调查明白,今就京局约稿,平心论之,其岁息七厘,盖与股票之息无异也;其五厘回扣,亦即经理人应得之红股也。招股定章,凡招得千元者,给红股五十元。又其中并无干涉路政之语,且声明外人购去作废,是但资其财力,成我大工,似系商业常有之事,与芦汉、津镇情形迥异。总之,此事陈君必一力担承,决不使股东受累。同人复公议嘱台等顺道调阅正约,核与京稿相符,即签明"复查无异"字样,庶别有密约之谣言,不辨自明。

二、新设之评议会有监督之权,凡执事人用人、用财之不当,议会得纠正;人又有协助之义,凡总、协理及执事员遇有烦难,可由议会公拒之,京官则补议会所不足,总以绅商内外联成一气为要义。

三、此次局势既定,除将改良规条及前任出入账目,刊布分送并登报宣示外,嗣后每三个月必将已行、未行各事宜及出入款项,叙具大略,登报并刊册分送内外各局及商学各会,使人人共见共闻,有误亦即随时改正。

四、各路工程,闻浙江及京张最善,京张之总工程师詹天佑尤谙练详慎,拟请协理亲往调查一切,并约同詹君或请其派妥友来赣覆核一切,并查看工师、技手之能否称职。嗣后即请詹君为顾问官,凡工程材料及工师、技手俱与计议而行。

五、凡包工者必按照估价酌取押款几成,估单必经公定,不能凭一、二人之意见。凡招工购料以登报招人投票,从其廉者为上。

六、银行为路局交通所关,前年已议有端倪,今先拟防害大略如下:甲、银行虽因路而设,然必具有独立性质,不能与路局混合。所有总、协理及大班以下各执事,俱由银行股东及大班公选,不与路东相涉,生意盈亏,路局亦不顾问。乙、股份系另自募集,若路局入股约可二三十万,应如何订定章程,听凭银行股东公议。丙、对于吴端伯股款,银行能否允为路局经理收付,悉听其便。丁、凡路局所有股款俱存放银行,查现有实银约规银百万,悉与他号往来无异。各大埠有分行者,俱经理招股收款,其未设分行处所,由本行之代理人经理,但必报明路局。戊、路局与银行往来,须严定溢支之额,逾不付。若银行查看情形,愿多垫者听。己、其余细章俱以浙江兴业银行为蓝本,兼采邮部、交通银行及内外各行善者,择善从之。

附亟先利办法:西人于路线遇有百家之村,即必统而就之,所以尽利也。今查距九江二十余里之牯岭,现有洋房千余所,内地巨绅亦争相卜筑,自春末至秋深,中外避暑往来者,不可以数计。各国报纸喧腾,邮电皆能直达,较前途之某某繁盛殆逾百倍。拟请于动工时,即首先接一支路达其山下。查该处可由沙河之干线接分一支,南至石门洞止不过十余里,其间平陁广阪,施工极易,并力赶办,连干线计数月即可开车也。应俟商定施行,谨先以奉慰,其余未尽事宜及所议能否照办,俟抵赣后报告。凡在事员绅挪用股款,务克期缴清,我绅商学界必于此事严切办理。

京电:"政府以浙江乱事,议派北洋兵队二千名,第一、第三、第六镇练军共万二千名。由姜桂题带领南下,电饬招商局派轮往载。"

今日《神州日报》载《敬告我同胞,不可不注意江西铁路之险象》云:昨江西铁路学生夏琛报告于江西铁路改进部云,有使署随员王君盛春,函告江西铁路改官督商办,此虽未见事实,然在意中。谨就江西铁路最近利害略言之:路局有商办之名而无其实,旷日耗财,无效可睹,则官督为有辞,此可危者一;总理无人,全局摇动,启外人窥伺之心,可危者二;筹款不足,大信不立,认股者稀,外资乘势输入,可危者三;恃干俸糊口者,将随机迎合,固宠纳交,呈请官督,可危者四;官有督率之权,让路借款,操之自官,可危者五;无股东会,声气散漫,挽救无术,可危者六;教育未兴,合省绅民不知有国,失路失地,必不过问,可危者七。苟无官督之说则幸甚,否则一变而为官督商办,再变而为洋商承办,直旦夕间事耳!是故人人宜趁此尽力认股,次则莫如循名核实,实行商办主义,改选出巨资、负责任者为总理、协理,以刷新路政。

寄福建陈伯潜阁学信。

十三日(1月16日) 阴。复庚春妹倩信,寄琼州海口电报局,复印兄信,托庚春转寄。《时报》载北京电:"苏浙铁路公司电复政府,允由邮传部出面认借英款,转交公司,惟订立合同务须加意慎重,免滋流弊。""粤省西江缉捕一事,现闻英公使已允了结,即税务司协巡一节,亦不复要求。""津镇铁路合同于初十日业已签字,昨十一日军机大臣张之洞封奏,以合同不应照沪宁铁路章程订立,尚欲力争磋改。"按,津镇铁路借款计共英金五百万磅,定一年之内缴付,年息五厘,每百实收九三。由中政府担保,以该省税款为抵押,路线计长六百七十五英里,北段三分之二归德国建筑,路工限四年完竣,一切办理之法,悉照北方铁路,中政府则有全权。此约内容与苏杭甬路约相同,故发表后,该省人民想尚满意者,因此约已允认中国有完全之主权云云。〔页眉记:津镇(改津浦)借款:津浦路线长二千一百七十华里,此借款以下列之款作保:直隶省厘税每年关平银一百二十万两,山东省厘税每年关平银一百六十万两,南京厘金局厘税每年关平银九十万两,江苏省淮安关厘税每年关平银十万两。〕

　　《时报》载报余"猪毛衞衞",言"朱毛和同"讥朱方伯,毛学司提倡存古学堂,为养成一班古董云云。庄子所谓"彼亦一是非,此亦一是非",未可据一面论断也。《中外日报》载北京电:"十二日,江浙代表等同谒外部,筹商路事办法,闻借款一节定两公司不与银公司直接。"《神州日报》载北京电:"袁大军机怒,上书言路事者,率请都察院代奏面奏,请饬都察院不许代奏条陈。""张、袁二军机冲突甚剧,庆、世各有所左右,慈宫亦知之,但不以为意。"

　　〔页眉记:奏禁学生结党立会。〕北京函云:学部具奏以道德与法律互相维系,不能遵守法律之学生,断不能有精深之学业,嗣后京外各学堂如有纠众罢考、结党立会情事,其为首滋事之学生即行斥革,抗不遵办者即全体解散,亦所不恤等。因当奉朱批允准,随分咨京外各学堂,并各将军、督抚遵照矣。

　　《神州日报》续《敬告我同胞,不可不注意江西铁路之险象》云:或曰陈吏部伯严曾经手借款百万,宜为最大股东,可推为总理,是又不然。吏部因借款事与《中外日报》馆涉讼经年,喧传海内,其情实虽非局外,当此苏浙风潮震动之时,蛇影杯弓,群疑满腹,吏部一当斯任,吾见国人惊而走矣。又云借款为大信不立,国民无认股者,是江西最不幸之事,至以借款故而恋恋于总理,使国民数千百倍之股却走不前,智如吏部又不为也云云。

十四日(1月17日)　晴。剃头。孙季筠观察送艻垣宫保蓝摹本缎祭幛,并"神骑箕尾"四字,由邮局挂号寄江西省城清节堂。

《时报》载胡、马论"路债部借部还之",宜慎。北京电:"枢臣欲与各省商办铁路为难,多方设法制其死命;并嗾令邮传部电咨出使各国大臣,查考泰西国家监督民有铁路法律,详细抄录,汇集寄回,以为仿行张本。""江督端方电致外务部,称苏浙铁路公司股东拟开会,集议将进京代表撤销借款一事,乞力图转圜,以保东南大局云云。""外部近接江浙督抚来电,力陈苏杭甬借款事关系东南大局,语甚迫切,各堂颇为所动。""闻政府有仿照各国商办铁路律,以对付各省商路之说。"

津镇已改津浦,故称《津浦路约》,共计二十四条,借款五百万磅,九三实折,五厘行息。顷探知实系先交三百万磅,九三实折,余二百①磅,俟卖小票时,视时价之涨落,实卖实交。惟每百磅,仍归公司扣用二磅半。

复丁孝宽侄婿信,寄天津总督衙门后边,前任河间府正堂丁公馆。

十五日(1月18日)　晴。北京电:"民政部十三日将拟定报律草案具奏,奉旨交宪政编查馆考核,因此尚未发表。""报律内容大致凡开设报馆,先缴押款洋三百元;其要点则凡在租界之报馆如有违律之处,内地一概禁销。""驻京英使指驳新定报律十余事,恐租界报馆难以沿用,现正磋议。"

本日《神州日报》载《大清户部银行报告》。

---

①　此处漏"万"字。

　　复伯远书，由仲甫附寄（仲甫回去，瑞麟代寄）。接夔侄初七日南昌来信云，伊妻病稍愈，昨日登舟回里予前致揭大表哥信由其带回，腊月半后方可达到。班侯全眷以省居昂贵，亦同回去。夔与怀孙俟舟至谢埠，即首途。予初七前月信所言，夔回必照办。今年账目，必请才叔开呈，衣服及《苏》《吴》两集亦必寄上，约在明春二三月方可到沪。夔明年先在抚、建各县，劝办禁溺女会，暂不来省。怀孙二月间仍来省，有人延之当教习，此后与夔函仍寄南丰，更妥……①附才叔十一月廿八日南丰来信，云今岁荷庄收成，约可照去年之式，每房得一百石。予所派之谷，或粜或作何用，即速回信，免才叔得罪多人，寄来清单一纸才叔经收闻酒清单。十一月廿四日，李寿孙赴省，曾托带包袱一个，内系皮裌一件，皮袄一件，母亲寿衣全副，鱿鱼一斤二两云云。八月十八日，还高太谷四担，今岁荷庄早谷，予应派得十二担；荷庄迟谷，予应派得二十担有零；母亲尚有天青外套及绸裤。原当银三两五钱，去年三月当的，尚未赎出，为何不赎？

　　十六日（1月19日）　晴。复才庆表叔信，送二马路由信局寄。附复夔侄信（信局系裕兴康。寄丰信式：信函外面书"江西南丰县城内花牌楼信义仁布号，交万家巷台使第刘富之老爷代收，达即转交周才庆老爷收启"）。曾瑞麟、储湘泉同开信丰源洋纱号，即开张于信昌隆栈内，嘱予为信昌隆书笺联贺之，并代撰联语云："经纬万端以信为本，衣被亿户致丰之源。"夜到易安喝茶。

　　十七日（1月20日）　阴。北京电："苏抚陈启泰电覆币制，主一两重为本位之说。"

　　《中外日报》载《赣省财政恐慌之现象》云：赣省银根素紧，近年因举办新政，添解各项赔款，民间几于罗掘一空，市面所赖以周转者，仅此纸币与铜元两种。官银钱总号所出千文纸币，已有五百万千，近因不敷周转，又添印各种银洋纸币行使，以冀维持。乃藩库及官银号，

---

　　①　此系原文省略号。

因近年亏空,仅存库款十余万两,年内应发各项薪饷、京协饷、庚子南赣等教案赔款,约共需银五六十万两。沈爱苍方伯颇为焦急,当向税务局借拨应用,乃该局所收税项均系官票,共存五十万千,而市间各钱店,亦仅存厘封银五六万两之谱。故近日钱市行情,银价尤非常昂贵,甚至持币无从兑银,赣省钱店均用过条,如欲兑银,即由甲店换一过条,令往乙店兑银,丙店亦如之,丁店又如之,周而复始,仍不得兑。即兑铜元亦异常困难,以致官票积而不销,各商店亦大受影响,受亏颇巨,似此情形,官商交困,恐慌现状,殊为可危。〔页眉记:江西财政状况。〕

《神州日报》载京电:"江浙督抚电奏浙匪靖平,请饬姜军缓行,以释群疑,闻可望准。""政府不认江浙撤代表。"

复致上海道梁孟亭观察书,并送《六九轩算书》一部。班侯侄奉毛学使委为总务课员,昨奉委至沪,散给资助各学堂经费。城内第一义务小学堂、西成小学校、竞化师范女学校、理化专修学校、女子蚕桑学校,以上各学堂各奖龙洋二百元;西门庆安里幼稚舍,奖龙洋一百元。夜间班侄来寓谈。

十八日(1月21日) 晴。《时报》载北京电:"中政府已允准苏杭甬路借款问题稍为变通,不必强令苏浙铁路公司接受,就由邮传部代借。苏浙路公司可向部借款筑路,并允认聘用英国总工程师一人。至购办工料当登报招人承揽,如价值不相宜,则由中英公司订立合同,置办此约,所望不数日后即行签字云。"

为信丰源号书名片。夜到新鼎升栈五马路楼上五十一号访班侯,留字并夔侄来信,托刘铁云(丹徒人,毛实君之女适刘之子)之友人周济川转交,以班侯先已他出也。

十九日(1月22日) 阴。今日《时报》告白廿二日《中外日报》尚载此告白有云:"江西铁路代表蔡、谢君鉴:敬读《赣路公议改良大略》,具仰擘画,惟路事关系全国命脉,稍有不慎,中外矢集。似此次举代表后之奏稿与奉旨若何内容,应请一并登报公布,以释群疑。此启,卢晋恩顿首。"

《神州日报》告白：江西旅沪学会铁路专科学校招生。宗旨：本校为铁路专科，专造机务工程师及车务人材，以备机厂总、副管理之任。学额：暂定四十名。程度：以曾习英文二年及科学普通者为合格。年龄：十五岁以上，二十四岁以下。学年：四年毕业。学费：每学期三十元。膳宿费：每学期四十二元，均于入学前预缴。考期：十二月廿一日及明年正月十六日、二十日，随带笔墨至爱而近路庆祥里百八十二号本学会即校址考验，并缴保证费金三元，取照扣，不取给还，取而不来不还。报名处：白克路寰球中国学生会，大马路亿鑫里江西铁路分局及爱而近路本会所。

《中外日报》载《论因教案组织混合裁判之足以亡国》。京电："奉旨准赣抚瑞中丞回京一月，毋庸开缺，其抚篆由藩司沈方伯护理。"

今日《中外日报》载《赣商借款入股之计划》：〔页眉记：赣商借纸币入股。〕九南铁路经蔡、谢两侍御裁汰冗人，删减薪水后，每年节省靡费不少。现闻南昌某商等，以路股周息七厘计，议联合殷实商店二百家，向官银钱总号借洋二百万元，交由路局入股。计每店借洋万元，周年五厘起息，分作十年清款。银号业已照准，惟须概发纸币，不给现洋。说者谓此举各有所图，银号则图销纸币，商店则图二厘落息，惟纸币为数既多，将来能否得各处信用，尚不可逆料云。

邮递才叔信。与又春同往鼎升栈访班侯谈。夜，兰阶来谈。封印。

梁孟亭观察如浩回函云：喜兰一事究系如何情形，未据具报，无凭察核，除饬廨员核案办理外，知念奉复云云。

二十日（1月23日） 阴。今日《中外日报》开首用头号铅字亦登卢晋恩告白，请蔡、谢两侍御公布奏稿与奉旨若何内容云云。

今日《神州日报》载北京电十九日西刻："邮传部不以蔡、谢两侍御出京干涉路事为然，已由赣省京官朱益藩等电促回京。""江督电奏江浙人心安靖，请止姜军南下，并密电直、鄂协力谏阻。"

北京函云：近日外部开示决定办法，名为"部借部还"，然其中仍有两路公司万不能承认之条件，一为银公司必须派一总工程师干涉两公司事务，一为银公司必须派查账员，查察两公司账目。其名虽为"部借部还"，其实则受"商借商还"之害，且于"商借商还"四字外，仍受沪宁影响，盖此项所开决定办法，全系以津浦合同为模范，外务部抱定津镇办法为此案归宿，以致有是。由此观之，如两公司俯就羁勒，则断送两省路权，如不能隐忍迁就，则非与政府冲突不可，前路茫茫，正未可知也。

以《六九轩算书》送鼎升栈刘铁云号云抟。遇兰阶，与同至小东门陈象九笔店，托换羊毫笔头。晚间在寓所吃面，母亲生辰也。

接永安五弟自山东济宁南运局来函，云自五月间由浦携眷至宁，方池为位置南运局文案兼账房，并寄所作送方池寿文，嘱予为删节，盖明年正月十四日为方池五十诞辰云。

廿一日(1月24日)　阴。《神州日报》载北京电："报律已订定二十条，由部送袁大军机，俟核定入奏，内容专在遏抑言论自由，对于纪事则有勒令更正及罚金等款。"

为五弟修饰方池寿文，即复五弟信，寄还寿文。

廿二日(1月25日)　阴。《时报》载北京电："皖省京官公举周学熙(官都转，号缉之，玉山制军馥之子也)总理皖省路矿，因未易挽留蒯道光典之故。"《神州日报》载廿一日辰刻北京电："江浙代表张元济、王同愈启行返沪，许鼎霖、孙廷翰暂留。"该报又载谐史《老猿列传》。

《神州日报》载《蔡、谢两侍御不日来浔》：〔页眉记：裁撤赣局归并浔局。〕蔡燕生、谢敬虚两侍御日前赴赣，裁撤赣省铁路总局归并浔局。执事诸人一概裁撤，闻只留七人，现已竣事。日昨电至浔局，定于十三日由赣乘轮来浔，总理陈伯严已于前日先行到浔，料理局中事宜。

于浙路公司陆味羹处，索得《浙江铁路公司购地章程》及《购地科办事章程》各一本，即寄浔局；附于致陈吏部伯严函内，并寄九月、十月份四省公所用款册。到鼎升栈，于班侄处取得刘铁云所印之宋拓

《麓山寺碑》《云麾将军李思训碑》两种。到小东门内陈象九笔店。剃头。

廿三日（1月26日） 阴雨。早间与同寓钱冠山扬州人均在二房东张春敷处饭。江浙路公司董事局十二月初十日致代表电："遇电'庚'晚始到，项城宫保俯念东南，嘱燕翁传示完传商办各节，感荷万分。总、协理亦明知部示，已竭力斡旋，但日前情势与公司应付之难，尚不能不就部示，续有请求：

一、邮传部与银公司订立合同之稿，务请先交两公司讨论后再定，以免与现在部拨存项办法有所妨碍。

二、部拨款项应减为五百万两，定名存项，不称资助。

三、工程司由两公司选聘英人一名，不加'总'字，即由两公司与该工程司订定合同，听总、协理命令，报部备案，至'认可'二字，务须删去。

四、部款拨到后，遵将进出款项用华文报部，惟银公司合同内切勿存查账人名目，并不得派人至公司查账。

五、自第十年后，公司无论何时均可将该款还清，公司但缴常年五厘利息，银公司应得之折扣，购洋料用钱汇费，及加还□□磅半先付，余利及其他等项统归部认，与两公司无涉。

六、俟此项存款拨到五分之二，公司始雇用洋工程师。

七、以上办法以苏杭甬路线为限，并与部商订一存款正式合同，俾公司有所信守。

八、两公司仍系遵奉谕旨部案完全商办，邮传部但假苏杭甬为借款名词，银公司不得借口债权，丝毫干涉苏杭甬路事。

九、时间太促，除以上八条外，各股东如续有所见，再行奉陈，乞告诸乡老，并请交燕翁转陈，候示复。江浙路董事局。佳。"

《神州日报》续载《安徽路矿之危言》。京电："姜军因浙乱平，暂不南下，系由江督端制军具奏阻止，张相国亦力为赞成。"

接赵慕祁十六日德安来信，云四处分局裁撤，赵已被裁，省局四十余人仅留五人。邮寄才叔信。

廿四日(1月27日)　阴。《神州日报》载京电:"袁大军机运动调补陆军部甚力,庆邸极力玉成,为某中堂所沮,慈意甚疑。""法部、民政部会订报律共四十余条,已经奏准,折尚未发抄,闻俟明正颁行。""民政部、宪政馆会订结社章程三十余条,大纲分政治结社、学事结社、地方结社,违律者勒令解散,不日入奏。""史履晋奏津浦须宣布后签约,民心始服;折入,某枢臣怒。拟传旨申饬,张、鹿力劝始罢。""某太史联合苏浙京官,请派振贝子办苏浙路事,督查院不与代奏。"

致宝子观大令颐信一函,托收发委员王信南转交。

廿五日(1月28日)　阴。又春前为荐老姬年已六十,眼昏,足亦不得力,恐上下楼颠踬,特辞不用,晨起送还平安街。予在又寓略坐即回。

北京电:"革命党孙文在越南被法国总督拘禁,惟未肯解交,中国现政府电饬驻法使刘式训向法外部索取。""闻外部言,英使对于苏杭甬路事之最近谈判,系查账员可以不到两公司,但邮传部间接报告至总工程师一节必须聘用英人。"

闻津镇改津浦,实由出使英国大臣李伯行所运动。李未放洋时,曾办皖省铁路,违众议以建南线,皖人则多主北线,致与争执甚烈。李即运动改成津浦,以破皖路北线之局也。

得总办福建铁路办事处十九日来函,并寄来《福建铁路购地章程》一本。班侄至寓。

廿六日(1月29日)　阴。各报馆停刊,约新正初四日开馆。户部银行三品衔、分部员外郎倪思宏,送李宫保蓝呢祭幛"骑箕天上"四字,为邮寄江西清节堂转交李府收。到瑞麟处。

廿七日(1月30日)　雨。往九华堂购信笺花封。

廿八日(1月31日)　阴。昨午,差人唐永成送宝子观大令致英领事照会见示,言奉沪道饬知,喜兰送济良所,原主情实不甘,约于今早再提喜兰到堂再讯云云。诇今日九点钟,予命彩文往公廨候至一两时之久，唐永成又云喜兰在幼女所，故未送来。似此展转推诿，其中显有把持情弊，因复上梁孟亭观察如浩书。乘车自送道署，遂拜会梁观察，年约五十内，香山县人，谈及喜兰一事，承允再饬宝大令向英领事言之，但租界险巇，将来此婢即领出，恐其复逃，奈何？予对以拟送他处云云。

九江铁路局有致陈吏部，蔡、谢两御史信一函，又专致陈吏部一函，托予转交。

廿九日（2 月 1 日）　早间天稍霁。剃头，往鼎升邀班侯饮，询知廿七日已回苏。访陈润翁未晤，商会晤周明馨游击□□远。蔡和甫公馆会蔡燕生、谢敬虚兴国人两侍御，因面交刘皓如所寄信，内略云官派股份，须趁沈方伯护院办理较易云云。九江局另致伯严信，加封转寄南京，□伯严信。盖伯严与蔡、谢均于廿五日抵沪，廿六日伯严即回宁矣。蔡燕生现急欲有所宣布，奈印刷等项俱停工。

寄浔局刘皓如信。

光绪三十四年戊申(1908)

一　月

（前缺）……

……

初三日(2月4日)　……局同人公拟《改良大略》一本。

初四日(2月5日)　晴。立春。到蔡、谢处，未晤。

《神州日报》载："《泰晤士报》载云：本馆得确实消息，谓蔡、谢二侍御为查考江西铁路事已来沪，来有朱富绅之子随同来沪，已与沪上著名赣商某在汉口路之晋益升秘密商议，欲为江西铁路筹借洋款二百万两。闻已与某洋行草订合同，将以米谷、木材税项作抵，其铁路所用材料，一切均由某洋行承办"云云。

按此与传单略同，盖耳食者不知信成内容也。

《中外日报》载皖省铁路现已举定周学熙都转为总理……该报又载大学士张、外务部尚书袁、外务部侍郎梁，奏呈津浦铁路合同折。

午后到郑苏盦廉访处，值其他出，晤黄初。

初五日(2月6日)　晴。大冻。早间往蔡公馆，燕生、敬虚为予书折扇，因留早饭。三点钟偕内子往又春处，在彼晚饭。夜复到蔡公馆，留字与蔡、谢，并以福橘一篓送之。交蔡仆张五。

《中外日报》载北京电："《报律》及《结社章程》均由宪政编查馆将稿先送袁宫保私宅，请为审定，闻颇有更改之处。""浙省路事：闻英工程师及查账员两项，均经删去，借款计共一千万两，由公司认息五厘，订期十年后归还，由部中以京张铁路作抵，董事会业经认可。""浙路汤总理于初四日赴沪,拟自行晋京磋商合同。""京中《风雅报》因登载洪兰舫被抢事,已被警厅封禁。"《中外日报》俳谐文,拆字者言测"戊申"二字甚趣。

《神州日报》载《读江西铁路京局公拟改良说略感言》,力辟蔡、谢干涉路事。

《时报》载朱京卿覆电:"南京督署幕府吴康伯鉴,并转宁、鄂同乡诸公电悉。总理久经举定,因周、萧协理未定,尚未呈请奏派。现公举蔡、谢两侍御赴赣切商,俟电到即行具呈。筹款艰难,望公等大力提倡,早日观成,桑梓幸甚!藩。歌。"

《时报》又载《江西留东同乡会致江西同乡诸君关于本省铁路意见书》,略言必须慎选新总理,要开特别股东大会及邀学、商两界及京外公举,万不可听数人私议私举,庶可以服人心。又云,自客岁以来,易江西铁路总局名目,而立一商办铁路公司之碑额。局中办事诸公,如李、陈、刘,既非路局之大股东,仅为同乡京官委托招徕商办之人,及不任职事、蚀食干修如黄君棣斋、文君法和、胡君明蕴之徒,又非股东所曾公认,仅为局中分利之人,则安得借江西商办之名以贷沪债百万?夫非股东委托之人,而假一公司名义以行借款之私,一有亏折,谁则任之?既名曰商办公司,而处肆其绅办之实,终不见信用于资本家,遂倒行逆施,拒资本家于千里之外,而处处以借款行之。又云,陈君以名公子而兼著述家,所负众望者在此,使以此可充办理铁路能者之众望,则英国之索士比亚、摆伦可代弥德格兰斯顿之席矣!

至谓易新,来者多棘手,则将穷其终极,必以现在局中诸人接续永久,则又何必有股东,何必按照商律谓将开股东会以行选举乎?至谓以协理而升总理,自属正当办法,则甲死乙继之,乙死丙继之,而以次称职之丁、戊、己、庚等,且将有巫蛊祝死之术矣!揆之以优先巨股东张君念劬,函中之言,果无所愧乎?西十二月初一,得江省称为学界、商界、教育会之不署名红笺公函,报告公举陈君伯严为总理电京认可之原因,而述及萧、周、刘三富翁坚辞之故,则固明。言以陈君主持一切兼电此三氏来当总理，夫刘君对于路事局之感情若何，某等不能详，姑不敢言。若萧、周二家者，据所传闻，与张君念劬之书函，则其与当局人之感情，固已表决，等之反对。在昔既不肯分认一股，一旦欲其出重资以建路，遂乃唉之以大位，且又非股东之选举。而操路局实权者，仍在于昔日之局员。拥萧、周为总理者，不过奉之以虚衔，人非至愚，孰肯为他人之傀儡乎？同时复得学界不署名之二白纸公函，则曰当日与选举之人，仅路局文案文景清、路局总司账黄邦懋、三江师范学堂教务长雷恒江、江西高等学堂监督黄大埙兼支路局，干修千二百金、江西商会干事、某当铺管事曾平斋等数人，文景清首倡之，诸子遂和之，而陈君乃三辞三让，始承职。所谓股东则未之闻，揣诸张君念劬所云，万不可以数人私议私举，"庶可服人心"之言果无所愧乎？总理之选举如此，而局中一切用人，相与蝇营狗苟、寡廉鲜耻，如黄邦懋、梅子肇，借铁路公款以填一身之亏空。又如刘景熙前寄来同乡会一函，力诋某君之为人。某君历史吾不忍言，而核其罪过，又仅曰某君以土方被污名而去，既已诋其人，又不敢实指其名，则当局散乱无序，不可询究之状，亦何待论！

初六日（2月7日）　晴。《中外日报》载未允总理辞职。九南铁路自李芗垣方伯被难后，路局诸绅公推陈伯严主政为总理，去腊主政由浔赴宁度岁，忽电致蔡、谢二代表辞职，闻代表等以主政既经手股款，且一时无人接替，拟俟赴宁之便，即行面晤挽留云。

《神州日报》载初五日亥刻北京电："英使不认撤消工程师及查账员，邮部现与代表磋商，由部与银公司间接。"《神州日报》自初五日始载《民政部、法部会同奏陈〈报律〉草案折》计四十二条。

游张园。

初七日（2月8日）　阴。早间偕蔡咏南观察印薰，行五送燕生、敬虚二公上火车，盖为开设银行事，赴扬招徕萧、周二资本家也。

午后往又春处接内子回。畹芳因寒滞，彻夜腹痛。江西留东同乡会致江西同乡诸君关于本省铁路意见书。续。

初八日（2月9日）　晴。班侯侄、又春均来公所，因邀至寓中小饮。

《神州日报》载北京函云：据政界传言，苏浙铁路借款问题，经议定将该款归邮传部借用，亦由邮传部筹还，与苏浙铁路毫无干涉。惟应给利息，仍由苏浙铁路余利项下按数拨还，已经照此定约。某大军机因苏浙铁路总理办事文明，现拟请旨奖以商爵，并拟将各代表一律留京简用，代表诸公已极力辞退。代表将南返，同乡京官集议拟假某会馆设筵公饯。英公使因路款事和平议结，已电达该国政府。

《中外日报》载苏杭甬路事确闻。得杭州来函，言除夕浙路公司接得京电，谓路事已议有端绪，英工程师及查账人均已删去借款，定一千万五厘周息，作为江浙两公司接收邮部之存款。自第十一年起至第三十年为还款期限，作一次还或分期还均可。此款以京张铁路余利抵押，磋磨至此，已经让步。闻公司自接此电，即开董事会议，现已认可，惟邮部与银公司所订合同，必须宣布此条，闻政府亦已承认。将来公司与邮部所订合同，其中条件尚有商酌之处云。

《时报》载《论江西铁路借款事》惜诵：借款之议主持者，代表全省查账之两侍御也。慨然以三百万之巨资假人而不疑者，信成银行也。问其何以作抵，则全路之桥梁、车站与夫所有之器械是也。又云主持斯议之人，特歆动于大成百万之款，思绵而夺之，而更溢其范围，悍然贷外债以图私。又云上年大成之款，议者已啧有烦言，然实有负担责任之人，又非以全路做抵，且其数仅及路款三分之一。即使中有一二外款，固无损于大局也。然议者犹断断而争之。今加以新借之三百万，已浮于九南路线勘估之全数矣，尚复何用集股为者？利害之数深切著明云云。

初九日（2月10日）　阴。寄福建铁路总理陈弢庵阁学信，附厦门办事处、闽省办事处贺年帖，并声明接到购地章程、契据等件云云。

《时报》载初八日亥刻北京专电："陈三立力辞江西铁路总理，请江西京官复举。"

《神州日报》载铁公《警告江西》三字词，开首云"江西人，江西人，官卖路，谁敢论?"又云"前外债，未了结，今更借，复何说;毒政府，逼民死，立宪国，竟如此;赣汉奸，谁为之? 诛其人，裂其尸"。又云"筹抵制，集股先。快交出，买路钱"。又云"速认股，绝外款，救生命，保财产"。又云"凡外债，先扣息，彼计盈，我坐失;利中饱，富中介，此等债，借宜戒"。又云"股纵微，事非细，尽此心，劝内地"。

得仙洲弟及鉴安客腊廿三日韶州韶厘分局来函。

初十日(2月11日) 阴。寄南京陈吏部伯严信。

《时报》载严复启事云:叶君景莱、张君桂辛，如自谓有永远管理复旦公学特权，即烦具禀，请撤监督，则校事从此与复无涉。若犹不佞而为监督也，则前者吾启固一字不可动也云云。

《神州日报》载初九日未刻北京店:"江西同乡京官因陈三立力辞赣路总理，拟即举蔡侍御继其任。"

《中外日报》载《江西铁路借外债之实据》:十二月廿三日日本《中央新闻》云:中国江西铁路通过扬子江流域，物产最丰富之地方。且于扩张该地方日本商权之政策，极为紧要。去年春间，恰有华人前来日本，声称借贷款项，以便充造此路之经费。于是决议由日本兴业银行借银一百万两，当于去年日历三月三十日即中历丁未年二月十七日，在上海与中国居间人大成公司缔结借款合同。按以上系日本《中央新闻》所载，明治四十年施政概要外交类中之一节。又据日本议员竹越与三郎在日本议院演说，中有一节摘译如下:"……①(上略)日本于日韩协约中，已加入新订条款，以举保护指导之实。是亦诸君所共承认之成功也。又于中国，则江西铁路借款，亦已成立。日本在江西省他日之利权，今已取得。是亦可庆之一大成功也。他如鸭绿江之森林由我经营，新奉、吉长诸铁路，皆已与中国订结专约，何一非日本新得之利权。(下略)"按以上系节译旧腊廿一日《日本官报》号外。

---

① 此系原文省略号。

赣抚瑞中丞良假期已满，不愿回任，冀留京内用。闻赣抚即以沈方伯署理。皖省路矿公会已在铜官山设立公司，决计自办，不许洋矿师麦奎在该处动工。

《中外日报》载，刘鹗即刘铁云曾于垄断福公司购买山西矿案，独得十余万金。由都察院奏参，递解回籍。近闻政府得有报告，知刘今混迹东三省地方，因于去腊廿六日飞咨饬查该犯下落，复候核办云。按现在福公司案业已以二百七十万金了结。

《中外日报》载《江西留东同乡会致蔡、谢二侍御函论陈三立暗借日本债款事》留东江西同乡会魏斯炅等：“（上略）某某某①敢犯大不韪，背反章程，欺诈同乡，甘心卖路于他邦。李徵五洋款被攻而阻，犹不悛改，竟乃倒行逆施，申求借款于日本政府，遂由日本兴业银行贷与上海银百万两。蚩蚩细民，不顾利害，如何妄敢与他邦订卖路之约。既为之，又不肯明白告人。春夏之交，《中外日报》馆宣言攻之，力自讳辨，且两电东京，嘱斯炅等勿为外言所动。小人藏奸，固其所也。今则日本《中央新闻》云云（未录），《日本官报》云云（未录），原新闻附呈上，原官报附寄上。呜呼！某某竟已卖吾江西之铁路矣，岂惟欺江西，且欺全国！二公对于此事，宜作何办法？此质问之一也。

闻京官东来者之言，大成公司吴端伯曾致电京局，将派人赴路局理事。京局闻而恐惧，乃选派二公回省，所奉京局之公意，即‘推翻旧局，清查账目’八字。二公南旋，未肯明白诏告，且又略变其宗旨，局中办事诸人仍旧，而某某所借之百万混之曰股款，股金则列于股东，借款则仅有债权，决不能混合为一。且承认为适当之办法，以此必与以总理之职，所谓‘推翻旧局’者何在。到浔将一月，他无所闻，惟闻有官督商办之局，由官银号拨款，省垣大吏特电某某及二公过南昌，承诺所谓‘清查账目’者何在。江浙风潮起，天下无不恨卖路之奸，二公对

---

① 原文为□□□，此处指陈三立。作者为表示尊重，有意隐去其姓名。为保持日记原貌，此改作“某某某”，以下凡有类似情况，皆改为“某某某”或“某某”。

于吴端伯之电,独无所激刺乎?今闻日本之宣告,其感动更何如乎?此质问二也。

二公南旋,所持目的尚在呼集一省人士,竭力来股,以实行商办主义。夫近年以来,铁路大利,举国咸知,第以办法不良,大信未立,则对于认股之一宗,有逡巡而不前者,并非商人之知识不足以与此也。粤汉苏浙之路,吾省人士之应股者无虑千万,使办法改良,股东有权,将举办江西一省铁路之资,不崇朝而毕集。今二公南旋,不待认股者之来,即有官督商办之说。且有鄂人承认二百万之说,是则招股之告白,不过以掩天下之耳目,实则假官款以行洋债,且欲明止来股之路。夫此出于甘心卖路之某某某犹可言也,二公以国民系望之台谏重臣,乃特回省与之,纵不畏一省人士之啧有繁言,独不畏天下将有清议乎?此质问之三也。

嗟夫!泱泱神州,日趋陆沉,列强广布势力于中原,致取各省商航路矿尽握而有之,而奸恶不逞之徒,又复日举内地丰富之业,拱手而奉他人。张松献西蜀之图,伯嚭倾吴邦之祀,大社既亡,奸人亦殄。彼某某某者,具何心肝,而必送我江西之铁路于他邦耶!

路局一切之事,业无不发源于京局。京局实施号令之权,诸公又何忍独用一某某某,使之快其利欲之私,而卖送我全省父老兄弟之生命财产耶!斯畟等有决定义三,谨为二公言之。"

《中外日报》俳谐文《惜哉政府》。

到鼎升栈访班侯。

十一日(2月12日) 早间雪,屋瓦堆高三寸许矣。剃头。

《中外日报》续载《江西留东同乡会致蔡、谢二侍御函》,论陈三立暗借日本债款事:江西铁路为一省人士共有出入之铁路,一省之生命财产与有关系。铁路既去,江西自亡。借洋债以卖路,某某某不得而专之,即诸公亦不得而默许之,况章程已有禁借外债之明文乎?今日日本已宣告矣。请京局诸公迫令陈三立退回其款,将所立约作为废纸。一面奏请遵章惩办,以为背章欺众、营私卖路者戒。此决定义一

（中略）。当股东会未成立以前，不得妄以数人之资格予诸子以路局之实职，又不得于萧、周二家未入大股、未经股东会选举以前，以无理由之推举，使之惧而不前，而搪塞一省资本家之口，此决定义二。江西铁路公司经京局诸公奏明商办，则必候商股之来，绝无借用官款之理由。省垣大吏电请二公，承诺官银号二百万附股之约，无论此款之内幕系暗付他国之债，系实属政府之款，遵照章程，皆必谢绝。果此款承诺者，即二公之责，此决定义三（下略）。留东江西同乡会魏斯炅等谨顿首上。中历除夕前一日……①

本馆按，陈主事借洋债事，既经东报宣布，其为确实无疑，已不待言矣。然近闻又有人欲借洋债二百万，将效陈主事之尤而更驾而上之，不知留东江西诸同乡又将何以处之也。又按，江西铁路公司借款卖路之事，已叠见于去年春夏间本报新闻论说。唯时该公司总董陈三立竭力辩白，并遣大成会社买办胡捷三为公司代表，在上海道署控告，坐本馆以诬蔑之罪。今《日本官报》及《中央新闻》一一指出，不知该公司对此二报又以为何如也？"

十二日(2月13日)　阴雨。早间得九江铁路局电："图南里四省公所刘三安转蔡、谢鉴：吕去陈辞，本可同散，奈后患方长，不得不忍耻独守。现添顾日工已到，事急万难稍延，请速电催伯严暂主，限两月内别举总协接办。另不贻误，切祷。如他往电转。熙。真。"

予于午间即发电往扬州云："扬州青莲巷周扶九观察转蔡燕生、谢敬虚两侍御鉴：浔局电云，吕去陈辞，本可同散，奈后患方长，不得不忍耻独守。现添顾日工已到，事急万难稍延，请速电催伯严暂主，限两月内别举总协接办，另不贻误，切祷！熙。真。孚周。文。"

又发电往九江云："九江铁路局协理刘鉴：蔡、谢初七往扬州。'真'电已照转周扶九君代达。孚周。文。"

《时报》载《大成工商会社告白具禀》："华商大成工商会社吴端

———————
①　此系原文省略号。

伯:敬禀者,阅本埠本月初十日《中外日报》译载十二月二十三日贵国《中央新闻》云云。又据贵议员竹越与三郎在日本议院演说云云,甚为诧异。商人与贵国各商家、各银行商业银钱交接甚多,但均无关与江西铁路之事。今《中央新闻》并竹越与三郎记载失实,于商人商业声名均有损碍,为此禀请贵总领事大人,迅即电知贵国政府,速将《中央新闻》并议员竹越与三郎查究,予以报载不实之罪,实为德法上禀……①永泷总领事覆吴端伯函云:"端伯仁兄大人阁下,来牍阅悉。本国一月二十四日《官报》载录竹越与三郎君在议院演说,均系个人之言,论事属凭空结想。查本国议院所有议员议论例,于议院之外不认其责,鄙人亦未闻有本国兴业银行借款与江西铁路之成约,惟事与贵商声名有关,自应电致本国政府查明,并将《中央新闻》该项记事一并更正,再行布覆可也。即颂日祺。"

《中外日报》载《论江西铁路借外债事》:(上略)蔡、谢二君改良大略原文:"大成股款为众所指目之大端,其岁息七厘,盖与股票之息无异也。其五厘回扣,亦即经理人应得之红股也云云。至调阅正约,核与京稿相符,即签明'复查无异'字样,庶别有密约之谣言不辩自明。按此段所言,可谓言语妙天下。盖以'股款'二字,为借款之代名词,直谓某曾经借外款百万,势必须任之为总理,以担承此借务耳。细阅此条所言,无一字谓其为借款,而语气隐约之间,实全是对于借款而设,是该公司所得之一百万两,阳为招股,阴实借款。二君固已深知之,而犹必为坐实曰股款,此果何意也……"②

该报又载《江西留东同乡为本省铁路有官督商办之消息》,又有暗借洋款之事,乃于日前开职员评议会,复开同乡大会,全体一致以拒官款、废洋债、分认股本、保全商办为词,当场集得二千五百余股。

十三日(2 月 14 日) 阴。唐永成来言,喜兰带到公廨,今日承审,系王肇之大令、巴尔敦副领事质问之下,乃忽云喜兰身有伤痕。

---

①② 此系原文省略号。

噫！果如此说，当时何不据以定案，直待三月之后，忽造凭空诬陷之词。公道是非安在哉？

到《神州日报》馆晤何守尘，《中外日报》馆晤汪颂阁。

道台往南京去矣。到道署会文案吴幼舫大令印远基，广东高要人，现当会文局总办差事。初九日九江路局寄蔡、谢函。①

十四日(2月15日)　阴。致英副领事巴尔敦书。

蔡、谢前日回沪，住商会隔壁萃英旅馆，晚间往候之，并会公达。

《时报》惜诵来稿。致陈伯严吏部书。

《中外日报》《神州报》《时报》皆载喜兰事，而《时报》独多诬陷之词。其中别有原因，吾为今日之人心叹矣！

十五日(2月16日)　阴。将九江来信及昨夜摘出各报之关于江西铁路事宜者，送蔡、谢两侍御。蔡、谢电南京陈吏部大旨："吴端伯合同不得转售外人一条，须加'并不得转抵与外人'字样。'十年赎回股票'一条，须改为'随时抽还'云云。即作为当日原议，如此，台等不居改约之美名，否则虽外政府暂不承认此款，亦宜废约退还。此事须在沪定局，赴宁无益。"

上沪道梁观察书，由朱仆送吴幼舫文案处。

十六日(2月17日)　阴。投书于《中外日报》馆。先到《神州报》馆晤汪寿臣。

到蔡、谢处与公达同查电码电云："南京中正街陈伯严鉴：据此间公议以东报已足为洋股铁据，理应照约作废充公，台等则仍欲和平办理，议于抵押条加入'不得抵与外人'字样，十年还款条改为'随时抽还'，息照股例改为一岁一付，并废银行及货捐作保等条。如能照办，台等方能力为保全，并可作为公等原约，不居改约美名。否则虽日政府暂时认非其款，而有许其抵押条之罅漏，断不能释疑息事，则仍惟照公议废约充公。事机万紧，须在沪立办，来宁无益。汪甘卿谓公宜

---

①　此句与上下文的关系略显突兀，故以小字处理。

俟议有端绪来酌之。"

广东彭东耘观察泽有代贷 1000、10000^①之端倪。东耘,吴川县人,年约三十余岁。

夜与黄初在易安喝茶。旋到瑞麟处,瑞麟扣留江西路局收支总数报告册不还,谓予批明四省公所丁未十月以前,只缴规元一千两云云为挑剔,借此骂蔡、谢,其实别有用意。或因闻蔡、谢欲提还放息之存款而憾之,亦未可知。此事且不管他,而公所一项自以另行报告,不以商会掺合为是。

午间又春至予寓,告知十九日往湖北谋事,夜作书与之送行。

十七日(2月18日) 晨起,屋瓦皆堆雪,天气甚寒。致吴幼舫大令远基信。寓内做南丰菜四色,送蔡、谢二公。

昨日《中外日报》载皖路公司督办自李伯行京卿出洋后,屡举未定,是以多怀观望。刻已举定周肇熙都转为督办,闻三月间即可到芜接办云。

接南昌江西学界有心人公启,力辨陈吏部为总理之非,宜其信系刻印者,改涂处则用朱印之字。吾乡路事至今日本无善全之策,清理合法,尚有一线希望,是在蔡、谢两公耳。

《时报》载来稿题曰《江西之留学生与陈伯严》,署款"江西痛心者"。文起处云:献岁发春,皆大欢喜。江西乃演出两悲剧,令人骇怪。日留学生之排,铁路总理陈伯严之辞,铁路总理(中略)陈伯严佳公子而名满天下者也,承大多数之委任,担负全公司之义务,其去就亦审矣云云。

十八日(2月19日) 晴。剃头。《中外日报》插画《古人有五十步笑百步,今人有一百万笑二百万》。

下午到商会,为书传单。约二十日一钟至五钟,在商会决议吴端伯借款事。伯严回电约蔡、谢往宁。

---

① 原稿记数如此。

十九日(2月20日) 晴。《神州日报》"卖痴生"论说:异哉！今日之为铁路交哄者……①该报皖路有要求官办者,附按语力辟孙继云观察。

写意见书,持示蔡、谢两侍御。午后在易安喝茶。

二十日(2月21日) 阴。《时报》载十九日午刻北京专电:"赣省京官联名公电陈三立,力劝其勿固辞江西铁路总理,各同人均愿代担义务。"《中外日报》载北京电:"江西同乡京官请江西铁路总理陈三立主政,力任路事,勿为浮言所动。一切要务,当由京官任维持之责。"

午间商会开会,研究江西铁路借大成工商会社吴端伯银一百万两,质问商会同人,有无在场介绍担任等情,请各开列台衔,以释群疑。其自书未与闻并不知情者,如陈润夫、戴古臣、陈鸿涛、刘屏珊、张继周、万德堂、戴泰安、王俊才、刘理堂、刘凤和、张绥之、刘朗斋、李寿山、晏月樵、李筱山、吕静斋、罗海帆、戴木斋、晏玉堂、张竹村、戴勤宣、夏晓峰,共廿二人。蔡、谢宣布原合同,谓其中流弊甚多云云。予与龙钟沣芝溪均在座旁听,当由陈润夫等拟稿发电闻。"北京豫章学堂公鉴:吴款系胡、曾、邓经手,沪商会概未与闻。公电。""南昌商会公鉴:吴款系胡、曾、邓经手,沪商会概未与闻。公电。"并散各人《陈吏部主持信成银行借款包工始末记》。

闻李松琴观察道班,兴国人,印文涛云:信成内容似有洋款,故蔡、谢现亦罢论,不敢作主议借云。

夜到小东门内,购改良笛。

廿一日(2月22日) 晴。阅十四日陈阁学致黄坤初信云,由厚坤庄兑寄公所经费规元六百两,以后须按月造册,以备股东会查核。郭幼安发脚疾来迟,暂托王子仁代理公所一切事宜。阁学顷将赴厦,须二月间方能来沪云。

---

① 此系原文省略号。

寄浔局刘皓如同年信,附《陈吏部主持信成银行借款包工始末记》。

廿二日(2月23日) 晴。礼拜。《中外日报》插画讽刺。寄南京陈吏部信。

《神州日报》载驻沪日本总领事永泷久吉再复吴端伯函云:"顷奉本国政府覆函,所有《中央新闻》暨竹越代议员关于江西铁路公司与兴业银行借款记事演说各节,均系凭空结想,并非事实,已见之《朝日》《国民》等各报,奉此合函致贵商查照,以释群疑可也。即颂日祉。"

往商会阅胡捷三函云:特别会议须照商律,且须开列在场姓名。因又定于明日同乡在商会再集议。蔡、谢发京电云:虽暂饰亦妨招股,请示。

廿三日(2月24日) 微晴。午间蔡、谢均为予书联语,旋复至商会楼开会,同乡陈润翁等到者二十余人,胡捷三、曾瑞麟、邓鹤坡均到。初开谈判,仍以吴端伯借款合同众不知情,恐后波及捷三,拟令吴端伯写一函,声明与商会众人无干,只与胡、曾、邓三人交涉。当被蔡、谢斥言:"尔三人具何力量,能肩此重担!"既而李松琴肆骂瑞麟,因廿二日公发两电,一致伯严;一由松琴发起开铁路银行,通知徐竹亭。两电稿俱由公达持交瑞麟,乃瑞麟只给致伯严电费,松琴致竹亭之电费四元竟不给与,松琴因此动怒。而燕生侍御亦以胡、曾、邓当时假商会全体欺京官,京官因而认可。"早知只尔三人,岂有认可之理",拍案骂三人,尤痛骂瑞麟。至商会众人对于开会本旨,今日竟不能决,改期廿六日云。

廿四日(2月25日) 晴。《中外日报》载东京来电:"《中外日报》馆转祖国同胞鉴:蔡、谢入洋款千万,赣危,乞会拒。留东赣会。"

《神州日报》载二十三日未刻东京电:"祖国同胞鉴:蔡、谢入洋款千万,赣危,乞合拒。留东赣会。"右电言蔡、谢外债特多,与沪上所闻小异,姑照原电登出,以观其后。该报又载《胡雪岩开银行》小说。

《时报》载二十三日东京来电："《时报》馆转祖国同胞鉴：蔡、谢入洋千万，赣危，乞合拒。留东赣会。"二十三日东京来电。

沈耀卿来。午间往商会，适陈润夫先在蔡、谢处，与商量登报声明东京来电之诬词。江西铁路只集乡股，永永不借外债云云。

廿五日（2月26日） 晴。《神州日报》载江西留日学生魏斯炅等力阻外债致蔡、谢两侍御函：（上略）二公不能于清查改良外别有狡谋，盖二公贤者当时固以为可共信也。乃阅正月初四日《神州》等报，皆云二公拟秘借洋款二百万，以米谷、木材、货捐及铁路购买材料做抵，言之确凿可据，斯炅等不胜骇异。（中略）请速谢绝某富商朱序东之子，辍晋益升之密议，废某洋行之草合同，离虹口之客栈，归北京之原职，则庶几可以谢桑梓、全故土。夫陈之丧心病狂，自大成公司事发见后，人方欲食其肉而促其速了此款。二公岂可贪恋区区数万金之回扣，尤而效之。所望取消全案，若更能勒令陈三立亦清偿大成之款，则二公为不虚此行，不虚此生矣！

夏九兄舒堪先生敬鉴："昨日申刻来公所见访，值予他出。"舒堪现寓老鼎升公栈三号，在第一楼后，早饭后即往舒堪处谈。舒堪本江苏候补布经历，前年秋当浔局收支处及庶务员，现改充购办机器，因此来沪。凡购办价一万元以上者，即须投标定购云。

到蔡、谢处一走。

廿六日（2月27日） 晴。剃头。《中外日报》《时报》皆载驻沪江西商会广告云：昨阅贵报载日东无名公电"蔡、谢入洋款千万"，殊堪诧异。查两君现寓商会，举动皆在人耳目。刻正查究前借吴款，向原中根问果系何款，岂有自借洋款之理。我等方与两君谋结团体，认真招股，此等凭空结撰之言，恐系有人忌妒，意存破坏。总之此后办理赣路，只招股，不借款，一切谣言愿我同乡永永勿听也。陈润夫、徐竹亭、万德堂、晏月樵、李寿山、张继周、晏玉堂、陈鸣涛、刘屏珊、熊石记、戴古臣、黄绍祖、李筱山、刘理堂、曹方城、吕静斋、罗海帆、戴木斋等同启。

午间往商会,伯严吏部自南京来,亦寓该处。

胡捷三有信致商会言,吴款自前年腊月十五日在南京盖用关防,去年二月廿五日在沪付款后,同乡京官均无异言,总算认可。附吴端伯信云:捷三请解脱江西商会介绍担任一层,不知介绍只作中人而已。至此款担任有江西铁路总办为主,关防为凭,合同内签字人为证,余人俱不担责任,自可不问也云云。邓鹤坡继瞻亦有来函,言众议未决,此款只得退还云云。而商会中人陈润夫、李寿山等以日政府已宣布此款载之报端,不趁此洗明与商会众人无干,将来必受其累。因函复捷三等,令伊定期重到商会面决云云。

是晚在伯严处便饭,并与夏舒堪到公达处。

廿七日(2月28日)　晴。《中外日报》载留日学界近情。近情中有一条云,前次江西同乡全体为抵制官款外债事,开大会于神田帝国教育会,群情奋激异常,皆以控陈某于农工商部为第一着手,而主张激烈者则谓宜募刺客以行铁血主义,不必注意于农工商部云。

《神州日报》载正月二十日,江西一分子"铁痴"敬劝江西父老拒款集股俚言。中有云"不幸去年有大成公司一段谣言,今年又有蔡金台、谢远涵两个卖路人员,据中国报纸及日本报纸所载,不能无疑。这蔡金台、谢远涵二人欲借外债二百万,不知卖与哪国人呢?"云云。该报又载赣路总理电提借款。

南昌函云,江西铁路总理陈伯严吏部,去岁由上海大成会社吴端伯经手借银一百万两修筑铁路,陈现辞总理,又因各报有指所借一款经日本报发表,确系洋款,吴已力辨,请陈伯严将银提转。前日,陈伯严由南京电致九江铁路局协理刘浩如,请将去岁所借银百万提还吴端伯。闻此项借款耗散不少,惟上海所存五十万两,尚可提还。若九江南昌铁路银行之银,多半存于各商家,一时难于收回。提还一层,恐成画饼。

寄浔局皓如信。夜到商会晤伯严、公达。

廿八日(2月29日)　阴。《中外日报》载江西商会对于借款之举动。《神州日报》载赣省京官电留铁路协理南昌函云：江西铁路协理兼工程课长刘主政景熙，因总理陈吏部三立辞职，遂亦电致京官辞职。赣京官朱益藩等日前电致九江铁路局，坚留刘主政景熙，勿因陈三立辞职，务请留局，力任路事，以维持大局云云。

到商会晤陈吏部及蔡、谢，酌议吴端伯一款，大约和平了结。吴端伯现住靶子路一百三十九号。抄伯严去年致汪颂谷书。

廿九日（3月1日） 阴。《时报》载大成工商会社译《东京时事报》云：上海电。近来南清地方忽起江西铁道会社借我兴业银行资本金一百万两之风说，在东京清国学生并上海华报等，引代议员竹越氏之演说，并《中央新闻》之记事为证，攻击铁道会社。我驻沪永泷总领事云未闻有此事，询之我中央政府，亦云未有其事。后经本馆精细探访，果然事全无实根也。

《中外日报》俳谐文《不得卿衔，当得参议员》："（上略）子请观某地某人，但得二品顶戴，不闻得四品卿衔。吾闻资政院将定新章，吾意不如岁岁输款五万两于政府，尚可充钦派参议员。"

朱锡廷病，其胞弟锡藩来寄宿，以便服事。

抄伯严去年致汪颂谷信共三通交伯严。伯严托发日本电云："日本东京神田今川小路二之三集贤馆，郭剑泉涵致魏函判，勿交勿宣。"沪寄东京电每字四角五，外国电局，在黄浦滩。

三十日（3月2日） 阴。到均益里第四巷会黄鼎臣。朱锡廷病，回无锡，托予代领薪水，转交其弟锡藩。

正月二十九日电传："本日奉上谕，外务部右参议着梁如浩补授，钦此。同日奉上谕，江苏苏松太道员缺着蔡乃煌字伯浩，广东人补授。钦此。"

到陈润翁处，旋往商会，则同乡商界中人因捷三、瑞麟、鹤坡冒商会介绍字样，借吴端伯款一百万两，恐内系洋款，日后波及，咸来见蔡、谢议决此事。其时邓鹤坡亦到，声言胡、曾、邓愿书立服辩一纸存商会。夏晓峰誊草，伯严修饰之，商界同人，坐待服辩，誊正执存为据。伯颜为缓颊，约改日由胡、曾、邓交李松琴观察，转交商会云。

蔡、谢两侍御回九江，伯严回南京，同坐江宽轮船。予与松琴、罗海帆、戴穆哉、萧孟白，皆往送行。十一钟回。萧孟白即大鸿，皥农同年即熙之子也。由浔局送铁路学生十四人来沪，现寓虹口长发栈四十七号。

二　月

初一日（3月3日）　雨。摘录喜兰一案日记。接又春正月廿四日自湖北省寓寄予信，云十八日乘轮上驶，廿二抵汉，廿三渡江，寓湖北省城文昌门内大街江夏县前姜益兴客栈二号房间。同乡姜文成观察今早见面，尚未深谈，所谋稍迟两三天方有把握云云。

初二日（3月4日）　阴。复又春信。接庚春正月廿三日自琼州海口电报官局寄予之信，当即照抄，附致又春函与阅。

初三日（3月5日）　阴。已正十钟得南昌来电："图南里四省铁路公所转陈伯严君。阅《信成借款始末记》，知确系华款，本会全体赞成，请公速临赣任事，一面招股善后。江西商会。"

《神州日报》载初二日未刻北京电："邮传部已将借款折拟就，即行入奏。筑轨拨款，均让权银公司，并有江浙人心浮动，宜惩推波助澜者"等语。

《中外日报》载《四川铁路公司乔总理声明不借外债》云：（上略）正月十一日复部文。此项路政实在关系国家利害，不止西南一隅。是以官民合力，刻意观成。此外招收官商股本，皆以本国人为限，实无招集外股、假款外人之事，致与原奏相背。即欲变通原定章程，亦必由公司详明四川总督部堂，奏奉谕旨允准，然后遵行。断非公司以内之人所得任意更张，尤非公司以外之人所得率行招揽也。兹承大部来文，饬令将暗借外款之人查明禁阻，树楠实深感悚。除陈明川督并分致驻省、驻宜总理切实查禁外，树楠仍一面遍告同乡京官帮同稽查，毋任嗜利之徒率行影射，以致紊乱奏章，潜滋隐患。并恳邮大部，咨明外务、民政等部及各督抚，并札知各关道，声明无论何国商人，非由本公司呈明督宪，定立合同，准其入股并借款者，皆为本公司之所拒绝，并恳仍民政部行知内外总厅，一体查察，以维大局而弭事端。谨缮具说帖，据实声明，并伸恳祷，伏乞公鉴。乔树楠谨呈。

寄南京伯严函。抄示本日南昌来电。

初四日（3月6日） 雨。朱锡藩来，代其胞兄锡廷领去二月份薪水银二十两，七三二①，合洋二十七元二角八分九厘，伙食五元。锡藩在里虹口胡家木桥一号勤昌丝厂一○八四女工账房，月薪仅八元云。

作函抄昨日南昌电示公达。作书致曾瑞麟。函致江苏铁路公司招待员周尹玉。索得苏省铁路股份详章两本，及续招新股章程数纸。即寄九江铁路局，并寄皓如信。

初五日（3月7日） 阴。初四日亥刻北京专电："沪杭甬借款合同已于今日初四日午后四时签押。""沪杭甬借款合同于初四日请旨签押，查账员一项业已销灭。""沪杭甬借款合同经外部请江浙同乡京官公同阅过，其内容与去腊两公司要求各条略同，惟工程师'总'字仍未能去。"初四亥刻北京电："新简江海关道蔡乃煌，定期二十日之前由京首途赴沪新任。"

《时报》载大成工商会社译日本《国民新闻》，题曰"江西铁道之借款，全然无根之虚报"。传闻江西铁道有借日本资本金之事，现江西地方以是为一个问题，经本馆就种种方面探访，全是无根之叶，空想产物。或为外人故作此虚报，使清国人无端骚扰本馆，亦为之气毒万千也。

曾瑞麟交来四省铁路公所经费二月份规银一百两，系仁大钱庄票。抄喜兰一案日记。

初六日（3月8日） 阴。礼拜。《神州日报》载初五日未刻南昌

---

① 原文为苏州码，转为此计数，无单位。

电："九南铁路借大成公司款项，经官绅议决归还。除存款尽数提还外，不敷之款用官款弥补。已电沪暂停采买材料、器具。"

北京电："沪杭甬铁路条约，业已签押。银公司借与邮传部，计英金一百五十万磅，实收九三，年息五厘，以三十年为限，与津浦路约相同。"

《时报》载初五日京电："沪杭甬借款合同，两公司承受部款一层，业已将'部拨借款'四字改为'部借存款'。""外务奏'苏杭甬'铁路改为'沪杭甬'，暨商民承领部拨存款，奉旨依议。"所有一切账目，每年须用华、英文刊印报告云。

《中外日报》载北京电云："苏杭甬铁路借款合同于昨日具奏，并声明仍归商办。奉旨依议，当于初四日下午四点钟签押。大要如下：一、借款一百五十万磅，九三扣，五厘息，十二个月内交齐；一、苏杭甬路线改为沪杭甬；一、以京奉铁路余利作抵；一、借款于十年后还本，以三十年为限，但亦可于第十一年起全数清还，惟每百磅须加二磅半；一、应用英国有名之总工程师一名，或在英国，或在中国，官办铁路内由该路总办自行选聘，自订合同，听该总办命令，至借款还清之日为止；一、如购用外国材料，由银公司经理应付九五扣用钱，订明以三万五千镑包清，分两期付银公司，不再派查账人；一、包付余利六万镑，由出售小票所得款内支付。"

又京电："闻外部梁侍郎以沪杭甬铁路借款合同不能满人之意，殊不自安。"今中国政府借用外人资本，无须出借资本者，特派代表亲加辖制，实以此为创见，而中国能否办理妥善，则殊为众所注目矣。

第五次上沪道梁观察书，并附呈喜兰一案日记。

接才庆表叔正月廿二日灯下书，付丁未年予所得闻酒租谷一百石进出用数单。才叔信云，去腊十六、十九、廿三沪寄三函均接到，惟去岁十一月初七日复夔侄函所附之函，回才叔、富侄共一信，回万弟一信，致揭大表哥一信。尚未得接。而才来信称李寿孙带件存六妹，夔诗业已致信催之。然则正月廿三日才叔写此信时，夔盖已回丰无疑矣。

既已回丰，则前回才、富共信，何不给才叔一阅耶？又，才叔寄予物件，总云俟便人，不肯由信局，致我经年累月不得件。设丰邑无便人来外，则我将永永不能得家寄物件耶？此实似有人从中把持者，与我为反对，下致才信，当力辟。

剃头。

初七日(3月9日)　阴。粤督张人骏奏保翰林院编修吴道镕、编修陈如岳、内阁中书陶邵学，奉朱批吏部知到。张人骏片再：前内阁学士陈宝琛，福建闽县人，学问淹通，敦尚气节。前为讲官，于政治得失、人才贤否、民生休戚遇事建言，多蒙朝廷采纳。历考江西考官、学政，虚心简拔，一时知名之士多出其门。光绪十年，因奏保前广西抚臣徐延旭、云南抚臣唐炯，被议左迁。自此回籍家居，益殚心经世之学，于中西法政，靡不探讨研究，窥见本源。每念时事日艰，辄忧形于色。身居草野，心存君国，其忠爱之忱，有足多者。窃谓陈宝琛久官京秩，其人品望学识，本在圣明洞鉴之中。虽曾获咎于前，而一眚之微，不足为终身之玷。方今需材孔亟，圣主侧席求贤，如陈宝琛之才识过人，守正不阿，实为难得之选。该员现在福建本籍总理商办铁路，如蒙天恩，量加擢用，臣知必能竭力效忠，有俾时局。若其贪庸不职，臣愿坐滥举之罪。谨附片具陈，伏乞圣鉴训示，谨奏。光绪三十四年正月二十四日。奉朱批览。钦此。

《神州日报》载，江西铁路总局自总理陈伯严吏部，会同蔡、谢两侍御在省盘查，大加整顿，较之从前节省经费甚巨。现又移请商务总会设立评议员八员，以资公论而维路政云。

《中外日报》载北京专电："留日学界电请政府彻查江西铁路转借日款事。""晋省福公司矿案，政府现又饬密拿贾景仁、刘鹗及程某三人，解京严惩，并查抄家产，抵偿赔款。"

初八日(3月10日)　晴。《时报》载初七日申刻北京专电："邮传部电饬署赣抚沈瑜庆，确查赣路公司是否借用外款。"

《神州日报》载《南昌定期续送铁路学生》云，正取学习铁路学生前已报到者，业经铁路总局于正月二十五日送浔，由浔送沪，惟届期未到者,亦复不少。现闻该局已谕令该生等速来报到,以便二月初五续送,不再展限云。

《中外日报》载正月廿九日路矿公会提议各事中。有钱景唐演说云,赣路本奏归商办,而总理以绅士充当,凡入股者因无权利,故资本家皆退缩不前。即如吉安萧某、周某,素以巨资经营实业,粤汉苏浙各路均认有股款,何独于赣路不肯认股,皆由总理不孚众望。欲期望江西铁路之告成,若不另举总理,遵照商例而行,势必为某国所建筑。且抽收茶厘,流弊极大。盖洋商入内地办茶,路局抽厘,给以股票。一落外人之手,既为股东,即可干预路事,而借用洋债更无论矣。

到三省铁路学堂,会王子仁监督寿昌,并晤朱峒仙炳辰、张躃五桂辛,询知刚刁第、李于枢均已辞去,新请工程师、铁路教习申克兰某国人、科学洋教习。瑞典国人,贺克能。

江西新来学生:裘鼎衡甫,廿一岁,新建县人、朱作桂月斋,廿三岁,南昌县人、彭祖年寿芝,廿一岁,南昌县人、李家藻鲁侯,二十岁,德化县人、潘凤林汉泉,二十岁,瑞人、章华国希文,廿五岁,德化县人、夏克勤步禹,二十岁,德化人、何策献夫,廿二岁,德化县人、胡伯诚伯澄,廿三岁,新建人、郭孝勤箴民,廿二岁,湖口县人、蔡可克杏岑,廿一岁,新建人、涂源灏厚庵,廿岁,丰城县人、饶毓泰子溪,十八岁,临川人;京送、赵纶和春,廿五岁,德化县人;沪送。

得熙安初四日信,托探尚志学堂徐沁梅及包晖翁,当回熙安信,言尚志学堂已移闵行镇,包晖翁尚未回沪。

初九日(3月11日)　晴。丑时,畹芳生一女,临盆两时之久,始生。

初十日(3月12日)　晴。《时报》载沪杭甬铁路借款合同,又载苏路董事局致北京苏代表电。

《中外日报》载《江西铁路近情》:“京官代表蔡、谢两侍御日前偕陈伯严主政来浔,同寓路局。连日集诸绅会议,闻吴端伯借款拟决计提还,修路用费除旅沪暨扬州同乡各资本家均已商允集股外,并向藩库订借二百万，以备缓急。至总理一席，陈主政既已力辞，即举刘云樵观察乔祺出而担任协理职务，则推萧仲虞京卿敷训、会同刘浩如观察景熙办理云。

《神州日报》载《江西铁路问题》借债警告要电："东京清公使馆转江西同乡会长魏斯炅：赣路借款，千万乞查拒。九江徐子鸿。"

江西全体留学生上某督公禀：具禀，江西留东全体学生魏斯炅等，为黠绅陈三立违章借款、贿卖路权，恳请据证检查，不认私约，罚款充公，以符商律而保利权事。生等窃以江西全省铁路自光绪三十年奉旨专归商办，并奏定章程，申明不借洋债、不收洋股。又经禀报商部暨督抚宪批准在案，足见朝廷维持商务、保护路权唯恐不及，诚有君民同体，上下一心之至意，生等感奋莫名。于光绪三十年十一月十一日，经奏派总理前江宁布政使李有棻设局开办以来，商民认股，渐形踊跃，南浔一线不日告成。讵该局办理吏部主事陈三立心餍厚利，不顾宗邦，串同上海德华洋行买办胡捷三、大成洋行买办吴端伯，私借洋款，密卖路权，于光绪三十三年二月借入日本国立兴业银行上海银三百万两。三立诡云中国人吴端伯之款，荧惑众听，即挟此借款胁公司照招股章程，经手人五分回扣利，侵蚀银五万两。又捏报其他耗费，公司实得银八十五万两。窃念违章借款，已属蔑法营私，当时沪上《中外日报》喧腾，侦知与洋人订有卖路密约，三立与之争讼半年，指天誓日，登报申明，有"此项所借如查系洋款，定将该款全数充公，三立自甘咋舌以谢天下"等语。生等念三立纵属穷凶极恶，当不敢以蔑兹细民，抗王章而干众怒，进张松献蜀之图，为伯嚭沼吴之计。查阅日本明治四十一年正月二十四日，即光绪三十三年十二月二十一日，《日本官报》其内阁政党众议员竹越与三郎在帝国议会演说，缕举内阁成绩以张其功，如各国协约及植民朝鲜等事。又云更于支那成立江西铁道借款之事，预于江西诸州取得他日之权利，是亦大成功也。又阅现内阁机关报同上年月二十六日《中央新闻》，题曰"四十年施政概要"，其第九节云，"江西铁道借款之成立：清国江西铁道通过扬子江流域中物丰最丰富之地,此等地方,在我商权之扩张上极为紧要之铁道也。恰值该处铁道关系者,以其借创办费之照会来告,遂由日本兴业银行贷与上海银百万两,已于三月三十日即光绪三十三年二月在上海与清国保人大成公司缔结借款契约矣。"生等□□①《钦定商律全书》第十七条:"凡创办公司之人,不得私自有非分之利益隐匿以欺众股东,倘违背定章云云,一经查出,除追缴所得原数外,并照第一百二十六条罚款办理,以示惩儆等。"因三立擅借洋款,既未经股东允认,又不将密约告明,违律背章,胆大已极。又按公司章程,只有招股千元,红股五十元之例,无借款百万,抽丰五万两之条。三立经手借款,损耗至十五万两,以后还款又须招股百万两,即无卖路情节,除利息外,公司实耗二十万两,似此办公,只可造成经手者数大富翁,而公司必亏损无量!三立身居重要,瘠公肥私,与监守盗财何异。况生等留学异邦,与闻政要,每见彼国政治者流所谓统一东亚,经营并吞之策,无奇不搜,无日不有,如犬养毅、竹越与三郎等游华新归,其忠告国会之词,则以增加支那运动费编入帝国议会预算案为首要,谓贿赂通行之国,非假此无以购大利权,列强行之已着明效云云。夫彼政府已定为外交方针,何在不施其劝诱。三立食毛践土,甘作虎伥,借彼国之国款,用彼国之技师。现在局中工程师冈崎,前为秋田县书记,因事被逐;嗣为江西高等学堂教师,亦不称职,迄三立借款成立,援引入局办工,以符密约。故去岁有改筑浔埠车头,移大阪公司之案。彼冈崎固忠于为国,三立何以自明。种种不法行为,皆由借款私约而起。在法公司理事违背定章,有欺诈取则情事,当入刑法惩办。又其行为不在定章范围以内,致加损害于他人者,该理事自任赔偿之责,与公司无干。我国虽无成文公法,自当如是。又,三立曾经登报广告,法律上即生效力,充公咋舌,尤为罪不容辞。敢乞大人据证检查,治以应得之罪。其有无密约,原与公司无关,惟三立是问!设三

---

① 此系原文空格符。

立希图狡脱,强辩冤诬,必与日本帝国议会及《中央新闻》起诉,令将江西铁道情节概行更正取消,庶足以释群疑而告无罪,舍是则罪有攸关矣。生等校课频繁,素未与闻国事,惟念庐山章水是祖宗坟墓所依。三立何人,竟敢和盘托出,奇货以居。生等即忍于不顾身家,岂忍于悖蔑忠孝,誓天有恨,注地无声,用敢沥血陈情,仰乞裁察,不胜感戴之至! 敬请钧安,伏维垂鉴。

江西学生第二次大会。江西同乡会自得本省来电,闻借日款十兆之消息,日夜筹画,群谋抵制,复于正月三十日开大会于神田一桥通帝国教育协会。闻最后议决拟派代表回国力争,其电费川资由各府担任云云。

罗达衡大令运峡至予寓。女孩声咽不响,俗名"杭郎子"。萧大鸿、夏敬鉴均到公所访予,今晚回浔。

十一日(3月13日) 晴。各报载大成工商会社译东京《中央新闻》"辨款借日本为谣言,起风潮其人将有所图也",题曰:"江西借款之出处,前本报揭载江西铁道借我兴业银行款一事,该地方之排日派遂因此声焰飞扬,种种物议。该事出自留学日本之清国学生,云传自江西出身,与江西铁道有关系之北京官员,当时记者不察,遂开列作为我内阁经办政务之一项。嗣详加调查,竟无影响,并按照上海来电,更属事无实根。惟造是谣者,殆故意为之,激成此风潮,另有希望耶。"

早间黄杏林先生至予寓为看女孩,用赭石磨敷两颊。旋有某媪带予往五马路寿康质巷,请姑苏王老娘至寓,为女孩挑马牙,用针挑拨出血,以药吹上,据云并非"螳螂子"也。夜睡尚安静。

十二日(3月14日) 微晴。畹芳自有乳,前雇帮奶之妇回去。往普太和买回春丹,调与女孩服。

黄初兄有字云:江西路局在商务书馆所印股票,二十四万份之价共银一万二千一百四十二两正。途遇陈典方,言江西自到铁路学生,连前共廿九人。

十三日(3月15日)　阴。《中外日报》载政府前将擅卖晋矿之前任山西巡抚胡聘之及刘鹗、贾景仁三人,分别革职,永不叙用。近复饬拿程某及刘、贾三人,并查抄家产各情,迭纪本报,兹悉程某即某武大员之子,政府以刘、贾虽经降旨革职,并永不叙用,亦须一并查抄拿办。此外尚有多人,政府原议一并重惩。日前两宫临朝,当谕军机大臣拟旨,某袁尚书以前既明降谕旨,革职永不叙用,以示薄惩,今再将刘、贾查抄惩办,未免有碍政体。当即力求免究,未蒙俞允。遂饬江督及奉天、山西、安徽各督抚,将程、刘、贾三人,一体饬属严拿务获,解京讯办。并将各人家产查抄,备抵福公司赔款,为惩一儆百之计。其余拟办各人,经某尚书力求获免。朝廷似此雷厉风行,彼专事售卖路矿诸臣闻之,固不免胆裂,而保持主权之诸志士,或亦可闻而吐气乎。

十四日(3月16日)　阴。女孩口内又有黄,往平安街请新太至予寓,为用针挑破出血,再有再挑,且令教畹芳自学挑之。剃头。为女孩取号曰"水玉",名曰"源",八字缺水,故以水字冠之,玉则宝贵之意。"问渠那得清如许,为有源头活水来","源"之义取诸此。水之有源,犹木之有本,本之后,次之以源,示不忘申孙也。

十五日(3月17日)　阴。将水玉胞胎由北京路码头乘艇送至黄浦滩中心投之。午后新太回去。

《时报》载京师近信云,江西铁路总理,外间谣传有私借日本劝业银行款百万元之事,颇受同乡攻讦,邮传部以此事有关全局,已电饬护抚沈霭苍中丞详确调查电复。但邮部近亦借英公司款百万镑,虽声言不用抵押,亦不指明作何用项,而奏中则言以京汉、京奉两处铁路余利归还。是虽无抵押,已金针暗度矣。闻实因京张一路款已中竭,故借此款以资接济。

十六日(3月18日)　阴。《神州日报》记南浔铁路最近情事:甲、南浔铁路局开办虽已三年,费银共将四十万,而按其所已成者观之,不过雇人挑填土方若干,线路所经之地,亦未尽购。省、浔两局用人太多，局面尚觉阔绰，李总办〔经〕手亏空巨万。闻内有赣绅挪借者，似亦未能认真清查追缴，因李已溺死故也。至大成公司之一百万，该局谓是华款，外人多不承认，以系洋股者为众。现虽设法竭力招股，刊布公启，并经本省抚藩臬各大僚赞助，分饬各州县局卡转招，仍觉未能踊跃。乙、九江车埠头初包与彭镂珊承挑土方，彭又哄人分包承挑，付价时折扣不公，受累者甚多。彭早逃去，现在挑土一事，由局收回自办。丙、现在龙开河与德化县属境沙河地方，均已开工挑填土方。沙河距城数十里，由通远司陶建侯少尉乃豫在彼弹压照料，路局按月送薪廿四元，工竣即止。

十七日（3月19日）　阴。寄九江铁路局陈、刘《福建铁路公司购地章程》契据等件。

《时报》载江西通信云：赣抚沈中丞因赣省铁路招股维艰，去冬由官银行拨款二百万兴造铁路。旋因留东学界电阻，盖恐破坏商办局面，此举遂作罢论。现闻沈抚因赣路借款风潮迭起，拟出而维持，仍照去岁之议，由官银号拨纸币二百万两，借与路局。现陈总理，刘协理，蔡、谢二侍御，均已由浔来省商酌办法云。

《神州日报》载十六日酉刻南昌电："蔡、谢二侍御至扬州劝股，周扶九、萧云浦允认四十万，惟须刘乔祺（号云樵，道台，幼云太史廷琛之父）为铁路总办，方行缴款，蔡、谢允回浔力劝刘任总办。"又十六日南昌电："蔡、谢请沈护抚拨借官银号银一百万两，清还大成会社借款。"

十八日（3月20日）　晴。《中外日报》载赣绅将来省商办路事云。赣绅陈、蔡、谢三君均因铁路借款风潮，大受留东学界之诘责。现闻蔡、谢二君拟令陈将大成公司借款归还，因之陈、蔡意见渐除。昨陈、蔡、谢、刘诸君均已由浔起程，不日即将来省商办善后办法。

到四马路一走，陈典方兄弼忠来公所及予寓，均未晤。寄梁孟亭观察文案、吴幼舫印远基大令信。

十九日（3月21日）　晴。《时报》载十八日亥刻南昌专电："南昌府商学界于今日即十八日开会，集议拟挽留陈伯严即陈三立仍充赣路总理,并研究铁路事宜。"

午后在群仙茶园。

二十日(3月22日)　晴。昨日旦夕,女孩不出恭,今午嘱杨媪为挑惊,则见肚皮膨硬,仍无大小便,气色顿惫,亦不思吃乳,恐症已不治,只以回春丹令时服之,冀可起死回生也。下午至夜,连得大便二次,睡亦尚安,腹渐软,五官气色亦渐平复矣,为改号曰"杏娟",四月初十日与印兄合议,名为"杏娟",改号曰"杏云"。因其貌似房东张春敷之女杏宝,且同于二月诞生也。

〔页眉记:杏娟(改号杏云)八字:(正财)戊申(天乙贵人)(正官、正财、正印);(比肩)乙卯(比禄格);(元)乙丑(才、卩、杀);(食神)丁丑(才、卩、杀)。批云:坤造乙木日元,诞于卯提。斯时初萌建禄格,明食神透时干。根基有泰山之妥,弟妹亦主多。〕

《神州日报》载皖路举定总理要电:"皖抚冯梦华中丞昨致安徽旅沪路矿公会电云:'皖省路矿公会。邮传部洽电皖省办路需人,经本部奏派,署臬台周学熙号缉之为总理,奉旨允准,希转知该总理即日任事等。因皖路得人,可为庆幸,用特电闻。煦。效。'"

廿一日(3月23日)　晴。陈典方现住吉升栈八十余号来告知三省铁路学堂又起风潮事。因十七日赣生章国华、裴矗与洋文副教习朱季和礼璇辨难一二字母音读之长短,朱教习误读词穷,拟辞席不就。而王子仁监督固留之,遂将章、裴二生悬牌革斥。赣生以为二生并无大不是处,记过可矣,遽尔斥革,似无体面,因之全班退学,已经十八日电闻待命。然此事琐碎,原因虽多,其实不过偶动意气,现赣生颇有气平,愿为调处者。即王监督亦非独督过于赣生,前闻赣学有独立之说,或因此不无蒂芥。总之,此均可以说和者。稍迟有居间者机关一拨,不难冰消炭释矣。四省公所三月朔会议之期在即,望台从速临,以上云云,照录致书于浔局陈伯严、刘皓如二公。

《中外日报》载《敬告江西铁路股东不可放弃权利书》。

夜到吉升栈回看陈典方,兼候赣省诸生十余人尚有住学会者裴矗等十余人。

廿二日(**3月24日**)　晴。《神州日报》载《江西保路公会传单》："江西保路公会近出传单云，今因江西铁路弊端百出，危象万分，闻有一二绅董私自把持，败坏大局。近又私行售押路于外人，以包工购料，预藏任意开销侵蚀之地位，以信成小银行为间接人，辗转代借洋款，掩饰大众耳目。查局绅亏空以前股本数十万金，饱填欲壑，近又加借三百万金，以暗藏奸计。胆敢勾串一二不肖奸徒，盗取学商两届全体及江西全省名义。是可忍也，孰不可忍。此而不言，何以见苏浙省人？此而不言，何面目见桑梓父老兄弟！为此公布传单，准开立保路公会，届时凡学界、商界以及外省热心之士，务祈光顾"云云。

剃头。

到江西旅沪学会晤铁路学生裘衡甫森、章希文华国等十余人，述及监督教员等刁难赣生。问何以独薄赣生，则举茫然。盖原因沪路存有借款，希冀大染其指者早倡赣学独立之说，以便经手，任意开销。此次全班退学，必有鼓动于无形之中者，而诸生不知为其傀儡，殊可叹也！旋到王子仁监督处询风潮始末，则因章华国、裘森、朱作桂、何景范、赵从善、吴文潼、廖濮，原经朱教员拟送甲班，后被洋教员饬何、赵、吴、廖仍退乙班，而章、裘、朱三人因之亦自退出。据三人以为当时洋教员曾呼尔等江西尚有数人一律退入乙班，而监督则云当时并无此事，众共目击。且洋人一统传教，无从辨别孰为江西与否，后除朱作桂请假七日，据监督云，诸生请假不过一二天，张躄五故［意］写多天数。裘、章假满，监督仍送其到甲班不听，监督遂将二生退学，而全班之风潮以起，此二月十七日事也。而十六日躄五函告监督，言有要事赴苏，明日晚车可来，若预知有十七日之事而先行回避之者，则退学之机关，虽谓躄五，实操纵之可矣。监督又云，躄五数月以来，到堂不满五六天，又正月内欲预支二月脩金不遂，亦有挟嫌情形。

廿三日(**3月25日**)　雨。王子仁送示江西退学一事来往函稿，即摘其大要函致陈、刘二公，由浔局转寄。

廿四日(3月26日) 晴。《中外日报》载南昌专电:赣路总理仍举定陈伯严部郎。陈声言不领薪水,非有要事不能驻局。

写上陈㲀庵阁学信。略云三省铁路学堂赣生退学风潮,出乎情理之外。监督教员之于赣生何必独加薄待,赣生到堂未久,亦非有深忿积恨于监督教员,何遽至此。盖必有挟私操纵其间者,激成此变。而诸生堕其术中,初方茫然莫解,既而渐知受人操纵之术,则翻然悔悟矣。某已将监督不得已而处置此事之原因及往来函件,一一陈达。敝公司俟苏堪廉访、剑臣观察到沪,即可调停,并妥商补救之法云云。

陈典方前向予索《六九轩算书》,今午往吉升栈,值典方他出,即将此书交赣县王仲益钧转付之。到道宪署访吴幼舫未晤。同乡张印念劢观察(号励庭,玉山人,于江西铁路入股三万元,盖其父曾任广东知县,故张氏称玉山首富云)来公所见访,未晤。张现寓法界永安街三德里斜对门福豫安纸行内,系咨委游历日本考查实业员,江西铁路董事选用道。

廿五日(3月27日) 晴。午间往永安街福豫安纸行,回看张励庭观察,并晤南城李寿山、筱山叔侄,顺道到陈润翁处。

《时报》载江西铁路总理陈伯严君,现因蔡、谢二侍御决意将大成工商会社借款百万归还,偕同来省筹措。闻陈君辞职之意已决,赣省教育总会发出公启,拟于本月十八日午后一时至三时,在逍遥别馆叙议挽留陈君,并研究路政云。

廿六日(3月28日) 晴。《中外日报》载江西教育会挽留铁路总理云。

得江西来函,言十八日教育总会在逍遥别馆开会,挽留铁路总理陈君伯严。惟是日商、学两界到会者为数无多,会场内黑板大书"十八日公议挽留铁路总理陈君担任路事并研究南浔铁路议案",如下:"一、请陈君担任路事,勿为谣言所动。一、蔡侍御来函,拟举刘云樵为总理,公拟复函。一、大成工社借款一百万确认并非洋款。"迨至开会所演说者,如熊慕蘧、龙之溪、文小樵、修辛斋诸君,均主张留陈为总理,其余均唯唯否否,无所主张。

又得九江来函,云陈伯严主政因借款受留东学界指摘,拟置身路事之外,蔡、谢两侍御议举刘云樵观察出任路事总理。兹闻蔡、谢本意原欲大资本家萧云浦、周扶九两君担任路事,萧、周均以借款一事将来必多纠葛,不愿与闻,侍御等遂以总理一席举刘担任。现刘绅哲嗣幼云监督以父年老,不耐多劳,由京来电力辞。蔡、谢仍复谆谆劝驾,并许以奏请赏加卿衔,以崇体制。刘仍以该路无款可筹为虑,不敢遽允,故总理一席仍觉非陈主政莫属。

又闻大成公司借款百万,并有不允遽还之说。蔡、谢两侍御拟即提还,而路局仅存银七十余万,即使该款容易归还,恐亦筹措不易云。

寄毛实君学使信。

廿七日(3月29日) 晴。礼拜。《中外日报》载《江西要闻汇录》:部查江西铁路借款之咨复……[1]邮传部迭接江西留日学生前后联名禀请查究江西铁路借款,除照会江西京官查办外,并咨呈赣抚查明实情咨复。沈护抚除照例将部咨行知铁路局外,闻已议定陈借之款,即以日本各报更正为确证;蔡、谢之款,则以现已作罢等语咨复云。赣省樟树下保全路矿公会于二十日开会(中略),继由正会长黄君抚予宣言,以苏杭甬路事,去岁我等奔走呼号、开会劝股,冀欲争回我完全商办之路,乃今者合同宣布大失所望,我等对于此事宜如何研究,现拟苏杭甬拒款协会联合,先电两公司询问补救之策云云。

内子连日泄泻,兼面目发肿奇痒;畹芳亦泄多日,昨夜兼发胃气;杏娟日夜未出恭,兼渴奶。只老母及予健,而予亦劳顿。

廿八日(3月30日) 阴。《中外日报》载刘乔祺不允接铁路总理云:江西铁路总理陈三立辞职,已经铁路代表蔡、谢二侍御等公同电致北京。江西同乡官举刘乔祺观察接任总理,蔡、谢二公又力劝刘接任。刘比时尚未能决,特电询伊子廷琛现充北京大学堂监督以决可

---

① 此系原文省略号。

否。前日伊子有电来浔，云决意迎养，路事断难从命，总理再须另择。惟萧云浦、周扶九两君所允股银各四十万两，必须刘为总理，方能交款。刘既不允接总理，则此款亦成画饼矣……①

该报又载《铁路车头添购地段》云：九江铁路车头现经工程师采勘，不敷车头之用。附近有地数十亩，乃孙敦厚堂所管之地，已由铁路购地员与德化县陈典韶大令往该地丈量。东西长二百六十号，南北宽十六号半，合积亩十七亩八分七厘五毫，每亩照路局定价三十六千，共价六百四十三千五百文，已将价钱给交业主矣。

《中外日报》载汤总理主张集股收回债票云：汤总理近有通告一篇，主张劝集路股，分摊十年，收回债票。其实行与否须由股东会公决。

得仙洲妹倩二月十七日韶州厘务分局来信，言八妹于月之初八日携带第二甥女旋梓料理家务，约七八月间仍回韶，来往均由内河。鉴安现就粤省新军于管带处书记，月脩十二两，驻省垣云。

廿九日(3月31日)　阴。《神州日报》载留东学生兴国欧阳魁《为江西路事责难全省父老兄弟书》篇幅甚长，上下略。中有云："四、五年内，股款无丝毫之增入，而路用有日匮之形势。日暮途穷，挺而走险，非出于借，何以自支。纵令陈、蔡、谢不借，官吏、政府亦将代我借之；官吏、政府不借，外人亦将乘机勒我借之。故我父老兄弟一日不入股，即难保一日不借债；我父老兄弟一日不入股，即一日不能责备当局者之借债。股不肯认，债不可借，转瞬停办，外人乘隙要求，一唾手间即非我有。借债则铁路亡，不认股、不借债则铁路亦亡。陈、蔡、谢借债，目为卖路；我父老兄弟不入股，是为弃路。弃路之结果，终归卖路。我父老兄弟以是唾骂陈、蔡、谢，非独陈、蔡、谢所不甘，抑亦未免汗颜之甚者矣"云云。按此篇所言，其豫虑处，即其布置满意处；其牵合处，即其卸过借助处；其激励处，即其扬明宗旨处。自是巧于斡旋之作。

---

①　此系原文省略号。

写致琼州海口电报局庚春信。附方桂内侄寄其父之函，此函由新太持至予寓，托为代遽。予不审印兄确在粤省何处，故转由庚春代交，并代又春家致意印兄，是否准要平安街房子，即行回信云。

三 月

初一日（4月1日） 阴。《神州日报》周年日。该报载廿九日申刻南京电："皖路会办孙际云因茶商反对路捐，不安其位，现来宁竭力运动。"该报又载皖路总理晋京。芜湖函云，新举路总周缉之观察学熙被举后，由扬寓来芜，至铁路公司会晤执事各员，筹议一切，即于二十二日赴京，与同乡京官会商办法。

福建铁路办事处有函致四省铁路公所王子仁观察云："奉敝公司总理谕，本拟于月底赴沪，缘厦局适有要务，须先赴厦一行，约月晦前后在厦候轮，即当由厦抵沪，先此奉布，届时容再电闻。至三月年会应否展期，希预为通告三省为要。此颂日安。"

郑黄初兄于二月中旬续弦，新妇姓万，江西南昌人。黄初现移居新衙门后甘肃路永庆坊，六百八十三号门牌。朱锡廷病愈，来公所送予炖肉。

《中外日报》载杭州来电：上海浙省路股会有电到杭，主张建筑浙赣线路。

皖路公司坐办兼书记窦希文炎来访予，拟调处赣生退学一事，厥意良美。予约翌辰十点钟，同往公达处商议。

剃头。

初二日（4月2日） 晴。晨起，往安徽公司邀窦希文同往江西商会，同公达商量调停赣生退学一事。公达因言吴梦竹文湘已回省局，托言三省学堂赣省款截至二月底已经划清云云。省局旋电询其事，公达回电款未划清，郑苏堪、夏剑臣不愿与闻此事，仍望省局主张如何办法，俟省局有信来再说云云。

到吉升栈晤陈典方弼忠、何景范、廖濮，阅二月廿五日南昌来电云："吉升栈何君：事已成，赣款划清，可否在九办设，速复。陈电。"二月廿六日何景范等复电云："南昌路局鉴：款易划清，在沪办设较九为便。尤希电复。"

前在学会住之赣生十余人，二月廿八日均移居外虹口长发栈。

《时报》载江西通信云：赣省铁路迭起风潮，总理陈伯严君告退，并由教育会于十八日开会挽留各节，迭纪前报。现闻陈君推辞不脱，已允暂行担任，惟声明俟有替人，即行交卸。然非路局有要事，不能常川驻局。总理薪水亦不领受，如再有借款谣言，须京外同乡代为声明，不能一己受责云云。京局代表蔡、谢二侍御，不日即须起程返京复命。

三月初一日上谕："江西巡抚着冯汝骙调补，柯逢时着补授浙江巡抚，均着迅赴新任，毋庸来京请训，钦此。"

《中外日报》载，江西铁路总理经蔡、谢二侍御另举刘云樵君接充，并十八日教育会仍挽留陈总理各节，均纪前报。现闻陈君已允仍充铁路总理，惟不领薪水，非有要事，不能限定驻局办事。借款风潮须由京外绅学各界代任其责，如再有造谣者，并须"治以应得之罪"等语函致教育会，商会现已承认。蔡、谢二侍御见局面已定，不日即将回京与京绅商酌矣。

《神州日报》载《江西路事近闻》云：江西南浔铁路局原拟向本省藩库挪借一百万，现款不足即以官银钱号纸币应付，将有成议。旋因蔡燕生侍御金台、谢敬虚侍御远涵查账之后，以靡费太多，所有会办名目并无一事，虚领薪水，各赣生一律停裁，咸怀忿怨，致生阻力，未能遽办。现在陈伯严吏部三立决意辞去总理，所借大成公司之一百万，必须由伊手归清，搜刮局中存款，仅敷此数。遂由蔡、谢、陈与协理刘皓如观察景熙，同至南昌与抚藩熟商，并拟多借一百万。

当道以细加筹度，有未便遽允者两端：一系该路为绅商所办，官未与闻。入以官款，既未悉内容如何，外间物议方多，款非细数。官有调任之时，归谁担此责任；一系部中倘以赣库有此巨款出借，因是而别有所提拨，如必需商借现在官银号，本省银放息可由殷实钱店向号中分领，官取五厘息银，由钱店转借与路局。然必多店分担，似数十家尚不能负此巨债。设有他故官仍向钱店索偿，有如转折，未识能否议成？九江巨绅刘云樵观察乔祺，本省有推举为南浔铁路总理之说，观察亦颇欣然愿就，家资甚为丰富，并欲酌量入股。乃其公子京师大学堂监督刘幼云太史廷琛得此信息，即自京电致路局，以乃父须迎养赴京，不能担任该局总理，且上书观察力阻。目下陈伯严吏部已在南昌开会挽留，究不知此席终属于谁氏也。

　　初三日（4月3日）　阴，雨。班侯俭来询问三省铁路风潮原始。述舫大表哥、端甫均于前月十九日由丰出门，傍晚至予寓，并交（夔侄、才叔来信及来件）夔侄二月初十日寄书，言二、三、四车今年在小学校内，每位月三角。大车如故。吾楼上存件全数失去，只余书箱二只，现已搬至上厅楼上。

　　如村公手泽失去二本；都转公手评《施注苏诗》亦失去。噫！肆无忌惮乃尔，皆伊母放纵至此。伊自楼一物不容短少，而以扫地无余之计待我，心毒莫比矣。并得才叔二月十六日信，言予名下所巢闻酒之谷，共存银十七两三钱七分八厘①。外接到大表哥代带来之各件。新赎出母亲蓝湖绉棉袄一件、大红湖绉裙一条、鱿鱼一斤、家织棉布二个；《施注苏诗》全部，《吴诗集览》全部；母亲寿衣全套、旧羔皮袄一件、獭皮背心一件、鱿鱼一斤。

　　初四日（4月4日）　雨。晨起往全安栈，回看大表哥及端甫。接又春二月廿日自湖北安陆府署寄予信，并附寄新太用银十五元之票。予持又春示大表哥，知宜仲派又春在离府城十余里之三公堤总堤工局内与汤兰阶同事，每月薪水十余千文。至四月堤工告竣后便无需用人，拟夏初回沪。回函写寄湖北安陆府署门房陈子瑞代收，转交更妥便云。此信持示大表哥，即留予便酌。

_____

　　①　此数字原文为苏州码，并记单位。

初五日(**4 月 5 日**)　阴。致瑞麟信。复夔侄长信邮局双挂号。催富之开示存件之清单，嘱四弟妇勒令车夫赎还各物，并告知将所存木器一切等物，搬存兴祖家。因附致兴祖信，并复才叔信，托购夏布十四丈及苎线十两。

福建书记郭幼安慎行有信致予与鼎臣、黄初。

初六日(**4 月 6 日**)　阴。《中外日报》载关于路事之紧要文字，汤总理宣布意见书。

早间十钟，往邮局代又春领寄家之洋十五元，午间送平安街又春寓，交新太手收，予即在伊处回又春信。夜到吉升栈晤陈典方等，询知陈、刘有信嘱赣生暂回去，众皆不愿，已派裘燾、赵从善往南京与伯严商酌，而在沪之铁路学生二十许人，今午均至商会责备文公达，谓前日全班退学是听尔主使。兹尔以耳目众多之故，变计不办学堂，欲设法遣散我等，我等决难从命，将来恐对不住尔处云云。公达闻言，颇为惶歉。

初七日(**4 月 7 日**)　阴。剃头，并抱杏娟剃头。接五弟二月廿八日济宁南运局寄予之函。

《时报》载《南昌通信》云：赣省铁路自开办起，招股毫无成效。现因借款风潮，陈伯严总理屡萌退志，路事势将解散。赣抚沈中丞拟即出而维持，首先认股，并令本署幕友书吏及各司道局所，均应酌量认股，并通饬各府州县先行自认定，再劝绅商担任。其劝办有成效者，优加奖叙，不力者即行撤委，以昭董劝。已将此项办法在咨议局对众宣布，当由各绅声谢提倡盛意，中丞并请陈伯严君担任路事，务于一年内将路工告竣云。

福州通信云：闽路总理陈阁学日昨赴夏，因铁路工程大兴，订于本月初四日商请各股东到局开大会议，议毕即行晋省云。

《中外日报》载江苏提学使创设英文专修招考：本馆之设，意在造就专门人材。而欲求精通西国专门之学，非先通国文，于我国国家决无裨益。此次慎选学生，必其国文通畅，品行端谨，乃为合格。如有志愿求学,不致半途中止者,仰即亲自来辕报名,听候考试。其中学未通,则毋庸仆仆也。入学资格,非中文通畅者不录。

考试英文凡分三级。曾习英文至第五年者为第一级;至第三年程度者为第二级;如未习英文而年龄尚幼,可期深造者为第三级。其一、二级学生以十五岁至三十岁为限,第三级以十五岁至二十五岁为限。

学资:本馆暂一律不收学费,惟伙食、宿舍费每年四十八元,须于每学期前预缴二十四元。如程度果优、家道寒素,而笃志深造者,本馆开办后,随时体察,酌量津贴,以挽浅尝辄止之弊,但不得援以为例。

校址:苏州盘门内大太平巷。报名处:苏州沧浪亭提学使署。报名限期:三月初一至十五日,亲携本人照片报名,并切实注明学业,以凭面试。

陈润夫老伯来谈。

初八日(4月8日)　阴。《中外日报》论江西之一百万。黄初传王子仁监督之言,三省铁路学堂,赣省只缴开办经费五千两。苏堪廉访已回沪。徐星槎现充江西咨议局参议员绅。

夜到吉升栈晤陈典方等诸人,旋往后马路即天津路谦泰栈楼,晤赣生胡伯诚等十四人,均自学会搬居于此者也。

初九日(4月9日)　阴。寄浔局伯严、皓如二公信,附丁未十一月、十二月、戊申正月四省公所用款册。为杏娟购摇篮。

初十日(4月10日)　阴雨。《神州日报》又载赣路近事,与初二日所载者同。该报又载初九日酉刻天津电:皖路会办孙传楣今日到津。

《中外日报》载江西通饬各属劝招路股云:赣省铁路创办时,曾经赣抚通饬各属劝招股款,然大都有名无实。现在沈护抚拟仍通饬各属劝股,须首先自认巨股,然后分劝绅商。其能劝集多数者,即从优奖励,推诿不力者即行撤任,并先自任巨股以为之倡。至修造铁路,仍须陈总理担任,并责令一年竣工云。

复五弟信,寄山东济宁南运局。

十一日(4月11日) 雨。畹芳乳不甚足,购牛奶与杏娟吃。致兰阶信,寄宝山县城内高等学堂西首王宅,附缴去腊十三夜五弟寄兰阶信。

《神州日报》载赣路工程近事云:九南铁路由九江龙开河车埠与白鹤乡之沙河两处,开工填土。九江每日土工百余人,已填土数百方,沙河则填土至五里之遥云。

十二日(4月12日) 雨。卯正六点钟,接陈彀庵阁学厦门来电:"图南里铁路公所刘三安兄:琛乘太古轮,望前到。祈告。伯严。真。"致王子仁监督信,附示陈阁学来电,并函知窦希文。发寄伯严电:"南京中正街陈伯严君鉴:彀庵阁学望前到沪,会电嘱转告。孚周。文。"恐伯严尚在浔,又发九江铁路局陈、刘电,电文略同。

《神州日报》载十一日申刻北京电:"孙传楣今日到京,欲运动改会办为协理,并请周缉之遥制,不任事。"

到吉升栈,知赵从善、裴鼐初九日在南京晤伯严,初十日回沪,即持伯严致蔡燕生、谢敬虚、刘皓如信往九江局,拟即在九江自设铁路学堂,而蔡、谢欲设在京都,不审何如议决。

十三日(4月13日) 晴。《时报》载江西南浔铁路工程包办投标广告:兹有左开工程一起,按照投标方法以决定包办之人。如有情愿包办此项工程者,请熟阅左开之事项,及工程所在地方,分别画明投标以便决定。但投标者必须自行拟订包办合同书,及工程布置方法书,并其他一切条件先送本公司核阅,此布。此项投标者必须中国人,并先声明。

一、工程种类:九江车站护岸防水石壁工程。自零英里五十一锁至三英里四十锁,土工并其附属工程;自三英里四十锁至六英里七十锁,土工并其附属工程;自六英里七十锁至十英里二十二锁二十七节,土工并其附属工程。二、投标之地:九江铁路公司龙开车埠工程事务所。三、投标期限：光绪三十四年四月初十日，由辰时起至未时止开标。四、投标保证金：约投标金额百分之五以上。江西铁路总公司广告。

端甫之姊丈陈美南印毓楠，浙江人，现当货捐北卡差事。端甫因送其姊来沪，欲谋该处馆席，遂在彼寓居。午后予寓谈，旋与端甫至科学仪器馆，为肇春询地平仪及庾达练象限仪价值。点《施注苏诗》。

十四日(4月14日)　晴。剃头。洗澡。《时报》载：江西南浔铁路局前拟向江西藩库借款开办，旋以事寝议，刻又由该局绅商议定改借商款。昨特电达汉口、江西、帮怡、和利等各钱庄，各借银一万两，以五厘起息。现各钱庄已会议承认矣。

《中外日报》载赣路集股之办法，并沈爱苍护院通饬各属，按属分别派股札饬云云，照会铁路总局查照。

《神州日报》载赣垣近事：一、据瓷业中谈及政府欲兴海军，除开实官捐，别无他法，不禁喟然。谓宫中所贮康熙、雍正年间古瓷，虽经联军窃取，目下存者，价尚值六千余万。二、[江]西省巨富，首推吉安之庐陵傅宅四千万，黄花农三千万、萧、周不过千余万，又其次也。现进贤门外萧姓，出资创一机器舂米厂，机尚未开足，每日出米六百余石。三、赣州铜矿质，运在早年铜圆厂内提炼，每石砂提净铜四斤。此砂由赣府来省，每石船资不过三百文，煤价亦廉。人工每人每日食用不过百文。四、护抚院沈、兼署布政司提学使林，皆福建人，二人最亲密，终日聚于一室。二公最好"叉麻雀"，通同州县府道有与于此者，输则必以优差调济之，赢亦可任其携归。较昔日德小峰之输打赢要，诚有天壤之别。

到甘肃路永庆里访郑黄初，未晤，旋往稽查货捐北卡张美南公馆，回看端甫。

弢庵阁学未刻抵沪(太古公司漳州轮船)，只携仆林宸浚一人，现寓公所，王幼点改日当来云。致公达润夫信。

十五日(4月15日)　阴。公达、希文均到公所。寄南京伯严信。戣庵阁学另发电与伯严。窦希文翌午请在一品香西酌。

《神州报》载江西护院沈瑜庆被御史二月下旬陈庆桂奏参十款多赃款,奉旨着江督查办,沈闻之,恳端午帅为洗刷云。

十六日(4月16日)　阴。王幼点来,陈阁学本家陀庵①孝廉同由闽省来,均寓公所。夜与戣庵阁学、子仁观察及皖省某,均在一品香饮,窦希文作东。点《施注苏诗》第一本志铭、年谱竟。

十七日(4月17日)　晴。写寄浔局皓如信。戣庵阁学、王幼点、陈陀庵均赴苏。

《时报》载南昌通信云:赣抚沈中丞,为维持铁路起见,札派各属劝认路股一节,已纪前报。闻其办法,系按县派招股数,以州县之大小,定股分之多寡。赣省八十厅、州、县,按照铁路招股新章,每股五元,共派四十万股,合洋二百万元。本月初九日,沈抚率同司道各局所总办提调、南昌府县各员,在百花洲咨议局认股。中丞首认六百股,其余亦各纷纷分认,共计集四千一百三十股,各局处供差人员尚占多数。

《时报》载十六日午刻北京专电:"沪杭甬铁路借款亏耗以三十年计,共约三百余万。江浙两省各认九十万,度支部认三十万,余由邮传部筹认。"

到瑞麟、香泉处。旋往包晖章老伯处,并晤陈润夫伯,言及赣省铁路学生何景范患天花故,殊为可惨。到谦泰、吉升两栈,闻伯严有明日到之说。

十八日(4月18日)　晴。点《施注苏诗》。

十九日(4月19日)　阴雨。礼拜。《申报》载《赣绅洗刷护抚参案之举动》。南京来函云:护理赣抚沈爱苍中丞,近闻被人列款奏参,赣省官场颇为恐慌。蔡燕生、谢敬虚两侍御约同绅学两界,于三月初

---

①　原文作"陀龛",实为"陀庵"之误,特此说明。

十日开秘密会议,谓赣省正在百事待举之际,路矿尤关紧要。倘有调动,地方必受影响,拟分别函电各当道昭雪,并电致旅宁陈吏部乞为代表。当时拟定电文如下:"南京陈伯严吏部鉴:文肃厚德,赣民爱戴,视如父子家人。现在百事待举,路矿尤赖维持。忽闻朝士蜚言,群情惶惶,欲致呼吁于午帅,乞代表以彰公道。台涵、熙坝同绅学商界公叩。蒸。"

到谦泰、吉升栈。

〔页眉记:厦门电:"图南里四省铁路公所陈阁学钧鉴:璧公事危极,盼驾回闽挽救,迟不及。厦局。筱。"黄初转电云:"苏州醋库巷王旭庄转陈阁学,厦来电云璧公事危极,盼驾回闽挽救,迟不及。公所。"按璧公者,盖指林惠亭编修炳章云云,或云系因学堂事。〕

二十日(4月20日)　阴。《中外日报》《申报》载江西官场提倡路股云:赣省路政,除由沈护抚札饬各属摊认路股外,三月初九日由咨议局创办所出具知单,邀商各署局处所总会办提调到所,公同慨认。计是日到者共三十余人,共认股四千一百三十股。兹将认股数目汇志于下:

沈中丞六百股、林方伯四百股、庆廉访四百股、粮道锡四百股、监道增二百股;候补道文聚奎、黄仁济、朱灿奎、张季煜、吴介璋、许瑞、杨会康、江忠赓、陶在铭、汪钟霖、李嘉德、范德孚、卢宗仪各一百股;候补道庄兆铭、江峰青各四十股;候补道但培良、贺良枟各三十股;候补道李绍钧、张孝荣各二十股;南昌府徐、饶州府张各二百股;张福厚、李震、袁励忠、殷杞龄、袁克荷、李炯、孙嵩年各十股;李克荣一百股;文炳堃八十股。

伯严昨晚到沪,寓吉升栈。

午后,程文卿偕江西铁路学生胡伯诚号伯澄、彭祖年号寿芝、夏克勤号步禹、樊某来公所访予,言昨闻公达对伯严述及退学风潮,伊曾未与闻为卸责地步云云。诸生以先时公达、捷三等在学会开会议决此事,其后公达与王子仁信件来往,又声明全班将有退学情事云云,今何得推诿不曾与闻，并非默许此事耶。胡伯诚等因来索监督与予函所抄各信呈伯严，余以公达隐计主使退学事真难假，监督有原函可查，不待予出抄函作证，遂婉谢之焉。

到吉升栈会伯严，旋往鼎升栈候夏舒堪。弢庵阁学自苏回公所。点《吴诗集览》。

廿一日（4月21日）　雨。晨起，弢庵阁学嘱予通知伯严今午开会，因顺诣窦希文、汤蛰仙二君处，并到江西商会一走。

未正，伯严、蛰仙、希文、公达均来会阁学，予为临时书记，兹将四省铁路公所开会提议事件列下：一、铁路学堂赣生退学公议办法两种。（甲）将现在退学各生一律遣回九江，再行另招；（乙）赣生改由他教习教授，或须添请教习一员教授赣生。一、铁路学堂须将各职员办事情形及经费收支，仿照造报三省公司月报册添造一份，报存四省铁路公所存查。一、自后须遵照原定章程，实行互相调查报告，俾资比较研究。各省原定公所职员，须常川驻所办事，以昭郑重而符原议。一、汤京卿提议四省公所须扩充团体，拟再联合他省商办各公司，以便互相研究扶持，拟即抄附四省公所原案及章程，损益改良。函致苏、粤、蜀、汴四公司。致粤公司函并拟质问该公司性质是否商办。一、窦希文君提议津浦路线所经皖境数百里之土工，拟要求督办大臣由皖人筹款，自行承办，是否可行。公所为研究之地，请诸公指教。众议赞成。

弢庵阁学以其近所作诗《南游草》一本见赠。

廿二日（4月22日）　晴。剃头。午后在易安喝茶。途遇班侯侄。到吉升栈留字与伯严。圈读《吴诗集览》。

廿三日（4月23日）　晴。包晖章老伯来谈。

《神州日报》载安徽旅沪人士欢送蒯礼卿印光典先生颂词并序，及蒯礼卿先生答词，均情文并茂，恺切动听。该报又载旅沪皖人欢送蒯礼卿先生大会记事。蒯礼卿演说有云：论者争斤斤于南北线。南路已定基础，势难中止；而津浦经过皖北，又方定期开工。为皖计，宜急修支路以接干路,俾可挽回利权于一二云云。礼卿先生演说:鄙人今日所急与诸君子讨论地方自治是也。自去岁奉旨设咨议局后,各省均未见实行。惟湖北、江苏已拟办法,然均不甚切当。地方自治,人咸知与宪政有密切之关系,然其要点何在? 一在征兵,一在纳税。中国言征兵者有年,利未见而害已形,地方官敷衍之过也。如归地方自办,则必择其有身家者,决不致令游手好闲之子滥竽充数,使其数年后贻害地方。纳税一层,于地方自治尤为保障。中国田赋素轻,而人民未能受其实惠者,中饱为之也。如由地方自办,则粮书户差之弊,均可删除。论者谓宜开国会,然未有谓不出代议士、不纳税、不当兵者,此各国之公例。必如是,而后政府与人民始成对待,宪政方能成立。此地方自治之精神,诸君子宜力图之。否则设一局、拟一章程,尚未举行一事,而必先筹款。民困久矣,筹款必滋生事端,由是谓地方自治非中国所谓办,岂其然乎? 且学务何人不可办,即不办地方自治,我当兴学,地方官有干预者乎? 征兵助税,地方之大者、远者,不务其大者、远者,其可乎? 官与民均同一社会,社会改良则官民均良,惟官为政府所用,不能不偏于政府一面,故今日以改良社会为要云云。句句脚踏实地,自各报载有演说以来,推此为第一。

《神州日报》载《苏浙路事要闻》,其致桂林官书局路股会电云:"两公司均持存款不动、十年后一次清还之议,商款商办,主权完权,尚乞少纾义愤,仍请提倡集款。苏浙公司。"江苏铁路协会通启云:"(前略)对于公司监督而助翼之者,非有股东常设机关,断难应猝然之事故。外人之狡展,官权之蒙混,因应一失其宜,皆可立致蹉跌,所谓猝然之事故者如此。决定从本职员会之日起,将从前成迹,刊列报告,作为结束。另订经久章程,再行通知全体股东公鉴。

《中外日报》载《东三省借定洋款》云:东三省借款,自去年八月徐督进京时即提议此事。磋商数月,未达目的。此次唐抚复入都,秘密组织,确已借定某国洋款二千万两,即以美国退还赔款作为抵偿。前日已经签字,先交付五百万两矣。

《申报》载粤省自治会覆预备立宪公会函为国会请愿事:"敬启者。初七日接奉手示,即于初九日刊布传单,定期十一日开大会议,筹商要求国会之举。金以贵会为东南领袖,上海总南北机关,郑廉爱国,热诚于宪政之组织,筹之尤熟。当议决公请贵会联合各团体于沪上,从速设立,期成会函电各省定期各举代表赴沪妥议,即联同北上为切挚之请求。纵不能如愿以偿,而得此以振自治之精神,其进步当不可以道里计。国事亟矣,论者皆以程度尚浅,未可遽行立宪为词,庸讵知地方自治以行政为根据,文明各国未有宪政不立而政法能完全者,即未有国会不开而地方自治能发达者。今欲实行自治,自不得不从请开国会求之,或未遽得而制造无形国会于国民脑根上,使为一致之进行,即以激刺普通社会,使自治能力之奋发锐进,其事又乌可以已。

嗟乎! 朝廷日言立宪而未得要领,上既偷活,下亦放任。贼民兴、外侮乘、亡无日矣。不惟亡国种,且不保国民。纵不为大局计,亦当虑其子孙梦梦者;即不知死所,我辈亦安肯同归于尽耶。贵会苟得民政部许可,予以提倡立宪之权,对此茫茫其不能遽蹈东海,即不得不秉明烛以照长夜也。责无旁贷矣。语曰:虽有智慧,不如乘势行矣。粤虽僻陋,当执鞭以随其后。肃此。敬请筹安。"

午间端甫来寓,与同到易安喝茶。叟庵阁学约明日饮。

《时报》载廿二日戌刻北京电:"军机大臣张之洞议廷试留学毕业生,仅试经义、策论各一艺。"

廿四日(4 月 24 日) 晴。如村公手抄《水云村稿》第一册拟付石印,谨跋。

午在一品香,赴陈阁学之席。在座者,予与公达、伯严吏部、张菊生元济、高而谦号子益、王丹揆京卿(清穆,直隶丁忧;江苏铁路总理)、汤蛰仙京卿寿潜、程听彝观察、樊时勋、高梦旦、王幼点、王旭庄观察仁东及东道共十三人。

〔页眉记:四省铁路公所,德律风二千一百四十八号;《神州日报》馆,德律风二千四百二十八号。〕

申初复在四省公所开会。陈阁学、汤京卿、伯严吏部、窦部郎均到。汤京卿嘱予拟致苏、粤、蜀、汴四公司信稿,照廿一日会议措词云云。京卿已认可公所今年归浙江值年,且云公共书识,只须两人,事烦时则书记等可通融办理。后窦希文以为汤京卿系说照章派二人来公所,未审是否,且看下文。

赵雨若从肃自东京回沪,住泰安栈廿四号,午来公所访予,未晤。班侄屡次至予寓,亦未晤。班即于申刻回苏。

《神州日报》载廿三日芜湖电:"皖绅因李道经邦坚辞矿总理,议举袁大化办理,或周学熙兼任。"该报又载闽路近事云:去年陈伯潜总理亲赴南洋一带,向海外华侨招股近二百万。近已收至一百余万,足征信用及于海外。海外各股东并请陈总理为代表,其议决权最居多数。陈阁学任事以来不支薪水,董事会强之再三,则曰俟此路告成,如果有利,再收薪水。并先后认缴二千股,亦足见其热心任事矣。按近阅陈阁学告白,对于本报略事非难。细查本报前次载闽路事,系据福州来函,所云有闻必录,并非与闽路为难也。陈阁学负海内清望,闽路又关系南疆。本报甚期该路于工程加意整顿,以求发达。调护维持之不暇,而何破坏之足云。

《时报》《神州报》均载《商办福建铁路公司内容之宣布》:近月以来各埠报纸如香港之《商报》、上海之《神州报》《时事报》、厦门之《全闽日报》,对于闽路公司之办法颇有訾议,推其原因,盖有挟嫌于鄙人,或别蓄他意,希图破坏闽路之大局。其言论之无价值,虽不足深办,但恐展转传讹,而各报复摭拾而文致之,殊于敝公司名誉有关,用特登报声明,唯阅诸君子分别观之,公司幸甚。按各报所集矢于敝公司者,皆以工程之办理不善为借口,而于此次添员增薪情形,尤多误会之处。

查闽路工程当旧年五月,因各股东急于开工,故仅就嵩屿起点之十里先行测量,购地开工,亦缘包工无熟手之人,故仅分一、二里为一包工,期于轻而易举,早日办成一小段工程,以为全路包工之模范。

而车站及车头房、机房、住房亦先行建筑,以免旷日。计工程人员除工程师外,仅管工一人,监工四五人,图算长一人,图算四五人,其余重要人员则分班测量。全路计用正测量师二人,一、二等副测量师四人,至冬间因车头及枕木、钢轨并一切料件陆续到工,添派工料总管一人,正副机师各一人,余外则工程书记收支一人,缮写二人,各项司事五六人,测量工程弹压委员各一人,统计工程全部人员如是而已。开工以来,至于今年三月已完工者,堤工及涵洞、水沟计十里,住屋二座,工料厂一座;未完工者,车头房、机器房各一座,其全路之测量则已一律告竣。

本届二月因工程全路分段开工,限期明年腊底一律开车,故将测量部撤回,以原充之正测量师一人改充工程总管。其一则充头段段长,添聘二段段长一员、工段工管一员;其副测量师四人,则改充为一、二等之副管工。此外又添派监工数员、图算数员,此近日工程人员添派之情形也。至加增薪水,唯测量师一员,因升充工程总管,由二百八十一元之薪费加至四百元。其余加六十元者一人,加四十元者一人,加三十五者二人,加五元者二人,盖皆因其职务之有升迁故也。司事人等则一律由十六元加至二十元,皆系自备伙食,此近日工程各员加薪之情形也。统计敝公司自开办起,截至旧年十二月止,已用款项共厦市七三平银三十五万两以内,兹谨逐条开列如左:

(甲)总公司项下:上海四省公所,二千七百七十三两零;三省铁路学堂,五千九百八十八两零;《厦门日报》公司股票,二千二百九十七两零;北京公所,一千零三十两零;价买总公司大洋房一座,二万九千八百五十九两零;修理起盖,九十六两零;价置小轮船并拖船,二千六百五十五两;置买家具,四千四百五十一两零,此项并总公司各部分及工程处在内;屋租一千九百十七两零,此项并总公司各部分及工程处在内;薪水、公费,四万六千一百八十两零,此项并总公司各部分及工程处在内;伙食二千二百八十两零,此项惟总公司及各部分至工程人员概归包费；抚恤，一千七百十四两零；信费，四百三十一两零；保险，一百十四两零；印刷，一千五百九十六两零；川资，六千六百七十二两零，此项并总办赴南洋招股及聘请各路工程人员到工在内；电费一千五百十七两零；董事公所什费，一百八十六两零；小火轮费，五百九十八两零；印刷股票，五百四十五两零；报纸广告，二百五十九两零；银水，四千二百三十一两零；汇水，六千五百三十五两零；股票九八扣，一万四千九百五十五两零；军装，三十一两零；应酬，三百八十六两零；捐助，四十七两零；夫马，六十七两零；什耗，二千零四十三两零。

（乙）工程项下：工价，五万五千六百零三两零，此项并堤工、涵洞、房屋在内；移造官路一百八十七两零。

（丙）购地项下：地价，三万零零六十二两零；界牌，六十九两零。

（丁）勘路测量项下：初次洋工程师勘估福州至厦门干路，及福马漳夏二枝薪费一切，六千六百廿六两。

（戊）采办项下：枕木，三万七千二百六十五两零一两；钢轨，五万七千三百十二两零；西门德土，三千六百三十二两零；仪器，六千五百零九两零；小铁轨及土车，三千二百十二两零；图纸，七十二两；杂件，六百三十五两零；采办什费，一千四百二十三两零；驳力，五千一百两零；关税，八十三两零，此项系未准免税以前。

统共甲、乙、丙、丁、戊五项四十四条，约合厦市七三平银三十四万九千二百五十两零。

已见之成绩如左：

（甲）勘测项下：福厦全干及福马、漳厦二枝线，已勘完；漳厦全线二次实地测量已完，现分段出图。

（乙）工程项下：堤工十里已完，计大小涵洞、水沟十座。

（丙）房屋项下：置买总公司大洋房一座；起盖福州办事处楼屋一座，已完；起盖车站并公事房一座，已完；起盖工程人员住房二座，已完；又一座，工程已将及半；起盖材料厂一座，已完；起盖机器厂一座,已开工;起盖车头房一座,工程已有十成之七。

(丁)购置项下:枕木足敷五十华里之用;铁轨足敷五十华里之用;仪器及各项器具足敷全路之用;轮船一只,拖船一只。

(戊)附设项下:三省学堂已成立;日报公司股本三千元;四省公所之组织。

(己)现办事宜项下:机车二座已到,正在装配中;平车四座已定购,未到工;全路工程已分段开工,限期明年腊底一律开车,正在购地中。

右表所列出款及成绩,属于总公司及附设购置项下者十之七,而九八扣与汇水之销耗亦在内。属于工程及采办者十之三,而料件则已足敷五十里之用。阅者试为比较,当可以知敝公司内部之办法,其不至糜费旷时也明矣。乃二月十一日《神州报》中所登闽路情形,则有专属之鄙人者,谓"闽路总理不入一股,月支六百两之薪俸,一年到厦不及二月,更开销至万余金之多"。查鄙人家非殷实,仅已交优先一千股,此次又续认一千股,旧年董事会原定总理薪费月四百元,协理月三百元。鄙人与胡、叶二协理均力辞不受,中外皆知。鄙人南洋归后,奔走省、厦几无虚月,徒以学务羁身,不能常川驻厦,而福州亦有地方交涉事件,故设一办事处,用坐办文案庶务。收发各一员,缮写二员,月支薪费及什用一切约四百元,安有所谓"开销万余金"之数。似此诬控之谈,毫无风影,则凡稍识敝公司情形者,均能知之,更无庸置辨也。商办福建铁路公司总理陈宝琛白。

廿五日(4月25日)　阴。早十一钟陈阁学与伯严吏部同火车往南京,予与汤京卿、王旭庄、王幼点均送上车。赵雨若复来与予商借,勉应之。

《中外日报》载浙路工程纪要云:浙江铁路工程,建筑甚为迅速。近闻硖石一带桥工均已铸就,八月间杭嘉线可以开车云。由艮山至临平一线,路轨早已安就,惟石子尚未铺齐,故客车一时未曾开行。现闻定于四月十五日改初一日开车,又闻浙路拟聘鄂路工程师毛尔君为杭甬总工程师。

《神州日报》载九江近信云：蔡燕生、谢敬虚两侍御，自前月由浔赴赣，与护院沈爱苍方伯商借库款百万，为修造铁路经费。经沈护抚应允拨借，并仍劝陈伯严吏部担任路事，陈已允诺。蔡、谢二君遂于前日由赣来浔。谢君于初十日先行赴汉口，乘坐京汉火车赴京，蔡君在浔省墓，迟日亦当北上云。

廿六日（4月26日） 晴。礼拜。《新闻报》载奉天公署接长崎寄来一函，语多狂悖，文笔极佳，刷印亦精美，系用黄纸印成，四周有龙边，题为"辽东军政府檄文"。其中数说政府大罪十三款，及赵、徐、唐等之误国云云。因之奉省官界恐慌，非常戒严。

《时报》载廿五日戌刻北京电："政府因各部院堂官、各直省督抚保荐贤才，多属著名人员及富贵之辈，总不见有岩穴草茅遗逸之士，深以为恨。"

《中外日报》载赣省各属摊认路股清单：沈护抚以九南铁路迭起风潮，皆由股本不足致生各种问题，因出而维持，以补绅商力所不逮。除自行担任四百股外，劝令司道各属所饬令员司分任股款。现又通饬各属摊认路股，今将清单录下：南昌府共六万七千五百股；抚州府共三万四千六百股；建昌府南丰县四千股，广昌县二千股，已解洋二百元；新城四千股，已解洋一百六十五元，共二万股；瑞州府共二万四千股；袁州府共三万二千股；临江府共二万一千股；广信府玉山县一万股，已解洋一千元；弋阳县三千股，已解洋三千五百七十元，贵溪县六千股，已解洋七千元，共四万二千股；饶州府德兴县二千股，已解洋四百元共四万一千股；九江府湖口县二千四百股，已解洋一千一百元，共二万〇五百股；南康府都昌县三千六百股，已解洋一千元，共九千六百股；吉安府庐陵县一万八千股，已解洋二千六百元；永丰县三千股，已解洋二千一百七十五元，共六万股；赣州府共一万八千股；宁都直隶州共三千股；南安府大庾县一千股，已解洋一百元；上犹县八百股，已解洋一百元，共六千八百股。以上统共四十万股，每股五元，合洋二百万元。

致汤蛰仙京卿信，托开示苏、粤、蜀、汴商办铁路诸公司驻扎处所，及其总协理诸公官阶名姓字，以便函询联合团体，扩充公所。至该函起草，王幼点已认办云。

到泰安栈回看赵雨若，即邀同往四海升平楼喝茶。旋到吉升栈，知陈典方等明日起程回浔。谦泰栈胡伯诚早已起程，盖九江拟设铁路学堂云。

廿七日（4月27日） 阴。《神州日报》载二十六日戌刻北京电："皖路总理周学熙经农工商部奏，留在丞参上行走，并兼办自来水、纺织两厂，向皖京官辞皖路总理。"

该报九江近信，赣抚派德化认铁路股份云：赣护抚沈爱苍方伯以江西铁路筹款维艰，除在官银号拨借银百万外，札派江西七十二州县摊认股份，以期早日修成南浔铁路。日前札饬德化县，劝绅商学界各股实家认出路股，德化一邑摊派一千股，共洋银五万元。

同芳购送陈鹅油饼、核桃酥。

廿八日（4月28日） 阴。洗澡。

廿九日（4月29日） 晴，阴雨。陈阁学昨晚回沪，今晨与予论学堂事，予即请致信公达问之。其信云："贵省学生事，昨晤伯严，仍主另招。究应如何议决，即请示悉。堂中经费贵省一股春季以前尚未照交，请并夏季应用之款一同拨付，何如？匆匆，布请吟安，即候示复。弟宝琛顿首。"

接浔局廿四日寄函，内附南浔铁路工程包办投票广告一纸，函云："工程一种，急须招人投票包办。寄上广告式样一纸，务祈照式登入《时报》《神州报》《申报》《新闻报》告白栏内，以十日为限，事关紧要，请勿延搁。至祷专上，即候台安。名正。肃。"又廿五日，九江铁路总公司托予转交伯严一函。

《时报》始载兴国欧阳魁《论江西铁路之关系及其改良之手续、集股之方法》。

往上海道署会公达，即以浔局寄来之铁路工程桥梁包办投标广告,托转交诸报馆照登。

公达致九江电:"九江路局鉴:三省学堂仍索上半年学费,如何酌答,祈示。头批股票五万张昨晚隆和运浔,余函详。誉。"此电托予交瑞麟发。

四　月

初一日(4月30日)　晴,阴雨。希文致陈阁学信云:

> 弢庵先生大人侍右:日间趋谒未值,昨接学堂王监督致散会办孙季翁函,称堂内用度及印刷讲义、购办仪器书籍等件,均作九十名学生备办。江西本年上学期经费至今尚未汇到,若以两省有限之款,作三省合办之用,恐无以继云云。按此事究应如何解决,赣省散学亦应将分办理由正式通告两省,方可作为分办之据。三月以前经费,赣省是否补拨,应请先生就近会商陈伯翁为要。散处发交职员单两份,尊处已否抄就,原单仍祈掷还。贵公司内外职员名单,亦祈录赐一份为荷。专肃。敬颂勋绥。窦炎谨上。三月廿九日。

汤京卿派钱塘钟璞岑枚来四省铁路公所办事。

接又春三月廿七日在湖北省平湖门内长街江西会馆寄予之函,附英洋汇票二十元,托予代领。以十七元交新太作为房租日用,以三元交十弟妇作为零用之需。又春拟在武、汉两处谋一稍优之事,约四月初十前后方回安陆府。

初二日(5月1日)　阴。寄公达信。往邮政局代又春领寄家之洋,即送至平安街,照来函分交十弟妇及新太,因在彼写复又春信。得赵雨若信。

《神州日报》载《商办铁路之前途》云:闻邮传部咨各省之铁路公司,凡商办铁路如有逾期三年尚未有成效者,应由本部派员会同该省督抚经理云。

初三日(5月2日)　阴。写致南京伯严信,附三月廿五日浔局所寄托转交之函,并抄附窦希文致陈阁学信,及阁学致公达信。

复浔局刘皓如信,工程广告今载《时报》。抄附廿一日公所开会提议事件,及窦希文致陈阁学信,并阁学致公达信。

接三月廿九日刘皓如同年信:

> 三安老兄同年鉴:前奉各函诵悉。一是年来调查各件均极详明,至为佩服。启者,路局购地在德化县境,地业得五十余里,自应遵照邮传部颁发新章。凡商办铁路占用地亩,一例将原主花户过割完纳。前经购地员绅向该邑尊请饬册书,照章过割,而该邑令陈,会同税契委员周照会,前来援引例案,必先税契而后过割,当由公司照复,请其通融办理,先割后税,复由购地绅士罗君面商再次,虽经勉强应允,究未实行照办。查铁路占用地亩动以万计,税契一项为费不赀。此事应如何办理,苏、浙、闽三省购地章程内尚未载备。倘若率如所请,照依寻常民间税契办理,多耗钱文,既为可惜,并恐与各省路章不相符合,为外省笑,不可不慎。
>
> 兹专为税契一事,请向苏、浙、闽三路局调查,节目如左。请调查三省,可是先税后割,抑是先割后税? 铁路税契可是汇齐各县契纸与藩台直接,抑是经各县税契委员之手? 即由委员经手,可是只认正课,所有印委一切陋规,概行不给,抑或稍与通融? 本公司契价概系载明制钱若干,应否改折银两,并可照少数填报? 税契时日,还是俟购齐全路或购清一县,再行报税,抑是随时随税? 此间购地,是用公司创立契式,应否改用官式契纸,另行填写?
>
> 以上各条,祈向苏、浙、闽三路调查详细,能就沪上面晤当事,详询一切固佳。否则,逐条开列。函询得覆后,祈妥寄到浔,

以便效酌办理。无任祷盼之至！年小弟景熙顿首。三月廿九日。

初四日(5月3日) 晴。谢小兰来，云系南丰人，江苏县丞，曾在广东当查厘差事。新由粤来，拟进京，说话系南昌腔。

《神州日报》载《江西自办铁路学堂之议》云："江西铁路学堂，去岁与安徽、福建三省合办，校设上海。现江西铁路总理陈伯严吏部，议江西自办铁路学堂，设于九江。当嘱九江铁路购地总绅罗大佺，租赁九江城内塔公祠为校舍，所取江西铁路学生等，业由沪来浔矣。"

该【报】载《中外铁路法制及其利害之比较》，极论借款办路之害。

到贻德里浙江公司，询陆味羹购地税契办法，陆曾充浙路购地员。

往北卡陈公馆访端甫，已于前廿六日回苏。往张园观焚毁南诚信鸦片烟具，共值一千八百两，烟枪计一百七十一枝。

初五日(5月4日) 晴。殻庵阁学面嘱陈陀盦孝廉(闽路总公司坐办，印元凯，又号陶安，己丑举人)示知购地税契办法云：

> 查铁路购用地亩钱粮，正供既奉部章照纳，万难豁免；税契系外销之款，且非正供，部无税契明文，必须力争，勿被蒙混。至税契委员，要先税契后过割，此与公司无涉。盖公司既经购地、立契、造册、报税，即可开工。商部前颁购地章程，且有'民间抗阻不卖，可由路局将地价移交地方官，一面仍圈占开工'云云，似过割与否，公司尽可不管。何则？地税是税亩地税正供，当照纳；契税是税契纸，契税归本省，外销可豁免，税契不认。不止江西商办铁路可如此，查商办各路皆不税契，各路虽已过地税，而闽路公司现在地税亦尚未完纳，何论外销之契税乎？苏、闽、浙、皖、赣等公司，前奉部咨奏准铁路材料尚免税，何论外稍区区契

纸之税乎?

总之,南浔购路问题,只要争到不税契一层,余皆易着手也。又花户地亩过粮,闽公司系俟购完一县之地,即造一清册移县,一面移请藩司饬行过割。至地价或银或钱,要载实色,实以杜后弊。闽用洋圆即载洋圆,并不折作银。公司既创立契式,应用公司自印契纸,否则公司何为创立契式乎?

癹庵阁学以阮文达公《秦汉泰华双碑跋》墨迹见示。赵雨若来。到江苏铁路公司,会沈友卿太史(总文案,辛卯举人。原名志贤,甲午进士,改名同芳,乙未翰林散馆,河南即用),托其调查苏路购地税契割粮办法,并晤招待员周厉英嘉定人。到瑞麟处晤仲甫。接五弟三月廿八日济宁南运局来信,言拟四月下旬全眷回浦。因伊长女婚事,万府择定六月廿一日迎娶也。赵雨若送借款还。

初六日(5月5日) 晴。陈阁学为书宣纸小横幅。阁学有字致黄初,嘱转交公所执事云:"径启者。敝省书记郭君幼安因病回籍,现尚未痊。兹已另托王子仁观察兼管,四月起薪费四十两,应即归其支领。一切事宜,并希接洽。其二、三两月之薪水,则仍归郭君领取,特此布达。顺颂台祺。陈宝琛顿首。初三日。"

文公达来言初二日晚接九江铁路公司覆电:"江西商会文公达鉴:学堂经费事,已函请总理酌夺。局。"

《中外日报》载,江西驻沪商会现拟在会内设立劝工场,陈列江西土货,以冀推广商业。惟因经费不敷,禀请赣抚拨款补助。当奉沈护抚批,仰农工商矿局会同商务总会核议。

复到贻德里浙路公司,与陆味羹谈购地。浙路公司不税契纸,只立契后汇总造册,送县过割。

初七日(5月6日) 晴。癹庵阁学观如村公手抄《水云村稿》,题跋数行。沈友卿同年有函来,言税契一层,江苏铁路公司亦未办过,乞查照办理云云。到窦希文处,托查皖路购地割粮办法。又往沪

嘉铁路车站工程处,购地事毕,局撤。晤工头王书宽山东人及工程学生
王惠臣,上海人皆言未闻购地有税契之法。顺往平安街,值汝霖发
疹,尚未透,请陈瑞山开方剂。

陈殁庵阁学、王幼点、陈陀庵两孝廉起程回闽,搭浦东大版公司
长春丸船。夜,予趁小火轮往送行,既至浦东,遇阁学之仆人林宸浚,
言阁学尚未上船,予仍趁小火轮回。阁学之夫人系王旭庄胞姊。有
妾二人,一四十余,一廿四岁;子三女五,在室者尚有三女云。

初八日(5月7日) 晴。殁庵阁学新定四省公所阅报调查办
法,即自本日为始:一、自四月起,公所备调查簿五本。闽、皖、浙、赣
各一本,余一本备各省铁路路事调查。一、将甲日所有报章,于乙日
分别将各省路事圈出,交听差剪裁,黏在簿上。如闽路事即归入闽路
调查簿上,余仿此。其不在四省之内者,汇齐于总册内。剪裁时如见
有文件下注一闽字者,即黏入闽路册,余仿此。一、上海所有各报,《中外日
报》《神州日报》《时报》《新闻报》《舆论日报》《时事报》《申报》《沪报》。似应均
备一份小根可勿备。一、此调查册须每日所黏贴者,注明发见月日,
以备参考。一、册中只黏报章发表者,设非印刷物,似不必黏,另由
各员备簿抄出。

初九日(5月8日) 晴。庚春偕印兄携眷自粤来。庚昨住予
寓,今早来公所谈,言印兄在客栈。剃头。洗澡。晚间到中国大客栈
三层楼七十一号会印兄,即邀同往天仙观剧。

《神州日报》载铁道借款:"三月二十九日东京《日日新闻》云:江
西铁道代表御史蔡金台、总办陈三立两氏,测量线路及增设支线经
费,向上海信成银行借款二百万两,已订契约,电知北京之江西
官吏。"

《神州日报》又载寓言《卖主贼》逸园来稿:"益州(《三刀梦》益州)
满其毅,巨室也,系出满宠之后。至毅则拥积颇厚,足与美之克飞
拉、英之嘉南奇相伯仲焉。一日毅过黄浦江,于客邸晤一年少,盖
甄其姓而符其名者,与语甚契,延主家政。其后甄将毅宅盗卖,中

有和、曲二姓此喻鲠直，蔡、谢隐受梁上君子之厄屡矣。私察盗迹，得其状，乘势擒甄符至毅，数其罪，公众分割之。由是益州满还为金瓯不缺之旧家"云。

以上所录，本拟摘前一条入调查，既悟此祸水也，乌可謷然入彼彀中。而恐无以答客难，因草数行为意见书。其书云："某处内容，夫何待言。补苴弥缝，于报界其权本有专属，而虚虚实实之诡词、不即不离之瘦语，杂然并呈，时露鳞爪。吾但饮水知味，难语人以酸咸。盖既不能抑之使晦，亦何忍激之使扬。区区苦心，当蒙共谅。至于人欲云何，且听诸人。"

初十日（5月9日） 阴雨。早间庚春来。午与庚春为印兄看定福寿里楼房，印兄旋来予寓谈。

十一日（5月10日） 阴雨。《中外日报》载江西另设铁路学堂消息云："闽、皖、赣三省前在上海公立铁路学堂，定额每省三十名，赣省除由北京豫章学堂选送九名外，余经路总移请学司考取，送沪以补缺额。闻赣籍学生与闽、皖各学生时相龃龉，近有报告来省，拟将经费提出，即在九江另行组织铁路学堂云。"按，此条自"闻"字以下，隐匿真情，全属舞文，报界之诡诈，如是一叹。

夜在寓中与庚春畅谈铁路事。

十二日（5月11日） 晴。印鸿哥携妾及妾生子女，并婢"甘蔗"及乳媪，乳媪之子共七人，搬来福寿里住，其后门与予寓之前门斜对面。晚间与印兄、庚春饮。

十三日（5月12日） 晴。复九江铁路局协理刘皓如同年信，附二月份公所用款册。到印兄寓，旋与庚春到盆汤弄桥头烟楼。夜与庚春往群仙观剧。

十四日（5月13日） 晴。发昨日致刘皓如信，双挂号。邮政分局刘知根，南昌人也。查该处所悬邮政一览表，知南丰已通邮递。庚春明日起程回丰，备菜便酌，并邀印兄同饮。

十五日（5月14日） 阴。汤蛰仙京卿早间来公所，并候予与钟璞岑兄。

　　(甲)《时报》载"赣省铁路总理前已于教育、商务两会举定陈伯严君，现在京赣绅电致铁路局，以公举刘君景熙为坐办总理，陈伯严君为名誉总理，刘云樵君为主持总理，协理另举"等语，此亦可见京外各绅意见之不一矣。又另一访函云："赣省铁路官绅维持筹款，兴工修筑，不久可望成功。惟刘云樵观察前经举充路总，复经挽留陈伯严君，致未举定。现绅学商界禀请沈护院奏派刘云樵观察为名誉总理，以孚众望而资协助。"如此则与前所述在京赣绅举定刘观察景熙为坐办总理者不同。各绅意见之不一，于此益信。

　　(乙)《新闻报》载赣省京官重举铁路总理："赣省铁路总理仍举定陈伯严吏部各节已纪前报，现路忽接在京官绅电，称前日京局决议照湘省办法，举刘浩如主政为坐办总理，刘云樵观察为主持总理，陈伯严吏部为名誉总理，即日呈请奏派。至协理俟京外举定，续呈京局。藩朱益藩等。歌。"

　　(丙)《申报》载奏请部派名誉总理云："赣省铁路官绅商学各界，前次所举之刘云樵观察为总理，辞不担任。现绅商学界会议后，又禀请沈护院，奏请部派刘云樵观察为名誉总理，以孚众望而期收效，已奉当道允准，不日即可出奏矣。"

　　(丁)《沪报》载赣路总理由京举定云："南昌省垣铁路总局刘浩如主政，日昨接九江电云：现由京局决议，令照湘省办法，举公为坐办总理，伯严吏部为名誉总理，云樵观察为主持总理，即日呈请奏办。至协理俟京外举定续呈，请转省局"云云。

　　该报又载《铁路学堂租定校舍》云："江西铁路学堂，前与闽、皖合办，校设沪上。近因分办，移设九江，已租塔公祠为校舍。现因塔祠窄小，不敷居住，复另租城东关帝坡前张凤竹大屋，以作铁路学堂之校舍。每年租金三百廿两，现已定妥，不日开学矣。"

　　夜到江宽轮船送庚春。

　　十六日(5月15日)　阴。接庚春前在平安街寄予信，言又春弟妇生乳核,嘱查《验方新编》,名曰"乳宕",系阴症,以犀黄丸、阳和汤主治。但症有轻重,须请医酌用,不敢抄袭古方,孟浪自医也。因即函告又春太太。

十七日(5月16日) 竟日密雨。《沪报》载赣路举定总理后近闻:江西铁路……

……(以下残缺)

《中国近现代稀见史料丛刊》已出书目

第一辑

莫友芝日记　　　　　　　　　　徐兆玮杂著七种
汪荣宝日记　　　　　　　　　　白雨斋诗话
翁曾翰日记　　　　　　　　　　俞樾函札辑证
邓华熙日记　　　　　　　　　　清民两代金石书画史
贺葆真日记　　　　　　　　　　扶桑十旬记(外三种)

第二辑

翁斌孙日记　　　　　　　　　　翁同爵家书系年考
张佩纶日记　　　　　　　　　　张祥河奏折
吴兔床日记　　　　　　　　　　爱日精庐文稿
赵元成日记(外一种)　　　　　　沈信卿先生文集
1934—1935中缅边界调查日记　　联语粹编
十八国游历日记　　　　　　　　近代珍稀集句诗文集
潘德舆家书与日记(外四种)

第三辑

孟宪彝日记　　　　　　　　　　吴大澂书信四种
潘道根日记　　　　　　　　　　赵尊岳集
蟫庐日记(外五种)　　　　　　　贺培新集
壬癸避难日志　辛卯年日记　　　珠泉草庐师友录　珠泉草庐文录
嘉业堂藏书日记抄　　　　　　　校辑民权素诗话廿一种

第四辑

江瀚日记　　　　　　　　　　　王承传日记
英韬日记两种　　　　　　　　　唐烜日记
胡嗣瑗日记　　　　　　　　　　王锺霖日记(外一种)
王振声日记　　　　　　　　　　翁同龢家书诠释
黄秉义日记　　　　　　　　　　甲午日本汉诗选录
粟奉之日记　　　　　　　　　　达亭老人遗稿